In seinen Jahren bei der Polizei von L. A. hatte Peter Decker schon so manchen harten Fall aufzuklären. Doch was ihn nun im Apartment des ermordeten Hobart Penny erwartet, sprengt all seine Vorstellungen: Die Wohnung gleicht einem Schlachtfeld, verwüstet, überall Blut – und mittendrin ein freilaufender sibirischer Tiger. Schnell entdecken Decker und seine Kollegen, dass das exotische Haustier nicht die einzige Eigenheit des exzentrischen Millionärs war. Welches dunkle Geheimnis hatte der alte Penny noch?

FAYE KELLERMAN war Zahnärztin, bevor sie als Schriftstellerin mit ihren Kriminalromanen international und auch in Deutschland riesige Erfolge feierte. Sie lebt zusammen mit ihren Kindern und ihrem Mann, dem Psychologen und Bestsellerautor Jonathan Kellerman, in Los Angeles.

FAYE KELLERMAN

UND ANGST WIRD DICH ERFÜLLEN

EIN DECKER/LAZARUS-KRIMI

Aus dem Amerikanischen
von Frauke Brodd

btb

Die amerikanische Originalausgabe erschien 2013 unter dem Titel
The Beast bei William Morrow, New York.

Verlagsgruppe Random House FSC® N001967
Das für dieses Buch verwendete
FSC®-zertifizierte Papier *Lux Cream*
liefert Stora Enso, Finnland.

1. Auflage
Deutsche Erstveröffentlichung April 2015

Umschlaggestaltung: semper smile, München
Umschlagmotiv: © Arcangel Images / Diane K Miller
Satz: Uhl + Massopust, Aalen
Druck und Bindung: CPI – Clausen & Bosse, Leck
MP · Herstellung: sc
Printed in Germany
ISBN 978-3-442-74807-5

www.btb-verlag.de
www.facebook.com/btbverlag
Besuchen Sie unseren LiteraturBlog www.transatlantik.de!

Für Jonathan, wie immer

Für meine Lektorin Carrie Feron

Und für meine Fans, die mich seit fünfundzwanzig Jahren unterstützen!

1

Die ganze Situation hatte das Zeug zu einem Alptraum, angefangen mit dem schleppenden Gang durch den Gerichtssaal: Als hätte seine Verzögerungstaktik die Macht, das Unausweichliche aufzuhalten. Sieben Stunden hatte er dann im Zeugenstand ausgesagt, aber die Dauer war nicht das Schreckliche daran. Wenn Gabe Klavier übte, hatte er schon doppelt so lange Marathonsitzungen überlebt. Nur konzentrierte er sich beim Spielen voll und ganz auf seine Musik, was schlichtweg unmöglich war, wenn man als Zeuge auseinandergenommen wurde. Hier musste er sich auf Dinge konzentrieren, die er unbedingt vergessen wollte: wie *jener* Tag so normal begonnen und sich innerhalb von wenigen Minuten in eine tödliche Falle verwandelt hatte.

Gegen vier Uhr Nachmittag vertagte sich das Gericht endlich, und die Staatsanwaltschaft war im Grunde genommen mit ihrer Befragung zu Ende, doch Gabe wusste genau, dass die Verteidiger ihm am nächsten Tag zusätzliche Fragen stellen würden. Eskortiert von seiner Pflegemutter Rina Decker auf der einen Seite und seinem Pflegevater, dem Lieutenant, auf der anderen verließ er den Saal. Sie begleiteten ihn zu einem wartenden Auto, in dem Sergeant Marge Dunn hinterm Steuer saß.

Sie fuhr die schweigsame Gruppe durch die Straßen des San

Fernando Valley – einem Vorort von Los Angeles –, bis sie vor der Einfahrt zu Deckers Grundstück anhielt. Kaum war er im Haus, ließ sich Gabe auf das Sofa fallen, nahm seine Brille ab und schloss die Augen.

Rina setzte ihre Häkelmütze ab, wodurch eine Flut schulterlanger schwarzer Haare befreit wurde, und musterte den Jungen. Er war fast kahl – dank eines Indie-Films, in dem er mitgespielt hatte – und sah blass und müde aus. Seine Stirn war mit kleinen roten Punkten bedeckt.

»Ich ziehe mich schnell um, und dann kümmere ich mich ums Abendessen«, sagte sie. Beim Klang ihrer Stimme öffnete Gabe die Augen. »Du musst am Verhungern sein.«

»Eigentlich ist mir ein bisschen übel.« Er rieb sich die grünen Augen und setzte seine Brille wieder auf. »Aber sobald ich was esse, geht's mir bestimmt besser.«

Decker und Marge kamen kurz darauf ins Zimmer und unterhielten sich angeregt über die Arbeit. Der Lieutenant lockerte seine Krawatte und setzte sich dann neben Gabe. Der arme Junge schwankte ständig hin und her zwischen seiner Teenagerwelt und der der Erwachsenen. Das letzte Jahr hatte sein Pflegesohn am Juilliard College verbracht und den Stoff aus zwei Schuljahren quasi in ein einziges gepackt. Decker legte einen Arm um Gabes Schultern und gab ihm einen Kuss auf seinen Pfirsichflaumkopf. Gabe war nicht völlig kahl, aber das, was nachwuchs, tendierte zu Blond.

»Wie war ich?«, fragte Gabe.

»Phänomenal«, sagte Decker. »Ich wünschte, jeder meiner Zeugen wäre nur halb so gut wie du.«

Marge nahm Gabe gegenüber Platz. »Du warst der Traum jedes Staatsanwalts: vollkommen glaubwürdig, geradeheraus und verdammt süß.« Als Gabe lächelte, fuhr sie fort: »Und dein Filmstar-Status hat auch nicht geschadet.«

»Du lieber Himmel. Das war praktisch nur ein Abschlussfilm von Studenten mit einem Mini-Budget. Daraus wird nie und nimmer was.«

Decker grinste. »Man weiß nie.«

»Glaubt mir, ich weiß es. Hab ich euch von der Szene mit meinem Zusammenbruch erzählt? Also, ich renne da einen langen Flur in einem Sanatorium hinunter, splitterfasernackt und mit wehendem Haar, während Pfleger in weißen Kitteln versuchen, mich einzufangen. Als sie mich kriegen, rasieren sie mir die Haare ab, und ich schreie die ganze Zeit: ›Nicht meine Haare, nicht meine Haare!‹ Der Regisseur behauptet, dass es eine tolle Sequenz ist. Ich muss ihm einfach glauben.«

»Du hast deinen eigenen Film noch nicht gesehen?«, fragte Marge.

»Nein. Ist doch oberpeinlich. Nicht wegen der Nacktszene, aber ich wette, dass ich ein miserabler Schauspieler bin.«

Marge grinste, stand auf und zupfte sich eine Wollmaus von ihrem beigefarbenen Pulli. »So, Gentlemen, ich muss leider zurück an meinen Schreibtisch. Im Revier wartet jede Menge Papierkram.«

»Mal ganz abgesehen von den Sachen, die ich auf dich abgewälzt habe«, sagte Decker. »Danke, dass du meinen Arbeitsausfall kompensierst.«

Rina kam ins Zimmer, bekleidet mit einem langärmeligen schwarzen T-Shirt, einem Jeansrock und Hausschuhen. »Bleibst du nicht zum Essen, Marge?«

»Ich kann nicht, zu viel Arbeit.«

Decker blickte auf seine Uhr. »In einer Stunde leiste ich dir Gesellschaft, falls du noch da bist. Ich bringe dir vom Abendessen ein Care-Paket mit.«

»Wenn das so ist, sorge ich dafür, noch da zu sein.« Marge verabschiedete sich mit einem Winken und ging hinaus.

»Brauchst du Hilfe?«, fragte Decker seine Frau.

»Ich komme klar. Es war ein langer Tag, und gegen ein bisschen Ruhe habe ich nichts einzuwenden.« Sie verschwand in Richtung Küche.

»So wie ich rieche«, sagte Gabe, »sollte ich vielleicht mal duschen. Ich hab ganz schön geschwitzt.«

»Das ist normal.«

»Schätze, heute war nur eine Art Warmlaufen für morgen, wenn die Verteidigung mit mir ihren großen Tag hat.«

»Du wirst das gut meistern. Bleib einfach, wie du bist, und sag die Wahrheit.«

»Dass ich der Sohn eines Berufskillers bin?«

»Gabe …«

»Mal ehrlich, wem wollen wir denn hier was vormachen? Du weißt ganz genau, dass sie ihn aufs Tapet bringen werden.«

»Wahrscheinlich. Und wenn, wird dein Anwalt Einspruch einlegen, weil Christopher Donatti nicht zur Sache gehört.«

»Er ist ein Krimineller.«

»Er ja, du nicht.«

»Er betreibt Bordelle.«

»In Nevada sind Bordelle legal.«

»Er hat Dylan Lashay aufgeschlitzt und zu Wackelpudding verarbeitet.«

»Reine Mutmaßungen.« Decker sah den Jungen direkt an. »Also gut, ich bin jetzt mal der Verteidiger und nehme dich ins Kreuzverhör, okay?« Er räusperte sich und versuchte, wie ein Anwalt aufzutreten. »Haben Sie jemals an einer kriminellen Handlung teilgenommen? Und seien Sie vorsichtig, was Sie jetzt sagen.«

Gabe dachte einen Augenblick nach. »Ich hab Gras geraucht.«

»Haben Sie jemals Pillen genommen?«

»Nur verschriebene Medikamente.«

»Wie zum Beispiel?«

»Paxil, Xanax, Zoloft, Prozac ... eine ganze Schublade voll Pharmazeutika. Meine Ärzte rackern sich ab, um rauszufinden, was die affektive Störung ausgelöst hat. Und die Antwort lautet – sie finden nichts.«

»Es reicht, wenn du die Medikamente aufzählst, Gabriel.«

»Ich *weiß*.«

»Haben Sie gerade Angst?«

»Ich hab gerade große Angst.«

»Gute Antwort«, sagte Decker, »denn wer hätte in so einem Prozess keine Angst? Die Staatsanwaltschaft hat dich gerade als talentierten Teenager dargestellt, der eine stark traumatisierende Erfahrung durchleben musste. Im Kreuzverhör wird die Verteidigung dir ein Bein stellen wollen. Sie werden dich nach deinem Vater fragen, sie werden dir Fragen zu mir stellen. Mach vor jeder Antwort eine Pause, um dem Staatsanwalt die Zeit für einen Einspruch zu geben. Und was immer du auch sagst, fang nicht an zu spekulieren. Im Verhör durch deine Anwälte werden diese dafür sorgen, dass die Geschworenen wissen, dass du *nicht* der Sohn deines Vaters bist.«

»Um mich mach ich mir gar nicht die großen Sorgen«, sagte Gabe, »nur um Yasmine. Es bringt mich fast um, wenn ich mir vorstelle, wie so ein Scheißanwalt sie in die Mangel nimmt.«

»Sie ist sechzehn, gut behütet, eine Einser-Schülerin, und äußerlich wirkt sie klein und zart. Sie wird wahrscheinlich weinen. Jeder wird sie mit Samthandschuhen anpacken. Alle lassen sie wortwörtlich wiederholen, was Dylan und die anderen zu ihr gesagt haben, und dann werden sie über die Bedeutung dieser Sätze streiten. Ich bin sicher, die Verteidigung sagt etwas im Sinne von, das Ganze sei nur ein Scherz gewesen. Ein schlechter Scherz, aber ohne böse Absicht.«

»Dylan wollte sie anschließend vergewaltigen.«

»Er hätte sie vielleicht sogar getötet, wenn du nicht eingeschritten wärst.« Decker schwieg einen Moment. »Es könnte auch sein, dass sie gar nicht in den Zeugenstand gerufen wird. Möglicherweise versuchen sie nach deiner Aussage noch mal, einen Deal hinzukriegen.«

»Rein körperlich gesehen ist Dylan ein Wrack. Warum haben sie nicht gleich einem Deal zugestimmt?«

»Die Lashays wollten keine Gefängnisstrafe akzeptieren. Wir haben ihnen ein Gefängnishospital vorgeschlagen, aber die Eltern waren nicht einverstanden, mit der Begründung, dass im Gefängnishospital nicht alle notwendigen Voraussetzungen gegeben wären, Dylan in seinem momentanen Zustand zu versorgen.«

»Irgendjemand wird ihm den Sabber schon abwischen«, brummelte Gabe vor sich hin. »Ich hoffe, er stirbt einen qualvollen Tod.«

»Das wird er höchstwahrscheinlich«, sagte Decker. »Und bis dahin lebt er ein qualvolles Leben.«

Während der Fahrt mit offenen Fenstern genoss Decker nach der Enge in dem vollgestopften und emotionsgeladenen Gerichtssaal die frische Luft. Im Büro erwartete ihn nur ein Berg von Papierkram, aber dann klingelte sein Handy, als er gerade auf den Parkplatz des Reviers einbog. Laut der Bluetooth-Anzeige im Auto war Marge Dunn am anderen Ende der Leitung. »Hey, Sergeant, ich stehe direkt vor der Tür.«

»Bleib, wo du bist, ich bin gleich bei dir.«

Die Verbindung wurde unterbrochen. Ein paar Minuten später kam Marge im Laufschritt aus dem Gebäude und steuerte auf das Auto zu. Sie glitt auf den Beifahrersitz und schloss die Tür. Es war eine kalte Nacht, und sie zog die Ärmel ihres wollenen Kapuzenpullis über die Hände. Sie nannte ihm eine Adresse, fünfzehn Minuten entfernt vom Revier. Ihr Gesichtsausdruck verriet ihre Anspannung. »Wir haben ein Problem.«

»Ja, das habe ich schon festgestellt.«

»Erinnerst du dich an den exzentrischen Millionär Hobart Penny?«

»Eine Art Ingenieur-Erfinder. Hat sein Geld in der Luft- und Raumfahrt gemacht, fällt mir dazu ein.«

»Das war Howard Hughes. Aber du liegst gar nicht so weit daneben. Penny hält ungefähr fünfzig Patente für Hochtemperatur-Polymere, darunter auch Kleb- und Kunststoffe, die in der Luft- und Raumfahrt verwendet werden. Im Internet ist man sich einig, dass er ungefähr eine halbe Milliarde schwer ist.«

»Ein ansehnlicher Haufen Wechselgeld.«

»Und genau wie Hughes wurde er zum Einsiedler. Er ist mittlerweile entweder achtundachtzig oder neunundachtzig, je nachdem, auf welche Internetseite man geht. Wusstest du, dass er in unserem Bezirk gelebt hat?«

»Gelebt hat?«

»Vielleicht trifft das Präsens noch zu, was ich aber nicht glaube. Er hat eine Wohnung in der Nähe der Glencove Avenue gemietet und lebt da seit fünfundzwanzig Jahren.«

»Ich hatte keine Ahnung.«

»Da geht es dir wie den meisten Leuten in der Gegend. Vor ungefähr einer halben Stunde haben wir aus einer Nachbarwohnung einen Anruf bekommen. Irgendwas in Pennys Apartment stinkt erbärmlich.«

»Klingt nicht gut.«

»Nicht gut, andererseits auch nicht ungewöhnlich, angesichts seines Alters. Okay, er ist also seit ein paar Tagen tot. Dafür sind wir zuständig. Aber jetzt kommt das Problem. Der

Anrufer hat sich beschwert, es kämen seltsame Geräusche aus der Wohnung.«

»Als da wären?«

»Klackern, Kratzen und ein unverkennbares Gebrüll.«

»Gebrüll? Wie in Löwen*gebrüll*?«

»Oder eine andere Art von Raubkatze. Der Anrufer hat sich mit ein paar Nachbarn und dem Verwalter der Wohnanlage zusammengetan. Sein Name ist George Paxton. Ich habe mit ihm geredet und gesagt, dass ich ein paar Leute hinschicke, um die Bewohner herauszuholen – und zwar sofort.«

»Was für ein Mist! Wir müssen das gesamte Areal evakuieren.«

»Wenn du auch noch die angrenzenden Gebäude evakuieren lassen willst, fordere ich zusätzliche Streifen an.«

»Ja, tu das. Dann sind wir auf der sicheren Seite, stimmt's? Hast du die Spezialisten von Animal Control angerufen?«

»Natürlich. Ich habe nach Leuten gefragt, die Erfahrung mit Raubkatzen haben. Kann aber ein bisschen dauern.«

Decker schüttelte den Kopf. »Das Ganze ist total verrückt.«

»Ich erlebe so etwas auch zum ersten Mal.«

Schweigen.

»Wieso ist der Beschwerdeanruf überhaupt bei dir gelandet?«

»Jemand im Haus hat das Gespräch ins Morddezernat durchgestellt. Keine schlechte Entscheidung, wenn man bedenkt, dass wir es hier mit einem betagten Eigenbrötler, Verwesungsgeruch und einem brüllenden Tier zu tun haben. Ich würde sagen, die Chancen auf einen Leichenfund stehen ziemlich gut.«

Es war eher eine Wohngegend: eine Mischung aus Miet- und Eigentumswohnungen mit Einfamilienhäusern, bis auf die kleine Ladenzeile auf der anderen Straßenseite, direkt gegenüber der angegebenen Adresse. Die schwarze Nacht vermischte sich mit den Flutlichtern und blinkenden Leuchten auf den Dächern der Streifenwagen. Man hatte mehrere Krankenwagen herbestellt, für alle Fälle. Decker und Marge parkten in zweiter Reihe, stiegen aus, zückten ihre Dienstmarken und bekamen die Erlaubnis zum Betreten des von der Polizei abgesperrten Bereichs. Ungefähr fünfzig Meter weit entfernt standen Beamte der Animal-Control-Einheit in ihren braunen Uniformen dicht zusammen. Er und Marge gesellten sich schnell zu der Runde und zeigten noch einmal ihre Dienstmarken. In diesem Moment stieß irgendetwas Tierisches einen bestialischen Brüller aus. Decker machte einen Satz. Das Gebrüll klang in dieser nebligen und mondlosen Nacht besonders gruselig. Hilflos hob er seine Hände. »Was bitte war denn das?«

Ein muskulöser Mann mit sandfarbenem Haar um die dreißig streckte erst Marge, dann Decker seine Hand entgegen. Alle aus der Einheit stellten sich vor – drei Männer und eine Frau, grob geschätzt zwischen Mitte zwanzig bis Mitte vierzig. »Ryan Wilner.«

»Ich dachte, Sie würden länger brauchen«, sagte Decker.

»Ich und Hathaway hielten gerade ein Seminar bei der GLAZA ab, über Raubkatzen. Wenn kein Verkehr ist, kommt man vom Zoo schnell hierher.«

Hathaway war groß und kahlköpfig. Sein Vorname war Paul. »Normalerweise sind wir für Großkatzen zuständig«, sagte er, »aber wir machen auch alles andere.«

»Wie oft kriegen Sie es mit wilden Tieren zu tun?«, wollte Marge wissen.

»Wild sind die Tiere immer – Waschbären, Stinktiere, Opossums … sogar Bären, die aus den Angeles-Crest-Bergen herkommen. Für Exoten braucht man eine andere Trickkiste. Mit einer Raubkatze haben wir es vielleicht einmal im Jahr zu tun, meistens Löwen oder Tiger, aber ich hatte auch schon mal Jaguare und Leoparden. Ein paarmal wurde ich angefragt, bei Meuten aus Wolf-Hund-Hybriden auszuhelfen, die auf ihren Besitzer losgegangen sind.«

»Vor einem Monat hatte ich einen Schimpansen«, sagte Wilner.

»Jede Menge Reptilien«, sagte die Frau mit kurz geschnittenen blonden Haaren und grauen Augen. Sie war bestimmt eins achtzig groß. Auf ihrem Namensschild stand ANDREA JULLIUS. »Heimische Giftschlangen wie die Kalifornische Klapperschlange oder die Seitenwinder-Schlange. Aber Ryan sagte ja schon, wir kriegen die Exoten. Gerade eben haben Jake und ich eine Gabunviper und einen Waran aus einem Trailer in Saugus befreit.«

Jake bezog sich auf Jake Richey, der Mitte zwanzig war und mit seinem blonden Haarschopf aussah wie ein Surfer. »Ich habe schon einige Schlangen eingefangen, aber das war meine erste Gabunviper.«

»Sie werden's kaum glauben, was manche Leute als Haustier halten«, sagte Andrea, »inklusive Krokodile und Alligatoren.«

»Weißt du noch, der Grizzly im letzten Jahr?«, sagte Hathaway. »Das war auch so ein Ding.«

»Und der Indische Elefant von vor zwei Jahren?«, steuerte Wilner bei. »Im selben Monat haben wir auch noch einen ausgerissenen männlichen Bison geschnappt, der das Schmusetier der Familie war, bis er in die Pubertät kam und das Haus fast völlig zerstört hat.«

Doch Decker konzentrierte sich ausschließlich auf ihr akutes Problem. »Wie in Gottes Namen kriegt man denn eine Raubkatze in die Innenstadt von Los Angeles?«

»Per Post. Man kauft etwas Land und eine Lizenz und behauptet dann, man stelle ein Züchtungsprogramm auf die Beine oder einen Zoo oder Zirkus.«

»Das ist doch verrückt!«, rutschte es Marge spontan heraus.

»Nicht so verrückt wie die Leute, die solche Tiere zu Hause halten«, entgegnete Andrea Jullius.

»Die meisten von denen haben Wahnvorstellungen und glauben, sie besäßen so was wie magische Kräfte über das Tier. Es lässt sich nicht vermeiden, dass ein wildes Tier seinem Namen gerecht wird. Und da kommen wir ins Spiel. Wenn alles glatt läuft, landet das Tier in einem Tierasyl. Es ist wirklich nicht lustig, ein Tier einzuschläfern, das nichts Falsches getan hat, außer seine Gene auszuleben.«

Erneut dröhnte ein Brüllen durch die wabernde Nebelluft. Decker und Marge tauschten einen Blick aus. »Dieses Tier jedenfalls klingt angepisst«, stellte Marge fest.

»Mega-angepisst«, sagte Wilner. »Zeit für unseren nächsten Schritt.«

»Und der wäre?«, fragte Decker.

»Ein paar Gucklöcher bohren und nachsehen, mit was wir es da zu tun haben.«

»Ich wette, es ist ein weiblicher Bengalischer Tiger«, sagte Hathaway.

»Ganz deiner Meinung«, sagte Wilner. »Ein männlicher Löwe wäre fünf Mal so laut. Und wenn das Areal hier erst mal evakuiert ist, ziehen wir uns unsere Schutzkleidung an und bohren noch mehr Löcher. Sobald wir genau wissen, welches Tier wir vor uns haben, überlegen wir uns, wie wir es ruhigstellen und möglichst schnell von hier wegschaffen können, bevor die Sache zu einem größeren Problem wird.«

Ein weiteres Brüllen echote durch den Nebel. Es verschlang alles, als würde man bei lebendigem Leib verspeist. »Wir sollten ein paar Beamte am Eingang des Gebäudes aufstellen«, sagte Decker zu Marge, »für den Fall, dass unser Freund da drinnen auf die Idee kommt auszubüchsen.«

»Da sind wir Ihnen schon einen Schritt voraus. Ist bereits erledigt«, sagte Wilner. »Ich habe jemanden mit einem Betäubungsgewehr und einen zweiten mit einem Jagdgewehr postiert. Wir gehen kein Risiko ein.«

Er wandte sich an seine Kollegin Andrea Jullius: »Wie steht's mit der Ausrüstung aus dem Zoo?«

»Noch zwanzig Minuten.«

Wilner warf Hathaway einen Schlüsselbund zu. »Holst du die Schutzkleidung?«

»Klar«, sagte Hathaway.

»Haben Sie auch eine Weste für mich?«, fragte Decker. »Ich möchte durch eins der Gucklöcher linsen. Das Morddezernat wurde benachrichtigt, weil die Wohnung an einen alten Mann vermietet ist.«

»Wir nehmen grundsätzlich keine Zivilisten mit«, klärte Wilner ihn auf. »Wie hoch stehen denn überhaupt die Chancen, dass der Mann da drinnen noch lebt?«

»Das hier ist mein Revier«, widersprach Decker, »und ich fühle mich verantwortlich für alles, was hier passiert. Ich möchte mir ein Bild von der Wohnung machen.«

»Das Ganze wird eine grausige Angelegenheit.«

»Mit grausigen Dingen habe ich es ständig zu tun. Ich musste mal dabei zusehen, wie ein Berglöwe an einem toten Mann herumgenagt hat. Es hat mir was ausgemacht, aber das ist normal. Sollten mir solche Sachen irgendwann nichts mehr ausmachen, weiß ich, dass es an der Zeit ist aufzuhören.«

2

Das Vibrieren seines Kopfkissens riss Gabe aus dem Schlaf. Es war elf Uhr abends, und vor einer Stunde war er mit der Brille auf der Nase eingeschlafen, sein Buch lag auf dem Fußboden. Er suchte nach seinem Handy. »Hallo?«

»Wie war's?« Ihre Stimme war nur ein Flüstern.

Gabe war sofort hellwach und alarmiert. Er und Yasmine durften nicht miteinander sprechen, vor allem nicht nach Prozessbeginn, was Yasmines Mutter sehr begrüßte. Sohala Nourmand war eine typisch persisch-jüdische Mutter, die wollte, dass ihre Tochter sich ausschließlich mit Jungs aus ihrer Ethnie verabredete. Gabe hatte nicht nur einen falschen Stammbaum, sondern auch noch die falsche Religion. Also hatte Sohala das ganze letzte Jahr jeglichen Kontakt unterbunden. Es gab keine Anrufe zwischen Gabe und Yasmine, keine IMs, keine E-Mails, keine SMS oder Facebook-Posts. Er wusste genau, dass Sohala Yasmines Endgeräte regelmäßig überprüfte.

Aber die absolute Kontrolle gab es nicht. Sie waren auf altmodischem Weg in Kontakt geblieben – per Schneckenpost. Als Yasmine ihm den ersten handgeschriebenen Brief schickte, konnte er nicht darauf antworten, was ihn unglaublich frustrierte. Irgendwann hatte sie dann ein Postfach. Es fühlte sich komisch an, richtige Briefe statt E-Mails zu schreiben, aber nach einer Weile fand er Vergnügen an der persönlichen Note, die ihre Handschrift mit sich brachte. Briefmarken machten in seinem Budget den größten Posten aus.

Ihre Stimme hatte er seit fast einem Jahr nicht mehr gehört. Es war wahnsinnig aufregend. Er setzte sich hin und zog seine Knie an die Brust. »Wo bist du?«

»Im Bett, mit der Decke über dem Kopf. Das Handy hab ich mir von einer Freundin ausgeliehen, nur um dich anzurufen. Wie war's heute?«

»Echt anstrengend.«

»Was haben sie dich gefragt?«

»Die Fragen kamen von der Staatsanwältin, Nurit Luke. Und es ging nur um den einen Du-weißt-schon-Tag.«

»War es scheußlich?«

»Es war … es hat ewig gedauert, aber wenigstens stand sie auf unserer Seite. Morgen nehmen mich Dylans Anwälte ins Kreuzverhör. Das wird wahrscheinlich ziemlich schlimm, vor allem wegen meiner Familiengeschichte.«

»Es tut mir so leid.« Sie geriet ins Stocken. »Gabriel, ich vermiss dich so sehr.«

»Ich vermiss dich auch, verrücktes Huhn.« Er spürte, wie ihm Tränen in die Augen schossen. »Wir stehen das durch. Die gute Nachricht lautet, dass du dir keine Sorgen mehr wegen Dylan zu machen brauchst. Der Typ ist körperlich spitzenmäßig hinüber. Du musst nie wieder Angst haben.«

»Ich hoffe, du hast recht.« Aber ihre Stimme klang mutlos.

»Wenn du ihn siehst, weißt du, dass ich recht hab. Die Angst in deiner Stimme, die bricht mir echt das Herz.«

»Ich komm klar.« Das stimmte nicht.

»Der Lieutenant glaubt, es könnte sogar einen Deal geben mit der Staatsanwaltschaft. Falls das passiert, musst du noch nicht mal aussagen.«

»Das wäre fantastisch!« Sie schwieg lange. »Ist wohl zu viel der Hoffnung.«

»Eins nach dem anderen, Yasmine. Das ist der einzige Weg, um bei Verstand zu bleiben. Wie geht's dir sonst?«

»Meistens so, als würde ich auf Autopilot funktionieren. Fühl mich wie betäubt.«

»Sprichst du mit jemandem darüber?«

»Du meinst, mit einem Therapeuten oder so was in der Art? Hab ich schon ausprobiert, hat aber nichts gebracht. Für mich ist es am besten, wenn ich mich voll auf die Schule stürze.« Noch mehr Schweigen. »Also danach … gehst du danach wieder zurück nach New York?«

»Wahrscheinlich. Warum fragst du? Brauchst du etwas?«

»Nein.«

»Was geht dir durch den Kopf? Sag's mir.«

»Ich hatte nur gehofft, du könntest mit deiner Rückkehr so lange warten, bis *ich* mit meiner Zeugenaussage fertig bin. Aber das ist total egoistisch von mir.«

»Ich hab nichts Besonderes vor. Ich stecke da sowieso mittendrin, und mein nächstes Konzert findet erst in sechs Wochen statt. Wenn du mich hier brauchst, bin ich da. Schluss, aus.«

»Was wirst du spielen?«

»Ein vierhändiges Schubert-Stück mit einem Typen, den ich aus Deutschland kenne, danach eine Sonate von einem zeitgenössischen Komponisten, der zeitweise am Juilliard unterrichtet. Und dann spiele ich noch Beethovens Klaviersonate Nr. 14 – die Mondscheinsonate.«

»Oh … die ist nicht so schwer, die kann ja sogar ich spielen … natürlich nicht so wie du.«

Gabe musste grinsen. »In den beiden ersten Sätzen geht's nur um Gefühle und Finesse. Der dritte Satz ist etwas komplizierter. Das hörst du schon auf YouTube. Glenn Gould. Und wenn du die Griffe sehen willst, schau dir Valentina Lisitsa an.«

»Mach ich, sobald wir aufgelegt haben.«

»Klar, wenn du Lust dazu hast. Es ist doch so, ich kann in Los Angeles genauso gut proben wie in New York. Wenn du mich hier brauchst, bin ich da.«

»Ich dachte gerade nur, dass wir uns vielleicht treffen könnten … nach der ganzen Sache.«

»Bin dabei.« Gabes Herz begann wild zu klopfen. »Sag mir wo und wann.«

»Erst, wenn ich die Zeugenaussage hinter mir hab. Kannst du so lange warten?«

»Ich tu alles für dich. Wie ich bereits sagte, wo und wann?«

»Ich dachte an nächsten Sonntag. Meiner Mom hab ich gesagt, ich geh zum Lernen in die Bibliothek. Ich glaub zwar nicht, dass sie mir das hundertprozentig abkauft, aber bis sie es rausgefunden hat, bist du längst wieder in New York.«

»Perfekt. Wo soll ich dich abholen?«

»Du musst mich nicht abholen, Gabe. Ich hab mittlerweile meinen Führerschein, schon vergessen?«

»Ja, stimmt.« Eine Pause. »Wahnsinn, das Jahr ist so schnell rumgegangen. Also, Sonntag wär super. Wo sollen wir uns treffen?«

»Irgendein stilles Plätzchen.« Yasmines Stimme geriet erneut ins Stocken. »Es ist so lange her, und mir ging's so schlecht. Und garantiert geht's mir noch schlechter, wenn sie Kleinholz aus mir gemacht haben. Niemand außer dir kann das alles verstehen. Ich möchte einfach nur ein paar Stunden mit dir allein sein, Gabriel.«

»Mir geht's ganz genauso, Yasmini. Du weißt doch, wie sehr ich dich liebe.«

»Immer noch?«

»Hundert Pro.«

»Aber wir sind so weit voneinander entfernt, und ich schaffe es nie, mit dir zu reden. Und ich bin mir ziemlich sicher, dich umschwirren schon Millionen Mädchen, jetzt, wo du ein Filmstar bist.«

»Du machst Witze, oder?« Als keine Antwort kam, fuhr Gabe fort: »Yasmine, ich hab eine Glatze und Pickel und hab alles an Gewicht verloren, was ich mal zugenommen hatte, weil ich so nervös war. Ich seh aus wie ein klappriger Vollidiot. Außer meinem Klavier gibt es nichts in meinem Leben. Ich arbeite die ganze Zeit. Ich hatte gar keine Gelegenheit, hip zu sein, selbst wenn ich's gewollt hätte. Ich *verzehre* mich nach dir wie ein Mitleid erregender alter Hund. Sag mir einfach, wo du mich treffen willst, und ich werde da sein.«

Lange sagte sie kein Wort, so lange, dass Gabe dachte, sie hätte aufgelegt. »Hallo?«

»Ich bin noch dran.« Wieder eine Pause. »Nicht weit weg von meiner Schule gibt es ein Motel.« Sie nannte ihm den Namen und die Adresse. »Kannst du damit was anfangen?«

Sein Herz klopfte jetzt so schnell, dass ihm schwindelig war. »Ja, natürlich. Klar.« Eine lange Pause. »Bist du dir sicher? Ich möchte nicht, dass du in ernsthafte Schwierigkeiten kommst.«

»Und wenn meine Mom es rausfindet, was soll's. Was könnte sie denn tun? Mir wieder Hausarrest aufbrummen?«

»Sie wird dich nach Israel verschiffen.«

»Sie kann uns nicht für immer voneinander fernhalten. Ich kümmer mich um meine Mom, und du kümmerst dich um unser Treffen, okay?«

Gabe hatte einen trockenen Mund. »Okay.«

»Und bring etwas zu essen mit. Ich komme gegen drei Uhr, könnte also sein, dass ich ein bisschen hungrig bin. Warte am besten auf dem Parkplatz, damit ich nicht zur Rezeption oder so hochgehen muss. Das wäre total peinlich.«

»Ich bin um drei Uhr mit Verpflegung auf dem Parkplatz und warte auf dich. Sei pünktlich – zur Abwechslung.«

»Ich schwör's.« Dann sagte Yasmine: »Du weißt, was passiert, wenn wir zusammenkommen. Das ist dann wie eine chemische Kettenreaktion.«

»Ich weiß. Ich kann's nicht ändern.«

»Ich auch nicht.« Eine Pause. »Ich sag jetzt nicht ja oder so, aber du solltest etwas mitbringen… nur für den Fall, dass… Du weißt, wovon ich rede?«

»Ja.« Seine Stimme war heiser, und sein Herz raste in seiner Brust. »Ich weiß ganz genau, wovon du redest.«

»Also, es ist ein weiblicher Bengal-Tiger.« Wilner trat einen Schritt zur Seite und gestattete Decker einen Blick durch das Guckloch. Die Wohnung war in ihre Bestandteile zerlegt – jede Menge umgeworfene, mit Blut und Fäkalien verschmierte Möbelstücke. An den Wänden und auf dem Boden befanden sich tiefe, durch Krallen verursachte Riefen. Überall Fliegen. Ein ekelhafter Geruch nach Verwesung schwebte im Flur.

Das Tier hingegen war prachtvoll, sogar inmitten des Trümmerhaufens, durch den es stolzierte. Ihr Fell glänzte bernsteinfarben und schwarz, und sie hatte nachdenkliche goldene Augen, gewaltige messerscharfe Krallen und elfenbeinfarbene Reißzähne. Decker hatte noch nie einen Tiger aus nächster Nähe gesehen, noch hatte er jemals zuvor das Brüllen eines Tieres in solch einer Lautstärke gehört. Das Geräusch löste in seinem Körper Schockwellen aus. Er machte Platz für Marge, damit sie auch einen Blick hineinwerfen konnte. Mit einem Kopfschütteln trat sie von der Tür zurück. »Sie zieht eine Kette hinter sich her.«

»Ist mir auch aufgefallen«, sagte Decker. »Sie ist an einem Halsband befestigt.«

»Wahrscheinlich hat sie die Kette aus der Verankerung gerissen«, meinte Wilner. »Wir sägen sie ab, sobald sie draußen ist.« Der Tierexperte ging noch einmal seinen sorgfältig ausgearbeiteten Ablauf durch. Er hatte eine Checkliste für die benötigte Ausrüstung, und vor der Wohnungstür war eine Transportliege für Tiere zusammen mit einem Stahlkäfig abgestellt worden. Wilner hatte sich den Schlüssel zum Lastenaufzug besorgt, da der Personenfahrstuhl zu schmal für den Käfig war.

»Unser Plan sieht so aus.« Er las immer noch von seiner Liste ab. »Jake wird einen sauberen Schuss absetzen. Nachdem sie betäubt ist, brechen wir ein und holen sie auf der Trage raus, verfrachten sie in den Pferch und bringen sie nach unten zu unserem Lastwagen.« Wilner blickte hoch. »Nach Jakes Schuss macht niemand einen Mucks, bis ich das Signal zur Entwarnung gebe.« Er demonstrierte das vereinbarte Zeichen: eine Hand, die von oben durch die Luft nach unten saust.

»Was ist, wenn der Tiger ausbricht, bevor die Betäubung wirkt?«, fragte Decker.

»Wir haben große Spielzeugpistolen dabei, Lieutenant. So sehr ich es auch hasse, ein Tier zu töten, wir wissen genau, wo unsere Prioritäten liegen.«

»Ich möchte in der Nähe bleiben«, sagte Decker. »Das hier ist mein Zuständigkeitsbereich.«

»Ich auch«, sagte Marge. Als Wilner sie skeptisch musterte, fuhr sie fort: »Ich schwöre, ich werde Ihnen nicht im Weg stehen.«

Paul Hathaway warf ihnen Schutzwesten zu. »Bleiben Sie ganz weit hinten im Flur, noch hinter den von uns aufgestellten Barrieren. Wenn etwas schiefgeht, kümmern wir uns darum. Versuchen Sie nicht, uns beizustehen.«

»Anweisung verstanden, wird befolgt«, sagte Marge.

Jake Richey linste durch das Loch in der Tür. »Im Idealfall würden wir dieses Loch hier vergrößern, damit ich durch dasselbe Loch zielen und feuern kann. Aber ich befürchte, dass sie, wenn ich das Loch zu groß mache, ihren Vorteil nutzt und mit einer Klaue zuschlägt.« Er beurteilte immer noch die Lage. »Wie wär's, wenn ich genau … hier bohre?« Er markierte eine Stelle auf derselben Höhe wie das erste Loch, nur etwa fünf Zentimeter weiter links. »Gerade groß genug, dass ich den richtigen Lauf durchkriege. So sollte es klappen.«

Wilner reichte Richey den Bohrer. Kaum hatte das Geräusch eingesetzt, kratzte das Tier bereits an der Tür. Als es losbrüllte, machte Deckers Herz einen Satz. Der Klang packte ihn in einen 360-Grad-Käfig aus Wut und Muskelkraft.

Richey arbeitete unbeirrt weiter. Kurz darauf hörte er auf und manövrierte den Lauf in die neue Öffnung. »Ich glaube, ich bin bereit. Dann lasst uns einen Versuch wagen.«

Hathaway schickte Decker und Marge hinter die Absperrung. Der Schutzwall bestand aus nicht viel mehr als behelfsmäßig quer über den Flur genagelten Brettern. Decker zückte seine Waffe, und Marge machte es ihm nach. Sie lächelte ihm zu, war aber ziemlich nervös. Womit sie schon zu zweit waren. Ganz plötzlich wurde es an Ort und Stelle mucksmäuschenstill, und die Leere im Ohr wurde nur noch unterbrochen von dem Knurren und Kratzen hinter der Wand.

Richey hob sein Betäubungsgewehr und positionierte die Spitze des Laufs im Inneren des Lochs. Dann linste er mit seinem linken Auge durch die Sichtöffnung. Falls er angespannt war, merkte man ihm rein äußerlich nichts an, was auf Angst hingedeutet hätte.

Warten.

Die Sekunden zogen vorüber.

Weiter warten.

Noch mehr Zeit verging.

Richey drückte den Abzug und machte sofort einige Riesenschritte rückwärts. Mit einem Knall, einem Jaulen und dann einem Brüllen krachte das Tier gegen eine Wand. Das Gebäude wackelte in seinen Fundamenten, es gab am Boden einen heftigen Ruck, als eine rasiermesserscharfe Klaue plötzlich durch den oberen Teil der Tür stieß. Wilner hielt seine Hand hoch in der Luft, womit er klar signalisierte, dass niemand sich bewegen sollte, während der Tiger mit animalischer Wut die Tür beschädigte.

Es waren mit die längsten dreißig Sekunden in Deckers Leben.

Irgendwann verkümmerte das wilde Geheul zu halbherzigen Knurrgeräuschen, dann zu kläglichem Wimmern, bis die Klaue zurück ins Innere rutschte und es still wurde. Wilner nickte Richey zu, der hineinblickte. »Sie ist erledigt.«

Wilner gab das Zeichen, und wie Pferde, die aus ihren Gattern herausdürfen, machten sich die Experten von Animal Control an die Arbeit. Nach wenigen Minuten stand die Tür offen, die Beamten waren in der Wohnung, und der Tiger lag auf der Bahre. Das arme Mädchen war total hinüber; ihr Maul stand weit auf, und die Zunge hing heraus. Als würde das Tier allein nicht schon genug wiegen, hatte es um den Hals noch ein Halsband aus Stahl, an dem wiederum eine fast zwei Meter lange Kette befestigt war.

Mit schierer Muskelkraft und extrem vorsichtig hievten die Beamten das Tier von der Trage in den Käfig, der sich durch druckluftbetriebene Reifen vom Boden erhob. Bevor sie die Stahltür schlossen, verpasste ihr Wilner eine weitere Dosis Betäubungsmittel. »Eine ruhige Reise ist immer eine glückliche Reise.«

»Haben Sie da drin einen Leichnam gesehen?«, fragte Decker.

Wilner zuckte mit den Achseln. »Auf den ersten Blick nicht, aber ich habe auch nicht danach gesucht. Das ist dann Ihre Baustelle. Setzen Sie eine Maske auf. Da drin stinkt's.«

Die Türen des Lastenaufzugs öffneten sich, und der Tiger mitsamt den Aufsehern verschwand.

Sie hatten die Wohnungstür weit offen gelassen. Die heiße Luft im Flur war faulig geworden … und löste einen Würgereiz aus. Deckers Puls raste immer noch, als er und Marge hinter der Barriere hervortraten.

»Ganz schönes Spektakel.« Er steckte seine Waffe wieder ins Halfter. »Jetzt fängt unsere Arbeit richtig an.«

3

Marge begann, sich so richtig zu vermummen: Papiermütze auf die Haare, papierne Schuhabdeckungen, Gesichtsmaske und doppelte Latex-Handschuhe. Selbst bei diesen Vorbereitungen hob ihr Magen sich bereits. Der Gestank war überwältigend. »Wenn du mich fragst, betreten wir hier eine biologische Risikozone. Mittlerweile wächst da drin bestimmt die zwanzigste Bakteriengeneration.«

»Du bleibst erst mal draußen, und ich schaue nach einem Leichnam. Wenn keiner da ist, müssen wir uns ja nicht beide ekeln, oder?«

»Danke, aber ich komme mit. Mal angenommen, im Schlafzimmer sind noch ein paar Tigerwelpen versteckt oder so was. Oder er hielt vielleicht noch exotischere Haustiere wie eine Gabunviper oder einen Waran. Irgendwer muss ja den Krankenwagen rufen, falls du gebissen wirst.«

Decker grinste, als er seine Maske aufsetzte. »Deine Loyalität ist bewundernswert. Also los, Dunn, bringen wir es hinter uns.«

Das Wohnzimmer war ein Wirbelsturm mit Wellen aus Fäulnisgasen, die sich vom dampfenden Fußboden erhoben. Tiefe Klauenriefen verliefen in Streifen über die Wand, und die Möbel waren total zerlegt. Enorme Fäkalienhaufen lagen herum, besiedelt von weißen Maden, und Brot, bedeckt mit

Fliegen und Käfern. Überall summten und brummten Insekten. Der Kühlschrank war umgestoßen worden, herausgekippte Lebensmittel machten den Holzboden so klebrig wie Teer. Metzgereinwickelpapier war zu Konfetti verarbeitet worden. Das meiste Fleisch aus dem Kühlschrank war vertilgt, der Rest zu einer grau-braunen Brühe mutiert. Man musste trittfest sein und einen guten Gleichgewichtssinn haben, um zu vermeiden, in etwas Giftiges zu treten.

Marge fühlte heftigen Schwindel, aber sie folgte Decker unermüdlich ins Schlafzimmer.

Dieser Ort wurde durch das Vorhandensein eines deformierten, aufgedunsenen Körpers noch schrecklicher als die vorherigen. Der Leichnam war bereits teilweise verflüssigt, Körpersäfte und Gewebe sickerten in die Bettlaken und tropften zu Boden. Überall Spritzer und Spuren von Blut, auf den Wänden, auf den Möbeln.

»Ich rufe die Gerichtsmedizin an«, sagte Marge.

Decker nickte.

»Was dagegen, wenn ich vom Flur aus telefoniere? Sogar mit der Maske stinkt es abartig.«

»Klar. Danach machen wir eine To-do-Liste.«

Marge fischte einen Stift und einen Notizblock aus ihrem Papieroverall. »Sag mir, was du brauchst.«

»Nach deinem Anruf in der Crypt… meldest du dich bei… lass mich nachdenken, wer heute Dienst hat.« Eine Pause. »Bestell Scott Oliver und Wanda Bontemps hierher. Wir müssen die Hausbewohner für ein, zwei Tage irgendwo unterbringen. Der Zutritt zum Gebäude ist verboten, biologische Risikozone. Niemand kommt rein, bevor dieses Chaos nicht beseitigt ist. Wenn du noch einen Detective brauchst, ruf Drew Messing an.« Decker starrte auf den Leichnam. »Wissen wir überhaupt, ob das tatsächlich Hobart Penny ist?«

Marge schüttelte den Kopf.

Decker redete weiter. »Hier kommt niemand rein, nur die mit einer offiziellen Zugangsberechtigung.«

»Die Hausbewohner werden zurück in ihre Wohnungen wollen, um ein paar Anziehsachen, ein Handy oder einen Computer zu holen. Was sage ich denen?«

»Wahrscheinlich können wir sie hinein- und wieder hinausbegleiten. Es dauert vielleicht ein bisschen, dafür sind sie dann weniger angepisst. Außerdem brauche ich ein paar Streifenpolizisten an der Tür, um den Tatort zu sichern.«

»Noch etwas?«

»Das wär's fürs Erste.«

Marge redete durch ihre Gesichtsmaske. »Du bleibst hier?«

»Ja. Ich weiß immer noch nicht, was ich eigentlich vor mir sehe.«

Marge wartete mit ihrem Anruf in der Crypt. »Weißt du ... wenn ich dieses ganze scheußliche Chaos ausblende – und die Tatsache, dass ein Tiger in dieser Wohnung gelebt hat –, dann sieht es mehr nach einem Mord aus als nach einem natürlichen Tod ... mit den ganzen Spritzern an der Wand?«

»Dieses Spritzmuster stammt garantiert von aufgerissenen Arterien, die weiter frisches Blut voranpumpen.« Seine Augen scannten den gesamten Raum ab. »Und dieser Klecks hier sieht aus wie der Rückstoß nach stumpfer Gewalteinwirkung. Solche Tropfen und diese Blutschleier kriegt man nicht hin, wenn man einfach nur stirbt und anschließend von einer Tigerlady verspeist wird.«

»Wenn der Tiger dich zerfleischt oder dich gebissen hat, als du noch am Leben warst, hätte man sehr wohl diese Art von Schleiern.«

»Deshalb suche ich ja nach Reiß- und Bisswunden. Ist aber nur schwer zu sagen, da der Körper schon so deformiert ist.«

Marge analysierte weiterhin den Tatort: ein grässlicher Anblick und ein noch grässlicherer Gestank. Trotz allem begann sie, ganz professionell wie eine Polizistin der Mordkommission zu denken. »Das Gesicht … in diesem Zustand … sieht älter aus. Die Bartstoppeln sind weiß.«

»Stimmt. Es ist ein *älterer* Mann. Wie alt war Penny noch mal?«

»Achtundachtzig oder neunundachtzig.«

»Der Körper könnte so alt sein. Für mich sieht das nach einem dünnen älteren Mann aus, der *post mortem* durch das Gas aufgeblasen wurde.«

»Der Leichnam zersetzt sich minütlich immer mehr, die Organe lecken, und das Skelett hat einen Großteil seiner Stabilität eingebüßt, aber …« Sie deutete mit einem behandschuhten Finger darauf. »Hier kann ich ein paar Kratzer auf der Hautoberfläche erkennen … und da auch.«

»Gut gesehen.« Decker starrte auf die Stelle. »Die Kratzer scheinen aber nicht besonders tief zu sein.«

»Stimmt. Sieht weniger nach einer Reißwunde aus, eher so, als hätte der Tiger ihn vielleicht angestupst?«

»Und versucht, eine Reaktion von einem Toten zu bekommen.«

»Ja, das wäre möglich.« Marge untersuchte den Körper. »Wegen der Verfärbungen sind Details auf der Haut nur schwer zu erkennen. Die Kratzer könnten auch tiefer gehen, aber weil der Körper so aufgedunsen ist, wirken sie eher oberflächlich.«

Decker nickte. »Siehst du irgendwo Bissabdrücke?«

»Bis jetzt nicht. Ich wünschte, wir könnten ihn umdrehen.«

»Das wird bald der Fall sein.« Weder er noch Marge durften die Leiche berühren, die offiziell in die Zuständigkeit der Gerichtsmedizin fiel. Dennoch konnten sie ihre eigenen Beobachtungen anstellen. »Seine Stirn ist deformiert. Als hätte ihm jemand einen Schlag auf den Vorderkopf verpasst.«

Marge nickte. »Sieht aus wie das Muster nach einer Sternfraktur. Deswegen und wegen der Rückstöße sollten wir schauen, ob wir eine Waffe finden: etwas Hartes mit abgerundetem Ende.«

»Eine Waffe wäre gut. Ich würde auch gerne einen Hinweis auf die Identität entdecken. Sorgt für eine ordentlichere Vorgangsakte.«

Mit der Assistentin des Gerichtsmediziners hatte Decker schon in anderen Fällen zusammengearbeitet. Gloria, Mitte vierzig und hispanischer Abstammung, war perfekt geeignet für den Job, weil sie kompetent und freundlich war und effizient arbeitete. In der offiziellen schwarzen Jacke mit dem gelben Schriftzug schwitzte sie stark im Schlafzimmer, das den Spitznamen »Höllensauna« verpasst bekommen hatte. Vorsichtig drehte sie den Körper auf die Seite und untersuchte minutiös den Rücken. Die Haut dort hatte im momentanen Zustand dank der Totenflecke – Blutansammlungen am gravitationsbedingt tiefsten Punkt – einen auberginenfarbenen Ton. Die Haut fing gerade an, sich von der Muskulatur unter ihr abzulösen. »Okay, los geht's.«

Sie legte den Körper wieder ab und ging auf die andere Seite. Dann bewegte sie ihn ganz vorsichtig zu sich und deutete auf ein Loch.

»Sieht aus wie eine Einschusswunde.« Sie drehte den Körper in seine Ausgangsposition zurück und untersuchte die Vorderseite des verwesenden Leichnams. »Ich kann kein Ausschussloch entdecken. Der Körper ist extrem aufgedunsen, daher ist das Loch vielleicht nicht gut zu sehen. Haben Sie eine Kugel oder eine Patronenhülse in der Wohnung gefunden?«

»Noch nicht«, antwortete Marge, »aber jetzt, wo wir wissen, dass eine Waffe im Spiel sein könnte, werden wir danach Ausschau halten. Wäre die Schusswunde tödlich gewesen?«

»Das kann ich unmöglich vor einer Autopsie sagen.« Sie erhob sich und betrachtete den aufgedunsenen Leichnam. »Am Vorderkopf kam es definitiv zu stumpfer Gewalteinwirkung.« Sie zeigte auf die unteren Augenhöhlen. »Diese Einbuchtung kommt dadurch zustande, dass die Augäpfel ins Innere des Kopfes rutschen – ein ganz natürliches Phänomen. Aber das hier …«, jetzt wies sie auf den oberen braunen Teil des Schädels, »da hat jemand das Opfer mit etwas Hartem geschlagen.«

»Ist uns auch aufgefallen«, sagte Marge. »Mord?«

»Ich bin nicht der Leichenbeschauer, daher ziehe ich keine Schlussfolgerungen«, sagte Gloria. »Aber fahren Sie in absehbarer Zeit besser nicht in Urlaub.«

Marge grinste. »Ich rufe die Spurensicherung an.«

»Danke, Gloria.« Decker griff nach einem Beweisbeutel aus Papier, dann ging er mit Gloria in den Raum, der einst Hobart Pennys Wohnzimmer gewesen war. »Mich interessiert, wie der Mörder an dem Tiger vorbeigekommen ist.«

»Sie schleppte eine ein Meter achtzig lange Kette hinter sich her. Wenn sie ursprünglich angekettet war, hätte sie wenig Bewegungsspielraum gehabt. Aber jeder hätte wohl an ihr vorbeikommen können. Oder das Opfer hat seinen Mörder an dem Tiger vorbeigeführt.«

»Wenn der Mörder von Penny selbst hereingeführt wurde, wie kam er dann nach Pennys Tod wieder an dem Tier vorbei und aus der Wohnung?«

Marge zuckte mit den Achseln. »Vielleicht hat der Mörder ihr Fleischstücke zugeworfen, die mit einem Betäubungsmittel präpariert waren? Hier liegt ziemlich viel vergammeltes

Fleisch herum … zusammen mit haufenweise Scheiße, Durchfall und Erbrochenem. Vielleicht wurde das Tier vergiftet.«

Decker dachte über diese Theorie nach. »Also hat der Täter das Opfer mit einer Schusswaffe und einem möglichen Schlag auf den Kopf getötet, den Tiger aber nicht erschossen? Stattdessen verabreichte er ihr vergiftetes Fleisch?«

»Vielleicht sind ihm die Kugeln ausgegangen. Vielleicht hat er ja auf den Tiger geschossen, aber falls es kein perfekter Schuss war, braucht es wahrscheinlich mehr als einen, um so ein Tier umzulegen.«

»Wissen wir überhaupt, ob der Tiger angeschossen wurde?«, fragte Decker. »Ihrem Gang nach zu urteilen, sah sie nicht gerade verletzt aus.«

»Sie klang aber ziemlich angepisst.«

Decker gab in diesem Punkt nach. »Also nimmst du an, dass das Opfer den Täter kannte und ihn an dem Tier vorbeiführte. Dann erschoss der Täter das Opfer und gab dem Tiger vergiftetes Fleisch?«

»Ich habe keine Ahnung«, gestand Marge ein. »Vielleicht kannte der Täter das Opfer und seine Gewohnheiten gut genug, um zu wissen, wie man an dem Tier vorbeikommt.«

Decker zuckte mit den Achseln. »Möglich. Lass uns rausgehen.«

Sie gingen in den Flur – heiß und feucht und voller Gestank. Zwei uniformierte Beamte standen auf jeder Seite der Wohnungstür, beide mit leidendem Gesichtsausdruck. Detective Scott Oliver, der gerade am Tatort angekommen war, sah von einem Blatt auf. Er trug einen schwarzen Anzug und ein pinkfarbenes Hemd. Mit einer Hand fächelte er sich vor der Nase Luft zu. »Ich wollte gerade losgehen und Wanda und Drew bei der Befragung der Hausbewohner unterstützen. Wir müssen unbedingt das ganze Haus überprüfen.«

»Alle Wohnungen ja, aber nicht von dir«, sagte Decker. »Ich übertrage dir und Marge die vielgepriesene Aufgabe der Beweissuche.«

Oliver ließ die Schultern hängen. »Ich Glückspilz.«

»Jedenfalls hast du mehr Glück als das Opfer.«

»Über welche Art von Beweisen reden wir hier?«

»Die Gerichtsmedizin hat eine Schusswunde im Körper entdeckt. Eine Vertiefung an seinem Vorderkopf sieht außerdem noch nach stumpfer Gewalteinwirkung aus. Wir suchen Patronenhülsen und eine Waffe, die zu der Vertiefung passt.«

»Haben wir das Opfer identifiziert?«

»Auf einer Kommode lag eine Brieftasche mit einem alten Ausweis von Hobart Penny«, berichtete Marge. »Dem kleinen Foto nach kann man nur schwer sagen, ob er der Leichnam ist.«

»Was ist mit einem Führerschein?«

»Nicht in der Brieftasche«, sagte Decker. »Ich habe eine Bürste, eine Zahnbürste und eine benutzte Kaffeetasse für einen DNA-Abgleich eingetütet.« Er wandte sich an Marge. »Ich weiß, der Mann war ein Eigenbrötler, aber wie sieht es mit Verwandten aus? Ein so reicher Typ… da muss es doch Leute geben, die wir kontaktieren können.«

»Nach allem, was ich über ihn gelesen habe, war er zweimal geschieden«, erzählte Marge. »Seine letzte Ehe liegt fünfundzwanzig Jahre zurück. Es gibt zwei Kinder mit der ersten Ehefrau, von der er sich vor fünfunddreißig Jahren scheiden ließ. Die erste Frau ist vor zehn Jahren gestorben. Offenbar hat er sich mit seinen Kindern auseinandergelebt; Grund war wohl Papas seltsames Verhalten.«

»Seltsam ist untertrieben. Was für ein Mensch hält sich denn ein ausgewachsenes Tigerweibchen?« Als ihm niemand eine tiefenpsychologische Erklärung anbot, fuhr Decker fort: »Wie alt sind die Kinder?«

Marge sah in ihren Notizen nach. »Der Sohn – Darius – ist Mitte fünfzig und hat sein Vermögen selbst erarbeitet. Er ist Anwalt und macht was mit Risikokapitalanlagen. Die Tochter – Graciela – ist achtundfünfzig und eine Nummer in der New Yorker Society. Verheiratet mit einem Grafen oder Baron.«

»Und die zweite Frau?«, wollte Oliver wissen. »Was passierte mit ihr?«

»Sie« – Marge schlug die Seiten ihres Notizblocks um – »lebt noch … Sabrina Talbot, achtundfünfzig. Die Ehe hielt fünf Jahre.«

»Also war sie bei der Hochzeit achtundzwanzig?«, rechnete Oliver aus.

»Genau … und er war neunundfünfzig. Er hat ihr eine großzügige Abfindung gegeben, und irgendwo stand, dass seine erwachsenen Kinder nicht besonders glücklich darüber waren.« Marge blickte auf. »Aber das alles ist fünfundzwanzig Jahre her. Wer hegt denn so lange einen Groll?«

»Jemand, der ausreichend angepisst war, um ihm den Schädel einzuschlagen und ihn zu erschießen«, meinte Oliver.

»Ich recherchiere den Hintergrund der Familie vom Revier aus«, sagte Decker. »Dort riecht es eindeutig besser, und ich habe Zugriff auf einen Computer.« Er nahm sich Olivers prächtige Erscheinung vor. »Vielleicht willst du ja dein Jackett lieber im Auto lassen und deine Hose hochkrempeln. Marge hat Schuhüberzieher für dich.«

»Igitt«, sagte Oliver, »das wird wieder eine von diesen miesen Nächten.«

»Scotty, es ist schon lange eine von diesen miesen Nächten«, erwiderte Decker. »Du liegst zwar modisch voll im Trend, kamst aber trotzdem zu spät.«

4

Marge konnte sich *fast* noch an die Zeiten erinnern, als ein Uhr nachts für tief und fest schlafen stand. Seit zwanzig Jahren, seit sie Ermittlerin der Mordkommission war, stand ein Uhr nachts für Anrufe, die sie zu einem meist grausigen Tatort führten. Im Augenblick trugen sie und Oliver kriminaltechnisch relevantes Beweismaterial zusammen. Inmitten der Sauerei und der Gräueltat gab es ein paar richtungsweisende Pfeile, die darauf hindeuteten, was vorgefallen war. Als ihr etwas Glänzendes aus einem Haufen Scheiße zuzwinkerte, hatte sie eine freudige Ahnung, was das wohl sein könnte. Nur wurde die anstehende Aufgabe dadurch kein bisschen angenehmer.

»Ich muss das nicht wirklich machen, oder?« Marges Frage an Oliver war nicht rhetorisch gemeint. »Ich habe den höheren Dienstgrad.«

»Aber du liebst mich doch ein wenig«, erwiderte Oliver.

»So sehr nun auch wieder nicht.«

Schweigen. »Werfen wir eine Münze?«, schlug Oliver vor.

Marge nahm einen Vierteldollar aus ihrem Portemonnaie, schmiss ihn in die Luft und fing ihn wieder auf. »Was nimmst du.«

»Kopf.«

Sie knallte die Münze auf die Unterseite ihres Arms und

nahm die Hand weg. George Washington starrte sie an. »Ich heul gleich los.«

Oliver tat so, als hätte er nichts gehört, und beschäftigte sich damit, eine Waffe zu finden, die zu der Delle an der Stirn des Opfers passte. Da die Gerichtsmediziner die Leiche abtransportiert hatten, blieben ihm nur Fotos von der Wunde. Sie schien eher rund als eiförmig zu sein, mit ungefähr zwei- bis dreieinhalb Zentimetern Durchmesser.

Olivers erste Wahl war ein Hammer. Er versuchte, eine Werkzeugkiste oder eine Schublade mit Werkzeug zu finden.

Marge verfluchte ihr Glück und bückte sich. Der Gestank war grauenhaft. Sie rümpfte die Nase, dann steckte sie zwei behandschuhte Finger in einen matschigen Haufen Tigerkacke. Sie fischte das Metall heraus und betrachtete das schleimbedeckte Stückchen Stahl. »Kaliber .22. Wenigstens habe ich etwas von Wert gefunden, das den Ekelfaktor aufwiegt. Reichst du mir bitte ein Tütchen?«

»Nur weil du bitte gesagt hast.« Er hielt ihr einen Beweisbeutel hin. »Ich nehme mal an, die logische Frage lautet, wie die Kugel in die Scheiße gekommen ist? Sieht nicht nach etwas aus, das ein Tier normalerweise frisst.«

»Genau, Decker und ich haben uns auch gefragt, warum das Opfer erschossen wurde, der Tiger aber nicht. Und wir haben darüber nachgedacht, wie jemand den Tiger umgehen kann, um an das Opfer zu gelangen.«

»Wie lautet eure Erklärung?«

»Der Tiger wurde mit einem vergifteten Stück Fleisch betäubt. Sie kannte den Täter und hat ihn – oder sie – nicht als Bedrohung eingestuft. Das Tier war angekettet, so dass der Täter ein- und ausgehen konnte, ohne angegriffen zu werden. Oder der Tiger wurde angeschossen, und in dem ganzen Tumult hat niemand ein Einschussloch bemerkt. Gib mir Bescheid, wenn dir noch etwas anderes einfällt. Ich rufe morgen früh Agent Wilner an und informiere mich über den Zustand des großen Mädchens.«

»Wohin bringt man denn einen herrenlosen Tiger? Das Letzte, was ich gehört habe, besagt, dass Raubkatzen nicht gerade hoch im Kurs stehen.«

»Es gibt ein paar Tierasyle für Wildtiere. Ich meine mich an irgendeine gemeinnützige Einrichtung für wilde Tiere zu erinnern, als ich noch in Foothill stationiert war – so vor zwanzig Jahren, daher weiß ich nicht, ob der Laden noch existiert.« Marge ließ das Geschoss in das Tütchen fallen. »Wir haben ein Problem.«

»Erzähl's mir.«

»Da wir bereits eine Kugel in der Kacke entdeckt haben, meinst du, es gibt weitere wichtige Beweise in der Kacke, die wir zu gerne übersehen?«

Oliver starrte Marge bedeutungsvoll an. Schließlich sagte er: »Warum tüten wir nicht alles ein und überreichen es der Spurensicherung?«

»Warum nehme ich nicht diese beiden riesigen Haufen hier in Angriff und du diesen da und den da hinten?«

»Kannst du das nicht einem von den Anfängern aufs Auge drücken?«

»Meine Röntgenaugen durchleuchten den Raum hier, sogar während ich mit dir spreche.« Marge drehte ihren Kopf nach rechts und links. »Weit und breit nur du und ich, Kumpel.«

»Mir leuchtet nicht ein, warum ich das tun muss.«

»Falls du es beim ersten Mal nicht verstanden haben solltest«, klärte Marge ihn auf. »Ich nehme die hier, und du kümmerst dich um die da drüben.«

»Wie wär's, wenn ich die Nachbarschaftsbefragung übernehme und Wanda sich die Hände schmutzig macht?«

»Wie wär's, wenn wir das hier *jetzt sofort* hinter uns bringen? Das hier ist das wahre Leben, keine Fernsehsendung zum Thema, und ich habe nicht die ganze Nacht Zeit. Genau genommen habe ich die ganze Nacht Zeit, aber ich will hier nicht meine Zeit verplempern.«

Widerwillig bückte sich Oliver zu dem ersten Haufen Scheiße hinunter. »Was man nicht alles macht, um sein Geld zu verdienen.«

»Na, wenigstens hast du einen Job.«

»Es ist ekelhaft.«

»Wie wahr, und völlig irrelevant. Tu's einfach. Heute ist der erste Tag vom Rest deines Lebens, bla, bla, bla.«

Er tauchte seine Hand in den Haufen und stöhnte. »Mal ehrlich, Dunn, ich ziehe die Vergangenheit der Gegenwart vor. Ich war jünger, ich hatte dunkles Haar, und ich musste noch keinen einzigen Cent Unterhalt zahlen.«

Rina war selbst eine Frühaufsteherin, aber Gabe musste schon beim ersten Sonnenstrahl aus dem Bett gekrochen sein.

»Also gut.« Er fuhr sich mit einer Hand über den flaumigen Schädel. Seine Haare wuchsen wieder nach. Zwischen jetzt und einer Igelfrisur lagen nur noch wenige Tage. »Möchtest du einen Kaffee? Die Maschine ist bereit, aber ich wollte sie nicht anstellen, bevor du nicht da bist. Abgestandener Kaffee schmeckt echt ätzend.«

»Das ist sehr rücksichtsvoll von dir. Ich hätte gerne einen Kaffee. Wie lange bist du schon auf?«

»Ungefähr eine Stunde.«

»Schlafstörungen?«

»Ich hab ein bisschen gepennt. Mir geht's gut.«

»Nervös?«

»Ja, ein wenig.«

»Du hast das gestern sehr gut gemacht.«

»Mich hat ja auch niemand in die Mangel genommen. Garantiert wird das heute anders. Aber ist schon okay. Was immer geschieht … ich meine, was kann ich schon dran ändern?«

Rina stellte zwei Becher bereit. »Du bist ein ziemlich cooler Typ, Gabe. Du schaffst das.«

Er spielte an seinem Krawattenknoten herum. »Wo ist der Lieutenant?«

»Noch bei der Arbeit. Die ganze Nacht.«

»Wahnsinn. Was ist das für ein Fall?«

»Der geht in die Geschichte ein.« Rina lächelte. »Gestern Abend mussten er und die Beamten von Animal Control einen Tiger aus einer Wohnung holen.«

»Einen *Tiger*?«

»Ja. Ein ausgewachsenes Weibchen. Lebte in einer Wohnung.«

»Wahnsinn.« Eine Pause. »Cool.«

Rina schenkte den Kaffee ein und reichte Gabe einen der beiden Becher. »Wahnsinn? … Verdammt gefährlich trifft es eher.«

Gabe erwiderte ihr Lächeln und schlürfte seinen Kaffee. »Wie haben sie den Tiger rausbekommen?«

»Jemand von Animal Control hat das Tier mit einem Pfeil betäubt. Sobald es erledigt war, sind sie reingegangen und haben es in einem Käfig rausgeholt.«

»Boah.« Er ließ sich auf einen Stuhl fallen und sagte eine Weile kein Wort. »Hört sich an wie eine Komposition. Kontrabass für das Knurren, Tuba für das schwere Tier, schrille Töne im Stakkato von den Geigen für jedes Kratzen mit der Tatze, fast schon kreischendes Trompetengeschmetter für die Leute von Animal Control und dann ein paar Einsätze der übrigen

Instrumente, gefolgt von einem ohrenbetäubenden Knall, als der Pfeil in den Körper eindringt, anschließend diese schillernden, aber trotzdem durch Mark und Bein gehenden Streicher, als das Tier das Bewusstsein verliert… und ein tiefer Bass, als es herausgezogen wird…« Gabe starrte ins Nichts. »Ich höre es… geradezu in Vollkommenheit.«

Alles, was Rina hörte, war das Geräusch des Kühlschranks. »Klingt ein bisschen nach *Peter und der Wolf* auf Droge.«

Gabe musste lachen. »Stimmt genau.« Er stellte seinen Becher ab und rieb sich die Augen hinter den Brillengläsern. »Und diese Sache dauerte die ganze Nacht?«

»Nein«, sagte Rina, »aber nachdem Animal Control das Tier aus der Wohnung verfrachtet hatte, haben sie im Inneren eine Leiche entdeckt.«

»Also hat der Tiger den Typ in der Wohnung umgebracht?«

»Nach allem, was Peter mir erzählt hat, ist der Leichnam das Ergebnis eines Mordes. Der Tiger hängt nur indirekt mit dem Tod des Mannes zusammen und gehört nicht zum Fall.«

»Das ist echt krass.«

»Als Lieutenant bekommt Peter immer die krassen Fälle. Weil er die ganze Nacht auf war, wird er erst später zur Verhandlung erscheinen.«

»Ist schon gut. Das Leben geht weiter.« Er sah Rina an. »Aber du wirst doch da sein, oder?«

»Natürlich.« Sie stellte ihren Becher ab und gab ihm einen Kuss auf seinen fast kahlen Kopf. »Keine Sorge. Bald sollte das alles vorbei sein…«

Das Telefon klingelte. Es war erst Viertel vor sieben. Normalerweise handelte es sich dann bei dem Anrufer um eins der Kinder, die aus dem Osten anriefen. Sie achteten nie auf die drei Stunden Zeitverschiebung.

»Entschuldige mich«, sagte Rina, »das ist bestimmt Hannah, die dir entweder viel Glück wünschen will oder eine Krise hat.«

»So oder so, grüß sie von mir.«

Rina nahm ab. »Hallo?«

»Hi, ich bin's«, sagte Decker.

»Geht es dir gut?«

»Nur etwas müde, aber deshalb rufe ich nicht an. Während ich letzte Nacht mit wilden Tieren beschäftigt war, hatte Dylan Lashay einen Schlaganfall. Er liegt im Krankenhaus, und sein Zustand ist kritisch. Nurit Luke hat mit seinen Anwälten gesprochen. Alle haben sich darauf verständigt, den Prozess auf unbestimmte Zeit zu vertagen.«

»Du lieber Himmel!« Rina schwieg einen Moment. »Wie denkt Wendy Hesse darüber?«

Als Wendy Hesses Name fiel, hob Gabe den Kopf. »Was ist los?«

Rina signalisierte ihm mit erhobener Hand, kurz zu warten. »Könntest du das wiederholen? Ich habe dich nicht verstanden.«

»Ich sagte, Wendy ist darüber nicht glücklich, sie will Gerechtigkeit für ihren toten Sohn, aber angesichts des neuen Sachverhalts ist selbst sie nicht mehr dafür, den Prozess weiter in die Länge zu ziehen. Wenige Stunden noch, dann wird es in dem gesamten Fall zu einer Verständigung kommen, und das, meine Liebe, heißt, dass es vorbei ist. Sag Gabe, es ist vorbei.«

»Ich bin sicher, er wird es begrüßen, wenn sich sein Riesenproblem endlich erledigt hat.«

»Was habe ich für ein Riesenproblem?«, fragte Gabe.

»Ich bin in etwa einer Stunde zu Hause. Vielleicht gehen wir drei zusammen frühstücken, bevor ich ins Bett falle.«

Rina lächelte. »Das wäre toll. Liebe dich.«

»Ich dich auch.« Decker beendete das Gespräch.

»Von welchem Problem hast du da geredet?« Gabe war außer sich.

»Dylan Lashay hatte einen Schlaganfall. Sein Zustand ist kritisch. Der Prozess wird auf unbestimmte Zeit vertagt, und die Parteien werden sich wahrscheinlich verständigen. Um den Loo zu zitieren: ›Sag Gabe, es ist vorbei.‹«

»Wahnsinn!« Gabe lehnte sich zurück. »Das sind *wirklich* gute Neuigkeiten. Ich muss nicht mehr ins Gericht. Und Yasmine muss auch nicht in den Zeugenstand. Das sind super, super Neuigkeiten!«

»Kein Zweifel, es ist eine riesige Erleichterung für dich und für sie.« Rina schwieg einen Augenblick. »Wann hast du sie das letzte Mal gesprochen?«

Gabe sah sie an. Es war immer besser, die Wahrheit zu sagen.

Vielleicht nicht die ganze Wahrheit.

»Rina, ich hab sie seit über einem Jahr nicht mehr angerufen. Ich hab ihr keine E-Mails geschickt oder eine SMS geschrieben oder auf Skype mit ihr gequatscht oder sonst was. Aber das bedeutet nicht, dass ich mich nicht für sie freuen darf.«

»Natürlich darfst du dich für sie freuen. Und ich nehme mal an, dass dein Privatleben mich nichts angeht.«

»Ich weiß ja, dass du's gut meinst.«

»So ist es. Soll ich deinen Rückflug auf morgen umbuchen?«

»Also, ich hab ihn schon umgebucht. Ich hab mich entschieden, noch übers Wochenende zu bleiben, wenn das für euch okay ist.«

»Natürlich.« Pause. »Darf ich dich fragen, weshalb?«

Gabe war auf diese Frage vorbereitet. »In der Schule bin ich total eingespannt. Ich hatte das Gefühl, ein paar zusätzliche freie Tage würden mir guttun, bevor ich wieder voll durchstarte. Hier bin ich viel lockerer drauf als in der Schule.«

»Das ist wirklich schön. Ich möchte auch, dass du dich hier wie zu Hause fühlst.« Rina trank ihren Kaffee aus. »Der Loo will mit uns frühstücken gehen. Du bist herzlich eingeladen.«

»Da komm ich gerne mit. Kann ich mich vorher noch umziehen?«

»Obwohl du im Anzug hinreißend aussiehst, ist mir klar, dass Jeans und T-Shirt bequemer sind.«

Das Lächeln auf seinem Gesicht war breit und strahlend. Gabe rannte in sein Zimmer und fühlte sich kein bisschen schuldig, weil er es mit der Wahrheit nicht so genau genommen hatte. Er liebte Rina für alles, was sie für ihn getan hatte, aber ganz sicher brauchte sie nicht über jedes Detail aus seinem Privatleben Bescheid zu wissen.

Er musste sein Leben leben.

Er musste sein Leben lieben.

Er musste sein Leben gegen die Wand fahren.

5

Durch Kalorien, Koffein und mehrere Stunden Schlaf wiederbelebt, las Decker auf der Titelseite der *Daily News* alles über das nächtliche Treiben, dazu gab's ein Foto, auf dem der Käfig gerade aus dem Wohngebäude gefahren wurde. Nachdem er den Artikel zu Ende gelesen hatte, widmete er sich den pinkfarbenen Zetteln mit Bitten um Rückruf, die während seiner dreistündigen Abwesenheit zusammengekommen waren. Er hatte gerade einen Großteil der Anrufe erledigt, als Marge und Oliver an seine offene Bürotür klopften. Es war ein Uhr mittags.

»Was die Beweismittelsicherung betrifft, handelte es sich schlichtweg um den übelsten Tatort, den ich je gesehen habe«, schimpfte Oliver. »Alles war so mit Tierblut und Scheiße verunreinigt, dass ich überhaupt nicht wusste, was vor mir liegt.«

»Die gute Nachricht ist«, sagte Marge, »dass wir noch eine Kugel Kaliber .22 gefunden haben und mehrere Hülsen … Ich sag dir lieber nicht, wo. Doch, ich sag's dir.« Als sie loslegte, verzog Decker das Gesicht.

»Ich habe auch ein paar Werkzeuge eingetütet, die *vielleicht* zu der Delle im Schädel passen, aber keins davon gefällt mir wirklich gut.«

»Worüber reden wir?«, fragte Decker.

»Ein Besenstiel, eine Suppenkelle, das stumpfe Ende eines

Hackebeils.« Eine Pause. »Mir geht durch den Kopf, was ein alter Mann wohl mit einem Hackebeil macht? Und dann geht mir durch den Kopf, dass ja wohl jemand das Fleisch für das Kätzchen zuschneiden musste.«

Marge blätterte ihre Notizen durch. »Also, die Nachbarschaftsbefragung hat nicht viel gebracht. Kaum jemand erinnert sich daran, den alten Mann gesehen zu haben.«

»Was ist mit Geräuschen aus der Wohnung?«

»Ja, wir haben ein paar ›Ich hab da vielleicht was gehört‹ oder ›Ich dachte, ich hätte was gehört‹ eingesammelt. Die Leute, mit denen ich gesprochen habe, wollten es nicht beschwören. Er bekam ziemlich viele Lieferungen. Nicht ungewöhnlich für jemanden, der sich einsperrt.«

»Fleisch für die Raubkatze?«, überlegte Decker laut.

»Lieferungen von Lebensmittelgeschäften hier in der Gegend, Albertsons und Ralphs. Genaueres finde ich noch heraus«, sagte Marge. »Was Telefondaten angeht: Er hatte einen Festnetzanschluss, aber kein Handy. Das passt zu einem Eigenbrötler und einem Mann in seinem Alter. Hat dich Ryan Wilner eigentlich schon angerufen?«

»Weswegen?«

»Ich wollte wissen, wo sie den Tiger hingebracht haben und ob sie angeschossen wurde. Falls sie verletzt wurde, könnte es einen Unterschied machen, wie wir den Fall angehen. Falls nicht, kannte der Täter sie möglicherweise.«

»Ich rufe ihn an«, versprach Decker. »Wer benutzt denn ein Kleinkaliber .22, um einen Tiger zu erledigen?«

»Nicht mit Kopfschuss, aber Weichteile bleiben Weichteile.«

Decker gab ihr in diesem Punkt recht.

»Was ist mit Pennys Verwandtschaft?«, fragte Marge.

»Reiche Leute sind immer gut beschützt, aber mit ein bisschen Charme, dem Internet und einem Telefonbuch habe ich ein paar Telefonnummern herausgefunden.« Decker ging seine Telefonnotizen durch. »Hier sind die Kontaktdaten der Tochter: Baroness Graciela Johannesbourgh. Wenn du anrufst, frag nach Hollie Hanson. Ich glaube, sie ist die Geschäftsführerin der Stiftung, die die Baroness gegründet hat.« Er reichte Marge ein Blatt Papier mit den Informationen.

»Stiftung für was?«

»Kraniozervikale Dystonie«, sagte Decker. »Ich hab's nachgeschlagen. Wenn dein Kopf sich abnormal zur Seite verdreht und in dieser Position verkrampft. Der medizinische Fachbegriff dafür lautet Torticollis. Die Krankheit wird mit Botulinumtoxin behandelt, um die Muskeln zu entspannen. Sie kann genetisch bedingt sein. Ich habe keine Ahnung, ob diese Stiftung aus persönlichen Gründen oder aus reiner Herzensgüte entstanden ist.«

Decker durchforstete seine Notizen.

»Hier, das ist die Nummer von Darius Penny bei Klineman, Barrows, Purchas und Penny. Darius' Sekretär heißt Kevin.« Der Zettel mit diesen Infos ging an Oliver.

»Hast du ihnen gesagt, worum es geht?«, fragte Scott.

»Nur, dass es Hobart Penny betrifft«, erwiderte Decker. »Keine weiteren Details. Sicher gehen beide davon aus, dass es etwas mit seinem Tod zu tun hat – der Mann war alt –, aber ich habe ihnen nichts von dem Mord erzählt. Beide Nummern haben die 212-Vorwahl: Manhattan. Was immer ihr macht, seid auf der Hut. Diese Leute nehmen sich schon einen Anwalt, wenn man sie nur nach dem Wetter fragt.«

»Was weißt du über ihre jeweilige finanzielle Situation?«, fragte Oliver.

»Nichts.«

»Okay, dann grabe ich mal ein bisschen.«

»Was ist mit der Exfrau?«, wollte Marge wissen.

»Sabrina Talbot lebt in Montecito im Santa Barbara County«, berichtete Decker. »Ich habe das Gebäude mit dem Grundstück gegoogelt. Das Haus ist eins dieser riesigen Anwesen im mediterranen Stil, umgeben von viel Land. Vermutlich hättet ihr nichts dagegen, dorthin zu fahren, um mit ihr zu reden.«

»Das kriege ich durchaus auf die Reihe.« Marge grinste. »Möchtest du, dass ich Will oder jemanden von der Dienststelle in Santa Barbara anrufe, der vielleicht etwas über sie weiß?«

»Gute Idee«, sagte Decker. »Wie sehen deine Pläne für morgen aus?«

»Ich könnte gegen elf losfahren.«

»Ich habe Zeit«, bot Oliver an, »und komme mit.«

»Jetzt also doch?«

»Ich bin eine gute Reisebegleitung.«

»Oliver, hast du noch nie was von dem alten Sprichwort gehört, dass zwei sich vertragen und drei sich schlagen?«

»So hieß das früher. Heute gilt: Zwei vertragen sich und drei machen eine Party.«

»Und das sagt derjenige, der Facebook für eine Ansammlung von Fahndungsfotos hält.«

»Stimmt, was die sozialen Netzwerke betrifft, bin ich total altmodisch«, erwiderte Oliver. »Aber wenn es nur um ein gesundes Miteinander geht, bin ich immer dabei.«

Der Anruf erreichte ihn ein paar Stunden später. »Lieutenant Decker am Apparat.«

»Ryan Wilner.«

»Hallo, Agent Wilner, wie geht es unserer Süßen?«

»Es war eine lange Nacht für sie. Sie ist desorientiert, aber Vignette hat mir gesagt, sie würde anfangen zu fressen, was ein gutes Zeichen ist.«

»Vignette?«

»Sie leitet die Tierauffangstation und möchte gerne mit Ihnen sprechen.«

»Okay.« Decker dachte kurz nach. »Wissen Sie, warum?«

»Ich weiß nur, dass sie sich sehr über den Tod des alten Mannes aufgeregt hat. Offensichtlich hat er die Station großzügig unterstützt, daher kannte sie ihn näher.«

Decker spitzte die Ohren. »Ich rufe sie an. Haben Sie ihre Telefonnummer?«

Wilner gab ihm die Nummer durch. »Sie sollten den Ort mal besuchen. Sie und ihre Angestellten leisten tolle Arbeit.«

»Das werde ich wohl.« Er legte auf und wählte sofort danach Vignettes Nummer. Es klingelte zweimal, bevor abgenommen wurde, und dann rauschte es stark in der Leitung.

»Global Earth Tierasyl«, sagte eine Frauenstimme.

»Hallo, hier ist Lieutenant Decker von der Polizei Los Angeles. Könnte ich bitte mit Vignette sprechen?«

»Am Apparat. Danke, dass Sie sich bei mir melden, Lieutenant.« Die Stimme klang jugendlich.

»Kein Problem«, sagte Decker, »aber die Verbindung ist furchtbar schlecht.«

»Wir haben hier draußen miesen Empfang. Meistens findet mein Handy gar kein Netz. Wir könnten unterbrochen werden.«

»Gut, dann nehmen wir, was wir kriegen. Wie kann ich Ihnen helfen?«

»Es geht um Mr Penny. Ich kann nicht glauben, dass es ihn nicht mehr gibt.«

»Immerhin war er neunundachtzig.«

»Und dabei doch so vital.«

Vital, dachte Decker. Der Mann schien sich völlig zurückgezogen zu haben, aber vielleicht hatte er noch ein anderes

Leben, von dem nur sie etwas wusste. »Hat er das Tierasyl oft besucht?«

»Nicht sehr oft. Er ließ Tiki nicht gerne lange allein. Ich bin sicher, Sie verstehen, warum.«

»Ein Ausbruch des Tigers wäre problematisch.«

»Nein, darum ging es nicht. Das Hauptproblem war, dass sie so an ihm hing. Sie mochte es nicht, wenn er weg war.«

»Kannten Sie den Tiger gut?«

»Tiki und ich hatten gesunden Respekt voreinander.«

»Darf ich also davon ausgehen, dass Sie Mr Penny und Tiki in seiner Wohnung besucht haben?«

»Natürlich. Jemand musste Tiki ja ihre Impfungen geben.«

»Sie haben den Tiger geimpft?«

»Natürlich erst, nachdem sie betäubt worden war.«

»Vignette, sicher wissen Sie das selbst, aber es ist illegal, ein wildes Tier wie einen Tiger auf städtischem Gebiet zu halten.«

»Klar weiß ich das. Deshalb kam Mr Penny ja auch nicht oft zu uns heraus. Alles, was er wollte, war, mit Tiki sein Leben zu Ende zu leben.« Durch die Leitung drang an Seufzer an Deckers Ohr. »Ich nehme mal an, der Wunsch wurde ihm erfüllt.«

Decker versuchte, Geduld zu bewahren. »Vignette, wenn Sie Kenntnis von weiteren Wildtieren haben, die auf städtischem Gebiet gehalten werden, sollten Sie diese der Polizei melden. Sie kennen das damit verbundene hohe Risiko.«

»Meines Wissens nach gibt es keine weiteren Tiger. Mehr, als mich um die Tiere zu kümmern, die wir hierhaben, kann ich nicht tun. Und dafür habe ich eine Genehmigung, falls Sie sich das fragen.«

Sie klang nicht nur jung, sondern reagierte auch wie ein bockiges Kind. »Gut zu wissen«, erwiderte Decker.

»Hören Sie, Lieutenant, ich habe Mr Penny angefleht, Tiki

abzugeben, aber er wollte nicht. Was sollte ich denn tun? Unseren größten finanziellen Unterstützer verpetzen?«

Statt sie anzugreifen, brachte er das Gespräch besser höflich über die Runden. »Wann waren Sie das letzte Mal in der Wohnung?«

»Gerade eben erst, vor drei oder vier Tagen. Und Mr Penny kam mir völlig gesund vor. War es ein Herzinfarkt?«

Sie schien erstaunlich nichtsahnend zu sein. Oder sie war eine gute Schauspielerin. Decker umging die Frage. »Wissen Sie, wo er den Tiger herhatte?«

»Nicht aus dem Stegreif. Man kann Welpen per Post bestellen. Manchmal bekommt man sie auch aus geschlossenen Zoos oder Zirkussen oder Tiershows. Wo Tiki her ist, weiß ich nicht.«

Eine geschmeidige Überleitung, dachte Decker. »Wissen Sie, ich würde wirklich gerne zu Ihnen kommen und mir das Tierasyl ansehen. So könnten wir persönlich miteinander sprechen, was viel besser ist als am Telefon.«

»Was gibt es denn noch zu besprechen?«

»Nur ein paar zusätzliche Informationen«, log Decker.

»Welche Informationen?« Pause. »Warum wurde die Polizei eingeschaltet?«

»Wir wurden gerufen, um uns um die Leiche zu kümmern.«

»Oh … alles klar.«

»Aber ich habe immer noch ein paar Fragen zu Mr Penny. Vielleicht können Sie mir weiterhelfen.«

»Ich werde Ihre Fragen beantworten, wenn Sie meine beantworten.«

»Wie lauten Ihre Fragen, Vignette?«

»Ich weiß, dass ich gleich wie ein Aasgeier klingen werde … Wissen Sie, ob es ein Testament oder so was gibt?«

»Nein, weiß ich nicht«, erwiderte Decker.

»Ich frage nicht für mich«, sagte Vignette. »Es geht mir allein um die Tiere. Mr Penny hat uns großzügig unterstützt. Ich weiß nicht, wie lange das Tierasyl ohne ihn durchhalten kann.«

Sie meinen wohl eher, ohne sein Geld, dachte Decker und sagte: »Könnten wir uns morgen treffen und ausführlicher miteinander reden?«

»Natürlich. Kommen Sie her. Ich zeige Ihnen unsere Arbeit, damit Sie nicht denken, ich sei habgierig.«

Aber es geht immer um Habgier. »Wann passt es Ihnen?«

»Gegen elf wäre perfekt.«

»Dann bis morgen, Vignette. Es tut mir leid, ich hatte Ihren Nachnamen nicht mitbekommen.«

»Garrison.«

»Wie lautet Ihre offizielle Stellung?«

»Ich bin die geschäftsführende Direktorin der Tierauffangstation. Wir hatten einen richtigen Leiter … er war Tierarzt, aber dann zog er nach Alaska, um die Paarungsrituale der Kodiakbären zu erforschen.«

»Nichts für Feiglinge.«

»Es geht wirklich nur darum, ihr Vertrauen zu gewinnen, Lieutenant. Ist das Vertrauen erst mal da, ist es unerheblich, wie wild ein Tier ist. Es gibt Grizzlybären, die benehmen sich wie Hundewelpen, und Hundewelpen, die sich wie Grizzlybären aufführen.«

»Wohl wahr«, sagte Decker. Es würde ihn nicht weiterbringen, mit ihr zu streiten. Vor seinem geistigen Auge trat er lieber einem bissigen Hundewelpen entgegen als einem glücklichen Grizzlybären. »Dann bis morgen um elf Uhr.«

»Wunderbar«, trällerte Vignette in ihr Handy. »Sie bekommen von mir den großen Besucherrundgang. Und vielleicht finden Sie etwas über ein Testament heraus?«

»Mal sehen, was ich tun kann.« Decker beendete das Gespräch.

Wusste sie eigentlich, was das Wort *habgierig* bedeutete?

Trotzdem hatte sie in einem Punkt recht. Garantiert hatte der Mann ein Testament gemacht.

Und wo es ein Testament gibt, ist auch ein Anwalt nicht weit.

6

Das Zentrum für Kraniozervikale Dystonie wurde vor fünfundzwanzig Jahren von Baroness Graciela Johannesbourgh ins Leben gerufen. Die Fotos auf der Website von den jüngsten Galaveranstaltungen zeigten eine streng aussehende, zaundünne Blondine mit einem verkniffenen Mund Mitte fünfzig, die zu verschiedenen Anlässen unzählige Abendkleider trug. Auf früheren Archivbildern war Marge die ausgeprägte schräge Kopfhaltung der Baroness zur rechten Seite aufgefallen. Im Laufe der Jahre hatte die Neigung abgenommen, bis ihre Haltung ganz normal wirkte. Früher galt Kraniozervikale Dystonie als ein schwer lösbares Problem, aber mittlerweile wurde die Krankheit ziemlich erfolgreich mit Botox behandelt.

Zwei Uhr nachmittags in der pazifischen Zeitzone bedeutete fünf Uhr nachmittags im Osten. Die Stiftung war vermutlich geschlossen, aber sie wollte trotzdem anrufen. Der Anruf wurde von einer rauchigen Stimme entgegengenommen.

»Zentrum für Kraniozervikale Dystonie.«

»Hallo, hier spricht Sergeant Marge Dunn von der Polizei Los Angeles. Könnte ich mit Hollie Hanson sprechen?«

»Das bin ich.« Pause. »Wie kann ich Ihnen weiterhelfen, Sergeant?«

»Ich versuche, Graciela Johannesbourgh zu erreichen. Man

hat mir gesagt, Sie könnten einen Kontakt zwischen uns herstellen.«

»In welcher Angelegenheit?«

»Hobart Penny.«

»Geht es ihm gut?«

»Die Sache ist persönlich.«

»Verstehe.« Pause. »Wenn Sie mir Ihren Namen und Ihre Telefonnummer geben, werde ich die Informationen an die Baroness weiterleiten.«

Marge wiederholte ihren Namen und nannte Hollie ihre Handynummer. »Ich wüsste ihren Rückruf sehr zu schätzen.«

»Sergeant, ich weiß, wie alt Mr Penny ist. Und ich weiß auch, dass ein Anruf der Polizei auf irgendeinen Vorfall hinweist.«

»Bitte veranlassen Sie, dass Ms Johannesbourgh mich zurückruft«, sagte Marge.

»Ich werde der Baroness Ihre Nachricht überbringen.«

»Vielen Da…« Marge sprach bereits in eine tote Leitung. Als Nächsten hatte sie Darius Penny auf der Liste. Mit ein bisschen Glück war er vielleicht noch im Büro. Es ging jemand ans Telefon, und dann wurde sie weiterverbunden und weiterverbunden und weiterverbunden, bis sie tatsächlich Darius Penny am Apparat hatte.

»Geht es um meinen Vater?«

»Ja, Sir.«

»Ist er gestorben?«

»Ja, Sir.«

»Wann?«

Marge zögerte. »Wahrscheinlich vor zwei Tagen.«

»Wahrscheinlich …« Schweigen. »Es hat also eine Weile gedauert, bis die Leiche gefunden wurde.«

»So etwas in der Art.«

»Das überrascht mich nicht besonders. Mein Vater war ein Eremit. Wo befindet sich der Leichnam jetzt?«

»In der Gerichtsmedizin.«

»Haben Sie eine Telefonnummer? Ich rufe sofort dort an und lasse den Leichnam in ein Beerdigungsinstitut verlegen.«

»Sir, der Leichnam wird autopsiert.«

»Autopsiert? Mein Vater war neunundachtzig. Was um alles in der Welt rechtfertigt eine Autopsie?«

Der Mann klang genervt. Da es keine leichte Art gab, die Neuigkeit zu überbringen, beschloss Marge, es klar und deutlich zu sagen. »Es tut mir leid, Mr Penny, aber Ihr Vater wurde ermordet aufgefunden.«

»*Ermordet?* Du lieber Himmel! Was … was ist passiert?«

Endlich eine echte Gefühlsregung. »Ich kann noch nichts Genaues sagen. Deshalb führt der Gerichtsmediziner die Autopsie durch.«

»War es schlimm? Du lieber Himmel, es muss schlimm gewesen sein. Ein Raubüberfall? Nicht dass mein Vater irgendetwas von Wert in dieser dreckigen Wohnung gehabt hätte. Nur manchmal ein bisschen Bargeld. Das Ganze ist total verrückt. *War* es denn ein Raubüberfall?«

»Die Ermittlungen laufen noch.«

»Und Sie nehmen an den Ermittlungen teil, oder ist es Ihre Aufgabe, Leute anzurufen und Bomben platzen zu lassen?«

»Ihr Verlust tut mir aufrichtig leid, Mr Penny. Und ja, es ist eine Bombe.«

»Haben Sie einen Verdächtigen?«

»Die Ermittlungen haben gerade erst begonnen, Mr Penny. Das Ganze ist gestern Abend ins Rollen gekommen.«

Der Anwalt schwieg einen Moment. »Wollen Sie wissen, wo ich gestern Abend war?«

Marge war verblüfft. »Gerne.«

»Bis Mitternacht habe ich gearbeitet, dann war ich zu Hause, habe sechs Stunden geschlafen, und um sieben Uhr saß ich wieder an meinem Schreibtisch. Diese Routine halte ich – tagaus, tagein – seit zwanzig Jahren ein, außer im Urlaub. Das letzte Mal freigenommen habe ich mir vor sechs Monaten. Meine Frau und ich waren auf unserer Insel in Griechenland. Darf ich noch weitere Ihrer Fragen beantworten?«

»Ich habe tatsächlich noch ein paar mehr. Kommen Sie für die Vorbereitungen der Beerdigung nach Los Angeles?«

»Gezwungenermaßen. Ich muss erst mal verarbeiten, was Sie mir da erzählen … ermordet?«

»Das vermuten wir. Hätten Sie eine Idee, was passiert sein könnte?«

»Nicht wirklich. Ich weiß, dass mein Vater sich viele Feinde gemacht hat, aber er ist seit Jahren aus dem operativen Geschäft heraus. Warum sollte ihm jetzt jemand etwas antun, vor allem, da der Tod sowieso schon drohte?«

»Wissen Sie die Namen von einigen dieser Feinde?«

»Mir fällt niemand Konkretes ein. Mein Vater war sehr harsch. Er hat Dale Carnegies Methoden zur Hälfte befolgt. Was das Beeinflussen von Leuten angeht. Wie man aber Freunde gewinnt … da war nicht viel.«

»Gut. Hat Ihr Vater einen Anwalt, mit dem wir sprechen könnten?«

»Dad hatte eine ganze Menge Anwälte. Üblicherweise beauftragte er die Firma McCray, Aaronson und Greig. Warum?«

»Ich gehe davon aus, dass Ihr Vater ein Testament hinterlegt hat. Manchmal weist ein Testament uns den Weg in die richtige Richtung.«

»Ich bin seit fünfundzwanzig Jahren für Dads Vermögensverwaltung zuständig. Ja, er hat ein Testament gemacht, und er hat es mehrfach geändert, je nachdem, wer sich gerade bei ihm eingeschmeichelt hatte. Dad war launenhaft.«

»Welche Art von Änderungen hat Ihr Vater vorgenommen?«

»Ich darf nicht über Einzelheiten reden. Sagen wir einfach, seine Änderungen hatten etwas damit zu tun, wer ihm gerade den Bauch pinselte. Wenn man über eine halbe Milliarde schwer ist, steht eine ganze Reihe von Kriechern Schlange.«

»Haben Sie persönlich sein Geld angelegt?«

»Nein, nein, nein. Ich bin der Präsident seiner Stiftung. Aber Dad hat unsere Firma mit der Vermögensverwaltung beauftragt, daher bin ich mir nur allzu bewusst, was er wert ist. Mit allem, was die Aufsicht über sein Vermögen betrifft, wie also das Geld investiert oder ausgegeben wurde, hatte ich nichts zu tun. Ich weiß allerdings, dass Dad sein Vermögen auf ungefähr ein Dutzend Brokerfirmen verteilt hat. Manchmal stellte ich auf sein Geheiß Schecks aus.«

»Welche Art von Schecks?«

»Wohltätigkeitsgeschichten. Wie ich Ihnen bereits sagte, bin ich der Präsident seiner Stiftung.«

»Also standen Sie in regelmäßigem Kontakt mit Ihrem Vater?«

»Mein Vater war ein Eigenbrötler. Ich habe ihn seit seiner Hochzeit mit Sabrina nicht mehr gesehen. Und selbst nach der Scheidung haben wir kaum miteinander geredet. Jedes Mal, wenn er einen präzisen Wunsch hatte, hat er mir das telefonisch mitgeteilt, meistens aber schriftlich. Dann habe ich den Auftrag ausgeführt.«

»Also müssen Sie beide doch irgendeine Art von Beziehung zueinander gehabt haben, wenn er Ihnen diese Machtbefugnisse erteilt hat.«

»Ich glaube, ich war das geringste Übel. Wir haben keine

Beziehung zueinander, mein Vater hat allerdings erkannt, dass ich aufrichtig war.«

Haben keine Beziehung zueinander. Immer noch Präsens. »Welche Wohltätigkeitsvereine hat Ihr Vater unterstützt?«

»Immer wieder andere, je nach Lust und Laune. Und lassen Sie mich Ihnen eins sagen, dieser Mann war sehr, sehr temperamentvoll. Er war mein Vater, und er hat seiner Familie geholfen, aber er ist kein sympathischer Mensch. Sobald er trank, war er ein Weiberheld und mieser Kerl. Dauert diese Befragung länger? Wenn ja, könnte ich Sie gleich zurückrufen?«

»Nur noch ein paar wenige Fragen«, sagte Marge. »Kommen Sie für die Vorbereitung der Beerdigung nach Los Angeles?«

»Mein Dad hat bereits Anweisungen hinterlegt, um irgendwo in Los Angeles beerdigt zu werden. Ich komme zur Beerdigung. Ich kann allerdings nicht für meine Schwester sprechen – ach herrje. Haben Sie sie angerufen? Meine Schwester?«

»Ich habe Hollie Hanson gebeten, dafür zu sorgen, dass Ihre Schwester mich zurückruft.«

»Also haben Sie nicht mit ihr gesprochen?«

»Bisher nicht.«

»Ich rufe sie an und überbringe ihr die Nachricht. Was möchten Sie sonst noch wissen?«

»Wenn Ihre Firma sich um die Verwaltung des Vermögens Ihres Vaters kümmert, dann müssen Sie doch den Inhalt seines Testaments kennen.«

»Das ist keine Frage, Sergeant, sondern eine Feststellung, nicht wahr?«

Marge schwieg.

»Das Gespräch darüber sollte nicht am Telefon stattfinden. Sagen wir einfach, es gibt eine Menge zu tun. Und keinen Grund für Begehrlichkeiten der Hauptbetroffenen. Ich bin reich, und meine Schwester ist sogar noch reicher. Wir beide wussten, dass es nur eine Frage der Zeit ist, bis Vater stirbt.«

»Eine Frage der Zeit? War Ihr Vater bei schlechter Gesundheit?«

»Nicht dass ich wüsste, aber er war alt.« Eine lange Pause. »Die Tatsache, dass jemand seinen Tod beschleunigt hat, ist beunruhigend. Ich frage mich, ob nicht vielleicht ein gefälschtes Testament auftauchen wird. Egal, das sollte nicht Ihre Sorge sein. Oder vielleicht doch? Ich lege jetzt besser auf, ich muss meine Schwester anrufen. Das mit dem Mord – das ist einfach schrecklich. Niemand hat es verdient, dass sein Leben so abgeschnitten wird.«

»Kann ich mich später noch mal bei Ihnen melden?«

»Wie wäre es, wenn ich mich bei Ihnen melde, sobald ich Zeit habe.«

»Wann planen Sie, nach L. A. zu kommen?«

»Wann sind Sie mit der Autopsie fertig?«

»Wahrscheinlich morgen.«

»Bitte rufen Sie mich an, wenn es so weit ist, damit ich den Leichnam in ein Beerdigungsinstitut überführen lassen kann. Ich werde versuchen, die Beerdigung auf Montag oder Dienstag zu legen.«

»Glauben Sie, dass Ihre Schwester mitkommen wird?«

»Das weiß ich wirklich nicht. Graciela hatte noch weniger Verständnis für Dad als ich.«

»Wenn Sie in Los Angeles sind, würde ich mich gerne etwas länger mit Ihnen unterhalten.«

»Kein Problem, Sergeant Dunn. Ich muss jetzt wirklich los.«

»Nur noch eine Frage. Wussten Sie, dass Ihr Vater sich einen Tiger in der Wohnung hielt?«

»*Einen Tiger*?« Pause. »Meinen Sie das *ernst*?«

»Ein ausgewachsenes Bengalisches Tigerweibchen. Wir mussten sie herausholen, bevor wir überhaupt die Wohnung betreten konnten.«

»Meine Güte! Hat der Tiger … gab es einen Angriff … nein, das wäre nicht Sache der Polizei. Ist der Leichnam meines Vater überhaupt wiederzuerkennen?«

»Soweit wir das beurteilen können, hat der Tiger Ihrem Vater kein Haar gekrümmt.«

»Beruhigend. Ich wusste, dass mein Vater irgend so einer verrückten Organisation Geld gab, aber ich hatte keine Ahnung, wie sehr er persönlich in die Rettung von wilden Tieren verwickelt war. Sich einen Tiger in der Wohnung zu halten, ist ja mehr als irre.«

»Welche Organisation für Wildtiere hat er unterstützt?«

»Das Global Earth Tierasyl, in San Bernardino. Das weiß ich, weil ich die Schecks dorthin geschickt habe.«

»Hat er viel Geld gespendet?«

»Taschengeld, wenn man bedenkt, wie reich er war: hunderttausend Dollar im Jahr. Wenn Sie noch mehr Fragen haben, rufen Sie besser dort an. Ich muss jetzt wirklich auflegen.«

»Danke, dass Sie sich die Zeit genommen haben. Und bitte melden Sie sich bei uns, sobald Sie in Los Angeles sind.«

»Ja, das werde ich. Auf Wiederhören.«

Marge legte auf. Der Mann hatte alle Fragen professionell und geradeheraus beantwortet. Fürs Erste setzte Marge ihn ganz unten auf die Liste der Verdächtigen.

»Morgen um elf habe ich einen Termin in diesem Tierasyl«, informierte Decker Marge. Er saß an seinem Schreibtisch, mit den Füßen auf der Tischplatte, Marge ihm gegenüber auf einem Stuhl. Sie blätterte ihre Notizen durch. »Wenn du Lust hast, begleite mich doch.«

»Das würde ich gerne, aber Sabrina Talbot hat zurückgerufen. Oliver und ich treffen sie morgen um elf in Santa Barbara.«

»Gut so. Wenn ich bei dem Asyl ein komisches Gefühl kriege, fahren wir ein zweites Mal hin.«

»Hast du dir schon Infomaterial über diese Organisation beschafft?«

»Ich war nur auf der Internetseite. Den Anfang nahm alles mit einer Frau namens Fern Robeson, die 1975 ein Gelände in den San Bernardino Mountains kaufte. Laut ihrer Biografie nahm sie irgendwann Wildtiere auf, weil es keine andere Möglichkeit gab, diese Tiere unterzubringen. Eins kam zum anderen, und jetzt ist der Ort eine Auffangstation für wilde Tiere.«

»Was für Tiere?«

»Alles – Löwen, Bären, Schlangen, Affen, Schimpansen, Krokodile. Sie hat ihren eigenen Privatzoo.«

»Ist sie dazu befugt?«

»Mittlerweile ja. Vor dreißig Jahren wurde der Laden fast dichtgemacht. Fern hielt durch, startete eine Riesenspendenkampagne und erhielt über eine Million Dollar. Irgendwann schaffte sie es, sich eine Lizenz für die Haltung wilder Tiere zu sichern. Sie starb vor drei Jahren mit zweiundsiebzig. Die Organisation hat noch ein bisschen Geld, um die Tiere zu versorgen, aber es geht schnell zur Neige. Als ich mit der geschäftsführenden Direktorin gesprochen habe – sie heißt Vignette Garrison –, war sie sich nicht sicher, ob Global Earth ohne Pennys Unterstützung noch ein Jahr durchhält. Es muss ein ziemlicher Betrag gewesen sein. Exotische Tiere sind teuer, wenn's ums Fressen geht.«

»Pennys Sohn meinte, dass der alte Herr hunderttausend im Jahr lockergemacht hat.«

»Tja, das ist ein ziemliches Sümmchen.«

»Aber weißt du, man kann diese ganzen Tiere nicht einfach so zusammenstecken«, sagte Marge. »Sie benötigen unterschiedliche Lebensräume. Das Gelände muss riesig sein.«

»Morgen erfahre ich mehr.«

»Weißt du denn was über Vignette Garrison?«

»Sie ist siebenunddreißig, unverheiratet und widmet ihr Leben der Rettung wilder Tiere. Bevor sie zu Global Earth kam, arbeitete sie fünfzehn Jahre lang als Assistentin in einer Tierarztpraxis.«

»Hast du ein Foto von ihr?«

»Nicht hier, aber ich kann die Internetseite aufrufen.«

»Lass mich raten«, sagte Marge. »Sie ist groß und spindeldürr mit blonden Strähnchen und trägt kein Make-up.«

»Ich weiß nicht, wie groß sie ist, aber sie sieht ziemlich dünn aus.« Decker drückte eine Taste und druckte ihr Foto von der Website der Auffangstation aus. Dann gab er es Marge. »Sie war Fern Robesons Schützling. Während unseres Gesprächs hat sie mich nach Pennys Testament gefragt.«

»Echt«, sagte Marge, »das ist ja nicht nur verdammt unpassend, sondern es sagt mir auch, dass sie irgendwie von seinem Tod profitiert.«

»Penny gab ihr sein Geld als Lebender«, sagte Decker. »Warum sollte sie ihn umlegen, außer sie erwartete nach seinem Tod einen Geldregen? Und das wirft eine weitere Frage auf: Penny war alt. Warum sollte man ihn überhaupt ermorden? Das Ganze einfach auszusitzen und darauf zu warten, dass die Natur ihren Lauf nimmt, klingt doch viel sinnvoller.«

»Darius Penny sagte, sein Vater sei sehr launenhaft gewesen. Wenn der alte Herr die Absicht hatte, sein Testament zu ändern und dir nichts zu hinterlassen, dann sähest du ihn lieber tot, bevor er die Gelegenheit dazu nutzt.«

»Aber wie sollte Vignette Garrison wissen, dass er die Absicht hatte, sein Testament zu ändern?«

»Vielleicht hat sie ihn verärgert«, überlegte Marge. »Vielleicht hat er es ihr gesagt.«

»Warum sollte er das tun?«

»Um sie zu manipulieren oder aus purer Boshaftigkeit«, schlug Marge vor. »Darius meinte, sein Vater hätte sich viele Feinde gemacht. Er war ein übler Kerl, vor allem, wenn er getrunken hatte.« Sie dachte einen Moment lang nach. »Ich kann mich nicht daran erinnern, in der Wohnung Flaschen gesehen zu haben. Ich werde Scott mal fragen.«

Decker raufte sich seine grauen, mit jugendlichem Rot durchzogenen Haare. »Wenn Darius Pennys Firma das Vermögen verwaltet, wüsste er Bescheid über Testamentsänderungswünsche seines Vaters.«

»Er wirkt nicht wie ein aussichtsreicher Kandidat für den Mord. Er ist selber sehr vermögend. Außerdem war Darius während der letzten zwei Monate jeden Tag von sieben Uhr morgens bis Mitternacht im Büro.«

»Und das hast du überprüft?«

»Noch nicht, aber so etwas ist leicht zu checken. Er arbeitet in einem Wolkenkratzer am Battery Park. In diesen Gebäuden hängen überall Videokameras.« Marge warf ihm ein umwerfendes Lächeln zu. »Wenn du mich zur Recherche nach New York schicken willst, bin ich startbereit.«

»Das glaube ich gerne.« Decker lachte. »Pass mal auf, Schwester, ich habe schon was zu Proviant und Benzin für euren Ausflug nach Santa Barbara beigesteuert. Einem geschenkten Gaul schaut man nicht ins Maul, denn das Einzige, was du da entdecken kannst, ist Mundgeruch.«

7

Als er abends um sieben von der Arbeit kam, war Decker überrascht, das Haus nur schwach erleuchtet und ohne Essensduft aus der Küche vorzufinden. Er schaltete ein paar zusätzliche Lampen im Wohnzimmer an und rief nach Rina, erhielt aber keine Antwort. Es war untypisch für seine Frau, ohne Erklärung nicht da zu sein. Vielleicht war es an der Zeit, seine Mailbox abzuhören. Dann kam Gabriel aus seinem Zimmer.

»Hast du eine Ahnung, wo meine Frau ist?«, fragte Decker.

»Bei einer Schulveranstaltung. Sie sagte, sie wär gegen neun wieder zu Hause.«

»Na toll.«

»Im Kühlschrank sind Reste, kalter Braten und Kartoffelsalat.«

»Klingt ja richtig lecker.«

Gabe grinste. »Willst du was essen gehen? Ich hätte auch nichts gegen ein Steak. Ich bezahle auch. Mein Bankkonto ist prall gefüllt.«

»Steak ist mir sehr recht, und ich bin noch nicht mittellos.«

»Soll ich fahren?«

Decker machte ihm ein Zeichen, dass er gerade seine Mailbox abhörte, dann verstaute er sein Handy wieder in der Tasche. »Wie wär's, wenn wir den Porsche nehmen?«

»Kein Problem. Ich kann auch mit Gangschaltung umgehen.«

»Das kannst du bestimmt, wirst du aber nicht.« Decker ging zur Tischschublade und angelte den Autoschlüssel daraus hervor. »Ich hole das Auto und treffe dich an der Haustür. Schalte die Alarmanlage ein.«

Fünf Minuten später sprang Gabe auf den Beifahrersitz von Deckers silbernem Porsche Targa 911. Er trug ein schwarzes T-Shirt und eine zwei Nummern zu große Jeans, was aber nicht als modisches Statement gedacht war. In letzter Zeit hatte der Junge einfach zu wenig gegessen, um sein Gewicht zu halten. »Danke, dass du mich vorm Verhungern rettest.«

»Ich habe den ganzen Tag gearbeitet, aber wie lautet deine Entschuldigung, warum du nichts gegessen hast?«

»Keine Ahnung. Ich hab lange gebraucht, um mich wieder zu erholen.«

»Von den Neuigkeiten zu Dylan Lashay.«

»Genau. Wahnsinn, was für eine Erleichterung! Den ganzen letzten Monat war ich das reinste Nervenbündel, wenn ich nur schon an die Zeugenaussage gedacht hab. Gott, bin ich froh, dass es vorbei ist. Vielleicht kann ich jetzt endlich nach vorne blicken.«

»Vielleicht kannst du ein paar Kilo zunehmen. Ich habe gehört, in Manhattan soll es ein oder zwei gute Restaurants geben. Führ meine Tochter aus, ich lade euch ein. Wann fliegst du zurück?«

»Dienstag.«

»Du bleibst übers Wochenende?«, fragte Decker erstaunt.

»Ja, wie ich schon Rina erklärt hab, ich will mich noch ein bisschen entspannen.«

Decker warf ihm einen vielsagenden Blick zu, und Gabe lief rot an. »Also, wann triffst du dich mit ihr?«

»Was?«

»Quatsch mich nicht voll, Junge. Du bist ein mieser Lügner.«

Gabe schwieg.

»Tu's nicht, Gabriel. Es wird dich nur zurückwerfen. Mindestens genauso wichtig ist, dass es sie zurückwerfen wird. Und aus ganz egoistischen Motiven möchte ich mich nicht erneut mit ihren Eltern beschäftigen.«

»Sie werden es nicht rauskriegen.«

»Das hast du letztes Mal auch gesagt. Und hör auf, die Zähne zusammenzubeißen.«

Gabe versuchte, sich etwas zu entspannen. »Verpetzt du mich jetzt?«

»Ich sollte, werd's aber nicht tun.« Der Junge hatte sich eingeigelt. »Gabe, du musst an ihr Wohlergehen denken.«

»Peter, ich schwör's, wir werden nichts machen.« Eine Lüge: Decker kaufte ihm das nicht ab. »Die letzten beiden Jahre hatte ich kaum Kontakt zu ihr.« Noch eine Lüge, die nicht durchging. Schließlich warf Gabe frustriert die Hände in die Luft. »Was ist schon Großes dabei?«

»Gabriel, wenn ihre Eltern es mitbekommen, steht für Yasmine wesentlich mehr auf dem Spiel als für dich.«

Er fuhr sich durch die Haare. »Nur fürs Protokoll: Sie hat mich angerufen.«

»Das spielt keine Rolle. Du bist derjenige, der Nein sagen muss.«

»Ich will aber nicht Nein sagen. Warum sollte ich?«

»Weil sie in dich verknallt ist und nicht klar geradeaus denken kann.«

»Ich bin in sie verknallt.«

»Das bezweifle ich ja gar nicht, aber Jungs funktionieren anders. Ihr seid beide zu jung für eine feste Geschichte. Bestimmt gibt es in New York Mädchen, die mit weniger Gepäck anrücken.«

»Logisch, aber die interessieren mich nicht, okay?«

Decker lächelte. »Muss wohl wahre Liebe sein.«

»Können wir das Thema wechseln? Wie geht's dem Tiger?«

»Komisch, dass du mich danach fragst. Morgen besuche ich die Dame in einer Auffangstation für Wildtiere.«

»Cool. Kann ich mitkommen?«

Decker sah ihn an. »Du willst mich begleiten?«

»Klar. Klingt interessant. Mir gefällt ja, was ich mache, aber manchmal ist es vielleicht ganz lustig, was anderes zu wagen.«

»Ähm, es ist ein offizieller Besuch.«

»Okay, verstehe.«

Decker zuckte mit den Achseln. »Ich vermute mal, du kannst dich dort umsehen, während ich meine Befragungen durchführe.«

»Das wär super! Wen befragst du denn?«

»Darf ich nicht sagen. Ist Teil der laufenden Ermittlungen in einem Mordfall.«

»Kann ich was helfen?«

Decker unterdrückte ein Grinsen. »Ähm, ich glaube, ich habe alles im Griff.«

»Da bin ich mir sicher.« Gabe lachte. »Danke fürs Mitnehmen. Ich verspreche, ich lass mich nicht von einem Löwen zerfleischen.«

»Vielleicht trittst du ja lieber einem Löwen entgegen als Yasmines Vater?«

»Sind wir jetzt wieder beim Thema?«

»Ich will damit nur sagen, dass wir beide ein saftiges Steak zum Abendessen vertragen können und dass jeder das Recht auf eine Henkersmahlzeit hat.«

»Es wird nichts passieren!«, rief Gabe.

»Ja, klar, die berühmten letzten Worte.« Decker parkte den Porsche vor einem koscheren Steak House. »Los, komm, Romeo.«

Beide stiegen aus dem Auto aus. »Danke, dass du mit mir essen gehst«, sagte Gabe.

»Ist mir ein Vergnügen.«

»Und danke, dass du so ein cooler Typ bist.«

»Ich bin ein cooler Typ?«

»Peter, du bist der Inbegriff von cool. Wenn alle so cool wären wie du, müssten wir uns wegen der globalen Erderwärmung nie wieder Sorgen machen.«

Decker nahm die Auffahrt zum Foothill Freeway und folgte ihm gut siebzig Kilometer, bis er auf die Interstate 15 wechselte, eine Trennlinie zwischen Angeles Crest und den San Bernardino Mountains. Die 15 spaltete Südkalifornien Richtung Westen in die Pazifikregion und Richtung Osten in die Mojave-Wüste auf, die mit bis zu 86 Metern unter dem Meeresspiegel den niedrigsten Punkt der USA bildete.

Die Straße kletterte nach oben, bis die Höhenangaben in den Tausendern statt Hundertern lagen. Gegen Ende des Herbstes hatten die Hartsträucher, Ahornbäume und Eichen bereits die Blätter verloren und standen wie schlafende Skelette in der Gegend herum. Dennoch gab es ausreichend Grün durch zahllose Pinien und Zedern. Die Luft war kalt und frisch, der Himmel bewölkt, und das Auto arbeitete sich langsam voran auf einer Straße, die sich in wilden Kurven und Windungen dahinschlängelte. Ein leichter Schneeregen versuchte, die braunen Überbleibsel von verfaulendem Laub, Piniennadeln und Tierkot zu bedecken.

Dann gabelte sich die Straße in zwei nicht geteerte Wege. Das Navi verlor den Überblick, und Decker musste sich auf die Wegbeschreibung und eine zwei Jahre alte Wanderkarte verlassen. Das Auto rumpelte im Schritttempo über einen ausgefahrenen Feldweg. Nach zwanzig Minuten sah er einen verwitterten Pfosten mit einem provisorischen Hinweisschild: GLOBAL EARTH TIERASYL. Ein Pfeil gab die Richtung vor.

Die Temperatur lag nur noch knapp über null, und Decker drehte die Heizung voll auf. In weiser Voraussicht, dass sie sich die meiste Zeit im Freien aufhalten würden, hatte er Schals und Handschuhe eingepackt und Gabe eine seiner Bomberjacken gegeben. Die Länge der Jacke war okay, aber angesichts der Tatsache, dass er locker fünfunddreißig Kilo mehr wog als der Junge, war sie Gabe viel zu weit.

Während der Fahrt hatte Gabe die meiste Zeit Musik auf seinem iPhone gehört. Als sie an dem Wegweiser vorbeifuhren, nahm er seine Ohrstöpsel heraus, starrte nach draußen und rieb sich die Arme. »Das hier soll Südkalifornien sein?«

»Es ist ein großer Staat, in dem du fast jedes Klima finden kannst, außer Gletscher.«

»Manchmal … wenn ich so unberührtes Land sehe wie hier …. Dann möchte ich einfach aussteigen und mich der Natur anvertrauen. Das Problem ist nur, dass ich mit meinem Gewicht und meinen Bergkenntnissen wahrscheinlich gerade mal einen Tag überleben würde.«

»Warst du jemals mit deiner Familie zelten?«

Gabe lachte los. »Machst du Witze? Chris Donatti beim Zelten?«

»Der Mann weiß, wie man schießt.«

»Aber nur auf zweibeinige Beute. Nein, ich bin ein Vorstadtgewächs, eine Stadtpflanze. Danke fürs Mitnehmen. Tut mir leid, wenn ich keine gute Reisebegleitung war.«

Decker lächelte. »Du bist genau die richtige Art von Begleitung. Die Stille hilft mir beim Nachdenken.«

»Stimmt, du machst ja noch nicht mal das Radio an oder so. Ich halt's keine zehn Minuten aus ohne irgendwas, das meine Ohren füllt.«

»Wenn es still ist, liefert dein Gehirn die Musik«, sagte Decker. »Nach all den Jahren, das glaube ich zumindest, habe ich endlich gelernt zuzuhören.«

Den Rest des Weges legten sie schweigend zurück.

Die Fahrbahn endete schließlich auf einem Schuttplatz, der zum Parken geräumt worden war. Dort standen mehrere Autos – ein weißer Lieferwagen, ein Geländewagen, ein Honda und ein Golfmobil, abgestellt unter einem nackten Ahornbaum. Auf dem Grundstück befanden sich drei Wohnwagen, dazu kilometerlang Maschendrahtzaun, kreuz und quer über die Wege verteilt. Decker und Gabe stiegen aus. Gabe vergrub seine Hände tief in den Taschen, und Decker zog seinen Schal enger. Ein kahlköpfiger Mann mit hängenden Schultern trat aus einem der Wohnwagen und ging zu einer weißen Kühltruhe. Er öffnete den Deckel und begann damit, Plastikbeutel voller Fleisch in einen Ledersack zu packen.

»Entschuldigen Sie bitte«, rief Decker ihm laut zu.

Der Mann blickte auf. »Kann ich Ihnen helfen?«

Decker ging auf ihn zu, damit er nicht mehr so laut reden musste. »Ich suche Vignette Garrison.«

Der Mann deutete auf den mittleren Wohnwagen. »Das da ist ihr Büro, aber ich glaube, sie ist draußen bei den Tieren.«

»Geht das in Ordnung, wenn wir in ihrem Büro warten? Ist ein bisschen kalt hier im Freien.«

»Mir soll's recht sein, aber Sie werden es drinnen nicht viel wärmer vorfinden. Wir haben hier nur Heizlüfter.« Seine in sich zusammengesackte Haltung täuschte: Der Mann war groß. Er hatte kornblumenblaue Augen und trug einen weißen Stoppelbart.

»Arbeiten Sie hier Vollzeit?«

»Ehrenamtlich. Mein Geld verdiene ich als Buchhalter. Gewöhnlich würde ich um diese Zeit des Jahres keinen Fetzen Tageslicht sehen. Einen Herzinfarkt später ertappe ich mich dabei, auch mal über andere Dinge als Quartalsschätzungen nachzudenken. Zu schade, dass Scheiße schaufeln nicht so viel einbringt wie das Jonglieren mit Zahlen.« Er klappte den Deckel der Kühltruhe wieder zu. »Essenszeit für die Miezekätzchen. Wollen Sie mal sehen, was wir hier so alles haben?«

In diesem Augenblick sah Decker in der Ferne eine Frau mit langen Haaren auf sie zukommen. Sie trug eine Strickmütze, eine dicke Jacke, enge Jeans und Wanderschuhe. »Ist das Vignette Garrison?«

»Jepp.«

»Wir sind verabredet. Trotzdem danke für das Angebot.«

Der Buchhalter winkte Decker zu. »Ich bin weg.«

»Ich begleite Sie«, sagte Gabe. »Ich habe Löwen und Tiger noch nie aus der Nähe gesehen.«

»Na gut, komm mit und genieße die Erfahrung.« Der Mann reichte ihm die Hand. »Everett James.«

»Gabe Whitman.« Er umfasste das rechte Handgelenk des Mannes mit beiden Händen und gestattete ihm den Handschlag der Musiker. »Vielen, vielen Dank, Mr James.«

»Nennen Sie mich Everett.« Der Mann holte einen Schlüsselbund aus seiner Tasche. »Hier geht's lang.«

James öffnete das Eingangstor genau in dem Augenblick, als Vignette dabei war herauszukommen. Erst redeten sie ein paar Sekunden lang miteinander. Dann lief Vignette zu ihren beiden Gästen.

Aus der Nähe sah sie jünger aus – Ende zwanzig oder Anfang dreißig. Ihr Haar war hellbraun, durchzogen von blonden Strähnchen, und es ging ihr bis über die Schultern. Ihr

Teint war selbst im Winter gebräunt. Vignettes Augen waren rund und dunkel, sie hatte eine schmale Nase, und ihre Lippen waren voll und aufgesprungen. Sie rieb sich die behandschuhten Hände.

»Vignette Garrison.« Sie streckte Decker eine Hand entgegen.

»Wie geht es Ihnen?« Decker begrüßte sie per Handschlag. »Lieutenant Decker.«

»Du liebes bisschen, ist das kalt. Ich trage Thermosocken, und trotzdem sind meine Füße zwei Eisklötze.«

»Wenn Sie reingehen wollen, habe ich nichts dagegen«, sagte Decker.

»Nicht, dass es drinnen viel wärmer wäre. Aber wenigstens tauen dann meine Füße auf.«

Er folgte ihr über die drei Stufen, die in den mittleren Wohnwagen führten. Drinnen erblickte Decker eine Reihe Aktenschränke aus Metall, vier Schreibtische und ein halbes Dutzend Stühle. Es gab auch noch eine kleine Küche mit einem Kühlschrank, einer Mikrowelle und mehreren Kochplatten, außerdem drei Heizlüfter und einen Ventilator.

»Bitte nehmen Sie Platz.« Sie zog sich einen Stuhl heran. Dann beugte sie sich hinunter und drehte am Knopf eines Heizlüfters, den sie danach in Deckers Richtung rollte. »Das hier bringt ein bisschen was.«

»Läuft er mit Batterie?«

»Kerosin. Wir haben einen Generator hinten, allerdings für die Kühltruhe.« Sie zog ihre Handschuhe und ihre Mütze aus. »Die meisten Tiere vertragen die Kälte gut, aber wir haben ein Sicherungsheizsystem, falls es eine lang anhaltende Kältewelle gibt. Und wir haben hier unsere heißen Tage. Für die Tiere kontrollieren wir die Hitze mit Eisblöcken, die wir in die Wasserbecken werfen. Hier lebt eine Vielfalt an Tieren, die in vielfältigen Klimazonen heimisch sind. Was angenehm ist für Löwen aus der Savanne, ist nicht zwangsläufig gut für Tiger aus dem Dschungel.«

»Ich bin mir sicher, das alles richtig hinzukriegen bedeutet viel Arbeit.«

»Sagen Sie das ruhig noch mal. Die Leute begreifen nicht, dass man Tiere nicht einfach in irgendeinen Lebensraum schmeißen und dann von ihnen erwarten kann, dort klarzukommen, geschweige denn zu überleben.« Sie setzte sich. »Ich bin froh, dass Sie uns hier eher bei Kälte besuchen als in der heißen Zeit. So werden Sie die Wildkatzen von ihrer besten Seite sehen, sie haben jetzt ein großartiges Fell. Ist das Ihr Sohn, der gerade mit Everett losgezogen ist?«

»Mein Pflegesohn.«

Sie zog die Nase kraus. »Er sieht ein bisschen zu alt aus, um noch in einer Pflegefamilie zu sein.«

»Er ist schon lange bei uns, und mittlerweile betrachten wir ihn als Familienmitglied.«

»Dann sind wir uns gar nicht so unähnlich.«

»Wie meinen Sie das?«

»Ich adoptiere Streuner, Sie adoptieren Streuner. Ein Hinweis auf Großzügigkeit … jemanden oder etwas aufzunehmen und wieder gesund zu füttern. Für mich ist Global Earth oft ein einziges riesiges Pflegeheim.«

»Na ja, ich hoffe, es funktioniert effizienter als das staatliche.«

»Oh, das tut es.« Der Scherz kam bei ihr nicht an. Sie zog ihre Wanderschuhe aus und stellte ihre bestrumpften Füße auf den Heizlüfter. »Haben Sie etwas über das Testament herausgefunden?«

»Nur, dass es eines gibt.«

»Super. Wissen Sie, wann es verlesen wird?«

»Ich weiß nicht, ob das so wie in den Filmen abläuft, wo sich alle in einer Anwaltskanzlei einfinden und dabei zuhören, wie die Punkte laut vorgelesen werden.«

»Wie funktioniert es denn dann?«

»Ich würde vermuten, dass seine Anwälte gemeinsam mit dem Nachlassverwalter die Bestimmungen einzeln durchgehen. Danach müssen sie eigentlich die Wünsche des Verstorbenen ausführen.«

»Was passiert, wenn sie die Wünsche nicht ausführen?«

»Wenn Sie annehmen, dass Ihnen jemand ein Ihnen zugedachtes Vermögen absichtlich vorenthält, gehe ich davon aus, dass Sie dagegen klagen können.«

»Das Ganze klingt ziemlich unschön.«

»Das ist es wohl auch.«

Sie zog Lippenpomade aus der Tasche und schmierte ihre Lippen ein. »Woher weiß ich denn dann, ob ich Geld bekomme?«

»Erwarten Sie eine Geldsumme aus Pennys Testament?«

»Nicht ich persönlich. Mr Penny sagte aber, er habe vor, Global Earth nach seinem Tod zu unterstützen.«

Decker zückte einen Notizblock. »Hat er Ihnen das genau mit diesen Worten gesagt?« Sie starrte auf den Notizblock. »Erlauben Sie? Mein Gedächtnis ist nicht mehr das, was es mal war.«

»Nein, klar, machen Sie nur.«

»Hat er gesagt, wie genau er das Tierasyl unterstützen wollte?«

Sie schüttelte den Kopf. »Ich habe ihn nicht gefragt. Ich fand es gierig und makaber, Einzelheiten anzusprechen. Es geht hier nicht um mich, Lieutenant. Ich wohne in einem Ein-Zimmer-Apartment, das so schlicht eingerichtet ist wie dieser Wohnwagen. Aber ich sorge für die Tiere. Seit Ferns Tod habe ich im Alleingang versucht, ihr Vermächtnis weiterzuführen.« Eine Träne rollte über ihre Wange. »Ich vermisse Fern. Sie war eine unglaubliche Frau. Niemandem wäre gelungen, was sie geschafft hat.«

»Sie ist schon eine Weile tot, oder?«

Sie wischte sich mit dem Ärmel ihrer Jacke übers Gesicht. »Drei Jahre. Sie war die tragende Säule hier. Ohne das Auftauchen von Mr Penny wäre das alles vielleicht zu Ende gewesen.«

»Wie haben Sie Mr Penny kennengelernt?«

»Er hat uns entdeckt.« Sie rieb sich die Zehen. »Jetzt, wo Sie persönlich da sind, werde ich Ihnen erzählen, was ich über Mr Penny und Tiki weiß. Er hat das Jungtier von einem Verkäufer exotischer Tiere geerbt, der im Gefängnis gelandet ist. Die ganze Geschichte habe ich nie erfahren, ich weiß nur, dass er uns das Junge schenken wollte. Was aber nicht gleich passierte, und ich vermute, er hat sich nach einer Weile in die Tigerdame verliebt. Ich sagte ihm immer und immer wieder, dass der Tiger nicht ewig ein Junges bleiben würde. Ich versuchte ihm klarzumachen, dass sie zu einem sehr großen und gefährlichen Tier heranwachsen würde. Und er antwortete immer und immer wieder, dass er das sehr wohl wisse und sie dann weggeben würde. Eines Tages rief er mich an und bat mich, in seine Wohnung zu kommen. Ich dachte, er wäre jetzt endlich bereit, sie loszulassen.«

Sie zuckte mit den Achseln.

»Stattdessen unterhielten wir uns eine Weile, während Tiki bei uns im Zimmer blieb. Am Ende unseres Gesprächs zückte er sein Scheckheft und spendete uns fünfzigtausend Dollar. Ich hätte ihn melden müssen, aber ich war sprachlos angesichts seiner Großzügigkeit. Außerdem … wir brauchten das Geld so dringend.«

»Verstehe.«

»Jetzt denken Sie sich wohl Ihren Teil, aber es ging nicht nur ums Geld. Tiki ist eine ungewöhnlich ruhige Wildkatze. Wenn man ihr Vertrauen gewonnen hat, ist sie sehr sanft. Und sie schien wirklich an dem alten Herrn zu hängen.«

»Bestimmt.«

Vignette musste mühsam schlucken. »Hat sie ihn irgendwie verletzt nach seinem Tod?«

»Nein, das hat sie tatsächlich nicht.«

Die Frau wirkte sichtlich erleichtert. »Sehen Sie? Typisch Tiki. Die beiden standen sich so nah. Ich weiß, dass es dumm war, die Sache schleifen zu lassen. Aber nur wegen der tiefen Liebe zwischen Hobart und Tiki und einem verbindlichen Engagement für diesen Ort hier.«

»Was würde mit den Tieren passieren, wenn dieser Ort hier schließt?«

»Darüber mag ich gar nicht nachdenken.« Sie stellte ihre Stiefel auf einen der Heizlüfter. »Ist Ihnen noch kalt? Möchten Sie einen Kaffee? Ist zwar nur Pulverkaffee, aber er wärmt Sie vielleicht.«

»Gerne, ich nehme eine Tasse.«

Sie lief auf Socken durch den Trailer, griff nach zwei Bechern und füllte sie mit heißem Wasser. Dann tat sie einen gehäuften Teelöffel Pulverkaffee hinein und schüttete Milch dazu, bevor Decker ihr sagen konnte, dass er schwarzen Kaffee bevorzugte. »Danke.«

»Keine Ursache.« Sie setzte sich. »Sie wissen also nichts über das Testament?«

»Nein.« Die Frau sah entmutigt aus. Decker ließ nicht locker. »Ich würde wirklich gerne wissen, was mit den Tieren passiert, wenn der Ort hier schließt.«

Sie schüttelte den Kopf. »Ich stelle mir gerne vor, dass ein

Zoo oder ein Zirkus die Tiere aufnimmt. Aber die Wahrheit ist, dass einige unserer Tiere durch Inzucht entstanden sind, daher haben Zoos keine Verwendung für sie. Zoos brauchen wilde Tiere, um Erbkrankheiten vorzubeugen. Viele unserer Tiere wurden von profitorientierten Händlern gezüchtet. Die Mehrzahl ist in ihrem Verhalten zu unberechenbar für Zirkusse und Zoos, andererseits haben die meisten ihren Instinkt verloren, in freier Wildbahn existieren zu können.«

Decker nickte, und sie fuhr fort.

»Wenn wir kein anderes Gehege finden, müssten die meisten Tiere wohl getötet werden.«

»Traurig.«

»Deshalb war Mr Penny so wichtig für uns. Als er gesehen hat, was wir hier tun, wurde er ein bedeutender Unterstützer.«

»Er hat die Station besucht?«

»Ja.«

»Er lebte sehr zurückgezogen. Wie haben Sie es geschafft, ihn hierherzubekommen?«

»Erst nach viel Überredung war er bereit, und ich konnte ihn vor einigen Jahren herlotsen. Ich wollte ihn wissen lassen, was seine fünfzigtausend Dollar bewirken. Er schien zufrieden. Dann, einen Monat später, erhielt ich einen sechsstelligen Scheck. Ich fiel fast vom Stuhl. Wir haben noch andere, die uns unterstützen, aber er steuerte am meisten bei. Sein Geld brachte uns eine Verschnaufpause, so dass wir nicht die ganze Zeit zum Spendensammeln losziehen mussten.«

»Haben Sie jemanden, der das hauptberuflich für Sie macht?«

»Guter Gott, nein. Die meisten unserer Hilfskräfte arbeiten ehrenamtlich, zum Beispiel Everett James, der Gentleman, den Sie getroffen haben. Er hilft uns bei der Buchhaltung. Wir können uns nicht viele Angestellte leisten, wir sind kein Zoo.«

»Wie viele bezahlte Mitarbeiter hat Global Earth?«

»Vollzeit gibt es nur mich. Die Kosten entstehen durch das Füttern und Pflegen der Tiere, staatliche Genehmigungen, Tierärzte, all so was. Ich habe auch als ehrenamtliche Mitarbeiterin angefangen. Dann, nachdem Fern gestorben war und man mir den Juniorposten anbot, habe ich sofort zugegriffen. Allan wurde zum Präsidenten ernannt. Als er nach Alaska ging, wollte man den Laden hier dichtmachen. Das konnte ich nicht kampflos zulassen. Also habe ich den Job für zwanzigtausend Dollar im Jahr übernommen – kaum genug, um davon mein Auto, Essen und die Miete zu bezahlen. Kurz darauf erhielt ich den Anruf von Mr Penny. Es war wie Manna, das vom Himmel fiel.«

Das Walkie-Talkie an ihrem Gürtel begann plötzlich zu rauschen. »Entschuldigen Sie mich.« Sie griff nach dem Gerät. »Hallo, Vern, was gibt's?« In das statische Rauschen hinein sagte Vignette: »Ich bin gleich da.« Sie meldete sich ab, zog ihre Wanderschuhe wieder an und begann sie zuzuschnüren. »Einer der Grizzlybären mag nicht fressen. Wollen Sie mitkommen und sehen, wie wir arbeiten?«

»Das wäre … interessant.«

Vignette verstaute Verpflegung in den Taschen ihrer Jacke. »Noch nie einem Grizzly begegnet?«

»Nein.« Decker bekam ein schwaches Lächeln hin. »Das stand bisher nicht auf meiner Liste der Dinge, die ich in diesem Leben noch machen will.«

8

Egal wie oft sie hier entlangfuhr, Marge verspürte jedes Mal erneut dieses kurze Prickeln, sobald die blaue Fläche am Horizont aufblitzte und irgendwann ganz zu sehen war. Im Sonnenlicht wurde der Pazifik zu einem Meer aus Diamanten, das sich schäumend an der Küstenlinie brach, diesem kilometerlangen Vorgarten luxuriöser Anwesen. Neulich hatten Will und sie über den nächsten Schritt geredet. Der Gedanke machte ihr ein bisschen Angst, aber ihr Leben würde sich bald verändern.

Sie war bester Stimmung, und auch Oliver schien mit sich im Reinen zu sein. Er meckerte nicht, nörgelte nicht, jammerte nicht herum. Er aß ein Thunfisch-Sandwich und Kartoffelchips und leckte sich wie ein Viertklässler beim Mittagessen die Finger ab, während er aus dem Fenster blickte. »Erklär mir noch mal, warum wir in Los Angeles arbeiten«, sagte er schließlich.

»Weil sich unsere Lungen an den Smog gewöhnt haben.« Sie ließ kurz den Blick über die Landschaft schweifen. »Und trotz der gesunkenen Immobilienpreise glaube ich, dass weder ich noch du genug verdienen, um uns eins dieser niedlichen Dinger hier leisten zu können.«

»Wie schafft dein Freund das?«

»Sein Bungalow hat zwei Zimmer und liegt landeinwärts.

Kein Meerblick, dafür hat er eine riesige Platane in seinem winzigen Garten, und es sind nur ein paar Gehminuten zu den Wanderwegen.« Sie atmete tief durch. »Weißt du, wir denken darüber nach, die nächste Stufe zu zünden.«

»Und die wäre?«

»Einen Ring zu besorgen.«

Oliver riss erstaunt die Augen auf. »Wie schön.« Pause. »Ich hoffe, nicht so ganz bald.«

Marges Lächeln kam von Herzen. »Nicht sofort, nein.«

»Das ist gut.« Oliver biss sich auf die Lippe. »Ich meine … es ist gut, sich Zeit zu lassen.«

»Oliver, wir arbeiten jetzt seit Jahren zusammen. Spuck's aus: Du würdest mich vermissen.«

»Ich würde dich vermissen.« Und das meinte er genau so, wie er es sagte. »Ich hoffe, du erwägst nicht etwa einen Umzug nach Santa Barbara?«

»Momentan nicht.«

»Zieht er nach L. A.?«

»Ebenfalls nein«, sagte Marge. »Im Augenblick kommen wir mit der bisherigen Absprache bestens zurecht.«

»Eine hervorragende Absprache, würde ich jedenfalls sagen.« Er war sichtlich erleichtert.

»Ach nee … es macht dir etwas aus.«

Er rutschte auf seinem Sitz herum und wechselte das Thema. »Was wollt ihr für einen Ring?«

»Er lässt den alten Diamantring seiner verstorbenen Mutter anpassen – ein Dreikaräter mit Smaragdschliff.«

»Das ist das einzig Wahre.«

»Stimmt.«

»Schön für dich, Marge. Ich freue mich für dich.«

»Danke, Scott. Ich freue mich auch. Ich habe einen Glückstreffer gelandet. Ich weiß, dass der Ring ja nur symbolisch gemeint ist, aber es fühlt sich trotzdem gut an. Er wird sich nicht nur ausgezeichnet an meinem Finger machen, so ein Schmuckstück bedeutet außerdem immer eine Investition in Zeiten wirtschaftlicher Unsicherheit.«

Sabrina Talbot residierte hinter den Toren eines mehrere Millionen schweren Anwesens auf vielen Morgen Land und mit Multimillionären und ein paar Milliardären als Nachbarn. Von außen sah man die Anlage gar nicht. Sie lag versteckt hinter einem kleinen Wald und viel Eisenzaun. Die Metallpfähle waren in Form von zwei Meter fünfzehn hohen Männern mit Helmen und Spießen geschmiedet worden. Direkt hinter dem Zaun wuchsen mit Dornen übersäte Rosenbüsche. Ungefähr alle drei Meter standen steinerne Pfeiler mit hübschen Lampen und Sicherheitskameras. Das Wachhaus teilte die Zufahrt in zwei Stränge. Marge hielt vor dem Tor an und ließ das Fenster auf der Fahrerseite herunter. Der Wachposten öffnete eine Tür, und heraus kam ein sehr kräftiger Mann: über eins neunzig groß und mindestens hundertfünfundzwanzig Kilo an Fett und Muskelmasse. Sein bläulich schwarzer Teint ließ auf Afrika schließen, deshalb war Marge nicht überrascht, dass er einen Akzent hatte.

»Wie kann ich Ihnen weiterhelfen?«

»Ich bin Sergeant Marge Dunn, und das hier ist mein Partner Detective Scott Oliver. Wir sind vom LAPD und würden gerne mit Sabrina Talbot sprechen. Ihre Assistentin hatte einen Termin arrangiert, für elf Uhr.«

»Einen Moment.« Die Tür glitt wieder zu, was ein paar Minuten dauerte. Der Wachposten blieb in seinem Schutzhaus versteckt, aber die Tore öffneten sich majestätisch. Direkt hinter dem Tor wartete ein Golfmobil mit einem Schild am Heck, auf dem stand: BITTE FOLGEN.

Sie fuhren auf einem asphaltierten Weg, der durch sich lang erstreckendes Grün führte – silbrig schimmernde Olivenbäume, kalifornische Eichen, nackte Platanen und verschiedene Arten von Eukalypten. Unter all den Bäumen standen dichte Hecken und Büsche. Zwischendurch machten die großen Prachtexemplare Platz für weitläufige Avocado-Plantagen: immergrüne Bäume mit dunkelgrün glänzenden Blättern und knorrigen Stämmen. An einem blassblauen Himmel hingen duftige Wolken. Die Luft war mild, und es roch gut.

Es dauerte, bis man das Haus erreichte, aber daran könnte auch das Golfmobil schuld gewesen sein, das sich besonders langsam fortbewegte. Irgendwann tauchte eine Lichtung mit frisch gesätem Rasen und chirurgisch genauer Gartengestaltung auf – eine exakt geschnittene Hecke mit Neunzig-Grad-Kanten und symmetrische Blumenbeete mit tiefblauen Prachtexemplaren von Stiefmütterchen und Schlüsselblumen.

Jeder Königin gebührt ein Schloss, und Sabrinas dreistöckiger Steinbau im Tudor-Stil hatte längs unterteilte Fenster und ein Türmchen im Angebot. Das Golfmobil hielt an, und zwei livrierte Bedienstete kamen herbeigeeilt, um die Türen zu öffnen.

Marge und Oliver stiegen aus ihrem Wagen. »Brauche ich ein Parkticket?«, fragte Marge.

Der Angestellte starrte sie an. Ein weiterer riesiger Mann antwortete für ihn. »Nein, Sie brauchen kein Parkticket. Ich begleite Sie hinein.« Er streckte ihr die Hand entgegen. »Leo Delacroix.«

»Wie der Künstler?«, fragte Marge.

»Gleiche Schreibweise. Keine Verwandtschaft.« Sein Händedruck war erstaunlich sanft für einen so kräftigen Mann. »Hier entlang. Sie kommen pünktlich. Ms Talbot nimmt es damit sehr genau.«

»Dann haben wir etwas gemeinsam.« Marge blickte sich auf dem Weg zum Eingang, einer über zwei Stockwerke gehenden Eisentür, genau um. »Obwohl wir wahrscheinlich sehr viel mehr *nicht* gemeinsam haben.«

Delacroix' Gesichtszüge blieben wie versteinert. Er betätigte einen Knopf, und der komplette Chor aus Beethovens »Ode an die Freude« ertönte aus Lautsprechern. Die Türen teilten sich, und ein dritter Wachposten übernahm. Er war jung, weiß und muskulös mit Stiernacken und militärisch kurz rasiertem Haar. Er stellte sich ihnen als Thor Weillsohn vor und führte sie durch einen marmornen Gang in ein Empfangszimmer, das zwar von bescheidener Größe war, jedoch keinesfalls bescheiden ausgestattet. Die Sitzmöbel hatten blendend weiße verschnörkelte Beine und Rückenlehnen, die Polster waren aus blauer Seide mit Jacquardmuster. Auf dem Parkett aus Walnussholz lagen echte Perser, und an den weiß getäfelten Wänden hingen Wandteppiche. Engel und Cherubim schwebten in einem Himmel voller bauschiger Wolken.

»Ms Talbot wird gleich bei Ihnen sein«, verkündete Thor. Er ging hinaus und zog zwei weiße getäfelte Türen hinter sich zu. Sowohl Oliver als auch Marge blieben stehen, denn keiner der beiden wollte seinen Hintern auf etwas zwischenparken, das so zerbrechlich oder unbezahlbar war. Oliver stieß einen leisen Pfiff aus.

»Schätze mal, Hobart hat ihr eine ansehnliche Abfindung spendiert«, sagte Marge.

»Wie alt ist diese Frau?«

»Zwischen fünfzig und sechzig. Sie war wohl so Mitte zwanzig, als sie ihn geheiratet hat.«

»Das hat sie gut gemacht.«

Eine weitere Minute verstrich, und dann öffneten sich die Türen. Diesmal kam eine uniformierte Angestellte mit Kaffee,

Tee, drei Tassen und Untertassen und einem Teller mit Keksen ins Zimmer. »Bitte nehmen Sie auf dem Divan Platz.«

Marge und Oliver sahen sich an und ließen sich simultan auf etwas nieder, das sie für den Divan hielten. Die Polsterung war nicht sehr weich und die Lehne stocksteif.

»Darf ich Ihnen einschenken?«, fragte die Haushälterin.

»Danke«, sagte Marge, »das wäre sehr freundlich.«

»Tee oder Kaffee?«

»Kaffee. Nur mit Milch.«

»Für mich das Gleiche«, sagte Oliver. »Danke.«

Das Hausmädchen stellte das Service auf einem Tisch ab und schenkte die Getränke schweigend ein. Anschließend reichte sie den Keksteller herum. Aus Höflichkeit griffen beide zu und legten ihren Keks auf ihre Untertasse. Die Angestellte platzierte den Teller und Servietten auf einem Beistelltisch, dann verließ sie den Raum wieder.

»Hier ist alles vom Feinsten«, sagte Oliver. »Meinst du, ich könnte mit meinem Charme bei Ms Talbot in der Kiste landen?«

»Nein.«

»Bloß keine vagen Vermutungen, Dunn. Sag mir, was du wirklich denkst.«

»Ich mag diesen Zitronenkeks. Wenn ich nicht das Gefühl hätte, beobachtet zu werden, würde ich ein paar davon in einer Papierserviette in meiner Handtasche rausschmuggeln.«

Oliver lachte. Weitere fünf Minuten verstrichen, und dann rauschte ein Wirbelwind durch die Türen. Die Beamten erhoben sich.

Diese Frau war eine Erscheinung: über eins achtzig groß, breite Schultern, schmale Hüften und eine blonde Wallemähne. Sie hatte blaue Augen, hohe Wangenknochen und blasse Haut. An den Augen- und Mundwinkeln befanden sich feine Fältchen, aber sonst war nichts zu sehen von dieser üblicherweise spiegelglatten gedehnten Haut nach einer Schönheits-OP. Sie trug ein fleckiges Hemd und eine Gartenhose, dazu einen Schlapphut, den sie umgehend auf das französische Möbelstück warf.

»Du liebe Güte, ich bin total dreckig.« Sie warf einen prüfenden Blick auf ihre Hände, dann begrüßte sie Marge und Oliver. »Sabrina Talbot. Entschuldigen Sie meine schmutzigen Fingernägel. Sogar mit Handschuhen habe ich meiner French Manicure den Rest gegeben. Fingernägel und Gartenarbeit passen nicht gut zusammen.« Sie klopfte ihre Hose ab, und der Dreck rieselte über den Perserteppich, dann ließ sie sich auf einem Stuhl nieder. »Bitte, setzen Sie sich. Und machen Sie sich keine Sorgen, wenn Sie kleckern, ich lasse die Möbel alle zwei Jahre neu beziehen. Es ist bald wieder so weit. Diesmal, glaube ich, werde ich was Gemustertes nehmen. Als ich den Raum das letzte Mal gestaltet habe, war ich gerade in meiner ›Eis‹-Phase. Und jetzt erinnert mich das Zimmer an ein Iglu. Bitte, setzen Sie sich doch.«

Marge und Oliver setzten sich, stellten sich vor und gaben ihr beide je eine Visitenkarte.

»Ich weiß, dass Sie wegen Hobart hier sind.« Eine einsame Träne rollte über die Wange. »Wer wollte denn einem exzentrischen alten Mann etwas antun?«

»Sie wissen, dass er ermordet wurde?«, fragte Marge.

»Gracie rief mich gestern Abend an. Das Gespräch war sehr kurz, und sie hielt sich mit Einzelheiten zurück. Ich hoffe, Sie können mich darüber ins Bild setzen, was passiert ist.«

»Gracie ist Graciela Johannesbourgh?«, fragte Marge.

»Ja.«

»Also stehen Sie in Kontakt mit Mr Pennys Tochter.«

»Gracie und ich sind Freunde geworden – hauptsächlich

aus unserer gemeinsamen Sorge um Hobarts geistige Gesundheit. In den letzten Jahren wurde er immer seltsamer. Nicht dass ich selbst immun gegen Exzentrizität wäre. Meine gesamte Verwandtschaft mütterlicherseits lebt in winzigen englischen Dörfern, von denen eins skurriler ist als das andere. Aber bei Hobart wurde die Grenze zwischen anders sein und problematisch überschritten.«

Marge hatte ihren Notizblock hervorgeholt. »Wie denn das?«

»Wir lernten uns kennen, als ich noch ziemlich jung war. Ich war sofort von ihm angetan. Er war ein sehr vitaler Mann, und er erinnerte mich an meinen Vater, deshalb konnte ich Männer wie Hobart sehr gut verstehen.«

»Was meinen Sie mit ›Männer wie Hobart‹?«

»Sie wissen schon, diese Megamachos, die ständig versuchen, sich selbst zu beweisen, dass sie der Nachfolger von Ernest Hemingway sind – Stierrennen in Pamplona, Bergsteigen in Nepal, einen nicht kartografierten Fluss im Amazonas herunterschippern. Solche Männer werden in meinen Kreisen sehr gut verstanden.«

»Was sind Ihre Kreise?«, fragte Oliver.

»Soll das heißen, Sie haben mich nicht *gegoogelt*?« Sie sah die beiden gespielt beleidigt an.

»Doch, habe ich«, sagte Marge, »da stand nur, dass Sie die frühere Frau von Hobart Penny sind.«

»Dann habe ich ja exzellente Arbeit geleistet«, sagte Sabrina. »Meine Eltern glaubten daran, dass man nur anlässlich der eigenen Geburt, der Hochzeit und als Todesfall in der Zeitung stehen sollte. Ich vermute, eine Scheidung ist heutzutage gerade noch akzeptabel, aber das war's. Ich erzähle Ihnen ein bisschen was über die Geschichte meiner Familie. Mein Ururgroßvater war Jacob Remington – wie in Remington Aircraft. Meine Mutter war eine Remington. Mein Vater war ein Eldinger mütterlicherseits. Wenn Sie diese Familien nachschlagen, werden Sie sehen, dass ich von sehr, sehr altem Geld abstamme. Wir sind altmodische, hochnäsige weiße angelsächsische Protestanten. Meine Eltern waren entzückt über meine Ehe mit Hobart… weil niemand mich ausnehmen würde. Nicht, dass sie sich darüber hätten Sorgen machen müssen.« Sie tippte auf ihren Kopf. »Ich weiß genau, wo jeder Dollar hinfließt. Mein oberstes Prinzip ist Akribie. Hobart mochte das sehr an mir. Dass ich nicht nur eine hübsche Partybegleitung war. Selbst bei meinem Stammbaum und meinem Aussehen und meinem Verstand brauchte Hobart fünf Jahre, bis er mir einen Antrag machte. Es hatte wohl etwas mit der Scheidung von seiner ersten Frau und meinem Alter zu tun. Ich war neunzehn, als wir uns begegneten.«

»War Hobarts Scheidung schmutzig?«, fragte Marge.

»Nicht besonders schmutzig, aber man war sich nicht grün. Ich war nicht der Trennungsgrund. Hobart hatte immer andere Frauen. Und er war schon immer seltsam, der typische verrückte Erfinder. Nicht besonders geschickt, was soziales Verhalten anging. Ich glaube, Ehefrau Nummer eins hatte die Nase voll von ihm.«

Oliver blätterte eine Seite seines Blocks um. »Wie haben Sie beide sich kennengelernt?«

»Auf einer langweiligen Spendengala für irgendwelche Benachteiligten. Unsere Blicke trafen sich, und um mich war's geschehen, obwohl er offensichtlich auch anderen Frauen schöne Augen machte, sogar in unserer Kennenlernphase. Ich dumme Gans dachte damals, er würde geheilt werden, wenn wir erst verheiratet wären.«

»Könnten Sie genauer sagen, was Sie mit seltsam meinen?«, fragte Marge.

»Obwohl Hobart eine geradezu animalische Sexualität verströmte, machte er sich überhaupt nichts aus Menschen – abgesehen von schönen Frauen, die für ihn mehr oder weniger Objekte waren.« Sie schwang ein Bein über die Armlehne ihres Stuhls. »Ihn faszinierten eher wilde Tiere – so ein TR-Ding, wissen Sie.«

»TR?«, hakte Oliver nach.

»Teddy Roosevelt. Der Mann, der auf Löwen schoss und auf dem Amazonas ruderte, wenn er gerade mal nicht Präsident war. Mir gefallen Safaris genauso sehr wie jedem anderen auch, allerdings brauche ich eine erstklassige Unterbringung und bewaffnete Wachleute im offenen Jeep. Vielleicht mal ein oder zwei Wanderungen, solange irgendjemand meinen Rucksack trägt. Aber Hobart wollte in der Wildnis Afrikas zelten. Um Himmels willen, ja, ich rede hier von richtigem *Zelten.* So wie in Zelt aufbauen und aus Dosen essen und ein Lagerfeuer anzünden und Wasser aus einem vier Kilometer weit entfernten Fluss herbeischaffen. Und jetzt frage ich Sie: Sehe ich aus wie der Schlafsack-Typ?«

»In meinen Augen keinesfalls«, sagte Oliver.

Sabrina seufzte. »Irgendwie brannte bei Hobart im Laufe der Zeit eine Sicherung durch. Aus einem reichen, seltsamen Mann wurde ein sehr seltsamer, reicher Mann. Was mir aber richtig Angst einjagte, waren die Wahnvorstellungen.«

»Was für Wahnvorstellungen?«

»Das klingt jetzt lächerlich, aber er fing an zu glauben, er sei ein wildes Tier, gefangen in einem menschlichen Körper. Etwa so, wie es Leute gibt, die sich für Vampire oder Hexen oder Werwölfe halten. Er war sich ganz sicher, dass er in Wirklichkeit eine Art große Raubkatze sei. Manchmal ein Löwe, manchmal ein Tiger. Dabei verlor er keineswegs den Kontakt zur Realität. Er konnte einem immer noch jede einzelne Aktie aufzählen, die an der New Yorker Börse gehandelt wurde. Er war völlig klar. Und er wusste, dass er *nicht wirklich* eine Raubkatze war. Er hatte nur das Gefühl, dass in seinem menschlichen Körper die Seele eines Tigers wohnte. Er ließ sich einen wilden Bart stehen. Und er ließ seine Fingernägel wachsen. Beim Sex zerkratzte er mich jedes Mal aufs Übelste. Dann fing er an zu beißen. Zuerst nur zu knabbern, aber es wurde mehr, bis er schließlich durch die Haut kam. Das war der Punkt, an dem ich zu ihm sagte: ›Hobart, du brauchst Hilfe.‹«

»Und?«, fragte Marge.

»Er machte eine Therapie. Der Psychiater sagte mir, dass sich unter diesen Wahnvorstellungen ein Mann mit schweren Depressionen und einer schizoiden Persönlichkeitsstörung verbarg. Also verschrieb man ihm Tabletten und verpasste ihm Stimmungsaufheller. Er verabscheute die Medikamente. Behauptete, sie würden seine Manneskraft schwächen. Was keineswegs eine Wahnvorstellung war. Aber anstatt sich andere Medikamente zu besorgen, setzte er alles ab. Nachdem er von den Tabletten weg war, fiel er in sein früheres Verhaltensmuster zurück. Er wurde immer unheimlicher. Mir reichte es schließlich, als er anfing, die Möbel zu markieren.«

»Igitt«, rutschte es Oliver heraus.

»Ich flehte ihn an, sich helfen zu lassen, aber das lehnte er kategorisch ab. Vielleicht hätte er sich ja irgendwann Hilfe geholt, wenn er nicht auf diese ganzen … Klubs … gestoßen wäre.«

Marge spitzte die Ohren. »Welche Klubs?«

»Privatklubs, in denen Gott weiß was ablief, genauso wie diese verrückten Vereine für die Rechte der Tiere, die seine Wahnvorstellungen noch anfeuerten. Er verteilte sein Geld im Austausch für ihre Toleranz.«

»Können Sie uns Genaueres zu den Privatklubs sagen?«,

fragte Marge. »Möglicherweise finden wir so eine Spur zu seiner Ermordung.«

»Sadomaso. Es ist Jahre her. Ich bin mir sicher, dass die Klubs, in denen er war, alle längst zugemacht haben und es lauter neue gibt.« Sabrina seufzte. »Hobart reiste immer wieder quer durch Amerika, um die Klubs aufzuspüren, die ihm zusagten. Er traf auf Frauen, die sich komplett als Raubkatzen verkleideten, Masken aufsetzten und Sex mit ihm hatten.«

»Das hat er Ihnen erzählt?«, fragte Oliver.

Das Gesicht der Frau lief knallrot an. »Er gab es zu, aber erst nachdem ich Fotos von ihm gefunden hatte, auf denen er junge Mädchen mit Tigermasken vögelte. Ich habe auch Fotos von ihm mit … Tieren … entdeckt. Es war ekehaft.«

Marge und Oliver nickten mitfühlend.

»Er sagte, ich solle es nicht persönlich nehmen, ein Tiger müsse eben tun, was ein Tiger tun muss.« Sie wedelte mit einer Hand durch die Luft. »Mal ehrlich, sehe ich aus wie eine Idiotin? Ich versuchte, vernünftig mit ihm zu reden … ich hielt relativ lange durch … aber ich wusste, dass es aus war.«

Schweigen. »Ms Talbot«, ergriff Oliver schließlich das Wort, »wenn Sie sich an irgendeinen Namen der Klubs erinnern könnten – selbst wenn sie zugemacht haben –, dann wäre uns das eine große Hilfe.«

»Er hat nie einen Namen gesagt.« Sabrina inspizierte ihre Fingernägel. »Ein Jahr, nachdem ich die Fotos entdeckt hatte, zog er aus. Die Scheidung verlief gütlich. Er gab mir eine gewaltige Abfindung. Seine Kinder waren darüber nicht glücklich. Ich konnte es ihnen kaum verdenken. Hobart war nicht Herr seiner Sinne. Da ich großmütig, selbst vermögend und nicht wild auf gerichtliche Streitereien war, habe ich zwei Drittel des Geldes angelegt, in Trustfonds für Hobarts Enkelkinder. Das andere Drittel war mein Kampfeslohn. Meine

Großzügigkeit zugunsten der Enkelkinder blieb nicht ohne Würdigung: Gracie und ich wurden Freunde. Darius rief an, um sich zu bedanken. Das Einzige, was uns dreien gelang, war, Hobart dazu zu überreden – in einem seiner lichteren Momente –, seine Vermögensverwaltung in die Hände von Darius' Firma zu legen.«

»Dem hat er zugestimmt?«, fragte Marge.

»Ja. Darius hat das genial gemacht. Er finanzierte, was immer Hobart finanziert haben wollte. Von Zeit zu Zeit gingen die beiden sein Vermögen durch und besprachen, wie Hobart sein Testament aufsetzen und welchen Wohltätigkeitsvereinen er sein Geld geben wollte. Soweit ich weiß, kam es von Darius' Seite aus zu keinem Fehlverhalten.«

Sie verschränkte die Arme vor ihrem schmutzigen Hemd. »Nach unserer Scheidung versank er langsam in seinem Eremitendasein. Er nahm sich dieses winzige, erbärmliche Apartment. Irgendwann war er nur noch zu Hause. Ging nirgendwo mehr hin, außer in dieses Tierasyl, das er unterstützte.«

»Global Earth?«

»Da bin ich überfragt.« Eine Pause. »Von dem ganzen Gerede hier bekomme ich Kopfschmerzen.«

»Das tut mir leid, Ms Talbot, aber das Gespräch hat uns sehr geholfen«, sagte Marge. »Diese Sadomaso-Klubs machen mich neugierig. Sie haben vorhin gefragt, wer einem alten exzentrischen Mann etwas antun wollte, und jetzt habe ich eine Idee. Was wäre, wenn Ihr Exmann jemandem aus dem Rotlichtmilieu Geld gegeben und die Zahlungen plötzlich gestoppt hat? Diese Leute sind nicht nur schmierig, sondern auch gefährlich. Vielleicht ist jemand wütend geworden?«

»Er ging seit Jahrzehnten nicht mehr in diese Klubs«, widersprach Sabrina.

»Sind Sie sicher?«

»Nicht hundert Prozent, aber …«

»Was ist mit Bestellungen?«, überlegte Oliver. »Viele Escort-Firmen vermitteln auch Hausbesuche.«

»Vielleicht … wenn die Dame an Tiki vorbeikommt.«

Marge drehte sich um und sah Sabrina direkt an. »Sie wussten über den Tiger Bescheid?«

»Menschenskinder, sie hat mir fast den Kopf abgebissen, als ich ihn ein einziges Mal besuchen wollte. Ich bin nie wieder hingegangen.«

»Ms Talbot«, sagte Oliver, »wenn Sie wussten, dass er einen Tiger hält, warum haben Sie ihn nicht den Behörden gemeldet?«

Sie rieb sich die Schläfen. »Also gut, das hätte ich wohl tun müssen. Ich wollte damals nicht das einzige Lebewesen zerstören, das diesem Mann etwas bedeutete. Und ich wusste, dass Hobart sich einfach ein anderes Tier per E-Mail bestellen würde. Da Tiki so anhänglich zu sein schien, hielt ich diese Situation für besser als alles, was danach kommen könnte.«

Sabrina blickte auf die Uhr.

»Leider muss ich hier Schluss machen. Ich kann nicht behaupten, dass es mir Spaß bereitet hat, aber es war … in gewissem Sinne therapeutisch. Jahrelang habe ich nicht mehr richtig an Hobart gedacht. Ich hoffe wirklich, Sie erwischen die Person, die ihm das angetan hat.«

Marge stand auf. »Ms Talbot, haben Sie irgendwelche persönlichen Dinge Ihres Mannes nach seinem Auszug behalten?«

»Persönlich? So etwas wie Tagebücher?«

»Tagebücher, Briefe, alte Fotos oder alte Unterlagen?«

»Möglicherweise gibt es ein oder zwei Kisten mit seinen Sachen im Lagertrakt.«

»Denken Sie, es wäre möglich, dass wir sie uns ansehen?«

»Natürlich, aber ich weiß nicht genau, wo sie sind oder ob ich sie überhaupt noch habe.«

»Es macht uns nichts aus, ein bisschen zu suchen, wenn es Ihnen recht ist.« Oliver stibitzte sich einen zweiten Keks.

»Möchten Sie ein paar Kekse mitnehmen?«, fragte Sabrina. »Mein ganzer Kühlschrank ist voll davon. Eleanor backt sie andauernd.« Bevor er antworten konnte, hatte sie bereits einen Knopf gedrückt, und das Hausmädchen erschien. »Würden Sie diesen netten Menschen eine Dose mit Ihren köstlichen Keksen überreichen?«

»Ja, Madame. Natürlich, Madame.«

»Danke.«

Die Angestellte verschwand wieder, und kurz darauf erschien Thor: Bedienstete, die wie ein gut geölter Motor funktionierten. »Wie kann ich Ihnen helfen?«

»Thor, würden Sie die beiden für mich in den Lagertrakt begleiten? Sie wollen sich nach zurückgelassenen Sachen meines Exmannes umsehen.«

»Die Herrschaften können hier warten, Ms Talbot. Ich kann nachschauen, ob Sie etwas von Mr Penny behalten haben.«

Sabrina sah zu Oliver, der sagte: »Uns hilft es immer sehr, wenn wir uns auf eigene Faust umsehen können.«

»Natürlich verstehen wir«, ergänzte Marge, »dass Sie nicht möchten, dass zwei Fremde Ihr Hab und Gut durchstöbern. Thor kann uns begleiten, wenn Sie sich dabei wohler fühlen.«

»Ja, das ist eine großartige Idee. Ich nehme an, es wäre sehr leichtsinnig von mir, Sie beide ohne Aufsicht herumschnüffeln zu lassen. Thor, begleiten Sie die Beamten. Falls sie Fragen haben, dürfen Sie diese gerne beantworten. Aber kommen Sie ihnen nicht in die Quere.«

»Selbstverständlich nicht, Ms Talbot.«

»Machen Sie es gut.« Sie winkte. »Und vergessen Sie die Kekse nicht, Detective Oliver.«

»Danke.«

»Sie dürfen gerne für Nachschub wiederkommen.« Sie lächelte. »Auf Wiedersehen.«

Nachdem sie gegangen war, sagte Thor: »Hier entlang.«

»Danke«, erwiderte Marge.

Thor schritt vor ihnen durch den marmornen Gang und hielt gehörigen Abstand. »Bilde ich mir das nur ein, oder hat sie tatsächlich mit mir geflirtet?«, flüsterte Oliver Marge ins Ohr.

Marge zuckte mit den Achseln. »Das richtige Wort dafür wäre ›gespielt‹.«

»Ich hätte nichts dagegen, ihr Spielzeug zu sein.« Er grinste breit.

»Fall bloß nicht auf ihren Charme herein. Sie könnte dich als Vorspiel zu einem Mitternachtsimbiss vernaschen.«

»Lecker, lecker.«

Marge lachte. »Weißt du, Oliver, du hast wirklich Glück, dass ich dir den Rücken freihalte.« Sie dachte kurz nach. »Ich halte dir nicht nur den Rücken frei, ich bewache ihn mit meiner geladenen Knarre. Und eins sag ich dir, Bruder, nichts hat mehr Sex-Appeal als eine Frau mit einer hundertprozentigen Trefferquote.«

9

Das Global Earth Tierasyl lag auf einem Areal, das ein Gewirr kurviger Wege durchzog, die wiederum an zahlreichen Gehegen mit Maschendraht- und Stacheldrahtzäunen vorbeiführten. Die Luft war erfüllt von Tiergeräuschen: Gebrüll, Knurren, Grunzen, Geheul, Geschrei, Schnauben, Jaulen und Japsen und anderen Lauten, die sonst nur nachts aufkamen. Es roch intensiv, und der Geruch wäre bei wärmerem Wetter noch stärker gewesen. Vignette legte ein scharfes Tempo vor, deshalb blieb Decker nicht viel Zeit, um sich umzusehen. Aber wenn er die Gelegenheit hatte, den Kopf zu drehen, nahmen seine Augen verschwommene und schemenhafte Gestalten wahr, die sich auf allen vieren fortbewegten. Seine eigenen Füße spürten die Kälte sogar durch die Socken hindurch, während er die schmalen schlammigen und steinigen Pfade erklomm. Schließlich tauchte ein Mann um die sechzig vor ihnen auf. Er trug ein Arbeitshemd, eine Weste, Jeans und Stiefel und winkte ihnen zu.

»Hallo, Vern. Ich sehe gleich mal nach Cody.«

»Ich komme mit.«

»Ist vielleicht eine gute Idee.« Sie gingen zu dritt weiter, bis sie an einen Käfig kamen, in dem sich ein aufrecht stehender Fels aus Fell befand, der humpelnd hin und her lief. Das Tier brüllte nicht einfach nur, sondern gab ein ohrenbetäubendes Geheul von sich. Nur der Macho in ihm verhinderte, dass Decker sich die Ohren zuhielt.

Vignette schaute durch den ganzen Käfig und schüttelte den Kopf. »Er hat sein Mittagessen nicht angerührt.« Sie deutete auf einen Haufen mit Früchten, Blättern und anderen undefinierbaren Klumpen. »Normalerweise ist Cody ein guter Esser. Irgendetwas treibt ihn um.«

Ach, tatsächlich? »Wie robust sind diese Gehege?«, fragte Decker.

»Cody geht nirgendwo hin.« Sie wandte sich an Vern. »Tja, ich denke, ich sehe mal lieber nach. Hast du das Gewehr parat?«

»Es liegt unten im Wohnwagen.«

»Macht nichts. Wird schon klappen.«

»Bist du dir da ganz sicher?« Vern war beunruhigt.

»Ich krieg das hin.« Ohne zu zögern näherte sie sich dem Tier und blieb am Stacheldraht stehen. In der Hand hatte sie lediglich eine Tasche mit rohem Fisch und einen Speer. »Was ist los, Cody?«, sagte sie zu dem Bären.

Beim Klang ihrer Stimme trampelte das Tier zum Zaun, ließ sich auf alle viere fallen und stöhnte. »Grizzlys sehen nicht gut, aber ihr Geruchssinn und ihr Gehör sind ausgezeichnet.«

Decker sah wie erstarrt weiter zu, doch sein Puls schlug schneller als sonst. Er hoffte, er würde hier nicht Zeuge von irgendetwas Grauenhaftem werden. Die Erinnerung an Pennys Tatort war noch frisch.

»Was ist denn los, mein kleiner Kerl?«, fragte sie.

Mein kleiner Kerl?

Sie nahm eine Trillerpfeife aus ihrer Jackentasche und pfiff einmal. Aus Codys verbalem Protest war ein Wimmern geworden. Das Tier erhob sich wieder, stand aufrecht da und presste seine rechte Tatze gegen den Zaun. Die Krallen waren dick und lang und sehr scharf. Vignette untersuchte die Tatze sorgfältig, anschließend fütterte sie ihn mit einem auf den Speer aufgespießten Stück rohen Fischs. »Für Lachs macht er alles.«

Erneut blies sie einmal in die Pfeife. Dieses Mal hielt er die linke Tatze hoch. Danach wurde er mit einem weiteren Stück Lachs belohnt. »Bis jetzt gibt's kein Problem.« Ein dritter Pfiff.

Der Bär setzte sich auf sein Hinterteil und zeigte Vignette seinen rechten Fuß. »Ach herrje, das sieht ja übel aus, Cody. Da wäre ich an deiner Stelle auch ganz schön sauer.«

Decker stand eineinhalb Meter hinter ihr. »Was stimmt denn nicht?«

Vignette reichte dem Bären ein Stück rosa Fleisch auf dem Speer. »Er hat sich den Ballen an etwas Scharfem aufgeschnitten. Ich muss es unbedingt behandeln, bevor es sich entzündet.« Sie nahm ein kleines Stück Lachs mit Kopf aus der Tasche und steckte eine Kapsel mitten hinein. »Also gut, dann wollen wir mal sehen, was ich für dich tun kann.« Sie fütterte Cody mit dem garnierten Fisch, dann sah sie auf die Uhr. Fünf Minuten später rollte der Bär zur Seite und begann zu schnarchen. Sie warf Vern die Schlüssel zu. »Du kennst die Regeln. Schließ mich ein. Behalte ihn im Auge. Und wenn ich erwischt werde, öffne auf GAR KEINEN FALL die Tür.«

»Sie gehen da hinein?« Decker war entsetzt.

»Mir bleibt circa eine Viertelstunde zum Arbeiten.« Vignette zwinkerte ihm zu. »Wünschen Sie mir Glück.«

Decker verschlug es die Sprache. Vern öffnete die Käfigtür, und Vignette schlüpfte hindurch. Sie arbeitete schnell und professionell. Zuerst desinfizierte sie die Wunde, indem sie sie mit Salzwasser aus einer Quetschflasche auswusch. Anschließend trug sie eine medizinische Salbe oder Paste auf. Sie verschloss die Wunde, so gut sie konnte, mit einem Sprühverband.

Decker blickte ständig auf die Uhr. Mit jeder Minute, die verstrich, wurde er nervöser. »Vignette, er fängt an, sich zu bewegen«, sagte Vern.

»Bin fast fertig. Ich will nur sichergehen …« Ihre Worte verstummten allmählich.

Jetzt begann Decker, nervös auf und ab zu gehen. »Bitte kommen Sie heraus.«

Vignette richtete sich auf. »Mir geht es gut. Die Hauptsache ist doch, dass es ihm auch gutgeht.«

»Nein, die Hauptsache ist, dass Sie da lebendig und in einem Stück wieder rauskommen.«

Sie grinste und klopfte sich den Staub von der Hose. Vern öffnete den Käfig und verschloss ihn schnell wieder mit der soliden Kette und einem Vorhängeschloss. Kaum stand der Bär aufrecht, taumelte er zu Vignette und stöhnte. Sie gab ihm noch mehr Fisch, und obwohl das Tier benommen war, nahm es den Köder an.

»So ein braver Junge«, gurrte sie. »Fühlst du dich besser?«

Der Bär brummte und trollte sich, zwar immer noch humpelnd, aber weniger ausgeprägt.

Zu dritt sahen sie ihm schweigend dabei zu, wie der Bär versuchte, sein Gleichgewicht wiederzufinden. Alle paar Minuten hinkte er zu Vignette, die ihm den Lachs in immer kleineren Portionen fütterte, bis sie ihm schließlich nichts mehr gab. Eine Viertelstunde später zuckte seine Nase, und er trottete zu seinem Mittagessen. Er begann sein Mahl mit Himbeeren am Zweig als Vorspeise.

»Saubere Arbeit«, sagte Vern zu Vignette.

»Bin nur froh, dass es ihm besser geht.«

»Wahnsinn.« Decker war eingeschüchtert. »Jetzt verstehe ich, warum Mr Penny Sie unterstützt.«

Vignette strahlte über das ganze Gesicht. »Jetzt verstehen

Sie, warum ich mich so sehr engagiere. Ich tue das für Cody und Tiki und all die anderen Tiere hier. Sie können nicht sprechen, also erhebe ich für sie meine Stimme.«

»Sie scheinen eine gute Übersetzerin zu sein«, meinte Decker anerkennend.

Vignette lächelte. »Wie wäre es mit einem Rundgang, jetzt, wo Cody versorgt ist?«

»Gerne.«

Sie wandte sich an Vern. »Behalte unseren Kumpel im Auge. Wenn er wieder unruhig wird, machen wir das Ganze offiziell und rufen den Tierarzt.«

»Alles klar, Vignette.«

»Hier entlang«, sagte sie zu Decker. Für ein paar Minuten gingen sie schweigend nebeneinander her. »Und Sie wissen wirklich nichts über Mr Pennys Testament?«

»Was ich weiß, habe ich Ihnen gesagt.«

»Sicher, ich wirke dabei habgierig, aber einen gemeinnützigen Verein zu leiten, gleicht einem Dschungel. Nur die Starken überleben. Wenn man schüchtern ist, verhungert man entweder oder wird bei lebendigem Leib gefressen.«

Auf ihrem weiteren Weg zeigte Vignette Decker die verschiedenen Käfige und Gehege und erzählte zu jedem Tier eine persönliche Geschichte: wie es hier gelandet war, wie der Lebensraum zum Überleben bestmöglich hergerichtet wurde, wie das Futter individuell angepasst wurde. Irgendwann brachte sie die Kosten für den Unterhalt der Tiere im Allgemeinen zur Sprache. »Wir kommen mit unserem Minibudget kaum zurecht und sind total abhängig von der Unterstützung durch Leute wie Mr Penny. Seine Großzügigkeit hat den Hauptteil unserer Kosten gedeckt.« Sie blieb vor einem Tigergehege stehen. »Tiki ist hinten auf dem Areal, geschützt in einem eigenen Käfig. Es wird eine Weile dauern, bis sie im

Gehege herumstreunen darf. Wir müssen erst sichergehen, dass Juno und Bigfoot sie akzeptieren.«

»Sie haben einen männlichen und einen weiblichen Tiger?«

Vignette nickte.

»Wie geht es Tiki?«

»Alles, was ich dazu sagen kann, ist, dass sie frisst. Das ist gut.«

»Hatten Sie Gelegenheit, sie zu untersuchen?«

»Der Tierarzt kommt am Freitag.«

»Sie wissen also nicht, ob sie verletzt ist oder so?«

»Nein.« Vignette sah Decker direkt an. »Warum sollte sie verletzt sein?«

»Sie war eine Weile ganz auf sich gestellt in der Wohnung, in der überall zerbrochenes Glas und scharfe Gegenstände auf dem Boden lagen.«

»Oh, jetzt verstehe ich. Soweit ich das sagen kann, ist sie okay. Aber ich habe keine Ahnung, was sie zu sich genommen hat und wie es in ihrem Inneren aussieht.« Sie beide starrten auf die zwei Tiger im Gehege. »Was für prachtvolle Tiere.«

»Woher kommen diese beiden?«

»Ein kommerzieller Zoo, der pleiteging, und ein weiteres Versand-Fiasko. Wir können von Glück reden, dass die beiden sich verstehen.«

»Werden Sie sie Junge haben lassen?«

»Keine Chance. Wie ich schon sagte, wir wissen nichts über ihr Erbgut, und das Letzte, woran wir interessiert sind, sind labile und ungesunde Stammbäume. Die Männchen wurden alle kastriert und den Weibchen die Eierstöcke entfernt.«

Sie gingen weiter. »Ich habe gelesen, dass Global Earth ursprünglich im Santa Clarita Valley angefangen hat. Warum sind Sie umgezogen?«

»Das Areal hier ist locker zwanzigmal größer als das alte

in Santa Clarita. Fern war eine ziemliche Hellseherin. Mann, der Umzug war echt verrückt! Der Transport der Tiere dauerte ewig. Wegen der Sicherheit musste alles nachts durchgeführt werden.«

»Also gehört Global Earth der Grund und Boden hier?«

»Jawoll.«

»Ganz und gar, oder ist er mit einer Hypothek belastet?«

Vignette blieb abrupt stehen. »Warum?«

»Ich versuche, eine Vorstellung von den Kosten zu bekommen. Wenn es nur darum geht, alle Tiere zu unterhalten, ist es schon schlimm genug. Aber wenn Sie auch noch eine Hypothek abzahlen müssen, Wahnsinn, dann ist es richtig schwer.«

»Wem sagen Sie das. Genug gesehen?«

»Wie Sie wollen.«

»Mir ist ein bisschen kalt.« Die Frau drehte um, und sie gingen auf den Pfaden zurück.

»Ich frage mich nur«, fuhr Decker fort, »woher Fern das Geld hatte, das Ganze hier zu bezahlen.«

»Ich weiß es nicht.« Vignette biss sich auf die Lippe. »Aber ich weiß, dass Sie Ihre Fragen aus anderen Gründen als purer Neugier stellen.«

»Hat Penny Global Earth dabei geholfen, das Land zu erwerben?«

»Ich habe das erste Mal mit Penny gesprochen, als er anrief und nach Tigerwelpen fragte. Wenn er schon vorher Kontakt zu dem Verein hatte, dann weiß ich nichts davon. Wie ich schon sagte, nach Ferns Tod stand Allan Gray an der Spitze von Global Earth.«

»Der Tierarzt, der nach Alaska ging, um Kodiakbären zu beobachten.«

»Genau. Er hat das totale Chaos hinterlassen. Die Unterlagen waren unvollständig und unlesbar. Ich hätte ihn anrufen und nachfragen können. Aber es war einfacher, bei null anzufangen. Ich habe diesen Job aus Liebe zu den Tieren übernommen, und nicht, weil ich besonders gut darin bin, einen Verein zu leiten.«

Decker nickte. »Also haben Sie keine alten Unterlagen oder …«

Wieder blieb Vignette abrupt stehen. »Warum stellen Sie mir diese ganzen Fragen?«

»Es gibt keine angenehme Art, Ihnen das mitzuteilen, Vignette.« Eine Pause. »Hobart Penny starb nicht eines natürlichen Todes. Er wurde ermordet.«

Vignette riss die Augen auf und wurde ganz blass im Gesicht, das zuvor wegen der Kälte eher rot gewesen war. *»Ermordet?«*

»Ja. Deshalb ist die Polizei involviert. Es geht nicht nur um einen herrenlosen Tiger.«

»Oh mein Gott!« Sie hob ihre behandschuhten Hände vors Gesicht wie zu einem stummen Schrei. »Was ist *passiert*?«

»Die Ermittlungen laufen. Deshalb rede ich mit Ihnen. Mr Penny scheint seit fünfundzwanzig Jahren wie ein Eremit gelebt zu haben. Sie hatten kürzlich Kontakt zu ihm. Alles, was Sie mir über ihn erzählen können, hilft uns weiter.«

»Oh mein Gott!« Sie starrte Decker an. »Und ich quatsche hier über sein Testament. Sie müssen mich für eine Verdächtige halten!«

»Momentan versuche ich nur, ein paar Fakten in Erfahrung zu bringen.«

»Mit dem Mord habe ich rein gar nichts zu tun! Ich möchte, dass Sie das wissen.«

Decker nickte. »Macht es Ihnen etwas aus, noch ein paar Fragen zu beantworten?«

»Überhaupt nicht.«

»Sie sagten, Sie hätten Penny vor drei oder vier Tagen gesehen, zur Impfung von Tiki?«

»Ja, das ist – wie wurde er ermordet?«

Decker rieb sich die Hände und ignorierte die Frage. »Meine Kollegen von der Mordkommission und ich haben ausgiebig über die Tat diskutiert. Eine Frage taucht immer wieder auf: Wie konnte jemand an einem freilaufenden Tiger vorbeikommen?«

»Tiki war nicht angekettet?«

»Oh … also hat Penny sie angebunden, wenn Sie ihn besucht haben?«, fragte Decker.

»Am Anfang war sie an der Kette … ganz bestimmt.« Vignette dachte nach. »Langsam aber sicher begannen wir, einander zu vertrauen, bis wir uns beide in der Gegenwart des anderen wohlfühlten. Tiki hat ein sanftes Gemüt. Da ist nicht viel Wildheit in ihr.«

»Sie hatte sich also an Ihre Anwesenheit gewöhnt?«

»Ja, sogar ziemlich schnell. Wir haben sie vor der Impfung betäubt, damit sie nicht merkt, dass jemand ihr wehtut. Es bedeutet jedes Mal ein Risiko, wenn man ein großes Tier betäubt. Selbst wenn sie gesund bleiben, ist ein Tier, das aus einer Betäubung erwacht, immer unberechenbar.« Wieder schien Vignette ihren Gedanken nachzuhängen. »Hobart hatte einen Klappkäfig im Schrank. Vielleicht befand sich Tiki darin, als der Mörder hereinkam.«

»Wir haben keinen Käfig in der Wohnung gefunden. Sie trug lediglich eine ungefähr ein Meter achtzig lange Kette um den Hals.«

»Die Kette ergibt einen Sinn.« Pause. »Vielleicht hat Penny den Käfig entsorgt. Anfangs haben wir ihn benutzt, damit ich Tiki impfen konnte. Dann hatte sie uns durchschaut – dass der Käfig für Spritzen stand – und wollte nicht mehr hinein.

Danach haben wir begonnen, sie mit einem Betäubungsmittel auszuschalten.« Vignette seufzte. »Sie hat es mir nie übel genommen. Tiki ist wirklich eine Liebe.«

»Aber sie ist und bleibt ein Tiger.«

»Ja, natürlich. Doch selbst unter Raubtieren gibt es unterschiedliche Veranlagungen.« Sie zögerte. »War es ein Raubüberfall? Er hatte nicht viele Sachen in seiner Wohnung.«

»Nach dem zu urteilen, was wir gesehen haben, würde ich Ihnen zustimmen.«

»Wer in aller Welt will einem alten Mann etwas antun?«

»Das weiß ich leider auch nicht.«

»So viel zum Thema Raubtiere.« Die Frau schüttelte bekümmert den Kopf. »Da nehme ich es doch jederzeit lieber mit meinen Bestien als mit Ihren auf.«

10

Die Fahrt bergab schien schneller zu gehen als die Fahrt bergauf: wie auf Reisen, so im richtigen Leben. Decker erinnerte sich kaum an den Rückweg und an das Kurbeln in jeder Spitzkehre, da sein Verstand eine Idee nach der anderen abfeuerte. Keine davon taugte jedoch als Erklärung, warum Global Earth irgendetwas mit Hobart Pennys Tod zu tun haben könnte. Dann kam das Auto im Tal an, und seine Bluetooth-Verbindung erwachte.

Es war Marges Stimme. »Seit einer halben Stunde versuche ich, dich zu erreichen. Wo warst du?«

»Außerhalb des Handynetzes«, erklärte Decker ihr. »Was gibt's?«

»Hobart hatte eine interessante Vergangenheit, mehr als das übliche Sex, Drugs und Rock 'n' Roll. Offenbar ist unser Mann gerne kreuz und quer durchs Land in Sexklubs gegangen, als Tiger verkleidet, um Frauen von hinten zu vögeln.«

»Manchmal auch als Löwe oder Leopard«, fügte Oliver noch hinzu, »nur der Abwechslung halber.«

Decker warf einen kurzen Blick hinüber zu Gabe. Der Junge hatte seinen Kopf zurückgelehnt und die Augen geschlossen. Er schien ganz in seiner Musik aufzugehen. »Wer hat euch das erzählt?«

»Seine Ex«, sagte Oliver.

»Und ihr glaubt ihr?«

»Wir haben die Schnappschüsse in ein paar vergessenen Kisten im Lagertrakt von Sabrina Talbots Haus gefunden«, erklärte Marge.

»Ein Lagertrakt?«

»Ja-ha. Ihr Haus ist groß genug für einen eigenen Lagertrakt. Die viel interessantere Frage lautet jedoch, warum sie diese Fotos behalten hat. Ganz sicher nicht für Erpressungszwecke. Sabrina Talbot ist reich.«

»Obszön reich«, betonte Oliver.

»Sabrina hat uns berichtet, dass Hobart aus tiefster Seele überzeugt war, ein Tiger im Körper eines Mannes zu sein. Laut Sabrina ging es so weit, dass er sie, wenn sie miteinander schliefen, kratzte und in den Nacken biss.«

»Dann stolperte sie zufällig über Fotos, auf denen Hobart junge Mädchen vögelte, alle mit Tigermasken. Doch selbst danach dauerte es noch ein Jahr, bis die Scheidung durch war.«

Decker sah wieder zu Gabe. Der Teenager hatte seine Augen immer noch geschlossen, drückte aber an der Lautstärke seines iPhones herum. »Stell das Ding lauter«, sagte Decker.

»Welches Ding?«, fragte Marge.

»Ich rede nicht mit dir, sondern mit Gabe.«

Gabe öffnete die Augen, und auf seinem Gesicht breitete sich ein zeitverzögertes Grinsen aus. »Entschuldigung?«

»Wieso ist *Gabe* bei dir?«, fragte Marge.

»Das erkläre ich dir später.« Und zu Gabe sagte Decker: »Hör auf zu lauschen!«

»Du redest sehr laut.«

»Ich ruf dich gleich zurück«, sagte Decker.

»Wann bist du wieder im Revier?«, fragte Marge.

»In circa einer Stunde.«

»Gut, bis dann.«

Decker wollte gerade auflegen, fragte aber noch: »Wie alt sind die Fotos?«

»Penny scheint in den Fünfzigern zu sein. Es sind Polaroids. Kannst du dich an die erinnern?«

»Kann ich. Wir unterhalten uns später.«

»Du hast mir noch nicht gesagt, warum Gabe bei dir ist.«

»Tut mir leid, ich muss auflegen.« Decker beendete das Gespräch.

Gabe zog seine Ohrstöpsel ab. »Was sind denn Polaroids?«

»Ist nicht wichtig.«

»Ich kann's auf meinem iPhone suchen.«

»Irgendwann im Pleistozän, bevor die Menschheit, wie wir sie kennen, digital wurde, machte man Fotos auf Filmen.«

»Das weiß ich.« Gabe war beleidigt.

»Die Polaroid-Sofortbildkameras druckten die Fotos auf der Stelle aus. Man musste also die Filmrolle nicht erst ins Labor tragen, um sie entwickeln zu lassen, was normalerweise eine Woche dauerte. Später gab es dann Fotoläden, die deine Filme in vierundzwanzig Stunden entwickelten. Und die wiederum verschwanden von der Bildfläche, als alles digital wurde. Aber Polaroids waren eine gute Sache, was die Privatsphäre anging. Niemand bekam deine Fotos zu Gesicht, außer du selbst hast sie herumgezeigt.«

»Aha. Also konnte man Pornofotos schießen und musste sich deshalb keine Sorgen machen.«

»Ja, das konnte man, und ja, die Leute taten genau das.« Decker grinste. »Man weiß immer ganz genau, welche Technologie sich durchsetzen wird: Wenn sie sich für pornografische Zwecke eignet, ist sie ein Volltreffer.«

Gabe grinste zurück. »Ich weiß, ich hätte nicht zuhören dürfen, aber wenn du etwas über Sexklubs herausfinden willst, solltest du mit Chris reden.«

»Die Sache liegt dreißig Jahre zurück, da war Chris sechs Jahre alt.«

»Willst du damit sagen, dass ein geiler alter Mann seit dreißig Jahren nicht mehr in einem Sexklub war?«

»Bei seiner Ermordung war er fast neunzig.«

»Na und? Er war reich, und es gibt Viagra. Du solltest mal ein paar der Fossilien sehen, die mein Dad so beliefert.« Als Decker dazu nichts sagte, fuhr Gabe fort: »Außerdem schuldet mein Dad dir was.«

»Er schuldet mir gar nichts.«

»Er hat mich bei Rina und dir abgeladen.«

»Du hast dir in meiner Obhut eine Kugel eingefangen. Ich schulde ihm etwas.«

»Nur, weil du ihm zuerst einen Gefallen getan hast.«

»Zuerst habe vielleicht ich ihm einen Gefallen getan. Und vielleicht tut er mir jetzt einen.« Decker gab ihm einen sanften Klaps auf den Hinterkopf. »Danke für deine Ideen. Sie sind gut.«

»Ich mein ja nur ...« Im Auto war es still. »Willst du wissen, was Everett James über das Tierasyl sagt?«

Ein kurzer Seitenblick auf den Jungen. »Du bist die reinste Informationsquelle.«

»Mit einem Vater wie Chris lernt man, gut zuzuhören.«

»Du bist nur eine kleine Fliege an der Wand, stimmt's?« Decker lachte. »Worüber habt ihr beide denn geredet?«

»Er macht kostenlos die Buchhaltung für die Auffangstation. Zu neunundneunzig Prozent haben wir über Buchführung gesprochen. Im Prinzip hat er mir erzählt, wie viel Geld man braucht, um die Tiere zu versorgen. Dann hat er vom Tod dieses alten Mannes gehört, Hobart Penny, stimmt's?«

»Ja, stimmt.«

»Penny ist ein komischer Name für jemanden mit ein paar Trillionen.«

»Er strotzt vor Ironie.«

Gabe grinste wieder. »Everett meinte, dass es ohne Pennys Schecks schwer werden wird, den Laden zu halten. Sogar mit Pennys Spenden war der Verein mit Zahlungen im Rückstand.«

»Zahlungen an wen?«

»Das hat er nicht genauer gesagt, nur, dass das Tierasyl einen Teil des Futters umsonst bekommt, hauptsächlich das Fleisch. Du weißt schon, abgelaufene Hamburger, die aber noch genießbar sind. Trotzdem haben Tiger und Löwen einen großen Appetit, und einige der Tiere stellen sehr spezifische Anforderungen an ihr Futter. Und dann sind da noch die ganzen Nahrungsergänzungen und die tierärztliche Versorgung. Er fragte, ob ich was spenden wolle.«

»Das war nicht in Ordnung. Ich hoffe, du hast ihm nichts gegeben.«

»Doch, zwanzig Dollar aus meiner Brieftasche.«

»Ich zahle dir das Geld zurück.«

»Darum geht's hier nicht. Dass ich einen Erwachsenenjob hab, konnte er ja nicht wissen. Er dachte wohl, ich wär siebzehn – aber wie viele Jungs in meinem Alter haben genug Geld für eine Spende an einen wohltätigen Verein übrig? Ich schätze also, der Laden ist pleite.«

Das passte zu Vignette, die ihm mit dem Testament in den Ohren lag. »Hat Everett eine Hypothek auf dem Grundstück erwähnt?«

»Kann mich nicht erinnern, aber ich hab ihn quasi ausgeblendet, als er nur noch über Zahlen reden wollte.«

»Was meinst du mit Zahlen?«

»Keine Ahnung. Wie viel sie für Futter ausgeben mussten im Vergleich zur Pflege oder zu diesem oder jenem. Für mich fühlte sich das an wie ein einziges riesiges mathematisches Weltproblem. Ich hab meistens genickt und gelächelt.«

»Hast du einen Hinweis auf irgendwelche komischen Sachen aufgeschnappt, dass der Laden die Bücher frisiert?«

»Was meinst du mit ›die Bücher frisieren‹?«

Decker trat auf die Bremse. »Manipulationen in der Buchführung. Hat er etwas von Unterschlagung oder Betrug gesagt?«

»Nä, nichts dergleichen.« Gabe sah hochkonzentriert aus. »Everett sagte, dass Pennys Geld wichtig war. Und dass Global Earth öfters kurzfristige Darlehen aufnehmen musste, um Futter und Medikamente für die Tiere zu kaufen, bis wie durch ein Wunder Geld ins Haus kam. Eine besondere Art von Kredit … verdammt, wie hat er das noch genannt?«

»Ein Überbrückungskredit?«

»Genau, das ist es. Bin beeindruckt.«

»Um was für ein Geldwunder geht es denn?«

»Geld von unerwarteten Spendern.«

»Hat er Namen genannt?«

»Na ja, Penny, logischerweise. Manchmal kam es von einer Stiftung oder Organisation, aber nie von PETA. Er hat mich extra darauf hingewiesen. PETA passt es nicht, dass Global Earth die Tiere eingezäunt hält. Tut mir leid … an mehr kann ich mich nicht erinnern. Beim nächsten Mal mach ich mir Notizen.«

Wieder verpasste ihm Decker eine leichte Kopfnuss auf den Hinterkopf.

»Kann ich mit dir mit aufs Revier kommen?«

»Nein.«

»Mir ist langweilig.«

»Dann flieg nach New York zurück.« Als Gabes Miene sich verfinsterte, sagte Decker: »Falls ich einen Anruf einer zornigen persischen Mutter bekomme, werde ich nicht begeistert darüber sein.«

»Verflucht noch mal, wir sind einfach befreundet, okay? Wir haben zusammen ein Trauma durchlebt. Zwischen uns besteht ein Band, das niemand sonst kapiert. Wir werden nur reden!«

»Willst du mir sonst noch was unterjubeln?«

Gabe verschränkte die Arme vor der Brust und starrte aus dem Fenster.

»Bin wohl doch nicht ganz so cool«, sagte Decker.

Der Junge beschäftigte sich demonstrativ mit seinem iPhone und stellte sich taub.

Decker redete weiter. »Gabriel, hör mir zu. Ich weiß, dass es schwer für dich ist. Ich weiß, dass dir viel an diesem Mädchen liegt. Ich zweifle nicht an deinen Gefühlen. Aber Yasmine ist minderjährig, und ihre Eltern wollen dich nicht in ihrer Nähe sehen. Du musst ihre Wünsche respektieren, bis sie achtzehn ist. Langer Rede kurzer Sinn, mein Junge.«

Gabe schnaubte wütend.

»Ruf sie an«, fuhr Decker fort. »Sag ihr, dass du sie liebst, weil es so ist. Aber sag ihr auch, dass es keine gute Idee ist, wenn ihr zusammen seid, bevor sie nicht volljährig ist. Und dann geh nach New York zurück und konzentriere dich auf dein Studium und gestatte ihr, sich auf ihr Studium zu konzentrieren.«

»Wir werden uns einfach nur unterhalten. Was ist daran verboten?«

»Gabe …«

»Also gut. Okay. Du hast recht. Ich tu alles, was du sagst, okay. Nur lass mich das persönlich erledigen.«

»Das ist ein Fehler, mein Sohn.«

»Sie hat darum *gebeten*, mich zu sehen, Peter. Das kann ich nicht ablehnen. Yasmine ist meinetwegen in diese ganze sadistische Scheiße geraten. Und sie hat zu mir gehalten, als sie vor diesen Verbrechern hätte weglaufen können. Sie hat ihre eigene Sicherheit aufs Spiel gesetzt. Ha, ich liebe sie, aber ich weiß auch Loyalität und Hingabe zu schätzen: zwei Dinge, von denen meine Eltern nichts kapiert haben. Bloß weil der Prozess vorbei ist, heißt das nicht, dass die ganze Scheiße sich plötzlich in Luft auflöst.«

»Gabe, ich stelle die Regeln nicht auf. Ich erinnere dich nur daran, dass es richtig übel wird, wenn ihr erwischt werdet. Und ich möchte damit nichts zu tun haben.«

»Peter, wir werden nur reden. Das schwöre ich.«

Decker seufzte. »Wo plant ihr beiden Turteltäubchen, euch zu treffen?«

»In der Beverly-Hills-Bücherei«, log er. »Daneben gibt's ein kleines Lokal. Wir wollen einen Kaffee zusammen trinken. Das ist alles.«

»Wie lange soll dieses kleine Stelldichein dauern?«

»Ungefähr eine Stunde … vielleicht ein bisschen länger.«

»Wann genau?«

»Sonntag, gegen drei.«

»Welche Ausrede liefert sie ihren Eltern?«

»Dass sie in der Bücherei lernen will. Sie wohnen praktisch nebenan. Sie arbeitet oft dort.« Als Decker ihm einen düsteren Blick zuwarf, redete er weiter. »Ich schwöre, ich bin spätestens um acht wieder zu Hause, und da hab ich schon eine Stunde Fahrtzeit eingerechnet. Rina geht am Dienstagmorgen mit mir einkaufen, und dann düse ich mit dem Nachtflug ab nach New York. Wegen der Entfernung wird die ganze Sache sowieso den Bach runtergehen, außer sie zieht nach New York. Für mich gibt's garantiert gar keinen Grund, jemals nach Los Angeles zurückzukommen.«

Decker sagte einen Moment lang nichts. »Ich vermute mal, da hast du recht.«

»Ich hab's nicht so gemeint«, sagte Gabe. »Ehrlich, ich liebe euch alle und so. Aber ihr beiden kommt doch ständig in den Osten, um eure richtigen Kinder zu besuchen, und dann kann ich euch immer treffen.«

»Meine richtigen Kinder?«

»Du weißt, was ich sagen will.«

»Ich verstehe, dass Los Angeles für dich nicht voll von tollen Erinnerungen ist. Ich bin nicht beleidigt. Aber eins solltest du wissen: Ich würde hier nicht meine Luft zum Atmen verschwenden – die in meinem Alter ein wertvolles Gut ist –, wenn ich dich nicht für mein richtiges Kind hielte.«

»Ich weiß, dass du dir Sorgen machst. Tut mir leid, wenn ich undankbar klinge.«

»Du musst dich nicht entschuldigen. Ich will damit nur klarstellen, dass du bei uns immer ein Zuhause haben wirst.«

»Ich weiß. Und ich bin dafür wirklich dankbar.«

»Gut zu hören. Deshalb versprichst du mir was.«

»Was denn?«

»Wenn du im Music Center spielst, besorgst du uns Freikarten.«

Gabe grinste. »Es wäre mir eine Ehre, für euch Plätze in der ersten Reihe zu ergattern, selbst wenn ich sie höchstpersönlich bezahlen muss. Und ich besorg euch Backstage-Pässe.«

»Wenn du das machst, sind wir quitt.«

»Es wird so sein, weißt du … dass ich in den ganz großen Hallen wie dem Music Center oder der Carnegie Hall und auf allen Top-Veranstaltungen in Europa und Asien spielen werde. Ich hab schon ausgesucht, mit welchen Dirigenten ich zusammenarbeiten möchte, welche Sonaten und Konzerte ich mit wem spiele und welche Zugaben ich gebe.«

Decker nickte und versuchte, ein Grinsen zu unterdrücken. »Es wird passieren.«

»Da habe ich überhaupt keinen Zweifel, Gabe. Das Talent hast du.«

»Ich hab das Talent, ich hab den Ehrgeiz, und ich übe mehr als jeder andere an meiner Schule. Ich bin *besessen.*« Er tätschelte Deckers Rücken. »Wie noch jemand, wenn's um seine *Arbeit* geht.«

»Jetzt schieb das nicht mir in die Schuhe. Ich weigere mich, dafür die Verantwortung zu übernehmen.« Eine Pause. »Aber ich habe eine Frage. Was wirst du zur Grammy-Verleihung anziehen?«

»Einen einreihigen Smoking über einem schwarzen T-Shirt und leuchtend rote Cowboystiefel aus Echsenleder.«

»Leuchtend rote Cowboystiefel aus Echsenleder.« Decker nickte.

»Echt krank, oder?« Eine Pause. »Obwohl, ich glaub, ich werde meine Brille statt Kontaktlinsen tragen. Das bin eben ich.«

»In der Tat.« Decker musste erneut ein Lächeln unterdrücken. »Ziemlich scharfes Outfit.«

»Mein Dad ist ein erstklassiges Arschloch, aber immer schick angezogen. Schätze mal, das sind die Gene.«

11

Während Decker die Polaroids überflog, sagte er: »Interessant… und ein bisschen voyeuristisch…« Er warf die Fotos auf seinen Schreibtisch. »Der Mann war neunundachtzig und lebte zurückgezogen wie ein Eremit, aber vielleicht hatte er seine Laster noch nicht aufgegeben, und angesichts seines Vermögens und seines Alters bezweifle ich, dass er da draußen nach ihnen gesucht hat.«

»Ein Escort-Service?«, warf Oliver in die Runde.

»Sicher, na klar, weiter so. Möglicherweise hat ihn ein Callgirl erschossen.«

»Hat es alles schon gegeben«, sagte Marge. »Sie kapiert, dass sie es mit einem alten Mann zu tun hat, und beschließt, die Wohnung auszuräumen.«

»Erstens wurde er nicht nur einfach von jemandem erschossen, sondern man hat ihm auch den Schädel eingeschlagen. Da geht's um Persönliches. Zweitens, hast du dort irgendetwas Wertvolles gesehen?«

»Vielleicht war der Angreifer auf der Suche nach etwas Speziellem. Nachdem er es gefunden hatte, griff er zu und verschwand.«

»Das einzige Problem dabei ist, dass er – oder sie – erst mal an dem Tiger vorbeikommen musste«, sagte Decker.

»Tiki zog eine Kette hinter sich her«, sagte Marge. »Es liegt nahe, dass sie zu einem früheren Zeitpunkt angekettet war. Vielleicht erwartete Penny ein Callgirl.«

»Wenn euch die Callgirl-Theorie gefällt, findet ein Callgirl«, erwiderte Decker.

»Tja, welche Theorie gefällt denn dir?«

»Ich denke immer noch über Vignette Garrison nach. Sie kannte ihn, sie war schon mal in der Wohnung, und sie hatte eine Beziehung zu Tiki. Und sie fragte mich ständig nach dem Testament, bis sie erfuhr, dass Penny ermordet wurde.«

»Wie hat sie darauf reagiert?«

»Angemessen schockiert. Aber in L. A. ist jeder ein Schauspieler.«

»Was hast du über Global Earth herausgefunden?«, wollte Oliver wissen.

»Das Budget, um den Laden zu führen, ist mehr als knapp.«

»Wäre das anders zu erwarten bei den Nicht-Profit-Orientierten?«, fragte Marge.

»Stimmt schon.« Decker dachte noch mal an seinen Besuch dort. »Ich habe ein paar Probleme damit, mir Vignette Garrison als Mörderin vorzustellen. Erstens wirkte sie aufrichtig. Zweitens ergibt es keinen Sinn, die Gans zu erschießen, die die goldenen Eier legt. Pennys Geld war der Hauptgrund dafür, dass die Organisation sich über Wasser halten konnte.«

»Wird der Laden jetzt, wo er tot ist, untergehen?«, hakte Oliver nach.

»Sie werden noch von anderen Leuten und Organisationen unterstützt, aber Penny war der größte Spender.«

»Woher weißt du das?«

Decker strich seinen Bart glatt. »Das sagte der Buchhalter.«

»Du hast mit dem Buchhalter von Global Earth gesprochen?«

»Die Informationen stammen aus zweiter Hand.«

»Woher hast du diese Informationen aus zweiter Hand?«, wunderte sich Oliver.

»Ich habe Gabriel mit zu dem Treffen genommen«, erklärte Decker. »Ihm war langweilig, und er fragte, ob er dabei sein dürfe. Nach den Strapazen wegen des Prozesses wollte ich etwas Nettes für ihn tun. Während meines Gesprächs mit Vignette bekam er eine Tour über das Gelände. Sein Führer war redselig und erzählte Gabe, dass er die Buchhaltung umsonst macht.«

»Also stammen diese Informationen von Gabriel?«

Decker nickte. »Er ist glaubwürdig. Mir kommt es so vor, als wäre Hobart Penny für Global Earth lebendig wertvoller gewesen als tot.«

»Außer er hinterlässt ihnen in seinem Testament einen Batzen aus seinem Vermögen«, warf Oliver ein.

»Wenn er das getan hat, wüsste Darius Penny darüber Bescheid«, entgegnete Marge.

»Was hältst du von ihm? Diesem Darius Penny?«, fragte Decker.

»Schien astrein zu sein. Misstraust du ihm?«

»Es gibt keinen Grund, aber du weißt ja, wie es ist. Willst du eine Spur, folge dem Geld. Er kommt am Montag für die Beerdigung hierher, stimmt das?«

»Das hat er mir zumindest so gesagt. Wir haben vor, ihn dann persönlich zu befragen, außer du hast einen triftigen Grund, ihn jetzt sofort anzurufen. Ich bin dran, mit Darius und seiner Schwester Termine nach der Beerdigung zu vereinbaren.«

»Wir können bis Montag warten.« Decker blickte auf die Uhr. Vier Uhr – im Osten sieben. Darius war wahrscheinlich sowieso schon längst weg. »Wie alt sind die Kinder?«

»Darius ist fünfundfünfzig, Graciela achtundfünfzig«, sagte Oliver.

»Immer noch jung genug, dass eine halbe Milliarde einen Unterschied macht, obwohl sie selbst sehr vermögend sind«, überlegte Decker.

»Sabrina Talbot kommt auch zur Beerdigung«, sagte Marge.

»Ein Familientreffen«, sagte Decker. »Reizend. Und wir haben keinen Grund, an Darius' Aufrichtigkeit zu zweifeln, wenn es um seinen Vater geht?«

Marge zuckte nur mit den Schultern. »Du meinst so was wie ein geheimes Testament? Wird das heutzutage nicht alles auf Computern gespeichert?«

»Ja«, sagte Decker, »falls es ein weiteres Testament gibt, dann hat irgendein Rechtsanwalt eine Kopie davon.« Er fing an, seine pinkfarbenen Notizzettel durchzusehen. »Kam beim Klinkenputzen etwas heraus?«

»Der Leichnam lag dort bereits ein paar Tage, bevor wir gerufen wurden«, sagte Oliver. »Es ist schon schwer genug, die Leute dazu zu bringen, sich an das zu erinnern, was sie vor einer Stunde gemacht haben, geschweige denn vor ein paar Tagen.«

»Du willst mir erzählen, dass ein Mann in seiner Wohnung umgebracht wurde, einen aufgeregten Tiger zurückließ, und dass keiner der Nachbarn irgendetwas gesehen oder gehört hat?«

»Wir können noch mal von Tür zu Tür gehen«, bot Marge an.

»Ja, macht das.«

»Ist mir recht. Ich wollte sowieso die Videokameras in der Gegend überprüfen. Das Apartment des alten Herrn hat keine Überwachungselektronik, aber es gibt angrenzende Gebäude und ein paar Geschäfte. Vielleicht wurde da etwas gefilmt.«

»Gut.« Die Tage waren im Winter kurz. Sonnenlicht verschwand schnell wieder. »Ihr solltet gleich gehen«, sagte Decker, »wenn ihr nach Kameras suchen wollt. Habt ihr irgendwas entdeckt, das zu der stumpfen Gewalteinwirkung an seiner Stirn passt?«

»Ich habe nichts eingetütet«, sagte Oliver.

»Schaut euch noch mal in der Wohnung um«, sagte Decker. »Hoffentlich stellt sie kein Gesundheitsrisiko mehr dar. Die Spurensicherung war heute Morgen da. Fahrt hin und seht nach, was sie übrig gelassen hat.«

Oliver nickte. »Geht klar, aber zuerst brauche ich einen Kaffee.«

»Ich nehme dich beim Wort, Bruder«, scherzte Marge. »Künstliche Aufputschmittel … du bist einfach süchtig danach.«

Keine Videokameras an den Seiten des Wohnkomplexes, aber auf der gegenüberliegenden Straßenseite gab es einen Gemischtwarenladen und ein Computergeschäft, eher für Technikfreaks. Über beiden Ladentüren hingen Sicherheitskameras. Ein koreanisches Paar um die sechzig betrieb den Gemischtwarenladen. Das Geschäft war ein winziger Alkoven, vollgestopft mit Dosen und Schachteln, die meisten eingestaubt. Es gab eine kleine Obst- und Gemüseabteilung und ein Kühlregal. Die Frau und der Mann waren äußerst bedacht darauf, alles richtig zu machen. Marge fühlte sich unwohl und kaufte einen Apfel. Oliver fühlte sich unwohl und kaufte eine Banane. Durch den Kauf wurden die beiden noch hilfsbereiter. Sie boten ihnen die Überwachungsbänder an, aber keiner der beiden sagte viel. Als Oliver ihnen ein Foto von Hobart Penny zeigte, gestikulierten sie, dass sie ihn nicht kannten.

Das Computergeschäft war praktisch nur ein mit Regalen überfrachtetes Lagerabteil, überschwemmt von kaputten Laptops, Tablet-Computern und Handys. Der Typ hinter dem Tresen war Mitte dreißig mit einem spärlichen Ziegenbärtchen und kurzrasierten Haaren. Seine Brillengläser waren dick, aber die Augen dahinter flink und knallblau. Er trug ein graues, langärmeliges T-Shirt, Jeans und Springerstiefel. Beim Anblick von Pennys Foto schüttelte er den Kopf, aber das hieß nicht, dass er nichts zu sagen hatte. »Das ist der alte Herr mit dem Tiger, der ermordet wurde? Ich meine natürlich, nicht der Tiger wurde ermordet, sondern der alte Mann, oder?«

»Wegen ihm ermitteln wir.« Oliver gab ihm seine Karte. »Der alte Herr kam also nie hierher?«

»Erstens mal betritt niemand über vierzig diesen Laden. Also, ihr beide seid bestimmt über vierzig, aber ihr kommt ja auch nicht wegen irgendwelcher technischer Sachen. Ich baue Computer, Tablets und Smartphones zusammen. Die meisten Leute gehen in einen Apple Store und werden abgezockt. Ich könnte was zusammenbasteln, das mit einem Mac kompatibel ist und ungefähr ein Drittel davon kostet.«

»Ich muss mich noch ins Internet einwählen.«

»Meine Worte, was Leute über vierzig angeht.«

»Sie haben den Mann also nie in der Nachbarschaft gesehen?«, hakte Marge nach.

»Nö. Aber ich wusste über den Tiger Bescheid … oder die Möglichkeit eines Tigers.«

»Okay.« Marge zückte ihren Notizblock. »Ihren Namen habe ich gerade nicht mitbekommen.«

»Ich habe ihn gar nicht gesagt.« Marge wartete. »Fred Blues. Fred wie in Alfred, Blues wie in jede Menge Blaus. Ich habe Kunden aus den Wohnblocks hier. Mehr als einer hat mir erzählt, dass sie glaubten, einer der Bewohner halte ein wildes Tier in seiner Wohnung.«

»Uns hat nie jemand angerufen«, sagte Oliver.

»Weil niemand etwas gesehen hat, und die Geräusche waren nicht durchgängig da. Aber ich weiß definitiv, dass sich einige bei einem Mann von der Hausverwaltung beschwert haben – der offensichtlich nichts unternommen hat.«

»George Paxton?«

»Genau der.«

»Hat einer der Leute gesagt, wer der Besitzer des Tieres war?«

»Nur dass die Geräusche aus dem zweiten Stock kamen. Eine meiner Kundinnen meinte, sie wisse, dass es der alte Mann sei, könne es bloß nicht beweisen. Sie ging sogar hinüber zu der Wohnung. Als der alte Mann sie endlich in die Wohnung ließ, konnte sie das Tier nicht finden, dafür aber riechen.«

Marge hob einen Finger hoch. »Sie war in der Wohnung?«

»Jawoll.«

»Und sie hat keinen Tiger bemerkt?«

»Das hat sie erzählt.«

»Hat sie sowohl das Wohnzimmer als auch das Schlafzimmer überprüft?«

»Keine Ahnung«, antwortete Blues. »Ich gebe nur weiter, was sie mir gesagt hat.«

»Könnten wir ihren Namen und ihre Telefonnummer haben?«

»Äh … also ich nehme das mit der Privatsphäre ziemlich ernst. Wie wär's, wenn ich sie für Sie anrufe?«

»Das wäre gut«, sagte Oliver, »wir warten so lange.«

»Die Rechnung mit ihrer Telefonnummer muss ich erst suchen.«

»Kein Problem«, sagte Marge, »währenddessen könnten wir uns das Band aus der Überwachungskamera schnappen. Vielleicht hat sie etwas eingefangen, das uns weiterhilft.«

»Klar. Hinten habe ich eine Leiter.«

»Das wäre toll.«

Blues kam mit einer Trittleiter zurück. »Es sind nur ein paar Stufen, aber ihr seid ja groß genug.«

Oliver bedankte sich und ging mit Marge vor die Tür. Das Band aus der Kamera zu holen, dauerte wenige Minuten. Als sie wieder ins Geschäft kamen, legte Blues gerade auf.

»Sie heißt Masey Roberts.« Er notierte die Telefonnummer und die Nummer des Apartments. »Sie ist glücklich darüber, mit Ihnen zu reden.«

»Vielen Dank. Macht es Ihnen was aus, wenn wir das Band mitnehmen?«

»Nö, kein Problem. Halten Sie mich einfach auf dem Laufenden, wenn Sie was Pikantes entdecken. Vielleicht kann ich die Nummer dann an die Presse verkaufen. Angesichts unserer Wirtschaftslage hier kann jeder ein paar Dollars zusätzlich gebrauchen.«

Die Wohnungen waren in Wirklichkeit ziemlich groß, so ganz ohne wilde Tiere und Blut und Gedärme. Masey Roberts' Apartment hatte den gleichen Grundriss wie Pennys. Regale nahmen die ganze Wand des Wohnzimmers ein und waren mit frischen und getrockneten Blumen, Fotos in Silberrahmen und jeder Menge Kerzen dekoriert: das typische Mädchenkram-Dreierlei. Sie besaß eine braune Ledercouch, ein paar gemütliche Stühle, einen Esstisch für vier Personen, gegenüber von einem an der Wand montierten Flachbildschirm-Fernseher.

Die junge Frau war Mitte bis Ende zwanzig, mit einem schulterlangen Lockenkopf, der ein schmales Gesicht umrandete. Ihr Teint war blass, ihre Augen waren rund und braun, ihre Gesichtszüge feengleich zart. Sie trug eine schwarze Jogginghose und einen langärmeligen Kapuzenpulli über einem schwarzen T-Shirt. An den Füßen hatte sie flauschige Hausschlappen. Sie war eine zarte Erscheinung, aber mit viel Temperament.

Beim Reden ging sie auf und ab. »Ich *wusste*, dass da was im Busch lag. Diesen verdammten Hausverwalter habe ich mindestens sechs Mal angerufen!«

»Was hat er zu Ihnen gesagt?«, fragte Marge.

»Dass ich mir Dinge ausdenken würde und dass er höchstpersönlich das Apartment zweimal überprüft hätte. Das alles gäbe es nur in meiner Einbildung! Paxton ist ein verdammter Scheißkerl! Wir hatten alle Glück, dass der Tiger nicht ausgebrochen ist und was richtig Schlimmes angerichtet hat.«

»Der Typ von gegenüber sagte uns, Sie hätten Penny sogar besucht«, hakte Oliver nach.

»Ja, aber nicht, dass es etwas gebracht hätte.« Masey hörte auf, hin und her zu tigern, und setzte sich. »Ich wusste, dass etwas im Busch war. Genau wie die anderen, aber niemand hatte den Mut, sich den alten Mann mal vorzunehmen.«

»Warum?«, fragte Marge. »Mit seinen neunundachtzig Jahren wirkte er doch wohl eher harmlos.«

»Es lag nicht an dem alten Mann, sondern an den komischen Geräuschen«, sagte Masey. »Wir wussten nicht, mit was in aller Welt wir es da zu tun hatten. Nur, dass es gruselig war. Als ich schließlich meinen ganzen Mut zusammengekratzt hatte, um bei ihm zu klopfen, dauerte es ewig, bis der Alte die Tür aufmachte.«

»Hat er Sie hereingebeten?«

»Ja.« Eine Pause. »Ich saß auf seiner Couch. Es war total unangenehm. Schließlich habe ich es einfach ausgespuckt. Ich fragte ihn, ob er irgendwelche exotischen Haustiere halten würde.«

»Und?«, fragte Marge.

»Er verneinte. Dann fragte er mich, wie ich darauf komme.«

»Und was haben Sie geantwortet?«

»Ich sagte, ich würde komische Geräusche aus seiner Wohnung hören. Und es gebe noch mindestens vier oder fünf andere Leute, die etwas gehört hatten.«

»Was meinte er dazu?«

»Er sagte, er finde das merkwürdig. Vielleicht kämen die Geräusche aus dem Fernseher. Verdammter Lügner.«

»Ich gehe davon aus, dass Sie sich in der Wohnung umgesehen haben«, meinte Oliver.

»Er hat mich nicht zu einer Führung eingeladen, aber die Wohnung ist eher klein. Schwierig, dort einen Tiger zu verstecken.«

»Waren Sie im Badezimmer?«, fragte Marge.

»Ja, ich fragte, ob ich mir die Hände waschen könne. Kein Tiger weit und breit.«

»Was ist mit dem Schlafzimmer?«

»Ich war nicht drin, aber die Tür stand offen«, sagte Masey. »Kein Tier zu sehen, trotzdem roch es in der Wohnung wie im Zoo. Vielleicht war der Tiger in einem Schrank versteckt oder hinter einer Falltür oder so was.«

Marge nickte, während sie sich Notizen machte. »Wie lange haben Sie sich mit Mr Penny unterhalten?«

»Ungefähr zehn Minuten.«

»Hatten Sie danach noch mal irgendwann mit ihm zu tun?«

»Nein. Ich habe ihn nie wieder gesehen. Falls der Typ seine Wohnung verlassen hat, bin ich ihm zumindest nie begegnet.«

»Was ist mit Lieferungen?«, fragte Marge.

»Ja, ich habe Leute an seiner Tür gesehen.«

»Von wo?«, hakte Oliver nach.

»Fast alles Läden aus der Umgebung. FedEx war ein paar Mal da. Einmal bekam er eine Lieferung aus der Reinigung.«

Sie zuckte mit den Achseln. »Ich habe ihn wirklich nicht *ausspioniert*, aber wenn man komische Geräusche hinter der Tür hört, wird man eben neugierig.«

»Kamen auch Besucher in die Wohnung?«, fragte Marge.

»Sie meinen die Frau?«

»Ja, genau«, sagte Oliver, »erzählen Sie mir von ihr.«

»Ich habe sie zwei oder drei Mal gesehen. Sie war blond und trug Stilettos.« Masey grinste. »Sie hatte das Outfit einer erstklassigen Prostituierten. Andererseits war Penny richtig alt. Aber man weiß ja nie. In der Zeitung stand, er hatte Geld wie Heu. Wahnsinn, das ist echt krass. Seine Wohnung sah nach … nichts aus.«

»Was stand drin?«, fragte Oliver.

»Sie war praktisch leer: eine alte Couch und ein Stuhl im Wohnzimmer. Er kam mit einem Rollator an die Tür, vielleicht brauchte er Platz, um sich zu bewegen.«

Marge nickte, war aber irritiert. Weder sie noch Oliver hatten bei der Untersuchung des Tatortes einen Rollator bemerkt. Es war offenkundig, dass sie etwas übersehen hatten, unter anderem, wo der alte Mann einen Tiger verstecken konnte. »Möchten Sie noch etwas sagen?«

»Als ich aufstand, um wieder zu gehen«, sagte Masey, »fragte ich ihn, ob er etwas bräuchte. Er lehnte dankend ab und meinte, er sei ein alter Mann, und in dieser Phase seines Lebens hätte er alles, was er braucht.« Sie dachte kurz nach. »Es war unheimlich. So wie er es sagte – als wartete er geradezu darauf, dass die Uhr abläuft.«

12

Etwa einen Kilometer entfernt von Pennys Wohnung entdeckte Marge einen einfachen Coffeeshop, einer der wenigen, die heldenhaft die Stellung hielten, in dem sie und Oliver Burger und Kaffee bestellten. Nach dem Essen, aufgepeppt durch Proteine und Fett, spürte Marge, wie ihre Gehirnzellen wieder ansprangen. Es war schon nach acht Uhr abends. »Langer Tag heute.«

»Ja, ich würde gerne Schluss machen, aber ich wette, du willst noch auf dem Revier die Bänder durchgucken.«

»Ich dachte, wir kümmern uns um die Bänder, nachdem wir am Tatort waren.« Marge beugte sich vor. »Masey Roberts war in Pennys Wohnung und hat den Tiger nicht gesehen. So eine Wildkatze kann man nicht einfach irgendwo verstauen. Und wir haben keinen Käfig oder Rollator gefunden. Es muss einen versteckten Schrank oder eine Falltür …«

»Er wohnte im zweiten Stock, Marge.«

»Irgendwo muss ein geheimes Abteil sein.«

»Wahrscheinlich.«

»Und das macht dich nicht neugierig?«

»Nicht nach einem zehnstündigen Arbeitstag ohne Pause.« Aber Olivers Kopf arbeitete auf Hochtouren. »Selbst wenn es eine Falltür oder einen Schrank in der Wohnung gibt – wie hältst du einen Tiger vom Brüllen ab? Maseys Gespräch mit Penny dauerte zumindest ein paar Minuten.«

»Vielleicht war der Tiger betäubt. Sagte Masey nicht, es dauerte ewig, bis er zur Tür kam?«

»Bis ein Beruhigungsmittel wirkt, dauert es länger als eine Minute.«

»Genau das meine ich doch, Scott. Es gibt ein verstecktes Abteil, und wahrscheinlich ist es schalldicht.« Marge spielte mit einem Zuckertütchen herum. »Wenn ich er wäre und einen Tiger verstecken wollte, dann würde ich eine der angrenzenden Wohnungen mieten und zwischen beiden eine Geheimtür einbauen.«

»Paxton hat nie erwähnt, dass Penny zwei Wohnungen angemietet hat.«

»Vielleicht wusste Paxton über den Tiger und die zweite Wohnung Bescheid, und Hobart hat ihn dafür bezahlt, die Klappe zu halten. Eine zweite Wohnung wäre eine hilfreiche Erklärung für viele Dinge. Und wir wollten doch sowieso noch mal einen Blick auf den Tatort werfen.«

»Aber ich erinnere mich auch daran, gesagt zu haben, dass ich keinen Schritt über diese Schwelle mache, bevor der Laden nicht gereinigt wurde.«

»Wenn die Spurensicherung da war, sieht es ganz bestimmt nicht mehr so schlimm aus wie bei unserem ersten Besuch.« Marge trank ihren Kaffee aus und wischte sich den Mund mit einer Serviette ab. »Du musst nicht mitkommen …«

»Ich *hasse* es, wenn du so bist.«

»Wie denn?«

»Wenn du sagst, ich *muss* nicht mitkommen. Wenn du gehst, *muss* ich auch gehen. Denn falls du etwas findest und ich nicht dabei war, stehe ich da wie ein Vollidiot.«

»Du weißt doch, dass ich Lob immer mit dir teile.«

»Lob ist mir egal.« Oliver schmollte.

»Warum sagst du dann so was?«

»Die Wahrheit ist, dass der Mörder noch frei herumläuft. Deshalb wäre ich nicht gerne alleine in der Wohnung. Und ich möchte nicht, dass du dort alleine bist.«

»Genau deshalb sage ich immer wieder, dass du nicht zum Tatort mitkommen *musst*, Oliver. Das klingt jetzt vielleicht selbstgerecht, aber mir war sowieso klar, dass du mich begleitest. Als Polizist bist du zu gut, um mich beim Wort zu nehmen.«

George Paxton, der Hausverwalter, fehlte unentschuldigt. Er ging nicht ans Telefon, also hinterließ Oliver ihre Namen und Telefonnummern auf der Mailbox. Da ihnen legaler Zutritt ausschließlich zu Pennys Wohnung gestattet war, hatten sie keine andere Wahl, als den grausigen Ort noch mal aufzusuchen. Das gelbe Absperrband vor der Tür war intakt. Marge pulte das Klebeband an einem Ende ab, öffnete die Tür und befestigte es wieder am Türrahmen.

Die Fäkalien waren entfernt worden, aber der Gestank hing immer noch in der Luft. Die Möbel und Gerätschaften standen jetzt an ihrem richtigen Ort, und jemand hatte die verwesenden Fleisch- und Lebensmittelhaufen entfernt. Es gab mehr Bewegungsfreiheit, obwohl auf dem Fußboden weiterhin Müll herumlag. Das Fingerabdruckpuder hatte die Wände schiefergrau verfärbt. Aus der Couch und vom Stuhl waren fein säuberlich kleine Stoffquadrate mit Blutspritzern entfernt worden. Im Schlafzimmer hatte man Stoff aus der blutgetränkten Matratze herausgeschnitten. Der Strom funktionierte, aber wer wusste schon, wie lange noch?

Marge zog ihr Tablet aus ihrer übergroßen Handtasche und öffnete ein paar schaurige Fotos vom Originalzustand des Tatortes. »Also gut, der Kühlschrank stand hier, als wir hereinkamen …« Sie zeigte auf eine Stelle. »Und der Tisch war dort … und die Stühle standen da.«

Oliver blickte ihr über die Schulter. »Wahnsinn, was für ein Chaos! Hier stinkt's immer noch, als hätten sie irgendwo einen Haufen vergessen.«

»Stimmt, und zwar ziemlich übel.« Sie drehte sich zu ihm um. »Ich nehme mir das Wohnzimmer vor, du kannst das Schlafzimmer haben.«

»Danke. Vielleicht riecht es im Schlafzimmer besser.« Oliver sah sich um. »Kann ich mal die Fotos vom Originalzustand sehen?«

»Klar.« Marge zeigte sie ihm. »Hier siehst du, dass Pennys Kopf auf dem Kissen lag, zur linken Seite gekippt.«

»Aber er hatte eine Kugel im Rücken.«

»Vielleicht waren es zwei Angreifer – einer, der schlägt, und einer, der schießt.«

Marge dachte einen Moment lang nach. »Auf jeden Fall ganz schön viel Gewalt, um einen alten Mann umzulegen.«

»Allerdings reicht es nicht für einen Tötungsrausch«, sagte Oliver. »Nur ein Schuss und ein Schlag auf den Kopf.«

»Das sehe ich auch so. Es war keine Raserei.«

»Der Schlag kam zuerst. Der Mann bewegte sich noch, also schoss ihm jemand in den Rücken.«

»Wenn du zuerst auf die Stirn einschlägst, fällt der Mann nach hinten, und so haben wir ihn ja vorgefunden. Aber wie bringst du dann den Schuss in den Rücken fertig?« Marge zuckte mit den Achseln. »Ich vermute mal, zwei Personen legten gleichzeitig los. Das Motiv scheint mir eher der Raub gewesen zu sein als die Absicht, den alten Mann aus dem Weg zu räumen.« Marge sah sich um. »Und zum x-ten Mal: Wo war der Tiger?«

»Es ist keine Eckwohnung«, überlegte Oliver. »Unsere Geheimtür könnte sich im Schlaf- oder im Wohnzimmer befinden und in eine der Wohnungen auf beiden Seiten gehen.

Und möglicherweise hatte er die Wohnung unter oder über sich gemietet. Wir könnten nach einer Falltür oder etwas Ähnlichem in der Decke suchen, obwohl es für einen alten Mann schwierig wäre, ein Tier eine Leiter rauf und runter zu führen.«

»Tiger klettern gerne, Oliver. Das sind Katzen. Wie oft bist du als Streifenpolizist gerufen worden, um Miezekätzchen aus einem Baum zu retten?«

»Das sind Hauskatzen. Tiger sind von größerem Kaliber.«

»Raubkatzen töten aber so, Scotty. Sie sitzen auf einem Baum und springen dir auf den Rücken und beißen dich in den Nacken, bis du ausgeblutet bist.«

»Reizend. Danke für die Aufklärung.«

»Genau darum fahre ich in den Santa Monica Hills kein Fahrrad mehr. Ich hatte mal eine persönliche Begegnung mit einem Berglöwen. Er sah mich an, und ich sah ihn an, und wir beschlossen beide, es bis zum nächsten Mal darauf beruhen zu lassen.«

»Das hast du mir nie erzählt.«

»Es war traumatisierend. Ich hab's ganz nach hinten geschoben und irgendwann vergessen. Dachte ich jedenfalls.«

Oliver zog eine Gesichtsmaske aus seiner Tasche. »Das muss beängstigend gewesen sein … so einem Berglöwen zu begegnen.«

»Absolut. Berglöwen lieben es, Fahrrädern hinterherzujagen, deshalb bin ich auf der Stelle stehengeblieben, als ich ihn sah, und habe meine Waffe gezogen. Dann habe ich ruhig den Rückzug angetreten, und sobald er aus meinem Blickfeld verschwunden war, nahm ich so schnell ich konnte Reißaus. Ich lag schon oft gleichauf mit vielen bösen Buben, Oliver, aber Mr Puma hatte bei weitem die größten Zähne … zumindest, bis ich Tiki begegnet bin. Ich habe nichts gegen Wildkatzen.

Ich bevorzuge nur einen beträchtlichen Abstand.« Sie setzte ihre Gesichtsmaske auf. »Bist du bereit für das hier?«

Oliver rollte mit den Augen. »Nichts wie los.«

Marge war überrascht, dass Deckers Bürotür um zehn Uhr abends noch offenstand. Sie klopfte an den Türrahmen. Decker blickte auf und winkte sie herein.

»Hast du einen Moment Zeit?«, fragte Oliver.

»Ich erledige gerade nur meine Anrufe«, sagte Decker. »Was habt ihr gefunden?«

»Ein paar Videoaufnahmen aus Überwachungskameras der Geschäfte gegenüber von Pennys Wohnung. Es kann nicht schaden, sie mal durchzugehen.«

Decker sah auf die Uhr. »Ist ein bisschen spät, damit anzufangen, sich stundenlang Videobänder vorzunehmen.«

»Ja, das wird wohl bis morgen früh dauern.«

Oliver wandte den Kopf abrupt zu Marge um. »Habe ich das gerade richtig gehört?« Er steckte sich einen Finger ins Ohr und drehte ihn, als wäre da etwas blockiert. »Hast du tatsächlich gerade gesagt, das wird bis morgen früh dauern?«

Marge lächelte. »Ich schließe die Bänder ein, und wir sehen sie uns morgen mit klarem Blick an.«

»Klingt gut«, sagte Decker. »Sonst noch etwas?«

»Ja«, sagte Marge, »Scott und ich hatten die Gelegenheit, ein paar Leute in der Nachbarschaft zu befragen.« Sie setzte sich und gab Decker einen kurzen Bericht. »Das brachte uns beide zum Nachdenken. Wie versteckt man einen Tiger vor aller Augen? Die Antwort lautet: gar nicht. Also suchten wir Geheimtüren. Und haben ein Deckenpaneel gefunden, das in eine Wohnung direkt über der von Penny führt.«

»Wir haben die Wohnung nicht ohne Erlaubnis betreten«, fuhr Oliver fort, »weil wir nicht wussten, ob vielleicht alle

Wohnungen in dem Gebäude miteinander verbunden sind. Es könnte ja jemand über Penny wohnen, der es nicht gut aufnimmt, wenn bei ihm plötzlich Polizisten durch den Fußboden kommen.«

»Dann haben wir noch mal versucht, den Hausverwalter zu erreichen«, ergänzte Marge, »um zu klären, ob er uns reinlassen oder uns wenigstens sagen kann, dass Penny die Wohnung nicht angemietet hat. Paxton geht zurzeit aber nicht ans Telefon.«

»Hilf mir kurz auf die Sprünge: Wohnt Paxton in dem Gebäude?«

»Nein, ich finde morgen heraus, wo er wohnt. Was sollen wir deiner Meinung nach in Sachen Deckenpaneel unternehmen? Wir könnten es aufbrechen und uns so Zugang zu der oberen Wohnung verschaffen.«

»Nicht ohne Genehmigung oder richterlichen Beschluss«, sagte Decker. »Habt ihr etwas entdeckt, das die beiden Wohnungen miteinander verbindet – eine Klapp- oder Strickleiter?«

»Nichts dergleichen«, sagte Oliver.

»Konntet ihr einen Blick in die obere Wohnung werfen, nachdem ihr das Deckenpaneel abgenommen hattet?«

»Nein«, sagte Marge. »Falls Penny eine Leiter besaß, um Tiki hoch und runter zu führen, dann scheint die eher von oben zu kommen. Ich habe das Paneel nach oben gedrückt, und es war definitiv nicht festgenagelt. Aber wie gesagt, ich wollte es ohne ein offizielles Okay nicht entfernen.«

»Wenn wir den Verwalter nicht auftreiben können und keiner auf unser Klingeln reagiert, besorgen wir uns morgen die Papiere und gehen hinein.«

»Ich glaube, wir haben jetzt eine Spur«, sagte Marge. »Erstens wäre es eine Erklärung dafür, warum die Leute uns erzählen, dass die Geräusche wandern. Vielleicht lebte der Tiger in mehr als nur einem Apartment. Zweitens stinkt es am Tatort immer noch, und sowohl Scott als auch ich hatten das Gefühl, dass der Geruch von oben kommt. Wer weiß, was da oben kreucht und fleucht?«

»Findet zuerst heraus, welche Wohnungen Penny angemietet hat. Falls er nur Mieter seiner eigenen Wohnung war, sind wir wieder genauso weit wie vorher. Aber falls er tatsächlich noch andere Wohnungen angemietet hat, dann habt ihr eine Spur. Und dann rufen wir Ryan Wilner und seine Leute an. Ich will, dass sie bei euch sind, bevor ihr da irgendetwas öffnet.«

Marge nickte feierlich. »So viel ist sicher: Ich möchte nicht erleben, wie mir eine Gabunviper auf den Kopf fällt.«

»Dir ist klar, dass der Gestank auch von etwas anderem als einem wilden Tier kommen kann?«, fragte Oliver.

»*Noch* eine Leiche?«, entgegnete Marge.

»Warum nicht?«, erwiderte Oliver.

»Der Mann lebte als Eremit.«

»Jemand hat ihn getötet, Margie«, sagte Decker. »Wir wissen alle, dass es beim zweiten Mal viel einfacher geht.«

13

»Das erste Video stammt aus der Überwachungskamera vor dem koreanischen Supermarkt.«

Oliver legte das Band ein. Er, Marge und Decker starrten auf den Bildschirm. Innerhalb von Sekunden kamen ein Rauschen und ein körniges Schwarz-Weiß-Bild, das den Bereich vom Eingang des Supermarktes bis zum Straßenrand zeigte. Vor dem Geschäft war eine Limousine geparkt – so viel konnten sie erkennen –, aber es war unmöglich, das vordere oder hintere Nummernschild zu entziffern. Die Autos behinderten auch die Sicht auf die Straße.

»Was will uns das sagen?«, fragte Decker. »Man kann das Wohnhaus aus diesem Blickwinkel der Kamera nicht sehen.«

»Stimmt, das ist ziemlich nutzlos.« Oliver hatte sein Jackett ausgezogen. Sein Hemd war knallorange und leuchtete fast im Dunkeln.

Marge setzte ihre Brille auf. Heute hatte sie Gemütlichkeit gewählt – eine lange Hose aus Wollstoff und einen braunen Kaschmirpullover, der langsam Wollmäuse bekam. »Das Anfangsdatum liegt zwei Tage vor dem Anruf bei uns wegen Penny. Es ist also die richtige Zeitspanne.«

Das Bild auf dem Monitor wirkte wie eingefroren. »Warum spulst du nicht vor, und dann sehen wir, was auftaucht?«, schlug Decker vor.

»Kein Problem«, meinte Oliver.

»Wenn das Auto erst mal wegfährt, haben wir bessere Sicht«, sagte Marge.

Irgendwann tauchten Figuren in den Bildern auf: Eine Frau, die ihren Hund ausführte, kam vorbei, zwei Teenager betraten den Laden und verließen ihn wieder, drei Personen gingen hinein und wieder heraus. Fußgänger auf dem Bürgersteig, ein Mann um die dreißig stieg in den Sedan, der die Sicht auf die Straße versperrte, und fuhr davon. Augenblicklich wurde der Parkplatz von einem Volvo-Kombi belegt. Eine mittelalte Frau ging um das Auto herum und in den Laden. Kurz darauf kam sie schon wieder heraus, in der Hand einen Pappbecher mit Deckel. Sie fuhr ab.

Mehr und mehr Leute betraten und verließen das Geschäft, mehr und mehr Autos parkten in der Lücke ein und aus.

Es wurde dunkel. Alles lag ruhig da. Alles war verschwommen. Ohne Tageslicht war es unmöglich, irgendetwas zu erkennen.

Tag zwei bei Tagesanbruch: einen Tag, bevor man die Leiche entdeckt hatte.

Der Parkstreifen war leer, so dass sie die vorbeifahrenden Autos sehen konnten. Um 08:16 Uhr parkte ein Honda Accord vor der Kamera.

Mehr Menschen.

Mehr Autos.

Sonst gar nichts.

Um halb drei Uhr nachmittags parkte ein roter Ford Escort aus, und dreißig Sekunden später besetzte ein höchstens zwei Jahre alter heller Prius die Lücke. Anschließend erschien eine weibliche Person auf dem Bürgersteig vor dem Laden. Sie trug einen engen schwarzen Pulli, Skinny-Jeans und modische Stiefel mit Stöckelabsätzen und hatte eine Sporttasche bei sich. Sie ging ein paar Schritte, bis sie aus der Sichtweite der Kamera verschwand.

»Halt mal an«, sagte Decker. »Ist einem von euch beiden in der Gegend ein Fitnessstudio aufgefallen?«

Als sowohl Marge wie auch Oliver den Kopf schüttelten, sagte Decker: »Oder gibt es eines in einem der Wohngebäude?«

»Nein«, erwiderte Marge, »in keiner der Anlagen. Ist alles ziemlich einfach. Vielleicht hat sie ein Laufband in ihrer Wohnung stehen.«

»Und warum trägt sie dann eine Sporttasche mit sich herum? Mal ehrlich, Leute: Sehen ihre Klamotten nach Fitnessstudio aus?«

»Ich spule zurück und überprüfe, ob wir das Nummernschild des Prius erkennen können.« Oliver spulte Bild für Bild zurück.

»Halt … hier.« Decker blinzelte, nahm seine Brille ab, setzte sie wieder auf und blinzelte erneut. »Man sieht die Vorderseite des Autos und den Rahmen des Nummernschildes, aber ich kann die Zahlen und Ziffern nicht lesen.«

Marge sah genau hin. »Fünf-T-Y … R oder A … man könnte das Bild vergrößern, wenn du glaubst, es lohnt sich. Vielleicht sieht man das Nummernschild besser auf dem Sicherheitsvideo des Computerladens.«

»Notier dir Zeit und Datum dieses Standbildes, damit wir darauf zurückgreifen können. Und jetzt spule Bild für Bild vorwärts. Ich möchte mir das Mädchen gründlich vornehmen.«

Oliver tat wie ihm geheißen. In der Zeitlupe hatte das Mädchen helles Haar – vermutlich blond – und eine kurvige Figur. Ihr Alter war schwer zu schätzen – irgendwo zwischen zwanzig und fünfzig. »Masey Roberts erinnert sich an eine Blondine mit Stilettos und zweifelhaften Absichten, die bei Penny ein- und ausging. Findest du diese Stiefel nicht auch ein bisschen sado-maso-mäßig?«

»Eindeutig.« Marge zog eine Grimasse. »Aber selbst wenn sie unser Begleitservice-Girl ist, könnte sie jeden hier in der Gegend bedienen.«

»Seht zu, ob ihr ein Bild ihres Gesichts herauslösen könnt«, sagte Decker, »und geht damit zu Masey Roberts. Vielleicht identifiziert sie sie als die Blondine, die Penny besucht hat.«

»Mach ich.« Marge kicherte. »Wahnsinn, mit neunundachtzig. Ich vermute mal, Viagra macht's möglich.«

»Als du mich gestern im Auto angerufen hast, konnte Gabe alles mithören ... was nicht besonders klug war, das gebe ich zu. Er erzählte mir, dass alle möglichen Männer Stammkunden in den Bordellen seines Vaters sind. Penny war ganz klar reich genug, um sich Hausbesuche leisten zu können.«

»Vielleicht haben wir es einfach nur mit einer sexy Frau und ihrer Sporttasche zu tun«, sagte Marge, »aber wenn wir ihr Gesicht identifizieren lassen können, warum nicht?«

»Eventuell kriegen wir einen besseren Blick auf das Nummernschild, wenn sie aus der Lücke herausfährt«, schlug Oliver vor.

Das Band lief weiter: Mehr und mehr Menschen kamen und gingen aus dem Bildausschnitt. Niemand außer der Frau mit den Stiefeln erregte Deckers Aufmerksamkeit. Zwei Stunden später war die Frau wieder da. Ihre Haare waren verwuschelt, und sie sah gehetzt und gestresst aus. Sie trug genau dieselben Sachen, aber sie hatte nun etwas dabei, das aussah wie ein klappbarer Massagetisch.

Oliver hielt das Band an. »Wo ist die Sporttasche?«

»Woher hat sie den Massagetisch?«, fragte Marge.

»Sehr verwirrend.« Oliver ließ das Band zentimeterweise

vorlaufen. Sie konnten immer noch keinen vernünftigen Blick auf ihr Gesicht werfen, dafür immerhin auf einen Teil des Nummernschildes.

Marge notierte sich die Zahlen und Ziffern. »Ich lasse das checken.«

Die weitere Sichtung ergab nichts annähernd so Interessantes. Zwei Stunden später zeigte das Band Datum und Uhrzeit des Besuchs der Polizei an. Oliver warf die Kassette aus. Er stand auf und streckte sich, dann überprüfte er sein Handy. »Ich habe George Paxton heute Morgen um acht Uhr angerufen. Jetzt ist es elf, und er hat uns immer noch nicht zurückgerufen. So langsam nervt mich das.«

»Er scheint euch aus dem Weg zu gehen«, meinte Decker. »Ruft einen Richter an und fragt, ob ihr nicht die Wohnung über der von Penny begehen dürft. Und dann ruft ihr den Hausverwalter noch mal an und teilt ihm mit, dass ihr einen Durchsuchungsbeschluss beantragt habt. Vielleicht macht ihm das ein bisschen Feuer unter dem Hintern.«

Oliver rieb sich die Augen. »Irgendeinen speziellen Wunsch-Richter?«

»Aaron Burger oder Cassie Deluca.«

Marge erhob sich. »Will jemand einen Kaffee, bevor wir unseren Kinoabend fortsetzen?«

»Klingt gut. Lasst mich meine Nachrichten abhören, und dann treffen wir uns in einer halben Stunde.«

Vierzig Minuten später saßen sie im Videoraum wieder zusammen.

»Tut mir leid, ich bin spät dran«, sagte Oliver. »Paxton hat endlich zurückgerufen. Als ich ihm sagte, worum es geht, fing er an, mir auszuweichen, und behauptete, Penny hätte die Wohnung über ihm nicht gemietet, aber dann sagte er, dass er über diese Mieter nicht viel wüsste. Gesagt, wer die Mieter sind, hat er natürlich nicht … von wegen Privatsphäre und so weiter.«

»Womit er richtigliegt«, sagte Decker.

»Ja, leider. Als ich wissen wollte, ob er mir die Wohnung aufschließen würde, nur um sicherzugehen, dass nicht noch ein paar Schlangen oder Ratten oder sonst was übrig geblieben sind, hat er das glattweg abgelehnt. Sollte es aus der Wohnung stinken, würde er sie öffnen und seinen eigenen Putztrupp beauftragen. Ich habe ihm klargemacht, dass er, falls er uns die Tour in der Wohnung vermasselt und sich dann herausstellt, dass sie Teil des Tatorts ist, knietief in der Scheiße steckt.«

»Was hat er dazu gesagt?«, fragte Marge.

»Er wird nicht hineingehen und mich ohne richterlichen Beschluss auch nicht hineingehen lassen. Also habe ich Richterin Deluca angerufen. Sie war nicht scharf darauf, uns die Genehmigung zu geben, da Hobart Penny nicht der Mieter ist. Aber dann habe ich die wilden Tiere ins Spiel gebracht – öffentliche Sicherheit –, und sie hat eingelenkt. Sie gewährt uns Zugang unter der Voraussetzung, dass wir sie auf Raubtiere oder andere öffentliche Gesundheitsgefährdungen überprüfen. Wenn wir keine Gesundheitsrisiken, exotische Tiere oder einen Tatort entdecken, dürfen wir die Wohnung nicht durcheinanderbringen.«

»Damit können wir leben.«

»Genau. Deluca sagte, wir sollen um drei im Justizgebäude vorbeischauen, dann wären die Unterlagen fertig.«

»Gut«, sagte Decker. »Habt ihr die Leute von Animal Control angerufen?«

»Ja. Wir treffen uns um vier vor Ort.« Er wandte sich an Marge. »Du kommst doch mit, oder?«

»Ich muss ein paar Termine verlegen«, sagte Marge, »werde aber da sein.«

»Also los, bringen wir das Band hinter uns. Ich habe in einer Stunde ein Meeting.«

»Wir können das auch ohne dich machen, Pete«, schlug Marge vor.

»Ein bisschen Zeit habe ich noch. Leg das Band vom Computerladen ein. Vielleicht haben wir von dort aus eine bessere Sicht auf die Sporttaschen-Lady und ihr Auto.«

»Gib mir die Uhrzeit vom ersten Auftauchen der Lady auf dem Band des koreanischen Geschäfts, und ich stelle dieselbe Zeit auf dem Computerladenband ein.« Nachdem Marge ihm die Informationen gegeben hatte, klatschte Oliver in die Hände. »Also, mal sehen, was wir da haben.«

Das Band des Computergeschäfts zeigte lediglich die Heckklappe des Prius: kein Nummernschild. Dafür entdeckten alle drei etwas höchst Interessantes.

Noch einen hellen Prius.

Das Trio befand sich plötzlich in Habachtstellung.

»Welcher Prius gehört zu der gestiefelten Sporttaschen-Blondine?«, wunderte sich Decker. Es war eine rhetorische Frage, denn alle drei sahen das Video zum ersten Mal. Fünf Sekunden lang passierte gar nichts, und dann kam Sporttasche ins Bild. Zehn weitere Sekunden lang stand Sporttasche auf dem Bürgersteig vor den zwei Prius und wippte mit dem Fuß. Jetzt gesellte sich eine andere Puppe zu Sporttasche: eine Brünette. Sie trug eine Bomberjacke aus Leder, Skinny-Jeans und dunkle Stiefel mit Stöckelabsätzen. Und sie hatte eine andere Sporttasche und einen Massagetisch dabei.

Die beiden Frauen umarmten sich nicht. Sie wechselten auch kein Wort. Sie begrüßten sich noch nicht mal.

Aber sie gingen gemeinsam weg.

»Fein«, sagte Oliver, »zumindest wissen wir, woher der Massagetisch kommt.«

»Spul zurück«, sagte Marge, »vielleicht kriegen wir das hintere Schild des einen oder das vordere des anderen Autos.«

Oliver ließ das Band ein Stück rückwärtslaufen und spulte dann Bild für Bild wieder nach vorne. Massagetisch-Brünette war zuerst da. Die Rückseite ihres Autos war nicht zu sehen, das Nummernschild lag außerhalb des Kamerawinkels. Aber als Sporttaschen-Blondine ihr Auto vor das Gefährt der Brünetten einparkte, war das hintere Nummernschild des Blondinen-Prius deutlich sichtbar. Alle drei notierten sich die Nummer.

»Lass es schneller laufen«, bat Decker. »Ich will wissen, was los ist, kurz bevor die Autos wegfahren.«

Oliver legte los. Zwei Stunden später, laut Zeitstempel des Bandes, kam die Blondine mit dem Massagetisch und ohne Sporttasche zurück. Sie starrten auf den Bildschirm, als die Blondine den Massagetisch im Kofferraum verstaute. Den Prius der Brünetten hatten sie vom Beifahrersitz bis zur rechten vorderen Stoßstange im Blick, aber sie konnten keinen Fahrer ausmachen, selbst als das Auto aus der Parklücke stieß und wegfuhr, denn der Blondinen-Prius versperrte ihnen die Sicht. Die Blondine fuhr dreißig Sekunden nach der Brünetten weg.

»Wie frustrierend«, seufzte Decker.

»Wenigstens haben wir das Nummernschild der Blondine«, erinnerte ihn Marge.

»Jag es durch den Computer, mal sehen, mit wem wir es zu tun haben«, sagte Decker. »Die beiden sind mir suspekt. Meldet euch bei mir mit neuen Infos. Und gebt mir Bescheid, sobald ihr den richterlichen Beschluss habt. Ich verschiebe ein paar andere Termine um, denn ich will dabei sein, wenn ihr die Wohnung aufschließt.«

»Heute ist Freitag«, betonte Marge. »Es wird bestimmt länger dauern als bis Sonnenuntergang.«

Was bedeutete, dass sich die Arbeit bis in den Beginn des Schabbes hinziehen würde. Freitags delegierte Decker normalerweise die Abendtermine, außer es handelte sich um besonders wichtige Fälle. Dieser hier war auf der Grenze. »Danke für deine Rücksichtnahme«, sagte er. »Wenn sich das Ganze als unwichtig herausstellt, schaffe ich es wahrscheinlich in zehn Minuten nach Hause. Wenn an der Sache etwas dran ist, hättet ihr mich ohnehin angerufen.« Er stand auf. »Es schadet also so oder so nichts.«

14

Ein paar Klicks, und Marge hatte, was sie brauchte. Sie druckte alles aus und gab auf Google und Facebook den Namen ein, den sie von der Kraftfahrzeugbehörde erhalten hatte. Diese Infos druckte sie ebenfalls aus. Sie suchte den Raum ab. Oliver war am Telefon. Sie schnippte mit den Fingern, bis er zu ihr hinsah, hob dann den Daumen und deutete auf Deckers Büro.

Der Loo telefonierte auch. Sie gab ihm die Ausdrucke und setzte sich ihm gegenüber an den Schreibtisch. Während seines Telefonats las er die Seiten. Endlich legte er auf. »Casey's Massage and Escort?«

»Den Anzeigen nach beschäftigen sie ausgebildete Masseure und Masseurinnen, die im privaten Umfeld bei dir zu Hause ihrer Arbeit nachgehen. Die Wahl der Firmenwagen fiel auf taubenblaue Prius: der umweltfreundliche Rufdienst. Keine Ahnung, ob dieses Beschäftigungsmodell legal ist oder nicht. Ich lasse den Namen bei der Sitte durchlaufen. Und ich habe Masey Roberts kontaktiert. Wir treffen uns, um herauszufinden, ob diese Blondine bei Penny ein- und ausging.«

Decker nickte. »Das wäre hilfreich. Aber wir müssen trotzdem alle im Haus abklappern, ob Caseys Mädchen nicht jemand anderem zu Diensten waren. Wie viele Wohnungen gibt es in dem Block?«

»Viele. Aber wir tun, was wir tun müssen«, sagte Marge.

Oliver kam ins Büro, und Marge brachte ihn auf den letzten Stand der Dinge. »Wo befindet sich dieses Etablissement, und warum habe ich noch nie davon gehört?«

»In der Saratoga Street, und warum du es nicht kennst, weiß ich nicht. Klingt ganz nach deinem Geschmack. Möchtest du diesen Fehler gleich wieder ausbügeln?«

»Klar. Rufen wir an?«

»Und bringen uns um den Überraschungseffekt?« Marge simulierte einen Japser.

»Schon eine Idee, wie wir sie motivieren sollen, die Namen ihrer Kunden auszuplaudern?«

»Sagt ihnen die Wahrheit«, meinte Decker. »Sagt, ihr seid von der Mordkommission, nicht von der Sitte. Dass ihr kein Interesse daran habt, ihnen das Leben schwerzumachen.«

»Wenn wir mit Casey und Freunden fertig sind, holen wir den richterlichen Beschluss ab und treffen Ryan Wilner um vier vor Pennys Wohnung.«

»Die beiden Adressen liegen in entgegengesetzter Richtung«, stellte Decker fest. »Ich kümmere mich um den Beschluss. Habt ihr Ryan Wilners Handynummer?«

»Ja.« Marge schrieb die Nummer auf und gab den Zettel Decker. »Bis dann, Rabbi.«

»Casey's Massage and Escort.« Oliver rieb sich die Hände. »Ich glaube, dieser Auftrag gefällt mir.«

»Es könnte frustrierend für dich werden, Oliver«, warnte ihn Marge. »Möglicherweise geht's nur ums Gucken, nicht ums Anfassen.«

Die Adresse führte Marge und Oliver in ein zweistöckiges Einkaufscenter, in dem die Hälfte der Ladenfronten leerstand. Casey's Massage and Escort befand sich im Erdgeschoss, zwischen einem Hühnchen-Take-away auf der rechten und einer freien Ladenfläche auf der linken Seite. Weit und breit keine Öffnungszeiten. Weit und breit kein taubenblauer Prius auf dem Parkplatz. Nach dem dritten unbeantworteten Klopfen rüttelte Oliver an der Türklinke des Büros und inspizierte das Schloss. »Wahrscheinlich krieg ich das mit einer Kreditkarte auf.«

»Vielleicht sind alle beim Mittagessen. Ohne Gefahr im Verzug wäre das glatter Einbruch.«

»Sieht ziemlich dunkel aus da drin.«

»Woher willst du das wissen? Türen und Fenster sind total verrammelt.«

»Bist du sicher, dass du die richtige Adresse hast?«, fragte Oliver.

Marge sah auf ihrem BlackBerry nach. »Ja, das hier muss der Laden sein. Ich nehme mal an, wir haben keine andere Wahl, als die Nummer in der Anzeige anzurufen und unseren Überraschungseffekt zu ruinieren.«

»Na, das ist ja eine ganz neue Idee.«

»Werd bloß nicht selbstgefällig.« Sie las ihm die Telefonnummer vor, und Oliver tippte sie in sein Handy. Kurz darauf unterbrach er den Anruf. »Kein Anschluss unter dieser Nummer.«

»Scheint so, als hätte das Spiel begonnen.« Marge schlenderte zu dem Hühnchen-Take-away nebenan. Es roch nach Salz, Gewürzen und Fett. Die Frau hinter dem Tresen war schon älter, etwas rundlich und von asiatischer Herkunft. Sie beobachtete die Detectives mit gerunzelter Stirn.

»Hallo, Ma'am. Ich bin Sergeant Dunn von der Polizei Los Angeles.« Sie zeigte ihre Dienstmarke, und die Frau lächelte. Sie machte einen Schritt zur Seite und deutete auf das Hinterzimmer. »Nein, wir sind nicht die Gesundheitsbehörde. Sprechen Sie Englisch?«

»Ja, ja. Alles wie Vorschrift. Alles wie Vorschrift. Sehen selbst.«

»Kennen Sie die Leute von nebenan?« Große, verständnislose Augen. »Casey's Massage … viele Ladys in Stiefeln.«

»Ah … Ladys.« Die Frau nickte. »Essen Brüste … gebacken, nicht frittiert. Sie wollen Brust gebacken, nicht frittiert? Sehr gut.«

»Sind sie ausgezogen?«, fragte Marge. Keine Antwort. »Die Ladys … weg?«

Die Frau zuckte mit den Achseln.

Marge lächelte. »Vielen Dank.«

»Sie wollen Huhn?«

»Im Moment nicht, danke.« Marge lächelte. »Vielleicht nächstes Mal.«

Oliver hing am Handy. »Ich habe die Telefonnummer eines Immobilienbüros, von den Schildern in den leerstehenden Geschäften.« Als die Mailbox ansprang, hinterließ er ihre Namen und ihre Handynummern. »Was jetzt?«

»Tja, wir können einfach abwarten. Oder wir holen den Beschluss, da wir wohl genug Zeit haben. Ersparen Decker die Fahrt.«

»Ich plädiere für abwarten.«

»Warum überrascht mich das nicht?« Marges Handy klingelte, und sie blickte auf das Display. »Die Nummer kenne ich nicht.« Sie drückte den grünen Knopf. »Sergeant Dunn.« Pause. »Äh … ja … ja … wir haben gerade angerufen. Danke für Ihren Rückruf, Mr Mahadi. Wir stehen gerade vor dem Gebäude in der Saratoga … ja, genau dieser Adresse. Wir ermitteln bei einem Mieter … oder vielleicht einem ehemaligen Mieter. Casey's Massage and Escort … nein, Sir, wir sind nicht von der Sitte, wir sind von der Mordkommission … nein, Sir, wir haben keine Leiche auf Ihrem Grund und Boden gefunden. Mr Mahadi, haben Sie eine Telefonnummer für dieses Etablissement … ja, die habe ich auch. Wir haben dort angerufen, aber die Nummer ist stillgelegt … das wussten Sie nicht? Wir haben es erst vor ein paar Minuten probiert … nein, ich habe keine Ahnung. Ich wollte Sie gerade fragen, ob Sie eine Idee haben?«

Oliver hob fragend die Achseln. Marge erwiderte die Geste.

»Mr Mahadi, wenn Sie hier vor Ort mit uns reden könnten, wäre es viel einfacher, Ihnen alles persönlich statt am Telefon zu erläutern … in einer halben Stunde ist perfekt. Besitzen Sie einen Schlüssel von Casey's? … tatsächlich? Wenn Sie ihn mitbringen könnten … perfekt. Bis dann also. Vielen Dank. Auf Wiedersehen.«

Sie wandte sich an Oliver. »Er ist in einer halben Stunde mit dem Schlüssel da.«

»Möchtest du einen Kaffee? Gegenüber gibt es einen Dunkin' Donuts.«

»Wie wär's mit einer Hühnerbrust – gebacken, nicht frittiert?« Sie deutete auf den Take-away. »Die Lady tut mir leid. Mit dem Verschwinden der Casey-Truppe hat sie bestimmt Kundschaft verloren.«

»Du holst dir dein Hühnchen, ich besorge ein paar Donuts und Kaffee.«

Eine Viertelstunde später kam Oliver mit zwei Kaffees und einer Schachtel zurück. »Sie hatten das Dutzend im Angebot.«

»Tausche Krapfen gegen Hähnchenkeule.«

»Ist gebongt.« Oliver biss hinein. »Gar nicht so schlecht.«

»Nein, eigentlich sogar ziemlich gut. Und der Laden wurde mit A benotet.« Marge nahm ihm die Schachtel ab und wählte einen glasierten Buttermilch-Donut aus. »Polizisten und Donuts, das gehört zusammen, genau wie Mamma und Apfelkuchen. Du weißt, was das bedeutet.«

»Was?«

»Ich muss im Fitnessstudio eine Doppelschicht einlegen. Ich habe keine Willenskraft mehr.«

Sie aß ihren Donut auf und leckte sich gerade die Finger ab, als ein schwarzer Mercedes vor ihnen einbog. Das luxuriöse Auto wirkte fehl am Platz: eine Yacht zwischen lauter Ruderbooten. Der Fahrer war Mitte sechzig und trug einen schwarzen Anzug, ein weißes Hemd, eine rote Krawatte und Oxford-Schuhe aus Lackleder. Er hatte volles graues Haar und braune, bebrillte Augen. Als er auf sie zuging, hielt er schon einen Schlüsselbund in der Hand. »Anwar Mahadi. Niemand hat mir was von einem Umzug gesagt.«

»Danke, dass Sie so kurzfristig hergekommen sind.« Marge zückte ihren Notizblock. »Wann haben sie das letzte Mal ihre Miete bezahlt?«

»Sie waren einen Monat im Rückstand. Bei dieser Wirtschaftslage keine große Sache. Ich habe angerufen ... gesagt, hey, wenn ihr ein Problem habt, ruft mich an, und wir finden eine Lösung. Wenn ihr nicht anruft, kündige ich euch. Sie haben gesagt, Scheck ist unterwegs.«

»Wann war das?«

»Vor zwei Wochen.« Er schüttelte den Kopf. »Sie haben keinen Umzug erwähnt.«

»Vielleicht sind sie gar nicht umgezogen«, sagte Marge. »Ich habe die Büroräume noch nicht von innen gesehen.«

»Sie sagten, Nummer ist abgemeldet.«

»Sie könnten trotzdem noch ihren Geschäften nachgehen. Vielleicht haben sie eine Geheimnummer.«

»Gibt nur einen Weg, das herauszufinden.« Mahadis Blick schwenkte auf Oliver um. »Was ist in der Schachtel?«

»Donuts. Möchten Sie einen?«

»Habe kein Mittagessen, warum also nicht Ja sagen.« Er nahm einen Zuckerzopf, und die Kristalle puderten seine

Haut. Nach ein paar Bissen warf er den Rest weg und leckte sich die Finger. »Gut. Danke.« Er klopfte an die Glastür, steckte den Schlüssel ins Schloss und öffnete.

Innen war es dunkel, also schaltete Marge das Licht ein, und Oliver zog die Vorhänge beiseite.

Die Räume waren nicht auf-, dafür aber ausgeräumt. Es gab einen Wartebereich und zwei Büros. Kein einziges Möbelstück weit und breit, nur Pappkartons voller Müll: viel zerknülltes Papier, Werbezettel, Briefe, Lebensmittelverpackungen, Getränkedosen und Wasserflaschen. Auf dem Boden lag eine dünne Staubschicht. »Sie sagten, Sie hätten vor zwei Wochen das letzte Mal mit denen telefoniert?«

»Ungefähr.« Mahadi sah sich um. »Ich muss hier putzen.«

»Mit wem haben Sie gesprochen, als Sie nach dem Scheck gefragt haben?«

»Bruce Havert. Großer Mann, Mitte fünfzig. Färbt seine Haare. Ich habe ihn erst mit schwarzen Haaren, dann mit braunen Haaren und dann mit braunen Haaren und grauem Ansatz gesehen. Trägt immer Sonnenbrille. Er und seine Frau oder Freundin … wusste nie, was … leiten das Geschäft mit den Ladys.«

»Das Massage-Geschäft«, sagte Oliver.

»Ich habe ihnen gesagt, keine krummen Sachen hier. Ich bin Familienvater. Sie haben mir Genehmigung gezeigt … alle Mädchen haben Genehmigung. Nichts Schlimmes. Nur hübsche Ladys, die Massage machen. Noch nicht mal hier machen sie Massage. Sie gehen ins Haus. Sie zahlen Miete, keiner beschwert sich, ich bin zufrieden.«

»Wie lange lief der Mietvertrag?«, hakte Marge nach.

»Fast ein Jahr. Die Verlängerung stand bevor. Ich wollte ihnen Gefallen tun und Miete nicht erhöhen. Ha! Das hätte viel genützt.«

»Und der Mieter heißt Bruce Havert?«, fragte Marge.

»Ja.«

»Wie heißt seine Frau oder Freundin?«, wollte Oliver wissen.

»Randi mit *i* am Ende. Jedes Mal sagt sie mir das. ›Ich heiße Randi mit *i* am Ende‹.«

»Ihr Nachname?«

»Kenn ich nicht. Sie stand nicht im Mietvertrag. Alle fuhren hellblaue Prius. Sie hatten Parkplätze drei, vier und fünf.«

»Wie sah Randi aus?«, fragte Oliver.

»Blond. Dünn, dünn. Mitte dreißig. Dämlich aussehende Lippen – aufgeblasen, aber nicht sexy. Immerhin sie war nettes Mädchen. Immer ein Lächeln. Spricht vielleicht für mich, dass ich ihr mit der Miete eine Pause geben wollte. Ich hatte sie bereits gesenkt.«

»Haben Sie je eine Brünette für die Firma arbeiten sehen?«, fragte Oliver.

»Viele hübsche Mädchen. Alle dünn mit viel Schminke.«

»Stört es Sie, wenn wir einen Blick in den Mietvertrag werfen?«

»Ich habe ihn nicht dabei. Besorge ich Ihnen aber.«

»Das wäre hilfreich.« Marge sah sich um. »Stört es Sie, wenn wir die Müllkartons durchsuchen?«

»Kein Problem«, sagte Mahadi. »Wenn Sie Brauchbares finden, will ich es behalten. Den Rest schmeißen Sie in den Müllcontainer draußen.«

Der Mann murmelte etwas von einem anderen Laden, den er vermieten müsse, und zog ab.

Die beiden Detectives streiften sich Handschuhe über.

Nachdem sie die Kartons voller Müll durchwühlt hatten, belief sich das Endergebnis auf zwei stark zerknitterte Visa-Quittungen und einen normal zerknitterten Kundenbeleg einer

Mastercard. Oliver fuhr, während Marge auf ihrem BlackBerry nach Bruce Havert suchte.

»Es gibt tonnenweise Bruce Haver ohne *t* und die gleiche Menge Bruce Havers mit einem *s*. Außerdem noch Bruce Haverty. Keinen Bruce Havert, obwohl es den Nachnamen Havert gibt, nur eben keinen mit Bruce vorne dran.«

»Wir lassen ihn durch unsere Computer laufen. Was ist mit den Namen auf den Visa- und Mastercard-Belegen?«

Marge kniff bei dem Versuch, die handgeschriebenen Namen auf den Blankobelegen zu entziffern, die Augen zusammen. Offensichtlich waren die Transaktionen übers Telefon gelaufen. Wenn Casey's Massage and Escort ein elektronisches Kartenlesegerät besaß, dann hatte es jemand mitgenommen. »Schwer zu lesen. Das hier sieht aus wie ein Jas … Jason. Rohls. Könnte Jasper Rohls heißen. Ich entschlüssele hier jede Menge Kringel. Die Nummer ist deutlich zu erkennen, aber ohne richterlichen Beschluss wird Visa wohl kaum die Namen rausrücken.«

»Steht da, wo Jason/Jasper wohnt?«

»Nö.«

»Was ist mit den anderen?«

»Eine Adresse? Fehlanzeige. Ich glaube, der Name lautet Leon Bellard … Ballard. Der Mastercard-Beleg wurde mit einer ganz anderen Handschrift ausgefüllt, die ich überhaupt nicht entziffern kann.« Sie verstaute die Belege in einem Beweisbeutel, obwohl sie keinen blassen Schimmer hatte, ob sie Beweismittel waren oder nicht. »Egal ob dieser Massagesalon irgendwas mit dem Mord an Hobart Penny zu tun hat, ich bin trotzdem neugierig, warum der Laden genau dann pleiteging, als der Typ getötet wurde. Wie Decker sagte, wir müssen alle Wohnungen in der Gegend abklappern, um herauszufinden, welche davon die Mädchen bedient haben. Ziehst du mit mir von Tür zu Tür, wenn ich Masey Roberts das Bild der Blondine auf dem Sicherheitsband gezeigt habe?«

»Falls Masey die Blondine identifiziert, warum müssen wir dann noch alle Wohnungen abklappern?«

»Einen Schritt nach dem anderen, Oliver. Lass uns zuerst was Konkretes in die Hand bekommen, um die Punkte zu verbinden.«

»Von mir aus. Du stellst die Verbindungen her. Währenddessen kümmere ich mich um meinen Wochenendtrip nach Santa Barbara.«

»Jetzt sofort?«

»Du bist nicht die Einzige, die das Paradies genießt.«

»Ms Montenegro?«

»Nicht dass es dich etwas anginge, aber ja, mit Carmen. Und jetzt wisch dir das Grinsen aus dem Gesicht.«

»Du triffst sie schon eine ganze Weile.«

»Immer mal wieder ... eher mehr als weniger. Wollt ihr euch mit uns Samstagabend zum Essen treffen?«

»Das ist so gesellig von dir ... muss ihre Idee gewesen sein.«

»Ja oder nein?«

»Will kommt dieses Wochenende nach L. A. Wenn ihr in Santa Barbara allein sein wollt, seid ihr auf der sicheren Seite.«

Oliver grinste sie an. »Wobei ich natürlich deine Gesellschaft schätze ...«

»Ich bin nicht beleidigt, Scott. Wir beide brauchen mal eine Auszeit voneinander.« Marge sah auf die Uhr. Es war fast vier. »Ich sollte Decker anrufen, ob er den Beschluss auch wirklich hat.« Pause. »Wahrscheinlich würde er sich bei mir melden, wenn nicht, stimmt's?«

»Stimmt. Du wirkst beunruhigt, Dunn. Alles in Ordnung?«

»Ja, klar.« Sie war beunruhigt. Die Zukunft beunruhigte sie. »Nach der Tiger-Umsiedlung blieb alles ziemlich ruhig.

Jetzt ist Lauferei angesagt, und der heutige Tag war ein weiterer ohne Ergebnis.«

»Aber kein Totalausfall, Margie. Du hast dich mit der Hühnerlady angefreundet, und ich bekam ein Dutzend Donuts zum halben Preis. Wie man sieht, brauchst du keine Süßigkeiten, um Freundschaften zu schließen. Ich dagegen benötige jede Unterstützung, die ich kriegen kann.«

15

Marge und Oliver kamen zu Pennys Wohnung, als gerade die Sonne unterging: Orange- und Goldtöne schillerten im Westen, während sich im Osten Regenwolken zusammenbrauten. Decker wartete auf dem Bürgersteig und klatschte ungeduldig mit einigen zusammengerollten Papieren in eine Handfläche. Marge parkte neben ihm ein. Sie und Oliver gesellten sich zu Decker. Ungefähr dreißig Meter von ihnen entfernt ging ein schmächtiger Mann mit Glatze und Ziegenbart auf und ab. Er warf dem Trio einen Blick zu und setzte sein Hin und Her fort.

»Wer ist dieser Gnom?«, fragte Oliver.

»Mein erster Gedanke war: der Leprechaun.« Decker schlug den Kragen seines Mantels hoch. »Liegt wahrscheinlich an seinem grünen Pullover. Das ist George Paxton, der Hausverwalter. Er spielt den Wütenden, also hat er garantiert was zu verbergen. Als ich ihn nach der Wohnung über der von Penny gefragt habe, antwortete er schon ausweichend, obwohl es noch gar keinen Grund dafür gab. Der Typ bringt bei mir die Alarmglocken zum Läuten.«

»Der ganze Typ ist Alarmstufe Rot.« Marge rieb sich die Hände. Mit dem Sonnenuntergang kam der Nebel, und die Kälte zog ihr in die Knochen. »Wir haben den Beschluss. Die Sache ist geritzt.«

»Ich habe ihm verklickert, dass wir mit oder ohne seine Hilfe da hineingehen, dass es sich um einen Mordfall handelt und wir jeden unter die Lupe nehmen. Schätze mal, das hat ihn nervös gemacht. Genau dann hat er mir erzählt, dass die Wohnung an eine Firma vermietet ist, die sich Last Hurrah nennt. Passt prima zu Hobart Pennys Todesart.«

»Hast du dir die Firma angeschaut?«

»Ich habe diese Info erst vor fünf Minuten bekommen und keinen Internetzugang hier.«

Marge holte ihr Smartphone aus der Tasche und gab den Namen ein. »Kein Treffer.«

»Eine Scheinfirma«, vermutete Oliver.

»Wenn sie zu Hobart Pennys Imperium gehört, wozu dann das Theater, um sie zu verschleiern?«

»Vielleicht wegen der Prozesse«, überlegte Decker. »Falls Penny dort exotische Tiere versteckt und eins davon entkommt und jemanden tötet, könnte er diese Firma benutzen, um sein Vermögen zu schützen.«

»Hat er denn kein Privatvermögen, um den Schaden zu begleichen?«

»Über seine Finanzen weiß ich nichts, außer dass er steinreich ist. Die ganze Sache ist komisch. Reiche Leute sind komisch.«

»Man sollte ja meinen, dass die anderen Mieter etwas gehört oder gerochen hätten, wenn es noch weitere Tiere gibt«, sagte Oliver.

»Schlangen sind stille Zeitgenossen«, sagte Marge. »Und sie halten eine Weile ohne Fressen durch.« Pause. »Oder vielleicht hat Penny die Wohnung für eine andere Art von wilden weiblichen Tieren genutzt.«

»Seid ihr der Saratoga-Adresse nachgegangen?«, fragte Decker.

»Die Adresse gibt es«, berichtete Oliver, »die Mieter nicht. Der Laden wurde leergeräumt.«

»Gut …« In dem Versuch, sich aufzuwärmen, verschränkte Decker die Arme vor der Brust. »Irgendwelche Hinterlassenschaften?«

»Drei von Hand geschriebene Kreditkartenbelege«, sagte Marge. »Wir prüfen sie noch. Vielleicht weiß man dort mehr über Bruce Havert oder Casey's Massage and Escort. Bis jetzt haben wir nichts gefunden, um den Laden mit Hobart Penny in Verbindung zu bringen.«

»Wie sieht unser Plan jetzt aus?«, fragte Oliver. »Haben wir überhaupt einen Plan?«

»Oh ja«, sagte Decker. »Ich warte auf den Startschuss von Ryan Wilner. Er untersucht die Wohnung auf Begehbarkeit. Ich glaube, er bohrt gerade ein Loch, um einen Blick hineinzuwerfen. Sobald er meint, dass das Apartment frei von Viechern ist, haben wir freie Bahn. Bis jetzt hat noch niemand Gebrüll gehört. Wenn da etwas sein sollte, dann ist er oder sie eher der starke, stille Typ … oder tot.«

Oliver formte mit den Händen einen Trichter vor seinem Mund und blies die warme Luft hinein. »Hier draußen wird's langsam feucht. Um die Ecke gibt es einen 7-Eleven. Möchte jemand Kaffee?«

»Ich nehme einen großen«, sagte Marge.

»Ich auch«, sagte Decker. »Nur mit dem Koffein bin ich noch unentschlossen. Falls das hier die ganze Nacht dauert, brauche ich es. Falls wir in weniger als zwei Stunden fertig sind, möchte ich gerne ruhig schlafen können.«

»Du musst dich entscheiden, Rabbi.«

»Okay. Dann mit Koffein.«

»Klingt nicht sehr optimistisch.«

»Sei's drum. Wenn ich Glück habe und nach Hause komme,

gleiche ich das Koffein einfach mit ein paar Gläsern Wein zum Kiddusch aus.«

Dreißig Minuten später tauchte Ryan Wilner in seiner braunen Arbeitskluft wieder auf und schüttelte den Kopf. Decker nahm gerade den letzten Schluck Kaffee. »Sie sehen nicht glücklich aus.«

»Wir brauchen Schlangenkörbe. Ungefähr vierzig Stück.«

»Gütiger Gott!«, rief Marge. »Kriechen welche frei herum?«

»Soweit ich das durch das Guckloch sehen konnte, scheinen sie in Käfigen zu sein, aber ich habe nicht die gesamte Wohnung im Blick. Schlangen verstecken sich in engen Räumen. Ich weiß nicht, welche Schlangen er hat oder ob sie giftig sind. Wir müssen abwarten, bis wir Körbe und Zangen und Haken und Stiefel und Handschuhe haben. Soll ich noch weitere Wohnungen untersuchen, oder war's das?«

»Keine Ahnung«, sagte Decker, »vielleicht sind mehrere Wohnungen betroffen.«

»Es wäre gut, wenn wir das alles in einem Rutsch erledigen könnten.«

»Wir konnten den richterlichen Beschluss nur für eine Wohnung durchsetzen, weil sie von Pennys Wohnung aus zugänglich ist. Aber da Sie jetzt Schlangen entdeckt haben, werde ich mal ein ernstes Gespräch mit dem Hausverwalter führen.« Decker war wütend. »Wir ermitteln hier nicht nur in einem Mordfall, sondern haben auch noch ein unmittelbares Sicherheitsproblem!«

Wilners Handy klingelte, und er nahm das Gespräch an. »Jemand bringt die Körbe vorbei. Sollte nicht mehr lange dauern.«

»Wie lange wird die Evakuierung der Schlangen dauern?«, fragte Oliver.

»Mindestens ein paar Stunden. Wir müssen gewährleisten, dass die Wohnung absolut sicher ist, bevor jemand die Räume betritt.«

Decker sah auf die Uhr, dann zu seinen Detectives. »Zwei Stunden sollten ausreichen, um das Stockwerk zu räumen. Fangt an, überall an die Türen zu klopfen.« Er atmete tief durch. Wut brachte rein gar nichts in dieser Situation. »Ich rede jetzt mit dem Leprechaun, und dabei wird es nicht um einen Topf Gold am Ende des Regenbogens gehen.«

Decker ging zu Paxton. »Wir müssen uns unterhalten.«

»Ohne einen Anwalt sage ich gar nichts.«

»Noch habe ich Sie nicht verhaftet, aber ich sage Ihnen geradeheraus, Kumpel, dass ich jede Menge Gründe habe, die eine Festnahme rechtfertigen. Selbst im günstigen Fall – vorausgesetzt, dass niemand verletzt wird: Möchten Sie raten, was das Ganze hier uns an Personal kostet?«

Das Männchen wurde blass. »Ich wusste doch nichts von einem Tiger!« Ein Geständnis aus purer Verzweiflung. »Was *wollen* Sie von mir?«

»Bei einer Wohnung mit einem Tiger bekomme ich schon genug Gänsehaut. Jetzt schickt Animal Control ein Team mit vierzig Körben vorbei, um vierzig *Schlangen* einzufangen! Sie haben das Apartment an Penny vermietet und wussten ganz genau, welche Pläne er hatte …«

»Ich schwöre, nichts …«

»Haben Sie den Verstand verloren, Paxton? Eine Giftschlange ist eine tödliche Waffe. Das ist dasselbe, als hätten Sie ein geheimes Waffenversteck.«

Paxton wurde weiß wie ein Laken. »Ich … ich will mit einem Anwalt reden.«

»Sie wollen einen Anwalt, Kumpel, Sie bekommen einen

Anwalt.« Decker trat so dicht an ihn heran, dass sie sich Nase an Nase gegenüberstanden – was einiger Größenkorrekturen bedurfte. »Aber bevor Sie auch nur einen Anruf machen, werden Sie mir von jedem einzelnen Apartment berichten, das Penny oder die Firma Last Hurrah oder *irgendeine andere Firma* angemietet haben, damit wir aus diesem Wohnhaus hier jede gefährliche Bedrohung entfernen und garantieren können, dass niemand verletzt wird.«

»Ich wusste doch nicht…«

»Weil Sie, falls Sie es mir nicht jetzt sofort sagen und irgendetwas schrecklich schiefläuft – ein tödlicher Biss zum Beispiel –, wegen Mordes hinter Gittern landen.«

»Ich wusste einfach nicht…« Er wedelte mit den Händen in der Luft herum. »Wusste es nicht…«

»Paxton, im Augenblick interessiert es mich nicht, was Sie wussten und was nicht. Es interessiert mich sogar herzlich wenig, ob Sie Schmiergeld erhalten haben oder nicht, obwohl ich vermute, dass es so war. Im Augenblick will ich nur dieses Gebäude von gefährlichen Tieren befreien. *Kapiert?* Also, wie viele Wohnungen hat Hobart Penny angemietet?«

Dem Hausverwalter hatte es die Sprache verschlagen.

»Okay, dann verhafte ich Sie jetzt.«

»Warten Sie, warten Sie…« Paxton hyperventilierte. »Bitte!«

»Wir suchen uns besser eine ruhige Ecke.« Decker dachte an sein eigenes Auto, aber es hatte keine Sicherheitsabtrennung zwischen den Vorder- und Rücksitzen. Stattdessen entschied er sich für einen Streifenwagen von einem der Polizisten in Uniform. Decker öffnete die hintere Tür.

»Rein mit Ihnen.« Paxton rutschte auf die Rückbank, und Decker setzte sich neben ihn. Dann hielt er seinen Notizblock bereit. »Also, wie viele Wohnungen muss ich überprüfen lassen, George?«

Seine Stimme war leise. »Vier.«

»*Vier?*«

»Ich meine, noch zwei … zwei ohne die, in der er gewohnt hat, und die direkt über ihm. Ich schwöre, ich wusste nichts von dem Tiger oder den Schlangen! Sie müssen mir glauben.« Er war leichenblass. »Ich dachte, er benutzte sie als … aber das wissen Sie ja …«

»Nein, das weiß ich nicht!«

»Als Liebesnest.« Pause. »Ich dachte, er benutzt sie für Frauen.«

»Darauf kommen wir später zurück.« Decker konnte endlich wieder Luft holen. »Ich brauche die Schlüssel zu den anderen Wohnungen.«

»Ich habe sie nicht …«

»Wo sind sie?«

»In meinem Büro.«

»Wo ist Ihr Büro?«

»Ungefähr zehn Minuten von hier.«

»Ich begleite Sie in Ihr Büro. Wir gehen gemeinsam hinein und holen die Schlüssel. Aber bevor wir gehen, muss ich wissen, um welche zwei Apartments es sich handelt, damit ich Animal Control Bescheid sagen kann.«

»Die Firma Last Hurrah hat noch die beiden Wohnungen rechts und links von Penny angemietet.« Paxtons Gesicht nahm langsam wieder Farbe an. »Ich weiß nicht, was sich da drinnen befindet. Ich schwöre, das ist die Wahrheit!«

»Hier geht es nicht um Sie, sondern um die öffentliche Sicherheit«, sagte Decker. »Sie meinen die beiden Wohnungen auf demselben Stockwerk wie Pennys Wohnung, rechts und links davon.«

»Ja.«

»Wie lauten die Nummern der Wohnungen?«

Paxton sagte die Nummern laut auf, und Decker notierte sie sich. »Was ist mit der Wohnung darunter?«

»Sie steht leer.«

»Wissen Sie genau, dass Penny die Wohnung nie gemietet hat?«

»Doch, hatte er mal. Sie steht momentan aber leer. Das weiß ich, weil ich sie vor zwei Wochen geräumt habe.«

»Was befand sich in der Wohnung?«

»Nichts. Mit Räumen meine ich nur Streichen. Sie war lupenrein sauber, als er mir die Schlüssel wiedergab.« Auf Paxtons Glatze glänzte der Schweiß. »Ich erinnere mich daran, dass mir auffiel, wie leer sie war. Normalerweise lassen Mieter immer irgendetwas stehen. Aber es ergab schon einen Sinn. Er zog ja nicht wirklich um, sondern trennte sich nur von einer Wohnung.«

»Warten Sie hier. Ich muss telefonieren.« Decker stieg aus dem Streifenwagen und holte sein Handy aus der Tasche. Als Marge seinen Anruf beantwortete, sagte er: »Wir haben zwei weitere Wohnungen, die überprüft werden müssen.«

»Du machst *Witze*!«

»Ich wünschte, es wäre so.« Er gab ihr die Nummern.

»Was ist da drin?«

»Paxton schwört, es nicht zu wissen.«

»Glaubst du ihm?«

»Nein, aber das zählt im Moment nicht. Wir müssen das Gebäude evakuieren. Triff die nötigen Vorkehrungen. Penny hat einen schlechten Ruf.«

»Wohl wahr«, sagte Marge. »Ich informiere Wilner über die Wohnungen.«

»Gut. Ich begleite Paxton, um die Schlüssel zu holen.«

»Weißt du, Pete, als Oliver und ich gestern oben waren, haben wir aus diesen Wohnungen nichts gehört oder gerochen.«

»Vielleicht haben wir Glück, und sie stehen leer. Last Hurrah hatte auch die Wohnung direkt unter Penny gemietet. Sie ist angeblich geräumt, aber wir müssen sie auch überprüfen. Paxtons Glaubwürdigkeit geht gegen null.«

»Welche Rolle spielt er in der ganzen Sache?«

»Ich bin überzeugt, er bekam Schmiergeld, um nicht zu viele Fragen zu stellen. Er behauptet, er dachte, Penny miete die Wohnungen für seine Frauen.«

»Möglich wär's«, gab Marge zu. »Hast du ihn gefragt, wieso er dachte, Penny hielt sich Frauen?«

»Dazu bin ich noch nicht gekommen.«

»Ich frage mich nur, was in den besagten Wohnungen sein könnte, wenn wir gar nichts gerochen haben.«

»Noch mehr Reptilien? Ein Aquarium voll giftiger Steinfische? Eine tödliche Insektensammlung?«

»Ja, vielleicht«, sagte Marge. »Er war eindeutig ein Tierhorter. Die tödliche Variante der verrückten Katzenfrau.«

Wilner gab Decker eine Liste mit den Schlangen aus den Käfigen. Marge und Oliver lasen über seine Schulter mit:

GIFTSCHLANGEN

1) sechs Texas-Klapperschlangen
2) sechs Rote Diamant-Klapperschlangen
3) fünf Mojave-Klapperschlangen
4) vier Seitenwinder-Klapperschlangen
5) vier Arizona-Korallenottern
6) zwei Königskobras
7) zwei Schwarze Mambas (?)
8) zwei Australische Braunschlangen (?)

UNGIFTIG

1) vier Kalifornische Kettennattern
2) zwei Pazifik-Gophernattern
3) zwei Berg-Strumpfbandnattern
4) zwei große Boa Constrictor

»Zumindest glauben wir, dass es sich um diese Reptilien handelt«, sagte Wilner. »Bei den Klapperschlangen bin ich mir ziemlich sicher. Die Mambas… na ja, es gibt jede Menge schwarze Schlangen. Und braune auch. Ich lasse einen Herpetologen einen Blick darauf werfen, um sie zu identifizieren. Fürs Erste zählen wir sie zu den giftigen Schlangen.«

»Standen die Käfige getrennt voneinander?«, fragte Oliver.

»So kann man es nicht sagen, aber irgendjemand hat sie in Giftschlangen und ungiftige Schlangen eingeteilt. Wir haben auch ein paar tote gefunden. Die haben wahrscheinlich den Gestank verursacht.«

Decker inspizierte immer noch die Liste. »Also leben die meisten?«

»Ja, die meisten sahen okay aus und wurden ziemlich gut gehalten. Ich würde sagen, das letzte Reinigen der Käfige ist eine Woche her, nach der Menge an Fäkalien zu urteilen.«

»Sind das weit verbreitete Schlangen?«, wollte Marge wissen.

»So ziemlich, einige findet man leicht in der freien Wildbahn. Und alle sind einfach zu kaufen. Wie alt war der Mann?«

»Neunundachtzig.«

»Wahrscheinlich kein Jäger mehr, nur noch Sammler.«

»Haben Sie irgendwelchen Krimskrams entdeckt, der zu dem Tiger oder anderen Tieren gehört?«, fragte Oliver.

»Wir haben nicht wirklich nach was anderem als herumkriechenden Schlangen gesucht. Also, worum geht es bei diesen anderen zwei Wohnungen?«

Decker gab ihm die Nummern und die Schlüssel. »Der Hausverwalter hat uns die schriftliche Genehmigung erteilt, dass Sie die Räume überprüfen und jedwede Bedrohung daraus entfernen dürfen. Ich weiß nicht, was Sie da erwartet. Vielleicht nichts.«

»Was immer es ist, wir kommen damit klar«, sagte Wilner. »Wir haben so weit den Gemeinschaftsflur von flüchtigen Schlangen bereinigt … sind mindestens zweimal alles abgegangen. Aber mir wäre wohler, wenn einer Ihrer Polizisten mit einem Korb und einer Zange bereitsteht, wenn die Bewohner wieder ins Haus kommen.«

»Sie sind also noch eine Weile da?«

»Klar! Andrea bleibt mit mir hier. Sie haben Andrea getroffen. Sie ist unsere Schlangenfrau.«

»Ja, ich erinnere mich an sie, und je mehr Sie uns unterstützen, desto besser. Falls die Wohnungen rechts und links von Penny leer sind, wie lange wird es dann dauern, bis wir die Anwohner wieder hineinlassen können? Ich würde den Leuten gerne etwas sagen.«

»Ich hätte gerne noch eine Stunde zur Verfügung, selbst wenn die Wohnungen leerstehen. Wir müssen ganz sichergehen.«

»Natürlich.« Decker wandte sich an Marge und Oliver. »Ist das Gebäude geräumt?«

»Komplett«, sagte Marge. »Wir haben sechs Streifenpolizisten im Umkreis der Anlage stehen. Niemand kommt hier rein.«

»Gut.« Decker ging zusammen mit Marge und Oliver hinaus in den Rummel aus Nebel, Kälte und blinkenden Polizeilichtern. Die Menschenmenge vor dem Haus wurde immer größer. Aus leicht gereiztem Gemurmel war offenes Meckern geworden. »Ich rede jetzt mit den Anwohnern. Sie haben das Recht zu erfahren, was ich weiß … ist ja nicht gerade viel.«

»Und Paxton?«, fragte Marge.

»Mit ihm unterhalte ich mich noch … und finde heraus, warum er dachte, Penny hielte sich Frauen.« Decker rollte die Schultern. »Ihr beiden fahrt zurück ins Revier. Kümmert euch um Casey's Massage and Escort, Bruce Havert und Randi mit einem *i*. Ich melde mich, sobald das Gebäude wieder freigegeben ist, dann gehen wir zusammen in die Wohnungen. Das könnte eine Weile dauern.«

»Wir stehen Gewehr bei Fuß.« Oliver grinste. »Verdammt, die Party hat doch gerade erst begonnen.«

16

»Volltreffer!« Decker klatschte Marge ab. »Giftige Insekten *und* Fische – ich lag richtig!«

»Du bist ein Held.« Marge schüttelte ihr Handgelenk, um einen Blick auf ihre Uhr zu werfen. Mitternacht war vorbei. Decker hatte sie und Oliver vor ungefähr zwanzig Minuten in das Apartmentgebäude zurückbeordert. Am frühen Abend war es lediglich kühl gewesen, doch jetzt in der tiefsten Nacht war es nicht nur kalt, sondern auch noch feucht. Nebel verlieh dem gelben Licht der Straßenlaternen einen gruseligen Schimmer, Autos waren feucht beschlagen. Marge zog den Schal um ihren Hals enger. »Was lauerte hinter den Wänden?«

»Im Insektarium – die Wohnung rechts von Pennys – hat Wilner Taranteln, Skorpione und jede Menge Spinnen gefunden, inklusive der Braunen Einsiedlerspinne und der Schwarzen Witwe. Dazu kamen Käfer, zwei Madagaskar-Fauchschaben und drei Ameisenfarmen mit unterschiedlichen Ernteameisen, die laut Wilner sowohl beißen als auch stechen. Keine Bienen. Das ist die gute Nachricht.«

»Höchst bizarr, aber an dieser Stelle auch keine große Überraschung«, sagte Marge.

»Ich muss immer noch daran denken, was Paxton gesagt hat – dass Penny die Wohnung für Frauen nutzte. Habt ihr irgendwas über Bruce Havert und seine Truppe?«

»Nichts Neues, aber wir hatten bisher kaum Gelegenheit nachzuforschen«, sagte Marge.

»Klar. Kümmern wir uns um das naheliegende Problem. Wilner meinte, das Beste wäre, *subito* zu desinfizieren, da wir nicht wissen, ob ein böses Tierchen entkommen ist und sich im Boden oder in den Wänden einnistet.«

»Reizend«, sagte Oliver. »Mich juckt es schon überall.«

»Was will er unternehmen?«, fragte Marge. »Zeltlager für alle?«

»Ja. Vielleicht morgen, vielleicht nächste Woche.«

»Also muss das ganze Gebäude während der Desinfizierung komplett geräumt werden.«

»Mindestens für sechsunddreißig Stunden.«

»Wer sagt es der Meute?«, fragte Marge.

Decker warf einen Blick auf die Gruppe von ungefähr zwanzig Hausbewohnern, die es vorgezogen hatten auszuharren, statt irgendwo Unterschlupf zu suchen. »Das bin dann wohl ich. Wir müssen sicherstellen, dass sich jeder Mieter über die Situation im Klaren ist und alle Tiere und Lebensmittel aus dem Haus geschafft worden sind. Außerdem darf niemand heute Nacht hier schlafen. Paxton bringt mir eine Liste mit den Wohnungen und Telefonnummern. Wir müssen jeden einzeln durchgehen, bis wir alle abhaken können.«

Oliver zückte seinen Notizblock. »Wenn die Insekten in der rechten Wohnung waren, was ist dann in der linken? Die Fische?«

»Insekten und Fische haben sich eine Wohnung geteilt«, sagte Decker. »In der Wohnung links war eine Speisekammer für die Tiere.« Er überprüfte seine Notizen. »Ein Kühlschrank und drei riesige Tiefkühltruhen.«

»Und der Tigerkäfig?«

»Davon hat Wilner nichts gesagt«, meinte Decker, »aber er hat einen flüchtigen Blick in die Kühltruhen geworfen: jede Menge Pakete vom Fleischer und Plastiktüten voller eingefrorener Ratten und Mäuse. Futter für die Schlangen.«

»Ich dachte, Schlangen verschlingen ihre Beute lebendig«, sagte Marge.

»Grundsätzlich stimmt das«, sagte Decker, »aber Wilner hat mir erklärt, dass man die Beute, wenn sie schockgefroren ist – im Wesentlichen also frisch –, auftauen und aufwärmen kann. Dann wedelt man mit der Maus an einer Leine herum, damit es so aussieht, als würde sie leben. Wenn die Schlange hungrig genug ist, nimmt sie die Beute manchmal an. Falls Penny irgendwo lebende Ratten gehalten hat, weiß ich nicht, wo.«

»So genau hatte ich es eigentlich gar nicht gebraucht«, sagte Oliver.

»Da waren auch noch angereichertes Insektenfutter und Obst und Salat im Kühlschrank. Kartonweise gefrorenes Fischfutter … habe ich euch von den Fischen erzählt?«

»Will ich das wirklich hören?«, entgegnete Oliver.

»In einem Aquarium befanden sich Steinfische, Feuerfische, Drachenkopffische, Krötenfische, Kugelfische …«

»Mit Fischen kenne ich mich überhaupt nicht aus.« Marge machte sich schnell ein paar Notizen. »Ich nehme an, die sind alle giftig.«

»Nein, sie verteilen ihr Venenum, also ihr Gift, per Stich oder Biss. Obwohl der Kugelfisch wahrscheinlich auch noch giftig ist.«

»Danke für den Hinweis«, sagte Marge, »aber worin liegt der Unterschied?«

»Laut Wilner wird ein Venenum in die Beute hineingespritzt, wogegen Fachleute eine Pflanze oder ein Tier als giftig bezeichnen, wenn man von der Berührung oder dem Verzehr krank wird. Allerdings weiß ich nicht, was passiert, wenn du das Gift trinkst.«

»Weitere Details sind nicht nötig«, ging Oliver dazwischen.

»Wie fahren wir jetzt fort?«, fragte Marge.

»Sobald alle Käfer und schwimmenden Kreaturen abtransportiert sind, beginnen wir damit, die Leute in ihre Wohnungen zu begleiten, damit sie ihre Sachen fürs Zeltlager einpacken. Nach der Desinfizierung müssen sie so lange wegbleiben, bis das Gebäude wieder freigegeben und gelüftet ist. Sie müssen alle Lebensmittel wegschmeißen, außer vielleicht Konserven. Die Schädlingsbekämpfungsfirma verteilt Handzettel mit weiteren Instruktionen. Das Ganze wird ein logistischer Alptraum.«

»Wer übernimmt die Verantwortung für die Kosten und die Unannehmlichkeiten?«

»Es gibt achtunddreißig Wohnungen«, sagte Decker. »Penny hatte vier Wohnungen angemietet, drei Wohnungen stehen laut Paxton leer. Das bedeutet, dass wir für einunddreißig Mietparteien verantwortlich sind. Hoffentlich haben sie Familie oder Freunde, die sie für ein paar Tage aufnehmen. Wenn nicht, stellt die Stadt allen Betroffenen eine Wohngelegenheit. Wird sicher nichts Besonderes sein, aber jeder bekommt ein Dach über dem Kopf. Wir fangen am besten mit den paar tapferen Seelen an, die da draußen immer noch warten. Seid verständnisvoll und einfühlsam.«

»Kriegen wir die Chance, Pennys Wohnungen anzuschauen, bevor wir uns um die Mieter kümmern?«, fragte Marge.

»Nicht das Insektenhaus«, sagte Decker. »Das Risiko einer Katastrophe ist zu groß, falls etwas entkommt. Wir können erst nach dem Zeltlager rein.«

»Aber die Speisekammer.«

»Margie, willst du unbedingt Säcke voller toter Ratten und

Mäuse untersuchen?«, fragte Oliver. »Das klingt definitiv eklig.«

»Was es garantiert auch ist. Dieser ganze Fall ist der krätzigste, widerlichste, grausigste und abstoßendste, an dem ich je gearbeitet habe. Normalerweise wühle ich nicht mit beiden Händen in Tigerscheiße.«

»Warum dann alles noch schlimmer machen?«, fragte Oliver.

Marge zuckte mit den Achseln. »Ich weiß, dass du nichts von Leichen gesagt hast, Pete. Aber man weiß ja nie, was man so in großen Tiefkühltruhen findet.«

Sie teilten sich die Arbeit auf: Decker blieb draußen und beantwortete Fragen, während Marge und Oliver die Speisekammer-Wohnung unter die Lupe nahmen. Es roch sicher nicht wie in einer Parfümerie, aber der Gestank war weniger grässlich, als sie befürchtet hatten: eine Mischung aus Fleischerei, Tierhandlung und altem, feuchtem Keller. Die Heizung war abgedreht worden, aber drinnen war es nicht so kühl wie draußen, obwohl die Räume die feuchtkalte Luft eines Kellers beibehalten hatten.

Marge streifte sich Handschuhe über. »Willst du einen Blick in Schlaf- und Badezimmer werfen?«

Oliver verzog das Gesicht. »Falls ich gebissen werde, kennst du dich hoffentlich mit Reanimierung aus.«

»Mach keine Witze.« Marge öffnete einen Küchenschrank nach dem anderen. Sie fand Trockenfutter für Fische und Reptilien sowie Dutzende Flaschen mit Tiernahrungs-Ergänzungsmitteln, zusätzlich noch Antibiotika für Tiere, Schmerzmittel und zehn Flaschen mit Betäubungsmitteln. An Tiermedikamente kam man viel leichter heran als an die für Menschen. Der Unterschied war oftmals gering.

Marge nahm ihre Kamera aus der Tasche und begann, alles zu fotografieren. Nach circa zwanzig Minuten rief Oliver aus dem Schlafzimmer nach ihr. »Komm her, das willst du sehen.«

Als sie das Zimmer betrat, war sie überrascht, dass es unmöbliert war. Auf dem Boden lagen ein paar alte Decken und Planen auf einem Haufen, neben mehreren Zeitungsstapeln. Oliver stand im Wandschrank, der leer war.

»Panzerstahl.« Oliver schloss und öffnete die Schranktür. »Hör dir das Geräusch an, wenn ich die Tür zuschlage.« Es klang deutlich metallisch. Er pochte gegen die Wand. »Das hier ist ein einziger riesiger Käfig, in dem der Tiger versteckt wurde, wann immer Penny Besuch hatte.«

»Dieser Schrank stößt an Pennys Schrank?«

»Ganz genau.«

»Also muss es eine Verbindung zwischen den beiden geben.«

»Ich versuche ja, sie zu finden, aber die Beleuchtung ist schlecht. Ich suche nach einer Fuge. Er wird den Tiger ja wohl kaum über den Hausflur von einer Wohnung in die andere gebracht haben.«

Dem stimmte Marge zu. »Anzunehmen.«

»Kann ich mir die Kamera ausleihen? Ich will ein paar Fotos machen.«

»Klar.«

»Hast du was entdeckt?«

»Jede Menge tierärztliche Produkte in den Küchenschränken. Ich wollte mich gerade an die Gefriertruhen machen.«

»Viel Spaß.«

Sie ging zurück in die Küche und öffnete den Kühlschrank. Wie Decker gesagt hatte, war er vollgestopft mit vergammelnden Lebensmitteln. Es roch nicht furchtbar, aber die Ablagen gehörten eindeutig gründlich geputzt. Sie inspizierte die Behälter und Regale, fand aber nichts Verstecktes, also machte sie die Tür wieder zu.

Weiter ging es mit den Tiefkühltruhen.

Wie angekündigt enthielt die erste Kühltruhe lauter widerliches Zeug – Plastiksäcke voller gefrorener Mäuse, Goldfische, Grashüpfer, Heuschrecken, Shrimps, Algen und anderer Dinge, die ungeeignet für den menschlichen Verzehr waren. Sie sah alles durch und ließ, da sie nichts fand, den Deckel mit einem dumpfen Knall zufallen.

Der Inhalt der zweiten Gefriertruhe bestand aus einer Unmenge von Fleischerpaketen. Marge setzte eine Gesichtsmaske auf und begann damit, die weißen Bündel hochzunehmen und das Metzgerpapier abzureißen. Zum Vorschein kamen kiloweise Abfallprodukte aus der Rinder- und Schweineschlachtung. In den schwersten Paketen waren in zwei Hälften zerteilte Beinknochen, aber es gab auch Hufe, noch mit Fell besetzte Ohren, Augäpfel, Schädel und Rippen. Nachdem sie alles durchgegangen war, versuchte sie, die Pakete zurück in die Kühltruhe zu stopfen. Da sie tiefgefroren waren, brauchte sie mehrere Anläufe, bis sie den Deckel wieder richtig auf die Gummidichtung drücken konnte, sodass er schloss.

Oliver kam in die Küche. »Ich glaube, ich habe eine Fuge entdeckt, aber ich kapiere nicht, wie der Öffnungsmechanismus funktioniert. Könntest du mal gucken?«

»Hat es Zeit, bis ich mit den Tiefkühltruhen fertig bin?«

»Klar. Was gefunden?«

»Nur ein verdammtes Gruselkabinett.«

Oliver sah seine Partnerin genau an. Sie fluchte höchst selten. Er setzte eine Gesichtsmaske auf. »Dunn, ich helfe dir.«

»Nee, das willst du nicht wirklich.«

»Komm schon, Baby, wir haben uns geschworen, in guten wie in schlechten Zeiten …«

»Sag hinterher nicht, ich hätte dich nicht gewarnt.« Marge öffnete den Deckel der dritten Kühltruhe. »Ich habe bereits jede Menge unappetitliche Tierteile gefunden – Augäpfel, Ohren, Knochen …«

»Waren auch Eier und Schwänze dabei?«

»Nein, noch nicht.«

»Dann bin ich startklar.« Oliver packte das erste Paket aus. Es enthielt Knochen, an denen noch Fleisch hing. Die beiden nächsten Pakete glichen dem ersten. »Ist doch gar nicht so schlimm.«

»Nein, diese Truhe ist angenehmer als die beiden ersten.« Marge wickelte ein Paket mit Fleischstücken für Gulasch wieder zusammen. Nach ein paar Minuten sagte sie: »Knochen, Knochen, nur Knochen.«

»Meinst du wirklich, es ist notwendig, dass wir alles einzeln durchsehen?«

»Wir sind fast fertig.« Noch ein Paket. »Knochen. Jetzt sind wir beim Geflügel gelandet.«

Oliver zog drei weitere Pakete aus der Truhe, die alle Rindfleischstücke enthielten. »Jemand hätte die mal besser beschriftet. Nicht wegen irgendwelcher Geschmacksvorlieben, sondern nur, damit man weiß, was man gerade füttert.«

Marge nickte. »Hähnchenkeulen sind definitiv angenehmer durchzusehen als Augäpfel, so viel dazu. Wir haben hier ziemlich viele Hähnchenkeulen … Beine, Beine und noch mehr Beine.«

Oliver stimmte einen Song von ZZ Top an. »Mit den Teilen könnte man einen schönen Handel aufziehen.«

»Der Typ war unglaublich reich. Er hätte Renoirs sammeln können. Stattdessen hält er sich einen Tiger und hortet Giftschlangen und -insekten.« Marge dachte darüber nach. »Wahrscheinlich war das der Kick: den Tod austricksen.«

»Wer braucht einen Psychologen, wenn er Marge Dunn hat? Weißt du, was ich sammeln würde, wenn ich massig Geld hätte?«

»Oh ja. Motorräder. Hast du nicht schon ein paar?«

»Eine Harley und zwei Rennmaschinen von Ducati, und ich will noch eine kilometerlange Liste mehr. Und du, Margie? Worin besteht deine geheime Leidenschaft?«

»Ich bin nicht so der Sammlertyp.«

»Ach, hör auf. Jeder hat eine Schwäche für irgendwas. Was ist deine? Schmuck? Schuhe? Liebesromane?«

Sie grinste. »Oliver, du schlauer Hund. Du hast meine geheime Leidenschaft entlarvt. Aber nur die mit den halbnackten langhaarigen Kerlen auf dem Umschlag.«

Oliver lächelte. »Du kannst Will immer noch eine Perücke kaufen, und ich bin überzeugt, wir finden ein Piratenhemd für ihn, oder?« Als er keine Antwort erhielt, blickte er auf. Marge war kalkweiß im Gesicht. »Was ist los?«

Marge räusperte sich und versuchte, ihre Stimme wiederzufinden. Sie gab auf und zeigte ihrem Partner einfach das Paket.

»Oh Gott!« Er wandte den Blick ab. *»Was zum Teufel …?«* Oliver atmete nur noch flach. »Wie viele sind das?«

»Keine Ahnung, Scott! Sie sind alle zusammengefroren!«

»Leg das weg, Margie. Wir müssen beide frische Luft schnappen. Lass uns rausgehen, okay?«

Sie legte das Paket zur Seite, und die beiden gingen auf den Hausflur hinaus. Marge biss sich auf die Lippe und verzog das Gesicht. »Sag du Decker Bescheid, und ich rufe in der Rechtsmedizin an.« Pause. »Das hier ist nicht länger unser Problem.«

Oliver räusperte sich. »Na ja, irgendwie schon.«

»Nicht unmittelbar.« Marge atmete tief durch. »Wir brauchen ganz schnell die Spurensicherung. Wird Zeit, dass sich mal jemand anderes so richtig ekelt.«

17

Ein Paket mit tiefgefrorenen Fingern: vermutlich von Frauen, der Größe nach zu urteilen. Doch Decker war sich über gar nichts mehr sicher. Mit diesem Fund hatte der Fall einen Schritt von widerlich in Richtung entsetzlich gemacht. Jetzt musste die Spurensicherung jedes einzelne Paket auseinanderpflücken, denn wer wusste schon, was dem Gulasch alles beigemischt worden war?

Deckers Hauptsorge galt der Unversehrtheit des Beweismaterials. Wenn Protein auftaute, sickerte Wasser durch, die Haut löste sich ab und wurde durchnässt. Folglich wurden Fingerabdrücke verfälscht. Es war unerlässlich, dass die Windungen so korrekt wie möglich erhalten blieben. Waren die Fingerabdrücke abgenommen, gab es immer noch keine Garantie, dass sie im automatisierten Fingerabdruck-Identifizierungssystem AFIS hochgeladen waren. Hatten sie allerdings mal zu Prostituierten gehört, standen die Chancen gut, dass sie vorlagen.

Es war ein Uhr nachts. Die Gruppe der Schaulustigen war geschrumpft, und die meisten Leute auf der Straße gehörten entweder zum LAPD oder zur Gerichtsmedizin. Lichter blinkten, wirbelten in Rot- und Blautönen durch die Luft und warfen unheimliche Schatten auf alles, was ihnen in die Schusslinie kam.

Marge trat an Decker heran. »Geh nach Hause, Rabbi. Wir halten dich auf dem Laufenden.«

»Wann triffst du dich mit Paxton?«, fragte Oliver.

»Morgen ...« Decker blinzelte ein paarmal. »Genauer gesagt heute ... um acht. Ich habe Donaldson für alle Fälle zu seiner Überwachung abgestellt, also wird er nirgendwo hingehen.«

»Dann geh du nach Hause, Pete. Dir bleiben noch sechs Stunden Schlaf. Wir kümmern uns um alles, was hier aufpoppen könnte.«

»Mir geht's gut.« Er wandte sich an Marge. »Und dir?«

»Hängt davon ab, wie man gut definiert.« Sie rieb sich die Arme. »Hat die Spurensicherung schon eine Anzahl?«

»Nein. Wie viele Finger waren es deiner Meinung nach?«

»Geschätzt ... vielleicht zwei Dutzend.«

»Und du?« Er sah Oliver an.

»Würde ich auch sagen.«

»Ich will ja nicht makaber sein, aber auf den ersten Blick« – *einem sehr kurzen Blick* – »schienen es lauter verschiedene Finger zu sein. Ich habe ein paar kleine Finger, ein paar Mittelfinger und ein paar Zeigefinger gesehen.«

»Ist mir auch aufgefallen«, sagte Marge.

Decker atmete tief ein und aus. »Ich hoffe, wir haben es mit nur wenigen Menschen zu tun, denen man alle Finger abgeschnitten hat, statt mit vierundzwanzig verschiedenen Personen mit jeweils einem fehlenden Finger.«

»Also ... was halten wir von der ganzen Sache? Dass Penny ein Serienmörder war, der seinen Tiger mit Körperteilen fütterte?«

»Ich weiß es nicht, und mir ist auch nicht nach spekulieren zumute«, sagte Decker. »Habt ihr die Liste der Hausbewohner?«

Marge klopfte auf ihre Tasche. »Wir kümmern uns bei Tageslicht um sie.«

»Du solltest nach Hause gehen, Margie. Du musst schlafen.«

»Ich muss vor allem diesen Moment vergessen, in dem ich das Paket aufgemacht habe.« Marge schluckte. »Tote lassen mich auch sonst nicht kalt, natürlich nicht. Aber menschliche Überreste sind besonders furchtbar, wenn man eigentlich nach Hühnchen sucht. Es ist einfach … unmenschlich.«

Sie zitterte.

»Wir müssen die Nachbarn noch einmal befragen«, sagte Decker. »Am besten gehen wir alle nach Hause und treffen uns morgen wieder.«

»Dagegen ist nichts einzuwenden«, stimmte Oliver zu. »Ich habe den Leuten von der Gerichtsmedizin gesagt, sie sollen mich anrufen, falls noch mehr Körperteile gefunden werden. Ich wohne am nächsten von hier.«

»Wenn du reingehst, gehe ich auch rein. Ruf mich an.«

»Alles klar«, sagte Oliver.

»Dann machen wir jetzt Schluss.« Decker verabschiedete sich mit einem Knoten im Magen, während seine Vorstellungskraft grässliche Bilder ausspuckte. Es sollte eine Weile dauern, bis er sich wieder eine Portion Fleisch genehmigte.

Rina hatte es sich mit einer Decke auf dem Sofa gemütlich gemacht und las ein Buch. Gabe war im Schlafanzug und lümmelte mit den Beinen über einer Armlehne in einem Sessel. Beide blickten auf, als Decker zur Tür hereinkam. »Ich kann nicht glauben, dass ihr noch wach seid.«

»In Erwartung meines Haustigers.« Rina legte das Buch zur Seite und stand auf. »Hunger?«

»Ich nehme einen Joghurt. Bleib sitzen, ich hole ihn mir selbst.«

Er verschwand in der Küche. »Geht's ihm gut?«, fragte Gabe.

»Wahrscheinlich nicht.« Rina seufzte. »Milchprodukte isst

er nur, wenn sein Magen verrückt spielt. Er muss eine Leiche gefunden haben. Bin gleich wieder da.«

»Ist ja schon nach eins. Ich glaub, ich geh ins Bett.« Gabe stand auf und reckte sich. »Damit ihr ein bisschen eure Ruhe habt. Viel Glück und gute Nacht.« Gabe verschwand in sein provisorisches Zimmer und schloss die Tür leise hinter sich.

Als Decker zurückkam, sagte Rina. »Gabe ist schlafen gegangen. Was war los?«

Er schüttelte den Kopf. »Ich will nicht darüber reden. Aber ich wäre glücklich, mit *dir* zu reden. Wie war dein Abend?«

»Deine Enkel haben nach dir gefragt. ›Wo ist Opa?‹«

Decker lächelte. »Wie geht es ihnen?«

»Sie sind groß geworden! Sie sprengen nicht nur die Tabelle der Zweijährigen, sondern sind schon größer als die Dreijährigen. Cindy hat angefangen, sie ans Töpfchen zu gewöhnen, nicht weil es ihr besonders am Herzen liegt, aber sie wachsen langsam aus allen Windeln heraus. Wenn sie nicht damit angefangen hätte, müsste sie bald auf Erwachsenenwindeln umsteigen. Übrigens lieben die beiden mein Essen.«

»Wer tut das nicht?«

»Wohl wahr. Setz dich. Ich koche uns einen Tee.«

»Zuerst gehe ich kurz unter die Dusche.«

»Gut, dann bringe ich den Tee ins Schlafzimmer. Möchtest du noch einen Joghurt?«

»Gerne.«

Wie schon so oft in den vergangenen Jahren bestückte Rina ein Tablett für ihn. Normalerweise machte sie Toast, da aber Schabbes war, nahm sie zwei Scheiben ihres selbstgemachten Challa-Brotes und bestrich sie dick mit Butter. Dann füllte sie den Joghurt in eine Schüssel und tat frische Früchte dazu. Das Wasser für den Kräutertee stammte aus einem vorgeheizten Samowar. Sie kam mit dem Essen gerade ins Schlafzimmer, als er unter die Decke schlüpfte. Es war dunkel, der einzige Lichtschimmer fiel aus der offenen Badezimmertür in den Raum.

»Bitte sehr«, sagte Rina.

»Danke. Das ist genau das Richtige.« Er aß schweigend eine Scheibe Brot. »Ich muss morgen früh um acht wieder dort sein. Für eine dringende Befragung.«

Rina sah auf die Uhr. »Dann solltest du jetzt schlafen.«

»Wenn ich kann.«

»Ich singe dir ein Schlaflied.« Sie tätschelte sein Knie. »Oder ich quatsche dich mit meinem langweiligen Gerede in den Schlaf.«

»Du langweilst mich nie.« Decker tauchte seinen Löffel in den Joghurt. »Meine Enkel werden also mächtige Footballspieler.«

»Eher Basketballspieler. Akiva ist eigentlich größer, hat aber mehr auf den Rippen. Aaron ist einfach nur groß.«

»Wie geht es Cindy?«

»Sie arbeitet wieder und liebt es, mittendrin dabei zu sein.«

Decker nickte. »Ich erinnere mich, auch mal so gewesen zu sein.«

»Mach dich nicht schlechter, als du bist. Du bist immer noch ein Adrenalin-Junkie.«

»Nicht mehr.« Er biss von der zweiten Scheibe ab. »Ich meine es ernst. Ich denke die ganze Zeit darüber nach, das LAPD zu verlassen.«

»Keine gute Idee.«

»Vielleicht aus deiner Sicht, nicht aus meiner.«

»Peter, du kannst dich nicht vierundzwanzig Stunden lang an sieben Tagen die Woche mit deinem Porsche amüsieren.«

»Ich rede ja nicht davon, in Rente zu gehen, ich denke nur darüber nach, den Dienst zu quittieren. Ich habe genug von den *Abscheulichkeiten.* Und heute war es besonders abscheulich.«

Sie legte eine Hand auf seinen Arm. »Wenn du nicht über Rente nachdenkst, aber sehr wohl darüber, den Dienst zu quittieren, geht dir da etwas Bestimmtes durch den Kopf?«

»Dieses und jenes.« Er aß die Scheibe auf und schob das Tablett zur Seite. »Wahrscheinlich sollte ich mich damit gar nicht beschäftigen, wenn ich so erschöpft bin.«

»Deine Gefühle sind echt, auch wenn du sehr erschöpft bist. Aber jetzt schlaf endlich.«

»Ich liebe dich. Danke für das Abendessen.« Pause. »Was bekam die Meute zu essen?«

»Hühnchen und Corned Beef.«

»Gibt's Reste?«

»Na klar. Möchtest du etwas probieren?«

»Vielleicht morgen.« Er atmete tief ein und langsam wieder aus. »Heute bestimmt nicht mehr.«

»Wollen wir Schluss machen?« Ohne eine Antwort abzuwarten, stand sie auf, nahm das Tablett vom Bett und schloss die Badezimmertür. Sie beugte sich zu ihm und küsste ihn.

Er erwiderte ihren Kuss. Und sie seinen, und dann führte eins zum anderen, und eine Nacht voller Abscheulichkeiten wurde zu einer Nacht voller Schönheit.

Peter war ihr bester Freund. Besser als ein bester Freund: der einzig wahre Freund in allen Lebenslagen.

Paxton hatte eindeutig ein Ding mit grünen Pullovern am Laufen. Dieser hier war jägergrün, zu Jeans und Turnschuhen. Er trug eine Brille, aber seine roten Augen stachen durch die Gläser heraus. Sein Kopf war oben kahl, umgeben von einem braun-grauen Haarkranz.

Decker brachte ihn in eins der Befragungszimmer und drängte ihn mit seinem eigenen Stuhl in Richtung Wand. »Kaffee? Wasser?«

Paxton überlegte, schüttelte dann aber den Kopf.

Decker hatte bereits zwei Tassen koffeinhaltige Brühe hinuntergekippt. Es war acht Uhr morgens, und er brauchte alle Unterstützung, die er kriegen konnte. Er legte einen Notizblock bereit. Obwohl die Befragungen mittlerweile aufgezeichnet wurden, benötigte er eigene Erinnerungshilfen, die ihm sagten, was er für wichtig erachtet hatte. »Danke, dass Sie gekommen sind.«

»Hatte ich eine Wahl?«, fragte der Hausverwalter.

»Niemand zwingt Sie hierzubleiben, Mr Paxton.«

»Wenn ich nicht mit Ihnen rede, wirft das ein schlechtes Licht auf mich.« Als Decker nichts dazu sagte, fuhr der Hausverwalter fort: »Egal, was ich mache, es ist verkehrt.«

»Wie wär's, wenn ich Ihnen erst mal nur ein paar Fragen stelle, und dann sehen wir weiter?«

»Ich möchte klarstellen, dass ich nichts davon wusste, was Mr Penny alles gemacht hat – nicht das mit dem Tiger und ganz sicher nicht das mit dem … was Sie gefunden haben.«

»Haben Sie jemals eine seiner Wohnungen betreten?«

»Nur die Wohnung von Mr Penny. Einen Tiger habe ich nie gesehen.«

»Gut. Wie oft waren Sie in der Wohnung?«

»Vielleicht dreimal. Kein Tiger.«

»Was ist mit den anderen Wohnungen? Fangen wir mit der Schlangen-Wohnung an. Jemals drin gewesen?«

»Nein.«

»Die Insekten und die Fische?«

»Nein.«

»Kein einziges Mal?«

»Niemals. Warum sollte ich? Es hat sich nie jemand beschwert. Die Miete wurde immer pünktlich bezahlt. Ich hatte keinen Grund, seine Privatsphäre zu stören.«

»Aber Sie wussten, dass Penny die anderen Wohnungen gemietet hatte.«

»Also gut.« Paxton fummelte an seiner Brille herum. »Ich werde Ihnen sagen, was ich wusste, und Sie können mit diesen Informationen machen, was Sie wollen.« Pause. »Penny bot mir einen Zuschlag auf die Miete an, wenn ich mich um meine eigenen Sachen kümmern würde … was ich sowieso tue. Ich fragte ihn, warum er das Gefühl hätte, mir einen Aufpreis zahlen zu müssen. Er meinte, dass niemand – auch ich nicht – Schlüssel zu den Wohnungen haben dürfe. Ich lehnte ab und sagte ihm, dass ich im Notfall jede Wohnung im Gebäude betreten können müsse. Er lenkte ein und gab mir einen Schlüssel, alle Schlüssel. Und ich versicherte mich, dass sie passten. Sie haben ja selbst festgestellt, dass sie passen.«

»Ja, das stimmt.« Decker wartete ab.

Paxton atmete hörbar aus. »Ich habe den Zuschlag abgelehnt. Ich bin also nicht der schmierige Typ, für den Sie mich halten.«

»Sie sind hergekommen, Sie beantworten meine Fragen, Sie sind ehrlich … ich erkenne daran nichts Schmieriges.«

Paxton wand sich auf seinem Stuhl, offensichtlich fühlte er sich bei jeder Art von Lob unwohl. »Nachdem Penny die zusätzlichen Apartments angemietet hatte, habe ich ihn eine Weile nicht mehr gesehen. Dann gab er mir so um Weihnachten herum Bargeld – ungefähr vor sieben Jahren. Als ich ihn fragte, wofür das sei, sagte er, er wolle mich für die gute Zusammenarbeit belohnen. Ich sagte ihm, das sei nicht nötig. Er bestand darauf. Ich hätte ihm das Geld besser zurückgegeben, aber es war ja Weihnachten, und warum sollte ich kein Geschenk annehmen, wenn man mir unbedingt eins machen wollte? Mindestens die Hälfte aller Hausbewohner gibt mir an Weihnachten einen Bonus.«

»Gut. Wie groß war der Bonus von Mr Penny?«

»Ich glaube nicht, dass Sie das etwas angeht.« Schweigen. Paxton hob genervt die Hände. »Groß.«

Decker wartete einfach weiter ab.

Paxton hüstelte ein paarmal. »Zwei Riesen… in bar. Er kann mit seinem Geld machen, was er will. Und ich habe mich an alle Vorschriften gehalten. Keinen einzigen Cent der Eigentümer veruntreut. Wenn Penny mir für meine Dienste Trinkgeld gibt, ist das seine Sache.« Er hüstelte wieder.

»Möchten Sie ein Glas Wasser?«

»Ja.«

Decker goss ihm aus einem Krug ein Glas ein, und Paxton trank es gierig aus. »Warum betraten Sie bei den drei Gelegenheiten Pennys Wohnung?«

»Jetzt, wo ich darüber nachdenke, waren es wohl eher fünf Besuche.«

»Erzählen Sie mir davon.«

»Ein paarmal war ich da, um den Weihnachtsbonus abzuholen.« Er ergriff wieder das Wasserglas, das leer war. Decker schenkte nach. »Einmal hat er mich zu sich bestellt, um über die Anmietung der beiden Wohnungen neben ihm zu reden. Einmal, um Verträge zu unterschreiben. Ein anderes Mal gab es eine Lärmbeschwerde.« Er reckte einen Zeigefinger in die Luft. »Ein einziges Mal!«

»Masey Roberts sagte, sie hätte Sie nach dem Hören der Geräusche ungefähr sechs Mal angerufen, und Sie hätten ihr gesagt, sie bilde sich das alles nur ein.«

Der Gnom kaute auf seiner Lippe herum. »Daran erinnere ich mich nicht.«

»Sie erinnern sich nicht.«

»Nein, ich erinnere mich nicht.«

Decker blieb cool. »Woran erinnern Sie sich denn?«

»Ein Nachbar hat sich wegen Geräuschen beschwert.« Der Hausverwalter lief rot an. »Lautes Grunzen und Jaulen. Logischerweise dachte ich: Sex.«

»Er ist neunundachtzig.«

»Haben Sie noch nie von Viagra gehört?«

»Was haben Sie in der Sache unternommen?«

»Ich habe Penny einen Zettel in den Briefkasten gesteckt. Von meinen Überlegungen, worum es sich handelt, habe ich ihm nichts gesagt. Nur dass es laut genug war, dass es jemand mitbekommen hat, er solle also bitte leiser sein.«

»Hat er Ihnen gegenüber darauf reagiert?«

»Nein … aber es gab keine weiteren Beschwerden.«

»Welcher Nachbar hat sich beschwert?«

»Der neben der Wohnung unter der von Penny.«

»Neben der Wohnung, die jetzt leersteht?«

»Ja.«

»Wann ist Penny dort ausgezogen?«

»Das sagte ich Ihnen bereits. Ungefähr vor vier Wochen.«

»Und er hat aufgeräumt, bevor er die Schlüssel zurückgab?«

»Alles war tipptopp sauber. Ich hätte mir fast nicht mehr die Mühe gemacht zu putzen. Aus hygienischen Gründen habe ich's dann doch getan.«

»Macht es Ihnen etwas aus, wenn ein Profi einen Blick in die Wohnung wirft?«

»Ein Profi?«

»Jemand von der Spurensicherung.«

»Jemand wie in der Serie CSI?«

»Ja.«

»Sie glauben, da ist was Schlimmes drin passiert?«

»Ich weiß es nicht. Deshalb würde ich gerne nachsehen. Habe ich Ihre Genehmigung, ein paar Tests, die wir möglicherweise für nötig halten, dort durchzuführen?«

»Das klingt übel.«

»Man wird kaum etwas davon sehen.«

»Ja, ja, machen Sie.«

»Sie dachten, Mr Penny hätte Sex in der Wohnung gehabt. Gibt es außer den Geräuschen noch andere Gründe für Ihre Vermutung?«

»Ein paarmal … na ja, mehr als ein paarmal in zwanzig Jahren, habe ich Frauen mit Massagetischen in seiner Wohnung ein- und ausgehen sehen – in seiner und der unteren, die er gemietet hatte.«

»Sahen die Frauen wie Callgirls aus?«

»Keine Ahnung!« Paxton versuchte, beleidigt zu wirken, aber dann überlegte er es sich anders. »Vielleicht.«

»Wie sahen sie denn aus?«

»Es ist schon eine Weile her – vier oder fünf Monate. Da habe ich eine Frau aus seiner Wohnung kommen sehen. Sie hatte einen Massagetisch dabei. Zumindest schien es einer zu sein.«

»Wie sah die Frau aus?«

»Ich kann mich an nichts Bestimmtes erinnern.«

»Und an das Übliche?«

»Schlank, jung, blonde Haare … große Brüste.«

»Können Sie eine der anderen Frauen beschreiben, die Mr Penny in seiner Wohnung besucht haben?«

»Die sahen alle gleich aus.«

»Schlank, jung und blond?«

»Blond und brünett.«

»Mit Massagetischen?«

»Ich weiß nicht mehr, ob *alle* einen Massagetisch dabeihatten.«

»Sind diese schlanken, jungen, großbusigen Frauen auch in anderen Wohnungen ein- und ausgegangen?«

»Lieutenant, das ist ein Apartmenthaus. Da gehen andauernd Leute rein und wieder raus. An Mr Penny erinnere ich mich nur deshalb, weil er so alt war.«

»Was hatten sie an?«

»Enge T-Shirts, enge Hosen und hohe Absätze. Man musste kein Sherlock sein, um eins und eins zusammenzuzählen.«

Decker holte einen Fotobogen mit sechs Gesichtern hervor, unter ihnen auch die der beiden Frauen auf den Videos. Es war dieselbe Aufstellung, die Masey Roberts gezeigt worden war. Sie hatte keins der Gesichter den Frauen zuordnen können.

Decker reichte Paxton den Fotobogen. »Kommt Ihnen eine der Ladys bekannt vor?«

»Vielleicht die blonde.«

»Vielleicht?«

Der Zwerg zuckte mit den Achseln. »Beschwören könnte ich es nicht.«

Decker legte die Fotos zur Seite. »Hatte eine der Frauen, die Sie gesehen haben, ein Logo auf dem T-Shirt?«

»Ein Logo?« Er hüstelte und trank noch ein Glas Wasser. »Keine Ahnung.«

»Haben Sie zufällig die Autos gesehen, die die Frauen fuhren?«

»Nee, davon weiß ich nichts.«

»Sie erinnern sich nicht daran, das gleiche Auto in der gleichen Farbe gesehen zu haben?«

»Wenn Sie irgendwelche Infos haben, klären Sie mich auf.«

»Na gut. Es gibt da eine seit kurzem nicht mehr bestehende Firma namens Casey's Massage and Escort. Ich glaube, sie benutzten immer taubenblaue Prius.«

Paxton dachte einen Moment lang nach. »Da klingelt bei mir nichts.« Er sah auf die Uhr. »Wie lange noch?«

»Möchten Sie eine Pause machen?«

»Nein, ich wüsste nur gerne, wie lange es noch dauert. Wir sitzen hier mittlerweile seit einer kleinen Ewigkeit. Ich kenne dieses Spiel. Die Polizisten löchern den Kerl so lange, bis er ein Geständnis ablegt.«

»Was würden denn Sie gestehen?«

»Nichts.«

»Warum glauben Sie dann, ich sei hinter einem Geständnis her?«

»Weil Sie mich löchern. Kann ich nach Hause?«

»Ich brauche von Ihnen den Namen der Person, die sich über den Lärm in Pennys Wohnung beschwert hat. Ich muss sie oder ihn befragen.«

»Die Shoops – Ian und Delia. Sie wohnen noch da … neben Pennys ehemaliger Wohnung. Sie haben sich nur einmal beschwert, aber ich weiß, dass Delia glücklich war, als ich ihr erzählt habe, dass die Wohnung geräumt ist. Meinem Gefühl nach hörten sie die Geräusche nicht nur einmal.«

»Ich brauche eine Festnetz- oder Handynummer.«

»Alle mir bekannten Nummern stehen auf der Liste, die ich Ihnen gegeben habe.«

»Ich muss den Besitzern mitteilen, was wir entdeckt haben. Das ist Ihnen doch klar.«

Paxton scharrte mit den Füßen. »Das habe ich bereits erledigt.«

»Gut gemacht.«

»Aber ich sehe keinen Grund, warum sie von den Weihnachtsgeschenken erfahren sollten.« Als Decker stumm blieb, hakte er nach: »Ist das ein Ja oder ein Nein?«

Decker zuckte mit den Achseln. »Im Augenblick wüsste ich nicht, warum das wichtig sein sollte. Aber ich kann nicht dafür garantieren, dass es irgendwann nicht doch zur Sprache kommt. Mr Paxton, was glauben Sie persönlich, was in diesen Wohnungen passiert ist?«

»Ich persönlich?«

»Sie waren näher dran an den Geschehnissen als ich.«

»Ich weiß nicht, ob ich mich geehrt fühlen soll, oder ob das ein Trick ist.«

»Diese Frage stelle ich jedes Mal. Manchmal ergibt es sich, dass es Leute wie Sie sind, die den Fall lösen.« Niemand sagte etwas, aber Decker konnte verfolgen, wie sich Paxtons Schultern entspannten.

»Wirklich, keine Ahnung.« Er schluckte hart. »Nach allem, was ich herausgefunden habe, war der Typ ein Spinner mit einem Todeswunsch. Mal ehrlich, ein Tiger im Haus, und dann noch die ganzen giftigen Schlangen.«

Giftschlangen, korrigierte Decker ihn in Gedanken. »Einem Todeswunsch für sich selbst – oder für andere?«

»Ich kann es kaum glauben … der Typ war *uralt*!« Paxton ließ Luft ab. »Wenn man ihn so sah, hätte man gedacht, der kann keiner Fliege was zuleide tun.«

»Konnte er ja vielleicht auch nicht«, sagte Decker. »Vielleicht verließ er sich auf andere Dinge als Schutzmaßnahme – zum Beispiel den Tiger.«

»Eine Waffe wäre da praktischer gewesen – schneller, handlicher und tödlicher.«

»Das stimmt«, gab Decker zu, »aber wie Sie schon sagten, Penny war ein alter Mann. Eine Waffe muss man laden, heben, damit zielen und abdrücken. Dann ist da noch der Rückschlag. Und die Ungewissheit. Bei einem Tiger dagegen lehnt man sich einfach nur zurück und lässt dem Tier freien Lauf.«

18

Als Decker die tiefen Ringe um Marges Augen sah, fragte er: »Geht es dir gut?«

»Einfach nicht genug Schlaf. Ich denke zu viel nach. Oder vielleicht ist es auch der Samstagmorgen-Blues.«

»Ich dachte, es heißt der Montagmorgen-Blues.«

»Ich war schon immer für einen Frühstart gut.« Sie trug ihre gemütlichsten Klamotten – eine schwarze Hose und einen weichen pinkfarbenen Baumwollpulli. Heute musste sie gepampert werden. »Was hast du aus Paxton herausbekommen?«

Decker fasste die Neuigkeiten zusammen, dann überreichte er ihr eine To-do-Liste.

- *Den Bericht der Gerichtsmedizin zu den Fleischpaketen besorgen.*
- *Informationen über Casey's Massage and Escort sammeln: Kreditkartenbelege, Bruce Havert, Randi mit einem* i. *Falls ihr gegen die Wand rennt, sucht nach den taubenblauen Prius. Wahrscheinlich geleast.*
- *Die Shoops befragen.*
- *Noch mal die Nachbarn befragen, ob ihnen an den Wohnungen etwas aufgefallen ist.*
- *Informationen über Händler von exotischen Haustieren herausfinden.*

- *Die Wohnung unter der von Penny nach möglichen Beweisen absuchen.*
- *Mit einem Psychiater reden.*

»Geht es bei dem letzten Punkt auf der Liste um ein Profil von Penny oder um dich persönlich?«

»Das habe ich noch nicht entschieden.« Decker lächelte. »Ich bin neugierig, wie so ein Mensch wie Penny tickt. Falls ihr bei den Befragungen Unterstützung braucht, ruft die Reservisten an.«

»Ich ziehe Wanda und Drew dafür ab. Sie können gut mit Menschen umgehen. Lee Wang sitzt bereits an der Computerrecherche nach Bruce Havert und Randi und Casey's. Oliver und ich kümmern uns um den Autohändler wegen der Prius. Die sollten mittlerweile geöffnet haben. Außer du willst, dass wir mit den Shoops anfangen.«

»Ich habe bereits einen Termin mit ihnen vereinbart. Sie können nicht vor vier Uhr nachmittags.«

»Wenn das so ist, warum gehst du nicht nach Hause und versuchst, den Rest von deinem Schabbes zu retten?«

»Ich will erst noch in der Crypt Halt machen.«

»Wenn du willst, komme ich mit«, bot Marge an.

»Nett von dir, aber zwei sind dafür nicht nötig. Warum sollten wir um elf Uhr morgens beide den Geruch des Todes einatmen?«

Durch seine zahlreichen Besuche in der Pathologie während der vielen Jahre hatte Decker sich an die Toten gewöhnt. In den Räumen, in denen die Autopsien durchgeführt wurden, lagen die Leichname auf Edelstahltischen hinter Fenstern. Andere Körper waren im Kühlhaus in Plastik verpackt und auf Regalen gestapelt wie Teppiche. Oftmals warteten noch

Tote mit einem Zettel am Zeh im Flur darauf, bearbeitet zu werden. Nicht nur Menschen befanden sich hier, sondern auch menschliche Überreste, die in Gläsern herumschwammen oder in Scheibchen oder Würfeln auf Glasträgern gleich unter dem Mikroskop begutachtet werden würden. Das Einzige jedoch, woran er sich nie gewöhnen würde, egal wie oft er in die Crypt kam, war der Geruch: diese unverkennbare kotige Mischung aus Verwesung, Fäulnis und Ekel erregendem süßlichem Formaldehyd. Jedes Mal bewirkte der Gestank erneut, dass etwas Unangenehmes in seiner Kehle hochstieg.

Bis zu Deckers Ankunft sollten die gefrorenen Finger aufgetaut und bereit für die Abnahme der Abdrücke sein. Die Fingernägel mussten zur Beweissicherung geschnitten und auf fremde DNA untersucht werden. Decker akklimatisierte sich an das Leben im Untergrund der Pathologen, deren Pflichten heutzutage eher in das Innere eines Labors führten als in die Autopsiesäle. Die geschlossenen Türen schwächten den Gestank nur ein kleines bisschen ab. Der Untersuchungsraum war schmal und eng. Wenn Decker seine Arme ausstreckte, erfassten sie die gesamte Breite, und es blieb kaum genug Platz, um sich zwischen den Arbeitsflächen aus Edelstahl, die übersät waren mit Gerätschaften und Probengläsern, bewegen zu können.

Die Pathologin hieß Elsie Spar und war nach einhelliger Meinung aller um die hundert Jahre alt. Sie hatte einen Buckel, ihr Haar war dünn und weiß, und wenn sie sprach, klapperte ihr Gebiss. Decker hatte schon früher mit ihr zu tun gehabt. Ihr Körper war vielleicht altersgebeugt und gekrümmt, aber ihr Gehirn beherbergte einen klaren, scharfen Verstand mit einer ausgeprägten Intelligenz und einem fotografischen Gedächtnis. Sie saß auf einem Hocker; Decker blieb stehen.

Elsie hielt sich nicht lange mit Nettigkeiten auf. »Sie sind ja vollkommen grau geworden.«

»Nicht *vollkommen* grau. Wenn Sie die Augen zusammenkneifen, werden Sie die orangefarbenen Strähnen noch erkennen.«

Elsie rückte ihre Brille mit flaschenbodendicken Gläsern zurecht. Ihre schmale Gestalt wurde von dem weißen Laborkittel verschluckt. »Keine Chance. Ich sehe nur Grau. Der Schnurrbart ist noch rot. Färben Sie ihn?«

»Nein.«

»Gut zu hören. Immer mehr Männer färben sich die Haare – lauter kleine Weicheier, die Angst vor dem Alter haben. Ein Mann sollte wie ein Mann aussehen, nicht wie ein geschlechtsneutralisiertes Männeken. Ich schätze, Sie wollen sich über die Finger unterhalten.«

»Stimmt. Darf ich mich setzen?«

»Natürlich. Möchten Sie etwas zu trinken?« Ohne die Antwort abzuwarten, goss sie Wasser in einen gläsernen Messbecher und nahm einen Schluck. »Sie müssen nicht so aussehen, als würde Ihnen gleich schlecht. Das ist Evian oder Fiji – irgendwas Überteuertes. Hätte jemand in meiner Kindheit vorhergesagt, dass die Menschen einmal für Wasser bezahlen müssen, hätte ich ihn für total bescheuert gehalten. Brauchen Sie ein Glas?«

»Danke, nein.«

»Wie Sie wollen. Egal, reden wir über die Finger. Ich habe über ein Dutzend für Fingerabdrücke weitergegeben. Danach nehmen wir ein paar Gewebeproben für die Träger und DNA-Tests. Aber selbst ohne Mikroskop werde ich Ihnen verklickern, was ich denke, falls es Sie interessiert.«

»Deshalb sitze ich hier.«

»Ich halte die meisten der Finger für älter. Ein paar könnten jüngeren Datums sein. Einige sehen nach einer *Post-mortem*-Amputation aus.«

»Okay.« Decker war etwas verwirrt. »Wenn Sie *post mortem* sagen, meinen Sie damit Leichen auf dem Friedhof oder Leute, die getötet wurden und denen man danach die Finger abgenommen hatte?«

»Kann ich nicht sagen.«

»Warum halten Sie die Finger für alt?«

»Gefrierbrand.« Elsie nippte an ihrem Wasserbecher. »Sobald ich mit der mikroskopischen Untersuchung begonnen habe, werde ich klarer sehen.«

»Warum neigen Sie dann zu der *Post-mortem*-Variante?«

»Wir haben die Finger sehr langsam aufgetaut. Sie wissen, was passiert, wenn Dinge auftauen: Man bekommt eine Mischung aus Blut und Wasser und Zellen und Sonstigem. Ich hätte mehr Blut in dem Tauwasser vermutet, wenn die Finger sofort vom Körper abgetrennt und danach schockgefroren worden wären.«

»Verstehe. Haben Sie irgendwelche Spuren einer Einbalsamierungslösung entdeckt?«

»Nicht im Tauwasser. Wenn ich die Gewebeproben analysiert habe, weiß ich hoffentlich, ob die Zellen fixiert worden sind. Konnte allerdings kein Formaldehyd riechen, was die Bestatter früher verwendet hätten. Heutzutage gibt es modernere und bessere Möglichkeiten. Bis zur mikroskopischen Untersuchung kann ich Ihnen nicht mehr sagen.«

»Gut.« Sein Gehirn ackerte sich durch alle Möglichkeiten. »Ich vermute mal, man beschäftigt sich lieber mit Fingern, die von Leichen stammen, als mit Fingern, die lebenden Menschen abgenommen wurden. Vielleicht sollte ich bei Bestattungsinstituten nach fehlenden Leichen fragen.«

»Wie Sie meinen. Das ist Ihr Gebiet.«

»Warum hebt jemand ein Paket mit Fingern von Toten auf?«

»Keine Ahnung, Lieutenant. Ich arbeite nicht mit Lebenden. Ein aktiver Verstand ist mir viel zu kompliziert.«

»Ich rede mehr oder weniger mit mir selbst.«

»Das tue ich die ganze Zeit. So komme ich immer in den Genuss eines geistreichen Gesprächs.«

Deckers Verstand lief auf Hochtouren. »Hatten Sie schon Gelegenheit, einen Blick in die Fleischpakete zu werfen?«

»Die, die ich unter dem Mikroskop untersucht habe, enthielten nur Rindfleisch oder Schwein. Wenn man menschliches Fleisch mit Rindfleisch mischt, sieht das nicht identisch aus. Und es wäre nicht so sauber geschnitten, außer es handelt sich bei dem Kerl um einen Profi. Aber …« Sie hob einen Finger. »Aber ich habe noch nicht alles untersucht. Ich werde eine Weile brauchen, um alle Pakete zu überprüfen.«

»Verstanden. Gibt es noch etwas, das Sie mir mitteilen wollen?«

»Momentan nicht.«

»Wann sind die Fingerabdrücke da?«

»Innerhalb der nächsten Stunde. Bleiben Sie in der Nähe.«

»Ja, das mache ich. Meinen Sie, jemand hat einen freien Computer für mich?«

»Wollen Sie hier oder oben arbeiten?«

»Ich bleibe hier, wenn ich muss, aber oben wäre mir lieber.«

Elsie zeigte lächelnd ihr künstliches Gebiss. »Riecht ein bisschen streng, wenn man nicht daran gewöhnt ist.«

»Wie haben Sie sich daran gewöhnt?«

»Für mich ist das einfach ein Teil meiner Arbeit – weder gut noch schlecht.« Elsie zuckte mit den Achseln. »Gleich zu Beginn meines Medizinstudiums, im ersten Semester am Skelett, da wusste ich bereits, dass ich Pathologin werden würde. Die

Wissenschaft fasziniert mich einfach. Die Toten erzählen uns beiden ihre Geheimnisse.«

»Ja, das stimmt.«

»Pathologen, genau wie Detectives der Mordkommission, müssen neugierig sein. Wir schnüffeln gerne herum und sind, wenn ich das so sagen darf, Lieutenant, auch ein bisschen morbide veranlagt.«

Mit den Fingerabdrücken im Gepäck fuhr Decker gegen zwei Uhr nachmittags zurück aufs Revier. Lee Wang, bekleidet mit einem roten Pullover mit rundem Halsausschnitt und einer schwarzen Jeans, diskutierte gerade mit Marge und Oliver. Decker winkte das Trio zu sich ins Büro und schloss die Tür.

»Neue Entwicklungen.« Er fasste seinen Mittag bei Dr. Spar zusammen und reichte Wang die Umschläge. »Lass die Abdrücke durch den Computer laufen. Wenn wir irgendwelche Treffer landen, ruf einen Experten an, ob wir eine endgültige Identifizierung bekommen können.«

Marge machte sich Notizen. »Darf ich noch mal alles rekapitulieren?«

»Na klar.«

»Die Finger wurden also *post mortem* abgetrennt.«

»Einige ja, glaubt sie.«

»Von Toten auf Friedhöfen oder kürzlichen Mordopfern?«

»Beides könnte zutreffen. Sie sagte aber auch, dass die Finger nicht viel Blut im Tauwasser zurückließen.«

»Wenn es sich um ein Mordopfer handelt, dann wäre der Körper schon ausgeblutet«, sagte Oliver.

»Jawoll.« Decker holte einen Stapel Unterlagen hervor und verteilte sie. »Während ich darauf gewartet habe, dass sie die Gewebeproben überprüft haben und dass die Fingerabdrücke angefertigt werden, habe ich eine Liste der Friedhöfe in der

Umgebung zusammengestellt. Der größte ist gleich hier hinter uns. Im Raum Los Angeles haben wir noch zehn weitere. Die Telefonnummern und die Namen der Chefs der Bestattungsinstitute stehen dabei. Ruft sie an und findet heraus, ob sie in der Vergangenheit Probleme mit gestohlenen Leichen hatten. Und wir reden hier von der richtigen Vergangenheit.«

»Ich kümmere mich darum«, sagte Lee Wang.

»Wir wissen, dass Penny ein echter Freak war«, fuhr Decker fort. »Vielleicht war er ein mörderischer Freak, und das hier sind seine Trophäen.«

»Das wäre eine gute Erklärung für alles«, meinte Marge.

»Hast du im Computer was über Bruce Havert entdeckt, Lee?«

»Ich habe ungefähr ein halbes Dutzend Bruce Haverts unter vierzig gefunden. Auf der Liste stehen ihre Telefonnummern, von vier Personen habe ich Fotos mit ausgedruckt.« Er verteilte seine Liste. »Angerufen habe ich noch nicht, daher weiß ich nicht, ob einer von ihnen *der* Bruce Havert ist.«

»Für eine Identifizierung können wir mit den Fotos bei Ki, der Hühnerlady, vorbeischauen«, schlug Oliver vor, »und bei dem Vermieter.«

»Stimmt, Anwar Mahadi«, sagte Marge. »Ich wünschte, wir hätten die Fotos gehabt, als wir bei den Autohändlern waren. Vielleicht hätte ja ein Gesicht der Erinnerung auf die Sprünge geholfen.«

»Genau, was kam eigentlich dabei heraus?«, fragte Decker.

»Keiner der Autohändler erinnert sich an Bruce Havert und an ein Leasing von taubenblauen Prius. Allerdings könnte er einen anderen Namen benutzt haben.«

»Und die Farbe? Taubenblau ist doch ungewöhnlich, oder?«

»Nicht beim Prius.«

»Selbst wenn Havert seinen richtigen Namen benutzt hat,

bringen wir ohne offizielle Papiere die Händler wohl kaum dazu, uns Informationen über ihre Kunden zu liefern«, gab Marge zu bedenken.

»Aber wir bleiben dran«, sagte Oliver, »die Fotos werden uns helfen.«

»Wenn ihr nicht weiterkommt, überprüft am Montagmorgen alle taubenblauen Prius bei der Zulassungsstelle«, sagte Decker. »Das ist eine der wenigen Spuren, die wir haben. Außerdem sagte Paxton auch, dass er die Frauen mit Massagetischen in Pennys Wohnung ein- und ausgehen sah. Und wir haben jetzt diese Frauenfinger. Der Pfeil deutet in eine Richtung, die nicht gut aussieht.«

»Trotzdem, der Mörder und die Fleischpakete gehören vielleicht doch nicht zusammen«, sagte Marge.

»Du hast recht, wir dürfen keinen Tunnelblick bekommen. Aber sie tragen zu Pennys Freakfaktor bei.« Decker lehnte sich in seinem Bürostuhl zurück und wandte sich an Marge. »Welche Punkte stehen noch auf der To-do-Liste?«

»Wanda und Drew befragen die Nachbarn ... nicht alle sind zu Hause, weil das Gebäude am Dienstag zur Desinfizierung vorgesehen ist. Du wolltest noch, dass ich nach Händlern von exotischen Tieren Ausschau halte. Und du befragst morgen die Shoops.«

»Wer sind die Shoops?«, fragte Oliver.

»Hobart Pennys Nachbarn, die sich über Lärm aus einer seiner Wohnungen beschwert haben.«

»Was für Lärm?«

»Knurren. Ich rede am Sonntagnachmittag mit ihnen.«

»Wann kommen Pennys Kinder nach L. A.?«

»Montagabend.«

Wang zückte einen Notizblock. »Wie heißen sie?«

»Darius Penny und Graciela Johannesbourgh.« Marge buchstabierte den letzten Nachnamen. »Sabrina Talbot kommt auch am Dienstag zur Beerdigung.«

Lee hob die Ausdrucke mit den Fotos hoch. »Ich gebe die an einen Spezialisten weiter, dann rufe ich bei den Friedhöfen an.«

Decker nickte, und Wang verließ das Büro. Marge verstaute die Bruce-Havert-Fotokopien in ihrer Handtasche. »Ich fahre zur Hühnerlady… vielleicht kann sie Bruce Havert identifizieren. Und selbst wenn nicht, bin ich am Verhungern.«

»Ich begleite dich«, sagte Oliver. »Ich habe auch Hunger. Brauchst du etwas, Rabbi?«

»Nein, alles gut im Moment.«

Alleingelassen hörte Decker in der einsetzenden Stille seinen Magen knurren. Er wollte gleich Vignette Garrison anrufen, aber es war schon drei Uhr, und er hatte den ganzen Tag noch nichts gegessen. Wie jeder gute Motor brauchte er Benzin, und bis nach Hause waren es nur fünfzehn Minuten.

Rina hatte bestimmt Reste im Kühlschrank aufbewahrt.

Er liebte seine Frau. Und er wünschte, ein besserer Ehemann zu sein. Nicht dass er ein schlechter war – er ließ sich nur einfach selten blicken. Rina beschwerte sich nicht über seine lang andauernde Abwesenheit. Sie sorgte für sich selbst. Sie las viel und legte gerne Puzzles. Sie sah fern und hörte oft Musik. Sie machte jeden Tag Gymnastik. Sie betete täglich. Sie las jeden Tag in Bibeltexten. Sie unterrichtete an der hiesigen jüdischen Highschool. Sie hielt Kontakt zu den Kindern, auch mit Cindy. Sie rief ihre Eltern an und oft sogar auch seine. Sie verbrachte eine Menge Zeit damit, anderen bei der Lösung ihrer Probleme zu helfen. Sie konnte gut alleine sein, war aber dennoch ein sehr sozialer Mensch. Sogar wenn er herummeckerte, schleppte sie ihn mit auf Partys und sonstige Anlässe, weil es »das Richtige war«. Und jedes Mal amüsierte er sich.

Sie schien zu wissen, wann sie ihn drängen und wann sie ihn in Ruhe lassen musste.

Sie wusste, was gut für ihn war – besser als er selbst.

Ihre Ehe war eine gelungene Ehe. Da schien es nur fair, dass er derjenigen Anerkennung zollte, die sie verdient hatte.

19

Ki Park, Oliver und Marge besser bekannt als die Hühnerlady, sah sich jedes einzelne Blatt mit den Fotos der Bruce Haverts gewissenhaft und konzentriert an. Keiner der Detectives drängelte sie, denn beide waren zufrieden damit, zu essen und zu warten. »Dieser da-ha«, verkündete Ki schließlich. »Nachbar-Mann … aber älterer Mann jetzt.« Sie tippte auf das Foto. »Nicht so.«

Marge kaute ein Pommes frites zu Ende. »Ihr Nachbar … wie alt war er?«

»Nachbar-Mann?« Ki dachte einen Augenblick nach. »Oh, vierzig, fünfzig.«

Oliver sah das Foto an, das sie herausgepickt hatte. »Das hier ist also derselbe Mann wie Ihr Nachbar, nur ist er auf diesem Foto viel jünger?«

»Ja-ha. Viel jüngerer.«

»Sind Sie sicher, dass es derselbe Mann ist?«, fragte Marge.

»Selbe Mann. Mag Keule – frittiert und gebacken. Immer mit Zwiebelringe. Er legt fünf Dollar in Trinkgeldglas.«

»Vielen, vielen Dank, Ki. Sie haben uns sehr geholfen. Würden Sie mir den Rest einpacken?«

»Mir auch«, sagte Oliver.

»Warum Sie gehen eilig?«, fragte Ki. »Nicht gut für Bauch. Sie bleiben.«

Die Frau war einsam. Am Wochenende war wenig los im Shoppingcenter, und die Geschäfte liefen nicht mehr. Die beiden Detectives tauschten einen Blick aus. »Sie haben recht«, sagte Marge. »Wir essen hier auf.«

»Ich fülle Glas wieder«, sagte Ki.

»Danke, mir nicht«, bat Marge.

»Ist umsonst. Sie nehmen das. Sind zu dünn.«

»Na gut, also los.« Marge unterdrückte ein Lächeln. »Ihr Hühnchen ist köstlich. Wissen Sie was? Ich habe später Freunde zu Besuch. Könnten Sie mir ein ganzes gegrilltes Huhn einpacken?«

»Oh, natürlich … sofort.« Ki schenkte ihr ein angedeutetes Lächeln, hielt aber sofort eine Hand vor den Mund. »Sie nehmen Pommes, Sie nehmen Krautsalat, und ich gebe Ihnen Kekse umsonst. Einverstanden?«

»Einverstanden.« Marge schob ihren Teller zur Seite. »Ich gehe ein bisschen frische Luft schnappen. Bin in ein paar Minuten wieder da, um das Essen mitzunehmen.« Sie verließ den Imbiss, und Oliver folgte ihr.

Er holte sein Handy aus der Tasche. »Wen hast du zu Besuch?«

»Niemanden. Ich teile mir das Hühnchen mit dir. So haben wir beide was zu essen im Kühlschrank.«

»Guter Plan. Meine Speisekammer ist ziemlich leer.« Oliver tippte ein paar Zahlen ein und wartete. »Hey, Lee, wir haben eine Identifizierung für eins der Fotos von Bruce Havert … der Kartengeber aus Las Vegas … Super. Gib Decker Bescheid, wir sind in zehn Minuten zurück.« Er beendete das Gespräch. »Lee sagt, er klemmt sich gleich dahinter.«

»Ich hole das Huhn.«

Oliver reichte ihr einen Zwanziger. »Ich lade dich ein. Sag ihr, sie soll das Trinkgeld behalten.«

»Na so was, Scott. Du alter Softie.«

»Nicht wirklich. Ich weiß nur richtig gut gemachte Dinge zu schätzen, und die Lady macht ein verdammt gutes Hühnchen.«

Decker sah sich den Ausdruck an: Bruce Havert, geboren in Albuquerque, New Mexico, und das Geburtsjahr verriet ihm, dass er jetzt dreiundvierzig war. Nur wenige biografische Angaben. Von sechsundzwanzig bis einundvierzig hatte Havert als Black-Jack-Kartengeber im Havana! in Las Vegas gearbeitet. Während dieser Zeit war er zweimal wegen Trunkenheit am Steuer und einmal wegen betrunkener Ruhestörung verhaftet und einmal wegen des Besitzes von Marihuana verurteilt worden. Im Moment hatte er weder Bußgelder offen, noch lag ein Haftbefehl vor. Seit zwei Jahren schien er vom Erdboden verschluckt zu sein. »Kein mustergültiger Bürger, aber für einen Kartengeber aus Vegas sieht das ziemlich sauber aus.«

»Stimmt«, meinte Marge, »immerhin hatte er fünfzehn Jahre lang einen Job.«

»Hast du im Havana! angerufen?«, fragte Decker Lee.

»Ja«, erwiderte Lee. »Jemand wollte mich zurückrufen, aber kaum hatte ich das Wort *Polizist* ausgesprochen, hörte ich, wie der eiserne Vorhang herunterrasselte. Ich erwarte nicht zu viel in Sachen Rückruf.«

»Was hast du gesagt, dass sie gleich verstummt sind?«, fragte Decker.

»Ich habe nur um eine Überprüfung seines Arbeitsverhältnisses gebeten.«

»Seit unserem letzten Aufenthalt in Vegas wissen wir, dass das typisch ist für die großen Casinos«, sagte Oliver. »Die wichtigen Kerle dort hegen und pflegen ihre eigenen Regeln und ihre eigenen Sicherheitsdienste.«

»Weißt du was?«, sagte Marge. »Seit dem Fall Adriana Blanc/Garth Hammerling haben wir gute Kontakte in Vegas: Rodney Major und Lonnie Silver. Sie arbeiten auf dem Revier North-Vegas, nicht auf dem Strip, aber es wäre ein Anfang. Ich rufe sie mal an.«

»Warum ist Havert nach L. A. gekommen?«, überlegte Oliver. »Und bis letzte Woche besaß oder leitete er ein Massage-Unternehmen. Vielleicht hatte er in Vegas ein paar Frauen laufen und hielt einen Tapetenwechsel für angebracht. Oder er wurde aus der Stadt verjagt.«

»Oder der Markt in Vegas war gesättigt«, sagte Marge. »Hier gibt's weniger Konkurrenz, beziehungsweise sie verteilt sich breiter.«

»Wo ist er?«, fragte Decker.

»Ich habe es auf Facebook und LinkedIn versucht, musste aber passen.« Wang stand auf. »Es gibt noch andere Netzwerke. Und Casey's Massage and Escort hatte mal eine eigene Internetseite. Ich werde ihr nachspüren ... mal sehen, ob ich ein paar Kundenkontakte ausgraben kann.«

Nachdem Wang den Raum verlassen hatte, legte Decker ein Blatt Papier vor sich hin und begann darauf herumzukritzeln. »Lasst uns nachdenken. Was wissen wir *wirklich*?«

Marge hakte eine Liste ab. »Penny hatte eine einzige Schusswunde – Kaliber .22 – im Rücken, aber es wurde mehr als eine Patrone abgefeuert. Die Waffe haben wir nicht gefunden. Penny wurde außerdem noch auf den Kopf geschlagen. Ebenfalls keine Waffe gefunden. Er war ein Einsiedler, der wilde, giftige und Gift verteilende Tiere sammelte. Er hatte einen Tiger. Die einzige Person, die über Tiki Bescheid zu wissen schien, ist Vignette Garrison.«

»Ja, sie taucht definitiv auf meinem Radar auf«, sagte Decker.

»Sie gibt zu, ihn ein paar Tage vor seinem Tod gesehen und den Tiger geimpft zu haben, also haben wir sie zu Recht auf dem Schirm. Außerdem ist sie unseres Wissens nach die einzige Person, die Penny hätte etwas antun können, ohne von dem Tiger bei lebendigem Leib verspeist zu werden.«

»Stimmt alles.«

»Aber sie gefällt dir nicht als Verdächtige.«

»Ich glaube immer noch, dass Penny für Vignette lebendig wertvoller war als tot.«

Marge war sich da nicht so sicher. »Außerdem haben wir das Videoband mit zwei Frauen und ihren Massagetischen, die gegenüber von Pennys Wohnung geparkt haben. Die Frauen fuhren taubenblaue Prius. Das Nummernschild von einem dieser Wagen war auf Casey's Massage and Escort zugelassen – eine Firma, die Havert gehörte oder von ihm geleitet wurde.«

Decker versuchte, einen Gedanken weiterzuentwickeln. »Uns gefällt Casey's, weil Penny eine Vorliebe für schrägen Sex hatte und weil George Paxton meinte, er hätte sexy Frauen in Pennys Wohnung gehen sehen, einige mit Massagetischen.«

»Außerdem wurde Casey's gleich nach Pennys Ermordung abgewickelt«, fuhr Oliver fort, »und keiner von uns dreien glaubt ernsthaft an einen Zufall.«

»Welche Wohnung hat Penny für die Frauen genutzt?«, fragte Marge in die Runde. »Bestimmt nicht die mit den Schlangen und Käfern.«

»Wer weiß schon, wobei mancher sich einen runterholt?«, sagte Oliver. »Hast du mit dem Psychologen gesprochen?«

»Ich warte immer noch auf einen Rückruf.« Decker ging seine Notizen durch. »Paxton sagte, Nachbarn hätten sich über Lärm aus dem Apartment direkt unter ihm beschwert. Es wird gerade von der Spurensicherung überprüft.«

»Wenn jetzt die Spurensicherung im Gebäude ist, was passiert dann mit der Desinfizierung?«, fragte Oliver.

»Die ist für Dienstag geplant«, sagte Decker. »Wanda und Drew haben alle Hausbewohner benachrichtigt. Sie konnten keine neuen Informationen sammeln. Die meisten wussten gar nicht, dass es den alten Mann überhaupt gab.«

»Und wann reden wir mit den Nachbarn, die sich über den Lärm beschwert haben?«

»Das sind die Shoops. Morgen um vier Uhr nachmittags. Hattet ihr schon Gelegenheit, einen der Bestatter anzurufen?«

»Zwei davon«, sagte Oliver. »Keiner ging ans Telefon. Da herrscht Totenstille.«

Marge lachte über das Wortspiel. »Wahrscheinlich sollten wir persönlich vorbeischauen. Die in der Nähe können wir morgen abklappern, und um die anderen kümmern wir uns Montag.« Ihr Handy piepte, und sie las die SMS. »Das war Darius Pennys Sekretärin. Er wird Montag nach vier eintreffen und ruft an, wenn er gelandet ist.«

»Und seine Schwester?«, fragte Decker. »Die Gräfin Soundsoberger. Kommt sie auch her?«

»Graciela Johannesbourgh. Ich rufe die Stiftung an und frage nach der Ankunftszeit.«

»Klingt gut.« Decker streckte sich. Er hatte den ganzen Schabbes gearbeitet und kaum Ergebnisse vorzuweisen. »Es ist schon spät. Wir machen Schluss.«

»Möchtest du, dass ich an der Wohnung vorbeifahre und bei der Spurensicherung nachfrage? Sie liegt auf meinem Weg«, bot Marge an.

»Ja, klar.«

»Ich begleite dich«, sagte Oliver. »Was ist mit dir, Rabbi?«

»Ich fahre in ein paar Minuten. Kümmere mich noch um ein bisschen Papierkram.« Decker wartete, bis Ruhe in sein

Büro eingekehrt war. Aber er machte sich nicht an seine Notizen, noch arbeitete er die pinkfarbenen Telefonzettel ab. Stattdessen griff er nach seinem Handy und klickte auf das Adressbuch. Dann starrte er eine Telefonnummer an und fragte sich, ob sie nicht schon längst wertlos war. Donatti hatte ein Faible für das Austauschen von Handys.

Decker hasste es, ihn um Hilfe zu bitten. Donatti war das Ass im Ärmel. Noch musste Decker es nicht ziehen. Noch nicht.

Das Wetter blieb das ganze Wochenende über schlecht. Aus dem Nieselregen vom Sonntagmorgen war nachmittags ein ausgewachsener Dauerregen geworden, und die platschenden Tropfen sprenkelten den Asphalt des Parkplatzes. Obwohl es Yasmines Vorschlag gewesen war, rechnete Gabe fest damit, dass sie kneifen würde, vor allem beim Anblick der Absteige, die sie ausgesucht hatte.

Das Zimmer war heruntergekommen, aber nicht annähernd so dreckig wie erwartet. Er wusste, dass man es vor kurzem gereinigt hatte – die Mülleimersäcke waren leer, der Teppich war gesaugt, die Bettwäsche frisch –, trotzdem juckte es ihn überall. Zum fünfzigsten Mal sah er auf die Uhr. Dann schob er die Vorhänge ein bisschen zur Seite und sah aus dem Fenster. Und wiederholte das Ganze immer und immer wieder, bis das bleierne Tageslicht der finsteren, feuchten Nacht wich. Er hatte Rina versprochen, gegen acht zu Hause zu sein. Wenn es hier so weiterging, wäre er lange vor seinem selbstauferlegten Zapfenstreich zurück.

Endlich, um 16:03 Uhr, fuhr ein Auto auf den Parkplatz – ein vier Jahre alter schwarzer Mercedes. Draußen waren nur noch Schemen zu erkennen, und das Scheinwerferlicht fing den tanzenden Regen ein, als der Benz einparkte. Gabe schnappte sich seinen Mantel und wartete draußen vor dem Hotelzimmer unter dem überdachten Außenflur. Die Figur, die auftauchte, war winzig und trug einen gelben Regenmantel, Jeans und schwarze Stiefel. Keinen Schirm. Er rannte ihr entgegen und hielt beschützend seinen Mantel über ihren Kopf, und gemeinsam rasten sie in ihr Zimmer. Sein Herz klopfte wie wild, und das lag nicht an dem Sprint.

Er warf seinen Mantel auf den Stuhl und half ihr dabei, den Regenmantel auszuziehen. Darunter trug sie ein Sweatshirt. Die Kapuze hatte sie sich über den Kopf gezogen. Er rubbelte ihre Arme. »Ist dir kalt?«

»Ein bisschen.«

»So langsam hab ich mir Sorgen gemacht.«

Yasmine schwieg.

»Wolltest du's dir noch mal überlegen?«

»Vielleicht.«

Yasmine sah ihn aus ihren umwerfenden schwarzen Augen an. Sie war so schön wie eh und je. Ihre elfenhaften, kindlichen Gesichtszüge waren reifer geworden und atemberaubend. Seit über einem Jahr hatte er sie nicht mehr gesehen, und er war kein bisschen weniger verknallt als an dem Tag ihres ersten Kusses. Raum und Zeit wurden seinem Empfinden nach eins. Außerhalb von ihnen beiden gab es keine Welt mehr. »Wir können wieder gehen«, sagte Gabe. »Du weißt, dass ich alles tu, was du willst.«

Sie riss sich von ihm los. »Ich weiß nicht, was ich will.« Sie stellte sich vor die zugezogenen Vorhänge. Auf einem Tisch standen eine Tüte aus dem Subway und ein Blumenstrauß.

»Beides ist für dich«, sagte Gabe.

»Und ich dachte schon, du wolltest hier plötzlich groß dekorieren.« Pause. »Das Zimmer hätte es echt nötig.«

»Wir können gehen, Yasmine. Lass uns einfach nur im Auto sitzen und heute Abend was zusammen essen.«

Sie nahm die Blumen in die Hand – gelbe Rosen und weißer Jasmin. Er hatte sich Zeit genommen, den Strauß persönlich zusammenzustellen. »Sie sind wunderschön, Gabe.« Ihr kamen die Tränen. »Vielen, vielen Dank.«

»War mir ein Vergnügen.«

Sie roch an den Blumen und atmete den Geruch tief ein. »Ich hab mir den dritten Satz der Mondscheinsonate angehört.«

»Wie findest du ihn?«

»Ziemlich überwältigend.« Sie deutete ein Lächeln an. »Ich hör in meinem Kopf, wie du ihn spielst… deine Phrasierung… und ich seh, wie deine Finger fliegen. Der Satz ist schräg, weil er so wild ist.«

»Wie hab ich mich geschlagen?«

»Prächtig, wie immer.«

»Danke. Aber das ist alles total unwichtig im Vergleich zu dir.« Gabe ging zu ihr hin und schob ihre Kapuze nach hinten. Er ließ seine Hände durch ihr üppiges Haar gleiten und befreite es – ein Wasserfall aus schwarzen Wellen, die fast bis zu ihrer Taille reichten. »Mann, sind deine Haare lang geworden.«

Endlich lachte Yasmine richtig – tausend Lichter sprangen an. »Ich muss ja deinen Zustand ausgleichen.« Sie berührte den Flaum auf seinem Kopf. »Mr Filmstar.«

»Demnächst im Kino ganz in Ihrer Nähe.«

Sie wurde aufgeregt. »*Ehrlich?*«

»Nein, nicht ganz«, erzählte Gabe ihr. »Selbst wenn der Film jemals einen Verleih findet, mit einem riesengroßen Wenn, geht er bestimmt unter wie'n Stein. Also freu dich besser nicht zu früh auf einen Auftritt auf dem roten Teppich.«

»Ach, Mist.«

»Typisch für mich, immer für eine Enttäuschung gut.«

Yasmine wurde ernst. »Es tut mir weh, wenn du so redest. Ich mach mir Sorgen um dich.«

»Mir geht's gut!« Er nahm ihre Hand und küsste sie. »Ich bin immer noch genau der gleiche arrogante Typ, den du vor zwei Jahren kennengelernt hast.« Dann küsste er jeden einzelnen ihrer Finger, einen nach dem anderen. »Arrogant, aber todtraurig. Ich hab dich vermisst, verrücktes Huhn.« Er zog sie zu sich heran und hielt sie fest in seinen Armen. »Ich hab dich so sehr vermisst.«

Mit Tränen im Gesicht umarmte sie ihn ebenfalls. »Ich hab dich auch vermisst.«

»Du bist einfach grandios. Gott, ich liebe dich.«

»Ich liebe dich auch.« Ihre Finger krabbelten seinen rechten Arm hinauf und blieben unterhalb seiner Schulter liegen. »Ich möchte sie noch mal sehen.«

»Meine Tattoos?« Er lachte. »Sie sind immer noch da.«

Sie zerrte an seinem Pullover. »Zieh ihn aus. Ich möchte sie sehen.«

Er zog sich den Pullover über den Kopf und ermöglichte ihr so freien Blick auf die beiden Armreifen – ihr Name, umrankt von ineinandergeflochtenen Blüten, und darunter die Noten der Musik, die sie beide einmal verbunden hatte. Yasmine berührte die blaue Tinte, dann küsste sie das Kunstwerk. Sie schmiegte ihren Kopf an seine nackte Brust. Auf halber Strecke Richtung Hüfte befand sich die glänzende pinkfarbene Delle einer Narbe, von einer Schusswunde. Der Anblick trieb ihr erneut Tränen in die Augen.

»Was mach ich nur, wenn du wieder gehst?«, fragte sie ihn. »Es ist so ausweglos.«

»Ich bin für immer dein, mit Leib und Seele. Für immer und ewig.«

Sie lächelte, während ihre Finger über seine Brust spazierten. Seine Rippen stachen hervor, und sein Bauch war eingefallen – kein Sixpack in Sicht. Seine Arme, lang und sehnig, hatten straffe Muskeln vom jahrelangen Klavierspiel. Seine Finger waren spinnengleiche Anhängsel. In diesen Zeiten muskelbepackter Filmstars war er jenseits von mager. Sie liebte jeden einzelnen nichtvorhandenen Muskel an seinem Körper. Sie liebte den Flaum auf seinem Kopf, und die Pickel auf seiner Stirn, die immer unter Nervosität entstanden. Sie liebte den rosigen Schimmer seiner Wangen, der sich einstellte, wenn er verlegen oder erregt war. Sie liebte seine schönen grünen Augen, deren Pupillen so geweitet waren, dass sie fast schwarz wirkten. Sie wusste, dass er wieder kräftiger werden würde – dass er die Kilos wieder zunehmen würde, die er wegen der Furcht vor dem Prozess verloren hatte. Seine Haare würden nachwachsen und die Pickel verschwinden. Und dann wäre er wieder der schönste Mensch auf der ganzen weiten Welt. Aber für den Augenblick liebte sie ihn als Freak genauso sehr wie als Genie.

Obwohl es im Zimmer warm war, waren seine Brustwarzen hart. Ihre Finger tanzten über sie hinweg, und seine Reaktion kam prompt. Er küsste sie zärtlich, dann leidenschaftlich. Er zog ihr den Kapuzenpulli aus. Darunter trug sie noch einen Pulli. Er ließ seine Hände unter das weiche Kaschmir gleiten und seine Finger über ihren BH wandern, der ihre vollen, weichen Brüste umhüllte. Sein Blick war verschwommen, und seine Knie wurden weich. »Wir sollten nicht hierbleiben, Yasmine. Du weißt, was passieren wird, wenn wir hierbleiben.«

»Möchtest du, dass es passiert?«

»*Natürlich* will ich das.« Er küsste sie wieder. Sofort knisterte es – sofort rauschte das Blut aus seinem Kopf in seine Leisten. Er hatte das Gefühl, ohnmächtig zu werden. »Aber nur, wenn du es auch willst. Wir müssen beide wollen, dass es passiert.«

Sie schlang ihre Arme um seinen Hals und presste ihren Mund auf seine Lippen. Sie küssten sich minutenlang. »Also gut.«

»Also gut was?«

»Also gut … wir wollen beide, dass es passiert. Ehrlich gesagt, vollbracht haben wir das Ganze doch schon.«

Er hörte auf, sie zu küssen. »Hast du's bereut?«

»Vielleicht gleich danach, ein bisschen.« Sie schenkte ihm ein strahlendes Lächeln. »Aber jetzt, wo ich dich wiedersehe, weiß ich, warum ich's getan hab. Hast du ein Du-weißt-schon-was dabei?«

»Ja, ich hab ein Du-weißt-schon-was dabei. Eine ganze Schachtel.«

Yasmine prustete los. »Eine ganze Schachtel? So viel zum Thema arrogant.«

Gabe grinste. »Als Junge wird man ja wohl noch träumen dürfen.«

»Und als Mädchen kann man die Träume eines Jungen erfüllen.«

20

Während Decker auf seinen Termin um vier Uhr wartete, nahm er seine Karteikarten in die Hand und versuchte, sich einen Reim auf Pennys Ermordung zu machen.

Der Mann war ein Eigenbrötler. Und trotzdem musste ihm jemand nahe genug gekommen sein, um ihn zu ermorden.

Vignette Garrison hatte Kontakt zu ihm gehabt. Sie war nur ein paar Tage vor seiner Ermordung in der Wohnung gewesen. Sie hatte direkten Zugang zu ihm. Sie war allzu sehr an seinem Testament interessiert. Sie brauchte Geld für ihr Tierasyl. War Penny lebendig für sie wirklich mehr wert als tot?

Dann waren da die Damen von Casey's Massage and Escort. George Paxton hatte zugegeben, er habe sexy Ladys in Pennys Wohnung ein- und ausgehen sehen. Es gab keinen konkreten Beweis, dass die Casey-Frauen in der Wohnung gewesen waren, aber Indizien wie die Videobänder. Und bei den Befragungen hatte sonst niemand zugegeben, die Dienste von Casey's in Anspruch zu nehmen. Vielleicht hatten die Ladys etwas in Pennys Wohnung gesehen, das sich zu stehlen lohnte.

Oder aber Penny hatte ihnen Angst eingejagt, und sie fühlten sich bedroht: Gut möglich, denn seine Exfrau hatte ihnen ja Geschichten über harten Sex erzählt. Allerdings war das Jahre her, bevor der Mann alt und gebrechlich geworden war. Trotzdem hatte er eine Menge tödlicher Waffen zu seiner Verfügung gehabt: einen Bengalischen Tiger, Giftschlangen und gefährliche Insekten. Um jemanden zu quälen, hätten sich ihm zahlreiche gruselige Varianten angeboten.

Die Sprechanlage begann zu blinken: Die Shoops waren da.

Das Ehepaar schien Mitte dreißig zu sein. Ian war klein und dünn, Delia noch kleiner und dünner. Eine starke Böe könnte die beiden leicht umwerfen. Beide hatten braunes Haar und braune Augen in runden Gesichtern. Ian trug ein schmal geschnittenes Polohemd und Jeans. Delia hatte sich für ein knielanges Strickkleid und eng anliegende, modische Stiefel entschieden. Nachdem Decker es ihnen in seinem Büro bequem gemacht hatte, bedankte er sich für ihr Kommen und legte seinen Notizblock vor sich auf den Schreibtisch.

»Ich weiß, dass Ihnen die Schädlingsbekämpfung Umstände bereitet. Wir alle hoffen, die Sache zeitnah abzuschließen.«

Die beiden schüttelten betroffen die Köpfe. »Wir wussten, dass der Mann verrückt war«, sagte Delia, »aber es ist beängstigend, wie verrückt er tatsächlich war.«

»Stellen Sie sich vor, dieses Tier wäre ausgebrochen!« Ian legte eine Hand auf seine Brust. »Wir haben einen zweijährigen Sohn.« Er fuchtelte mit der Hand in der Luft herum. »Ich will gar nicht dran denken.«

»Eben, denk nicht dran!«, rief Delia.

Decker nickte. »Haben Sie jemals mit Penny über die Geräusche gesprochen, die Sie gehört haben?«

»Natürlich!« Delia drehte sich zu Ian um. »Ungefähr zwei- oder dreimal?«

»Dreimal«, bestätigte Ian.

»Können Sie mir etwas über diese Gespräche erzählen?«

»Na ja, das ist ja das Problem«, sagte Delia. »Es waren nie richtige Gespräche. Es war eher so ein … Sir, ich höre ständig komische Geräusche aus Ihrer Wohnung.« Sie beugte sich über Deckers Schreibtisch. »Ich hatte nämlich keine Ahnung, dass er die Wohnung darüber auch gemietet hatte. Wir dachten, der alte Exzentriker hätte nur das Apartment neben uns. Und jetzt zu erfahren, dass er diese widerlichen Kreaturen in unmittelbarer Nähe zu unserem Sohn gesammelt hat …«

»Denk nicht dran, Delia!«, rief Ian.

Decker nickte. »Was meinen Sie damit, dass es gar kein richtiges Gespräch war?«

»Es dauerte zwei Sekunden«, sagte Delia.

»Wo haben Sie mit ihm gesprochen? Im Hausflur? Haben Sie bei ihm geklopft?«

»Eigentlich war es Ian, der geklopft hat«, sagte Delia. »Ich glaube, das war ungefähr das zweite Mal, dass wir ihn persönlich gesehen haben.«

»Er verließ die Wohnung nie«, sagte Ian. »Wir haben uns schon gefragt, wie er überlebt.«

»Haben Sie jemals einen Lieferanten vor seiner Tür gesehen?«

»Nein. Vielleicht kamen die zu der oberen Wohnung … Ich hatte keinen blassen Schimmer, dass er die auch gemietet hatte.«

»Er hatte ziemlich viele Wohnungen gemietet«, sagte Decker. »Aber Sie beide waren die Einzigen, die sich beim Hausverwalter über den Lärm beschwert haben. Zumindest behauptet er das. Könnten Sie mir von Ihrem kurzen Gespräch mit Mr Penny erzählen? Sie klopften an und …«

»Ich klopfte an, und er machte auf.« Ian verdrehte die Augen. »Er sagte, es sei der Fernseher.«

»Die reinste Lüge«, sagte Delia.

»Er sagte, er höre schlecht und müsse zu laut aufgedreht haben. Was für ein Quatsch!«

»Astrein gelogen«, sagte Delia. »Dieses Knurren kam nicht aus einem Fernseher.«

»Ich dachte eher an einen Pitbull«, sagte Ian. »Ich hatte furchtbare Angst, er könnte entwischen.«

»Wir haben einen zweijährigen Sohn«, verkündete Delia zum zweiten Mal.

»Sie standen also dreimal vor seiner Wohnung?«, fragte Decker.

»Eigentlich mindestens zehnmal«, korrigierte Ian. »Aufgemacht hat er nur dreimal.«

»Und Sie haben nie das Innere der Wohnung gesehen?«

»Genau. Wir standen im Flur, während er mit uns redete. Aber wie Delia schon sagte, was wir gehört haben, kam nicht aus dem Fernseher. Und sein Tiger beweist, dass wir nicht verrückt waren.«

»Denn im Hinterkopf überlegt man sich ja doch, ›bin ich nun ein bisschen verrückt?‹«, sagte Delia.

»Ganz offensichtlich lagen Sie goldrichtig«, sagte Decker. »Haben Sie jemals noch andere Geräusche aus der Wohnung gehört?« Als Ian und Delia einen Blick austauschten, hakte er nach: »War da was?«

»Sag du es ihm«, bat Delia.

»Wir haben Grunzen gehört«, sagte Ian.

»Grunzen?« Weil niemand etwas sagte, fragte Decker: »Wie beim Sex?«

»Möglich, schon *möglich*«, sagte Delia, »aber der Mann war doch so alt!«

»Ja, wir haben Witze darüber gemacht«, sagte Ian.

»Genau, wir haben immer gewitzelt, dass wir vielleicht vorbeugend einen Krankenwagen rufen sollten.« Die beiden lächelten sich an, dann wurde Delia wieder ernst. »Natürlich ist das jetzt, wo er so grausig gestorben ist, gar nicht mehr lustig.«

»Sie dachten an Sex, wenn Sie das Grunzen gehört haben?«

Delia machte eine abwägende Geste mit der Hand. »Na ja. Sind Männer in dem Alter noch zu Sex fähig? Ich rede nicht von älter, ich rede von alt!«

»Er war alt«, sagte Decker. »Wenn Sie also annahmen, dass es Sex war, haben Sie denn jemals gesehen, ob jemand in die Wohnung ging oder sie verließ?«

»Zweimal haben wir dieselbe Frau gesehen. Sie trug ein kurzes Kleid und schwarze Stiefel und hatte einen Massagetisch dabei. Eindeutig kam sie mit anrüchigen Absichten. Deshalb hielten wir das Grunzen eben für so ein Grunzen.«

»Beschreiben Sie mir die Frau«, bat Decker. »Wie sah sie aus?«

»Blonde Mähne, großer Busen, lange Beine.«

»Künstlicher großer Busen«, korrigierte Delia ihren Mann. »Ich behaupte nicht, dass sie etwas Illegales getan hat. Möglicherweise massierte sie den verrückten Alten ja nur. Aber es könnte auch mehr gewesen sein, ihrem Aussehen und ihren billigen Klamotten nach zu urteilen.«

»Und diese Frau haben Sie zweimal gesehen?«

»Ja.« Delia sah zu Ian. »Doch dieses Grunzen haben wir ungefähr … vier-, vielleicht fünfmal gehört.«

»Fünfmal«, sagte Ian. »Irgendwann hatte ich die Nase voll von dem ganzen Knurren und Grunzen und habe mich beim Hausverwalter beschwert. Wir waren mit unserem Latein am Ende. Paxton meinte, er würde sich darum kümmern. Und das hat er auch.«

»Kein Grunzen mehr, kein Knurren mehr«, sagte Delia. »*Endlich*!«

»Wann haben Sie das zum letzten Mal gehört?«

»Das weiß ich nicht mehr genau«, überlegte Ian. »Aber innerhalb eines Monats nach unserer Beschwerde zog der verrückte Alte aus, zu unserer großen Freude.«

»Zumindest *dachten* wir, er wäre ausgezogen«, fuhr Delia fort. »Uns war nicht klar, dass er so viele Wohnungen im Haus hatte.«

»Wenigstens war das nicht mehr unser Problem«, sagte Ian.

»Doch, irgendwie schon. Jetzt desinfizieren sie seinetwegen alles.«

»Dieser Kerl hat seine Niedertracht im ganzen Haus verteilt!«, brüllte Ian.

»Wenigstens sind wir ihn jetzt los und …« Delia hörte mitten im Satz auf zu reden. »Es tut mir leid, dass er ermordet wurde, aber er war ein Riesenarschloch.«

»Die Frau, die ein- und ausging«, wechselte Decker das Thema, »haben Sie jemals ein Logo oder einen Namen auf ihrem T-Shirt gesehen?«

»Nein«, sagte Delia, »läuft man denn mit so was Werbung?«

»Manche ja, ob Sie es glauben oder nicht.«

»Mir ist nie etwas aufgefallen.« Delia drehte sich wieder zu Ian hin, der den Kopf schüttelte.

»Folgende Bitte richten wir an jeden, der Kontakt zu Mr Penny hatte: Es wäre hilfreich für unsere Akten, wenn Sie uns schildern könnten, was Sie vergangenen Sonntag oder Montag gemacht haben.«

»Sonntag ist leicht«, sagte Delia. »Wir waren mit Freunden aus, zum Essen.« Sie sah Ian an. »Den Kotes und den Abelsons.«

»Das stimmt«, bestätigte Ian.

»Bis wann?«

»Gegen elf.«

»Was haben Sie dann gemacht?«

»Wir sind nach Hause und ins Bett gegangen«, sagte Delia.

»Ich musste früh zur Arbeit und den Kleinen zur Tagesbetreuung bringen.«

»Wir können Ihnen die Telefonnummern geben, wenn Sie möchten«, bot Ian an.

»Danke«, sagte Decker. »Was ist mit Montag?«

Die beiden dachten nach, und es schien eine Ewigkeit zu dauern. »Ich glaube, wir kamen bloß von der Arbeit nach Hause«, sagte Delia schließlich, »haben gegessen, Fernsehen geguckt und sind ins Bett gegangen.«

Ian hob einen Finger. »Es gab Lasagne. Du hast Lasagne mit Spinat und Ricotta gemacht, dazu eine Bolognese.«

»Was für ein Gedächtnis!«, rief Delia. »Das stimmt wirklich.«

»Bitte bedenken Sie, Lieutenant, dass wir zu diesem Zeitpunkt dachten, der alte Exzentriker wäre ausgezogen. Wir hatten überhaupt keinen Grund zu glauben, dass er noch im Gebäude wohnt.«

»Das Grunzen und Knurren haben wir nicht mehr gehört«, bestätigte Delia.

»Gut. Sie waren also am Sonntag mit Ihren Freunden aus, und am Montag waren Sie arbeiten, kamen nach Hause, machten sich etwas zu essen und blieben in der Wohnung.«

Delia nickte. »Ja, genau das haben wir getan.«

Decker notierte. »Super. Ich habe noch eine letzte Frage: Was ist dem Mann Ihrer Meinung nach zugestoßen?«

Dass man sie um Rat fragte, schmeichelte beiden. »Vielleicht hat die Massage-Lady versucht, ihn auszurauben.«

»Oder er hat sich geweigert, sie zu bezahlen, und dann wurde sie wütend«, sagte Delia. »Ich kann mir lebhaft vorstellen, wie der Alte die Leute zur Weißglut bringt.«

»Sie glauben demnach, er wurde von der Masseuse getötet?«

»Er hat seine Wohnung nie verlassen«, sagte Delia. »Und sonst hat ihn niemand besucht.«

»Doch, Sie«, entgegnete Decker. »Ich unterstelle Ihnen gar nichts, aber wenn Sie bei ihm geklopft haben, um sich zu beschweren, dann hat jemand anderes das vielleicht auch getan.« Schweigen. »Haben Sie noch Fragen an mich?«

»Ja.« Ian verhielt sich deutlich kühler. »Wann können wir zurück in unsere Wohnung?«

»Donnerstagmorgen bekommen Sie wahrscheinlich die Entwarnung.«

Die beiden seufzten unisono. »Der Hausverwalter meinte, er sei von der Stadt beauftragt worden, alles zu desinfizieren.«

»Die Sache liegt bei der städtischen Gesundheitsbehörde«, bestätigte Decker.

»Verdammt unpassend!«, rief Ian.

»Ich bin sicher, es ist besser, als von einer Einsiedlerspinne gebissen zu werden.«

»Der Mann war total verrückt!«, rief Delia. »Ich möchte erst gar nicht darüber nachdenken.«

»Nein, tu's nicht.« Ian nahm ihre Hand. »Los, wir gehen und holen uns eine Latte und einen Bagel.«

Delia strahlte Decker an. »Er weiß immer, was er sagen muss, damit ich mich beruhige.«

Vor der Tür waren Stimmen zu hören, und dann wurde eine Schlüsselkarte ins Schloss gesteckt.

Das Hämmern begann, als die Tür auf den Widerstand der Sicherheitskette stieß. Komplett angezogen sprang Gabe vom Bett, stopfte einen Müllbeutel mit zwei benutzten Kondomen tief in seinen Rucksack und schob die Schachtel unters Bett. Auf Strümpfen, aber ohne seine Schuhe eilte er zur Tür. »Warten Sie, ich muss erst die Kette abnehmen.«

Ein rascher Blick zurück zu Yasmine, die sich abmühte, ihre Stiefel anzuziehen. Ihr langes schwarzes Haar war durcheinander und ungekämmt. In ihren weit aufgerissenen, dunklen Augen lag die blanke Panik. Er rief ihr flüsternd ein »Keine Sorge« zu. Als Zwangsneurotiker hatte er längst das Bett gemacht und Handtücher darauf ausgebreitet, bevor sie mit dem Essen angefangen hatten, denn jeder wusste ja Bescheid über Tagesdecken in Motels. Zwei angebissene Subway-Sandwiches lagen auf Papptellern neben einer aufgerissenen Tüte Kartoffelchips. Es sah ziemlich unverfänglich aus, nur der Gesamteindruck war vernichtend.

Kaum hatte Gabe die Kette ausgehängt, da flog die Tür auch schon auf, und Yasmines Mutter stürmte ins Zimmer: eine persische Kriegerin auf dem Feldzug. Sohala Nourmand war hochrot im Gesicht und zitterte, aber von Kopf bis Fuß in Designerklamotten gehüllt. Zwei Polizisten in Uniform flankierten ihren stürmischen Auftritt.

Sohala packte ihre Tochter am Arm und zerrte sie auf die Füße. Dann zeigte sie mit dem Finger auf Gabe. »Verhaften Sie ihn!«, schleuderte sie den Polizisten entgegen.

»*Verhaften?*«, schrie Yasmine zurück. »Mommy, bist du *irre?*«

»Sie ist noch ein Mädchen!« Sohala versuchte, ihre Tochter aus dem Raum zu ziehen, aber Yasmine widersetzte sich. »Er hat sich auf schreckliche Weise an meiner Tochter vergangen …«

»Beruhigen Sie sich, Ma'am, wir kümmern uns ab jetzt darum.« Der Polizist war stämmig und hatte eine Glatze. Sein Name war Ritter.

Sohala schrie immer weiter. »Verhaften Sie ihn!«

»Beruhigen Sie sich!« Ritters Stimme klang eine Spur schärfer.

»Wir essen nur etwas!« Gabe deutete auf die Tagesdecke. »Da, sehen Sie!«

»Man isst in einem Restaurant, nicht in einem Motelzimmer mit zugezogenen Vorhängen!«, brüllte Sohala ihn an und hob drohend ihren Zeigefinger vor Gabes Gesicht. »Sie ist minderjährig. Verhaften Sie ihn!«

Yasmine weinte und weinte. »Mommy, hör auf!«

»Ich bin auch noch minderjährig!«, konterte Gabe.

»Du bist achtzehn …«

»Nein, bin ich nicht! Ich schwöre, Mrs Nourmand, wir haben nur etwas gegessen …«

»Vielleicht gerade eben. Aber davor, wer weiß das schon!«

»Ruhe!« Ritter probierte es noch mal.

»Du bist einer von der hinterhältigen Sorte«, keifte Sohala. »Ich wette, du gibst ihr *Drogen*, um dich an ihr zu vergreifen.«

Gabe war fassungslos. »Ich geb ihr keine *Drogen.*«

»Du bist ja *irre*«, schluchzte Yasmine. »Er hat mir das Leben gerettet, falls du das vergessen hast.«

Sohala beruhigte sich für einen Moment. Sie starrte Gabe wütend an und verlor kurz den Faden. »Warum hast du eine Glatze? Bist du jetzt ein Nazi?«

»Mommy, *hör jetzt sofort auf!*«, brüllte Yasmine los.

»Ich hab mir für einen Film die Haare abrasiert …«

»Du spielst in einem Film?«, fragte Sohala. »Was für ein Film ist das?«

»Ein kleiner, unabhängiger Film …«

»Ich glaube dir kein Wort!«

»Es stimmt aber! Warum sollte ich sonst eine Glatze haben?«

»Jetzt halten *alle* mal die Klappe!« Der zweite Polizist mischte sich ein, ein über ein Meter achtzig großer, breitschultriger blonder Mann, der Staggert hieß. »Alle sind jetzt ganz ruhig und machen keinen Mucks mehr, okay.« Er schlenderte zu Gabe hinüber, bis ihre Nasen sich fast berührten – ein dämlicher Versuch, ihn einzuschüchtern. Erstens war Gabe größer. Zweitens war dieser Mann, verglichen mit seinem Vater und dem Loo, eine Ameise.

»Wie alt bist du?«, herrschte Staggert ihn an.

»Siebzehn.«

Er wandte sich an Yasmine, die sich die Tränen aus den Augen wischte. »Wie alt bist du?«

»Sechzehn.«

Zurück zu Gabe. »Für deine siebzehn bist du ganz schön groß. Du würdest mich doch nicht anlügen, oder?«

»Ich bin siebzehn.«

»Wann wirst du achtzehn?«

»Im Juni.«

»Also in vier Monaten.«

»Genau deshalb bin ich noch siebzehn.«

Staggert schob sein Kinn vor. »Bist ein ganz schlaues Kerlchen, was, du Wichtigtuer?«

»Nein, Sir. Ich bin nur ein bisschen durcheinander. Tut mir leid.«

Der Polizist behielt seinen eisigen Blick bei. »Hast du einen Ausweis, Wichtigtuer?«

»In meinem Rucksack.« Gabe wollte zu ihm gehen, aber Staggert befahl ihm zu bleiben, wo er war.

»Ist das da drüben dein Rucksack?« Als Staggert in die Ecke deutete, nickte Gabe. »Dann macht es dir nichts aus, wenn ich mal hineinsehe?«

Gabe musste schlucken, denn er wusste ganz genau, dass er die gebrauchten Kondome darin verstaut hatte. »Nur zu.«

Staggert öffnete vorsichtig den oberen Reißverschluss, durchsuchte kurz den Inhalt und holte zwei Fläschchen mit Tabletten heraus. »Aha, du nimmst also keine Drogen?«

»Das sind verschriebene Medikamente«, entgegnete Gabe. »Der Name meines Arztes steht drauf. Rufen Sie ihn an, wenn Sie mir nicht glauben.«

Staggert las die Beschriftung. »Warum braucht ein Junge in deinem Alter Paxil und Xanax?«

Gabe antwortete leise. »Ich hab ein bisschen mit Angstzuständen zu tun.«

»Wovor hat ein Junge in deinem Alter Angst?«

Gabe öffnete den Mund und schloss ihn gleich wieder. Es lohnte sich gar nicht, für diesen Schwachkopf ins Detail zu gehen. Staggert setzte seine Suche fort und zog einen Ordner mit Notenblättern aus dem Rucksack. »Bist du irgend so ein Rockstar?«

»Ich bin klassischer Pianist.« Gabe verschränkte die Arme. »Ich geh auf die Juilliard-School.«

»Du gehst in New York zur Schule?«, mischte sich Ritter ein.

Gabe ließ seine Arme wieder hängen und bemühte sich, gelassen zu wirken. »Ja, Sir, in New York.«

Ritter, der ältere der beiden Polizisten, wies Yasmine und Sohala an, an Ort und Stelle zu bleiben, und ging zu Gabe. »Was machst du dann hier in L. A.?«

»Leute besuchen.« Gabes Augen wanderten zu Yasmine. »Ich hab mal hier gewohnt.«

Ritter nahm Staggert die Notenblätter aus der Hand; er war eindeutig der dienstältere Beamte des Duos. »Behalte du die Damen im Auge«, sagte er zu Staggert, der zu den Frauen hinüberstolzierte, doch angesichts der Enthebung von seinem Posten nicht mehr so forsch wirkte.

Nachdem Ritter ein paar Seiten der Noten überflogen hatte,

legte er sie zurück in den Rucksack. »Wo ist dein Ausweis, Junge?«

»Darf ich in den Rucksack greifen, um ihn Ihnen zu geben?«

Ritter nickte. Gabe holte seine Brieftasche heraus, suchte nach seinem Führerschein aus Nevada und reichte ihn dem Beamten, der die Plastikkarte prüfte. Das Geburtsdatum bewies seine siebzehn Jahre: grüne Augen, hellbraune Haare, ein Meter fünfundachtzig groß, dreiundsechzig Kilo schwer. Abgesehen von der Glatze, passte die Beschreibung auf ihn. Sein Name lautete Gabriel Whitman. »Du hast früher in L. A. gewohnt?«

»Ja.«

»Warum besitzt du einen Führerschein aus Nevada?«

»Mein Vater lebt dort. Ich hab ein paar Jahre bei ihm verbracht und dort den Führerschein gemacht.«

»Aber jetzt wohnst du nicht mehr bei ihm?«

»Nein, Gott sei Dank.«

»Was macht dein Vater?«

Gabe war zu aufgebracht und wütend, um zu lügen, also sagte er die Wahrheit. »Er betreibt Bordelle.«

Ritters Blick sprang von dem Führerschein zu Gabes Gesicht. »Er betreibt *Bordelle*?«

»Ja, Sir.« Er hätte besser gelogen. Der Gesichtsausdruck des Typen war echt komisch.

»Bordelle.« Er starrte erst Gabe, dann Yasmine an. »Und was genau wolltest du jetzt mit ihr machen?« Er senkte seine Stimme. »Vielleicht einen Ausflug nach Nevada?«

Gabe war perplex, und dann wich alle Farbe aus seinem Gesicht. »Oh Gott, *nein*!« Er schüttelte den Kopf. »Nein, nein, nein, nein, nein! Mit den Geschäften meines Vaters hab ich überhaupt nichts zu tun. Ich hasse ihn … na ja, hassen vielleicht nicht. Ich kann ihn überhaupt nicht leiden. Ich liebe sie. Ich schwör's bei Gott, lieber sterb ich, als dass ihr was zustößt. Das bin ich ja schon fast… gestorben. Ist eine lange Geschichte. Ich hör jetzt besser auf zu reden.«

Irgendwo im Hinterkopf fiel Ritter ein, dass das Mädchen gesagt hatte, der Junge hätte ihr das Leben gerettet. Zu dem Ganzen hier gab es also eine Geschichte. Er fuhr damit fort, ihn zu mustern. »Wo ist deine Mutter?«

»In Indien.«

»Und macht da was?«

»Sie lebt dort mit ihrer neuen Familie. Zu der ich nicht gehöre.«

Ritter blinzelte und sah sich dann den Führerschein noch mal an. »Bei wem hast du hier in L. A. gewohnt?«

Endlich! Endlich hatte er die Gelegenheit, ein paar Namen fallenzulassen. »Ich hab im Valley bei Lieutenant Peter Decker und seiner Frau Rina gewohnt. So wie im Moment auch.« Jetzt hatte er Ritters volle Aufmerksamkeit. »Er arbeitet im Devonshire-Revier. Er leitet die Abteilung der Detectives.«

Obwohl Ritter sich anstrengte, unbeeindruckt zu wirken, fielen ihm fast die Augen aus dem Kopf. »Und wenn ich ihn jetzt anrufe, wird er mir das bestätigen?«

»Genau.«

»Er weiß also, wo du gerade bist… mit einem sechzehnjährigen Mädchen in einem Motel.« Als Gabe schwieg, fragte Ritter: »Wie hast du das Zimmer reserviert?«

»Auf den Namen meines Vaters.«

»Der aus Nevada, den du überhaupt nicht leiden kannst.«

Gabe seufzte. »Ja, Sir.«

»Also weiß dein Vater, dass du hier bist?«

Gabe hob abwehrend eine Hand. »Ich weiß nicht, ob er's weiß oder nicht. Es wär ihm sowieso egal. Ich hab seine Sekretärin darum gebeten. Sie heißt Talia. Sie können sie auch anrufen, wenn Sie möchten. Sie erreicht man, aber er ist schwer zu fassen.«

»Wie heißt dein Vater?«

»Christopher Donatti.«

»Wo befinden sich die Bordelle deines Vaters?«

»Außerhalb von Elko. Möchten Sie Talias Telefonnummer?«

Ritter antwortete nicht. Stattdessen schrieb er sich den Namen und die Nummer des Führerscheins auf und fuhr mit der Durchsuchung des Rucksacks fort. Deckers Name war ihm bekannt, er würde ihn später anrufen. »Noch einen anderen Ausweis?«

Gabe gab ihm seinen Studentenausweis der Juilliard. Nach einer Minute hatte der Polizist den Müllbeutel am Boden des Rucksacks gefunden. Er warf einen Blick hinein, rümpfte die Nase und sah Gabe durchdringend in die Augen. Der Junge schloss die Augen und flüsterte ein verzweifeltes stummes »Bitte«.

Die Sekunden kamen ihm unendlich lang vor. Schließlich machte Ritter den Reißverschluss zu und wandte sich an Sohala Nourmand. »Bringen Sie Ihre Tochter nach Hause.«

»Nicht, bevor Sie ihn nicht verhaftet haben!«, insistierte Sohala.

»Wenn ich ihn verhafte, werde ich *sie* auch verhaften«, zischte er sie an. »Sie sind beide minderjährig. Officer Staggert, bitte begleiten Sie Mrs Nourmand zu ihrem Auto.«

»Ich bin mit meinem eigenen Auto da«, sagte Yasmine.

»Begleiten Sie die beiden Damen zu ihren Autos.« Und zu Yasmine sagte er: »Ab nach Hause, junge Dame. Sollte ich dich jemals wieder mit diesem Jungen erwischen, nehme ich ihn wegen Unzucht mit Minderjährigen fest. Hast du mich verstanden?«

Sohala schickte noch ihren Abschiedsgruß an Gabe hinterher. »*Du* hältst dich von meiner Tochter fern!«

Nachdem das Trio gegangen war, widmete Ritter sich wieder Gabe. »Das ist kein Scherz, Kumpel. Wenn das hier in vier Monaten passiert wäre, hätte ich dich tatsächlich wegen Unzucht mit Minderjährigen verhaftet.«

»Wir sind nur ein Jahr auseinander …«

»Vollkommen irrelevant.«

»Ich sag ja nur, dass das nicht pervers ist oder so was.«

»Es ist nicht pervers, nein. Aber der Punkt ist: Ihre Mutter will nicht, dass du sie triffst. Langer Rede kurzer Sinn. Das wirst du respektieren müssen.«

Gabe verdrehte die Augen.

»Mach das lieber nicht in meiner Gegenwart«, warnte Ritter ihn. »Da werde ich stinksauer.«

»Entschuldigung.« Pause. »Ehrlich, tut mir wirklich leid.«

»Es ist vorbei, Kumpel. Pack deine Sachen und geh nach Hause.«

»Es ist nicht vorbei«, murmelte Gabe.

»Tja, es ist vorbei, bis sie achtzehn und dem Gesetz nach erwachsen ist. Wenn du sie während meiner Dienstzeiten jemals wiedersiehst, dann sperre ich deinen Hintern im Gefängnis ein. Ganz egal, wen du kennst, verstanden?«

»Verstanden.«

Ritter starrte ihn an. »Du bist ein gut aussehendes Kerlchen. Gibt es in New York keine Mädchen?«

»Ich liebe sie.«

Ritter lachte leise. »Du hast das Leben noch vor dir, Junge. Sei kein Vollidiot. Geh deiner Freundin aus dem Weg, bis sie alt genug ist.«

Er drehte sich um, ging weg und knallte die Tür hinter sich zu.

Gabe schielte hinter dem Vorhang nach draußen. Sohala wartete in ihrem Wagen, bis Yasmine in ihrem vier Jahre alten schwarzen Mercedes losgefahren war. Dann ließ Sohala ihren neuen schwarzen Mercedes an und folgte ihr. Die beiden Polizisten diskutierten noch zehn Minuten, bevor sie abfuhren.

Gabe blieb wie betäubt und verlassen zurück. Wann immer er in diese Stimmung der Finsternis verfiel, konnte er sie abdämpfen, wenn er auf die Tasten seines Klaviers haute.

Nur leider gab es hier weit und breit keine Klaviatur.

Er öffnete seinen Rucksack und schmiss den Müllbeutel mit den benutzten Kondomen in den Mülleimer. Die Schachtel mit den unbenutzten Kondomen ließ er unter dem Bett stehen. Ohne Yasmine hatte er dafür keine Verwendung. Er warf eine Paxil ein. Selbst mit der Pille taumelte er am Felsvorsprung entlang. Aber der Schub Serotonin würde wahrscheinlich verhindern, dass er in den Abgrund stürzte.

Die Wundertaten moderner Medizin.

21

Es war ein langer Tag gewesen, und die Nacht wurde gerade noch länger. Der Spott in der Stimme des Polizisten hing Decker nach.

Kennen Sie einen Jungen namens Gabriel Whitman?

Zwei verkorkste Menschen hatten ihren gemeinsamen Sohn bei ihm abgeladen. Statt Golf zu spielen oder die Welt zu bereisen, kümmerte Decker sich um einen Jugendlichen. Als er in die Einfahrt einbog, ermahnte er sich, tief durchzuatmen und vor dem Reden nachzudenken, was ihm oft schwerfiel, wenn er es mit seiner eigenen Familie zu tun hatte.

Als er die Tür seines Hauses öffnete, zwang er sich, seine Gesichtsmuskeln zu entspannen. Süße Gerüche kitzelten ihn in der Nase. Rina saß auf der Couch und las in einer Zeitschrift. Sie legte sie zur Seite und stand mit einem strahlenden Lächeln auf. »Hallo, mein Großer. Ich habe auf dich gewartet, und jetzt bin ich ganz offiziell am Verhungern.« Sie gab ihm einen Kuss auf den Mund. »Und du?«

Decker strich seinen Bart glatt. Offensichtlich wusste sie nicht, was passiert war. »Ist Gabriel zu Hause?«

»In seinem Zimmer.« Ihr Lächeln erstarb. »Was ist los?«

»Ich muss mit ihm reden.«

»Worüber?«

Ohne lange Vorrede berichtete Decker ihr das, was er

wusste, und nannte alle Einzelheiten, die man ihm während des Telefonats mit dem Revier in West L. A. gegeben hatte. Er schaffte es, seinen Ton zu mäßigen, aber seine Wut konnte er nicht verbergen. »Der Junge hat mich angelogen.« Er spürte, wie er die Zähne zusammenbiss. »Ich *hasse* es, wenn man mich anlügt.«

»Das verstehe ich wirklich«, sagte Rina todernst. »Aber die Wahrheit konnte er dir ja nicht unbedingt sagen.«

»Bist du jetzt seine Anwältin?«

»Werde bitte nicht wütend auf mich. Ich habe mit der ganzen Sache nichts zu tun.«

»Ich ging davon aus, dass er einen verdammten Kaffee mit diesem Mädchen trinkt und wieder abzieht. So hat er es mir erzählt. Dämlicher Vollidiot!« Decker rauschte davon und hämmerte gegen die Tür von Gabes Zimmer. »Gabriel, mach die Tür auf. Ich muss mit dir reden.«

Der Junge erschien im Türrahmen. Seine Augen hinter den Brillengläsern waren geschwollen, aber trocken. Auf der Stirn hatte er lauter rote Flecken. Er trug ein grünes T-Shirt und Jeans und war barfuß. »Ich hab noch meine Brille gesucht …«

»Komm raus und setz dich!«

»Kannst du dich kurz beruhigen?«

»Ich bin ganz ruhig, aber auch wütend. Man kann ruhig und wütend zugleich sein.«

»Hör mal, es tut mir leid …«

»Du hast mich angelogen, Gabriel. Ich habe dir vertraut, und du hast mir direkt in die Augen geschaut und mich angelogen. Du hast mich zu einem Idioten gemacht.«

»Was dachtest du denn, dass ich dir erzähle, Peter?«

»Wie wär's für den Anfang mit der Wahrheit?«

»Dass sie mich um ein Treffen in einem Motel gebeten und ich Ja gesagt hab? Und was hättest du dazu gesagt?«

»Ich hätte darauf bestanden, dass du das Treffen absagst, und nichts von all dem wäre vorgefallen.«

»Ich *wollte nicht darüber reden.* Aber *du* hast darauf bestanden. Also lass mich in Ruhe, ich hab dir gesagt, was du hören wolltest. Und nur fürs Protokoll, ich musste dir gar nichts erzählen. Du bist nicht mein *Vater*!« Er bereute die Worte noch in dem Augenblick, als sie seinen Mund verlassen hatten. »Du bist nicht mal mein *Stiefvater.*« Er machte es nur schlimmer. »Du stehst in überhaupt *gar* keinem Verwandtschaftsverhältnis zu mir! Warum gehst du nicht einfach zu deiner Frau und deinen richtigen Kindern und lässt mich verdammt noch mal *in Ruhe*!«

Seine Tirade wurde von einem wütenden Türenknallen unterstrichen.

Na toll!

Decker kochte vor Wut. Ein Teil seines Zorns richtete sich direkt gegen Gabe, aber das meiste galt den Eltern des Jungen. Den Kiefer zusammengepresst, ermahnte er sich immer wieder, ruhig und tief zu atmen, während er von dannen zog. Rina wartete mit einem unterdrückten Lächeln im Gesicht auf ihn.

»Bist du jetzt hungrig?« Als Decker ihr einen wütenden Blick zuwarf, nahm Rina seine Hand und führte ihn zur Couch. »Warum setzt du dich nicht erst mal, und ich bringe dir etwas zu trinken?« Ein offenes Lächeln. »Zum Beispiel einen doppelten Scotch?«

»Schön, dass du das so verdammt lustig findest.«

»Ich finde es nicht lustig, ich bin nur zu alt, um es mir so zu Herzen zu nehmen.«

»Erzähl mir nichts von wegen alt. Ich bin zwölf Jahre älter als du. *Das* ist alt.«

»Also lass dich von einem jungen Huhn verwöhnen.« Beide

hörten, wie Gabes Zimmertür aufging. »Oha, ich glaube, es ist an der Zeit, dass ich verschwinde.«

Decker griff nach ihrer Hand. »Keine Chance. Da stecken wir beide drin.«

»Ich hole nur eine Flasche Wasser. Warum soll ich verdursten, während ihr beide euren Streit austragt?« Sie riss sich los. »Ich komme wieder, *versprochen.*«

»Na gut«, brummelte Decker. »Kein Wunder, dass ich so viele Stunden im Büro verbringe.«

»Das habe ich gehört!«, rief sie aus der Küche.

»Das solltest du auch hören!«, rief er zurück. Er sah auf und musterte den Jungen – ein Bild des Jammers. »Ja?«

»Es tut mir leid.«

»Was genau?« Decker erhob sich und begann, auf und ab zu gehen. »Mich angelogen zu haben? Entschuldigung angenommen. Die Wahrheit gesagt zu haben? Keine Entschuldigung nötig. Ich bin weder dein Vater noch dein Stiefvater, noch stehe ich in irgendeinem verwandtschaftlichen …«

»Peter!«

»Tatsächlich hätte ich von vornherein Chris anrufen sollen, deinen *richtigen* Vater, und mich selbst da raushalten.«

»Bitte ruf Chris nicht an …«

»Ich tue das nicht aus Rache, Gabriel, aber ich muss ihm sagen, was passiert ist. Damit er die Hintergrundgeschichte kennt, falls du im Gefängnis landest. Denn ich werde dich da sicher nicht rausholen.«

»Bitte ruf meinen Vater nicht an …«

Rina kam ins Zimmer. »Er wird deinen Vater nicht anrufen.«

»Ach, und warum nicht?«, fragte Decker. »So wie ich Chris kenne, interessiert es ihn eh nicht die Bohne. Wahrscheinlich würde er dir gratulieren und mich auslachen, weil es mir nicht scheißegal ist!«

»Peter, bitte!«, ermahnte ihn Rina.

»Ich tu alles, okay?« Hinter Gabes Brillengläsern lag die blanke Panik. Seine Stimme klang schriller als sonst. »Nur *bitte* ruf bloß Chris nicht an!«

»Warum? Ich würde doch meinen, dass du *froh* bist, mich aus deinem Leben zu kicken.«

»Was willst du von mir, Peter? Willst du, dass ich dich *anbettle?*«

»Es reicht, Peter!«, rief Rina.

Decker ließ von Gabe ab und deutete auf die Couch. Der Junge ließ sich in die Polster fallen und warf seinen Kopf in den Nacken. Dann sah er Decker flehend an. »Lieber halt ich *deine* Wut aus als *seinen* Hohn, denn genau das wird passieren, wenn du ihn anrufst… ›Meine Güte, Gabe, du kannst noch nicht mal deine Freundin ficken, ohne Scheiße zu bauen.‹« Er sah zu Rina. »Bitte entschuldige meine Ausdrucksweise.«

»Hier, trink etwas.« Sie reichte ihm die Flasche, aber er öffnete sie nicht.

»Krieg ich auch was ab, oder ist das nur für bemitleidenswerte kleine Jungs gedacht?«, fragte Decker.

Rina verdrehte die Augen. »Bin gleich wieder da.«

Decker ging immer noch auf und ab. »Habt ihr euch geschützt?«

»Ja… ich bin zwar blöd, aber nicht selbstmordgefährdet.«

»Du bist nicht blöd.«

»Doch, bin ich. Ich hab's total versaut. Tut mir leid, dass du da mit reingezogen wurdest. Das hast du nicht verdient. Ich bin ja nicht dein Problem.«

»Aufgrund der Fakten *bist* du mein Problem.«

»Tut mir leid.« Nach einer Pause sagte Gabe: »Sie hätte ja nicht gleich die Polizei auf mich hetzen müssen.«

Trotz seiner Wut musste Decker tatsächlich lächeln. Er

setzte sich neben den Jungen. »Das war ein bisschen übertrieben.«

»*Ich* wäre ja einfach nur Kaffee trinken gegangen. Das Motel war *ihre* Idee. Und sag jetzt bitte nicht, ich hätte Nein sagen müssen. Kein Kerl in meinem Alter hätte das getan.«

»Du darfst sie nicht mehr treffen.«

»Das weiß ich.«

»Sag mir die Wahrheit, Gabe. Wie lange hattet ihr schon wieder Kontakt? Und erzähl mir nicht, du hättest nichts von ihr gehört, denn ich weiß, dass es so war.«

»Ich hab nie behauptet, nichts von ihr gehört zu haben.«

»Doch, das hast du.« Rina reichte Decker eine Flasche Wasser. »Du hast mir gesagt, du hättest ihr keine Mails geschrieben, keine SMS und auch nicht auf Facebook mit ihr gechattet.«

»Das war voll und ganz die Wahrheit.« Gabe schwieg einen Moment. »Schneckenpost. Sie hat ein Postfach.«

»Ihr *schreibt* euch *Briefe*?«, fragte Decker.

Rina lächelte. »Wie reizend.«

»Du darfst sie nicht mehr kontaktieren, Gabe«, insistierte Decker. »Auch nicht per Schneckenpost. Keinen Kontakt mehr!«

»Das geht nicht. Du verstehst einfach nicht …«

»Ich verstehe das nicht?« Decker schüttelte den Kopf. »Geht's auch ein bisschen einfallsreicher?«

»Nein, du verstehst es *wirklich* nicht.« Seine Augen funkelten. »Du warst nicht dabei!«

Decker schwieg.

Gabe war aufgeregt. »An jenem Tag hab ich mein Leben für *sie* riskiert … aber sie auch ihres für *mich*. Und das ist viel, viel mehr, als ich über meine eigene verdammte *Mutter* sagen kann, kapiert?« Er ballte seine Hände zu Fäusten. »Als sie mich verlassen hat … die Art und Weise, wie sie mich verlassen hat … ihr seid nie quasi ausgesetzt worden, also behauptet nicht, ihr *wüsstet*, wie ich mich fühle.«

»Ich weiß nicht, wie du dich fühlst … genau fühlst.« Decker hob eine Hand. »Und bevor du mir jetzt an die Kehle springst, will ich es dir erklären. Ich wurde adoptiert. Als ich erwachsen war … nach meiner Heirat mit Rina … habe ich zufällig meine biologische Mutter getroffen. Es war traumatisierend. Und besonders wütend machte mich, dass sie noch fünf weitere Kinder hatte. Kindischerweise fühlte es sich für mich nicht so an, als hätte sie nie Kinder gewollt, sondern als hätte sie nur *mich* nie gewollt. Damals wusste ich, wie dumm das von mir war, denn meine biologische Mutter war zu dem Zeitpunkt ein schwangerer, in Panik geratener Teenager gewesen. Ich sage nicht, dass es genauso ist wie bei dir, Gabriel, aber ich habe eine Ahnung davon, wie es sich anfühlt, wenn man abgegeben wird.«

Der Junge trommelte mit seinen Fingern auf seinen Beinen herum. »Wir haben also beide unsere Erfahrungen mit Verrat. Dann solltest du doch wissen, warum ich wieder mit Yasmine reden muss. Ich will nicht, dass sie glaubt, ich würde mit ihr Schluss machen.«

»Gabriel …« Decker wählte seine Worte sorgfältig. »Wenn sie dem Gesetz nach erwachsen ist, bist du aus dem Schneider. Aber bis dahin sitzt du in der Falle. Es sind nur noch ein paar Jahre, bis sie achtzehn wird.«

»Falls ihre Mutter sie nicht nach Israel oder sonst wohin verschifft.« Gabe schüttelte den Kopf. »Ich versteh nicht, warum ihre Mutter mich so hasst.«

»Sie hasst dich nicht …«

»Doch, tut sie, und ich weiß, warum. Falsche ethnische Abstammung und falsche Religion. Meine Herkunft kann ich nicht ändern, aber ich hab Yasmine schon gesagt, dass ich zum Judentum konvertiere. Ich hab mich sogar schon damit beschäftigt. Ich würde wahrscheinlich auch ohne Yasmine konvertieren.«

Rina setzte sich dicht neben ihn. »Wirklich?«

»Mannomann«, sagte Decker, »du hast den Dreh raus, wie man meine Frau um den Finger wickelt, Mr Charming.«

»Hör auf, Peter.« Sie sah Gabe an. »Gabriel, warum möchtest du konvertieren?«

Er dachte über die Frage nach. »Keine Ahnung. Ich mag euch. Ich glaub, ich mach das, um mich meiner Scheinfamilie näher zu fühlen.«

»Gabe, wir sind nicht deine Scheinfamilie.« Als er nicht antwortete, fuhr sie fort: »Und du weißt, dass du hier immer ein Zuhause hast.«

»Danke, dass du das sagst.« Er blickte auf die Uhr. Es war nach neun. »Ich möchte ja nicht platt klingen, aber gibt's was zu essen? Ich verhungere gleich.«

»Ich bereite das Abendessen vor.« Sie ging zurück in die Küche.

Gabe sah Decker an. »Das war total kindisch von mir … der Spruch, dass du nicht mein Vater bist.«

»Es war der typische Spruch eines Jugendlichen, aber du bist ja auch noch nicht erwachsen. Vergiss es einfach.« Decker tätschelte sein Knie. »Wenn du erst mal wieder am College bist, wird es dir besser gehen.«

»Ich geh nicht zurück«, sagte Gabe. »Zumindest nicht in den nächsten paar Monaten.«

»Darf ich fragen, warum?«

»Mir geht's momentan nicht so gut. Ich glaub, der Prozess hat mich mehr mitgenommen, als ich dachte.«

»Du brauchst eine Auszeit.«

»Leider wird's dazu nicht kommen. Ich muss in sechs Wochen auf Konzertreise. Eben kam die E-Mail von meinem Agenten. Er hat mich in zwei weiteren Städten untergebracht, wo ich ein paar Stücke spielen werde, die ich noch nicht so gut beherrsche. Deshalb hab ich Nick angerufen. Die gute Neuigkeit ist, dass er mir helfen kann. Der Schule hab ich eine Mail geschrieben. Was ich in diesem Semester noch erledigen muss, sind nur ein paar Abschlussprüfungen im Vorspielen. Die lassen sich jederzeit nachholen. Wenn ich euch zu sehr zur Last falle, kann ich bei meiner Tante wohnen. Aber ich würde gerne das Klavier benutzen … in der Garage … das ihr für mich geliehen habt … wenn du mich noch magst.«

»Hör schon auf.« Decker lächelte. »Du bist herzlich eingeladen, so lange du willst bei uns zu wohnen – bei deiner Scheinfamilie.«

»Danke.«

»Okay, Gabe. Die Mitleidskarte hast du sehr gekonnt ausgespielt. Sogar ich fühle mich schlecht. Wenn du jetzt aufhörst, Druck zu machen, gehört der Sieg dir.«

»Also kann ich hierbleiben, vorausgesetzt, ich treffe Yasmine nicht.«

»Ja. Das ist die Bedingung. Mitleid hin oder her, ich hole dich nicht aus dem Knast.«

»Ich muss mit ihr darüber reden, Peter. Das verstehst du doch, oder?« Schweigen. »Kannst du an meiner Stelle mit ihrer Mutter sprechen?«

»Das meinst du doch nicht *ernst*!«

»Du hast recht. Ich red selbst mit ihrer Mutter.«

»Dazu wird es nicht kommen.« Decker wippte mit dem Fuß. »Gib mir ein paar Tage Zeit. Ich muss darüber nachdenken, wie ich den Nourmand-Sturm in den Griff kriege.«

Gabes Lächeln kam von Herzen. »Du lieber Gott, ich beneide dich nicht.«

Decker nahm den Jungen in den Arm. »Ich tue, was ich kann. Mehr sage ich nicht. In der Zwischenzeit herrscht Funkstille zwischen dir und ihr, kapiert?«

»Ja, kapiert.« Gabe lehnte seinen Kopf an Deckers Schulter und sagte nichts mehr. Es fühlte sich gut an, von jemandem beschützt zu werden, der groß und stark war. Es fühlte sich auch gut an, dass jemand sich kümmerte.

Auch wenn es nur zum Schein war.

Während des Abendessens kam Gabe noch einmal so richtig in Fahrt und wetterte gegen die Ungerechtigkeiten dieser Welt. Er wandte sich an seine engste Verbündete – Rina. »Ich bin so verdammt wütend. Wie würdest du dich fühlen, wenn Peters Mutter versucht, dich verhaften zu lassen?«

»Meine Mutter ist fünfundneunzig«, sagte Decker. »Such dir ein anderes Beispiel.«

»Gabe«, sagte Rina, »mir ist wirklich bewusst, wie du dich fühlst. Aber als Mutter verstehe ich auch Sohala. Sie weiß nicht, was für ein wunderbarer Mensch du bist.«

»Kannst du es ihr sagen?«

»Ich glaube kaum, dass einer von uns beiden momentan Einfluss auf sie hat«, meinte Decker.

Es klingelte an der Tür. Rina stand auf und schielte durch den Türspion. Sie nahm ihre Schürze ab. »Auweia, es ist Sohala.«

»Ich verschwinde«, sagte Gabe. »Sieht sie wütend aus?«

»Kann ich nicht sagen. Du wohnst hier. Du bleibst, wo du bist.« Rina öffnete die Tür. Sohala war wie für eine Party angezogen – ein hautenger schwarzer Glitzerpulli, schwarze Leggings und Stiefel. Ihr Haar hatte sie hochgesteckt, und sie war perfekt geschminkt. Als sie Rina auf die Wange küsste, riskierte sie einen Blick auf Gabe und fragte, ob sie hereinkommen dürfe.

»Aber sicher«, entgegnete Rina.

Noch ein Blick hin zu Gabe. »Ich glaub, ich geh mal duschen«, sagte er.

»Bitte, Gabriel, bleib hier.« Sohalas Stimme klang ganz sanft. »Darf ich mich setzen?«

»Natürlich«, wiederholte Rina.

»Tja, wenn ich nicht gebraucht werde, kümmere ich mich um den Abwasch«, sagte Decker.

Sohala machte seine Hoffnung auf einen schnellen Abgang zunichte. »Bitte bleiben Sie auch hier. Bitte bleiben Sie alle.«

Der Teenager saß zwischen Rina und Decker auf dem Sofa. Sohala nahm ihnen gegenüber Platz. Sie sah dem Jungen durchdringend in die Augen. »Gabriel. Ich möchte dir etwas sagen. Mein Verhalten von heute Nachmittag tut mir aufrichtig leid. Neben dem Motel gibt es eine persische Bäckerei. Meine Freundin hatte mir wegen Yasmines Auto auf dem Parkplatz Bescheid gesagt. Ich bekam große Angst. Yasmine ging nicht ans Telefon. Ich dachte, vielleicht ist es eine Entführung.«

»Ah, ja«, sagte Rina, »das erklärt vieles. Ich bin mir sicher, Sie waren völlig aufgewühlt.«

»Ja, sehr.« Die Frau war glücklich darüber, offene Ohren zu finden.

»Ich verstehe«, sagte Rina. »Geht es Ihnen jetzt besser, Sohala?«

»Nicht so gut, aber wer macht sich schon Sorgen um mich? Meine Tochter bestimmt nicht.«

»Sie liebt Sie«, murmelte Gabe. »Das ist ja das Problem.«

»Ihre Liebe ist mir nicht wichtig. Mir ist wichtig, dass sie auf mich hört. Sie hört nicht auf mich.«

Gabe sah sie aus seelenvollen grünen Augen durch seine Brille an. »Warum hassen Sie mich so?«

»Gabriel, ich hasse dich nicht. Wie könnte ich einen Jungen hassen, der meiner Tochter das Leben gerettet hat? Es tut mir leid, dass ich der Polizei gesagt habe, sie soll dich festnehmen. Ich glaube, du bist ein wunderbarer Junge.« Sie starrte seinen fast kahlen Kopf an. »Hast du wirklich einen Film gemacht?«

»Ich hab in einem mitgespielt. Ich hab ihn nicht gemacht.«

»Was für einen Film?«

»Ein doofer Independent-Film.«

»Warum hast du dann eine Glatze?«

»Weil ich einen psychisch Kranken spiele, der einen Zusammenbruch erleidet. In der Schlussszene stecken sie mich in eine Zwangsjacke und rasieren mir den Kopf. Bis vor einem Monat hatte ich noch lange Haare.«

»Bist du bezahlt worden für den Film?«

Gabe war verwirrt. »Ja, ich hab Geld bekommen.«

»Wie viel?«

Der Junge schaute sie verständnislos an.

»Schon gut«, sagte Sohala, »ist egal. Gabriel, ich weiß, dass du meine Tochter liebst.«

»Ja, Mrs Nourmand, das tu ich wirklich.«

»Wenn du das tust, dann willst du das, was am besten für sie ist. Deshalb bitte ich dich um das hier. Du musst ihr sagen, dass du sie nie wiedersehen wirst.«

»Ich hab doch gar keine andere Wahl, oder? Wenn ich noch mal erwischt werde, lassen Sie mich verhaften.«

»Nein, ich lasse dich nicht mehr verhaften. Aber du musst trotzdem aufhören, Yasmine zu treffen. Du musst ihr sagen, dass du Schluss machen willst.«

»Aber ich will nicht mit ihr Schluss machen. Das wäre vollkommen gelogen.«

»Dann lügst du eben.«

»Warum sollte ich uns beiden grundlos das Herz brechen?«

Sohala sah ihn an, als wäre er ein ungezogenes Kind. »Du bist ein berühmter Pianist, der in einem Film mitspielt, oder nicht?«

»Nein, ich bin nicht berühmt. Ich bin nur ein verzweifelter Junge, der Ihre Tochter liebt.«

Sohala versuchte es noch einmal. »Nun ja, manche Klavierspieler sind berühmt.«

»Die meisten nicht.«

»Aber das willst du doch tun, oder? Das Klavierspielen.«

Gabe erwiderte ihren Blick standhaft. »Ja, das will ich tun. Es ist sehr befriedigend.«

»Die Leute zahlen Geld dafür, um dich zu hören, also musst du sehr gut sein, oder?«

Er fragte sich, worauf sie hinauswollte. »Ja.«

»Und um für die Leute zu spielen, musst du reisen?«

»Natürlich.«

»Überallhin«, sagte sie. »In alle Länder.«

»Ich hoffe.«

»Wie oft verreist du in einem Jahr?«

»Während der Unterrichtsphase ungefähr für zwei Monate … im Sommer mehr, wenn die vielen Festivals stattfinden.«

»Und nach deinem Abschluss bist du noch mehr auf Reisen, oder? Du kannst dann für sehr lange weg sein.«

Gabe bekam Bauchschmerzen. »Nicht sehr lange.« Geflunkert. »Ein paar Monate.«

»Oder vielleicht mehr, nicht wahr?«

Gabe schwieg. Das hier führte zu nichts Gutem.

»Gabriel, Yasmine ist sechzehn. Sie ist ein Kind. Selbst wenn sie achtzehn wird und aufs College geht … was soll sie denn bloß machen, wenn du so lange weg bist? In einem Zimmer sitzen, auf deine Rückkehr warten, nur um zu sehen, wie du wieder abreist? Ist es fair, sie darum zu bitten, ihr Leben zu verpassen, während du dir deinen Traum erfüllst? Ist es fair, sie darum zu bitten, einsam zu sein, während alle um sie herum Spaß haben?«

Zum ersten Mal seit dem Nachmittag fing er an, sich herauszuwinden. »Ich kann was anderes machen.«

»Was denn?«

»Wissen Sie, ich kann unterrichten.« Selbst in seinen Ohren klangen die Worte hohl.

»Das willst du also sein? Ein Klavierlehrer?«

Alle im Raum schwiegen.

»Ich frage Rina und den Lieutenant nicht nach ihrer Meinung, aber sie wissen, dass ich recht habe.« Sohala beugte sich vor. »Lass sie fliegen, Gabriel. Lass sie Freunde treffen, lass sie auf Partys gehen, lass sie ein normales junges Leben leben.«

»Ich hab ihr niemals gesagt, sie soll nicht auf Partys gehen. Ich möchte, dass sie sich amüsiert!«

»Sie wird nichts unternehmen, solange du nicht da bist. Du musst ihr die Chance geben, sich zu entwickeln. Wenn du sie wirklich liebst, dann siehst du ein, dass ich recht habe.«

Gabe spürte, wie ihm die Tränen kamen. »Das ist nicht fair.«

»Ist es denn in deinen Augen fair, sie Monate warten zu lassen, bis du zu ihr zurückkehrst?«

»Sie kann tun, was sie will«, sagte Gabe. »Das hab ich ihr immer gesagt.«

»Was sie will, ist, die ganze Zeit mit dir zusammen zu sein. Deine Koffer zu packen und mit dir zu verreisen und dein kleines Haustier zu sein. Sie ist ein hochintelligentes Mädchen. Gib ihr die Chance, loszufliegen und zu singen.«

Gabe sagte nichts, genau wie Sohala. Er wandte sich an Rina. »Das ist nicht fair.« Flehend sah er zu Decker. »Das ist *total* unfair.«

Beide reagierten nicht darauf.

»Also seid ihr ihrer Meinung?«, fragte Gabe. Sein Blick schoss zwischen Decker und Rina hin und her. »Ehrlich. Ich will wissen, was ihr denkt.«

Decker machte den Anfang. »Ich weiß, dass du sie liebst, Gabe. Aber Sohalas Argument hat Hand und Fuß.«

»Und was soll ich also tun?« Der Junge verschränkte die Arme vor der Brust. »Ihr sagen, dass ich sie nicht mehr liebe? Das tu ich auf gar keinen Fall.«

»Nein, ich glaube nicht, dass du das sagen solltest«, meinte Sohala. »Es entspräche nicht der Wahrheit, und es wäre sehr verletzend. Trotzdem musst du ihr sagen, dass sie sich mit anderen Leuten treffen muss. Wenn es sein soll, werdet ihr beide wieder zusammenfinden.« Sie schluckte mühsam. »Wenn sie sich mit anderen Jungen trifft und entscheidet, dass sie dich immer noch liebt, dann verspreche ich, dich in meiner Familie willkommen zu heißen, vorausgesetzt, du konvertierst.«

Gabe starrte sie ungläubig an. »Sie erwarten von mir, dass ich ihr sage, sie soll sich mit anderen Jungs treffen?«

Sohala schossen Tränen in die Augen. »Manchmal muss man im Leben schwierige Dinge tun. Wenn sie zu dir zurückkommt, nachdem sie andere ausprobiert hat, werde ich sie in allem, was sie will, unterstützen. Gib ihr einfach nur die Chance, erwachsen zu werden. Du wirst sie als Frau noch mehr lieben als dieses kleine Mädchen, das dich anhimmelt und nicht weit über ihren Tellerrand hinausschauen kann.«

Gabe wischte sich über die Augen. »Ich werde … ich werde mit ihr reden. Aber ich garantiere nichts.«

»Gut …«

»*Eine* Bedingung hab ich.« Er sah Sohala in die Augen. »Sie müssen sie dazu bringen, wieder Gesangsunterricht zu nehmen. *Sie* dürfen ihr auch nicht im Weg stehen, wenn sie auf die Bühne will.«

Sohala kniff die Augen zusammen. »Hokay, ich gebe ihr wieder Gesangsunterricht.«

»Das hab ich nicht damit gemeint«, sagte Gabe. »Wenn sie zur Opernsängerin ausgebildet werden will, müssen Sie sie dabei unterstützen.«

Die Frau verschränkte die Arme vor der Brust. »Das ist nicht fair.«

Rina ging dazwischen. »Entweder findet ihr beide jetzt einen Kompromiss, oder ihr streitet euch einfach immer weiter.« Sie stand auf. »Ich jedenfalls kümmere mich um den Abwasch.«

»Ich helfe dir«, sagte Decker.

»Wenn Sie einwilligen, sie machen zu lassen, was *sie* will, dann willige ich ein, das zu tun, was Sie wollen.«

»Hokay.« Sohala trocknete sich die Augen. »Wenn du ihr auf Wiedersehen sagst, bin ich damit einverstanden.«

Immer das Allerwichtigste: Mom beruhigen. »Und … nur fürs Protokoll …«, sagte Gabe, »… ich verstehe Ihre Bedenken. Es ist unfair, sie auf mich warten zu lassen.« Wie in aller Welt kam er bloß aus dieser Nummer wieder heraus? »Ich werde ihr sagen, sich mit anderen Typen zu treffen, solange Sie sie darin bestärken, Sängerin zu werden. Sind wir uns einig?«

»Du musst ihr auch sagen, dass du mit anderen Mädchen ausgehen wirst.«

»Aber ich will nicht mit anderen Mädchen ausgehen. Was ich mache, ist meine Angelegenheit.«

»Sie wird nicht damit einverstanden sein, andere Jungs zu treffen, außer du gehst mit anderen Mädchen aus. Du sagst ihr, du gehst mit anderen Mädchen aus, und dann mache ich alles mit dem Singen, hokay?«

So fügte sich ein Plan zusammen. Er sagte: »Okay.«

Sohala sah ihn misstrauisch an. »Ich weiß nicht, ob ich dir trauen kann.«

Guter Punkt, Lady. »Mrs Nourmand, ich weiß, dass wir nicht zusammen sein können, bevor Sie mich nicht akzeptiert haben«, sagte Gabe. »Also sind wir uns einig, oder?«

»Hokay.« Sohala war immer noch nicht ganz überzeugt, aber was konnte sie schon tun. Der Junge war eine Schlange im Gras. Eine sehr gut aussehende Schlange – sie hatte begriffen, warum Yasmine so verblendet war –, doch darum ging es hier nicht. »Hokay, ich bringe sie her, damit du mit ihr redest. Sie wartet auf mich im Auto.«

»Wollen Sie damit sagen, dass ich das *gleich* machen muss?«

»Ja, jetzt gleich.«

Er bekam Herzklopfen. »Können Sie mir nicht einen oder zwei Tage Zeit lassen, um darüber nachzudenken?«

»Gabriel, du änderst deine Meinung, wenn du die Gelegenheit hast, darüber nachzudenken. Das weiß ich. Gib sie frei. Es ist das Richtige.«

Er wurde zappelig und gereizt. Er wollte erst mal die Details ausarbeiten, aber jetzt blieb dafür keine Zeit mehr. Er hatte keine andere Wahl, als auf das Beste zu hoffen. »Also gut, ich red mit ihr.«

Sohala stand auf und bemühte sich, wieder Haltung anzunehmen. »Es ist so, wie unsere Weisen es immer schon gesagt haben: Wann, wenn nicht jetzt?«

Gabe sagte nichts dazu.

Scheiß auf die Weisen.

22

Gabe dachte, sie würde verzweifelt sein. Stattdessen schäumte sie vor Wut. Sie saß ihm mit verschränkten Armen gegenüber, zusammengekauert in einem marineblauen Kapuzenpulli. Ihre Mutter erntete einen bösen Blick, Gabe wurde misstrauisch gemustert. In diesem Augenblick kam Decker ins Zimmer, machte sofort wieder kehrt und ging zurück in die Küche. »Möchtest du einen Ausflug unternehmen?«, fragte er Rina.

»Ist es so schlimm?«

»Yasmine weiß Bescheid, und es sieht nach der Schießerei am O.K. Corral aus. Fahren wir? Ja oder nein?«

Rina stellte die letzten Teller zur Seite. »Sollte nicht einer von uns beiden hierbleiben, um sicherzugehen, dass das Haus nicht abgefackelt wird?«

»Gutes Argument«, räumte Decker ein. »Ich bin im Schlafzimmer, falls jemand wiederbelebt werden muss.«

»Vielleicht solltest du dich hineinwagen und als Vermittler zwischen den Parteien auftreten.«

»Nein, meine Liebe, mit häuslicher Gewalt habe ich nichts mehr zu tun. Wenn du die Polizei brauchst, wähle die Notfallnummer.«

Nachdem er verschwunden war, wappnete Rina sich und ging gemächlich ins Wohnzimmer. Jemand musste sich ja wie ein Erwachsener benehmen. Sie setzte sich auf die Couch.

Sohala machte den Anfang und dirigierte ihre Mitspieler. »Rede mit ihr, Gabriel. Du sagst ihr, was wir besprochen haben.«

Gabe wurde fast schlecht. Er traute sich nicht, Yasmine anzusehen. »Deine Mutter denkt, wir sollten uns trennen ... eine Zeitlang.«

»Was *sie* denkt, weiß ich. Ist es auch das, was *du* denkst?«

»Lass mich ausreden.« Gabe spürte, wie seine Augenlider zuckten. »Hör mir einfach zu.« Yasmine schwieg. »Es gibt da ein Mädchen in New York ...«

Yasmine hatte genug gehört und schoss vom Sofa hoch. »Ich hasse dich!« Sie funkelte ihre Mutter wütend an. »Und dich hasse ich auch. Ich hasse euch alle beide!« Sie schnappte sich ihre Handtasche und stürmte aus dem Haus.

Gabe sprang auf, genau wie Sohala. Er biss die Zähne zusammen und sagte: »Lassen Sie mich das klären?«

»Ich sehe ja, wie du das klärst. Du brichst ihr das Herz.«

Rina hätte wirklich den Ausflug mitmachen sollen. Stattdessen sagte sie: »Gabe, immer mit der Ruhe.«

Der Junge beachtete sie nicht. »Nichts davon wär passiert, wenn Sie sich nicht eingemischt hätten!«

»Natürlich mische ich mich ein. Du warst mit meiner Tochter in einem Motel!«

»Verdammte Scheiße!« Gabe rannte hinter ihr her und knallte die Tür zu. Yasmine war schon ziemlich weit gelaufen. »Warte!«

»Hau ab. Ich will dich nie wiedersehen.«

»Yasmine, hör mir bitte zu ...«

»Nein.«

Er holte sie ein und griff nach ihrem Arm. Der Regen hatte aufgehört, aber die Luft war feucht. Er war ohne Jacke hinausgerannt und fror. »Yasmine!«

»Sagst du ihr, dass du sie liebst, wenn du mit ihr zusammen bist, so wie mir?« Sie riss ihren Arm los. »Sagst du ihr das, Gabe? *Tust du das?*« Sie schlug ihn mit ihrer Tasche und machte ein paar Schritte von ihm weg. »*Avazi!*« Dann drehte sie sich um und holte mit ihrer Handtasche nach seinem Kopf aus. »Du… Arsch!

Er wehrte ihre Tasche mit der linken Hand ab. »Es gibt kein anderes Mädchen…«

»Lügner!« Sie änderte ihre Richtung und lief in ihre Mutter hinein. »Hau ab und lass mich wenigstens einmal in meinem Leben in Ruhe!«

»Yasmini!«

»Kannst du noch nicht mal aufhören, mir nachzuspionieren, wenn wir uns gerade trennen? Du liest meine Mails, du checkst meine Anrufe, du durchsuchst meinen Computer, du liest mein Tagebuch. Mommy, gönn mir wenigstens einmal in meinem Leben ein bisschen Privatsphäre!«

Sohala war getroffen. Sie schüttelte den Kopf. »Ich lasse dir Privatsphäre. Du hast dein eigenes Zimmer.«

»Herrgott!« Yasmine schüttelte den Kopf. »Vergiss es einfach. Wir gehen jetzt nach Hause!«

»Bitte, kann ich mit dir reden?«, flehte Gabe. Er wandte sich an Sohala. »Könnten Sie uns ein paar Minuten alleinlassen?«

Rina war ihnen nach draußen gefolgt. »Los, Leute, das hier ist mein Terrain. Redet drinnen, oder alle gehen nach Hause.«

Keiner rührte sich vom Fleck.

Yasmine redete leiser. »Gib mir ein paar Minuten, Mommy. *Allein!*«

Rina zog Sohala sanft am Arm. »Wir warten im Haus. Nicht so laut, oder ich rufe die Polizei. Niemand möchte, dass Pete dazukommt, oder?«

Schweigen.

»Bleib nicht so lange«, sagte Sohala.

»Keine Sorge.« Sie sah Gabe wütend an. »Ich hasse dich!« Sie öffnete die Beifahrertür des Mercedes ihrer Mutter und setzte sich auf den Sitz. »Soll ich dir was sagen? Hau ab! Ich bin fertig mit dir.« Sie knallte die Tür zu und verriegelte das Auto.

Gabe klopfte an die Scheibe und bemühte sich, leise zu reden. »Könntest du die Tür aufmachen? Mir ist kalt.«

»Dann erfrier doch meinetwegen.«

Gabe hielt ihre Handtasche hoch. »Ich hab immer noch deine Tasche.«

»Hau ab!«

»Na gut.« Er ging aufs Haus zu. »Wie du willst.«

Sie öffnete die Autotür einen Spalt breit. »Gib mir meine Handtasche zurück, du …!« Als er einfach weiterging, sagte sie: »Gabriel, ich mein's ernst.«

Er hörte die Tränen in ihrer Stimme. Also ging er zurück zum Auto und sprach durch das geschlossene Fenster. »Können wir jetzt reden?«

»Zuerst gibst du mir meine Tasche.«

Gabe biss die Zähne zusammen. »Von mir aus.«

Sie öffnete das Fenster. Er überlegte, ob er seine Hand durch das offene Fenster strecken und die Tür entriegeln sollte, aber in ihrer momentanen Verfassung würde sie wahrscheinlich das Fenster schließen und seine Finger dabei einklemmen. Er warf ihre Handtasche auf den Fahrersitz und wartete ab.

Kurz darauf griff sie danach und öffnete die Tür. Er schlüpfte auf den Fahrersitz und stieß sich die Knie am Lenkrad an. »Aua.« Er schob den Sitz nach hinten. »Deine Mutter ist wohl ein Zwerg oder so was!«

»Ich hasse dich!«

Er klapperte mit den Zähnen. »Yasmine, es gibt kein anderes Mädchen.«

»Du hast mir gesagt, dein Dad ist ein krankhafter Lügner. Genau wie *du*!«

»Ich war dir mit Leib und Seele treu. Es gibt kein anderes Mädchen.«

Sie drehte sich zu ihm hin. »Und warum sagst du dann etwas so Schreckliches, Verletzendes zu mir?«

»Yasmine, deine Mom hat mich mit diesem Trennungsszenario überfallen, und ich musste mir was ausdenken. Deshalb hab ich dich gebeten, mich erst mal anzuhören. Du hast mich nicht ausreden lassen. Mann, hast du ein Temperament!« Er zog die Augenbrauen hoch. »Das gefällt mir.«

Sie schlug wieder mit ihrer Handtasche nach ihm.

»Hör auf! Es gibt kein anderes Mädchen!«

»Und warum hast du es dann zu mir gesagt, *gerade* nach dem heutigen Nachmittag?« Sie fing an zu weinen. »Warum hast du das gesagt?«

»Weil ich mir deine Mom vom Hals schaffen wollte. Ich hab versucht, sie davon zu überzeugen, dass ich mit dir Schluss mache. Sie misstraut mir, aber vielleicht würde sie mir eher glauben, wenn da noch jemand auf seine Chance wartete. Sie besteht darauf, dass wir beide mit anderen Leuten ausgehen. Nicht nur du. Ich auch.«

»*Gibt* es da noch jemanden?«

»Nein! Niemanden! Als deine Mom damit um die Ecke kam, hatte ich eine Idee. Vielleicht nicht die beste, aber dafür, dass ich genau zwei Minuten Zeit hatte, war es eben das Einzige, was mir so schnell einfiel.«

»Das andere Mädchen ist also total gelogen?«

»Als Freundin, ja, das ist gelogen. Ich erklär dir meine Idee, wenn du mir zuhörst.« Keine Reaktion. Gabe ließ Luft ab. »Erinnerst du dich an Anna Benton? Du hast sie mal getroffen …«

»Die blonde, blauäugige Pianistin mit den endlos langen Beinen, die flucht wie ein Komiker im Fernsehen?«

Gabe war verblüfft. »Wow, du erinnerst dich an alles. Das ist ewig lange her.«

»Man vergisst keine so tolle Frau, die einen zickig anglotzt.«

»Hat sie nicht.«

»Doch, hat sie.« Sie schielte zu Gabe hinüber. »Du hast gesagt, sie ist lesbisch.«

»Ist sie auch.« Als Yasmine ihm diesen *gewissen* Blick zuwarf, sagte er: »Darf ich weiterreden?«

»Eigentlich nicht.« Pause. *»Also was?«*

»Schau mal, Yasmine, Anna ist eine gute Freundin von mir, aber sie ist verrückt. Sie schluckt mehr Psychopharmaka als meine gesamte Klasse am Juilliard, und das heißt schon einiges, weil wir alle auf irgendwas sind. Sie ist bipolar. Im Ernst. Meistens ist sie manisch. Wenn sie ihr Lithium vergisst, gerät sie vollkommen außer Kontrolle. Selbst wenn sie ihre Tabletten nimmt, fällt sie in eine tiefe Depression, statt von den Pillen ruhiger zu werden.«

»Und warum bist du dann mit so jemandem *befreundet*?« Als Gabe auf das Lenkrad klopfte, sagte sie: »Hast du mit ihr geschlafen?«

»Du redest von Sex, und die Antwort lautet klar und deutlich Nein. Streng genommen hab ich im selben Bett wie sie geschlafen, aber wir sind uns nie nahegekommen. Selbst wenn ich gewollt hätte, wär's nicht gegangen.«

»Was war los?« Diesmal klang Yasmine ganz ernsthaft.

»Ich erzähl's dir.« Er atmete tief aus, und wegen der Kälte lag sein Atem wie Hauch in der Luft. »Anfangs am Juilliard war ich in einer echt beschissenen Verfassung. Ich dachte, ich hätte dich für immer verloren. Meine Mom war weg. Die Deckers wohnten fast fünftausend Kilometer weit entfernt.

Mein Dad war weiß Gott wo. Ich konnte ja nicht Hannah oder eins der anderen Decker-Geschwister mit meinen Problemen behelligen. Es ging mir immer schlechter. Irgendwann hab ich mich freistellen lassen. Ich war beim Arzt, um zu sagen, ich hätte Pfeiffer'sches Drüsenfieber, aber tatsächlich hatte ich einen Zusammenbruch.«

Yasmine stiegen Tränen in die Augen. »Warum hast du mir nichts *gesagt*?«

»Ich konnte dich nicht erreichen, falls du dich erinnerst.«

Yasmine wurde furchtbar wütend. »Ich hasse meine Mom.«

»Tu das nicht.« Er nahm ihre Hand. »Ich mein's wirklich so. Hasse sie nicht. Ich weigere mich, dieser Keil zwischen dir und deinen Eltern zu sein. Moms sind wichtig ... auch für Jungs, aber besonders für Mädchen. Selbst ich hasse deine Mom nicht. Sie kämpft nur um dich. Und ich kämpfe auch um dich. Und wir beide wissen, dass ich gewinnen werde, also hab ein bisschen Mitleid mit der alten Dame.«

Sie lächelte, während ihr die Tränen übers Gesicht liefen. »Ich hätte für dich da sein sollen.«

»Ich bin froh, dass du's nicht warst. Ich hätte besser meinen Therapeuten angerufen, aber ich wollte mich mit aller Kraft ohne Hilfe durchboxen. Grausame Idee. Ich bin einfach ... zusammengekracht.«

Schweigen. »Was ist passiert?«, fragte Yasmine schließlich.

»Ehrlich, genau weiß ich das nicht. Es ging alles so schnell. Ich war einen Kaffee trinken mit Anna. Als ich frisch in New York war, traf ich sie auf einem dieser sonntäglichen Kirchenkonzerte in Manhattan. Ich fühlte mich so dreckig, und sie war ein einziges Energiebündel. Wir fingen an, uns spätabends auf einen Kaffee zu treffen, nachdem sie mit der Arbeit fertig war.«

»Was macht sie?«

»Anna? Sie spielt Sonntag bis Donnerstag in einer Pianobar in Brooklyn – in so einem Hipster-Laden. Am Wochenende kellnert sie im Hooters.«

»Im *Hooters*?«

»Es bezahlt ihre Rechnungen.«

»Ich bin kein Snob, ich wundere mich nur. Sie ist eine klassische Konzertpianistin.«

»Jaja, willkommen im Klub der hungerleidenden Künstler. Ihr Apartment besteht aus einem Zimmer mit kaum genug Platz für Klavier und Bett.«

»In dem du geschlafen hast, aber ohne Sex.«

»Yasmine, hör auf.«

Sie schlug eine sanftere Tonart an. »Erzähl weiter, Gabe. Ehrlich. Ich will's wissen.«

»Bei unseren Treffen redeten wir meistens über die Arbeit … wenn sie nicht gerade über ihr Liebesleben schimpfte. Anna schimpft viel. Darin liegt auch das Problem ihrer Spielweise: viel Leidenschaft, wenig Finesse. Egal, eines Abends jedenfalls, als sie mich zurück zum College begleitete – ihr Apartment ist ein paar Straßen entfernt davon –, griff ich mir plötzlich an die Brust und fiel auf die Knie. Ich dachte, ich hätte einen Herzinfarkt. Ich bekam keine Luft.«

Yasmine sah geschockt aus. »Oh Gott!«

»Ich dachte, ich würde sterben. Anna rief einen Krankenwagen. Wie sich herausstellte, war's eine Panikattacke – die erste von vielen. Ich mach's kurz: Ich bin dann während meiner Auszeit zu Anna gezogen. Sie hat sich um mich gekümmert, Yasmine. Sie zwang mich, zu essen und zu üben, auf Kosten ihrer eigenen Zeit am Klavier. Wir haben lange Spaziergänge unternommen. Sie plapperte die ganze Zeit, während ich stumm blieb. Nach endlosen Überredungsversuchen, und nur, damit sie endlich ihre Klappe hielt, war ich irgendwann damit einverstanden, meinen Therapeuten zu treffen. Er verschrieb mir Medikamente, und langsam fing ich wieder an zu funktionieren.«

Yasmine weinte. »*Ich* hätte da sein sollen.«

»Nein, nein, nein. Du hattest deine eigenen Probleme. Deshalb bin ich auch nicht wütend auf deine Mom. Sie hat sich um dich gekümmert. Und was Anna angeht, so hab ich ihr alles zurückgezahlt, indem ich ihr durch ihre eigenen Krisen geholfen hab, und von denen hat sie viel mehr als ich. Dieses Mädchen braucht Drama, um zu überleben.«

»Sie hätte mich anrufen sollen.«

»Wie kann ich's noch deutlicher sagen? Ich *wollte* nicht, dass du's weißt. Nicht nur, weil's so abtörnend ist, sondern ich wollte dir vor allem keine Angst einjagen. Es ist vorbei. Mir geht's gut.« Sie sah immer noch besorgt aus. »Wirklich, mir geht's gut. Vorhin hing ich total in der Luft. Jetzt weiß ich, dass wir, selbst wenn's eine Weile dauern wird, irgendwann wieder zusammen sein werden.«

Er gab ihr einen Kuss auf die Wange.

»Du darfst nie an meiner Liebe und Treue zweifeln. Und ich versprech's dir, ich lass dich niemals im Stich.« Er atmete tief aus. »Meine Idee wegen Anna: Sie stellt die perfekte getürkte Freundin für mich dar. Ich könnte Fotos von uns auf Facebook posten, so als wären wir in einer Beziehung, weil ich genau weiß, dass deine Mom mir nachforschen wird.«

»Wahrscheinlich …« Yasmine wippte mit dem Fuß. »Garantiert.«

»Anna würde das für mich tun. Und bestimmt kennst du einen Jungen in deiner Gemeinde, der dein getürkter Freund sein könnte … jemand, der eine Freundin braucht, aber keine will.«

»Du meinst einen Schwulen?«

»Genau. Jemand, der sich noch nicht geoutet hat.«

»Mein Cousin vielleicht. Das wäre aber komisch.«

»Ja, jetzt, wo ich laut darüber rede, klingt es bescheuert. Deine Mom will, dass ich dich nicht mehr treffe. Sie wird uns beiden hinterherschnüffeln. Ich weiß nicht, wie wir in Kontakt bleiben können. Ganz sicher will ich das von heute Nachmittag nicht noch mal wiederholen. Ich bin offen für Vorschläge.«

»Also ... hast du mit Anna geschlafen, aber nicht mit ihr geschlafen.«

»Ja. Genau.« Pause. »Ich liebe *dich*, Yasmine. Wenn wir für den Rest unserer Leben zusammen sein könnten, wäre ich der glücklichste Junge auf Erden. Dieses ewige Drama raubt mir nur meine Energie. In Romanen ist das toll, im wahren Leben nur ätzend.«

»Ich möchte auch mit dir zusammen sein.« Yasmine brach die Stimme.

Gabe leckte sich die Lippen. »Womit wir beim Thema sind ... leider hat deine Mom ein gutes Argument.« Als sie ihn mit feuchten Augen ansah, sagte er: »Du wirst immer die Nummer eins sein. Aber ich kann nicht dagegen kämpfen, wer ich bin. Ich brauch meine Musik. Sie ist meine Droge. Und ich werde viel unterwegs sein. Vielleicht hat deine Mom recht. Du solltest losziehen und am College Spaß haben. Geh auf Partys und zum Spring Break und betrink dich und hab Filmrisse.«

»Klingt das auch nur *ungefähr* nach mir?« Yasmine verdrehte die Augen. »Weißt du was, selbst wenn ich Partys mögen würde, wer hat denn dafür Zeit? Ich hab *viel zu tun*, Gabe. Meine Eltern sind nicht hier aufgewachsen, daher haben sie keine Ahnung, was ich durchmache, dieser ganze Druck, um an einem guten College angenommen zu werden. Sie begreifen nicht mal, *warum* ich auf ein gutes College will. Das College unserer Gemeinde ist ihrer Ansicht nach gut genug. Also steh ich ganz alleine da, arbeite bis zum Umfallen und versuche sie davon zu überzeugen, warum ich einen Tutor für die Abschlussprüfung brauche. Nicht jeder von uns schwebt in Harvard ein und sagt dort ab, um aufs Juilliard zu gehen.«

»Ich bin nirgendwo eingeschwebt, wenn du dir mal vor Augen führst, dass ich schon mein ganzes Leben lang auf dem Klavier herumhämmere. Es hat meine gesamte Kindheit gefressen.«

»Ach komm, Gabe, du weißt, was ich meine. Du bist außergewöhnlich. Und weil's auf dieses seltene Außergewöhnliche ankommt, wollen alle dich haben.«

»Du hast eine Begabung, Yasmine. Deine Mom musste mir versprechen, dass sie dir wieder Gesangsstunden gibt, wenn ich mit dir Schluss mache. Wenn du das möchtest, wird es so sein.«

»Gabriel, ich hab keine *Zeit* für Gesangsstunden.« Ihr Blick wurde traurig. »Ich bin zu sehr damit beschäftigt, sinnloses Zeug zu pauken. Mein Vater will, dass ich Ärztin werde … als wär das so einfach. Wenn ich Glück hab und auf eine gute Uni komme, muss ich wie eine Irre lernen, um an der medizinischen Fakultät angenommen zu werden. Und wenn ich Glück hab und dort angenommen werde, kommt das praktische Jahr, dann die Assistenzzeit, dann das Stipendium für den Doktortitel, dann das Postdoktorat, dann ein fester Job und dann eine Praxisgemeinschaft. Und danach, wenn ich immer noch Glück hab und du mich willst, bin ich wahrscheinlich so alt, dass ich unsere Enkelkinder zur Welt bringe.«

Gabe legte einen Arm um ihre Schulter. »Ich weiß, dass es schwer ist. Ich bin sehr stolz auf dich.«

Ihre Lippen bebten. Sie brach in Tränen aus. »Ich hasse mein Leben! Ich kann überhaupt nichts!«

»Nein, das stimmt nicht.«

»Doch!« Sie schluchzte.

»Bist du bisher irgendwo durchgefallen?«

»Natürlich nicht!« Sie war beleidigt.

Gabe verdrehte die Augen. Mädchen waren so verdammt kompliziert. »Verrücktes Huhn, hör mir zu. Und diesmal richtig. Wir machen das so, okay?«

Pause. »Wie denn?«

»Deine Mom ist … ein bisschen hitzköpfig.« *Wie die Mutter, so die Tochter.* »Wahrscheinlich werde ich bis zu deinem achtzehnten Geburtstag nicht Teil deines Lebens sein. Aber sobald du achtzehn bist, haben wir's geschafft. Bis dahin, das versprech ich dir, konvertiere ich. Nummer eins. Und ich bin entschlossen, genug Farsi zu lernen, damit ich deine Familie verstehen kann … und deine Flüche. Wie hast du mich genannt?«

»*Avazi.*«

»Das weiß ich. Aber was heißt das?«

»Arsch.«

»Vielen herzlichen Dank.«

»Du musst kein Farsi lernen. Ich bring dir alle Schimpfwörter bei.«

Er lachte. »Also, wenn du einen schwulen Typen findest, der bei der Scharade mitspielt, dann garantier ich dir, dass deine Mom Gott danken wird, dass ich hetero bin.«

Yasmine lächelte. »Das ist das Verrückteste, das ich je gehört habe.«

»Wie ich sagte, ich bin offen für Vorschläge.« Als sie schwieg, fuhr er fort: »Uns fällt schon was ein. Bis dahin geh ich die nächsten sechs Wochen nicht zurück aufs College. Ich hab mich abgemeldet, um für meine kommenden Auftritte zu proben.« Er sah konzentriert in ihre wunderschönen Augen. »Auf welches College möchtest du gehen?«

»Ich dachte an Barnard. Ich möchte in deiner Nähe und in New York sein. Wenn ich's nicht aufs Barnard schaffe, geh ich die Liste der reinen Mädchen-Colleges von oben nach unten durch.«

Gabe war leise geworden. »Hast du noch Angst?«

»Puh, ja, schon.« Sie senkte den Blick, und die Tränen tropften in ihren Schoß. »Ich bin schrecklich, entschuldige.«

»Keine Entschuldigung nötig.« Er küsste ihre Finger. »Es ist bestimmt nicht nötig, um angenommen zu werden, aber es schadet auch nichts, wenn du eine CD mit deinem Gesang aufnimmst. Deine Stimme ist wirklich spektakulär. Such dir ein paar Arien aus. Ich miete ein Studio, und ich stelle die CD zusammen.«

Sie wischte sich mit den Händen über die Augen. »Das würdest du für mich tun?«

»Ich würde *alles* für dich tun.«

»Was ist mit meiner Mom?«

»Sag ihr die Wahrheit. Ich helfe dir nur dabei, eine CD fürs College aufzunehmen.«

»Sie wird niemals zulassen, dass ich mit dir alleine bin.«

»Sie kann ja mitkommen. Ich möchte das unbedingt für dich tun, Yasmine. Ich liebe dich. Und es tut mir leid, dass ich mich so dämlich aufgeführt hab. Aber ich war in Verlegenheit.«

»Und du, Gabriel, musst mir versprechen, dich zu melden, wenn's dir schlecht geht. Ehrlich, ich bin Anna dankbar, aber *ich* bin deine Freundin. Versprochen?«

»Versprochen.«

»Okay.« Yasmine war noch nicht ganz überzeugt, aber fürs Erste musste sie es akzeptieren. Sie sah auf die Uhr. »Wir sitzen schon eine halbe Stunde hier draußen. Ich weiß nicht, wie lange Mom noch Geduld hat.«

»Dann lass uns reingehen. Aber vorher bekomme ich meinen Kuss.«

Sie schlang ihre Arme um seinen Hals und küsste ihn feurig. Die Hitze landete sofort unterhalb seines Gürtels. Yasmine biss sich auf die Lippe. »Ich rede mit meinem Cousin. Es könnte nett sein, einem armen Jungen aus der Patsche zu helfen. In unserer Kultur schwul zu sein, ist nicht so leicht.« Sie drehte sich zu ihm um. »Kann ich dir mit Anna wirklich vertrauen?«

»Absolut. Möchtest du ihre Handynummer? Du kannst sie jederzeit anrufen.«

»Ja, Und gib ihr meine … für alle Fälle.«

»Alles klar.« Er gab ihr Annas Nummer und verstaute sein Handy wieder in der Tasche. »Also gut, verrücktes Huhn. Dann lass uns die Sache durchstehen.«

Sie stiegen beide aus dem Auto. Er nahm ihre Hand, und gemeinsam gingen sie langsam auf das Haus zu. Er begann zu zittern. Ihm wurde mulmig. Die Zeit war manchmal ein harter Brocken. Die Entfernung kein Freund. Selbst mit den Medikamenten im Blut fühlte er sich bei dem Gedanken, sie zu verlieren, leer und ohne Ziel.

Wie ein lebender Toter.

23

Nach dem Drama des letzten Abends wachte Decker um halb sechs Uhr morgens in einem ruhigen Haus auf. Er las die Sonntagszeitung, und als er damit fertig war, zog er los und kaufte die Zeitung von Montag. Er hörte Rina rumoren, drückte den Startknopf der Kaffeemaschine, und innerhalb von Minuten verströmte sie dieses himmlische Aroma, das man mit einem neuen, viel versprechenden Tag verband. Er war gerade mit dem Eingießen fertig, als sie in die Küche kam.

Rina nahm ihren Becher und trank einen Schluck. »Ah, das tut gut.« Sie setzte sich zu Decker an den Tisch. »Hast du dich von gestern erholt?«

»So viel Aufregung, und er ist noch nicht mal unser Fleisch und Blut.«

Wie aufs Stichwort trabte Gabe in voller Montur und mit müden Augen hinter seiner Brille in die Küche. »Stör ich?«

Es war fünf vor sieben. »Wo gehst du so früh morgens hin?«, fragte Decker.

»Nirgendwo. Ich war die ganze Nacht auf, hab geübt.« Sie starrten ihn an, und er zuckte mit den Achseln. »Ich konnte nicht schlafen. Gegen zwei hab ich kapituliert. Es war sogar eine gute Session. Ich würde mich jetzt total energiegeladen fühlen, wenn ich nicht so müde wäre.«

»Wie wär's mit Frühstück für uns alle?«, fragte Rina. »Setz dich, Gabe, und leiste dem Lieutenant Gesellschaft.«

»Ich glaube, von meiner Gesellschaft hatte er gestern genug.« Gabe schnappte sich die Kaffeekanne. »Der ist mit Koffein, oder?«

»Höchste Stufe«, sagte Decker. »Wie geht's dir, Romeo?«

»Ganz okay.« Er deckte den Tisch mit Gabeln, Messern und Tellern. »Bist du noch sauer auf mich?«

»Ich bin damit durch. Setz dich, Sohn. Ich habe ein paar Fragen an dich, und die haben nichts mit gestern Abend zu tun.«

»Schieß los.«

»Wie gut kennt Chris sich in Las Vegas aus?«

»Ich bin sicher, er hat dort ein paar Kontakte. Soll ich ihn für dich anrufen? Ich wär ja gerne mal eine Hilfe, statt euch nur zu nerven.«

»Ich rufe ihn selbst an, wenn es nötig ist. Hast du seine aktuelle Handynummer?«

»Ja.«

Er gab ihm die Nummer, und es war eine andere als die in Deckers Adressbuch.

»Geht's um die Huren deines Tigerkerls?«, fragte Gabe.

»Das war nicht für deine Ohren bestimmt.«

Gabe lehnte sich zurück. »Vegas zählt nicht zu seinem Gebiet, aber er ist ein großes Tier in dem Geschäft. Mit Sex kennt er sich wirklich aus.«

»Die Frage lautet nur: Will ich mir von deinem Dad helfen lassen?«

»Tja, daran sind immer Bedingungen geknüpft.« Schweigend tranken beide ihren Kaffee. »Chris war schon okay, als ich bei ihm gewohnt hab, aber er war auch nicht oft da.«

»Hat er mal Abstecher nach Vegas gemacht?«

»Überallhin, kreuz und quer über die Landkarte verteilt. Talia verwaltet seine Termine.«

Rina stellte einen Teller mit French Toast und eine Flasche echten Ahornsirup auf den Tisch. Sie nahm am Tisch Platz und rieb sich die Hände. »Also dann. Das ist richtig gemütlich. Was sind deine Pläne für heute, Gabe?«

»Sorg dafür, dass verhaftet zu werden nicht auf der Liste steht«, scherzte Decker.

»Das bleibt ewig an mir kleben, oder?«

»Ich werde mich noch auf Jahre hinaus regelmäßig darüber amüsieren.«

»Schön, dass ich nützlich war, wenn auch nur als Witzbold. Ich hab eine Übungsstunde mit Nick an der Uni. Gegen Mittag bin ich fertig. Hast du Lust, mit mir Mittag zu essen, Rina?«

»Um eins wäre perfekt.« Sie lächelte Decker an. »Du kannst gerne mitkommen.«

»Danke für die Einladung, aber ich habe schon was vor – Leichenbestatter und Huren. Noch ursprünglicher als Tod und Sex geht's nicht.«

Um drei Uhr nachmittags unterbrachen Marge und Oliver Decker bei seiner Büroarbeit. Sie waren bereits den ganzen Tag auf Achse gewesen. Marge trug wie immer einen Pulli und eine Hose, Oliver einen blauen Blazer zu Hose und weißem Hemd ohne Krawatte. Decker deutete auf die Stühle, und die beiden setzten sich.

»Darius Penny hat gerade vom Privatmaschinen-Flughafen aus angerufen. Er wird um sechs hier sein«, berichtete Oliver.

»Klingt gut«, sagte Decker.

»Zu den Bestattern.« Marge legte eine Liste auf Deckers

Schreibtisch. »Von denen, die wir aufgesucht haben, wollte niemand den Diebstahl von Leichenteilen zugeben.«

»Warum sollten sie auch?«, meinte Oliver. »Das würde ja Inkompetenz bedeuten.« Er stand auf. »Will jemand einen Kaffee?«

»Zweimal Süßstoff, viel Milch«, gab Marge in Auftrag.

»Schwarz«, sagte Decker.

»Bin gleich wieder da«, moserte Oliver.

»Wir kommen einfach nicht weiter«, fuhr Marge fort. »Ich glaube, wir sind auf dem Holzweg.«

»Sag mir, was du denkst.«

»Ich habe Dr. Spar noch mal angerufen, ob sie Spuren von Einbalsamierungslotion in den tiefgefrorenen Fingern entdeckt hat. Hat sie nicht.«

»Also glaubst du nicht, dass die Finger aus Leichenhallen stammen?«

»Sie stammen nicht von einbalsamierten Körpern, aber Dr. Spar ist sich ziemlich sicher, dass die Finger *post mortem* abgenommen wurden. Für mich klingt das nach Souvenirs für einen Psycho.«

»Penny als sadistischer Mörder, der den getöteten Frauen die Finger abtrennt?«

»Tja, sowohl Paxton als auch die Shoops haben Damen in die Wohnung gehen sehen. Vielleicht gingen ein paar hinein und kamen nicht wieder heraus.«

»Ich kann mich nicht an eine Welle von Prostituiertenmorden erinnern«, sagte Decker. »Außerdem hat die Spurensicherung Pennys Wohnung mit Luminol eingesprüht. Alles, was sie gefunden haben, war Tierblut.«

»Tierblut, vermischt mit Menschenblut.«

»Okay, spinnen wir deine Theorie weiter. Mal angenommen, er tötete Frauen: Wie wird ein alter Mann die Leichen los?«

»Er hatte einen Tiger, Pete.«

»Also, das ist ja mal eine tolle Vorstellung. Ein neunundachtzigjähriger sexueller Psychopath verfüttert seine weiblichen Opfer an seine Tigerdame. Das leuchtet mir nicht ein, Marge. Sicher, es gibt betagte Psychos. Aber ich kann mich nicht mit der Logistik anfreunden, dass ein alter Mann Finger abhackt und Leichen an wilde Tiere verfüttert. Überleg doch mal, so einfach ist das nicht. Da wäre alles literweise mit Blut beschmiert.«

Oliver kam zurück und verteilte die Kaffees. »Sind wir wieder bei Penny, dem Psycho?« Er setzte sich. »Den Erzählungen seiner Exfrau nach zu schließen, war er ein Psycho. Aber ich stelle ihn mir so vor, wie er zuletzt war: ein sehr alter Mann, der Frauen tötet und Finger abhackt und sich der Leichen entledigt. Und das fällt mir schwer.«

»Die Finger waren lange eingefroren«, entgegnete Marge. »Vielleicht gehören sie zu Verbrechen aus seiner jugendlichen Vergangenheit.«

»Interessant«, sagte Oliver. »Warum würde Penny seine Souvenirs zwischen Fleischpaketen für den Tiger aufbewahren? Warum bekommen sie keinen Ehrenplatz?«

»Weil eine Tiefkühltruhe der einzige Ort ist, an dem man Leichenteile frischhalten kann«, konterte Marge.

»Wartet mal einen Moment, ich hole nur schnell meine Liste.« Decker wühlte sich durch eine Akte, bis er gefunden hatte, was er suchte. »Es waren sechs Zeigefinger – zwei rechte, vier linke –, sechs Mittelfinger – fünf rechte, ein linker –, sechs Ringfinger – drei und drei – und sieben kleine Finger, alle von rechten Händen. Keine Daumen. Wir haben es hier definitiv mit mehr als einer Frau zu tun.«

»Außer sie war eine Anne Boleyn.« Als Decker sie verständnislos ansah, klärte Marge ihn auf. »Die geköpfte Königin hatte vermutlich sechs Finger an jeder Hand. War ein schlechter Scherz.«

Decker rang sich immerhin ein höfliches Lächeln ab. »Spielen wir das durch. Penny war ein Psychokiller, der Finger als Souvenirs mitnahm. Aber die Finger waren zu einem großen Klumpen zusammengefroren, was darauf hindeutet, dass die Finger zur selben Zeit in das Paket gepackt wurden. Man braucht nur eine einzige Kugel, um jemanden zu töten, aber könnt ihr euch wirklich vorstellen, wie Penny mehrere Frauen umbringt und in nur ein paar wenigen Sitzungen mehrere Leichen entsorgt?«

Jeder stimmte zu, dass es keinen Sinn ergab. »Habt ihr schon Fingerabdrücke durch den Computer gejagt?«

»Einige der Abdrücke sind brauchbar«, berichtete Decker, »aber es ist eine schwierige Prozedur, sie wieder deutlich zu machen. Diejenigen, die wir überprüft haben, blieben ohne Treffer.«

»Schade.«

»Probieren wir noch mal einen anderen Ansatz aus«, schlug Decker vor. »Penny hatte jede Menge exotische Tiere mit unterschiedlichen Nahrungsbedürfnissen. Ein Teil des Fleisches kam aus dem Lebensmittelhandel, aber nicht alles. Was wäre zum Beispiel, wenn Penny zwielichtige Gestalten kannte, die ihm Fleisch billiger lieferten und sich nicht groß um die Sicherheitsbestimmungen scherten? Vielleicht wusste Penny selbst nicht, was er da ganz unten in seiner Kühltruhe liegen hatte. Wir sollten immer noch herausfinden, wer Pennys Tiere versorgt hat.«

»Du denkst dabei an Vignette Garrison«, sagte Oliver.

»Laut Gabe hat der Buchhalter von Global Earth betont, dass die meisten Ausgaben durch das Füttern der Tiere entstehen«, sagte Decker. »Vielleicht waren Futterlieferungen für

Pennys Tiere für Global Earth ein einfacher Weg, sich ein paar Dollars dazuzuverdienen.«

»Pete, einen Finger könnte ich ja noch verstehen«, sagte Marge, »aber ein ganzes Paket voll?«

Decker gab ihr in diesem Punkt recht. »Trotzdem, diese speziellen Überreste waren dem Fleisch für die Tiere beigemischt. Es schadet nichts, Vignette nach ihren Futterquellen zu fragen. Sie braucht ständig Geld. Ich bin mir sicher, sie hat Pennys Tierfutter geliefert und dafür eine Gebühr für sich selbst oder den Verein kassiert.« Er grinste seine Detectives an. »Besucht sie gleich morgen in aller Frühe und fragt sie ganz direkt danach.«

Decker war sich immer noch nicht im Klaren darüber, ob er Donatti anrufen sollte oder nicht, als sein Festnetztelefon piepte. Er nahm das Gespräch an. »Lieutenant Decker.«

»Es geht um den Rückruf von Dr. Delaware, Sir.«

»Oh, ja. Vielen Dank.« Er drückte auf den blinkenden Knopf für die entsprechende Leitung. »Lieutenant Decker am Apparat.«

»Hier Alex Delaware. Sie hatten um einen Rückruf gebeten.«

»Danke, Doktor. Hätten Sie einen Moment Zeit?«

»Ja.«

»Ich brauche Ihre Unterstützung. Nicht persönlich, aber vielleicht ist das für später mal eine gute Idee. Im Moment geht es um eine laufende Ermittlung.«

»Es muss ein komplizierter Fall sein, wenn Sie meine Hilfe benötigen.«

»Es handelt sich um Mord. Ein neunundachtzigjähriger, sehr zurückgezogen lebender Mann erlitt eine Schusswunde in den Rücken und stumpfe Gewalteinwirkung am Kopf. Er war reich und lebte dabei wie ein Almosenempfänger. Von seiner Familie hatte er sich entfremdet, aber seine Stiftung und sein Testament und sein Vermögen wurden von der Firma seines Sohnes verwaltet. Seine aktuellen Investitionen werden von anderen getätigt. Außer dem Sohn hat er noch eine Tochter. Beide sind, unabhängig von ihm, sehr wohlhabend. Seine hauptsächliche Begleitung war ein weiblicher Bengalischer Tiger, den er aufgezogen hatte.«

»Der Erfinder, Hobart Penny. Ich habe über ihn in der Zeitung gelesen.«

»Ja, Hobart Penny. Er hatte nicht nur einen Tiger in seiner Wohnung, sondern sammelte auch andere wilde Tiere, hauptsächlich Giftschlangen, tödliche Fische und Insekten. In jüngeren Jahren hatte er laut seiner Exfrau eine Vorliebe für schrägen Sex und Fetische. Außerdem hat sie meinen Detectives erzählt, er hätte sich wie ein Tiger gefühlt, gefangen in einem männlichen Körper. Ob das mit fortschreitendem Alter noch zutraf, weiß ich nicht. Wir haben weiter Grund zu der Annahme, dass ihn Prostituierte besucht haben, obwohl er neunundachtzig und gebrechlich war. Wir fragen uns, ob sie etwas mit seinem Tod zu tun haben. Er war einfach ein ziemlich rätselhafter Typ.«

»Das sehe ich. Wie kann ich Ihnen also helfen?«

»Ich bin mir nicht sicher. Ich dachte, wenn ich Einblicke in seinen Kopf bekäme ...«

»Lassen Sie mich ein paar Nachforschungen anstellen, dann rufe ich Sie wieder an.«

»Das wäre toll.« Pause. »Wie teuer sind Sie?«

»Solange es nur bei ein paar Anrufen bleibt, machen Sie sich wegen meines Honorars keine Sorgen. Sagen Sie mir einfach, was Sie brauchen.«

»Im Grunde genommen würde ich gerne ein Gespür dafür entwickeln, wie er tickt, und wer ihn wohl töten wollte.«

»Dieser Satz besteht aus zwei Teilen, Lieutenant«, sagte Delaware. »Was den ersten Teil betrifft, kann ich Ihnen vielleicht weiterhelfen. Der zweite Teil fällt eindeutig in Ihre Zuständigkeit.«

24

Ursprünglich war mit Graciela Johannesbourghs Ankunft am Dienstagmorgen gerechnet worden. Stattdessen betrat sie am Montagabend an der Seite ihres jüngeren Bruders Darius Penny um Punkt sechs Uhr das Revier. Marge setzte die beiden in einen Befragungsraum, der mit Kaffee, Wasser und Donuts bestückt war, obwohl Marge bezweifelte, dass Graciela jemals in ihrem Leben einen Donut gegessen hatte. Sie war um die fünfzig und spindeldürr mit einem straffen Kinn und einem geschminkten Gesicht, das leicht nach rechts kippte. Fast hätte diese Haltung kokett wirken können, wäre Marge nicht über den medizinischen Hintergrund im Bilde gewesen. Graciela hatte blaue Augen und zurechtgemachte blonde Haare, die ihr bis zur Schulter reichten. Zu einem schwarzen Pullover und schwarzer Hose und einem leuchtend orangen Blazer trug sie eine Goldkette um den Hals und diamantene Ohrstecker.

Ihr Bruder Darius Penny trug die Uniform eines Anwalts in gehobener Preisklasse: dunkelgrauer Anzug, weißes Hemd und rote Krawatte. Er war so groß wie Marge, ungefähr eins achtzig, und hatte ebenfalls blaue Augen. Seine Haare, beziehungsweise das, was davon noch übrig war, schimmerten silbergrau.

Die beiden Geschwister unterhielten sich leise, als sie Platz nahmen. Graciela holte einen kleinen Spiegel aus ihrer Handtasche und überprüfte ihren Lippenstift. Marge stach das Hermès-Label der Tasche ins Auge.

»Ist das eine Birkin Bag?«, fragte sie.

Graciela blickte auf. »Ja.«

»Sie ist wunderschön.« Einerseits wollte sie mit dieser Bemerkung eine Beziehung herstellen, andererseits war sie wirklich neugierig. »Ich habe noch nie eine echte gesehen.«

»Werfen Sie ruhig einen Blick darauf.« Graciela reichte Marge die Tasche. »Ich habe zwei davon. Diese hier habe ich vor einer Ewigkeit gekauft, um mich aufzuheitern. Ich weiß, dass Sie die Stiftung angerufen und mit Holly gesprochen haben. Ich habe kraniozervikale Dystonie. Mein Kopf berührte damals fast die Schulter, so stark war mein Hals verrenkt.«

»Ich habe die Krankheit im Internet nachgeschlagen. Ihrer heutigen körperlichen Erscheinung sieht man nicht mehr an, dass etwas nicht stimmt.«

»Nett, dass Sie das sagen. Gott sei Dank gibt es Botox. Ich war fürchterlich entstellt. Ohne meinen wunderbaren Ehemann und meinen sehr solidarischen Bruder hätte ich es nicht durchgestanden.«

»Ich habe nichts getan«, sagte Penny.

»Du hast mich tapfer immer wieder besucht, wenn ich dich davongejagt hatte.« Sie wandte sich an Marge. »Ich habe mich eingeschlossen.« Ein heiseres Lachen. »Die letzten fünfzehn Jahre habe ich alles nachgeholt.«

Oliver und Decker stießen dazu. Nach der Begrüßung setzten sich alle wieder. Marge gab Graciela die Tasche zurück. »Sie ist wirklich ein wahres Kunstwerk.«

»Behalten Sie sie.« Als Marge über den Scherz lachte und versuchte, sie zurückzugeben, sagte Graciela: »Ich meine es ernst. Sie wissen schon, von wegen die Freude weitergeben und so.«

Marge bekam große Augen. »Äh, danke, aber ich muss das Geschenk leider ablehnen.«

Graciela zuckte mit den Achseln und stellte die Tasche nachlässig auf den Tisch. Penny holte einen Aktenordner heraus und begann, die Seiten durchzublättern. »Ich habe den Bestatter angerufen, der wiederum den Friedhof kontaktiert hat. Die Leiche wird morgen freigegeben. Die Beerdigung ist um halb fünf Uhr nachmittags. Die Zeremonie wird am Grab abgehalten. Ich vermute, meine Schwester und ich sind die einzigen Teilnehmer, außer Sie wollen dabei sein. Müssen Sie aber nicht.«

»Sabrina kommt her«, sagte Graciela.

»Oh ja, sie habe ich vergessen. Also sind wir zu dritt. Ein wahrer Ansturm, alles nur für Dad.« Penny setzte eine Lesebrille auf und sah in seine Unterlagen. »Hat jemand eine Person von Global Earth erreicht?«

»Ja, ich«, sagte Decker.

»Bescheißt einen der Laden?«, fragte Penny. »Dad war immer reif, gemolken zu werden.«

»Nein, es ist ein seriöser Verein. Ich war vor Ort.«

»Ach ja? Wie lange ist das her?«

»Erst fünf Tage, gleich nach dem Tod Ihres Vaters.«

»Was machen die? Eine Auffangstation für Tiere?«

»Genau. Die Beamten von Animal Control haben den Tiger Ihres Vaters dorthin gebracht.«

»Wussten Sie von dem Tiger?« Marge richtete ihre Frage an Graciela.

»Nicht, bis Darius es mir letzte Woche erzählt hat … allerdings hätte ich auch nichts unternommen, selbst wenn. Dad konnte auf sich selbst aufpassen.«

Marge hob fragend die Augenbrauen, was Penny mitbekam. »Dad war schwierig«, sagte er.

»Schwierig?« Graciela verdrehte die Augen. »Das hieße ja,

er war normal, aber unleidlich. Ich sollte Respekt vor den Toten haben. Ich sollte vieles sein, was ich nicht bin. Mein Vater war geisteskrank. Und davor war er einfach nur gemein. Wenn er irgendwelche lobenswerten Eigenschaften hatte, dann weiß ich nichts davon.«

»Er war nett zu dem Tiger«, sagte Marge.

»Tja, sehen Sie. Man lernt jeden Tag dazu.«

»Erzählen Sie mir etwas von diesem Asyl – Global Earth.«

»Möchten Sie es aufsuchen?«, fragte Decker. »Wir fahren morgen hin. Sie können gerne mitkommen.«

»Sind Sie zur Beerdigung wieder zurück? Gegen halb vier, vier?«

»Das sollten wir«, meinte Oliver, »aber versprechen kann ich es nicht.«

»Wir haben den Sarg telefonisch ausgewählt«, sagte Graciela. »Was gibt es denn sonst noch zu tun, als ihn unter die Erde zu bringen?« Sie wandte sich an ihren Bruder. »Hast du einen Priester für die Trauerrede angerufen?«

»Das Beerdigungsinstitut stellt einen zur Verfügung. Das reicht.«

»Stimmt. Denn alles, was ich sagen würde, wäre nicht sehr nett.«

Penny lächelte. »Versuch, nicht nachtragend zu sein.«

»Ich bin doch hier, oder?«

»Ja, das bist du.« Penny wandte sich wieder an Marge. »Wann fahren Sie zu diesem Global-Laden?«

»Gegen zehn.«

»Haben Sie eine Wegbeschreibung?«

»Ich schlage vor, alle fahren mit einem Auto, Mr Penny. Die Station liegt in den Bergen und ist schwer zu finden. Sie sollten bis halb drei wieder hier sein, außer es herrscht starker Verkehr.«

»Gut.« Penny blätterte immer noch in seinen Unterlagen. »Ich bin dann hier, abfahrtbereit, zehn vor zehn.«

»Darf ich fragen, warum Sie die Auffangstation besuchen wollen?«, fragte Decker.

»Dad hat ihnen zwei Millionen Dollar hinterlassen. Es ist nur ein kleiner Teil seines Vermögens, aber dennoch keine unbedeutende Summe.«

»Das sind viele Birkin Bags«, sagte Graciela.

Penny lächelte. »Als sein Testamentsvollstrecker bin ich gesetzlich dazu verpflichtet, Dads Anweisungen zu befolgen. Aber bevor irgendwelche Schecks ausgestellt werden, möchte ich sichergehen, dass dieser Verein nichts mit seinem Ableben zu tun hat.« Er schob seine Unterlagen zur Seite. »Ich nehme an, bis Sie wissen, wer es getan hat, können Sie nichts dergleichen garantieren. Wie weit sind die Ermittlungen?«

Decker sah den Anwalt an. »Wissen Sie, normalerweise trifft man in Mordfällen auf die Verdächtigen, wenn man der Spur des Geldes folgt. Ich weiß nicht, ob Sie zur Verschwiegenheit verpflichtet sind, aber wenn Sie uns sagen würden, wohin das Geld Ihres Vaters fließt, könnte uns das weiterhelfen.«

»Über die Verschwiegenheit ließe sich diskutieren, da er verstorben ist.« Penny widmete sich wieder seinem Aktenordner. »Ich vermute, niemand aus der Vermögensverwaltung wird mich verklagen, wenn ich etwas sage.«

»Gibt es außer Sabrina, dir und mir noch jemanden?«, wollte Graciela wissen.

»Dazu komme ich gleich.« Er räusperte sich. »Ich möchte die Angelegenheit der Reihe nach erläutern. So halte ich es am liebsten. Gracie, pass gut auf.«

»Ich höre genau zu, mein Lieber.«

»Dads Vermögen ist teilweise an erstklassige Immobilien in

New York gebunden. Wir können auf mehrere Arten damit verfahren. Wenn wir beschließen, die Anteile zu Geld zu machen, dauert das eine Weile. Meine Kanzlei wird sich darum kümmern. Die übrigen Gelder liegen in Aktien und Anleihen und anderen handelbaren Massengütern. Mit ein paar Anrufen können wir alles verflüssigen. Hier kommen Sie ins Spiel, Lieutenant. Sie waren in seiner Wohnung, ich nicht.«

»Was möchten Sie wissen?«

»Soweit ich weiß, hatte Dad nichts Wertvolles in den Räumen. Liege ich richtig?«

»Keine in Schränken versteckten Renoirs«, sagte Oliver.

»Verstecktes Bargeld?«, fragte Penny. »Das sähe Dad ähnlich.«

»Wir haben nichts gefunden, aber wer auch immer ihn ermordet hat, könnte einen Packen mitgenommen haben«, sagte Marge. »Wir werden die Wohnung noch mal auf den Kopf stellen, allerdings müssen wir warten, bis das Gebäude desinfiziert ist.«

»Warum muss das Gebäude desinfiziert werden?«

Decker strich sich über den Bart. »Nun ja … Ihr Vater besaß mehr als nur einen Tiger.« Er gab ihnen eine Kurzfassung der Vorfälle. Beide waren erstaunt über das Ausmaß, nicht über das Verhalten an sich.

»Also besaß Dad doch ein paar Sammlungen«, sagte Graciela.

Penny lachte. »Vermutlich liege ich richtig damit, wenn ich behaupte, dass Dads Sammlung sein Vermögen nicht vergrößern wird.«

»Schade um die Schlangen«, sagte Graciela. »So viele Schuhe, die das Licht der Welt nie erblicken werden.«

Penny grinste und fuhr mit dem Testament fort. »Die Anweisungen lauten, dass der Großteil seines Vermögens in drei

Teile aufgeteilt wird: Gracie, meine Wenigkeit und Sabrina Talbot – seine Exfrau.«

»Ist sie nicht einfach umwerfend?«, sagte Graciela.

»Sie schien mir sehr nett zu sein«, sagte Oliver. »Und sie wirkt sehr wohlhabend. Ich erwähne das nur, weil sie das Geld nicht zu brauchen scheint.«

»Sagen wir mal so«, meinte Graciela. »Für einen Kredit würde ich zu ihr gehen, bevor ich eine Bank frage.« Sie wandte sich an ihren Bruder. »Wie viel sacken wir von dem alten Kauz ein?«

»Pro Nase ungefähr achtzig Millionen.«

Oliver musste sich räuspern und blickte zur Seite.

Decker hatte seinen Laptop hochgeklappt und tippte ein paar Informationen ein, da es ihm kurzzeitig die Sprache verschlug. »Also bekommt jeder von Ihnen achtzig Millionen.«

»Vor Steuern«, erklärte Penny. »Onkel Sam schnappt sich die Hälfte.«

»Das sind immer noch viele, viele Birkin Bags«, sagte Graciela. »Dad machte mit seinem Geld, was er wollte, und das war so ungefähr das einzig Ehrliche, was er je getan hat. Er hat meine Mutter belogen, er hat Sabrina belogen. Zu mir war er in den fünfzehn Jahren, in denen ich an der kraniozervikalen Dystonie litt, einfach grausam und meinte sogar, ich würde bloß so tun, um Geld aus ihm herauszusaugen. Und ich möchte hinzufügen, dass ich ihn nie auch nur um einen Cent gebeten habe. Wissen Sie, was dieser schreckliche Mensch getan hat?«

»Gracie …«

»Er hat versucht, meinen Mann mit Prostituierten zu verkuppeln, während ich mit meinem Leiden geschlagen war.« Sie sah ihren Bruder an. »Mach jetzt keinen Spruch. Sag lieber, dass es so war.«

»Es stimmt alles«, sagte Penny. »Er war ein mieser Vater.«

»Trauere ich?«, fuhr Graciela fort. »Vielleicht ein Teil von mir, aber der ist klein. Sein Erbe bedeutet praktisch eine Entschädigung. Einen Teil davon werde ich an meine Stiftung geben. Der Rest wird in einen Trust für meine Kinder und Kindeskinder fließen. Ich brauche nichts davon, um meinen Lebensstil aufrechtzuerhalten, aber ich werde das Geld auch nicht ablehnen. Das wäre einfach nur dämlich.«

Decker richtete seinen Blick auf Penny. »Sie müssen die Frage nicht beantworten, Mr Penny, aber was werden Sie mit dem Geld tun?«

Er trank einen Schluck Wasser. »Nach Steuern bleiben ungefähr vierzig Millionen, und das ist immer noch sehr viel Geld für mich. Auch ich brauche es nicht wirklich, aber es bessert meine Bargeldreserven auf.« Er grinste. »Vielleicht ist jetzt der Augenblick gekommen, meiner Frau eine Birkin Bag zu schenken.«

»Sie hat schon eine.«

»Tatsächlich? Seit wann?«

Graciela winkte ab. »Seine rechte Hand weiß nicht, was die linke tut.«

»Solange wir über Zahlen reden – gibt es außer Global Earth noch jemanden, der vom Tod Ihres Vaters profitieren könnte?«

»Ja, ich habe da ein paar Namen und nicht den blassesten Schimmer, wer diese Leute sind.« Penny las sie von einem Blatt Papier ab. »Dem Alphabet nach haben wir Ginger Buck, Rocki mit einem *i* Feller, Vignette Garrison, Georgie Harris, Randi mit einem *i* Miller und Amber Sweet. Wie Sie sehen, handelt es sich bei allen um Frauen – ich gehe davon aus, dass Georgie auch eine Frau ist.«

»Sie klingen alle wie Nutten«, sagte Graciela.

»Kein Einspruch«, sagte Penny. »Kennen Sie eine der Frauen?«

»Vignette Garrison ist die Leiterin von Global Earth«, sagte Decker.

»Also ist sie seriös. Und die anderen?«

Oliver sah erst Marge, dann Penny an. »Randi Miller hat möglicherweise für einen Massagesalon gearbeitet, der Hausbesuche machte. Ihr Vater war offenbar einer ihrer Kunden.«

»Ich bin schockiert«, sagte Graciela ironisch.

»Wir kannten bisher Randis Nachnamen nicht, daher ist es uns eine große Hilfe.«

»Ich frage mich, ob Randi und Rocki nicht dieselbe Person sind … Feller und Miller?«

»Oder Georgie und Ginger«, warf Oliver ein.

»Könnte sein«, sagte Marge. »Prostituierte ändern ihren Namen, um zu vermeiden, dass sie eine Akte haben, falls die Polizei sie verhaftet. Ich sehe gleich mal nach, da wir jetzt die Nachnamen haben.«

»Perfekt«, sagte Penny. »Ich schreibe nicht zwei Schecks aus, wenn es ein und dieselbe Person ist.«

Marge hielt ihren gelben Notizblock hoch. »Bin gleich wieder da.«

»Wie es scheint, hat Dad Global Earth einiges Geld hinterlassen, genau wie Vignette Garrison.« Er richtete seine Aufmerksamkeit auf Decker. »Hatte er ein besonderes Ding mit dieser Frau laufen?«

»Ich glaube, ihm gefiel ihr Anliegen.«

»Darius, wie viel hat er all diesen … Frauen hinterlassen?«

»Je eine Million.«

»Kein Grund zum Töten.«

Oliver zog eine Grimasse. »Bei allem gebotenen Respekt,

Ms Johannesbourgh, bitte ich darum, widersprechen zu dürfen.«

Graciela schien ihn nicht zu hören. »Also lag Dads Vermögen bei circa zweihundertvierzig Millionen?«

»Ja«, sagte Penny. »Wenn wir die Immobilien nicht sofort zu Geld machen, haben die Gebäude einen gigantischen Vorteil.«

»Müssen wir etwas zu Geld machen?«

»Nur wenn jemand mehr Bares braucht.«

»Wie ist das Verhältnis von Geld zu Immobilien?« Sie wandte sich an Decker. »Man sollte eigentlich meinen, Geschwister würden so etwas im Vorfeld bereden, nicht wahr?«

»Sie wussten nicht Bescheid über das Vermögen Ihres Vaters?«, fragte Oliver.

»Nein.« Sie zuckte mit den Achseln. »So bin ich. Ich bin einfach so *je ne sais quoi*.«

»Gracie, gleich muss ich dir einen Knebel verpassen.«

»Wenn es ein Ferragamo-Schal ist, kommen wir ins Geschäft.« Als Penny sie unwirsch ansah, sagte sie: »Also gut. Zurück zur Tagesordnung. Was besaß Dad genau?«

»Wenn wir die Aktien und Anleihen verkaufen, sind das für jeden dreißig Millionen vor Steuern. Allerdings würde ich nicht zum Verkauf von irgendetwas raten. Er hatte ein solides Portfolio.«

»Was ist mit der Erbschaftssteuer?«

»Wir haben genug, um die Steuern zu bezahlen, aber es würde kein Bargeld übrig bleiben. Die gute Nachricht jedoch ist, dass wir nichts verkaufen müssen, um die Steuern zu bezahlen.«

»Also nur aufteilen und transferieren?«

»Das wäre mein Vorschlag.«

»Deine Firma verwaltet die Immobilien?«

»Wir können das gesamte Vermögen in einen Trust für uns drei überführen. Sabrina wird zustimmen müssen.«

»Mir soll's recht sein. Rede du mit Sabrina, wenn sie morgen herkommt.«

»Ich rufe dich an, wenn wir fertig sind.« Und zu Decker: »Sind wir fertig?«

»Nur noch ein paar Fragen«, sagte Decker. »Offenbar hat sich Ihr Vater leicht Feinde gemacht. Aber er lebte in den letzten zwanzig Jahren ziemlich zurückgezogen. Fällt Ihnen jemand ein, der ihn jetzt umgebracht haben könnte … als alten Mann?«

»Da bin ich Ihnen keine Hilfe, weil ich seit Jahren nicht mehr mit meinem Vater in Verbindung stand«, sagte Graciela.

»Wie fanden Sie die Hochzeit Ihres Vaters mit Sabrina Talbot?«, wollte Oliver wissen.

»Dad war ein unverbesserlicher Weiberheld. Ich war überrascht, als er tatsächlich noch mal geheiratet hat. Keiner von uns ging zur Hochzeit.«

»Wir waren nicht eingeladen«, sagte Penny.

»Und wären nicht hingegangen, selbst wenn«, sagte Graciela. »Ich hatte nichts mit Sabrina zu tun, erst nach der Scheidung. Dad gab ihr sein halbes Vermögen als Teil ihrer Abfindung. Keiner von uns war begeistert von seiner Großzügigkeit.«

»Haben Sie geklagt?«, fragte Decker.

»Du liebe Güte, nein. Selbst wenn wir geneigt gewesen wären – was wir nicht waren –, so wäre es nie dazu gekommen. Sabrina schenkte unseren Kindern zwei Drittel ihrer Abfindung. Es war eine unglaublich großzügige Geste. Sabrina verdient alles Glück der Welt.«

»Noch mal zu den Feinden Ihres Vaters«, wandte sich Decker an Penny. »Irgendeine Idee?«

»Spontan fällt mir niemand ein.«

»Durch die Namen im Testament weisen Sie uns bereits eine Richtung«, sagte Oliver.

Marge kehrte zurück in den Raum. Die Geschwister sahen sie erwartungsvoll an. »Ich konnte viel herausfinden.«

»Sind es Nutten?«, fragte Graciela.

»Einige wurden wegen Prostitution festgenommen.«

»Selbst wenn«, sagte Darius, »das Geld steht ihnen zu, außer sie haben etwas mit Dads Ermordung zu tun. Auf dem Strich zu arbeiten, ist per se kein Grund, als Begünstigter ausgeschlossen zu werden.«

»Du warst schon immer prüde, Gott schütze dein kleines Herz.« Graciela gähnte. »Wie lange noch?«

»Sicherlich habe ich morgen noch weitere Fragen an Sie, aber ich weiß, dass heute ein langer Tag für Sie war.« Er reichte beiden seine Visitenkarte. »Falls Ihnen noch etwas einfällt, das uns weiterhelfen könnte, bitte rufen Sie an, egal, um welche Uhrzeit.«

Graciela nickte und stand auf. Ihre Birkin Bag hielt sie mit beiden Händen fest. Penny packte seine Unterlagen zusammen und sortierte sie wieder in den Ordner. »Unser Wagen wartet.«

»Vielen Dank fürs Kommen«, verabschiedete sich Decker. »Ich sehe Sie dann auf der Beerdigung.«

»Ich bin um zehn vor zehn da«, sagte Penny zu Oliver.

Oliver war aufgestanden. Sie schüttelten sich die Hände. »Bis dann, Mr Penny.«

Graciela begutachtete die unberührten Leckereien. »Hätten Sie vielleicht einen Deckel für den Kaffeebecher? Ich könnte ein bisschen Koffein gebrauchen. Und …« Sie zog eine Grimasse, »vielleicht eine Papiertüte? Ich liebe Donuts.«

»Natürlich.« Marge stand auf. Die spindeldürre Graciela

war eine gute Lektion dafür, wie der erste Eindruck einen täuschen konnte. »Ich finde bestimmt eine.«

»Wenn nicht, dann tun's auch ein oder zwei Servietten.« Sie erwiderte Marges Lächeln. »Ich pack den Donut einfach ein und steck ihn in meine ach so fürnehme Birkin Bag.«

25

Nachdem sie die Ausdrucke an Decker und Oliver verteilt hatte, sagte Marge: »Das hier habe ich über Randi mit einem *i* Miller, auch bekannt unter Rocki mit einem *i* Feller, in Erfahrung gebracht. Das Mädel war nicht besonders einfallsreich.«

»Darius Penny wird sich freuen.« Oliver überflog den Ausdruck. »Ein Scheck weniger bedeutet eine weitere Million, die dem Vermögen erhalten bleibt.«

»Viele Birkin Bags«, sagte Marge. »Unsere Randi sollte ihr Geld bekommen, sofern sie von Pennys Tod entlastet wird … worüber ich mir nicht ganz sicher bin.«

Decker las die Informationen schweigend. Randi Miller war dreiunddreißig Jahre alt, geboren in Montana. Ihr Polizeifoto zeigte eine dünne Frau mit strähnigen blonden Haaren, tief liegenden Augen und teigiger Haut. Als Größe war eins achtundsechzig angegeben, als Gewicht achtundfünfzig Kilo. Das traf wohl nur an einem guten Tag zu, angesichts ihrer knochigen Arme und Handgelenke.

»Ich finde, es gibt tatsächlich eine Ähnlichkeit zwischen ihr und der Frau auf dem Überwachungsvideo … die, die den Massagetisch dabeihatte.«

»Also, ich weiß nicht.« Oliver starrte das Foto an, dann sagte er zu Decker: »Auf dem Video sieht sie viel gesünder aus. Was meinst du?«

Decker studierte das Foto. »Ich würde sagen, ja, das ist das Mädchen aus dem Video.«

Ihre letzte bekannte Adresse befand sich in Sylmar, Kalifornien. Decker kannte die Gegend gut, da sie zum Revier der Foothill Substation gehörte, wo er fünfzehn Jahre lang gearbeitet hatte.

Er notierte sich die relevanten Daten auf seinem Laptop.

Ginger Buck war auch bekannt unter den Namen Georgie Harris, Georgina Harris, Lynette Harris, Lynette Amber Harris, Amber Sweet, Sweetie Pie und Cherry Pie. Sie war sechsunddreißig Jahre alt und stammte aus Südkalifornien. Mit neunzehn hatte sie fünf Jahre lang als Amber Sweet in der Pornoindustrie gearbeitet. Danach mussten harte Zeiten für sie angebrochen sein. Während der nächsten zehn Jahre kam es zu Anklagen wegen Prostitution, Bagatelldiebstahl, Ladendiebstahl, Urkundenfälschung und Ruhestörung in Folge von Trunkenheit. Die Personenbeschreibung gab als Größe ein Meter dreiundsiebzig an, bei vierundsechzig Kilo. Auf ihrem Polizeifoto sah man eine Frau mit hohen Wangenknochen und einem breiten Kinn, Gesichtszüge, die gemeinhin in der Schönheitsindustrie so verändert wurden. Decker fragte sich, ob irgendein Sugar Daddy die Rechnung für das neue Gesicht bezahlt hatte. Zu hellbraunen Haaren hatte sie dunkle Augen und Flecken im Gesicht und auf der Stirn, die möglicherweise Meth-Konsum andeuteten.

»Mit dem Namen Ginger Buck war sie prädestiniert für Pornofilme«, meinte Oliver.

»Das ist die andere Frau auf dem Überwachungsvideo«, sagte Marge.

Decker nickte. Ginger wohnte in San-Fernando-Stadt, einer gemeindefreien Ortschaft, die wie eine geografische Insel von Los Angeles umgeben war. »Mal sehen, ob diese Adressen noch stimmen. Wenn ja, bringt die Ladys zu einer Befragung her.«

»Willst du, dass wir die Damen jetzt gleich besuchen?«, fragte Marge. »Es ist schon nach sieben Uhr abends.«

»Hast du etwas vor? Dann übernimmt Oliver die eine, und ich kümmere mich um die andere.«

»Für mich sieht es so aus, Pete: Da der Fall schon eine Woche alt ist, sind sie, wenn sie abhauen wollten, längst weg. Wenn sie nicht abgehauen sind, sollten wir erst so viel wie möglich herausfinden, bevor wir anrücken. Wir brauchen etwas Konkretes in der Hand, eine positive Aussage, dass es sich tatsächlich um die beiden Frauen handelt, die bei Penny ein- und ausgegangen sind, und dass es die beiden Frauen sind, die für Casey's Massage and Escort gearbeitet haben.«

»Wir könnten doch die Polizeifotos zu Ki Park, der Hühnerlady, mitnehmen, oder? Der Imbiss sollte noch geöffnet sein.«

»Genau das dachte ich auch«, sagte Marge. »Und ich würde sie gerne Masey Roberts und George Paxton vorlegen. Das mache ich morgen.«

»Die Shoops haben mitbekommen, wie Frauen ein- und ausgingen«, sagte Decker. »Zeigt auch ihnen die Fotos. Da Randi Miller in der Zuständigkeit vom LAPD wohnt, werde ich die Adresse ein bisschen polizeilich überwachen. Mal sehen, ob da was los ist.«

»Warum gehst du nicht einfach nach Hause?«, fragte Marge.

»Eine Überwachung ist zurzeit reizvoller als mein Leben zu Hause.« Da sie auf eine Erklärung warteten, erzählte Decker ihnen vom gestrigen Abend. Sie reagierten wie erwartet: Sie lachten. »Für ein schlaues Kerlchen verdammt dämlich!«

»Was geht dich das noch an, Deck? In vier Monaten wird er achtzehn, dann bist du aus dem Schneider.«

»So funktioniert das aber nicht, Scott«, sagte Marge. »Wie alt sind deine Kinder jetzt? Dreißig plus? Hast du jemals aufgehört, dir Sorgen um sie zu machen?«

»Ich mache mir *nie* Sorgen um sie, nur um mich. Ich bin derjenige mit den grauen Haaren.«

»Du hast immer noch reichlich viel dunkles Haar.«

»Dank meiner Grecian-Formula-Haartönung.«

Marge sah ihn erstaunt an. »Du tönst deine Haare?«

»Du nicht?«

»Ich bin eine Frau.«

»Und ich bin dann eben eitel. Ich weiß, dass mich das Alter irgendwann besiegt. Aber ich werde das Feld nicht kampflos räumen.«

Randi Millers Adresse passte zu einem unauffälligen, beige gestrichenen zweistöckigen Apartmenthaus, ein paar Kilometer nördlich von Hobart Pennys Wohnung. Zu Casey's Escort and Massage waren es knapp zwei Kilometer Richtung Westen. Es war halb neun an einem kühlen Abend mit feinem Dunst in der Luft, der sich wie Heiligenscheine um die Straßenlampen legte. Decker hatte die Heizung voll aufgedreht, und im Radio lief leise ein Klassiksender statt Country.

Gabe hatte ihn stärker beeinflusst, als ihm klar war. Da er Zeit hatte, meldete er sich zum zweiten Mal innerhalb einer Stunde bei Rina.

»Irgendwas Neues?«, fragte sie.

»Nein. Ich weiß überhaupt nicht, warum ich eigentlich hier bin.«

»Wenn du im Auto sitzt, weil du häuslichem Stress aus dem Weg gehen willst, dann sage ich dir hiermit, dass alles ruhig ist. Keine wütenden Perserinnen, die auf Kind und Kegel losgehen.«

»Wie geht es dem Jungen?«

»Er übt.«

»Wie geht es meinen anderen Kindern?«

»Du meinst, deinen *richtigen* Kindern?«, fragte Rina.

Decker lächelte, aber es war ein trauriges Lächeln. »Muss furchtbar sein, sich so unerwünscht zu fühlen.«

»Er weiß, dass er hier willkommen ist. Wir würden ihn ja adoptieren, wenn das ginge. Er wird das irgendwann noch besser verstehen. Und die Antwort auf deine Frage bezüglich des anderen Nachwuchses lautet: Sie kommen sehr gut klar. Ich habe mit allen gesprochen, und sie sind wohlauf. Ich habe ein *Shehecheyanu* gesprochen. Hast du was gegessen?«

»Ein durchweichtes Thunfisch-Sandwich auf die Schnelle.«

»Lecker. Welche Termine hast du morgen?«

»Bis jetzt eine Beerdigung um halb fünf. Hast du Lust, morgen Abend essen zu gehen? Wenn alles gut läuft, komme ich zu einer vernünftigen Uhrzeit nach Hause, und dann können wir im La Gondola bei einem Steak und einem Glas Rotwein über Gott und die Welt reden.«

»Oder ich kaufe Steaks und eine Flasche Roten, und wir reden mit einem Tablett im Bett über Gott und die Welt.«

»Und der Junge?«

»Er schläft morgen Abend bei seiner Tante.«

»Deine Idee gefällt mir viel besser als meine.« Sein Handy piepte. »Ich bekomme einen zweiten Anruf rein.«

»Wir reden später weiter. Ich liebe dich.«

»Ich dich auch.« Decker beendete das Gespräch.

»Unsere Hühnerlady hat bestätigt, dass Randi Miller und Ginger Buck nebenan gearbeitet haben.«

»Namentlich?«

»Nein, nicht namentlich, aber durch deren Fast-Food-Bestellungen. Randi mochte gegrillte Hühnchenbrust, Salat ohne

Dressing und eine Cola light. Ginger mochte Chicken Wings, Krautsalat und einen Eistee. Als Nächstes lassen wir die Fotos von Anwar Mahadi bestätigen, dem Vermieter. Ich habe ihm eine Nachricht auf dem Handy hinterlassen. Wo bist du?«

»Zwei Häuser von Randi Millers Wohnung entfernt.«

»Oliver und ich brauchen fünf Minuten bis zu Ginger Buck. Sollen wir?

»Und los.«

Nach einer Minute lautem Geklopfe steckte Decker eine seiner Visitenkarten in den Türrahmen. Die Nachbarin aus der Wohnung gegenüber von Randi öffnete die Tür und schielte hinaus.

»Hallo?«, fragte Decker. »Hi?«

Zurückhaltend trat sie einen Schritt vor. Sie schien Mitte zwanzig zu sein, hatte kurze dunkle Haare und runde braune Augen und trug einen Frottee-Bademantel. »Habe ich richtig gehört, dass Sie von der Polizei sind?«

»Ja, Ma'am.« Decker reichte ihr eine Visitenkarte. »Ich suche Randi Miller.«

Die Frau las die Karte und zog eine Grimasse. »Ich glaube, Sie stehen vor der falschen Wohnung. Hier wohnt niemand namens Randi Miller.«

»Okay«, sagte Decker, »wie wär's mit Rocki Feller?« Verständnisloser Blick. »Oder vielleicht irgendein Name, der nahe dran ist?«

»Mir hat sie gesagt, sie heißt Ronni Muller.«

»Ronni mit einem *i*.«

»Ich weiß nicht, wie sie sich schreibt.« Die Frau sah besorgt aus. »Also heißt sie gar nicht Ronni Muller?«

»Wissen Sie, wo sie ist?«, umging Decker die Frage.

»Sie wohnt nicht mehr hier. Der Umzugswagen kam vor zwei Wochen.«

»Sie haben mitgekriegt, wie sie ausgezogen ist?«

»Ja. Sie sagte, sie hätte einen neuen Job in Vegas.«

»Hat sie eine Adresse hinterlassen zum Nachsenden der Post?«

»Nicht bei mir.« Die Frau studierte die Karte. »Sie sind ein Lieutenant?«

»Ja, Ma'am. Hat das Gebäude einen Verwalter?«

»Wenn was kaputtgeht, rufe ich Joseph an. Ich weiß nicht, ob er der Hausverwalter ist. Ich glaube, er ist eine Art Mädchen für alles, der für das Gebäude arbeitet.«

»Haben Sie seine Telefonnummer?«

»Irgendwo. Ist Ronni auf der Flucht oder so?«

»Warum fragen Sie?«

»Warum wäre denn sonst die Polizei hier? Also, ich habe die ganzen Polizeiserien gesehen. Die Lieutenants bleiben immer im Hintergrund und brüllen anderen ihre Befehle zu.«

»Da kann ich locker mithalten.« Decker fragte noch einmal, warum sie dachte, Randi oder Ronni sei auf der Flucht.

»Na ja, schon diese verschiedenen Namen. Ist das nicht verdächtig?«

»Es ist ungewöhnlich«, meinte Decker. »Sie haben also die Telefonnummer von diesem Mädchen für alles?«

»Ja, klar. Ich heiße Simone. Wollen Sie reinkommen, damit wir nicht im Flur weiterreden müssen?«

»Danke.« Ihre Wohnung war klein und spärlich möbliert. Aber sehr aufgeräumt. Jemand mit einem klaren Verstand. Simone verschwand und kam kurz darauf mit der Telefonnummer zurück. »Bitte sehr.«

»Darf ich Ihnen ein paar Fragen über Ronni stellen?«

»Ist ihr wirklicher Name jetzt Ronni oder Randi?«

»Ich glaube, Randi Miller. Hat sie Ihnen etwas über ihren

neuen Job in Vegas erzählt? Vielleicht hat sie den Namen eines Casinos erwähnt?«

»Falls ja, dann erinnere ich mich nicht mehr daran.«

»Also wissen Sie nicht, wo sie arbeiten wird oder …«

»Nur, dass sie einen neuen Job in Vegas hat.« Simone runzelte die Stirn. »Wissen Sie, sie könnte auch Reno oder sogar Tahoe gesagt haben. Irgendwo in Nevada jedenfalls.«

Statt einer Stadt musste Decker jetzt einen ganzen Bundesstaat in Betracht ziehen. »Haben Sie und Ronni etwas zusammen unternommen?«

»Sie meinen auf Partys gehen oder so?« Sie schüttelte den Kopf. »Sie feierte nicht. Zumindest nicht in ihrer Wohnung.«

Das war eine Überraschung. »Eher der stille Typ?«

»Ich habe nie was gehört.«

»Waren Sie mal bei ihr?«

»Nicht wirklich. Wir waren nicht befreundet. Wir waren nicht verfeindet. Wir waren einfach nur Nachbarn. Ich habe gewunken. Sie hat gewunken. Ich habe Hallo gesagt. Sie hat Hallo gesagt. Mehrfach habe ich ein Paket für sie angenommen. Einmal hat sie eins für mich angenommen.«

»Ist Ihnen mal jemand aufgefallen, der in ihre Wohnung kam oder sie verließ?«

Simone kaute auf ihrer Unterlippe. »Nicht oft. Ich war nicht neugierig oder so, aber Sie wissen ja, wie das ist mit Wohnungen. Man will schon wissen, wer im Gebäude wohnt.«

»Erzählen Sie mir, woran Sie sich erinnern.«

»An einen Typen.« Sie schaute zur Seite und versuchte sich zu erinnern. »Vielleicht eins achtzig groß … nach hinten geeltes Haar … markantes Kinn.« Sie sah Decker an. »Er trug einen schwarzen Anzug, keine Krawatte. Er sah aus wie ein typischer L. A.-Kerl … ein Agent oder Anwalt vielleicht.«

Decker hatte kein Foto von Havert dabei. Blöd.

Sie fuhr fort. »Einmal… oder vielleicht zweimal habe ich eine Frau gesehen. Sie wäre mir gar nicht aufgefallen, aber sie sah eben aus wie eine Stripperin. Sie wissen schon.« Simone formte ihre Hände zu Schälchen und hielt sie vor ihre Brust. »Riesig.«

Decker holte das Foto von Ginger Buck hervor. »Die vielleicht?«

Simone machte große Augen. »Ja, das ist sie. Wahnsinn! Was haben die beiden angestellt?«

»Bis jetzt nichts. Ich würde nur gerne mit ihnen reden. Könnten Sie mich anrufen, wenn Sie eine der beiden sehen?«

»Natürlich. Aber ich glaube nicht, dass Ronni zurückkommt. Nicht nur wegen des Umzugswagens oder des neuen Jobs. Da war dieser Ausdruck in ihrem Gesicht, Lieutenant. Der sagte unmissverständlich: Auf Nimmerwiedersehen.«

26

Decker telefonierte mit dem Handy. »Randi Miller wohnt nicht länger dort. Eine Nachbarin sagt, sie habe ihre Sachen für Nevada gepackt.« Er erläuterte Marge die Einzelheiten. »Hattest du mehr Glück?«

»Du hast viel mehr herausbekommen als wir. Wir wissen nur, dass Ginger Buck die Tür nicht aufmacht. Wir haben unsere Karten hingelegt, den Verwalter angerufen und eine Nachricht hinterlassen.«

»Was ist mit Bruce Havert? Habt ihr eine Adresse oder Telefonnummer?«

»Nur das Foto von Lee Wangs Computer.«

»Und nichts Neues von den Polizisten aus North Las Vegas?«

»Nein. Übrigens, die Jungs da fragen sich, ob du Neuigkeiten über Garth Hammerling hast.«

»Sie wissen genauso viel wie ich: dass er vor sechs Monaten im Süden von New Mexico gesehen wurde. Ich bin sicher, dass er über die Grenze nach Mexiko gewandert ist. Wenn ich etwas Neues über dieses Monster wüsste, wären sie längst informiert.«

Decker sah auf die Uhr. »Geht nach Hause. Genau das mache ich jetzt auch.«

»Begleitest du uns morgen zu Global Earth?«

»Nein, das überlasse ich diesmal euch. Ich habe die ganze letzte Nacht über Vignette Garrison nachgedacht. Wird Darius Penny ihr von dem Testament erzählen?«

»Keine Ahnung. Vielleicht hält er sich zurück, da sie noch nicht als Verdächtige entlastet wurde.«

»Nein, sie wurde nicht entlastet«, sagte Decker. *Ganz und gar nicht.* »Wer hat Penny mit all diesen Giftschlangen, Giftfischen und Insekten versorgt?«

»Tierhandlungen verkaufen einiges davon. Vielleicht auch im Versand. Hat Vignette dir nicht gesagt, dass er den Tiger per Post bestellt hatte?«

»Ja, das stimmt. Aber selbst wenn Penny alles im Internet oder per Post bestellt hatte, dann muss jemand die Käfige und Aquarien installiert oder sich zumindest seit zwanzig Jahren darum gekümmert haben. Man braucht seine fünf Sinne, wenn man giftige Tiere füttert. Penny war alt und gebrechlich.«

Marge dachte nach. »Ich glaube, er hatte Hilfe, und Vignette Garrison ist eine gute Kandidatin für diesen Posten. Aber sie war vor zwanzig Jahren noch nicht dabei, Pete.«

»Sie hatte einen Vorgänger«, sagte Decker. »Mir ist klar, dass es schlecht für die Huren aussieht, ich meine ihre Flucht gleich nach dem Mord, aber Vignette schließe ich auch noch nicht aus. Wenn ihr mit ihr redet, fragt sie nach der Versorgung von Pennys Menagerie, inklusive der Futterlieferung. Wenn sie denkt, dass es um Geld geht, erzählt sie uns vielleicht sogar die Wahrheit.«

»Oder genau das Gegenteil«, entgegnete Marge. »Wenn es um Geld geht, wird normalerweise gelogen.« Pause. »Sie hat jedenfalls nicht gequatscht.«

»Wenn sie nicht gequatscht hat, bevor sie Geld bekommen hat, dann wird sie mit einer Karotte vor der Nase erst recht nichts rauslassen. Was hast du morgen für Termine?«

»Rina hat mich dasselbe gefragt. Der einzige auf meiner Liste ist die Beerdigung. Ich werde George Paxton erneut befragen und ihm die Fotos von Randi und Ginger/Georgie/Georgina Harris zeigen. Ich möchte ihn wissen lassen, dass wir ihn immer noch im Auge haben, vor allem, weil Penny ihm Schweigegeld gegeben hat.«

»Paxton hatte auch Schlüssel zu allen Wohnungen von Hobart. Und er ist der Einzige, der über Hobarts andere Wohnungen *im Bilde* war.«

»Meinst du, er käme an einem Tiger vorbei?«

»Möglich wär's, wenn er gewusst hat, dass Penny sich alleine in der einen Wohnung befand, während der Tiger in einer anderen war.«

»Motiv?«

Sie überlegte einen Moment. »Sagte nicht eins seiner Kinder, gehortetes Bargeld würde zu Penny passen? Als wir in der Wohnung waren, herrschte das totale Chaos. Wir könnten leicht ein Geheimversteck übersehen haben.«

»Eventuell. Aber siehst du in Paxton nicht auch eher einen Gelegenheitsdieb als einen Mörder? Vorstellbar wäre, dass er auf Penny schießt, aber nicht, dass er ihm den Kopf einschlägt. Zu nahe dran und zu persönlich. Haben wir überhaupt schon eine Waffe für die stumpfe Gewalteinwirkung gefunden?«

»Nein, aber ich habe darüber nachgedacht, vor allem, da Huren involviert zu sein scheinen. Der Einschlag war fast rund. Der Gerichtsmediziner meinte, er sehe aus wie von einem Baseballschläger. Was ist mit einem Totschläger von einer Domina?«

»Sobald wir Randi und Ginger/Georgina finden, können wir ihnen diese Frage zusammen mit unseren vielen anderen stellen … falls wir sie finden. In Nevada gibt es viele Huren. Manche arbeiten sogar legal.«

»Du Glücklicher, Rabbi: Du hast doch deinen persönlichen Lieblingszuhälter.«

Rina und Gabe spielten Scrabble. Gabe trug T-Shirt und Jogginghose, Rina Schlafanzug und Morgenmantel. Sie blickten beide auf, als er zur Tür hereinkam.

»Wer gewinnt?«, fragte Decker.

»Wir zählen nicht«, sagte Rina. »Wir spielen Speed-Scrabble. Jeder hat eine Minute für sein Wort. Das ist jetzt unser ... ungefähr fünftes Spiel.«

»So was in der Art.« Gabe konzentrierte sich auf sein Buchstabenbänkchen.

»Ich hole dein Abendessen.« Rina schmiss ihre Buchstaben in das Säckchen und erhob sich. »Ich hatte sowieso nur Vokale.« Sie ging in die Küche.

»Ich bin ganz schön fertig.« Als Decker nicht darauf reagierte, fragte Gabe: »Bist du immer noch sauer auf mich?«

»Was?« Decker war mit seinen Gedanken woanders. »Nein, gar nicht. Ich dachte nur gerade an deinen Dad. Ich muss ihn anrufen, und Spaß macht das nicht gerade.«

»Wirst du Chris über letzte Nacht etwas sagen?«

»Du meinst über deine Begegnung mit Sohala?« Decker grinste. »Gabe, die Sache ist begraben und vergessen. Ich muss mir überlegen, wie ich mich Chris gegenüber verhalte, ohne so auszusehen, als bräuchte ich seine Hilfe ... aber genau die brauche ich. Er ist eine Nachteule, stimmt's?«

»Er ist ein Nachtjäger.« Gabe sah auf seine Uhr. »Jetzt ist er garantiert aktiv und unterwegs.«

»Geht er ans Telefon?«

»Keine Ahnung. Ich ruf ihn nie an. Ich schätze, wenn er mit mir reden will, wird er sich melden.«

»Hat er dich kontaktiert?«

»Er schreibt mir einmal pro Woche eine SMS. *Lebst du noch?* Ich antworte mit Ja. Und das war's.«

»Nimmt er eher ein Gespräch von dir oder von mir an?«, fragte Decker.

»Na von dir, absolut.«

»Also gut. Dann erledige ich jetzt diesen gefürchteten Anruf.« Decker musterte den Jungen, der elend aussah. »Hörst du jemals was von deiner Mutter?«

»Andauernd. Wir skypen viel. Sie will, dass ich nach Indien komme.«

»Und?«

»Ich hab meinen Agenten gefragt, ob ein Auftritt in Bombay drin ist. Nach dem Motto, zwei Fliegen mit einer Klappe schlagen.«

»Also *willst* du sie sehen.«

»Eher, dass ich *bereit* bin, sie zu sehen.« Er machte eine Pause. »Wenn ich dort ein Konzert bekomme, fliege ich hin. Jacob hat angeboten, mich zu begleiten. Er ist ein echt netter Kerl.«

Rina kam mit einem Teller und einem Glas Wein zurück. »Wer ist ein echt netter Kerl?«

»Jacob«, sagte Decker. »Dein Sohn.«

»Unser Sohn. Was hat er angestellt?«

»Angeboten, mich nach Indien zu begleiten«, sagte Gabe.

»Du fliegst nach Indien?«

»Nein, aber falls ich nach Indien fliege, würde er mich begleiten.«

»Toll«, sagte Rina. »Yonkie ist über dreißig, aber hat die Impulskontrolle eines Siebzehnjährigen.«

»Das geht schon klar«, sagte Gabe. »Ich bin siebzehn mit der Impulskontrolle eines Dreißigjährigen.« Pause. »Außer bei Yasmine. Wenn's um sie geht, bin ich ein ziemlich hoffnungsloser Fall.«

Rina setzte sich und streichelte Deckers Hand. »Iss was, mein Lieber.« Sie wandte sich an Gabe. »Ich bin froh, dass du dich wieder mit deiner Mutter verstehst. Du wirst es nicht bereuen.«

Er zuckte mit den Achseln. »Na ja, ich würde gerne meine Schwester kennenlernen.« Pause. »Sie ist wieder schwanger … meine Mutter. Sie und dieser Typ sind noch nicht mal verheiratet. Und sie und Chris noch nicht mal geschieden.« Gabe warf die Hände in die Luft. »Es ist ihr Leben. Ich bin durch damit. Macht keinen Sinn, so zu tun, als gäb's sie nicht.«

»Wenn Jake mit dir nach Indien fliegt, muss ich dann sein Ticket bezahlen?«, wollte Decker wissen.

»Hör auf, dich ständig arm zu reden. Das Einzige, wofür wir Geld ausgeben, sind Lebensmittel. Wir waren seit zwei Jahren nicht mehr im Urlaub.«

»Warum nicht?«, fragte Gabe.

»Frag den Loo«, sagte Rina. »Ich richte mich nach seinem Terminplan.«

»Tu mir das nicht an, Junge«, warnte Decker. »Nach dem gestrigen Abend stehst du in meiner Schuld.«

»Ich bin sicher, der Lieutenant hat gute Gründe«, sagte Gabe.

»Der Lieutenant arbeitet sehr viel«, sagte Rina und küsste ihn auf den Kopf. »Aber dem Lieutenant würden ein paar kreative Wochen auf Hawaii sicher guttun.«

»Ich werde nicht braun. Nur rot, und dann pelle ich mich.«

»Was ist mit dem Yellowstone Park?«, schlug Rina vor. »Den Old Faithful wollte ich immer schon mal sehen.«

Decker dachte kurz über ihren Vorschlag nach. »Darauf hätte ich auch Lust. Wäre selbst für einen Muffel wie mich ein prima Ferienziel.«

»Also abgemacht. Ich bereite alles vor. Lass mich bloß nicht im Stich, Peter.« Sie sah Gabe an. »Du kannst mitkommen, wenn du möchtest, Gabriel.«

»Ich glaube, der Lieutenant hat erst mal die Nase voll von mir. Aber danke für die Einladung.«

»Das Angebot steht. Und ich bin froh, dass du dich mit deiner Mutter versöhnt hast, Gabriel. Du hast nur eine Mom.«

»Ganz im Ernst«, erwiderte er. »Ich hab nur eine Mutter, okay, aber ich hab auch ein paar Schutzengel. Wie viel Glück kann man denn sonst noch haben?«

Das Handy lag unter seinem Kopfkissen und vibrierte um drei Uhr morgens. Decker schnappte es sich und sagte: »Hier bin ich, warten Sie einen Moment.« Er schlüpfte in seinen Bademantel und ging ins Wohnzimmer.

»Ich gebe Ihnen zehn Minuten«, sagte Donatti.

»Könnten Sie nicht alle Jubeljahre mal höflich sein?«

»Dann machen Sie mal einen Höflichkeitsanruf. Sie melden sich nur, wenn Sie mich brauchen oder um mir schlechte Nachrichten zu überbringen.«

Da hatte er recht, aber das würde Decker ums Verrecken nicht zugeben. »Haben Sie einen Stift und Papier parat?«

»Was?«

»Randi Miller. Randi mit einem *i* am Ende. Und Ginger Buck.« Decker zählte alle Alternativnamen auf. »Wahrscheinlich sind sie in Nevada.«

»Engen Sie's bloß nicht zu weit ein.«

»Vegas, Reno oder Tahoe.«

»Das ist wirklich hilfreich.«

»Tun Sie, was Sie können, Chris.«

»Mordverdächtige?«

»Ja. Ich bin zwar Lieutenant, aber in der Tiefe meines Herzens immer noch bei der Mordkommission.«

»Wann ist das passiert?«

»Vor eineinhalb Wochen. Direkt danach sind die Mädels ausgezogen. Wohin kann ich Ihnen Fotos faxen?«

Donatti nannte ihm eine Nummer. »Beschreiben Sie mir Ginger Buck alias Georgie Harris.«

»Mitte dreißig. Sie war mal Pornodarstellerin unter ihrem Alias Amber Sweet. Laut ihrem letzten Polizeifoto ist sie eins dreiundsiebzig groß und circa vierundsechzig Kilo schwer. Sie hat kurze strähnige Haare, dunkle Augen und Akne. Könnte ein Meth-Junkie sein.« Pause. »Sie kommt Ihnen bekannt vor, Chris?«

»Als sie für mich gearbeitet hat, hieß sie Gigi Biggers. Sie hatte ein Drogenproblem. Das haben sie alle, aber sie schaffte nicht, es zu kontrollieren. Unter diesem Namen hat sie eine Sozialversicherungsnummer. Wollen Sie die haben?«

»Natürlich. Wie lange hat sie für Sie gearbeitet?«

»Vielleicht fünf Jahre. Bevor ich ganz hierhergezogen bin. Sonst noch was?«

»Bruce Havert. Ihm gehörte eine Firma namens Casey's Massage and Escort. Nach dem Mord wurde das Büro geschlossen und leergeräumt. Havert hatte die Mädchen bei sich angestellt. Vor seinem Umzug nach L. A. war er elf Jahre lang Kartengeber im Havana! – dem Casino, nicht der Stadt.«

»Erzählen Sie mir mehr über ihn.«

»Würde ich ja gerne, nur ist das leider alles, was ich weiß. Keine Telefonnummer, keine Adresse in L. A., daher bekomme ich noch nicht mal eine Nachsendeadresse heraus. Aber ich habe ein Foto. Und ich kann Ihnen den Link zu dem Artikel mailen, in dem wir sein Foto entdeckt haben.«

»Mailen Sie's Talia. Ich benutze kein E-Mail. Ich bin ein Technikfeind. Ich lebe nicht in einem virtuellen Leben. Bin zu beschäftigt mit dem richtigen. Schicken Sie mir das Foto *subito*.«

»Warum interessieren Sie sich so für Bruce Havert?«

»Wenn er Nutten in Nevada laufen lässt, dann betritt er mein Territorium.«

»Ganz Nevada gehört zu Ihrem Territorium?«

»Die ganze Welt gehört zu meinem Territorium. Nevada ist nur mein Heimatstandort.«

»Hab's kapiert. Sie lassen mich wissen, was Sie herausfinden?«

»Mach ich. Wenn Sie seinen Arsch wegen Mordes drankriegen, umso besser. Ein Idiot weniger, mit dem man sich streiten muss. Wo wir gerade von Idioten sprechen: Wie hat sich mein Sohn in dem Prozess angestellt?«

»Ihr Sohn ist definitiv kein Idiot, Chris.«

»Er ist siebzehn, alle Siebzehnjährigen sind Idioten, also ist er ein Idiot. Wie geht's ihm?«

»Gut. Sie wissen, dass es im Fall Lashay zu einer Verständigung kam, oder?«

»Ja, weiß ich.«

»Und Sie wissen auch, dass Gabe noch hier bei uns in L. A. ist, oder?«

Eine winzige Pause. »Warum?«

»Er hat ein paar Konzerte und bekommt Unterstützung von seinem früheren Lehrer, Nick Mark. Gabe möchte sechs Wochen länger bleiben. Haben Sie damit ein Problem?«

»Nicht, wenn Sie keins damit haben.« Eine weitere Pause. »Trifft er sich immer noch mit dieser kleinen Perserin?«

»Ich glaube schon.«

»Dummkopf. In seinem Alter sollte er nicht nur für ein einziges Mädchen Feuer und Flamme sein. Er sollte herumvögeln.«

»Er ist verliebt ihn sie.«

»Er kann sie von mir aus lieben und trotzdem andere Mädchen ficken. Er ist siebzehn. Wovon hat er denn schon Ahnung?«

»Ich vermute mal, der Junge hat einen moralischen Kompass, Chris.«

»Ich weiß.« Donatti seufzte. »Was habe ich verdammt noch mal bloß falsch gemacht?«

27

Mit Darius Penny auf der Rückbank hielten Marge und Oliver sich zurück und redeten nur im Flüsterton miteinander, obwohl Penny ein Telefonat führte. »Ich habe heute Morgen ein bisschen im Internet recherchiert«, berichtete Marge. »Man kann fast alles per Post bestellen, solange man nachweist, dass es um Naturschutz geht. Manche Staaten machen es einem kinderleicht, eine Lizenz für einen Privatzoo zu bekommen. Ohio ist bekannt für Leute, die große Tiere halten.«

»Was ist mit Schlangen?«

»Die meisten Seiten, auf denen ich war, gehörten zu Haustierhandlungen, und die meisten Schlangen waren nicht giftig. Giftschlangen bekommst du aber auch, wenn du willst. Exotische wie Königskobras oder Gabunvipern sind ironischerweise leichter zu finden, gerade weil sie Exoten sind. Die meisten Leute, die Kalifornische Klapperschlangen halten, sind Schlangenjäger, die die Tiere selbst gefangen haben. Aber manchmal tauschen und verkaufen sie sie auch.«

»Irgendjemand muss trotzdem die Käfige eingerichtet haben. Er konnte das nicht selbst tun.«

»Die Sache ist die, Scott, wenn du sie gut versorgst, leben Schlangen durchaus fünfzehn, zwanzig Jahre, und die großen sogar noch länger. Er kann sie also vor einer ganzen Weile gekauft und die Käfige selbst eingerichtet haben.«

»Was ist mit den Insekten?«

»Spinnen leben verblüffend lange. Weibliche Taranteln werden manchmal zwanzig Jahre alt. Skorpione eher nicht, aber manche schaffen eine Dekade. Viecher wie die Fauchschabe werden nur ein bis fünf Jahre. Also hat er diese Art von Insekten wahrscheinlich erst als alter Mann gekauft.«

Oliver redete leise. »Marge, er musste jemanden dafür bezahlen, die Käfige zu versorgen, schon weil er auf einen Rollator angewiesen war.«

»Garantiert hat er jemanden bezahlt. Aber ich habe so meine Zweifel, was den Rollator angeht. Ich glaube, er ist auf Rädern vorgefahren, wenn er den Mitleidsfaktor ausspielen wollte, oder er hat ihn als Ablenkungsmanöver benutzt oder um Zeit zu schinden … zum Beispiel bei sich beschwerenden Nachbarn.«

»Marge, selbst wenn er noch auf seinen eigenen zwei Beinen laufen konnte, war er alt.«

»Also bewegte er sich langsam vorwärts.«

»Ich kann mir vorstellen, wie er die Insekten und die Fische füttert«, sagte Oliver. »Ich kann mir ihn sogar dabei vorstellen, wie er den Tiger füttert. Einfach einen Teller Fleisch hinhalten …«

»Oder Finger«, sagte Marge halblaut.

Oliver zog eine Grimasse. »Aber ich kann mir den alten Mann nicht dabei vorstellen, wie er Giftschlangen füttert und deren Käfige putzt. Außerdem weiß ich aus eigener Erfahrung, dass auch Aquarien gereinigt werden müssen. Fische scheiden Exkremente aus. Wenn die Wassertanks zu stark verschmutzt sind, sterben die Fische. Er hatte irgendeine Art von Unterstützung, Marge.«

»Ja, Decker und ich haben gestern schon darüber geredet. Er ist deiner Meinung. Wir sind alle auf derselben Wellenlänge. Wahrscheinlich benutzte er Vignette Garrison. Nur ein paar Tage davor war sie in der Wohnung. Was sollte sie sonst dort tun? Ich frage mich: Warum hat sie Decker nichts von den Schlangen und Käfern erzählt? Sie hat locker zugegeben, sich um den Tiger gekümmert zu haben.«

»Vielleicht wollte sie nicht die Verantwortung dafür tragen, sollten ein paar Schlangen entwischen«, meinte Oliver.

»Also räumt sie ein, dass sie über den Tiger Bescheid wusste, aber nichts von den Reptilien und Insekten und Fischen, wobei die Haltung der meisten dieser Tiere völlig legal ist?«

»Da hast du recht«, gab Oliver zu.

Beide schwiegen. Darius Penny brüllte in sein Telefon.

»Wir wissen Folgendes: Wir haben zwei Huren, die abhauen. Und wir haben Vignette Garrison.« Pause. »Ich tippe auf die Huren. Sie sind verschwunden. Vignette ist noch da. Wenn sie Hobart bei seiner Menagerie geholfen und er sie dafür bezahlt hat, warum sollte sie ihn dann töten?«

»Vielleicht ist er ihr gegenüber frech geworden?«, sagte Oliver. »Der Typ war echt schräg.«

»Wir haben zwei Verletzungen«, flüsterte Marge, »stumpfe Gewalteinwirkung und eine Schusswunde. Kannst du dir vorstellen, dass sie ihm beides zufügt?«

»Keine Ahnung«, sagte Oliver, »aber wie schwierig mag es sein, einen alten Mann auszuschalten, vor allem, wenn sie sich in der Nähe des Tigers wohlgefühlt hat?«

Darius Penny schrie: »Sind Sie noch da? Sind Sie noch da?«

»Ich hätte Sie warnen sollen«, sagte Marge in normaler Lautstärke zu ihm. »Der Empfang ist erst lückenhaft und verschwindet irgendwann ganz.«

Penny rief sein Büro an. »Ich weiß, dass Sie mich kaum hören können. Ich fahre in die Berge … Ich rufe später noch mal an.« Er beendete das Gespräch. »Wie lange dauert es, bis wir da sind?«

»Ungefähr eine halbe Stunde«, sagte Marge.

»Sollte ich noch etwas über diesen Laden wissen?«

»Wir sind auch zum ersten Mal da.«

»Sollte ich noch irgendwas über Vignette Garrison wissen?«

»Bin ihr nie begegnet«, sagte Marge. »Bei diesem Ausflug lernen wir alle dazu.«

Der Leprechaun ging im Wohnzimmer auf und ab. George Paxton trug eine winzige Jeans, ein winziges weißes Hemd und eine winzige Cordjacke. »Warum hören Sie nicht damit auf, mich zu belästigen?«

»Mr Paxton, in einem Ihrer Gebäude wurde jemand ermordet. Ganz sicher möchten Sie nicht, dass sich das wiederholt.«

»Es wird sich nicht wiederholen.«

»Sie glauben also, Mr Penny war eindeutig das Ziel?«

»Habe ich das gesagt?« Mehr Herumstapfen auf dem Boden und mehr Verdruss. »Das habe ich nie gesagt.«

»Tja, wenn er nicht das Ziel war, dann haben Sie einen Zufallskiller, der noch mal zuschlagen könnte.«

Paxton blieb stehen. »Okay. Vielleicht war er das Ziel.« Er begann, wieder über den Teppich zu schreiten. »Lauter schräge Figuren, die da ein- und ausgingen.«

»Als wir das erste Mal mit Ihnen sprachen, sagten Sie, Sie hätten nur ein paar großbusige Frauen die Wohnung betreten sehen. Meinen Sie, Sie könnten sie identifizieren, wenn ich Ihnen Fotos zeige?«

»Wahrscheinlich.«

Decker holte zwei Fotobögen à sechs Fotos in zwei Reihen hervor, die er am Morgen zusammengestellt hatte. In dem einen war Randis Foto unten in der Mitte, auf dem anderen Gingers oben rechts. »Kommt Ihnen eines der Mädchen bekannt vor?«

Paxton hörte lange genug auf, den Teppich flachzutreten, um die Bilder genau zu betrachten. Er zeigte auf Randi. »Die da. Ich habe sie ein paarmal kommen und gehen sehen.«

»In welcher von Pennys Wohnungen?«

»In der, die jetzt leersteht, unter seiner richtigen Wohnung.«

»Gut.« Decker zeigte ihm den anderen Bogen. »Und diese Frauen hier?«

Er deutete auf Ginger. »Ein paarmal mit der ersten. Nie alleine.«

»Sie kamen also zusammen?«

»Die Blonde auch alleine. Zu zweit kamen sie gelegentlich.«

»Und Sie sind ehrlich?«

»Das nehme ich Ihnen übel.«

»Mr Paxton, wenn Sie noch mehr zu sagen haben, tun Sie es besser jetzt. Nicht dass ich es später selbst herausfinde.«

»Natürlich bin ich *ehrlich.*« Pause. »Was erwarten Sie denn von mir zu hören?«

»Dass Sie Mr Penny beim Treffen seiner Verabredungen geholfen haben.«

Der Mann lief puterrot an. »Sie beschuldigen mich der *Zuhälterei*?«

»Eher der Kuppelei, aber wir müssen hier nicht das Fachvokabular klären. Haben Sie ihm geholfen?«

Der Mann verschränkte die Arme vor der Brust. »Ich habe ihm keine Nutten vermittelt!«

»Ich glaube Ihnen. Sehen Sie, das war doch ganz leicht.«

Aber Decker wusste, dass das noch nicht das Ende der Fahnenstange war.

»Was haben Sie alles für ihn getan? Außer gegen Bezahlung

über die Wohnungen hinwegzusehen, in denen sich tödliche Tiere befanden.«

»So war's nicht.«

»Genau so war's. Wofür hat er Sie noch bezahlt?«

»Ab und zu habe ich den Ladys die Tür aufgemacht. War keine große Sache. Wie ein Paket abholen oder so.« Der Mann lief knallrot an. »Können Sie mich jetzt in Ruhe lassen?«

Decker richtete seinen Blick starr auf das Gesicht des kahlen Mannes. »Wie oft waren Sie wirklich in Pennys Wohnungen?«

Paxtons Blick verdüsterte sich. »Warum ist das wichtig?«

»Weil der Mann ermordet wurde.«

»Sie können doch nicht glauben, dass ich etwas damit zu tun habe.« Schweigen. »Das ist absurd.«

»Sagen Sie mir, warum.«

»Weil ich seit Wochen nicht mehr in seiner Wohnung war.«

»Sagen Sie mir, warum ich Ihnen glauben sollte.«

»Warum sollte ich ihm denn verdammt noch mal was antun?« Der Gnom marschierte wieder auf und ab. »Bezahlen konnte er mich ja nur lebendig.«

»Also haben Sie ihn wegen des Geldes am Leben gelassen?«

»Nein, jetzt drehen Sie mir …« Paxton wurde richtig wütend. »Ich glaube, Sie gehen besser.«

»Gut.« Decker sah betont deutlich auf seine Uhr. »Ich habe noch ein bisschen Zeit. Vielleicht statte ich jetzt Ihrem Chef einen Besuch ab.«

Das rote Gesicht wurde hochrot. »Sie erpressen mich.«

»Um Gottes willen!«

»Was *wollen* Sie von mir?«

»Nur eine Antwort auf meine einfachen Fragen. Wie oft waren Sie in Pennys Wohnungen?«

»Wie ich Ihnen schon sagte, ich habe ein- oder zweimal die Huren reingelassen … höchstens ein halbes Dutzend Mal.«

»Womit wir bei sechsmal wären …«

»Ich habe Ihnen lediglich auf Mr Pennys Bitte hin die Tür aufgemacht.«

»Haben Sie jemals für Mr Penny Reparaturen durchgeführt? Einen verstopften Abfluss behoben? Eine Glühbirne ausgetauscht?«

Der Mann schien auf der Hut zu sein. »Ja, klar.«

»Haben Sie's selbst gemacht oder jemanden angerufen?«

»Wenn es nur um das Festziehen einer Schraube oder das Bohren eines Loches ging, habe ich es selbst erledigt. Wenn es ein wirkliches Abflussproblem war, jemanden angerufen.«

»Also gut«, sagte Decker. »Wie oft haben Sie Sachen für Mr Penny repariert? Einmal im Monat? Einmal in der Woche?«

»Nicht mal einmal monatlich. Drei-, vielleicht viermal pro Jahr. Und nur in den beiden Wohnungen, die übereinanderliegen. Die anderen … die direkt neben seiner waren … die habe ich nie betreten. Und nach allem, was Sie gefunden haben, weiß ich auch, warum er mich da nie reingelassen hat.«

»Und das ist mehr oder weniger der Grund, warum ich mich heute Morgen gerne mit Ihnen unterhalten wollte«, sagte Decker. »Haben Sie eine Idee, woher er diese ganzen Giftschlangen und -fische hatte?«

»Er hat sich einen Tiger beschafft. Ich würde behaupten, dagegen sind Fische und Schlangen ein Kinderspiel.«

»Sind Ihnen jemals Pakete mit der Aufschrift *Lebendvieh* oder *Lebende Tiere* oder so ähnlich aufgefallen?«

»Nein«, entgegnete Paxton. »Wollen Sie mir weismachen, dass man Giftschlangen kaufen und sie sich per Post in einer Schachtel zuschicken lassen kann?«

»Irgendwoher musste Mr Penny sie ja haben.«

»Also ich habe nie etwas mit der Aufschrift *gefährlich* oder

Giftschlange gesehen! Himmel noch mal, da hätte ich die Polizei angerufen, okay?«

»Bekam Mr Penny irgendwelche Lieferungen?«

»Ich weiß, dass er sich Lebensmittel kommen ließ, auch Medikamente, aber mehr kann ich Ihnen dazu nicht sagen.«

»Seine Tiere wurden gut versorgt. Wer kümmerte sich um die ganzen Käfige und Aquarien?«

»Woher soll ich das wissen? Ich wusste noch nicht mal, dass er Schlangen und Fische besaß.«

»Sie sind der Hausverwalter. Sie sollten es eigentlich wissen.«

»Lieutenant, die Lockerung von Vorschriften für Penny habe ich längst zugegeben. Aber ich war nicht sein Kindermädchen. Allein in diesem Gebäude befinden sich einige Dutzend Wohnungen. Ich habe genug zu tun, ohne diesen Typen auszuspionieren.«

»Immerhin sind Ihnen die Ladys aufgefallen. Und Sie haben ihnen die Tür geöffnet.«

»Er hat mir dafür ein paar Scheine gegeben.«

»Wie viel ist ein paar Scheine?«

»Zwanzig Dollar pro Treffen. Ich hab's ungefähr sechsmal gemacht. Einhundert-und-zwanzig Dollar. Nicht gerade mordsmäßig viel.«

Interessante Wortwahl. Laut sagte Decker: »Sie haben diesen Prostituierten also sechsmal die Tür aufgemacht. Und mir wollen Sie weismachen, dass Sie nichts von dem Tiger wussten. Oder seinen Schlangen und Fischen und Spinnen. Das soll ich Ihnen wirklich glauben?«

»Glauben Sie, was Sie wollen, aber es ist die Wahrheit. Hätte ich über diese Scheiße Bescheid gewusst, hätte ich die Polizei gerufen. Zu ein paar Schlampen, die einem alten Kerl einen blasen, sage ich nichts. Aber ein Tiger oder eine Klapperschlange? Ich meine, mal ehrlich!«

Seine Gesichtsticks verrieten, dass er log, doch Decker machte weiter. »Beim Eintreffen der Polizei war Pennys Wohnung ein Schweinestall, da der Tiger alles verwüstet hatte. Wie sah es dort aus, als er noch lebte? Sie waren drinnen, ich nicht.«

Paxton war sichtlich verwirrt. »Eine Wohnung halt, mit einer Couch und einem Tisch und einem Bett.«

»Aufgeräumt? Schmutzig?«

»Ich glaube, aufgeräumt. Möbel gab's nicht viele. Nur das Notwendigste.«

»Hatte er einen Computer?«

»Ich habe keinen gesehen.«

»Einen Fernseher mit Flachbildschirm an der Wand? Einen DVD-Player?«

»Er war neunundachtzig und ein Eigenbrötler. Mit Hightech hatte er meiner Meinung nach nichts am Hut.«

»Viele ältere Menschen haben moderne, teure Fernseher und sind leichte Beute für Diebe. Schien er irgendwas Wertvolles zu besitzen?«

»Wenn ja, dann hat er es unter der Matratze versteckt.« Paxton errötete leicht. »Ich meine nur, dass ich nichts Wertvolles gesehen habe.«

»Wären Sie bereit, in mein Büro zu kommen und diese Fragen zu beantworten, während Sie an einen Lügendetektor angeschlossen sind?«

»Machen Sie Witze?« Der Gnom hob resigniert die Hände. »Ja. Klar. Nächste Woche? Diese Woche ist mein Terminkalender voll.«

»Wie wäre es heute in einer Woche? Um zwei Uhr nachmittags?«

Paxton atmete auf. »In Ordnung. Ich komme vorbei. Aber die Antworten werden dieselben sein. Der Typ war ein Exzentriker, wie die meisten reichen Leute, vermute ich mal.«

Decker wartete kurz ab. »Eine Sache noch, was Diebstahl als Motiv betrifft. Sie erwähnten, dass Mr Penny sehr einfach lebte. Ist Ihnen jemals etwas an den Wänden aufgefallen?«

»Nein. Der Mann hauste wie ein Mönch.«

»Mit zahlreichen Stippvisiten von Huren?«

»Ich wollte damit nicht sagen, dass er ein Mönch war. Nur dass in der Wohnung ziemlich wenig herumstand.«

»Keine Kunst, was auch immer?«

Paxtons Lachen war verstörend. »Wollen Sie mich verarschen?« Noch ein Lacher. »Herrgott, der Mann war schräg mit einem *großen S*. Sie haben doch gesehen, was der gesammelt hat, und das war nun wirklich keine Kunst.«

28

Als Marge auf den dreckigen Platz einbog, kam eine schmale Gestalt in Jeans, Jacke und Wanderschuhen aus einem Wohnwagen. Die Frau hatte blond gesträhnte Haare, die unter einer Skimütze hervorquollen, und trug Handschuhe mit abgeschnittenen Fingerspitzen. Marge schaltete den Motor ab und stieg aus. »Vignette Garrison?«

»Hallo. Willkommen.«

»Sergeant Dunn vom LAPD«, stellte Marge sich vor. »Das ist Detective Oliver.«

»Freut mich, Sie kennenzulernen.« Sie runzelte die Stirn. »Wollen Sie zuerst einen Rundgang machen, oder wollen Sie mir erst Fragen stellen? Zum Reden sollten wir in den Trailer gehen. Da drin ist es ein bisschen wärmer.«

Darius Penny schälte sich langsam von der Rückbank. Am meisten schien ihn zu beschäftigen, wo er hintrat, und das mit gutem Grund. Der Parkplatz war ein einziges Matschloch, und seine auf Hochglanz polierten Slipper sahen nicht nach Gummisohlen aus. Zuerst ging er auf Zehenspitzen. Dann gab er auf. Er streckte Vignette die Hand entgegen. »Darius Penny.«

»Oh mein Gott!« Sie ergriff die dargebotene Hand und umklammerte sie den Fingern ihrer Linken. »Vignette Garrison. Das mit Ihrem Vater tut mir so leid. Er war ein wundervoller Mensch!«

Der Anwalt zuckte zusammen, als er seine Hand befreite. »Meinen wir denselben Menschen?«

Vignettes Mund öffnete und schloss sich wieder. »Er war wundervoll, was Global Earth betraf.« Als sie darauf keine Antwort bekam, fuhr sie fort: »Er liebte Tiere.«

Penny musterte sie von oben bis unten. »Was genau machen Sie hier?«

»Ich nehme Sie gerne auf einen Rundgang mit.«

»Für elf Uhr vormittags riecht es ein bisschen streng hier.« Seine Nase war gerümpft. »Oder geht das nur mir so?« Er atmete aus. »Wie wäre es mit einer Zusammenfassung über den Laden? Ich habe gerade keine Fellstiefel dabei.«

Marge grinste, aber Vignette kapierte den Witz gar nicht. Sie atmete ein und wieder aus. »Wir sind die Endstation für exotische Tiere, die niemand mehr will, oder für Leute, die sich nicht mehr um die Tiere kümmern können. Bei uns wird nicht getötet, außer natürlich, wenn ein Tier eine grobe Gefahr für sich selbst oder andere darstellt. Gäbe es Orte wie diesen hier nicht, müssten viele der Tiere eingeschläfert werden.«

»Was für Tiere haben Sie hier?«

»Wirklich alles. Ich führe Sie liebend gerne herum.«

»Verlangen Sie Eintritt?«

»Entschuldigung?«

»Eintritt … wie im Zoo.«

»Das hier ist kein Zoo.« Vignette war verwirrt. »Wir liegen hier doch mitten im Nichts.«

»Ist mir aufgefallen.«

»Mr Penny, wir sind eine gemeinnützige Auffangstation. Ohne die Freundlichkeit von Menschen wie Ihrem Vater könnten wir diese Örtlichkeit nicht am Laufen halten.«

»Ist das der einzige Weg, wie Sie Gelder auftreiben?«, fragte der Anwalt. »Durch Spenden?«

»Spenden, private Kredite und etwas staatliche Unterstützung. In der Hauptsache aber Spenden. Ihr Vater war besonders großzügig. Er hat uns in schweren Zeiten über Wasser gehalten. Und wenn man gemeinnützig arbeitet, herrschen immer schwere Zeiten.«

Der Anwalt sah zu den Hügeln, von wo undeutliche Tiergeräusche durch die feuchte Luft heranschwebten. Er seufzte. »Nun ja, die Situation ist die, Vignette.« Er verzog wieder das Gesicht. »Um meinen Pflichten als Testamentsvollstrecker nachzukommen, muss ich Ihren Betrieb in Augenschein nehmen.«

»Mit großem Vergnügen.« Vignette strahlte.

»Kann man die Wege befahren?«, fragte Penny.

»Nein, Sir, die Wege sind zu eng und steil für ein Auto.«

»Was ist mit diesem Golfmobil?«

»Es ist kaputt, leider.«

»Wie befördern Sie die Tiere hoch und runter?«

»Wir betäuben sie und verfrachten sie auf eine fahrbare Liege. Möchten Sie auf der Liege gefahren werden?«

Als Penny nicht antwortete, redete Vignette weiter. »Wenn Sie sich die Hände waschen wollen, schlage ich vor, Sie machen das gleich jetzt.«

»Wo?«

Vignette zeigte auf ein Dixiklo.

Penny atmete aus. »Die Leiden eines in die Jahre gekommenen Mannes.«

»Ich gehe nach Ihnen«, meldete Marge sich an. Sie wartete, bis er weg war, und wandte sich dann an Vignette. »Ich muss Sie etwas fragen, und ich erwarte eine ehrliche Antwort. Wussten Sie, dass Hobart Penny auch Giftschlangen und -insekten in seinen Wohnungen hielt?«

»Natürlich.«

»*Natürlich?*«, platzte Oliver heraus.

»Ja. Was meinen Sie denn, wer sich um alles gekümmert hat? Ich war jede Woche einmal da, habe die Tiere gefüttert und die Käfige und Aquarien gereinigt. Ich sagte Detective Decker bereits, dass ich ein paar Tage zuvor dort gewesen war.«

»Aber Sie haben dem Lieutenant gegenüber nie die Schlangen und Spinnen erwähnt.«

»Er fragte mich nach dem Tiger. Nach den Schlangen hat er mich nie gefragt.«

Marge konnte ihren Zorn kaum zurückhalten. »Wir mussten die Beamten von Animal Control beauftragen und alles evakuieren und das Gebäude desinfizieren lassen, weil wir keine Ahnung hatten, was sich in den Wohnungen befand und ob irgendeins dieser gruseligen Viecher entwischt war. Er hatte Einsiedlerspinnen.«

»Ihr Besitz ist legal«, entgegnete Vignette.

»Hören Sie mir überhaupt zu, Ms Garrison?«, fragte Marge.

»Ja, okay, wahrscheinlich hätte ich das erwähnen sollen. Ich war ein bisschen von der Rolle, weil der alte Herr tot war – und dann auch noch Mord.« Sie zuckte mit den Achseln. »Ich hätte Ihnen bei der Räumung behilflich sein können. Wo sind die Schlangen jetzt? Wir haben ein Schlangenhaus.«

»Darüber bin ich nicht im Bilde, Vignette, Sie müssen Agent Ryan Wilner anrufen.«

»Die Insekten könnte ich auch aufnehmen. Die Taranteln und Skorpione könnte ich einfach in den Bergen aussetzen. Für die Aquarien haben wir wohl nicht genug Strom. Aber ein paar Bekannte würden die Fische bestimmt gerne nehmen … zumindest den Feuerfisch und den Steinfisch und die Zitteraale.«

»Hat Mr Penny Sie für die Versorgung seiner Sammlung bezahlt?«

»Natürlich.«

»Wie viel?«

»Auch wenn Sie das nichts angeht: Es waren hundert Dollar plus Benzin und Mittagessen. Es hat den ganzen Tag gedauert. Zuerst musste ich die Schlangen füttern. Nachdem sie die Beute verschlungen hatten und zufrieden waren, kam ich wieder, um die Käfige zu säubern. Dann musste ich die Fische und Insekten versorgen. Hundert Dollar waren ein Schnäppchen, aber ich hab's getan, weil Mr Penny Global Earth gegenüber immer so großzügig war. Für jemand anderen hätte ich das nicht gemacht.«

»Wusste jemand außer Ihnen über Mr Pennys Schlangensammlung Bescheid?«

»Der Hausverwalter hat mich in die Wohnungen gelassen, wenn Mr Penny nicht konnte. Keine Ahnung, ob er wusste, was da drin war.«

Marge und Oliver tauschten kurz einen Blick aus. Sie sah, wie Darius auf sie zukam. Selbst aus der Ferne erkannte man seinen angeekelten Gesichtsausdruck. Zu Vignette sagte Marge: »Erwähnen Sie Mr Penny gegenüber nichts von dem, was wir gerade besprochen haben.«

»Okay. Aber warum?«

»Er würde ausflippen, und er ist für das Testament zuständig.«

»Nein, natürlich nicht.«

Marge atmete tief durch. »Bin gleich zurück.«

»Ist er wirklich für das Testament zuständig?«, flüsterte Vignette Oliver zu.

»Keine Ahnung«, log er. »Fragen Sie ihn selbst.«

»Das wäre ein bisschen unhöflich, meinen Sie nicht?« Eine Pause. »Ich denke, ich sollte zumindest bis zum Ende des Rundgangs warten. Ihm zeigen, was wir tun. Ich denke, er wird wirklich beeindruckt sein.«

Auf welchem Planeten lebst du eigentlich? Laut sagte er: »Bin in einer Minute wieder da.«

»Wo gehen Sie hin?«

»Die Toilette nach Sergeant Dunn benutzen.«

»Wenn es dringend ist, können Sie einfach ins Gebüsch pinkeln«, schlug Vignette vor.

So gerne er dieses Plastikklo auch vermeiden würde, war ihm doch klar, dass sich das für einen Gesetzesdiener nicht gehörte. »Ich warte.«

»Ich sollte Sie warnen. Da drinnen riecht es ziemlich übel.«

Darius war bei ihnen angekommen. »*Übel* ist viel zu harmlos.« Er wandte sich an Oliver. »Wie lange können Sie die Luft anhalten?«

»Sie sollten wirklich einfach ins Freie gehen«, sagte Vignette. »Alle Jungs machen es draußen.«

»Wo?«

Sie zeigte auf eine Stelle. »Der Platz ist total eingewachsen. Niemand wird Sie sehen.«

Oliver ging den Hügel hoch, und der Matsch quietschte unter seinen Gummisohlen. Die Luft war kalt, und es roch leicht verfault, aber wenigstens war er unter freiem Himmel.

Die Vorteile eines Außenklos.

Die Nummer auf dem Bildschirm war ihm nicht bekannt. »Decker.«

»Hier spricht Alex Delaware.«

»Hallo, Doktor, danke, dass Sie mich so schnell zurückrufen.«

»Ich glaube, wir hatten schon mal Gelegenheit zur Zusammenarbeit.«

»Vater Jupiter und seine Sekte.« Decker biss in sein Truthahn-Sandwich. Es war nach eins, und er hatte Hunger. »Sie haben mit einigen Waisenkindern gearbeitet.«

»Mit ein paar, das stimmt. Wissen Sie, was aus ihnen geworden ist?«

»Ich weiß, wie es mit Vega weitergegangen ist.«

»Ich erinnere mich an sie. Sie war sehr intelligent. Geht es ihr gut?«

»Sehr gut. Mein Sergeant, Marge Dunn, hat sie adoptiert. Vor einem Jahr hat sie ihren Abschluss am Caltech gemacht.«

»Wenn das keine Erfolgsgeschichte ist!«

»Vega ist wunderbar. Etwas zögerlich, wenn es um ihr soziales Leben geht. Könnte an ihrer komischen Erziehung liegen – oder daran, dass sie so brillant ist und in einer anderen Stratosphäre denkt. Aber sie hat einen Freund. Marge ist begeistert.«

»Sehr gute Nachrichten.«

Das Gespräch kam zum Stillstand. »Wenn Sie den Fall noch mal kurz für mich zusammenfassen könnten, wäre das hilfreich«, sagte Delaware schließlich. »Ich habe einige Fragen.«

»Na klar. Wie ich Ihnen bereits sagte, habe ich es mit einem ungewöhnlichen Kriminalfall zu tun. Hobart Penny: ein neunundachtzigjähriger Millionär und Eigenbrötler, der durch stumpfe Gewalteinwirkung am Vorderkopf zu Tode kam. Dazu erlitt er noch eine Schusswunde in den Rücken durch eine .22er Kugel.«

»Hat der Tiger etwas mit seinem Tod zu tun?«

»Es sieht nicht danach aus. Klingt seltsam, aber Penny scheint tatsächlich ein gutes Verhältnis zu der Raubkatze gehabt zu haben.«

»Das Tier ist nicht auf ihn losgegangen?«

»Unsere Meinung nach: nein. Keine Bisse, tiefen Kratzwunden oder irgendetwas, das auf Misshandlung hinweist. Was wir der Presse nicht verraten haben, ist seine Sammlung hochgefährlicher Tiere – Giftschlangen, Insekten und Giftfische. Alle Tiere schienen ordnungsmäßig in ihren Käfigen oder Habitaten eingesperrt gewesen zu sein. Wir mussten das gesamte Gebäude trotzdem desinfizieren lassen, weil einige der Tiere sehr gefährlich waren und wir keine Kenntnis hatten, was vielleicht entkommen war und sich irgendwo versteckt hielt.«

»Die Schlangen und Insekten lebten mit dem Tiger zusammen?«

»Nein, er hatte getrennte Wohnungen: eine nur für die Reptilien und eine zweite nur für die Giftfische und Insekten.«

»Also war der Mann ein Tierhorter.«

»Interessante Sichtweise.«

»Was ist mit Pennys früheren Beziehungen? Irgendetwas Aufschlussreiches?«

»Er war zweimal verheiratet, beide Ehen endeten mit Scheidung. Seine zweite Frau und seine erwachsenen Kinder behaupten, dass er vor fünfundzwanzig Jahren durchgedreht ist.«

»Wann haben er und seine zweite Frau sich scheiden lassen?«

»Vor fünfundzwanzig Jahren.«

»Wie ist er durchgedreht?«, fragte Delaware.

»Damals, das behauptet seine Ex, die jetzt Mitte fünfzig ist, dachte Penny, er sei ein Tiger, gefangen im Körper eines Mannes. Das Fass zum Überlaufen brachte sein Versuch, ihr mit den Fingernägeln die Haut im Gesicht abzukratzen und sie in den Nacken zu beißen.«

»Okay, verstehe, warum die Ehefrau ihn für verrückt hielt«, sagte Delaware. »Warum haben die Kinder das Gefühl, dass er durchgedreht ist?«

»Erst einmal, weil er einen Tiger in einer kleinen Wohnung gehalten hat.«

»Irgendwelche anderen Gründe?«

»Er war ein Eigenbrötler, vermute ich.«

»Ich frage mich nur, ob sie ihn als seltsam beschrieben haben, um ihn für unzurechnungsfähig erklären zu lassen und ihm sein Geld wegzunehmen.«

»Bisher wurden keine Prozesse angestrengt. Keine Anhörungen wegen Unzurechnungsfähigkeit, von denen ich wüsste. Beide Kinder scheinen selbst vermögend zu sein. Der Sohn ist der Testamentsvollstrecker des Vaters.«

»Was ist mit der Exfrau?«

»Auch vermögend. Sie hatte am Anfang eigenes Geld und erhielt dann eine sehr großzügige Abfindung bei der Scheidung von Hobart Penny. Dadurch kam es zu Reibereien zwischen der Exfrau und den erwachsenen Kindern. Also überschrieb die Ex tatsächlich einen Teil der Abfindung an Pennys Enkel.«

»Das ist ungewöhnlich.«

»Ich hörte das auch zum ersten Mal«, sagte Decker. »Ich habe ihr Haus nicht gesehen, aber meine Detectives meinten, es sehe aus wie ein Märchenschloss aus dem Spielzeugladen.«

»Sind Sie den erwachsenen Kindern begegnet?«, fragte Delaware.

»Gestern. Bruder und Schwester verstehen sich offenbar gut. Geld scheint kein Thema zu sein, obwohl wir alle wissen, dass es immer ein Thema ist. Sie sind keine Hauptverdächtigen. Das könnte sich ändern, aber im Augenblick haben wir andere, die höher eingestuft sind.«

»Darf ich fragen, wer?«

»Klar. Zwei Masseurinnen sind nach Nevada abgehauen, als Pennys Tod entdeckt wurde. Gerüchteweise hatten sie nicht nur Massagen im Angebot. Penny schien eine ziemlich ausgeprägte und ungewöhnliche Libido zu besitzen.«

»Die kleine blaue Pille.«

»Doktor Delaware, was können Sie mir über einen Typen sagen, der Millionen zur Verfügung hatte, es aber vorzog, in einer kleinen Wohnung mit einem Tiger zu leben? Was können Sie mir über einen Mann sagen, der Giftschlangen, gefährliche Insekten und giftige Fische sammelt?«

»Was haben Sie aus der Zeit über ihn erfahren, bevor er zum Eigenbrötler wurde?«

»Ob er immer schon schräg war?«

»So was in der Art. Wie war er als junger Mann?«

»Da wissen wir wenig. Seine Tochter hasst ihn, und ich wähle absichtlich das Präsens. Sie sagte mir, er sei ein boshafter Mensch gewesen. Der Sohn hat auch nicht viel für ihn übrig, allerdings verwaltet er das Vermögen. Die Exfrau sagte, er stand immer auf aggressiven Sex, sogar schon bevor er anfing, sich wie ein Tiger aufzuführen. Er hat sie dauernd betrogen. Irgendwann begann er, in Sexklubs zu gehen, um sich seinen Fantasien hinzugeben.«

»Was ist mit der ersten Frau?«

»Sie ist verstorben.«

»Ich mag keine Hobby-Analysen«, sagte Delaware, »aber so viel werde ich dazu sagen: Der Mann wurde nicht plötzlich seltsam, er war wahrscheinlich immer schon komisch. Menschen, die horten – Tierhorter sind nur eine Teilmenge davon –, füllen ihr Haus mit Zeug, um menschlichen Kontakt auszuschließen. In der Vergangenheit waren echte Beziehungen eine Herausforderung für sie, wenn es überhaupt je welche gab. Leute wie Penny neigen dazu, sich sozial seltsam zu verhalten – sie sind nicht zwangsläufig schüchtern, der Mann klingt nicht schüchtern –, aber unbeholfen und beschränkt in ihren Gefühlsäußerungen. Außerdem ist bei ihnen die Fähigkeit, Mitleid zu empfinden, unterentwickelt.«

»Wie bei einem Psychopathen?«, fragte Decker. »Oder ist das ein Soziopath?«

»Psychopath, Soziopath, antisoziale Persönlichkeitsstörung, ein neuer Name ändert nichts am Zustand. Ich weiß nicht, ob Penny ein Psychopath war oder nicht, aber Menschen wie er können schlecht in Gesichtern lesen. Und weil sie die nonverbalen sozialen Hinweise nicht aufgreifen, reagieren sie oft ungeschickt… was ihr Umfeld noch mehr abstößt, und dann entsteht ein Teufelskreis.«

»Okay«, sagte Decker, »also war er immer schon schräg. Und was hat es mit dem Tiger auf sich?«

»Ich spreche hier ganz allgemein. Es mag oder mag nicht auf Ihren Mann zutreffen.«

»Verstanden.«

»Hobart Penny, vermögend und brillant, war ein Ingenieur und Erfinder, stimmt das?«

»Das ist richtig.«

»Anders als die meisten Erfinder, die mit einem sehr geringen Einkommen herumbasteln, war er überaus erfolgreich. Und wie die meisten erfolgreichen Menschen hatte er wahrscheinlich ein beträchtliches Ego. Männer wie Hobart Penny können es sich leisten, andere herumzuschubsen – seine Kinder, seine Frauen, seine Angestellten. Aber Penny war offenbar ein Mann, der keine Beziehungen zu anderen Menschen aufbaute oder sich um sie kümmerte. Sie zu beherrschen, wäre also kein großer Kick für ihn gewesen.«

»Im Gegensatz zum Beherrschen eines Tigers.«

»Ganz genau. Gefährliche Tiere und die Meinung, sie unter Kontrolle zu haben, löst dann ein Gefühl von Omnipotenz aus, das ein sehr gewaltiges Aphrodisiakum wäre. Als sein Tigerverhalten ihm nicht mehr genug Lust verschaffte, zog er los und besorgte sich die echte Ausgabe. Es fühlt sich so an, als wollte er seine Wahnvorstellungen *besitzen*. Und da Prostituierte mit von der Partie waren, habe ich folgenden Hintergedanken.«

»Nehmen Sie kein Blatt vor den Mund.«

»Ich weiß nicht, ob das zu Ihrer Version des Mordes passt, aber ich sag's trotzdem. Hobart Penny schlief immer noch mit Huren, doch das reichte weder ihm noch seinen Wahnvorstellungen. Ich glaube, er hat möglicherweise den Tiger herumgeführt, um den Frauen Angst einzujagen, womit er wiederum seine Lust verstärken konnte.«

»Er bekam wegen ihrer Angst einen Orgasmus?«

»Vielleicht.«

Decker grübelte darüber nach. »Ja … das klingt plausibel. Das Mädchen erfüllt ihre Routine, und dann führt er urplötzlich einen Bengalischen Tiger spazieren oder eine Kobra, um sie zu verängstigen. Benutzt seine Tiere als tödliche Waffen.«

»Stellen Sie sich das Ganze mal aus der Perspektive der Mädchen vor. Sagen wir, der alte Mann will etwas von dir, was du nicht tun willst. Er droht dir mit einer Kobra, falls du nicht mitspielst.«

»In gewisser Weise ist eine Kobra schlimmer als eine Waffe«, sagte Decker. »Ein Messer kann man jemandem entreißen. Einer Schlange wäre man quasi ausgeliefert. Bevor er also seine Drohung wahrmachen kann, schlägt ihm die Prostituierte den Kopf ein und läuft weg. Möglicherweise Notwehr.«

»Diese Entscheidung liegt bei Ihnen, Lieutenant.«

»Problematisch ist, dass es nicht nur die Bedrohung durch den Tiger war. Das Tier war bei ihm, als wir ihn gefunden haben. Man kann sich vorstellen, wie der Tiger mit den Huren koexistierte, als der Mann noch am Leben war. Er hatte sie unter Kontrolle – der Tiger ist ein Weibchen. Aber wie kommt die Frau – oder die Frauen – nach seinem Tod an dem Tiger vorbei?«

»War das Tier angekettet?«

»Als wir sie betäubten, zog sie eine Kette hinter sich her, circa ein Meter achtzig lang. Also könnte sie angekettet gewesen sein. Aber die Wohnung war klein und eng. Wenn sie im Schlafzimmer angekettet war, hätten die Mädchen es nicht geschafft, zur Tür zu fliehen. Wenn sie im Wohnzimmer angekettet war, hatte sie einen weiten Radius zur Verfügung. Penny könnte den Tiger so leicht betäubt haben, dass sie ungefährlich war. Natürlich ist es dann kein Fall von Notwehr mehr. Und wo bleibt das Vergnügen, einen schlafenden Tiger zu beherrschen?«

»Der Kick liegt vielleicht darin, dass das Tier jeden Augenblick aufwachen kann.« Delaware machte eine Pause. »Ist noch jemand auf Ihrer Liste der Verdächtigen außer den verschwundenen Huren?«

»Wir gucken uns mehrere Leute genauer an. Eine Frau, die in einer Tierauffangstation für exotische Tiere arbeitet. Meine Detectives sind gerade dort, zusammen mit Pennys Sohn. Der alte Mann spendete Geld zur Unterstützung ihres Ladens. Außerdem versorgte sie die Tiere, also kennt der Tiger sie. Sie wird auch in Pennys Testament berücksichtigt. Aus Prinzip folgen wir immer dem Geld. Aber in diesem Fall hatte der Typ ihr schon Geld gegeben. Man sollte meinen, dass sie einfach abwartet.«

Eine Pause.

»Möglicherweise habe ich es mit mehr als einem Mörder und mit mehr als einem Motiv zu tun«, sagte Decker. »Ich habe noch eine andere Frage an Sie, Doktor. Hobart Penny hatte für die Unterbringung seiner Sammlung – seiner Menagerie – mehrere Wohnungen gemietet. Eine davon diente als

Speisekammer für das Tierfutter. Wir haben diese Wohnung durchsucht, einschließlich der Tiefkühltruhe, die voll Fleisch war. In einem der Fleischpakete befanden sich ein Haufen tiefgefrorener Finger, die aneinanderklebten.«

Eine lange Pause in der Leitung. »Menschliche Finger?«

»Ja. Abgetrennte Finger, und sie stammen nicht von derselben Person.«

»Wie viele?«

»Fünfundzwanzig, glaube ich, und von vierzehn konnten wir Fingerabdrücke gewinnen. Der Gerichtsmediziner vermutet, sie wurden *post mortem* abgetrennt. Wir haben keine Ahnung, woher sie stammen. Die abgenommenen Fingerabdrücke ergaben noch keinen Treffer.«

Schweigen.

»Ich weiß, dass Sie bei kniffligen Fällen mit Lieutenant Sturgis zusammenarbeiten. Ist Ihnen so etwas schon mal untergekommen? Ein Präzedenzfall wäre hilfreich.«

»Letztes Jahr haben wir Babyknochen in einem Schließfach gefunden.«

»Ja, daran erinnere ich mich«, sagte Decker. »Aber den haben Sie gelöst.«

»Ja. Ich werde Milo bitten, seine Akten zu durchforsten.«

»Danke. Ich nehme jede Hilfe, die ich kriegen kann.« Eine Pause. »Sonst noch irgendwelche Ideen, Doktor?«

»Vermutlich gehen mir dieselben Gedanken durch den Kopf wie Ihnen.«

»Vermutlich«, sagte Decker. »Die menschlichen Finger wurden von einem Serienmörder als Trophäen gesammelt. Sollte das der Fall sein, dann hätten wir hier mal ein Opfer, das unsympathischer ist als sein Mörder.«

29

Sobald sie über die Tiere redete, veränderte Vignette sich. Ihr Geschwafel war plötzlich interessant und mit genau dem richtigen Maß an Leidenschaft vorgebracht. Wäre sie nicht eine der Verdächtigen, hätte Oliver vielleicht sogar eine Spende lockergemacht. Komische Frau, aber sie verstand ihr Handwerk. Penny tupfte sich das Gesicht mit einem Taschentuch ab. Durch das Laufen, obwohl sie nicht übertrieben schnell gegangen waren, war er ins Schwitzen gekommen. »Danke für die Führung.«

»Ich hoffe, all Ihre Fragen beantwortet zu haben, Sir«, erwiderte Vignette.

»Ich habe gar keine Fragen gestellt«, sagte er.

»Also … haben Sie denn irgendwelche Fragen?«

»Ja.« Er holte sein Handy aus der Tasche. »Unter welcher Nummer kann man Sie am besten erreichen?«

Vignette ratterte ihre Handynummer herunter. »Der Empfang hier oben ist schlecht. Wenn Sie sich melden, werde ich Sie schnellstens zurückrufen: frühmorgens oder spätabends.«

»Ich bin in New York. Früh für Sie heißt Vormittag für mich. Und ich sitze fast immer an meinem Schreibtisch.« Er reichte ihr eine Visitenkarte. »Wenn Sie Fragen haben, klingeln Sie durch.«

Vignette malte mit der Kappe ihrer Wanderschuhe Muster

in den Matsch. »Ich vermute, es gibt einen Grund, warum Sie unsere Auffangstation besuchen wollten.«

»Zugegebenermaßen bin ich nicht wegen der Luft hierhergekommen.« Penny schnüffelte und rümpfte die Nase. »Ich melde mich und werde Sie wissen lassen, wann die Dinge geregelt sind, die das Testament meines Vaters betreffen. So viel kann ich Ihnen im Moment sagen.«

»Ihr Vater war immer sehr großzügig.«

»Es scheint so.« Penny wandte sich an Marge und Oliver. »Ich habe, was ich brauche. Wir können abfahren, wann immer Sie so weit sind.«

»Wir haben gleich jetzt noch ein paar Fragen an Ms Garrison«, sagte Marge.

»Ich bin ein bisschen spät dran mit meinem Kontrollgang der Tiere. Können wir das ein andermal erledigen?«

»Sie haben uns doch gerade erst herumgeführt«, sagte Oliver. »Alles sah gut aus.«

Sie schenkte ihm ein herablassendes Lächeln. »Es geht um mehr als das. Außerdem muss ich mit meiner Runde durch die Stadt anfangen, um Futter einzusammeln. Wir haben viele Tiere und brauchen viel Futter.«

»Genau darüber wollten wir mit Ihnen sprechen.« Marge lächelte. »Was für ein Glück, oder?«

»Ich hoffe, es wird nicht zu lange dauern«, beschwerte sich Penny.

»Da sind wir schon zu zweit«, meinte Vignette.

Marge tat so, als sei sie bester Dinge. »Wie wär's, wenn Mr Penny und ich der Wärme wegen im Auto warten, während Detective Oliver und Sie sich ein paar Minuten unterhalten?«

»Wo geht's lang, Ms Garrison?«, fragte Oliver.

»Vignette.« Sie seufzte. »Ich nehme an, wir können in meinem Büro reden. Ich behaupte nicht, dass es dort warm ist, aber es ist nicht annähernd so kalt.« Sie ging mit Oliver zu dem größten Wohnwagen. Das Mobiliar bestand aus einem metallenen Aktenschrank, mehreren zusammengewürfelten Stühlen, einem Tisch mit verschrammter Platte und einem Heizlüfter auf dem Boden, der ein paar Grad Wärme abgab. Sie steckte einen Wasserkocher ein. »Möchten Sie Tee?«

»Heißes Wasser reicht.«

Vignette rang sich ein Lächeln ab. »Wie ich Ihnen schon sagte, ich würde Ihnen gerne bei der Umsiedlung von Mr Pennys Schlangen behilflich sein.«

»Das ist im Augenblick nicht mein Problem.«

»Es gibt ein Problem?«

Oliver rieb sich die Hände und hielt sie vor den minimalistischen Heizlüfter. »Ich weiß, dass Sie Mr Penny bei der Versorgung seiner Tiere geholfen haben. Die meisten Tiere haben spezielle Fütterungsansprüche, oder?«

»Na klar.«

»Haben Sie das Futter für Mr Pennys Tiere beschafft?«

»Bei jedem meiner Besuche habe ich Fleisch mitgebracht. Ich bekam es billiger als Mr Penny, und er sparte gerne Geld, wo immer er konnte.«

»Er lebte genügsam.«

»Bei wichtigen Dingen war er großzügig … was das Wohlergehen seiner Haustiere anging.«

»Ist eine Tarantel wirklich ein Haustier, Vignette?«

»Ja, das ist sie.« Sie nickte. »Taranteln kennen ihre Besitzer. Sie haben ihre ganz persönlichen Eigenheiten.«

»Eine Kobra? Ein Skorpion? Ein Steinfisch? Eine Einsiedlerspinne? Das alles sind Haustiere?«

»Wollen Sie auf etwas Bestimmtes hinaus?«

Oliver zückte sein Notizbuch. »In einer der Wohnungen von Mr Penny haben wir eine große Tiefkühltruhe mit Fleisch entdeckt. Und das brachte uns zum Nachdenken. Wer besorgt das Fleisch für *Ihre* Tiere? Denn Sie haben hier viele Tiere, und es muss sehr teuer sein, sie alle zu füttern.«

Sie goss heißes Wasser in zwei Becher; in ihren ließ sie einen Teebeutel fallen, dann reichte sie Oliver den anderen.

»Danke.«

»Gern geschehen.« Vignette nahm ihm gegenüber Platz. »Ja, es ist teuer. Und zusätzlich zum Futter brauchen die Tiere noch Nahrungsergänzungsmittel. Wilde Tiere in Gefangenschaft gesund zu halten, bedeutet eine enorme Herausforderung.«

»Ich sehe, dass Ihre Einrichtung sehr gut geführt wird. Woher beziehen Sie Ihr Futter?«

»Manchmal spenden die großen Supermarktketten abgelaufenes Fleisch, das immer noch gut ist. Da fahre ich hin, sobald ich hier mit Ihnen fertig bin: von Geschäft zu Geschäft, in der Hoffnung, die Sachen abzuholen, bevor sie weggeschmissen werden. Es dauert eine Weile. Ich würde mich gerne bald auf den Weg machen.«

»Genau wie ich«, sagte Oliver. »Woher beziehen Sie noch Fleisch? Garantiert reicht doch abgelaufenes Fleisch nicht für alle Ihre Tiere.«

»Da haben Sie recht. Wir kaufen auch Abfälle aus dem Schlachthaus in der Gegend – Köpfe und Hufe, die normalerweise zu Dosenfutter für Haustiere verarbeitet werden. Wir zermahlen das Zeug wie Hamburger, und es erfüllt seinen Zweck sehr gut als Zusatzfutter. Aber selbst das summiert sich. Fleischfresser fressen viel. Für die Schlangen müssen wir Mäuse kaufen. Online bekommen Sie lebende Mäuse fast überall, nur sind die auch teuer. Manchmal kaufen wir Sachen von Lieferanten jenseits der Grenze.«

»Mexiko?«

»Mexiko, Zentralamerika. Dort ist es viel billiger.«

»Da bin ich mir sicher.«

»Manche Produkte kaufen wir im Süden, obwohl wir da vorsichtig sein müssen, um nicht Insekten und Schädlinge einzuführen. Die Sachen müssen verzollt werden. Dort sind wir supervorsichtig, bei wem wir einkaufen.«

»Könnte ich eine Liste Ihrer Lieferanten haben?«

»Klar. Reicht Ihnen das in einer Woche? Wie ich schon sagte, ich hab's eilig.«

»Tja, Vignette, es geht um Folgendes. Bei der Durchsuchung von Mr Pennys Wohnung haben wir alle Dinge, die sich dort befanden, sehr sorgfältig überprüft. Das bedeutet, dass wir Paket für Paket des eingefrorenen Tierfleisches begutachtet haben. In einem Mordfall wird alles untersucht.«

Sie zuckte mit den Achseln. »Na gut.«

Oliver inspizierte ihr Gesicht genau, während er weiterredete. »Unter den normalen tiefgefrorenen Tierfleischpaketen haben wir eins mit tiefgefrorenen Fingern gefunden.«

Die Frau sah ihn entsetzt an. »Finger? So wie in … *menschliche* Finger?«

»Ja, zwei Dutzend, zusammengefroren und in Fleischerpapier eingewickelt.«

Sie steckte die Zunge heraus. »Das ist ja eklig. Sind Sie sicher, dass es kein Scherz war?«

»Was für ein Scherz denn?«, fragte Oliver.

»Ein Dummejungenstreich. Vielleicht waren sie ja nicht echt.«

»Wir haben sie mikroskopisch untersucht. Sie sind echt.«

»Das ist … abscheulich!«

»Sind Ihnen bei den Geschäften mit Ihren Lieferanten jemals menschliche Überreste untergekommen?«

»Nein! Niemals! Und wenn, dann hätte ich diese Firma

nicht mehr genutzt.« Sie verzog das Gesicht, dann trank sie einen Schluck von ihrem Tee. »Das ist ja *widerlich*!«

»Sie schienen Mr Penny besser zu kennen als sonst irgendjema–«

»Ich weiß nicht, ob das stimmt.«

»Sie waren regelmäßig in seinen Wohnungen.«

»Ich war bei den Tieren, nicht bei ihm. Meistens hat mich der Hausverwalter reingelassen, und ich habe Mr Penny überhaupt nicht gesehen.«

»Aber manchmal sind Sie ihm begegnet.«

»Nur im Zusammenhang mit der Versorgung von Tiki. Konzentriert habe ich mich auf die Tiere, nicht auf ihn.«

»Nicht auf ihn? Obwohl er Ihnen hunderttausend Dollar pro Jahr gegeben hat?«

»Natürlich schon, wenn ich ihn traf, aber das kam einfach nicht oft vor.« Sie nahm noch einen Schluck. »Und ganz sicher hatte ich keine Ahnung von menschlichen *Fingern*.«

»Irgendeine Idee, wo er die Finger herhaben könnte?«

»Nein! Wie sollte ich das wissen?«

»Denn wenn Sie Mr Penny überhaupt kannten, dann wüssten Sie, dass er ein paar seltsame Neigungen hatte.«

»Was meinen Sie damit?«

»Perverser Sex.«

»Okay, Detective, jetzt wird das Ganze hier eine Nummer zu groß für mich.«

»Er wollte nie etwas von Ihnen?«

»Sex?«

»Ja. Sex. Falls Sie beide etwas am Laufen hatten, dann wäre jetzt der Moment, es zu beichten. Kommt sowieso alles heraus.«

Sie starrte ihn wütend an. »Sie wissen aber schon, dass er neunundachtzig war?«

»Das scheint ihn nicht gestoppt zu haben. Er wurde offenbar … regelmäßig bedient.«

»Bedient? Etwa von *Huren*?« Als Oliver mit den Achseln zuckte, sagte sie: »Ich bin keine *Hure*!«

»Das sagt ja auch niemand. Ich habe nur gefragt, ob er und Sie … intim waren.«

»*Nein! Niemals!*« Dann lachte sie schallend los. »Obwohl, wenn ich gewusst hätte, dass er Geld dafür bezahlt, wäre ich vielleicht dazu bereit gewesen.« Sie grinste. »Das war ein Witz.«

Oliver fragte sich, ob sie tatsächlich Witze machte. Die einzige Konstante bei Vignette war ihr enormer Appetit auf Geld. Aber es schien sich bei ihr tatsächlich alles um die Tiere zu drehen. »Sie wissen also nichts über das Fingerpaket.«

»Die Antwort ist immer noch dieselbe. Ich hatte keine Ahnung von menschlichen Fingern.« Vignette fixierte ihn. »Was bedeutet das … wenn Sie solche Körperteile finden?«

»Es könnte eine Menge bedeuten.« Oliver lächelte und schlug sein Notizbuch zu. »Und keine der Schlussfolgerungen verheißt Gutes.«

Decker lehnte sich in seinem Schreibtischstuhl zurück und spürte, dass monströse Kopfschmerzen im Anmarsch waren. Es war kurz nach drei. Bis zum Forest-Lawn-Friedhof brauchte er ohne Verkehr ungefähr eine halbe Stunde, aber um diese Uhrzeit musste er mehr Zeit einkalkulieren. Er sah seine Detectives an, vor allem Oliver. »Du glaubst Vignette Garrison also?«

»Ja, als sie meinte, sie hätte nichts mit den menschlichen Überresten zu tun. Aber ich glaube auch, dass die Finger Bände über Hobart Penny sprechen.«

»Serienmörder«, sagte Decker. »Es ist die einfachste Erklärung dafür, dass die Finger zu verschiedenen Personen gehören.«

»Ich kann verstehen, dass man Finger als Trophäen behält«, sagte Marge. »Ich frage mich nur, wie ein so alter Mann die Leichen loswird.«

»Sie können aus längst vergangenen Zeiten stammen«, sagte Oliver.

»Du glaubst also nicht, dass sie frisch sind.«

»Keine Ahnung. Mal ehrlich, was bedeutet hier frisch? Wenn sie sehr frisch sind, hatte er definitiv einen Helfer.«

»Und der Hausverwalter?« Oliver wandte sich an Decker. »Er hat die Huren in die Wohnung hinein- und hinausgelassen. Vielleicht hat er auch dabei geholfen, sie loszuwerden.«

»Ich sehe in Paxton eher den Gelegenheitsdieb als den mordenden Fanatiker.«

»Paxton müsste sie ja nicht selbst getötet haben. Sondern nur entsorgt.«

»Wir können ihn danach fragen. Er hat einem Lügendetektortest zugestimmt«, sagte Decker. »Gebt mir eine Liste mit Fragen, und ich lasse sie vom Fachmann überprüfen.«

»Was hast du bei dem Seelenklempner herausgefunden?«

»Dass Penny wahrscheinlich schon immer komisch war und dass es nichts mit reich oder arm zu tun hat. Er stand auf Kontrolle, erst über Menschen, aber nach einer Weile reichte ihm das nicht mehr. Also kaufte er sich wilde, gefährliche Tiere und hob seinen Kontrollwahn auf die nächste Stufe. Wahrscheinlich hatte er einen Orgasmus, wenn er Frauen Angst einjagen konnte, dazu benutzte er seine Tiere als tödliche Waffen. Und Delaware glaubt ebenfalls, dass die Finger auf einen Serienmörder hindeuten.«

»Dann sind ja alle einer Meinung«, stellte Oliver ausdruckslos fest.

»Ich kann mir immer noch nicht vorstellen, wie Penny in diesem Wohngebäude eine Frau tötet«, sagte Marge. »Viel zu eng, die Wände sind zu dünn, es war zu viel los. Und er ging ja nie hinaus.«

»Und das Apartment unter ihm?«, gab Oliver zu bedenken.

»Es wurde mit Luminol ausgesprüht. Viel Tierblut, menschliches dagegen weniger.«

»Tieropfer?«, fragte Oliver.

»Möglich«, sagte Decker.

»Wenn wir davon ausgehen, dass die Finger Trophäen früherer Eroberungen sind, dann bedeutet das, dass er diese Frauen ermordet hat, als er jünger war.« Sie drehte sich zu Decker um. »Haben wir denn gar keine Treffer bei den Fingerabdrücken?«

»Noch nicht. Das Problem liegt darin, dass die Haut der Finger sich beim Auftauen ablöst und verfälscht wird. Einige der charakteristischen Drehungen und Wendungen gehen verloren. Aber wir arbeiten noch daran.« Decker dachte einen Moment nach. »Lasst uns die Datei mit den ungelösten Fällen durchsuchen. Finden wir heraus, ob wir ein paar Leichen in der Datenbank haben, denen Finger fehlen.«

»Mit fortschreitendem Alter hat sich der Typ in seiner Wohnung eingesperrt. Ganz offensichtlich ging er nicht aus dem Haus, um nach Opfern zu jagen. Sie kamen zu ihm. Wie kam er an sie ran?«

»Die Antwort auf deine Frage kenne ich nicht«, sagte Oliver, »aber schauen wir uns doch noch mal an, was wir wissen. Wir haben zwei Huren, die so viel Angst hatten, dass sie von heute auf morgen abgehauen sind.«

»Wahrscheinlich sind sie abgehauen, weil sie Penny getötet haben«, sagte Marge.

»Und getötet haben sie ihn deshalb, weil er damit gedroht hat, sie zu töten.«

»Außer dass wir gerade über einen richtig alten Mann reden, der versucht haben soll, zwei jüngere Frauen gleichzeitig zu töten«, sagte Marge. »Penny kann ich mir als Serienmörder vorstellen. Er hatte ein Paket mit tiefgefrorenen Fingern. Ich versuche nur, den logischen Ablauf zu verstehen.«

»Wenn er die Huren von Casey's Massage and Escort bedroht hat und sie ihn deshalb erschlagen haben, dann hat er vielleicht bereits in der Vergangenheit andere Prostituierte bedroht.« Decker schluckte zwei Advil ohne Wasser hinunter, stand auf und schnappte sich seine Jacke, die über der Lehne hing. »Zieht los und sprecht mit anderen aus dem Gewerbe. Ich muss pünktlich bei einer Beerdigung sein.«

30

Die Zeremonie wurde am Grab abgehalten, auf einem Friedhof acht Kilometer entfernt von dem Ort, an dem Hobart Penny gelebt hatte und gestorben war, mitten in den grünen Wiesen und Hügeln der Santa Susana Mountains. Die Sonne hing flimmernd tief am Horizont, lohfarbene Lichtstrahlen verteilten sich wie Spritzer auf dem Boden und verbreiteten etwas benötigte Wärme. Es war kalt, aber längst nicht so eisig wie die Stimmung der versammelten Menschen. Niemand war zur Anwesenheit gezwungen worden, aber ganz eindeutig erfüllten die Familienmitglieder hier nichts als ihre Pflicht. Unter den Gästen befanden sich Darius Penny, Graciela Johannesbourgh und Sabrina Talbot sowie ein Überraschungsgast, Vignette Garrison. Ein angeheuerter Priester trug ein paar allgemeingültige Gebete vor, anschließend sah die Familie schweigend zu, wie der Sarg in die Erde gelassen wurde.

Hübscher Sarg, fiel Decker auf: poliertes Holz mit Messinggriffen. Entweder hätte Penny die erlauchte Ausstattung begrüßt oder die unnötigen Ausgaben missbilligt.

Vignette Garrison pirschte sich an Decker heran. Sie trug einen marineblauen Blazer über einer blauen Bluse, dunkle Jeans und Turnschuhe. Ihr Gesicht hatte einen angemessen ernsten Ausdruck angenommen. »Hi.«

»Nett von Ihnen, dass Sie gekommen sind«, sagte Decker.

»Dasselbe könnte ich zu Ihnen sagen. Gehen Sie immer zu den Beerdigungen Ihrer Mordopfer?«

»Ich versuche es.«

»Sehen Sie sich dann um … nach Hinweisen oder so und wer kommt und was weiß ich nicht alles?«

»Nein, ich gehe zu den Beerdigungen, um den ermordeten Menschen, mit deren Leben ich mich beschäftige, meinen Respekt zu zollen.« Sein beobachtender Blick war stur geradeaus auf die Familienmitglieder gerichtet. »Und warum sind Sie hier?«

»Nach allem, was Mr Penny für das Tierasyl getan hat, musste ich unbedingt herkommen.«

»Wie haben Sie von der Beerdigung erfahren?«

»Mr Penny … der junge Mr Penny … na ja, so jung ist er gar nicht … ich habe ihn gefragt, wo sie stattfindet, und er hat es mir gesagt.« Die Sonne schien ihr ins Gesicht, deshalb schirmte sie ihre Augen mit der Hand ab, als würde sie Penny einen letzten Gruß erweisen. »Wer sind die Frauen?«

»Die sehr große ist Mr Pennys zweite Ehefrau – eine Exfrau –, und die andere ist Mr Pennys Tochter.«

»Ehrlich? Die sehen gleich alt aus.«

»Manchmal läuft's nun mal so, Vignette.« Decker starrte immer noch zum Grab. »Meine Detectives erzählten mir, Sie hätten keine Ahnung von den Fingern gehabt.«

»Du lieber Gott, nein. Müssen wir jetzt darüber reden?«

»Als Sie das gehört haben, sahen Sie da Mr Penny plötzlich in einem anderen Licht?«

»Wie meinen Sie das?«

»Körperteile sammeln … das ist nicht normal.« Als Vignette schwieg, fuhr Decker fort: »Irgendeine Idee, wo er die Finger herhatte?«

»Ich sagte Ihren Leuten bereits, dass ich nicht die leiseste Ahnung habe.«

»Überrascht es Sie, dass Mr Penny ein Stück weit – und ich meine das keinesfalls positiv – selbst ein Tier war?«

»Ich bin schockiert. Er war immer so sanft zu den Tieren. Er war niemals komisch zu mir, wenn Sie mich das fragen wollten.«

»Er wollte nie etwas von Ihnen?«

»Nein, und das habe ich Ihren Detectives bereits gesagt.«

»Er hat Ihnen nie Geld für Sex angeboten?«

»Nein. Warum hacken Sie auf dem armen Mr Penny herum?«

»Das tue ich nicht, Vignette. Ich versuche nur herauszufinden, wer er wirklich war.« Schweigend beobachteten sie, wie die Totengräber Erde auf den Sarg schaufelten. Dann sagte Decker: »Die Finger stammen irgendwo her.«

»Darüber weiß ich nichts.«

»Vignette, wären Sie bereit zu einem Polygrafentest bezüglich Ihrer Kenntnisse über den Mord an Mr Penny?«

»Polygraf? Ist das so was wie ein Lügendetektor?«

»Ja.«

»Ich sagte Ihnen doch bereits, dass ich nichts über den Mord an Mr Penny weiß.«

»Deshalb gehe ich davon aus, dass Sie nichts dagegen haben, sich dem Test zu unterziehen.«

Sie leckte sich über die Lippen. »Muss ich es tun, um das Geld zu bekommen?«

»Sie bekommen kein Geld, bis Sie als Verdächtige entlastet wurden.«

»Warum sollte ich verdächtig sein?«

»Sind Sie bereit oder nicht?«

Vignette seufzte ostentativ. »Wann?«

»Ich werde die Sache organisieren. Würde Ihnen morgen passen, wenn ich das hinkriege? Je früher Sie ihn machen, desto eher höre ich auf, Sie zu belästigen.«

»Es geht aber erst nächste Woche. Montag zum Beispiel? Und Sie müssen mir einen Gefallen tun.«

»Das Testament?«

»Wir können das Geld wirklich gut gebrauchen.«

»Diese Dinge lassen sich nicht überstürzen, Vignette, aber ich will's versuchen. Es war nett von Ihnen, dass Sie gekommen sind. Wirklich. Das meine ich ernst.« Decker schlenderte davon und gesellte sich zur Familie. Graciela trug einen roten Hosenanzug und schwarze Stiefel. Darius hatte einen grauen Anzug an, dazu ein weißes Hemd und eine blaue Krawatte. Sabrina trug ein jagdgrünes Strickkleid und einen schwarzen Schal. »Irgendein bestimmter Grund, warum sie hier ist?«, fragte der jüngere Penny.

Seine Frage bezog sich auf Vignette, die den Hügel hinunter zu ihrem Auto ging. »Sie kam, um ihm die letzte Ehre zu erweisen.«

»Papperlapapp«, widersprach Graciela, »sie will nur ihr Geld.«

»Teilweise ja, da bin ich sicher«, sagte Decker, »aber vielleicht hat sie ein bisschen Anerkennung für ihren Anstand verdient.«

»Das Geld steht ihr zu«, sagte Darius.

»Wie lange dauert es noch, bis Sie die Gelder verteilen?«, fragte Decker.

»Ich nehme an, es gibt einen Grund für Ihre Frage?«, entgegnete Penny.

»Vignette ist bereit, sich nächsten Montag einem Polygrafentest zu unterziehen. Ich würde das gerne erledigen, bevor Sie ihr irgendwas auszahlen.«

»Machen Sie sich deshalb keine Sorgen. Es wird Monate dauern, bis die ersten Schecks ausgestellt werden. Alles muss genauestens geprüft werden. Verdächtigen Sie sie des Mordes an Dad?«

»Nein, aber ich habe sie auch noch nicht entlastet. Bis jetzt ist sie … kooperativ.«

»Höre ich da ein Zögern heraus?«, fragte Sabrina.

»Nicht wirklich. Viele Leute sind nervös, wenn die Polizei ins Spiel kommt.« Er wandte sich an Pennys zweite Frau. Sie war eine klassische Schönheit, sah umwerfend aus. »Haben Sie nach der Beerdigung etwas Bestimmtes vor, Ms Talbot?«

Sie schenkte ihm ein angedeutetes Lächeln. »Warum fragen Sie? Sind Sie von meinem Liebreiz und meinem Charme überwältigt?«

Decker lächelte. »Ich habe einige Fragen.«

»Ich stehe vor Ihnen. Schießen Sie los.«

»Unter vier Augen wäre vielleicht besser.«

»Ich bitte Sie«, sagte Graciela, »wir sind eine Familie.«

»Unter vier Augen wäre besser«, wiederholte Decker.

Sabrina sah auf die Uhr. »Es ist kurz nach fünf. Ich könnte einen Drink gebrauchen. Wie wäre es um sieben in Ihrem grauenhaften Befragungsraum?«

»Der Raum ist wirklich grauenhaft«, sagte Graciela, »aber alle waren sehr höflich.«

Decker lächelte. »Sieben ist prima.« Er reichte ihr seine Karte. »Für Ihren Fahrer.«

»Danke. Ich werde um sieben da sein – pünktlich und bereit, Ihre aufdringlichen Fragen zu beantworten. Möglicherweise bin ich etwas beschwipst, aber wenn überhaupt, dann sollte das nur zu Ihrem Vorteil sein.«

Pornos, Pillen, Pot und Prostitution: Die Sünden mit *P* gab es beileibe nicht ausschließlich im San Fernando Valley, aber wie in jeder Stadt wussten diejenigen, die dazu neigten, ganz genau, wo sie für ihre Dosis hingehen mussten. Normalerweise zogen die Straßenarbeiterinnen nicht vor Sonnenuntergang los, aber die schlechte Wirtschaftslage führte dazu, dass die Waren zu jeder Stunde verkauft wurden. In den fünfundzwanzig Jahren, die Marge Dienst tat, waren die Damen immer wieder umgezogen. Ein paar Hotspots waren entlang der Motels auf dem Sepulveda Boulevard geblieben, aber die meisten der Mädchen versammelten sich jetzt in und um Lankershim zwischen dem Freeway 5 und der San Fernando Road.

Die Sonne ging unter und warf ein schmutziges Bernsteinlicht auf die zweifelhafte Gegend. Es wurde kühl, und die Damen in ihren Miniröcken mit nackten Beinen und hochhackigen Clog-Sandalen merkten es wahrscheinlich. Sie bewegten sich wie verwilderte, hungrige Katzen. Als der Streifenwagen durch die Straße fuhr, folgten ihre seelenlosen Augen den Schwarz-Weißen wie wärmesuchende Geschosse. Marge saß am Steuer, während Oliver die Bürgersteige überwachte. Normalerweise fiel es den Mädchen leichter, sich Polizistinnen anzuvertrauen, aber selbst Marge musste zugeben, dass Scott eine gute Erfolgsbilanz bei ihnen vorweisen konnte. Er hatte ein verblüffendes Auge dafür, diejenigen herauszupicken, die reden würden, und begegnete ihnen immer mit Achtung.

»Halt an«, sagte er schließlich.

Marge parkte in zweiter Reihe vor einer Frauengruppe im Alter zwischen vierzig und siebzig. Ihre Gesichter erzählten von schweren und langen Leiden. Frauen, die ausrangiert und brutal behandelt worden waren, die meisten süchtig und einige geistig labil.

Oliver und Marge stiegen aus. Er machte das Siegeszeichen

mit der Hand und sagte: »Ladys, ich komme in friedlicher Absicht.«

Ein paar von ihnen deuteten ein Lächeln an. Eine der Damen trat aus dem Kreis heraus. Mit Absätzen war sie ungefähr eins siebzig groß und wog um die zweiundsiebzig Kilo. Ihr Bauch schwappte über den Rand ihrer zu engen Jeans. Sie trug eine Kaninchenfelljacke und darunter irgendwas Dünnes und Glitzerndes. Offene Sandalen an den Füßen. Ihr Teint war ungesund blass, ihr Gesicht voller Falten. Schwarzes Haar fiel ihr bis auf die Schultern, und ihre Lippen waren knallrot geschminkt. Sie kaute Kaugummi. Als sie lächelte, zwinkerte ihm ein Goldzahn zu. »Du bist nicht von der Sitte.«

»Mordkommission.«

»War mir klar. Hab dich noch nie gesehen.«

»Wie heißen Sie?«

»Coco wie in Chanel, nicht wie in Schokolade. Und wer bist du?«

»Detective Sergeant Marge Dunn. Das hier ist Detective Oliver.« Sie zeigte der Frau ihre Dienstmarke.

»Sprichst du Spanisch?«, fragte Coco.

»Ich versteh's.« Marge zeigte auf Oliver. »Er spricht ganz gut.«

»Ihr Englisch klingt gut, meine Liebe.«

»Weil ich Amerikanerin bin. Wollte nur wissen, ob du willst, dass ich für meine Mädels übersetze.«

»Danke, dass Sie mit der örtlichen Polizei zusammenarbeiten.«

»So weit würde ich nicht gehen, aber kein Grund, feindselig zu sein.«

»Ich spüre, dass wir gut miteinander auskommen werden«, sagte Oliver.

»Träum weiter, Schlaumeier.«

»Ich habe sehr schöne Träume.«

Coco grinste. »Wer ist gestorben?«

»Ein alter Mann um die neunzig, letzte Woche.«

»Der mit dem Tiger?«

Jetzt musste Marge grinsen: eine Hure, die auf dem neuesten Stand der Dinge war. »Kannten Sie ihn?«

»Nur aus der Zeitung. Wie viele Leute halten sich denn schon einen Tiger?« Pause. »Er wurde ermordet?«

»Ja.«

Coco drehte sich um und übersetzte für die Frauen, die daraufhin alle mit den Schultern zuckten. »Keine hier kennt einen alten Mann mit Tiger.«

Eine Frau in einem superkurzen Mini sagte etwas auf Spanisch. Coco übersetzte. »Sie meint, neunundachtzig ist zu alt für 'ne Muschi.«

»Habt ihr nie alte Kerle?«, fragte Oliver.

»Nicht so alt. Suchst du was Bestimmtes, Schlaumeier?«

»Wissen Sie etwas über Casey's Massage and Escort?«, fragte Marge.

Die Frau dachte einen Moment lang nach. »Kommt mir bekannt vor.« Sie übersetzte wieder für die Frauen ins Spanische. Ein Auto kam langsam angefahren, drückte aber aufs Gaspedal, als der Fahrer merkte, dass das in zweiter Reihe geparkte Auto ein Streifenwagen war. »Ihr schadet meinem Umsatz.«

»Also, was ist mit Casey's Massage and Escort, Coco?«, fragte Oliver.

»Klingt nach einer Callgirl-Agentur.«

»Konkurrenz?«

»Ist genug für alle da.«

»Ich lese Ihnen jetzt ein paar Namen vor«, sagte Marge. »Unterbrechen Sie mich, wenn Ihnen jemand bekannt vorkommt. Ginger Buck?«

Coco schüttelte den Kopf, dann übersetzte sie für die Frauen. »Erster Streich.«

»Und Rocki Feller?« Kein Wiedererkennen. »Georgie Harris? Amber Sweet?«

»Zweiter Streich«, sagte Coco.

»Darf ich Sie was fragen, Ma'am?«

»Ma'am ...« Coco grinste. »Das gefällt mir.«

»Ich bin stolz auf meine Höflichkeit«, sagte Oliver. »Ich weiß, die Frage klingt komisch, aber kennen Sie Ladys, denen Finger fehlen?«

Coco starrte ihn mit großen Augen an. »Was ... was hast du gesagt?«

»Vielleicht sogar fehlende Zehen«, fügte Marge hinzu.

Coco war sprachlos. Noch ein Auto kam langsam angefahren und gab dann wieder Gas. »Äh ... seid ihr bald fertig?«

»Sind wir, sobald Sie Ihre Ladys danach gefragt haben«, versprach Oliver.

Coco übersetzte. An ihren Gesichtern konnte Marge sehen, dass die anderen Huren genauso entsetzt waren wie Coco, die die Frage nach den fehlenden Fingern mit einem klaren Nein beantwortete, nicht nur für sich selbst, sondern für die ganze Gruppe.

Marge fiel etwas ein. »Fragen Sie die Ladys, ob sie eine kennen, die Handschuhe trägt.« Die darauffolgende Pause sagte bereits alles, aber Coco hob auch noch eine Augenbraue, was bedeutete, dass Marge definitiv einen Treffer gelandet hatte. »Spucken Sie's einfach aus.«

»Sie nannte sich Shady Lady.« Pause. »Die Handschuhe waren sozusagen ihr Markenzeichen. Sie arbeitet nicht mehr hier in der Gegend.«

»Wo arbeitet sie jetzt?«

»Keinen Schimmer. Ich hab sie das letzte Mal vor sechs, sieben Monaten gesehen.«

»Beschreiben Sie sie mir«, bat Marge.

»Dünner als ich, jünger als ich, schlauer als ich.« Pause. »Na, schlauer vielleicht nicht. Ich hab mich mal mit ihr über die Arbeit als Callgirl unterhalten, also weg von der Straße, mit einem Typen, der ihr Zeug professionell managt. Sie sagte, den Weg wär sie schon mal gegangen. Dann sah sie ihre Hände an und meinte: ›Nie wieder.‹«

31

Die Aufnahmen dauerten länger, als Gabe erwartet hatte. Yasmines Stimme war schön, aber eingerostet. Sie kontrollierte ihren Atem nicht. Er wusste es, und – viel schlimmer – sie wusste es auch. Obwohl er kein einziges kritisches Wort geäußert hatte, verlor sie nach der zigsten Wiederholung die Nerven. Mit feuchten Augen nahm sie den Kopfhörer ab. »Ich brauch frische Luft.« Sie rannte aus dem Studio. Sohala legte die Zeitschrift zur Seite und stand auf, um ihr nachzugehen. Gabe hielt eine Hand hoch. »Bitte, geben Sie mir fünf Minuten mit ihr alleine?«

Ihre Mutter war nicht überzeugt.

»Ich möchte sie nur beruhigen. Davon mal abgesehen, was kann ich in ein paar Minuten schon anrichten?«

»Du bist jung. Wer weiß?« Als Gabe Sohala ungläubig anstarrte, musste sie tatsächlich ein Lächeln unterdrücken. »Ein paar Minuten, Gabriel. Wenn es länger dauert, bringe ich sie nach Hause.«

Gabe blickte sich in den Gängen des Studios um. Als er sie nicht sofort fand, probierte er es an dem wahrscheinlichsten Ort ihrer Flucht. Er drehte am Türknauf der Damentoilette, die verschlossen war. »Mach auf.«

»Ich komm gleich raus.«

»Deine Mom hat mir nur ein paar Minuten gegeben. Ich muss mit dir reden.«

Yasmine öffnete die Tür, während sie sich noch die Tränen abwischte. »Ich bin okay. Geh zurück. Mir geht's gut.«

»Du hast toll geklungen …«

»Garantiert nicht. Lüg mich nicht an.«

»Ich lüge nicht. Ich mein's ernst. Könntest du ein paar Übungsstunden in Atemtechnik gebrauchen? Ganz sicher. Aber deine Stimme ist rein, und die paar Unzulänglichkeiten kann ich überarbeiten.«

»Ich vertrau dir nicht«, rutschte es Yasmine heraus.

Gabe hörte auf zu reden. »Was … was meinst du damit?«

»Ich vertrau dir nicht.« Yasmine blickte zu Boden. »Gabe, neulich hast du es so dargestellt, als sei alles gut.« Sie sah in seine wunderschönen Augen. »Aber das ist es nicht. Ich möchte nicht, dass du Anna jemals wiedersiehst.«

»Okay.« Gabe zuckte mit den Achseln. »Lässt sich einrichten. Aber wir wissen beide, dass das total lächerlich ist.«

»Es ist überhaupt nicht lächerlich. Ich weiß wirklich nicht, was zwischen euch beiden gelaufen ist …«

»Ich hab dir gesagt, was gelaufen ist: *nichts.*«

»Du hast mit ihr *geschlafen*, in einem Bett.«

»Weil's bequemer war als auf dem Boden. Auf dem Boden war kein Platz. Vermutlich hätte ich mich in die Badewanne zurückziehen können … ach, warte, es gibt in ihrer Wohnung keine Badewanne.«

»Ich möchte nicht, dass du sie wiedersiehst.«

»Von mir aus.« Gabe seufzte. »Lass uns zurückgehen, bevor deine Mutter mich zur Strecke bringt.«

»Du wirst sie wirklich nie mehr wiedersehen?«

»Hör zu, Yasmine, wenn du wirklich drauf bestehst, werde ich sie nicht mehr wiedersehen. Aber Anna ist die Geringste deiner Sorgen. Ich mag sie für das, was sie für mich getan hat, aber das ist nicht sexuell. Ich hab *die ganze Zeit* Mädchen vor meiner Nase. Was willst du dagegen machen? Mich von fünfzig Prozent der Menschheit wegsperren?«

Tränen schossen ihr in die Augen, und sie sah weg.

»Du bist nicht die Einzige mit einer lebhaften Fantasie«, sagte Gabe. »Dein Eltern hassen mich …«

»Sie hassen dich nicht.«

»Doch. Die ganze Zeit versuchen sie, dich mit jemand anderem zu verkuppeln. Was glaubst du denn, wie ich mich dabei fühle? Meine Mutter hatte eine Affäre mit einem Kardiologen, und mich hat sie sitzenlassen, um eine neue Familie zu gründen, schon wieder vergessen?«

»Deine Mutter hätte das nicht gemacht, wenn dein Vater nicht so ein Scheißkerl wär.«

»Mein Vater ist ein Scheißkerl, aber meiner bescheidenen Meinung nach kommt meine Mutter da durchaus ran.« Er hob genervt die Hände. »Was willst du von mir? Ich bin ein Künstler. Ich behaupte ja nicht, ein Rockstar zu sein, aber es gibt einen gewissen Prozentsatz der weiblichen Bevölkerung, der beeindruckt ist von dem, was ich tue. Und falls es dich interessiert, die meisten meiner Fans – ob männlich oder weiblich – sind über sechzig. Du hast also einen erheblichen Vorteil.«

»Ich bin eifersüchtig.« Ihre Lippen zitterten. »Ich hasse es, wenn ich so bin, aber ich kann nicht anders.«

Gabe streckte ihr eine Hand entgegen, doch sie wich einen Schritt zurück. Er fühlte, wie er vor Wut rot anlief. »Alles meine Schuld! Ich hätte dir nichts erzählen dürfen.«

Tränen rannten ihr übers Gesicht. »Jetzt wirst du mir *gar nichts mehr* erzählen!«

»Es wird sich alles ändern, wenn wir zusammen sind. Wir werden beide ruhiger sein.« Er war sowieso schon mit den Nerven am Ende, bemühte sich aber, Ruhe zu bewahren. »Lass uns gehen.«

»Du hasst mich.«

»Nein, ich hasse dich nicht – … willst du Schluss machen? Geht es in Wahrheit darum? Versuchst du absichtlich, mich von dir wegzustoßen?«

»Nein!«

»Dann führ dich nicht so dämlich auf. Damit sage ich nicht, dass du dämlich bist. Du führst dich einfach nur dämlich auf.« Er sah auf die Uhr. »Geschenkt. Wir brauchen eine weitere Sitzung, um fertig zu werden. Für heute lassen wir's dabei bewenden, und ich miete das Studio noch mal an. Kannst du am Donnerstag?«

»Das kostet doch bestimmt ein Vermögen.«

Gabe lächelte verkniffen. »Ist Donnerstag okay?«

»Ja.«

»Okay.« Noch ein verkniffenes Lächeln. »Gehen wir.«

»Ich benehme mich bescheuert.« Sie schüttelte den Kopf. »Natürlich kannst du dich mit Anna treffen. Es ist mein Problem, nicht deins.« Sohala war im Flur aufgetaucht, in dem sie redeten. Yasmine trocknete sich die Augen mit dem Ärmel ihres T-Shirts. »Bis Donnerstag«, sagte sie zu Gabe.

»Gehen wir nach Hause?«, fragte Sohala.

»Ja, heute läuft gar nichts rund.«

»Yasmini, du klingst wunderbar.«

»Danke, Mommy, aber lass uns gehen.«

»Mrs Nourmand«, sagte Gabe, »kann ich noch mal zwei Minuten mit ihr reden?« Die Augen der Frau verengten sich. »Bitte lassen Sie mich nicht darum betteln. Dafür bin ich viel zu erschöpft.«

»Hokay. Ihr bewegt euch nicht von der Stelle. Ich hole Yasmines Handtasche.«

»Danke.« Als sie verschwunden war, fragte Gabe: »Hast du dein Handy da?«

»Nein, es ist in meiner Handtasche. Warum?«

Gabe holte sein iPhone hervor, tippte eine Telefonnummer ein und drückte ihr das Handy in die Hand. »Sag was.«

»Was machst du da?« Aber bevor Yasmine ihm das Handy zurückgeben konnte, meldete sich eine Frauenstimme.

»Hi, Pookey.«

Yasmine bekam Herzrasen und spürte, wie ihr Gesicht vor lauter Peinlichkeit und Wut knallrot wurde. »Hier ist nicht Gabe. Mein Name ist Yasmine Nourmand. Ich bin ...«

»Ich weiß, wer du bist. Ist Gabe okay?«

»Ja, es geht ihm gut. Ich wollte mich nur vorst-«

»Sicher, dass es ihm gutgeht? Denn er war echt am Ende, als er zu diesem Prozess abgereist ist. Er hatte eine Scheißangst um dich, dass du zusammenklappst. Immer wieder hab ich ihm gesagt – zumindest nach all dem, was er mir erzählt hatte –, dass du wohl eher nicht der Typ Mädchen bist, der zusammenklappt. Dann sagte ich ihm: ›Gabe, wenn du ihr helfen willst, musst du dich beruhigen. Nimm ein paar Pillen, trink was, hol dir einen runter, mach irgendwas, aber du kannst nicht zulassen, dass sie dich in diesem Zustand sieht.‹ Der Kerl war der reinste Psycho. Ich hab ihm sogar angeboten, ihm einen Blowjob zu organisieren. Hat er dir erzählt, dass ich ihm einen Blowjob organisieren wollte, auf meine Kosten?«

»Nein ...«

»Logischerweise hat er's abgelehnt. Er ist dir megatreu ergeben. Er ist siebzehn, ich meine, hey, er sollte da draußen unterwegs auf der Jagd nach Muschis sein. Er muss sie noch nicht mal jagen. Sie fallen ihm in den Schoß. ›Hi, ich bin Gabe‹, und schwupp, ist eine Muschi da, so läuft das ungefähr. Ich sag ihm immer wieder: ›Wenn du sie nicht willst, nehm ich sie.‹ Vermutlich läuft das so nicht. Aber eins sag ich dir. Ich würde alles für diesen Kerl tun. Obwohl, vögeln würde ich ihn nicht. Ich vögel keine Jungs. Hat Gabe dir gesagt, dass ich lesbisch bin?«

»Ja…«

»Also, ich weiß, wer ich bin. Ich bin verrückt. Gabe ist nicht verrückt, aber dafür total neurotisch. Wenn ich nur halb so viel Talent hätte wie er, würde ich nicht in so beschissenen Kneipen in Brooklyn auftreten. Okay, eigentlich ist die Bar, in der ich arbeite, gar nicht beschissen. Aber eben auch nicht die Avery Fisher Hall. Mit seinem Talent würde ich ein Star werden. Mit meinem Aussehen sogar ein Superstar. Macht er dir das Leben schwer?«

»Nein…«

»Wehe, wenn doch. Er kann ein richtiges Arschloch sein.«

Anna redete so laut, dass Gabe alles mitbekam. Yasmine sah ihn mit großen Augen an. »Ich hab's dir ja gesagt«, formte er mit den Lippen.

»… richtig bissig. Vielleicht vermisst er dich, und das macht ihn irre. Oder vielleicht braucht er Sex. Er guckt eine Menge Pornos. Sein Dad gibt sie ihm, und er reicht die Mädchen-auf-Mädchen-Sachen an mich weiter. Du weißt, dass sein Dad ein Bordell hat, oder?«

»Klar…«

»Sein Dad ist geil. Hast du seinen Dad schon getroffen?«

»Nein.«

»Ich zweimal. Muss Fotos von dir gesehen haben, denn er findet dich wirklich niedlich. Das hat er mir gesagt, als Gabe nicht dabei war. Nicht dass er dich vögeln will oder so. Na, oder vielleicht will er dich doch vögeln. Er hat mir weder das eine noch das andere gesagt.«

Gabe schlug sich mit der Hand gegen die Stirn.

»Seine Mom hab ich nie getroffen. Du?«

»Nein…«

»Klingt anstrengend. Beide klingen anstrengend. Er mag seine Pflegeeltern. Du weißt schon, den Typ von der Polizei und seine Frau. Kennst du die?«

»Ja…«

»Ich muss wieder an die Arbeit. Kannst du ihm was ausrichten, Yasmine? Ich hab echt Schwierigkeiten mit ein paar Griffen. Schreib das bitte auf.«

Gabe übernahm das Handy. »Ich bin hier.«

»Pookey! Wie geht's dir? Hast du endlich Sex?«

»Welche Passage meinst du?« Als er im Bilde war, sagte er: »Versuch einen Kreuzgriff mit dem Zeigefinger deiner linken Hand. Das befreit deinen kleinen Finger für das Cis.«

»Bleiben immer noch eine Oktave plus drei. Wir können ja nicht alle Hände wie ein Affe haben.«

»Har-har. Ich muss los.«

Yasmine schnappte sich das Handy noch mal.

»Warte, Anna.«

»Hi, Pookey… du bist dann Pookette. Was gibt's, Pookette?«

»Erst mal danke, dass du dich um Gabriel gekümmert hast.«

»Mann, das war das Schwerste, was ich je getan hab. Ich dachte, er stirbt gleich. Fiel einfach um. Und dann wurde er einen Monat lang zum Zombie. Irgendwann hab ich ihm gesagt, dass er's wieder auf die Reihe kriegt, oder ich ruf dich an. Es war eine Drohung, aber sie hat gewirkt.«

Yasmine unterbrach sie einfach. »Anna, wenn er je wieder irgendwelche großen Probleme hat, dann *musst* du mich anrufen.«

»Pookette, ich *wollte* dich ja anrufen. Mir war klar, dass das Ganze mich überfordert, denn ich bin keine Pflegerin. Aber er hat sich nicht umgebracht, daher betrachte ich es als einen Sieg. Oh, scheiße, bin spät dran. Meine Fans warten. Und ich muss meine Trinkgelddose im Auge behalten. Wir haben hier jede Menge zwielichtige Typen. Gib Pookey einen Kuss von mir.« Sie beendete das Gespräch.

Wortlos gab Yasmine Gabe sein Handy wieder.

Sohala kam gerade zurück. »Ich habe deine Tasche, Yasmine. Gehen wir.«

Yasmine sah Gabe an. »Haben wir noch Zeit im Studio übrig?«

Ein Blick auf seine Uhr. »Ungefähr eine halbe Stunde. Warum? Geht's besser?«

»Ja.« Sie sah ihre Mutter an. »Lass uns ins Studio gehen.«

»Du machst mich wahnsinnig.« Zu dritt gingen sie zurück in den Aufnahmeraum. »Du bleibst, gehst, bleibst, gehst …«

»Setz dich, Mommy«, unterbrach Yasmine ihre Mutter. »Ich möchte, dass du dir etwas anhörst.«

Gabe setzte sich auf die Klavierbank und griff nach dem Kopfhörer. Aber statt zu ihrem Mikrofon zu gehen, nahm Yasmine neben ihm Platz und legte eine Hand auf sein Knie. »Spiel den dritten Satz der Mondscheinsonate.«

»Jetzt?«

»Ja. Ich möchte, dass meine Mom dich hört.« Pause. »Kennst du sie nicht auswendig?«

»Na logisch. Ich spiel sie in einem Monat, da kann ich sie wohl besser im Schlaf.« Gabe zuckte mit den Achseln. »Lass mir eine Minute Zeit. Ich muss mich in Stimmung bringen.« Er drehte sich zu ihr um. »Entschuldige, aber ich brauche Platz.«

»Natürlich.« Yasmine stand auf und setzte sich zu ihrer Mom.

»Was soll das?«, fragte Sohala.

»Hör einfach nur zu«, erwiderte Yasmine.

Gabe platzierte seine Finger auf der Tastatur, schloss die Augen und begann zu spielen.

Aber natürlich spielte er nicht nur einfach. Er verwandelte sich. Das Klavier war kein Arbeitsgerät für Hände und Finger, es war ein lebendiger Organismus, der die Komposition eines menschlichen Gehirns interpretierte. Worte konnten andere Sinneswahrnehmungen beschreiben: den Klang rauschenden Wassers, den Geruch frischer Pinien, den Geschmack von kohlrabenschwarzem Mais am Kolben, den Anblick eines blauen Himmels, die Berührung des samtweichen Halses eines Babys. Aber wie sollte irgendwer so etwas Grandioses wie Beethovens Sonaten in Worte fassen? Die Komplexität eines so außergewöhnlichen Klangs? Yasmine sah, wie Gabes Finger über die Tastatur flogen; sie sah seinen angespannten Gesichtsausdruck, sah die Kraft in seiner Haltung beim Spielen eines anspruchsvollen Stückes. Aber es gab keine Möglichkeit, das Ergebnis zu beschreiben, außer man hörte zu. Sechs Minuten und zweiundvierzig Sekunden reine, unverfälschte Ehrfurcht.

Als Gabe fertig war, öffnete er seine Augen und nickte. »Ganz ordentlich, oder?«

Yasmine antwortete nicht. Stattdessen drehte sie sich zu ihrer Mutter um. »Mommy … wie kannst du auch nur im Ansatz glauben, dass ich ihn jemals aufgeben werde? Wie kann ich einen Jungen aufgeben, der sein eigenes Leben riskiert hat, um meins zu retten? Wie kann ich einen Jungen aufgeben, der so Musik macht? Und noch dazu sieht er umwerfend aus. Ich müsste ja *verrückt* sein!«

Sohala schwieg. Dann sagte sie: »Er wird dir das Herz brechen.«

Als Gabe etwas sagen wollte, stoppte ihn Yasmine, indem sie die Hand hob. »Und wenn er mir das Herz bricht, Mommy, dann werd ich's überleben. Schau dir doch all die grässlichen Dinge an, die mir zugestoßen sind. Ich bin immer noch da. Ich funktioniere immer noch. Ich kann Liebeskummer aushalten – selbst schlimmen Liebeskummer –, ohne mich aufzulösen.«

»Du weißt nicht, wovon du redest«, erwiderte Sohala.

»Dann lern ich es eben. Aber ich kann es nicht lernen, solange ich es nicht erlebt habe.« Yasmine nahm eine Hand ihrer Mutter. »Ich geb ihn niemals auf. Das musst du *akzeptieren.*« Niemand sagte ein Wort. »Die Beziehung geht vielleicht zu Ende, aber du kannst sie nicht töten. Zumindest musst du uns … miteinander *reden* lassen! Das ist die einzige Möglichkeit, wie wir herausfinden können, was Sache ist.«

Im Studio war es still.

»Hokay«, sagte Sohala schließlich. »Du darfst mit ihm reden, während er hier ist. Kein Techtelmechtel!«

»Kein Techtelmechtel geht klar«, sagte Yasmine.

»Ach ja?«, widersprach Gabe.

Yasmine grinste. »Hör auf.«

Sohala sagte: »Dann, wenn er abgereist ist, trennt ihr euch …«

»Nein, Mommy, das herauszufinden musst du schon *uns* überlassen. Nicht dir – sondern Gabe und mir. Wenn es ernst ist, wird er konvertieren. Wenn er nicht konvertiert, trenn ich mich von ihm. Das weiß er.«

»Das war nie ein Problem«, sagte Gabe. »Ich wohne seit zwei Jahren bei den Deckers. Glaubt mir, ich kenn den jüdischen Drill.«

Sohala wusste, dass sie diesen Kampf im Augenblick nicht gewinnen konnte. Sie stand auf. »Wir gehen jetzt nach Hause.«

»Du gehst nach Hause, Mommy. Gabe wird mich nach Hause bringen.« Sohalas Blick war wutentbrannt. »Ich gehe zu ihm nach Hause. In ein paar Stunden bin ich wieder da.«

Sohala atmetete tief durch. »Yasmini, ich liebe dich, aber wegen dir bekomme ich graue Haare. Sollte ich früh sterben, ist das deine Schuld.«

»Dafür halt ich den Kopf hin.« Yasmine stand auf. »Ich bringe dich zum Auto und lasse Gabe mit dem Tonregisseur kurz allein.«

Zehn Minuten später war sie zurück. »Ich hab einen Termin für Donnerstag ausgemacht«, sagte Gabe.

»Ich werde mehr üben. Ich weiß, dass ich es besser kann.«

»Du hast fantastisch gesungen. Du hast alles fantastisch gemacht. Du warst virtuos. Danke für die wunderbaren Dinge, die du über mich gesagt hast.«

»Jedes Wort war so gemeint.«

»Hab ich dir heute schon gesagt, dass ich dich liebe?« Gabe nahm sie in den Arm und küsste sie leidenschaftlich. »Vermutlich zählt das als Techtelmechtel, aber du hast es ihr versprochen, nicht ich.«

Sie küssten sich. Dann verließen sie Hand in Hand das Studio.

»Du warst … unglaublich toll, Yasmini.«

»Ich weiß.« Sie lächelte. »Du kannst von Glück reden, dass du mich hast.«

»Ganz deiner Meinung!« Er küsste ihre Hand. »Versuch bitte einfach nur, mir zu vertrauen, okay?«

Sie küsste ihn auch auf die Hand. »Ich schwöre, ich werde nie wieder an dir zweifeln, Gabriel.«

»Natürlich wirst du wieder an mir zweifeln. Und in den kommenden fünfzig Jahren wird es Momente geben, in denen ich an dir zweifle. Wir lieben uns beide wahnsinnig, aber wir sind Künstler: egoistisch, hitzköpfig, perfektionistisch, zwanghaft und neurotisch. Aber wie deine Mom schon sagte, ist das hokay. Es liegt einfach in der Natur der Sache.«

32

Ihre Wangen waren leicht gerötet, und ihr Gang wirkte etwas wackelig, aber Sabrina Talbot lief erhobenen Hauptes, und sie war pünktlich: eine wunderschöne Frau mit offenem Trenchcoat auf Stöckelschuhen. Ihre blonden Haare umrahmten ein makelloses Gesicht: perfekte Nase, sinnliche Lippen, himmelblaue Augen. Sie streckte ihm eine manikürte Hand entgegen, und Decker ergriff sie, führte sie in sein Büro und bot ihr an, Platz zu nehmen. Auf dem Schreibtisch standen ein Wasserkrug und ein Glas. Decker setzte sich und griff nach einem Becher.

»Ich trinke Kaffee«, sagte er. »Darf ich Ihnen eine Tasse bringen?«

»Nein, danke.«

»Wasser?«

»Nö.« Ihre Hände lagen gefaltet in ihrem Schoß. Sie sah sich um. »Das hier ist doch unmöglich der grässliche Befragungsraum, von dem Gracie gesprochen hat.«

»Nein, das ist mein grässliches Büro. Die Gräfin und ihr Bruder bekamen den Befragungsraum zugewiesen, weil sie zu zweit waren und mein Büro zu klein ist.«

»Und ich dachte schon, ich komme in den Genuss einer Promibehandlung.«

»Hätte die Polizei einen Aufenthaltsraum, wären Sie die Erste, die ihn benutzen dürfte.«

Ihr Lächeln besaß Strahlkraft. »Ich nehme an, ich bin nicht wegen meines Charmes hier, sondern weil Sie Informationen aus mir herausholen wollen.« Pause. »Ich weiß nicht, was ich Ihnen erzählen könnte, das ich nicht bereits dem gut aussehenden Gentleman und der Lady berichtet habe.«

»Detective Oliver und Sergeant Dunn.« Decker nahm einen Stift in die Hand und schlug sein Notizbuch auf. »Wir wissen Ihre Mithilfe zu schätzen und möchten Ihre Gutmütigkeit auf keinen Fall überstrapazieren. Ich weiß, dass Sie seit geraumer Zeit keinen Kontakt mehr zu Mr Penny hatten.«

»Jahre.«

Decker nippte an seinem Kaffee. »Ich weiß, dass Sie mit seinen Kindern eng befreundet sind, deshalb wollte ich Ihnen in ihrer Gegenwart keine Fragen stellen …«

»Sie möchten sich über unser Sexleben unterhalten – meins und Hobarts.«

»Wie man hört, war er gegen Ende gruselig und animalisch.«

»Gegen Ende wurde er verrückt.«

»Die Menschen offenbaren ihre Verrücktheit auf vielfältige Art und Weise.«

»Er war ein sehr dominanter Mann. Er bekam keinen Orgasmus, indem er sich eine Windel umband und darum flehte, an der Brust nuckeln zu dürfen. Sondern er fuhr auf Angriff ab, und das passte zu seiner Persönlichkeit.«

»Er kratzte sie und behauptete, das sei der Tiger in ihm.«

»Wie ich sehe, kommunizieren Sie mit Ihren Detectives.«

Decker schrieb sich ein paar Stichworte auf. »So leitet man eine Ermittlung.«

»Die Wunden reichten von meiner Schulter bis zum Hals. Die Ehe war vorbei. Eigentlich wusste ich es schon, nachdem ich die Fotos gefunden hatte und er zugab, dass er in die Klubs geht.«

»Haben Sie ihn jemals in einen dieser Klubs begleitet?«

»Nein. Diese Dinge unternahm er auf Reisen, und er hat mich nie gebeten, ihn zu begleiten.«

»Entschuldigen Sie, wenn ich persönlich werde, aber ich muss Sie das fragen: Hat er jemals Frauen mit nach Hause gebracht?«

Ihr Seufzer rührte aus tiefster Vergangenheit und einer langen Leidenszeit. »Ja. Möchten Sie Einzelheiten hören? Ich erinnere mich gut daran.«

»Erniedrigende Dinge?«

»Hobart genoss die Erniedrigung. Er genoss es, die ganze Welt zu erniedrigen.«

»Was ist mit Schmerzen? Stand er auf Schmerzen?«

»Bisse und Kratzer tun weh, Lieutenant. Nach meinem Wohlergehen hat er sich nie erkundigt.«

»Hat er Sie geschlagen oder gepeitscht?«

Sabrina wirkte nachdenklich. »Er kratzte, er biss, er packte zu und hielt mich fest. An Schläge kann ich mich nicht erinnern.«

»Hat er Sie je mit einer Waffe bedroht, wenn Sie nicht bereit waren, das zu tun, was er wollte?«

»Nein, ich tat immer, was er wollte.«

»Hat er versucht, Sie zu würgen?«

»Nein. Es wäre vielleicht darauf hinausgelaufen, aber wir haben uns vorher getrennt.«

»Was ist mit den anderen Frauen, die er nach Hause gebracht hat, Ms Talbot. Wie hat er sie in Ihrem Beisein behandelt?«

»Er hat sie in meinem Beisein gevögelt.«

»Hat er sie gebissen?«

»Sicherlich hat er einige gebissen.«

»Hat er fest genug zugebissen, so dass er Blut saugen konnte?«

Sie dachte darüber nach. »Ja, er saugte Blut.«

»Noch etwas, das über Beißen hinausging? Haben Sie je mitbekommen, dass Hobart andere Frauen schlug oder verprügelte?«

»Nicht dass ich mich erinnern könnte.«

»Also haben Sie nie gesehen, dass Ihr Exmann eine Frau mit einem Messer verletzte – wenn auch nur oberflächlich?«

Sie ließ sich Zeit mit der Antwort. Dann sagte sie: »Ich vermute, Sie haben einen Grund, mir all diese Fragen zu stellen, die weit über ein lüsternes Interesse hinausgehen.« Sie beugte sich vor. »Hat Hobart … etwas Schlimmes angestellt?«

»Deshalb wollte ich mich mit Ihnen alleine unterhalten. Seine Kinder müssen das nicht hören … noch nicht. Wir haben in der Wohnung Ihres Exmannes Körperteile gefunden.«

Die Frau wurde blass und schlug entsetzt eine Hand vor den Mund. »Oh mein Gott!« Ihre Gesichtsfarbe wechselte zu aschfahl. »Oh mein Gott.«

»Möchten Sie den Waschraum benutzen?«

Sie schüttelte den Kopf, goss sich aber ein Glas Wasser ein und stürzte es hinunter. »Was für Körperteile?«

»Menschliche Finger. Mehr als einen und von mehr als einer Person.«

»Gütiger Gott!« Wieder bedeckte sie den Mund. »Ich weiß nicht, was ich sagen soll.«

»Ich habe guten Grund, Ihnen das zu erzählen. Ich möchte wissen, ob dieses schreckliche Bild irgendwelche Erinnerungen aus der Vergangenheit weckt.«

»Als da wäre?«

»Sagen Sie's mir.«

»Ich habe nie mitbekommen, dass Hobart etwas tat, was auf Körperteile hinausläuft.«

»Sie waren also nie Zeugin, wie Hobart jemanden ermordet hat.«

»Du lieber Himmel, nein!« Sie sprang auf. »Ganz und gar nein!« Sie begann, hin und her zu gehen. »Er biss … er kratzte … er mochte es, in den Arsch zu ficken. Aber das verstößt ja nicht gegen das Gesetz.«

»Es verstößt nicht gegen das Gesetz, außer es wird erzwungen.«

»Es war nicht erzwungen. Er bezahlte die Mädchen sehr großzügig dafür, erstaunlicherweise, denn Hobart war ein Geizhals.«

»Er bezahlte für den Sex?«

»Natürlich. Sie reden von Waffen? Für Hobart war Geld die vollendete Waffe. Wie sollte er sonst scharfe junge Mädchen dazu bringen, ihn zu sich nach Hause zu begleiten?«

»Setzen Sie sich, Sabrina.« Zögerlich nahm sie wieder Platz. »Sie sagten meinen Detectives, dass Sie sich magisch von seiner Persönlichkeit angezogen fühlten. Vielleicht ging es anderen genauso.«

»Nein, sie fühlten sich von seiner Brieftasche angezogen, die ein ziemliches Aphrodisiakum war.« Sie sah Decker direkt in die Augen. »Hobart gab liebend gerne Geld für *Erniedrigungen* aus. Als es mir irgendwann gefiel, es durch die Hintertür zu bekommen, hatte er keine Lust mehr dazu. Also suchte er nach anderen Untertanen, die er demütigen konnte.«

»Waren es Professionelle? Die Mädchen, die er mit nach Hause brachte?«

»Es waren hübsche Mädchen, die gegen Bezahlung perverse Sachen machten – was eigentlich der Job einer Hure wäre. Fakt ist, dass er junge Mädchen nach Hause abschleppte und sie rannahm. Es gefiel ihm, wenn ich zusah, weil ich mich dadurch minderwertig fühlte. Manchmal fesselte er mich vorher noch. Wenn ich die Augen schloss, kippte er mir Wasser über den Kopf, damit ich hinsah.« Sie seufzte. »Sind wir fertig?«

»Hätten wir keine Körperteile gefunden, Ms Talbot, würde ich Ihnen diese Fragen nicht stellen«, sagte Decker. »Waren die Mädchen mit ihm allein, oder waren Sie immer dabei?«

Sabrina senkte den Blick. »Manchmal brachte Hobart die Mädchen in einen zweiten Raum im hinteren Teil des Hauses. Ich wurde *nicht* dazu eingeladen. Wie Sie sich möglicherweise denken können, war ich mehr als glücklich darüber, ausgeschlossen und in Ruhe gelassen zu werden.«

»Und die Mädchen gingen am nächsten Tag lebendig weg?«

»Natürlich lebten sie noch.«

»Haben Sie denn *gesehen*, wie die Mädchen lebendig Ihr Haus verlassen haben?«

»Ich ging einfach davon aus.«

»Können Sie sich konkret an irgendeine erinnern, wie sie das Haus nach einer Nacht mit Ihrem Mann verlassen hat?«, fragte Decker. Als sie nicht antwortete, fuhr er fort: »Sie wissen also nicht, was er allein mit den aufgegabelten Frauen gemacht hat? Liege ich da richtig?«

In ihren Augen sammelten sich Tränen. »Ich habe versucht, es aus meiner Erinnerung zu streichen.«

»Sie wissen nicht, was er tat, und Sie wussten niemals ganz genau, was mit ihnen passierte.«

»Er hatte diesen besonderen Raum für sie, und ich wurde in dieses Versteck nie eingeladen. Nach der Scheidung habe ich den Raum betreten und nichts Schlimmes entdeckt.«

»Was haben Sie gesehen?«

»Eigentlich wirkte alles total steril. Die Wände waren frisch gestrichen, der Teppich war neu. Ich dachte, er wollte mir einen Gefallen tun. Immerhin war er sehr großzügig, was die Abfindung betraf. Ich dachte … ehrlich gesagt, weiß ich nicht, was ich dachte. Ich war froh, dass er weg war … raus aus meinem Leben.«

»Der Raum wurde also gestrichen, und der Teppich war neu«, sagte Decker.

Sabrina nickte, während sie ihre roten Fingernägel inspizierte. Ihre Hände zitterten, als sie sich über die Augen wischte. »Was bedeutet das, Lieutenant?«

»Das bedeutet, Ms Talbot, dass Sie wahrscheinlich gerade noch mal so davongekommen sind.«

Der Papierkram erdrückte ihn: aufarbeiten, woran die anderen Detectives gesessen hatten, Gerichtsverhandlungen, Sitzungen einberufen, Urlaubspläne erstellen. Normalerweise hätte das alles während der regulären Arbeitszeit erledigt werden können, aber da der Penny-Fall so viel Zeit beanspruchte, war Decker mit allem im Verzug. Vor elf wäre er wohl kaum fertig.

Marge klopfte an die offene Tür und brachte zwei Kaffeebecher mit. »Bist du immer noch da?«

»Muss ein paar Kleinigkeiten zu Ende bringen.« Er lächelte sie an. »Ist einer der Becher für mich?«

»Ja.«

»Entkoffeiniert?«

»Wäre möglich, aber dann müsste ich noch eine Kanne aufsetzen.«

»Wer schert sich schon um seinen Schlaf?« Decker schnappte sich einen Becher. »Verbindlichsten Dank.«

Sie setzte sich. Oliver kam kurz darauf ins Büro und nahm sich einen Stuhl. »So, wie geht es meiner Lady Sabrina?«

Decker trank einen großen Schluck. »Sie nannte dich gut aussehend.«

Oliver strahlte. »Wie nett. Hast du ihr gesagt, dass mein Zweitname Mellors ist?«

Marge kam nicht hinterher. »Verstehe ich nicht.«

»Das war sehr esoterisch, Scott«, sagte Decker.

»Mellors hieß der Wildhüter in *Lady Chatterley*.«

»Oh … okay.« Pause. »Hieß es nicht, Mellors war jung und viril?«

Er sah sie wütend an. »Wodurch habe ich *dich* heute Abend beleidigt?«

Marge lachte. »Du hast recht. Tut mir leid. Und du siehst wirklich sehr gut aus.«

»Zu wenig, zu spät.«

»Um deine Ausgangsfrage zu beantworten«, mischte Decker sich wieder ein, »Sabrina Talbot war sehr entgegenkommend und mitteilsam. Folgendes: Sie begleitete Penny nie in seine Sexklubs. Aber sie bekam mit, wie er andere Frauen nach Hause brachte. Laut Sabrina waren es wohl keine professionellen Huren, sondern Partygirls, die er für den Sex bezahlte. Er stand auf Erniedrigung. Es gefiel ihm, sie im Beisein seiner Frau zu vögeln. Sabrina kann sich nicht daran erinnern, je gesehen zu haben, dass Penny die Mädchen bedroht hätte. Allem Anschein nach hat er sie weder geschlagen noch richtig verprügelt. Er hatte nur Sex mit ihnen. Er stand auf Arschficken. Das war so das Härteste, was sich abspielte.«

»Voyeurismus, Erniedrigung und SM-Kram. Auf der Perversitätenskala bekommt er eine sechs.«

»Von mir eine fünf«, sagte Oliver.

»Egal, wie ihr das bewertet, sie erinnert sich nicht an amputierte Finger. Aber es gibt noch mehr. Manchmal verschwand Penny mit den Mädchen in einem Privatraum, der für seine Ehefrau tabu war. Während dieser Phasen zog Sabrina sich zurück und genoss Ruhe und Frieden. Sie hat also keine Idee, was dort stattfand oder was mit den Mädchen passierte. Wenn sie am nächsten Morgen aufwachte, waren sie wieder verschwunden und Penny im Büro mit dem beschäftigt, womit er seine Millionen scheffelte. Nach der Scheidung betrat Sabrina diesen Raum zum ersten Mal. Er war frisch gestrichen und hatte einen neuen Teppich.«

»Das Schlachthaus befand sich direkt vor ihrer Nase«, sagte Oliver. »Man sollte meinen, sie müsste etwas gehört oder gerochen haben.«

»Dieses Haus ist riesig«, sagte Marge. »Und wie oft, glaubst du, ging sie durch den Dienstboteneingang, außer er hat sie dazu gezwungen?«

»Wenn du mit so jemandem zusammenlebst, wirst du schnell auf einem Auge blind. Zurück an die Arbeit. Ihr beiden müsst nach Santa Barbara fahren und mit Luminol Pennys Rammelzimmer untersuchen. Vereinbart morgen Uhrzeit und Datum.«

»Kein Problem, Lieutenant. Das mache ich doch gerne.«

»Irgendwas von den Gewerbetreibenden aus Lankershim?«

Marge fasste die nächtliche Unterhaltung mit Coco zusammen, einschließlich der behandschuhten Shady Lady, die nicht mehr für einen Callgirl-Service arbeiten wollte. Als sie fertig war, sagte Decker: »Könnte eine vielversprechende Spur sein. Wenn ihr ein Finger fehlt und sie weiß, wer dafür verantwortlich ist, bekommen wir vielleicht noch einen anderen Verdächtigen für den Mord an Hobart.«

»Ein Rachemord, nach so langer Zeit?«, fragte Marge.

»Rache schmeckt kalt am besten«, sagte Decker. »Also findet Shady Lady und redet mit ihr.«

»Wann schieben wir das dazwischen, wenn wir morgen nach Santa Barbara fahren?«, moserte Oliver.

Decker sah auf die Uhr. »Um diese Zeit sollten sich die Mädchen gerade auf den Weg machen. Es geht doch nichts über das Hier und Jetzt.«

33

Es war schon fast elf, aber im Wohnzimmer brannte noch Licht. Rina und Gabe saßen am Esstisch und spielten Karten. Beide blickten auf, als Decker hereinkam. »Wer gewinnt?«

»Sie bringt mich ins Grab«, sagte Gabe.

»Dann spielt ihr also Gin Rommé. Da ist sie skrupellos.«

Rina legte ihre Karten beiseite, stand auf und küsste ihren Ehemann. »Im Ofen steht eine Paella warm. Mit Huhn und Würstchen.«

»Ich liebe dich.«

»Dann nimm sofort zurück, was du über mich und meine Skrupellosigkeit behauptet hast.«

»Nur beim Kartenspielen, wollte ich sagen.«

Rina reichte ihm ihre Karten. »Bring's für mich zu Ende.«

Gabe legte seine Karten ab. »Ich bin sowieso erledigt. Ich weiß, wann ich mich geschlagen geben muss.« Er stand auf. »Ich hatte heute einen langen Nachmittag im Aufnahmestudio mit Yasmine.«

»Ach ja, stimmt.« Decker räusperte sich. »Wie lief's?«

»Wir sind nicht fertig geworden. Ihre Stimme ist ein bisschen rau. Ich hab ihr gesagt, sie soll Tonleitern üben, und dann versuchen wir's am Donnerstag noch mal.«

»Ich meinte eigentlich, wie es mit Mom lief?«

Gabe bemühte sich, sein Grinsen zu verbergen, aber es gelang ihm schlecht. »Ich glaube, das ganze Drama vom Wochenende ist noch mal gut ausgegangen. Sohala hat uns erlaubt, miteinander zu reden.«

»Hervorragend.« Decker lächelte. »Hat irgendwas Besonderes zu diesem Sinneswandel beigetragen?«

»Ich würde ja gerne behaupten, dass meine Klavierkünste sie geplättet haben – was wahrscheinlich stimmt –, aber es war Yasmine. Sie hat mit der Faust auf den Tisch geschlagen, und ihre Mutter ist eingeknickt. Ich bin sicher, sie überwacht Yasmines Telefone und Computer, das volle Programm, aber wenigstens kann ich sie jetzt ohne Heimlichtuerei anrufen. Das war nie mein Ding.«

»Ich weiß. Schön, dass ihr euch geeinigt habt. Jetzt müsst ihr einfach eine ganz normale Beziehung führen. Das ist der schwierigste Teil. Du weißt, dass Sohala recht hat, wenn sie sagt, dass ihr beide noch sehr jung seid. Vor euch liegen jede Menge Fehler. Versucht, sie so klein wie möglich zu halten.«

»Ich weiß alles über Fehler. Ich bin der Inbegriff der Fehlentscheidungen meiner Mutter, und diesen Fehler werde ich mit Yasmine niemals begehen.«

»Gut zu hören. Schalte eure Beziehung ein paar Gänge zurück, Gabe. Du wirst es nicht bereuen.«

Gabes Achselzucken wirkte ziemlich unverbindlich. Wenn's um Sex ging, konnte man die Zahnpasta nicht wieder zurück in die Tube drücken, aber Decker hatte es wenigstens laut ausgesprochen.

»Ich liebe sie, und sie liebt mich. Das fühlt sich wirklich gut an.«

»Du wirst von vielen Menschen geliebt, Gabe. Von Rina und mir, von deiner Mutter … sogar von deinem Vater – zumindest so, wie er zu lieben imstande ist.«

»Mag schon sein.« Gabe zuckte wieder mit den Achseln.

»Ich weiß, dass meine Mom viel für mich aufgegeben hat. Ich weiß, dass sie mich liebt. Aber Gefühle sind was Abstraktes.«

Decker nahm den Jungen kurz in den Arm. »Oh ja, das sind sie.«

Gabe grinste. »Wenn ich konvertiere, werdet ihr mich dann adoptieren?«

»Du bist fast achtzehn, es wäre also irgendwie komisch. Aber wenn du möchtest, werde ich dich Sohn nennen, und du kannst mich *Abba* nennen, wie Hannah es auch tut. Auf diese Weise konkurriere ich nicht mit deinem biologischen Dad. Ihn würde der Gedanke, ich könnte seinen Platz einnehmen wollen, sehr wütend machen.«

»Es wäre ihm egal.«

»Da möchte ich dir widersprechen. Der Chris Donatti, den ich kenne, lässt keine Gelegenheit aus, angepisst zu sein.«

Nachdem er seinen Teller im Schrank verstaut hatte, trocknete Decker sich die Hände ab und lächelte seine Frau müde an. »Möchtest du einen Tee?«

»Gerne, danke.«

»Setz dich. Wir müssen etwas bereden.«

»Das klingt ernst.«

»Nichts Schlimmes. Setz dich einfach nur hin.«

Rina rückte sich einen Stuhl am Küchentisch zurecht. »Was ist los?«

»Wie eng verbunden bist du mit Los Angeles?« Rina sah auf und starrte ihn an. »Ich weiß, deine Eltern leben hier. Aber wenn sie nicht hier wären, würdest du dann in L. A. wohnen?«

Rina starrte ihren Mann weiter an. »Was geht dir im Kopf herum, Peter? Ist im Büro etwas passiert?«

»Nein, nichts dergleichen.« Er holte zwei Becher aus dem Schrank. »Ich liebe meine Arbeit, aber ich bin mir nicht sicher, ob ich das LAPD noch liebe: die Bürokratie, das rote Absperrband, die paramilitärische Hierarchie. Und ich bin mir nicht mehr sicher, ob ich L. A. noch liebe … es ist … so voll geworden.«

Schweigen.

»Hast du jemals überlegt, wieder in den Osten zu ziehen? Du wärst näher bei den Kindern, Gabriel mit eingeschlossen.«

»Klingt, als hättest du schon was in petto.«

»Ich habe ein paar Optionen ausgelotet, in der Strafverfolgung. Ich unternehme nichts, bevor du nicht hundertprozentig hinter mir stehst, aber ich fand, es schadet ja nichts, mal zu gucken.«

»Was für Optionen?«

»Ich würde gerne auf die eine oder andere Art in der Abteilung der Detectives bleiben. Ich habe bei Städten geschaut, die im Umkreis von drei Stunden Fahrt nach New York liegen.«

»Also nicht beim NYPD.«

»Keine Chance. Ich bin viel zu alt für eine neue Karriere im Big Apple, und das ist sowieso nicht das, was ich will. Ich möchte eine kleinere Stadt mit weniger Verbrechen und schmutzigen Affären. Nicht, dass in kleinen Städten keine Verbrechen stattfinden – natürlich gibt's die überall: Einbruch, Autodiebstahl, Drogen, Trunkenheit und Ruhestörung, häusliche Gewalt und sogar Kapitalverbrechen und Mord. Mir geht's um die Verhältnismäßigkeit. Ich habe mir ein paar College-Städte genauer angesehen, Orte, in denen es eine Hillel-Vereinigung gibt oder Chabad-Häuser. Ich weiß, du brauchst jüdisches Gemeindeleben, aber wir haben ja keine Kinder mehr zu Hause. Wir brauchen keine jüdische Ganztagsschule oder Jugendgruppe für sie.«

»Du hast dir also College-Städte angeschaut?«

»Am besten gefällt mir Greenbury.«

»Die fünf Colleges in Upstate New York.«

»Mit dem Auto sind es drei Stunden nach Manhattan.«

»Ohne Verkehr.«

»Ja, ohne Verkehr. Aber wenigstens bist du in fahrbarer Entfernung zu den Kindern.«

»Und was ist mit Cindy?«

»Lustig, dass du danach fragst.«

Rina starrte ihn an. »Sie zieht um?«

»Na ja, offenbar hat Koby sich für ein Medizinstudium beworben.«

»Ein *Medizinstudium?*« Rina war erschüttert. »Wie lange weißt du das schon?«

»Ein paar Monate. Cindy wollte nichts sagen, falls er es nicht schafft. Aber dann dachte sie, sie sollte mich auf einen möglichen Umzug vorbereiten. Letzte Woche hat sie mir gesagt, er hätte Angebote einiger Unis in New York und Philadelphia im Rahmen eines staatlichen Förderungsprogramms der Gesundheitsbehörde. Das könnte ihm helfen, das Studium und die Doktorarbeit mit Krankenpflege zu finanzieren, solange er sich verpflichtet, nach seinem Abschluss fünf Jahre lang gemeinnützige Arbeit zu leisten. Sie möchte in einer großen Stadt leben, weil die Kinder gemischtrassig sind, zum Beispiel New York oder Philadelphia, da stechen sie nicht hervor.«

»Was ist mit ihrem Haus?«, fragte Rina. »Sie *lieben* ihr Haus.«

»Im Osten könnten sie es in den Randgebieten wahrscheinlich gegen ein sehr schönes und viel größeres Haus tauschen. Selbst wenn sie sich auf ein winziges Apartment mit zwei Schlafzimmern in Manhattan verkleinern, sparen sie die Ausgaben für Auto und Benzin und können alles zu Fuß machen.«

»Aber du möchtest nicht in New York City leben.«

»Nie und nimmer. Ich bitte dich ja nicht darum, jetzt gleich wegzuziehen. Nur … denk einfach mal darüber nach.«

»Ich weiß, dass du es nicht ertragen würdest, so weit weg von den Zwillingen zu sein.«

»Es geht ja nicht nur um mich, sondern auch um dich. Wenn Rachel und Sammy ein Kind haben, möchtest du dann so weit weg von ihnen wohnen?«

»Ich muss an meine Eltern denken.«

»Ja, das stimmt.«

Sie dachte lange über seine Worte nach. »Wenn ich umziehe, dann ist mir klar, dass meine Eltern auch weggehen … wahrscheinlich nach Florida.« Sie zuckte mit den Achseln. »Wir können dann alle Eltern gleichzeitig besuchen. Du weißt ja, wie gut meine und deine Mom sich verstehen.«

»Sie haben diese Art gegenseitigen Einvernehmens erreicht, bei der sich alles ums Alter und ums Essen dreht.«

Rina lächelte. »Solange sie Rezepte austauschen, ist die Welt in Ordnung.«

»Nichts muss, Rina. Denk einfach nur darüber nach.«

Sie sah ihren Mann an. »Du hast immer in warmen Gegenden gelebt, Peter. Kommst du mit den Wintern klar?«

Er zuckte die Achseln. »So wie Millionen anderer Menschen auch, die sich mit schlechtem Wetter arrangieren müssen: Man trägt eine warme Jacke, Handschuhe und eine Mütze.«

Oliver blickte aus dem Seitenfenster auf eine karge Landschaft aus unterschiedlichen Schwarz- und Grautönen. Diese Straße hier hatte ein paar gesichtslose Apartmentblöcke im Angebot, die von vereinzelten uringelben Lichterfluten angestrahlt wurden. Auf den ersten Blick wirkte alles ruhig, aber da Marge ungewöhnlich langsam fuhr, konnte Oliver innerhalb der Schatten Bewegungen ausmachen.

Seit mehreren Stunden schlichen sie im Auto durch die Gegend und packten Kilometer um Kilometer auf den Tacho des Streifenwagens, bemühten sich, Shady Lady ins Fadenkreuz zu bekommen. Sie unterhielten sich mit Huren im West Valley, quatschten mit den Ladys im East Valley, tratschten mit den Homosexuellen in West Hollywood und befragten die Heerscharen im tiefsten Hollywood. Sie diskutierten mit Frauen in Männerkleidern, Männern als Drag Queens und sogar mit ein paar Transsexuellen, deren Geschlecht absolut nicht zu bestimmen war, ohne die Ware zu begutachten. Sie hielten vor schäbigen Motels an und düsteren, alkoholgeschwängerten Bars. Sie redeten mit Besitzern, Geschäftsführern und Angestellten. Sie fuhren kreuz und quer durch verlassene Gassen und lernten noch mehr Bordsteinschwalben kennen. Ihre Arbeit brauchte Zeit, Geduld und Glück. Gegen zwei Uhr morgens waren ihnen diese drei Dinge ausgegangen.

Als sie die hinterste Ecke von Hollywood abklapperten und auf dem Weg zum Highway 101 waren, entdeckte Marge eine einsame Prostituierte, die gerade einen Schwung Scheine in die Bündchen ihrer Netzstrümpfe stopfte – die weit unter ihrem Mikro-Minirock endeten. Ein Stück hinter ihr fielen Marge zwei Männer mit Kapuzen auf. Als die sehr junge Frau die Männer ebenfalls bemerkte, ging sie schneller.

Genau wie die Männer.

Als sie ungefähr zehn Meter entfernt waren, drehte das Mädchen sich um und rannte los. Marge schaltete die Sirene ein. Die Männer hauten ab, aber das Mädchen düste immer noch den Bürgersteig entlang. Marge schloss zu ihr auf. »Bleiben Sie stehen.«

Die junge Frau lief weiter.

Marge hielt mit dem Auto Schritt. »Kommen Sie schon, Schätzchen, wenn ich wegfahre, machen Ihre Kumpel eine

Hundertachtzig-Grad-Wende und kehren zurück, um sich zu holen, was sie gesehen haben.«

Die junge Frau, sichtlich außer Puste, wurde langsamer. Schließlich blieb sie stehen und beugte sich mit hängendem Kopf vor. Sie war weiß und sehr dünn. Ihr rechter Arm war vollständig von einer Tätowierung bedeckt, weitere Tattoos hatte sie an den Beinen, Knöcheln und hinten am Hals. Ihre kurzen Haare waren weißblond gefärbt. Auf den Wangen hatte sie Pockennarben, aber sie besaß noch alle Finger. Sie keuchte.

»Los, steigen Sie ein. Wir nehmen Sie ein Stück mit.«

»Mir geht's … gut.«

»Wir nehmen Sie nicht fest.« Oliver stieg aus und öffnete die hintere Beifahrertür. »Es ist kalt. Sie wollen doch nicht irgendeine Nummer in der nächsten scheußlichen Statistik werden.«

Zögerlich rutschte das Mädchen, das vollkommen erschöpft war, auf den Rücksitz. Im Augenblick war sogar Gefängnis die bessere Alternative zu Gruppenvergewaltigung und Prügel. Marge wendete und fuhr auf den westlichen Hollywood Boulevard.

Oliver drehte sich nach hinten um. »Können Sie sich ausweisen?«

Das Mädchen sah ihn finster an. Sie war immer noch aus der Puste. »Ich dachte … Sie haben mich nicht verhaftet.«

»Ich überprüfe nur Ihr Alter.« Das Mädchen reichte Oliver ihren Führerschein. Mindy Martin – neunzehn Jahre alt. »Die aktuelle Adresse?« Sie antwortete nicht. »Viele Wohnungswechsel?« Nichts. »Wo wohnt Ihr Zuhälter?«

»Kein Zuhälter …« Atmen, atmen.

»Wo wohnt Ihr Freund?«, fragte Oliver.

»Ich bin mit ihm im … Snake Pit … verabredet.«

»Das sind ja zehn Kilometer von hier, gen Westen.«

»Ich weiß.« Pause. »Also ich hab echt nichts gemacht.«

»Wir sind nicht von der Sitte«, sagte Marge. »Wir sind von der Mordkommission.«

»Mord-kom-mis-si-on?« Sie betonte jede Silbe so, als würde sie das Wort zum ersten Mal aussprechen. »Richtig mit Mord und allem?«

»Ganz genau, mit Mord und allem. Wir suchen nach einer Frau, die sich Shady Lady nennt. Sie ist wahrscheinlich um die dreißig Jahre alt, und sie trägt Handschuhe. Möglicherweise fehlt ihr ein Finger.«

»Igitt!«

»Kennen Sie so jemanden?«

»Nein«, sagte Mindy. »Ich bleib für mich allein. Meinem Freund und mir ist das so lieber.«

»Wie heißt Ihr Freund?«, fragte Marge.

»Nathaniel.«

»Nathaniel und weiter?«

»Nathaniel Horchow, wenn Sie's genau wissen wollen.«

»Und es macht ihm nichts aus, dass Sie ... das tun, was Sie hier draußen tun?« Oliver ließ den Satz in der Luft hängen.

»Doch, doch. Er will nicht, dass ich das tue, wissen Sie. Aber die Stadt ist verdammt teuer. Ich mach's nur noch ein bisschen länger ... bis er den Durchbruch hat.« Sie presste Zeigefinger und Daumen fast aufeinander, so dass nur ein winziger Abstand zwischen den beiden blieb. »Er ist soooooooo nah dran. Nicht jeder schafft es ins Snake Pit, wissen Sie. Man braucht Beziehungen.«

»Den Durchbruch als was?«

»Als Schauspieler.«

Marge blickte in den Rückspiegel. »Ich erzähle dir jetzt mal deine eigene Geschichte, Mindy Martin. Hörst du mir zu?« Keine Antwort. »Also, los geht's. Du kommst aus dem Mittleren Westen, Wisconsin oder Iowa, vielleicht Minnesota. Du und Nathaniel, ihr seid gemeinsam aufgewachsen, habt vielleicht an der Highschool in der Laienspielgruppe mitgemacht. Nathaniel gilt in deiner Heimatstadt als gut aussehender Junge. Er ist beliebt, sportlich … ein Frauentyp, also fühlst du dich geehrt, dass er dich auserwählt hat. Außerdem hat er eine Künstlerseele, die nur du verstehst. Seine Eltern verstehen ihn garantiert nicht. Nathaniel hat Träume, in denen es nicht darum geht, in seiner Heimatstadt zu versauern. Erst wollte er gleich nach seinem sechzehnten Geburtstag abhauen. Aber du … hattest Einwände. Du überredest ihn, wenigstens den Abschluss zu machen. Dann seid ihr beide nach Hollywood gezogen.« Pause. »Wie liege ich bis jetzt?«

Keine Antwort.

»Die Karriere geht nur schleichend voran, weil Nathaniels hübsches Gesicht in Wisconsin …«

»Minnesota.«

»Bitte vielmals um Entschuldigung«, sagte Marge. »Hier in L. A. gibt es Tausende dieser hübschen Jungen, die alle das Gleiche machen. Manche sind schwul. Um genau zu sein, wette ich, dass man Nathaniel ein paar Schwulenpornos angeboten hat, aber da hast du dich quergestellt. Trotzdem hast du keine Ahnung, was er so tut, wenn du nicht da bist. Und er vertreibt sich die Zeit mit ein paar schrägen Typen. Ihr beide seid jetzt ungefähr … zwei Jahre hier.«

Schweigen.

»Wie weit liege ich daneben?«

»Woher wissen Sie, dass wir seit zwei Jahren hier sind?«

»Weil du selbstständig auf den Strich gehst und noch nicht total abgestumpft bist. In einem Jahr oder so wirst du nach Hause zurückfahren. Nathaniel wird hierbleiben und sich mit sonst was über Wasser halten. Vielleicht ergattert er einen sauberen Job. Wahrscheinlicher ist, dass er sein Einkommen aufbessert, indem er Hasch oder Meth verkauft oder reichen Männern, die ihr Schwulsein geheim halten, Blowjobs verpasst. Irgendwann wird er dann verhaftet und sitzt seine Strafe ab. Aber nur wenn er hart im Nehmen ist, wird ihm das Gefängnis Zeit zum Nachdenken geben. Vielleicht kommt er sogar zu dir zurück. Jetzt ein guter Rat: Pack deine Sachen zusammen, fahr nach Hause und warte ein Jahr oder so. Wenn er nicht aufkreuzt, gibt es drei Möglichkeiten: Er wollte nie wirklich was von dir, er sitzt im Knast, oder er ist tot.«

»Sie kennen mich nicht.« Ihre Wangen waren rot vor lauter Tränen. »Er liebt mich.«

»Da bin ich mir ganz sicher«, sagte Marge.

»Lassen Sie mich hier raus«, sagte Mindy. »Ich geh zu Fuß.«

»Ich fahre dich den ganzen Weg. Die Straßen sind verlassen, bis auf die Kobolde.«

Schweigend fuhren sie weiter, die Lichter schimmerten im nächtlichen Nebel. Irgendwann fragte Mindy: »Wer wurde umgebracht?«

»Ein alter Mann«, sagte Oliver. »Unserer Meinung nach hatte er vielleicht etwas mit Prostituierten zu tun. Schon mal im San Fernando Valley gearbeitet?«

»Nein. Ich hab kein Auto.«

»Also fährt Nathaniel dich, wohin du musst?«

Sie verstummte wieder. Zehn Minuten später waren sie nur noch fünf Blocks vom Snake Pit entfernt. »Lassen Sie mich hier raus. Ich will nicht im Streifenwagen vor der Kneipe auftauchen, das wär total uncool.« Mindy klang ganz ruhig.

Marge hielt am Straßenrand. Mindy versuchte sofort, die hintere Tür aufzumachen, was nicht funktionierte. Marge stieg aus dem Streifenwagen aus und öffnete Mindys Tür, blockierte aber ihren Weg in die Freiheit. »Mindy, ruf mich an, wenn du irgendwas über fehlende Finger hörst. Ich bin auf Leute wie dich angewiesen, okay?«

»Warum? Damit Sie sie beleidigen können?«

»Ich versuche nur, dir die richtige Richtung zu zeigen. Es ist deine Entscheidung, ob du den Weg einschlägst oder nicht. Aber ruf bitte an, wenn du was hörst. Es gibt Geld dafür, wenn du mir eine echte Spur lieferst.«

Ihre Laune besserte sich schlagartig. »Bin ich so was wie ein geheimer Informant?«

Marge reichte ihr eine Visitenkarte. »Hier steht meine Nummer drauf. Hab keine Angst, sie zu benutzen.«

»Wie viel Geld?«

»Das erfährst du, nachdem du mir einen Dienst erwiesen hast. Wenn du meine Lady mit den fehlenden Fingern gefunden und mir davon erzählt hast… also, das wäre ein echter Hinweis. Und der bedeutet Geld.«

»Okay.« Achselzucken. »Ich hör mich um.«

»Gut. Denn zum jetzigen Zeitpunkt steht es null zu eins für uns, weil *wir dich* aus der Scheiße gezogen haben.« Marge trat einen Schritt zur Seite, so dass Mindy an ihr vorbeikam. »Zahl deine Schulden bald zurück, Mädchen, nur so bleibt die Wirtschaft in Schwung.«

34

Deckers Handy vibrierte unter dem Kopfkissen, und er sah auf die Uhr. Um halb drei mitten in der Nacht war es entweder ein Betrunkener oder er. Als Decker den grünen Knopf drückte, flüsterte er: »Bleiben Sie dran.« Ein Griff nach dem Bademantel, dann ging er auf Zehenspitzen aus dem Schlafzimmer und weiter ins Wohnzimmer. Er machte eine Tischlampe an.

»Hallo, Chris«, krächzte er und räusperte sich erst mal.

»Wie geht's meinem Sohn?«

»Er hatte einen guten Tag. Er und seine Freundin haben nun die Erlaubnis, miteinander zu reden.«

»Er ist zu jung für eine Beziehung. Geben Sie ihn mir.«

Decker lächelte. »Chris, er schläft jetzt.«

»Na und?«

»Sie haben seine Handynummer. Ich werde ihn nicht aufwecken.«

Donatti lachte. »Okay, lassen Sie den kleinen Bastard schlafen. Tun das nicht die meisten Leute um halb drei Uhr nachts? Und ich? Ich habe mein ganzes Leben lang die Nachtschicht gearbeitet. Momentan sitze ich an den Spieltischen in Vegas fest, beobachte ein paar meiner super verschwenderischen Kunden und sorge dafür, dass alle eine tolle Zeit haben.«

»Und, schwebt gerade eine gute Fee über Ihnen?«

»Ich bin ja nur Zuschauer, aber meine Kunden sind zufrieden. Was hervorragend ist, denn es sind Wiederholungstäter. Jeder Geschäftsmann wird Ihnen versichern, dass die Kunden, die zurückkommen, ihm den Lebensunterhalt garantieren.«

»Sie sind absolut clever, wenn's ums Geld geht.«

»Deshalb sollten Sie dieses Gratisgeschenk besonders schätzen.«

»Gratisgeschenk?« Decker war überrascht. »Wohl eher die Vergütung für das Aufziehen Ihres Sohnes.«

»Was für einen Scheiß reden Sie denn da? Ich schicke Ihnen doch Geld.«

»Ich gebe es Ihrem Sohn.«

»Tja, dann sind Sie bescheuert, weil ich ihm bereits mehr gebe, als er braucht.«

Decker spürte, wie ihm das Blut in den Kopf schoss, als sich in seinem Körper urplötzliche Wut aufbaute. Er zwang sich, ganz langsam zu sprechen. »Ich will Ihr Geld nicht, Donatti. Ich wollte Ihr Geld noch nie. Wenn ich Hilfe brauche, bin ich nicht zu schüchtern, irgendjemanden darum zu bitten. Sie haben Möglichkeiten, die mir nicht zur Verfügung stehen, und ich kenne meine Grenzen. Aber lassen Sie uns eins klarstellen, Kumpel: Nennen Sie mich *nie wieder* bescheuert. Ich bin höflich zu Ihnen. Und dasselbe erwarte ich auch umgekehrt.«

Schweigen am Telefon. Decker rechnete damit, dass die Verbindung sofort unterbrochen werden würde. Stattdessen kühlte sich Donattis Stimme ab, bis sie eiskalt war. »Also, diese Fotos, die Sie mir geschickt haben.«

Decker richtete sich auf. »Sie haben die Mädchen gefunden?«

»Nicht die Mädchen. Den Typen … Bruce Havert. Ich sehe ihn gerade vor mir, während wir uns unterhalten.«

»Sind Sie sicher, dass er es ist?«

»Nicht ganz, aber ich habe ein gutes Auge für Gesichter.«

»Das stimmt, Sie können zeichnen.«

»Eins meiner vielen Talente. Er gibt Karten aus beim Black Jack und befindet sich circa dreißig Meter von mir entfernt. Auf seinem Namensschild steht BYRON.«

»Wo sind Sie?«

»Im Havana!. Ich muss los.«

»Warten Sie einen Moment.« Pause. »Bitte, geben Sie mir eine Minute Zeit.« Decker begann, auf und ab zu gehen. Nach Havert wurde nicht gefahndet, also konnte die Polizei ihn nicht festnehmen. »Chris, gibt es irgendeine Möglichkeit, dass Sie an seinen ganzen Namen kommen, ohne verdächtig zu wirken?«

»Ich mache nichts, was verdächtig sein könnte, Decker. Wenn Sie Personendaten wollen, fragen Sie in der Personalabteilung des Casinos nach.«

Anders gesagt, verpiss dich. Donatti war immer noch wütend wegen der Zurechtweisung. »Ja, wahrscheinlich haben Sie recht«, sagte Decker. »Danke für den Anruf.«

Eine Sekunde verging. Dann sagte Donatti: »Ich unternehme nichts, aber ich könnte mich an seinen Tisch setzen und ein Gespräch anfangen … wenn ich einen Platz kriege. Ist ein billiger Tisch: Mindesteinsatz liegt bei zwanzig.«

»Das wäre hilfreich. Vielleicht können Sie ja dort abhängen und freundlich tun.«

»Ich mache auch nichts, was mit Freundlichkeit zu tun haben könnte. Außerdem wird er nichts sagen, bis ich mit Geld um mich werfe. Will man es richtig machen, dann setzt man sich an den Tisch und spielt Karten. Das heißt, ich spiele mit Ihrem Geld. Wenn ich gewinne, sind Sie aus dem Schneider. Wenn ich verliere, versuche ich, den Schaden unter tausend zu halten.«

»Ich würde Sie lieber dafür bezahlen, ihm nach Hause zu folgen. Sie sind ziemlich gut, was Tarnung angeht.«

»Unmöglich. Mir bleibt nur eine Stunde, bis ich meine Kunden auf einem bereits bezahlten Flug nach Elko zurückverfrachte. Sind Sie dabei oder nicht?«

Decker musste nicht mal darüber nachdenken. »Legen Sie los.«

Marge klopfte mit einem Zettel in der Hand an Deckers offene Bürotür. »Das hier kam gegen vier Uhr morgens für dich an. Wer ist Byron Hayes?«

Decker betrachtete den Zettel. Neben dem Namen standen eine Adresse und eine Telefonnummer, zusammen mit folgendem Satz: *Gebühr für geleistete Dienste: $ 0,00.* Chris hatte einen erfolgreichen Abend an den Tischen gehabt.

Marge bekam große Augen, als es ihr dämmerte. »Ist das Bruce Havert?«

»Hoffentlich.«

»Woher stammt das hier?«

»Donatti war gestern in Vegas. Havert arbeitet wieder im Havana!. Wie sagt dein Kalender zu einem Ausflug nach Sin City?«

»Ich rede mit Oliver. Bestimmt können wir das dazwischenschieben.«

»Gut. Ruft eure Kumpels in North Las Vegas an. Wollt ihr fahren, oder soll ich euch Flüge ab Burbank buchen?«

»Ich würde lieber fliegen. Warte mal, ob Scott da ist.« Sie reckte ihren Kopf aus der Tür. Oliver saß an seinem Schreibtisch und telefonierte. Sie winkte ihm zu, und er winkte zurück. Kurz darauf erschien Oliver in Deckers Büro. »Ich habe gerade mit Sabrina Talbot gesprochen. Sie erwartet uns gegen elf.«

»Planänderung«, informierte ihn Marge. »Wir fliegen nach Vegas. Wir haben Bruce Havert alias Byron Hayes aufgetan.«

Oliver stand die Überraschung ins Gesicht geschrieben. »Bruce Havert? Was ist mit den Mädchen?«

»Genau das werdet ihr herausfinden.« Decker starrte auf den Bildschirm seines Computers.

»Wenn wir nach Vegas fliegen, wer fährt dann nach Santa Barbara?«

»Das bin dann wohl ich.« Decker tippte auf der Tastatur herum. »Ich kann euch beiden einen richtig günstigen Flug buchen, der um halb elf startet. Wann wollt ihr zurückkommen?«

»Lass den Rückflug offen«, sagte Marge, »falls wir übernachten müssen.«

»Prima, und haltet mich auf dem Laufenden. Ich kümmere mich gerade um einen Mietwagen vor Ort. Müsst ihr nach Hause, noch was einpacken?«

»Nö, für eine Nacht habe ich genug Sachen in meinem Dienstschrank. Was ist mit dir, Scott?«

»Ich auch«, sagte Scott. »Ist Havert eigentlich ein Verdächtiger oder ein Zeuge?«

»Sagen Sie's mir, Detective«, entgegnete Decker.

»Er ist eine Person von Interesse«, sagte Marge. »Ich rufe gleich Lonnie Silver an und spreche mich mit ihm ab.« Sie verschwand, um ihre Anrufe zu erledigen. Oliver blieb noch da.

Decker sah Oliver an. »Am Flughafen wartet ein Ford Escort auf euch. Gebt mir Bescheid, wenn ihr eine Übernachtungsmöglichkeit braucht.«

»Für mich brauchst du kein Motel zu reservieren«, sagte Oliver. »Ich vertrödele meine Zeit bis zum Morgengrauen in den Casinos. Richte der schönen Ms Talbot meine Grüße aus.«

»Ich werde mehr als das tun«, sagte Decker, »und sogar ein gutes Wort für dich einlegen.«

»Gib dir keine Mühe. Sie spielt nicht in meiner Liga.«

»Ich weiß nicht, Scotty, sie hat tatsächlich gesagt, du würdest gut aussehen.«

Oliver strahlte. »Diese Frau hat einen vorzüglichen Geschmack.«

Während Decker auf dem 101 gen Norden sauste, war er begeistert vom wenigen Verkehr. Und die Landschaft war wirklich hübsch. Die Luft war kühl, aber nicht kalt. Er fuhr an Häusern vorbei, die mehrere Millionen wert waren und an der Kante zum tiefblauen Pazifik standen. Die Sonne, deren Strahlen von der Oberfläche des Ozeans abprallten, verströmte Wärme durch die Windschutzscheibe seines Autos. Stecknadellichter flitzten umher wie ein Schwarm Glühwürmchen. Vom Revier aus dauerte die Fahrt nach Santa Barbara um die neunzig Minuten, und durch sein Tempo wurden daraus etwa achtzig. Er bog an der Olive Mill Road in Montecito ab und folgte der Wegbeschreibung, bis er Sabrina Talbots Eisentore erreicht hatte. Der Sprechanlage nannte er seinen Namen und wurde eingelassen. Er folgte dem geschwungenen Weg, gesäumt von Blattwerk, bis er vor dem Wachhaus anhielt. Der Mann, der herauskam, war schwarz und kräftig, kleiner als Decker, aber schwerer, und das meiste waren Muskeln.

»Sie sind nicht Detective Oliver«, sagte der Wachmann.

»Planänderung. Detective Oliver hatte woanders einen Noteinsatz, also haben Sie es mit seinem Boss zu tun.« Decker zückte seine Dienstmarke. »Ms Talbot und ich hatten gestern eine angenehme Unterhaltung. Ich weiß es sehr zu schätzen, dass sie das LAPD ein letztes Mal in ihr Haus platzen lässt.«

»Ich muss ein paar Telefonate führen.«

»Natürlich.« Decker atmete die saubere Luft ein. Sie hatte einen leichten Salzgeschmack, weil das Grundstück so nahe am Meer lag. Fünf Minuten später tauchte das Golfmobil auf. Es lotste Decker zum Eingang von Sabrina Talbots Anwesen, dem Schloss, das auf mehreren Hektar baumreichen Landes und ausladenden smaragdgrünen Rasenflächen stand. Sabrina erwartete ihn an der Tür. Sie war von der Sonne gebräunt, blond und umwerfend schön.

Und sie war groß. Auf ihren Plateausandaletten begegneten sich ihre Blicke, aus blauen in braune Augen. Ihre waren leicht glasig. In der Hand hielt sie etwas Eisgekühltes, Schaumiges.

»Zwei Tage hintereinander«, sagte sie. »Wir müssen aufhören, uns so zu treffen.«

»Es ist hoffentlich das letzte Mal, dass wir uns in Ihr Leben einmischen.«

»Und das gerade jetzt, wo wir uns langsam besser kennenlernen.« Ein breites, strahlend weißes Lächeln. »Oder genauer gesagt, Sie mich besser kennenlernen. Ich weiß rein gar nichts über Sie. Sind Sie überhaupt verheiratet?«

»Ja.«

»*Alors*. Sie dürfen trotzdem hereinkommen. Möchten Sie etwas trinken? Eine Limonade vielleicht?« Sie hob ihr Glas. »Oder etwas Härteres? Hart ist immer gut.«

»Nein, Ms Talbot, vielen Dank.«

»So formell.«

»Professionell.« Decker hielt einen Aktenkoffer in die Höhe. »Ich habe meine Spurensicherungsutensilien dabei.« Ein verständnisloser Blick. »Ich hoffte, Sie würden mich ein paar Tests durchführen lassen.« Immer noch nichts. »Ich dachte, Detective Oliver hätte es Ihnen erklärt.«

Diesmal wirkte Sabrinas Lächeln gezwungen. »Warum gehen wir nicht hinein?«

Sofort wurden sie von einem anderen großen Mann erwartet, aber Sabrina schickte ihn mit einer Handbewegung weg. »Ich kümmere mich um den hier, Leo. Vielen Dank.«

»Sind Sie sicher, Ms Talbot?«

»Ganz und gar.« Sie warf einen Blick auf Decker. »Er ist nur hier, um ein paar gemeine Tests durchzuführen.«

»Vielleicht sollte ich Sie begleiten«, schlug Leo vor.

»Nicht nötig.« Sie drehte sich um, und Decker folgte ihr. Sie sagte kein Wort, und er stellte keine Fragen. Sie führte ihn durch eine Menge Flure und Foyers, kreuz und quer durch Eingänge und Arbeitsräume.

Irgendwann fragte Decker: »Sind wir noch im Hauptgebäude?«

»Im Lager- und Dienstbotentrakt.«

»Wie groß ist das Haus?«

»Zweitausendvierhundert Quadratmeter.« Sie wischte sich Schweiß von der Stirn, obwohl es nicht heiß war. Dann blieb sie urplötzlich stehen und lehnte sich gegen eine Wand. Sie war leichenblass im Gesicht.

»Ist alles in Ordnung?«, fragte Decker.

»Bestens.« Sie nahm einen Schluck von ihrem Drink. »Ich war jahrelang nicht mehr in diesen Räumen. Da kommt auf einen Schlag eine Welle an schlechten Erinnerungen hoch.« Sie schwitzte immer noch. »Mir wird übel.«

»Vielleicht sollte ich Leo holen.« Decker sah sich um. »Ich finde den Weg zurück nicht allein.«

»Es geht gleich wieder. Geben Sie mir eine Minute Zeit.« Sie atmete tief ein und wieder aus. »Okay, weiter.« Sie wirbelte noch ein paar Mal um die Ecken und durch Gänge, und kurz darauf standen sie vor einer geschlossenen Tür. Sie stellte ihr Glas ab und zog einen Schlüssel hervor. »Das hier ist das Zimmer, in dem Hobart seine Requisiten aufbewahrte, seine

Kameras und das Zeug für seine Spiele, die mit menschlichen Schachfiguren gespielt wurden. Möchten Sie es sehen?«

»Sie müssen sich nicht so quälen, Ms Talbot. Ich kann das auch ohne Sie erledigen.«

»Ich ziehe es vor, dabei zu sein.« Sie schloss die Tür auf und machte das Licht an.

Der Raum maß ungefähr viereinhalb mal viereinhalb Meter und war fensterlos. Obwohl er seit Jahren nicht mehr genutzt wurde, lag der Gestank von abgestandenen biologischen Gerüchen und Erniedrigung in der Luft. Sabrina blickte sich um. Der Schmerz war ihr ins Gesicht geschrieben, aber der Ausdruck in ihren Augen blieb der einer Adeligen. »Ich möchte nicht, dass Sie glauben, das hier ergebe Hobarts Gesamtbild. Er war mehr als nur ein Mann mit ungewöhnlichen sexuellen Neigungen.«

»Selbstverständlich.« Decker zog sich Handschuhe über. Sein Blick wanderte durch den leeren, hallenden Raum. »Sie haben hier geputzt.«

»Natürlich. Ich habe alles mit Seife und Allzweckreiniger geschrubbt und desinfiziert. Es hat mehrere Tage gedauert.« Sie drehte sich zu ihm um. »Es war mir viel zu peinlich, es von der Putzfrau machen zu lassen. Anschließend ließ ich es streichen. Ich sperrte den Raum zu und bin nie wieder zurückgegangen. Ich sehe ihn jetzt das erste Mal seit fünfundzwanzig Jahren wieder. Er wirkt so harmlos.«

»Es ist nur ein Raum.«

»Wohl wahr. Das Gehirn liefert den Rest dazu.« Sabrina ging zu einem Schrank und zog einen Schlüssel hervor. Sie steckte ihn in das Schloss, aber er passte nicht. Sie sah verwirrt aus. »Komisch.«

»Wieso?«

»Hier hatte er seine ganzen … Accessoires. Aber jetzt passt mein Schlüssel nicht mehr.«

»Vielleicht ist das Schloss eingerostet.«

»Es bewegt sich nicht. Würden Sie es mal probieren?«

Decker versuchte, den Schlüssel zu drehen. Vergebens. »Ich kann versuchen, es zu knacken. Mein Werkzeug habe ich dabei.«

»Warum bringen Sie solches Werkzeug mit?«

»Ich komme gerne gut vorbereitet.«

»Verstehe.« Sie stand mit ihrem Gesicht direkt vor ihm. »Darf ich fragen, was für Tests Sie durchführen wollen?«

Decker überprüfte die Wand mit einem scharfen Blick. »Soll ich das Schloss knacken oder zuerst die Tests durchführen?«

»Wie Sie wollen.«

Er holte seinen Satz Dietriche heraus. Es dauerte eine Weile, die Zuhaltungen auszurichten, aber irgendwann hörte er, wie sie einrasteten. Der Schrank war leer.

Sabrina schüttelte den Kopf. »Ich vermute, er hat sein Spielzeug beim Auszug mitgenommen.« Sie drehte sich wieder um und sah Decker direkt an. »Der Raum wurde fünfundzwanzig Jahre nicht benutzt. Was hoffen Sie, hier zu entdecken?«

»Ich gehe empirisch vor, Ms Talbot. Eins nach dem anderen. Im Moment würde ich den Raum gerne mit Luminol aussprühen. Es hinterlässt keine Rückstände und macht nichts kaputt. Die Sprühlösung verbindet sich mit dem Eisen im Hämoglobin. Wenn hier Blut war, das nicht weggeschrubbt wurde, zeigt es sich durch einen blauen Schimmer, selbst nach so vielen Jahren. Ich werde das Licht ausschalten müssen. Luminol sieht man nur im Dunkeln.«

Sie schaltete die Lampen aus. Ohne Fenster wurde es stockdunkel. »Ich muss erst sprühen«, sagte Decker.

»Entschuldigung.« Sie schaltete das Licht wieder ein. Decker holte die Chemikalie aus seinem Aktenkoffer, fügte den

Katalysator hinzu und wartete einen Augenblick, bis die chemische Reaktion einsetzte. Dann besprühte er eine Wand mit sicheren, gleichmäßigen Bewegungen. »Okay. Machen Sie das Licht aus.«

Ein paar Punkte hier und da. Nichts, was ihn davon überzeugte, dass hier etwas Schändliches passiert war. Trotzdem umkringelte er die Bereiche mit einem Stift, bevor der Schimmer wieder verschwand. Es dauerte ungefähr eine halbe Stunde, in der sich Licht und Dunkelheit abwechselten. Schließlich war er mit der einen Wand fertig.

»Das wird eine Weile dauern«, stellte Sabrina fest.

»Wenn man sorgfältig vorgeht, ja. Wenn Sie mir vertrauen, kann ich es allein erledigen. Oder Sie schicken Leo vorbei. Es ist nicht nötig, dass Sie sich persönlich darum kümmern.«

»Ich gehe nirgendwo hin.« Sie sah ihn direkt an. »Was immer Sie herausfinden, ich will dabei sein, wenn es so weit ist.«

»Solange Sie es nicht eilig haben.« Decker wiederholte die gesamte Prozedur mit den verbliebenen Wänden und dem Fußboden. Es dauerte fast zwei Stunden. Als er fertig war, sagte er: »Bisher habe ich nichts entdeckt, was mir ein ungutes Gefühl macht.«

»Das liegt daran, dass Sie nicht dabei waren, sondern ich.«

Decker sah sie an. »Es tut mir leid, wenn ich geschäftsmäßig wirke. Ich kann mir vorstellen, wie schrecklich das hier für Sie ist.«

Sie starrte ihn an. »Sie sind wirklich schon lange dabei. Sie finden immer die richtigen Worte. Ich wette, Ihr gut aussehender Detective wäre nicht annähernd so einfühlsam.«

»Detective Oliver ist fast so lange dabei wie ich.«

»Trotzdem sind Sie der Lieutenant, und nicht er.«

Decker lächelte gelassen. »Ich würde gerne im zweiten

Raum weitermachen. Das Zimmer, das Sie nicht betreten durften, wenn Hobart mit seinen Mädchen da war.«

Sabrina zuckte mit den Achseln. »Ich nehme an, das ist der nächste logische Schritt.«

Sie gingen den Flur entlang. Sabrina hielt vor einer weiteren verschlossenen Tür, öffnete sie und schaltete das Licht an. Wieder war alles luftdicht abgeschlossen: dazu weiße Wände und weißer, makelloser Teppich. Decker kniete sich hin und roch an dem Material. Nylon, mit irgendwas besprüht. Er ging in eine Ecke des Zimmers und zog den Teppich mit einer behandschuhten Hand hoch. Er löste sich kaum vom Boden. »Darf ich ihn entfernen?«

»Klar.«

»Ehrlich gesagt, Ms Talbot, würde ich gerne ein beträchtliches Stück des Teppichs entfernen, um den Boden freizulegen.«

Mit den Händen in Handschuhen zerrte er an dem Teppich und hörte, wie das Material unter seinen Fingernägeln brach. Er zog, bis der Teppich ab war. Dann wiederholte er die Prozedur an einer anderen Ecke und klappte den Teppich zusammen, bis er ungefähr die Hälfte entfernt hatte. Dort lag eine Matte. Er hob sie hoch. Darunter befand sich ein großer schwarzer Fleck aus schimmeligem Holz. Decker musste sofort mehrmals niesen. Er reagierte nicht besonders allergisch, aber wenn er so nah an Schimmel dran war, spielten seine Nasengänge verrückt. »Das Holz ist verrottet.«

»Igitt!«, rief Sabrina. »Wie konnte das passieren? Der Raum wurde ein Vierteljahrhundert lang nicht benutzt.«

»Pilze wachsen dort, wo es feucht ist. Vielleicht haben Sie ein Leck in einer Leitung.«

»Ich sollte einen Klempner rufen. Es ist widerlich.«

»Möglicherweise brauchen Sie ein qualifiziertes Unternehmen für Schimmelpilzentfernung. Das hier könnte gesundheitsschädigend sein.«

»Oh mein Gott!« Sie schreckte vor Ekel zurück.

»Ja, besser, Sie gehen nicht zu nahe dran. Ich werde die Stelle jetzt einsprühen … nur um sicherzugehen, dass die Feuchtigkeit von Wasser herrührt.«

»In welcher Farbe leuchtet es, wenn es sich um Wasser handelt?«

»Es schimmert nicht. Vielleicht möchten Sie lieber nicht dabeibleiben.«

»Ich bin schon so weit gegangen … Ich werde nicht weggehen.«

»Also gut, Ihre Entscheidung.« Sorgfältig sprühte Decker das Luminol in gleichmäßigen Linien über den Fleck. »Können Sie das Licht ausmachen?«

»Ja, Sir.«

Es wurde dunkel im Zimmer.

Aber nicht ganz.

Die feuchte Stelle leuchtete in einem gespenstischen, unnatürlichen, stahlblauen Licht: ein klar umrissener Bereich an der Stelle mit dem verrotteten Holz, die in Spritzer und Sprühflüssigkeit ausfingerte.

»Machen Sie das Licht wieder an.« Als er keine Antwort bekam, schaltete er eine Taschenlampe an und ging zum Lichtschalter. Sabrina war aschfahl und in sich zusammengesunken. Er nahm sie an der Hand und führte sie aus dem Zimmer. »Wir gehen zurück ins Hauptgebäude, in Ordnung?«

Sie nickte, bewegte sich aber nicht.

»Sabrina, ich muss telefonieren, und Sie müssen sich hinsetzen.«

Irgendwann schaffte sie es, ihre Füße wiederzufinden, einen vor den anderen zu setzen und kleine Schritte zu machen.

Es schien eine Ewigkeit zu dauern, aber schließlich erreichten sie sonnendurchflutete Flure. Leo erwartete sie bereits. Er lief rot an, als er Sabrinas bleiches Gesicht bemerkte.

»Was zum Teufel ist passiert?« Anklagend sah er Decker an.

»Sie fühlt sich nicht gut. Bringen Sie sie in ein Zimmer und geben Sie ihr ein Glas Wasser. Ich muss die Polizei in Santa Barbara anrufen.«

»Was ist passiert?« Der Mann hielt Decker am Arm fest. »Sagen Sie mir *sofort*, was passiert ist.«

Decker entfernte Leos Hand von seinem Arm. »Leo, ich weiß Ihre Loyalität zu schätzen. Aber die Vorschrift lautet, erst mal *sie* zu versorgen. Danach können Sie zurückkommen und Ihre Fragen stellen.«

35

Marge und Oliver waren vor über zwei Jahren in Las Vegas gewesen, einer Stadt, die als letzter Ausweg und Urlaubsort gleichermaßen taugte. Damals hatten sie einen Serienmörder namens Garth Hammerling gejagt, der immer noch frei herumlief. In Sin City hatte sich nicht viel verändert. Sie kamen am frühen Nachmittag an, und da es ein heißer Tag in der Wüste war, wimmelte es auf dem Strip vor Menschen in T-Shirts, kurzen Hosen und Flip-Flops, die von einem Hotel ins nächste hoppelten, unter dem Vorwand, sich zu amüsieren. Die Hauptverkehrsstraße sah nachts nicht schlecht aus, wenn Dunkelheit die Monolithen und das Neonlicht abmilderte, in der Sonne aber schlugen die gewaltigen Gebäude alles kurz und klein. Was im krassen Gegensatz stand zu dem flachen Land jenseits der Glitzerwelt: Die Wüste hatte Schönheit zu bieten, Vegas nicht.

Das Mietauto hatte ein Navi, und die Adresse, die Marge von Detective Lonnie Silver vom Revier in North Las Vegas erhalten hatte, führte sie zu einer abgelegenen Einkaufsstraße. Wind hatte Split aufgewirbelt und fegte ihn durch die Luft. Marge spürte eine Schmutzschicht auf ihrem Gesicht und ein paar Kieselsteine in ihren Schuhen. Das italienische Restaurant hatte eine Fensterfront zur Straße, und Mittagessen schien ganz oben auf ihrer To-do-Liste zu stehen, da Bruce

Havert beziehungsweise Bryon Hayes nicht unter Verdacht stand. Die Tische waren mit karierten Plastikdecken dekoriert, und man saß auf richtigen Holzstühlen. Keine dickbauchigen Chianti-Flaschen, aber an den beigefarbenen Wänden hingen Poster mit Hügeln der Toskana.

Detective Lonnie Silver hatte sich nicht besonders verändert: Anfang fünfzig, kahler Eierkopf, rundes Gesicht mit braunen Augen, breite Schultern zu einem kräftigen Oberkörper. Sein Begleiter war jung mit vollem Haar, klein und eher dünn, mit blauen Augen hinter dicken Brillengläsern. Die beiden Männer standen auf, als Marge und Oliver an den Tisch kamen. Man stellte sich vor. Der Kleine hieß Jack Crone. Kräftiger Händedruck. Seine Nägel waren sauber und kurz geschnitten. Sein Auftreten deutete darauf hin, dass er pingelig war, ein guter Zug für einen Detective.

»Hunger?«, fragte Silver.

»Ich könnte was vertragen«, sagte Oliver.

»Sie sollten das Büfett nehmen. Fünf Dollar neunundneunzig. Die Lasagne ist gut.«

»*Fünf neunundneunzig* für ein Büfett?«, wunderte Oliver sich.

»Das hier ist Vegas, Baby.«

»Für fünf neunundneunzig bekomme ich noch nicht mal eine Portion Nudeln.«

Crone orderte zwei zusätzliche Teller. »Die Kosten für den Lebensunterhalt sind niedrig. Hier kann man gut leben, wenn man nicht spielt. Leider tut das aber fast jeder, der in der Glücksspielindustrie arbeitet. Deshalb herrscht hier immer Verzweiflung.«

Die Kellnerin war jung, tätowiert und müde. Sie schmiss die Teller auf den Tisch. »Soft Drinks sind inklusive, Wein nicht. Wollen Sie Wein?«

»Heute nicht«, sagte Marge.

Wortlos verschwand sie wieder. Lonnie verteilte die Teller. »Holen Sie sich was zu essen, und dann bringen Sie uns schnell auf den neuesten Stand.«

Die beiden trugen ihre Teller zum Büfett. Während Oliver ein paar Minuten später fertig war, ließ Marge sich Zeit und begutachtete jedes Detail auf den Metallplatten. Nachdem beide gewählt hatten, brachten sie ihr Essen an den Tisch zurück. Oliver schlang sein Essen in der Zeit hinunter, die Marge brauchte, um sich eine Serviette auf den Schoß zu legen, also fasste er den Fall zusammen, während sie langsam aß.

Als Oliver ans Ende gekommen war, fragte er: »Hat jemand Havert kontaktiert?«

»Wir wollten warten, bis wir die Einzelheiten kennen«, sagte Crone. »Wie gehen Sie die Sache an?«

Marge wischte sich den Mund ab. »Es wäre toll, ihn wegen einer geringfügigeren Sache einzubestellen. Ich bin sicher, dass Havert als Zuhälter arbeitet. Könnten wir ihn deshalb verhaften?«

»Hier hat fast jeder Kartengeber, Kellner und Nachtwächter einen Nebenjob als Zuhälter. Wenn wir ihn verhaften, müssten wir gleich die Hälfte aller Angestellten einbuchten.« Silver wischte die Spaghettisauce mit Knoblauchbrot auf. »Wollen Sie den Kerl wegen Mordes drankriegen oder was?«

»Er verließ L. A. direkt nach der Ermordung Pennys«, sagte Marge, »aber wir wissen nicht, wer den Abzug betätigt hat. Wenn Sie ihn deswegen verhaften, wird es nichts bringen.«

»Wir könnten ihn aufs Revier bitten wegen beiläufiger Informationen«, schlug Crone vor. »Wenn ich Los Angeles gar nicht erwähne, gehen seine Überlegungen auch nicht in diese Richtung?«

»Wir brauchen tatsächlich noch Informationen«, sagte Oliver. »Der Kerl, der umgelegt wurde, war kein Heiliger. Möglicherweise war es Notwehr.«

»Ein Neunundachtzigjähriger stellt eine Bedrohung dar?«, fragte Silver.

»Er hatte einen fünfhundert Kilo schweren Bengalischen Tiger«, sagte Marge. »Dazu noch Giftschlangen und giftige Spinnen. Und wenn das alles versagt, dann kann sogar ein alter Mann den Abzug drücken.«

Gegen zwei Uhr nachmittags war Havert gerade erst aufgewacht. Statt darauf zu warten, dass er auf dem Revier erschien, boten die Polizisten an, ihn abzuholen. Das Viertel lag ein paar Kilometer entfernt vom Strip und war eher eintönig als glamourös, Straße für Straße kleine, weiß verputzte Häuser mit roten Ziegeldächern und Doppelgarage. Rasen war selten. Fast überall wuchsen Kakteen und hitzebeständige Grünpflanzen, verteilt in Beeten zwischen weißen Steinbrocken. Die Gruppe kam zur Tür, und Silver klopfte oben an die Scheibe. »Die Tür ist offen«, rief Havert. »Bin gleich da.«

Die Polizisten betraten das Haus.

Möbliert war es mit einem braun bezogenen Sofa, zwei Liegestühlen, einem beschichteten Beistelltisch und einem weiteren Tischchen. Auf einer verkratzten Kommode stand ein Flachbildschirm, Drähte und Kabel schlängelten sich über den ganzen abgenutzten elfenbeinfarbenen Teppich. Eine X-Box und eine Reihe Spiele lagen auf dem Boden herum. In der Küche brutzelte Speck, Kaffee lief durch. Havert erschien in einem gelben Frotteebademantel. Ohne Schuhe war er über eins achtzig groß und hätte eine Dusche gebrauchen können. Sein Blick schoss umher und fand keinen Ruhepol. Er fragte nicht nach Ausweisen. »Sorry, ist echt unordentlich hier. Bin gerade erst aufgestanden …« Er schnupperte die verrauchte

Luft und fuhr sich mit den Fingern durch seine fettigen dunklen Haare. »Muss kurz nach meinem Essen sehen.«

»Nur zu«, sagte Crone.

»Wollen Sie Kaffee?«

Havert verschwand und kam eine Minute später mit einem Pappteller voll knusprigem Speck wieder. Er aß ihn mit den Fingern. Schließlich beschloss er, sich hinzusetzen. »Ja, also … was gibt's denn?«

Da Crone vom LVMPD war, übernahm er die Vorstellung, und kaum hatte er das LAPD erwähnt, verzog Havert das Gesicht.

Marge stellte einen Rekorder hin. »Macht es Ihnen etwas aus, wenn wir das Gespräch aufzeichnen?«

Haverts Blick ging noch hektischer hin und her. »Warum?«

»Weil mein Erinnerungsvermögen nicht mehr so toll ist.« Sie hielt ihr Notizbuch hoch. »Ich benutze es als Rückversicherung für meine eigene Kritzelei. Geht das in Ordnung?«

»Ich glaube schon.« Er versuchte, sich unbeeindruckt zu geben. »Wir sind in Vegas. Was tut das LAPD hier?«

Marge lächelte ihn beruhigend an. »Bis vor zwei Wochen wohnten Sie noch in L. A.«

»Ein Zwischenstopp, für zwei Jahre. Vegas ist mein Zuhause.«

»Zwei Jahre sind ein langer Zwischenstopp. Wo wohnten Sie dort in der Zeit?«

»Bin öfter umgezogen.« Sein Knie hüpfte auf und ab; sein Bademantel stand in Höhe der Brust halb offen. »Verkommene Stadt. Deshalb bin ich zurück nach Vegas. Wenigstens weiß man hier, woran man ist.«

Marge zückte noch einen Notizblock. »Sie hatten es eilig, aus L. A. wegzukommen.«

»Ich hatte einfach die Nase voll. Hatte nicht viel Kram, also packte ich alles zusammen und bin verschwunden.«

»Wovon hatten Sie die Nase voll?«

»Von allem. Wie ich schon sagte, eine verkommene Stadt.«

Schweigen. »Wissen Sie, Bruce, die großen Casinos wollen keine Schwierigkeiten haben. Die Überwacher an den Spieltischen mögen keine Leute mit Problemen im Gepäck.«

»Jeder hier trägt Probleme mit sich rum.«

»Nicht so frische Probleme. Sie sind bestimmt gut in dem, was Sie tun, aber es gibt eine kilometerlange Warteliste für Kartengeber ... viele Leute wollen Ihren Platz einzunehmen.«

»Warum nerven Sie mich?«

»Detective Silver will damit nur sagen, dass Sie einen guten Job haben«, mischte Oliver sich ein. »Und den möchten Sie garantiert behalten. Ich sage Ihnen jetzt, warum wir hier sind. Und dann können Sie uns vielleicht weiterhelfen. Wir ermitteln im Mordfall eines neunundachtzigjährigen Mannes namens Hobart Penny. Er lebte und starb in unserem Distrikt. Er war ein seltsamer Mann ...«

»Allerdings, ohne Scheiß!«

»Also kannten Sie ihn«, stellte Marge fest.

»Nicht persönlich.« Bruce dachte einen Moment lang nach. »Brauche ich einen Anwalt?«

Marge taxierte ihn und ließ es drauf ankommen. »Normalerweise würde ich Sie davon abbringen wollen, Ihren Anwalt anzurufen, aber da wir nur auf Informationen aus sind, rufen Sie ihn doch an. Wir warten so lange. Es ist Ihr Geld. Ich bin sicher, er ist nicht billig.«

Havert zappelte herum. »Kann man wohl sagen.« Pause. »Ich habe dem Mann nichts angetan.«

»Das habe ich auch nie behauptet. Wir sind nur auf Informationen aus.«

»Erzählen Sie mir von Casey's Massage and Escort«, sagte Oliver.

»Alles war legal. Die Mädchen waren angemeldet.«

»Erzählen Sie mir was über Ihr Geschäft.«

»Was denn?«

»Sie könnten mit der Kundenliste anfangen.«

»Das sind vertrauliche Daten.«

»Wir ermitteln in einem Mordfall, Sir«, sagte Oliver. »Bei unserer letzten Überprüfung waren Sie weder Arzt noch Anwalt noch Mitarbeiter einer Kirche.«

»Ich nenne keine Namen.«

»Wir wissen Ihre Seriosität zu schätzen. Erzählen Sie uns einfach nur, ob Penny einer Ihrer Kunden war. Er ist tot. Er wird nicht wieder auftauchen, um Sie zu verklagen.«

Havert kratzte sich an der Nase, während er darüber nachdachte. Warum das Offensichtliche leugnen. »Er war ein Stammkunde. Zweimal wöchentlich.«

»Welche Dienstleistungen erhielt er?«

»Er buchte Massagen. Alles war legal. Unsere Mädchen waren angemeldet.«

»Ja, das sagten Sie bereits, und wir glauben Ihnen«, meinte Oliver. »Bruce, wir sind nicht von der Sitte. Ein alter Mann, dem man in seinen Privaträumen einen runterholt, ist uns egal. Wir sind von der Mordkommission.«

»Darüber weiß ich nichts.«

»Was haben Sie mit den Autos gemacht?«, fragte Oliver.

»Hä?«, fragte Havert verständnislos.

»Die beiden taubenblauen Prius, die Sie geleast hatten.«

»Was soll mit denen sein?«

»Sie haben einen zurückgegeben, mit noch sechs Monaten Vertragslaufzeit, und haben eine Strafe bezahlt. Sie müssen wirklich schnell aus dem Vertrag gewollt haben.«

»Ich habe keine Strafe bezahlt, sondern den Leasingvertrag an den Händler zurückverkauft. Prius sind gesucht. Sie haben Ihre Informationen falsch interpretiert.«

»Mein Fehler«, sagte Oliver. »Haben Sie beide zurückverkauft?«

Haverts Blick zuckte hin und her. »Was scheren Sie sich um die Autos?«

Oliver beantwortete die Frage nicht; er wollte ihn weiter aus der Ruhe bringen. »Welche Mädchen haben Sie zu Penny geschickt?«

»Weiß ich nicht mehr.«

»Doch, das tun Sie«, sagte Marge.

»Jede Menge Leute stehen auf der Warteliste für Ihren Job, Bruce«, sagte Crone.

Havert verzog angesäuert das Gesicht. »Ich brauche einen Kaffee.«

Silver stand auf. »Ich hole Ihnen einen.«

»Sie bringen mir in meinem eigenen Haus den Kaffee?«

»Entspannen Sie sich.« Silver legte Havert eine Hand auf die Schulter. »Alles wird gut.«

»Detective Oliver hat Sie nur gefragt, welche Mädchen Sie für die Massagen losgeschickt haben«, fuhr Marge fort. »Wenn Penny Stammkunde war, hatte er ja wahrscheinlich Vorlieben. Der Hausverwalter hat immer dieselben Mädchen kommen und gehen sehen.«

»Der kleine Scheißer!« Ein falsches Lachen. »Glauben Sie diesem Arschloch kein Wort!«

»Okay«, sagte Marge, »und warum?«

»Er hat die Mädchen ständig belästigt … versuchte die ganze Zeit, eine Gratisnummer zu kriegen.«

Marge notierte sich seine Worte. »Wie oft haben Sie mit Mr Paxton geredet?«

Wieder hopste das Knie auf und ab. »Ich habe ihn nie persönlich getroffen. Aber die Ladys hassten ihn. Nannten ihn einen schwachköpfigen Gnom mit passendem Schwanz.«

»Woher wussten die Ladys über seinen Schwanz Bescheid?«, hakte Oliver nach.

Havert blickte zu Boden. »Ich hörte, wie die Mädchen über ihn redeten. Ich sagte ja schon, persönlich bin ich diesem Arschloch nie begegnet.«

»Welche Ladys sind dem Arschloch denn begegnet?«

»Da müssen Sie Randi fragen. Sie hat die Treffen arrangiert.«

»Randi Miller?«, fragte Oliver.

Havert sah ihn direkt an. »Ja, Randi Miller.«

»Ich würde liebend gerne mit ihr reden.« Marge lächelte. »Sie ist auch nicht mehr in L. A. Irgendeine Idee, wo sie sein könnte?«

»Ich habe genauso wenig Ahnung wie Sie. Nach unserer Ankunft in Vegas haben wir uns endgültig getrennt.«

»Sie ist also hier?«

»Weiß ich nicht. Seit unserer Ankunft hier habe ich keinen Kontakt mehr zu ihr.«

Oliver lächelte. »Das ist doch Blödsinn.«

»Überprüfen Sie mein Handy.« Er stand auf und suchte im Zimmer nach seinem Mobiltelefon. Er entdeckte es hinter einem Stuhlkissen, reichte es Marge und sagte zehn Zahlen auf. »Das ist Randis Nummer. Sehen Sie nach, ob ich angerufen habe oder nicht.«

Marge überprüfte Anrufe und SMS: kein Kontakt zwischen den beiden in der letzten Woche.

Die Frage lautete: warum. Für Marge sah es danach aus, als hätten sie beschlossen, alleine besser klarzukommen, was bedeutete, dass sowohl er als auch Randi etwas über den Mord wussten.

Silver kehrte mit Kaffee zurück ins Wohnzimmer. Er war ziemlich lange weg gewesen. Die Detectives wussten, dass er sich ein paar Minuten Zeit gegönnt hatte, um nach etwas Ausschau zu halten – Haschisch, Pillen, Puder – etwas, das sie benutzen konnten, falls Havert nicht kooperieren wollte. Er reichte ihm den Pappbecher. »Bitte sehr. Das wird Sie wach machen.«

»Ich bin wach.« Havert nippte an seinem Kaffee.

»Möchten Sie noch etwas Speck?«, fragte Silver. »Es ist noch welcher in der Pfanne.«

»Ja, gerne. Danke.«

»Ihr persönlicher Polizei-Butler. Toller Service, oder?«

Havert schenkte ihm ein schwaches Lächeln, und Silver verschwand wieder.

»Randi war Ihre Managerin, Ihre Mitarbeiterin«, sagte Marge. »Sie beide waren lange zusammen. Warum haben Sie so plötzlich den Kontakt abgebrochen?«

»Wir hatten ein … Zerwürfnis.«

»Was denn für ein Zerwürfnis?«

Keine Antwort.

»Bruce«, meldete Oliver sich zu Wort, »lassen Sie es mich ganz offen sagen. Wir haben einen ermordeten Mann, und Ihre Mädchen waren die Letzten, die Penny lebend gesehen haben.«

»Woher wissen Sie das?«

»Wir haben Überwachungsbänder. Der Zeitstempel passt genau.«

Havert wurde blass. »Was … was für Bänder?«

Marge starrte ihn an.

Warum hatte er Angst?«

Weil er dabei war.

Es war einen Versuch wert. »Wir wissen, wer in der Wohnung ein- und ausging, Bruce«, log Marge.

Schweigen. Silver kam mit dem Speck zurück. »Bitte sehr.« Weil Havert aussah, als würde ihm schlecht, sagte Silver: »Ich stelle es hier auf dem Tisch ab.«

»Wir müssen dringend mit Randi Miller reden, Mr Havert«, sagte Oliver.

»Ich sagte es doch schon. Ich weiß nicht, wo sie ist.« Niemand reagierte. Er fuhr fort: »Sie meinte, sie würde nach Hause zurückgehen.«

»Wo ist ihr Zuhause? Montana?« Als Havert stumm blieb, redete Marge weiter. »Also, wir wissen so einiges. Spucken Sie es einfach aus, damit ich weiß, dass Sie es ehrlich meinen.«

»Ja, ja, Missoula, Montana. Sie ist dreiunddreißig. Seit ihrem sechzehnten Lebensjahr war sie in L. A. Sie hatte so was von die Nase voll.«

»Ist das eine gültige Nummer?« Marge las die Ziffern laut vor.

»Weiß ich nicht. Ich sagte bereits, ich habe sie seit meinem Abgang aus L. A. nicht mehr angerufen.«

»Dann tun Sie's jetzt.«

Havert gehorchte. Die Nummer war nicht mehr gültig. Er zuckte mit den Achseln. »Ich schwöre, ich weiß nicht, wo sie steckt.«

»Aber Sie wissen, dass sie aus Missoula stammt«, sagte Marge.

»Das hat sie mir erzählt.«

»Kennen Sie den Nachnamen ihrer Eltern?«

»Es gibt nur die Mutter. Ich nehme an, sie heißt Miller.«

»Haben Sie auch einen Vornamen dazu?«

»Nein.«

»Was ist mit dem anderen Mädchen? Ginger Buck?« Havert tat verwundert. »Oder hieß sie Georgie Harris?«

Havert starrte sie an. »Sie haben gar keine Bänder, oder?«

»Wir haben jede Menge Bänder, wodurch wir alles über Sie und Randi und die Prius herausgefunden haben. Dank der Bänder konnten wir Sie auftreiben. Deshalb sind wir hier.«

»Wo waren die Kameras?« Er wartete. »Hatte der Freak in seiner Wohnung Kameras versteckt?« Marge ließ ihr Schweigen für sich sprechen. »Wenn ja, dann sollten Sie genau wissen, was passiert ist.«

Mehr Schweigen.

»Wenn Sie tatsächlich Bänder haben, dann wissen Sie definitiv, dass ich mit dem Tod dieses Irren nichts zu tun habe.«

Marge spielte mit. »Absolut …«

»Der Mann war ein Teufel … mal ehrlich … einen *Tiger* in der Wohnung halten?«

»Das ist echt schräg«, sagte Oliver.

»Er war ein verdammtes Ungeheuer!«

Marge log. »Wir wissen, dass Sie da waren, Bruce. Wir wissen es, so deutlich wie Ihr Gesicht auf dem Band zu sehen ist. Aber manchmal erzählen die Bänder und Kameras nicht die ganze Geschichte. Sie erzählen eine Geschichte aus einem bestimmten Blickwinkel. Und dieser Blickwinkel zeigt vielleicht nicht, was wirklich passiert ist.«

»Lassen Sie es einfach raus«, sagte Oliver.

»Keine Ahnung, was passiert ist.« Havert sackte in sich zusammen und versank in den Kissen. »Wenn Sie Bänder haben, dann wissen Sie, dass ich nicht dabei war, als es passiert ist.«

»Natürlich.« Marge spielte weiter mit. Ihr Verstand lief auf Hochtouren. »Aber Sie kamen danach. Wir haben Sie, wie Sie die Wohnung betreten.«

Havert wurde bleich. »Randi rief mich panisch an. Sie versetzte mich in Panik.«

»Bruce, die Bänder, die wir gesehen haben, sind ohne Ton«, sagte Marge. »Was genau hat Randi zu Ihnen gesagt?«

Havert schluckte. »Sie redete wirres Zeug.« Alle warteten darauf, dass er weitersprach. »Ich war nicht *dabei.* Wenn Sie wissen wollen, was passiert ist, müssen Sie mit Randi sprechen.«

»Es wäre hilfreich, wenn wir sie finden könnten. Das würde auch Ihnen helfen.«

»Ich weiß nur, sie stammt aus Missoula, und sie hat davon geredet, dass sie nach Hause will.«

»Was ist mit Georgie Harris oder Georgina Harris?«, fragte Oliver. »Haben Sie eine Idee, wo sie stecken könnte?«

Havert lehnte sich zurück und sah sie verwirrt an. Marges Verstand feuerte weiterhin mögliche Szenarien ab. Er behauptete steif und fest, dass er bei Pennys Ermordung nicht anwesend war. Randi schon, und sie hatte ihn in Panik angerufen.

Wenn Randi Penny erschossen hatte und sonst niemand involviert war, dann hätte Havert sie angewiesen, sofort aus der Wohnung zu verschwinden. Anschließend hätten sie gemeinsam ihre Sachen gepackt und die Stadt verlassen. Er wäre ganz sicher nicht ohne einen guten Grund in die Wohnung gegangen und am Tatort eines Mordes aufgekreuzt.

Ein Grund wäre zum Beispiel das Beseitigen eines Chaos, das auf ihn zurückfallen und ihn heimsuchen könnte.

Zwei Mädchen gingen mit Sporttaschen hinein. Aber Bruce redete immer nur davon, dass Randi wieder herauskam.

»Bruce«, flüsterte Marge, »wir haben nie gesehen, wie Georgie die Wohnung verlässt. Nur Sie, wie Sie diese Sporttaschen schleppen. Und anhand der Art und Weise, wie Sie daran zerren, konnten wir erraten, dass sich mehr darin befand als nur Klamotten.«

Schweigen.

Vier Augenpaare wanderten zu Haverts Gesicht. Der Kartengeber senkte den Blick. Wasser tropfte ihm von den Wangen. Marge berührte seine Hand. Er sah auf, benommen, aber nicht irritiert.

»Es ist an der Zeit, alles loszuwerden. Erzählen Sie uns, wie Georgina starb.«

36

Auf ihrem weiß-blauen Sofa im französischen Régence-Stil sitzend, hatte Sabrina Talbot sich in Rekordgeschwindigkeit durch eine ganze Schachtel Kleenex gearbeitet. »Ich weiß nicht, was da passiert ist!«, schluchzte sie. »Ich war nie anwesend bei dem, was er getan hat!«

Ihr Gejammer traf Will Barnes vom Revier in Santa Barbara. Er war groß und kräftig, und sein einst dunkles Haar machte einem grauen Schimmer Platz. Seine Beziehung mit Marge festigte sich seit Jahren, und seit kurzem redeten sie über Ringe. Da sowohl er als auch sie altersmäßig in der Nähe der Jahrhunderthälfte-Markierung lagen, war es nicht weiter überraschend, dass keiner von beiden es eilig hatte.

Der Mord an Hobart Penny fiel in Deckers Zuständigkeitsbereich, seine möglichen Opfer jedoch nicht. Trotzdem – da er im Besitz eines Paketes mit tiefgefrorenen Fingern war, hatte Decker ein starkes Interesse daran, was sich hinter den Eisentoren abgespielt hatte.

Leo Delacroix, Sabrinas angeheuerter Gefolgsmann, wurde langsam wütend. »Ist das wirklich nötig?«

Will Barnes starrte ihn ungläubig an. Pennys vertrauliches Zimmer hatte wie ein radioaktives Iglu geleuchtet, genau wie der verschlossene Schrank, in dem die Fesselungsutensilien aufbewahrt worden waren. Barnes und Decker glaubten, dass

Penny den Schrank benutzt hatte, um seine toten Frauen dort zu verstecken. Die Finger hatte er vermutlich *post mortem* abgetrennt. Vielleicht aber auch nicht.

Barnes bemühte sich um seinen allergeduldigsten Tonfall. »Es tut mir leid, Sie so zu beunruhigen, aber ich muss diese Fragen stellen. Wenn wir sie ohne derartige Gefühlsausbrüche durchgehen könnten, kämen wir schneller voran.«

»Wie könnte ich denn … nicht … solche Gefühle … haben?« Sabrina brachte die Worte nur stoßweise heraus. »Ich war … mit diesem Mann … *verheiratet*!« Noch mehr Schluchzer. »Was sagt das denn … *über mich* … aus?«

Decker ging dazwischen. »Sabrina …« Wie sollte er es aussprechen, ohne die Situation zu verschlimmern? »Ich werde jetzt gleich ganz ehrlich zu Ihnen sein, weil ich der Meinung bin, dass Sie das aushalten können. Wir machen es so, okay?«

Sie nickte und wischte sich über die Augen.

»Es gibt keinen Zweifel, dass hier etwas Schreckliches passiert ist.«

»Ich weiß *überhaupt nichts* darüber!«

»Und ich glaube Ihnen. Hören Sie mir einfach nur zu, okay?« Decker räusperte sich. »Wir haben in Hobart Pennys Wohnung tiefgefrorene Körperteile gefunden. Wenn Sie sich an irgendetwas im Zusammenhang mit den Mädchen, die er mit nach Hause gebracht hat, erinnern können – wo sie herkamen, zum Beispiel –, könnte uns das einen Hinweis darauf geben, wo wir suchen müssen. Mir ist bewusst, dass das alles mindestens fünfundzwanzig Jahre zurückliegt.«

»Mir wird schlecht!« Und um es zu beweisen, stand sie auf und raste ins Badezimmer.

Decker rieb sich die Stirn. »Okay, Blut zersetzt sich«, sagte er zu Barnes, »aber bestimmt kriegen wir ein bisschen DNA und wahrscheinlich mehr als nur einen Steckbrief.«

»Ganz deiner Meinung. Hat sie eine Idee, wie viele Mädchen er aufgegabelt hat?«

»Nein, aber selbst wenn es eine pro Halbjahr war … in fünf Jahren Ehe kommen da eine Menge Mädchen zusammen.«

»Und sie weiß wirklich nicht, wo er sie aufgegabelt hat?«

»Sie hat mir nur erzählt, dass sie nicht wie Professionelle aussahen … eher wie betrunkene Partygirls. Kennst du dich in der Klubszene von vor fünfundzwanzig bis dreißig Jahren aus?«

»Ich bin erst vor fünf Jahren hier gelandet. Man sagt, Santa Barbara ist wie gemacht für frisch Verheiratete und frisch Verstorbene, und das wohl schon seit sehr langer Zeit.«

»Ein paar Klubs muss es doch geben.«

»Klar, wir haben hier auch ein Nachtleben. Viele Bars, aber in der Hauptsache Restaurants. Ein paar Tanzklubs – einige für Salsa, einen für Hip-Hop, wahrscheinlich für jeden Geschmack etwas. Aber eben angepasst an eine Stadt dieser Größe.«

»Penny war Mitte fünfzig, als er hier wohnte. Wenn er in die angesagten Klubs ging, wäre der ältere Herr bestimmt aufgefallen.«

»Wer mit Geld um sich schmeißt, bekommt die Mädchen rum.« Barnes dachte einen Moment nach. »Was war denn vor dreißig Jahren musikalisch angesagt? Psychedelisches Zeug oder Disco oder …«

»Disco war eher so in den späten Siebzigern.« Decker holte ein Tablet aus seiner Tasche, das er öfter benutzte, um am Tatort zu fotografieren. »Mal sehen, 1985 gewann Tina Turner einen Grammy für das beste Album des Jahres.«

»Sie macht Popmusik.«

»Ja … Wahnsinn, *Thriller* wurde 1982 veröffentlicht.« Decker blickte auf. »War das nicht praktisch der Startschuss für die Grufti-Bewegung?«

»Könnte gut sein.«

»Jetzt kommt's ... die Achtziger in Kanada ... Beginn der Grufti-Bewegung ... *Pornography* von The Cure. Wir haben also *Thriller* und die Gothic-Szene und wahrscheinlich eine Zunahme an satanischen Ritualen. Das würde einem Kerl wie Penny genau in den Kram passen. Er verkleidete sich liebend gerne. Er stand auf Sadomaso.« Decker sah auf. »Schon mal was gehört von einer Gothic-Szene hier?«

»Nein.«

Decker käute seine Ideen wieder. »Also, wenn Penny Stammkunde in irgendeinem Klub war, wären ihm die Mädchen schnell ausgegangen. Der Kerl brauchte eine unaufhörlich sprudelnde Quelle frischer Partygirls. Wie weit ist die Universität von Santa Barbara entfernt? Ungefähr fünfzehn Kilometer?«

»Stimmt.« Barnes gab Decker das Daumen-hoch-Zeichen. »Jedes Jahr ein frisches Grundkapital an Mädchen – jung, leicht zu beeindrucken und zum ersten Mal weit weg von Mommy und Daddy.«

»Schmeiß mit genug Geld um dich und gib noch Drogen in die Mischung, und schon kann man einen gewissen Prozentsatz der Mädchen zu allem überreden.«

»Okay«, sagte Barnes, »wir machen Folgendes: Wenn ich mit Ms Talbot fertig bin, werde ich die Polizeiakten mit den ungelösten Fällen überprüfen. Falls nichts auftaucht, kontaktiere ich jemanden an der Uni.«

»Würde die Uni das Revier in Santa Barbara bei der Vermisstensuche einschalten?«

»Wenn die Person nach ein oder zwei Tagen nicht gefunden wurde, bin ich mir sicher, dass die Uni alle örtlichen Polizeireviere informiert hätte. Ein vermisstes Mädchen würde breit öffentlich gemacht werden.«

»Ist es okay, wenn ich noch ein bisschen bleibe … meine Nase in deine Angelegenheiten stecke?«

»Das hier geht uns doch beide an.« Barnes klopfte ihn auf den Rücken. »Ich bin zuständig, und du hast die Körperteile.«

Havert war nicht so leicht zu haben, wie sie sich erhofft hatten. Nachdem von Georgie Harris' Tod die Rede gewesen war, begann er zu trödeln. Er trank einen weiteren Becher Kaffee, er fragte nach einem Glas Wasser, und dann bat er noch mal darum, sich anziehen zu dürfen. Dieses Mal ließen sie ihn gewähren. Die Detectives entwarfen eine Strategie, und weil es um Mord ging, beschlossen sie, Havert aufs Revier zu bringen.

Der Kartengeber stimmte zu mitzukommen, und sah in Bowling-Shirt, Jeans und Sandalen frisch und wacher aus. Er hatte seinen schwarzen Haaren einen modischen Touch mit einer Elvis-Tolle verpasst. Vier Polizisten waren zu viele für einen Befragungsraum, daher entschieden Crone und Silver, sich den weiteren Verlauf von der anderen Seite der Kameras aus anzusehen. Es war ungefähr vier Uhr nachmittags.

In der ersten Stunde ging es nur darum, den guten Draht zu Havert, den Marge und Oliver auf der Fahrt vom Haus ins Revier verloren hatten, wiederherzustellen. Aber irgendwann schafften sie es, ihn in denselben Gemütszustand zu versetzen, und dann drängten sie ihn weiterzugehen. Winzige Schritte, aber er musste ja irgendwo anfangen.

»Sie verstehen einfach nicht, womit die beiden es zu tun hatten«, sagte er.

Marge gab die Verständnisvolle. »Sicher nicht. Deshalb erzählen Sie es mir bitte.«

»Der Mann war …« Eine Hand in der Luft. Viel Gezappel. »Ich sagte Randi, sie soll vorsichtig sein, dass es außer Kontrolle geriet. Aber das Geld … es geht immer ums Geld, oder?«

Sein Blick schoss zwischen Oliver und Marge hin und her, in der Hoffnung, bestätigt zu werden. »Ehrlich, er schmiss mit Hundertern um sich, als wär's Klopapier. Vor allem, wenn beide da waren.«

Marge zückte wieder ihr Notizbuch. »Georgina Harris und Randi Miller zusammen?«

»Ja, die beiden zusammen zockten locker einen Tausender pro Sitzung ab. Selbst mit meinem Anteil zogen wir glücklich von dannen.«

Oliver hielt das Gespräch am Laufen. »Wie lang dauerte eine typische Sitzung?«

»Meistens weniger als eine Stunde. Viel Geld für wenig Zeit.«

»Wie oft hat er beide Frauen gebucht?«

»X-mal.«

Marge beugte sich vor. »Bruce, ich bin auf Ihre Informationen angewiesen. Was lief diesmal schief?«

»Oh Gott, haben Sie die ganze Nacht Zeit?«

»So lange Sie wollen«, sagte Marge.

Er blickte auf die Uhr. »Ich muss bald zur Arbeit, wissen Sie.«

Schweigen.

»Mit dem Mord hatte ich nichts zu tun, das schwöre ich. Er war verrückt! Sie wissen von dem Tiger.«

»Ja.«

»Er besaß noch jede Menge anderes widerliches Viehzeug: Giftschlangen und Insekten und Echsen.«

»Das haben wir auch herausgefunden.«

»Normalerweise karrte er die Schlangen heran, nur um die Mädchen zu erschrecken. Er bot ihnen dann hundert Dollar pro Minute an, wenn sie die Schlange halten. Zuerst flippten sie völlig aus, und er holte sich dadurch einen runter. Aber dann merkte Randi es ziemlich schnell, wenn die Schlange gerade erst gefüttert worden war und gar nicht zubeißen mochte. Die meiste Zeit schlief sie einfach in ihren Armen. Randi tat so, als hätte sie Angst, weil es ihn aufgeilte. Ich hielt sie für verrückt. Mal ehrlich, keiner kann doch vorhersagen, was eine Schlange gleich machen wird, oder?«

»Stimmt«, sagte Oliver. »Hatte der Mord irgendwas mit der Schlange oder dem Tiger zu tun oder …?

»Ich sagte Ihnen doch schon, dass ich nicht da war, als es passierte.«

»Aber Sie kamen, *nachdem* es passiert war«, erwiderte Marge.

»Randi war hysterisch. Sie wusste nicht, was sie tun sollte, und der Tiger wachte langsam auf.«

»Also war der Tiger da, als Sie in der Wohnung eintrafen?«

»Ja klar, das war ja das Problem. Er begann sich zu bewegen, und Randi geriet in Panik. Sie konnte ja Georgie nicht einfach dalassen … ich meine, bei dem Tiger, sie wäre ja *Frischfleisch* gewesen.« Havert verzog das Gesicht. »Mir wird schlecht, wenn ich dran denke.«

»Als Randi Sie anrief, war Georgina bereits tot?«

»Natürlich! Randi schwor immer wieder, dass es Notwehr war.«

»Gut …« Marge blickte von ihrem Notizbuch auf. »Warum beginnen Sie nicht mit Randis Anruf bei Ihnen? Was hat sie zu Ihnen gesagt?«

»Dass Penny tot ist und dass der Tiger sich bewegt. Was sollte sie denn tun?«

»Was haben Sie ihr gesagt?«, fragte Oliver.

»Ich sagte ihr, sie soll verdammt noch mal abhauen. Aber dann erzählte sie, dass Georgie tot war. Sollte sie sie dalassen oder was … Gott, mir ist speiübel! … Ich sagte, ich bin in zehn Minuten da.«

»Hat Sie Ihnen irgendwelche Details am Telefon genannt?«

Havert kratzte sich am Ohr. »Nur dass der alte Mann eine Waffe gezogen hätte.«

»Warum?«

»Ich habe keinen blassen Schimmer.« Havert dachte kurz nach. »Ich weiß immer noch nicht, warum er das getan hat. Randi sagte, dass Georgie versucht hat, die Waffe zu kriegen, während sie selbst ihm eine verpasst hat. Dann ging die Waffe los, und Georgie war tot – und dann war er tot.«

»Bruce, wir müssen die Situation Schritt für Schritt durchgehen, okay?«, fragte Marge. »Zuerst hat Penny die Waffe auf die Mädchen gerichtet?«

»Korrekt.«

»Dann passierte was?«

»Äh ... Randi sagte, Georgie wollte ihm die Waffe wegnehmen. Es gab einen Kampf. Die Waffe ging los und tötete Georgie.«

»Nachdem Georgie also tot war, was machte Randi?«

»Sie griff nach der Waffe. Dann ging ein Schuss los und tötete den alten Mann. Es war Notwehr.«

Oliver und Marge tauschten einen Blick aus. »Randi erschoss den alten Mann, während die beiden um die Waffe kämpften?«

»Genau.«

»Sie erwähnten, dass Randi den alten Mann geschlagen hätte? Was meinten Sie damit?«

»Ich glaube, sie wollte, dass er Georgie loslässt. Ich weiß es wirklich nicht. Ich war nicht dabei.«

»Womit hat sie den alten Mann geschlagen?«

»Schätze, mit ihren Fäusten.«

Oliver bezweifelte das. Er hatte die stumpfe Gewalteinwirkung auf dem Kopf des alten Mannes selbst gesehen. Die Delle stammte nicht von einer Faust, auch nicht bei einem bereits sehr spröden Schädel. »Eine Sache ist mir nicht ganz geheuer, Bruce. Sowohl Georgie als auch Randi waren von der Straße abgehärtet und Mitte dreißig. Penny war ein alter Mann. Wenn ich bei einem Kampf wetten müsste, würde ich auf die Mädchen setzen.«

»Der alte Kerl war total stark!«, rief Havert. »Zumindest hat Randi das behauptet.«

»Wenn er also richtig stark war, warum rannten die Mädchen nicht einfach weg, als er die Waffe zog? Garantiert hätten sie ihm davonlaufen können.«

»Ich nehme mal an, sie sind wie angewurzelt stehengeblieben vor Schreck.«

»Sie blieben nicht stehen. Sie haben behauptet, dass sie auf ihn losgegangen sind.«

Havert wurde nervös. »Ich weiß es nicht. Ich sagte Ihnen doch, ich war nicht dabei.«

Marge mischte sich ein. »Bruce, ich bin verwirrt. Sie erwähnten kurz, Randi hätte dem alten Mann eins über den Kopf gezogen.«

»Ich sagte, Randi verpasste ihm eins, und nicht, dass sie ihm eins über den Kopf gezogen hat.«

»Wo hat sie ihn geschlagen?«, fragte Oliver.

»Hat sie mir nicht gesagt.«

»Aber Sie haben den Leichnam doch gesehen, nachdem alles passiert war.«

»Klar, ungefähr eine Sekunde lang. Ich wollte da möglichst schnell wieder raus.«

Marge nickte, um ihn in dem Glauben zu lassen, sie stehe auf seiner Seite. »Würden Sie ein bisschen *genauer* beschreiben, wie der Leichnam aussah? Es könnte sich später als wichtig erweisen.«

»Er sah *tot* aus, Sergeant. Dauert das hier noch lange?«

»Eine Weile, Bruce. Leider haben wir sehr viele Fragen«, sagte Marge. »Wo war der alte Mann getroffen worden?«

»Im Kopf.« Er schüttelte sich.

»Penny wurde in den Kopf geschossen?«

»Ich glaube, ja. Sein Kopf war blutiger Matsch. Können wir über was anderes reden?«

»Wissen Sie, was uns wirklich weiterhelfen würde?«, fragte Marge. »Die Tatwaffe.«

»Ich hab sie nicht.«

»Wenn Randi ihm die Waffe wegnehmen konnte, müsste sie sie haben, oder?«

»Keine Ahnung.«

»Bruce, die Waffe wurde nicht in der Wohnung zurückgelassen«, sagte Oliver. »Entweder hat Randi sie, oder sie ist bei Ihnen.«

»Ich hab sie nicht«, insistierte Havert.

»Also ist sie bei Randi.«

»Keine Ahnung. Vielleicht.«

»Hat sie sie weggeworfen?«

»Vielleicht.«

»Wo?«

»Ich weiß nichts davon, dass sie sie weggeschmissen hat. Ich weiß nicht, was mit der Waffe passiert ist. Das schwöre ich bei Gott!«

Marge verdaute Haverts Geschichte. Teile seiner Aussage klangen wahr, andere waren improvisiert. Havert sagte zwar, dass Randi den alten Mann geschlagen hätte, was ja auch durch die Beweislage bestätigt wurde. Die Stelle mit dem Schuss war dagegen nicht so klar. Wie wurde Penny, der darum kämpfte, die Waffe zu behalten, in den *Rücken* geschossen? »Könnten wir alles noch mal durchgehen?«

»Ich muss zur Arbeit«, protestierte Havert.

»Sie wissen, dass Sie nirgendwo hingehen werden. Weil wir Sie nicht reinlegen wollen, dürfen Sie sich bei Ihrem Boss telefonisch krankmelden.«

»Bin ich verhaftet?«

»Wir könnten Sie wegen so einiger Vergehen anklagen. Hier geht es aber hauptsächlich um die Wahrheit, und ich glaube, dass Sie versuchen, ehrlich zu sein. Fangen wir also noch mal von vorne an.«

Havert bekam die Krise. »Wie oft soll ich mich denn hier wiederholen?!«

Oliver legte vor. »Sie gingen ans Telefon, und es war Randi, in Panik. Machen Sie weiter.«

»Wie ich schon sagte, sie flippte aus. Der alte Mann hatte Georgie erschossen, und sie aus Notwehr den alten Mann. Sie fragte mich, was sie tun soll.«

»Und Sie sagten ...«

»Ich sagte ihr, sie soll verdammt noch mal abhauen. Aber dann erzählte sie mir, dass Georgie tot war. Ich konnte ihre Leiche nicht dalassen. Ich sagte Randi, dass ich gleich komme.« Pause. »Ich war völlig durcheinander. Ich glaube, ich hätte besser die Polizei gerufen.«

»Sie hätten Zeit und Energie gespart.«

»Ich hatte Angst. Ich hatte eine legale Firma, aber ich wusste nicht, was die Mädchen in ihrer Freizeit veranstalteten. Ich wollte sie nicht in Schwierigkeiten bringen. Ich habe einfach nur reagiert. Klar war es blöd, die Leiche wegzubringen, aber wir konnten sie nicht zurücklassen. Der Tiger hätte sie gefressen, verdammt!«

»Was haben Sie mit Georginas Leichnam gemacht?«, fragte Oliver.

»Wir haben sie in Angeles Crest begraben.«

Marge nickte. Diese Aussage ergab hundertprozentig Sinn. Der Nationalforst lag ungefähr zwanzig Minuten vom Tatort entfernt: Kilometerweit nur unberührter Wald, der illegale Handlungen verbarg. Angeles Crest war bekannt als ein erstklassiger Ablageort.

Havert blickte kurz auf. »Sie wollen wissen, wo, stimmt's?«

»Stimmt.«

»An die genaue Stelle erinnere ich mich nicht. Wir fuhren einfach drauflos, bis wir an eine entlegene Stelle kamen, wo der Boden weich war, so dass ich ein Loch graben konnte, wissen Sie.«

»Sie haben ein Loch gegraben?«, fragte Marge.

»Na klar. Ich schmeiß sie doch nicht einfach so weg. Georgie hatte ein Begräbnis verdient.«

Ein Begräbnis? »Sie hatten eine Schaufel dabei, Bruce?«

»Ja«, gab Havert zu. »Also, nachdem Randi mir erklärt hatte, was passiert war, wusste ich, dass wir die Leiche mitnehmen würden. Also brachte ich eine Schaufel mit.«

»Der Leichnam ist in Angeles Crest begraben«, wiederholte Oliver.

»Ja.«

»Und die Waffe, Bruce?«

»Ich weiß nichts von einer Waffe. Randi vielleicht, aber ich nicht.«

Marge beugte sich vor und tätschelte sein Knie. »Dieser ganze Irrsinn war nicht Ihre Schuld, Bruce. Sie waren ja noch nicht mal dabei. Aber die Mädchen haben Sie da mit hineingezogen, und deshalb stecken Sie jetzt mittendrin – obwohl Sie das nicht wollten.«

Er sah sie misstrauisch an.

»Jetzt ist der Moment gekommen, ehrlich zu uns zu sein«, sagte Marge.

»Ich *bin* ehrlich!«

»Das weiß ich«, sagte Marge, »und deshalb wissen Sie auch, dass Randi die Waffe während der Fahrt durch den Wald aus dem Fenster geschmissen hat. Sie haben es gesehen, stimmt's?«

Havert rieb sich die Augen. »Nein, Sergeant, ich habe nie gesehen, wie sie eine Waffe weggeschmissen hat. Punkt. Fall abgeschlossen.«

»Gut, Bruce, ich glaube Ihnen.« Marge entschied sich, im Text weiterzugehen. Auf die Waffe würde sie später noch mal zu sprechen kommen. »Wir brauchen mehr Einzelheiten, weil es jede Menge Lücken gibt von dem Zeitpunkt an, als Sie die Wohnung erreichten, und dem Zeitpunkt, als Sie nach Vegas abgehauen sind. Ich versuche, eine Zeitachse zu erstellen.«

»Ja, wann zum Beispiel die Prius an den Händler zurückgingen«, sagte Oliver.

»Wozu hätte ich denn zwei Prius brauchen sollen?«

»Was Detective Oliver damit sagen möchte«, fuhr Marge fort, »ist, dass Sie so geistesgegenwärtig waren, vor Ihrem Aufbruch nach Vegas eins der Autos zum Händler zu bringen.«

»Und so geistesgegenwärtig, Ihr Büro leerzuräumen, bevor Sie die Stadt verließen.«

»Da war ja kaum was drin: ein paar Klappstühle und Tische und einige Computer«, erklärte ihm Havert. »Es hat ungefähr eine Stunde gedauert.«

»Und die Akten?«, fragte Oliver.

»Alles war im Computer, bis auf ein paar Belege und so Zeug. Ich habe die Festplatten gelöscht. Den Papierkram habe ich zerrissen und unterwegs in eine Mülltonne geschmissen. Ich habe also nichts, was ich Ihnen zeigen könnte.«

Das klang nach der Wahrheit. Marge sagte: »Fangen wir noch mal ganz von vorne an ...«

»Oh Gott.«

»Ein bisschen Geduld, Bruce.«

»Wir reden jetzt seit …« Er sah auf die Uhr. »Um Gottes willen, Sie Witzfiguren, ich rede jetzt seit vier Stunden mit Ihnen.«

»Ich möchte nur, dass alles seine Richtigkeit hat. Es ist in Ihrem eigenen Interesse.«

»Sie bekamen einen panischen Anruf von Randi«, sagte Oliver. »Dann fuhren Sie zu Hobart Pennys Wohnung, richtig?«

»Richtig.«

»Mit Ihrem Auto?«

»Klar, natürlich mit meinem Auto.«

»Sie haben jetzt also *drei* Autos«, sagte Marge. »Ihr Auto, Georginas Prius und Randis Prius.«

»Ja, das klingt richtig.«

»Okay.« Marge dachte einen Augenblick nach. »Was haben Sie mit dem zusätzlichen Auto gemacht?«

»Sie meinen, mit meinem eigenen Auto? Ich habe es dort gelassen, um es später abzuholen.«

»Okay.« Die Logistik wurde komplizierter. »Lassen Sie mich das noch mal wiederholen, um sicherzugehen, dass ich es richtig verstanden habe«, sagte Marge. »Sie und Randi haben die Wohnung gemeinsam verlassen. Und Sie fuhren Georgies Prius, und Randi fuhr ihren eigenen Prius.«

»Richtig.«

»Wie lange waren Sie in Pennys Wohnung?«

»Nicht sehr lange.«

»Eine Minute, zwei Minuten, eine halbe Stunde?«, hakte Marge nach. »Ich vermute, es dauerte eine Weile, bis Sie die Leiche dort rausgeschafft hatten, ohne dass es jemand mitbekam?«

»Ich weiß nicht mehr, wie lange. Nicht sehr lange. Der Tiger fing an, sich zu bewegen.«

»Und was taten Sie direkt nach dem Verlassen der Wohnung? Die Leiche begraben? Das Büro leerräumen? Den Prius zum Händler bringen? Was passierte in welcher Reihenfolge?«

Eine Pause. »Wir haben erst das Büro leergeräumt.«

»Und wo war Georgies Leiche?«, fragte Oliver.

»Im Kofferraum von meinem Auto.« Havert war aschfahl geworden. »Sie war schon tot. Welchen Unterschied macht das also?«

»Niemand will Sie kritisieren, Bruce«, sagte Marge. »Wir versuchen nur, alles klarzustellen. Was taten Sie nach der Räumung des Büros?«

»Wir haben Georgies Prius zum Händler gebracht.«

»Und dann?«

»Wir … Randi und ich kamen zurück, um mein Auto zu holen. Und dann fuhren wir zusammen zum Angeles Crest. Wir wollten nicht, dass ihre Leiche … geschunden … geschändet wird.« Tränen in den Augen. »Deshalb haben wir ihre Leiche aus der Wohnung geschafft. Wir wollten nicht, dass Tigerscheiße aus ihr wird.«

»Außerdem hätte der Leichnam Sie in Verbindung mit dem Mord gebracht.« Oliver zuckte beiläufig mit den Achseln. »Liege ich damit richtig?«

Havert sagte nichts. Marge dachte über Bruce' detaillierte Aussage nach, die er wieder und wieder herunterbetete.

Allerdings fehlte immer noch ein Schritt: wie der Leichnam von der Wohnung in sein Auto geschafft wurde, ohne dass es jemand mitbekam.

Marge nippte an ihrem Wasserglas, während sie ein bisschen weiterdachte.

Sie hatte Havert weisgemacht, dass sie ihn auf Band hätten, wie er die Sporttaschen aus der Wohnung schleppte.

Die Sporttaschen.

Im *Plural.*

Irgendwas klingelte in ihrem Kopf, im Zusammenhang mit Bruce Haverts Jobs. »Ich gehe noch mal an den Anfang zurück, Bruce.«

»Oh Gott …«

»Haben Sie Geduld mit mir. Randi rief Sie in Ihrer Wohnung an.«

»Ja.«

»Sie war in Panik, weil Penny tot war, Georgina tot war und der Tiger aufwachte.«

»Richtig.«

»Also sagten Sie ihr, Sie würden in die Wohnung kommen, um beim Wegschaffen von Georginas Leiche zu helfen. Weil Sie nicht wollten, dass sie von dem Tiger gefressen wird.«

»Genau.«

»Sie brachten eine Schaufel mit, weil Sie wussten, dass Sie sie begraben mussten.«

»Sie hatte ein Begräbnis verdient.« Havert klang selbstgerecht.

»Ich verstehe. Also gingen Sie in die Wohnung und holten Georgies Leiche ab.«

»Habe ich bereits zugegeben. Was bringt das, jedes Detail wieder und wieder durchzukauen?«

»Der Punkt ist, dass Sie ihren Leichnam aus der Wohnung schaffen mussten, ohne Verdacht zu erregen. Wir haben Sie auf Band, wie Sie die Sporttaschen herausschleppen, die Georgie und Randi mitgebracht hatten.«

Schweigen.

»Bruce, Sie hatten *zwei* Sporttaschen im Schlepptau. Weil … Sie wissen es, und ich weiß es … Georgie nicht in eine einzige Tasche gepasst hätte. Eine war viel zu klein für sie.«

Havert wurde grün im Gesicht. Bevor er etwas sagen konnte,

bevor er einen Anwalt verlangen konnte, redete Marge bereits weiter. »Zusammen mit der Schaufel brachten Sie ein paar Fleischermesser mit, oder?«

Havert sagte immer noch nichts.

»Bruce, sie war bereits tot. Für Georgie machte es keinen Unterschied.«

Keine Reaktion.

»Sie haben auch mal als Schnellkoch gearbeitet«, sagte Marge. »Ich bin sicher, Sie haben in Ihrem Leben schon viele Hühner zerlegt.«

Schweigen.

»Sie haben sie zerlegt, nicht wahr?« Marges Stimme klang ganz ruhig.

Ein Nicken.

»Könnten Sie die Frage mit Ja oder Nein beantworten? Haben Sie Georgina Harris zerlegt?«

»Ja …« Seine Stimme war nur ein Flüstern. »Ich habe niemanden getötet.« Havert wischte sich über die Augen. »Wie schaffe ich es, dass Sie mir glauben?«

Marge schob einen leeren, gelb linierten Block und einen Stift über den Tisch. »Es wäre hilfreich, wenn Sie das, was passiert ist, mit Ihren eigenen Worten aufschreiben würden. Dann bräuchten wir Ihnen nicht mehr diese vielen Fragen zu stellen.«

Havert nickte. »Das mache ich.«

»Gut.« Marge stand auf, genau wie Oliver.

Sie schlossen die Tür zum Befragungsraum hinter sich und ließen ihn mit seinen kruden Gedanken allein.

37

Bruce Havert hatte sich letztendlich besonnen und einen Anwalt gefordert, aber es lagen mehr als genug Gründe vor, ihn dazubehalten, wodurch die Detectives Zeit gewannen. Die Vorführung vor Gericht war für morgen früh angesetzt, und sofern es nicht zu einem juristischen Theaterstück kam, würde der Fall zurück nach L. A. gehen. Es war unwahrscheinlich, dass Havert auf Kaution freikäme, aber für den Fall der Fälle hatte Detective Jack Crone Observierung angeordnet.

Kurz vor zehn Uhr abends verließen Marge und Oliver das Revier, um schnell noch etwas zu essen. Sie entdeckten ein indisches Restaurant mit einem Flatrate-Büfett für fünf neunundneunzig, was genau das Richtige gewesen wäre, außer dass der Laden in fünf Minuten schließen wollte. Hinter einer Fensterscheibe gab ihnen eine Inderin mit einem langen grauen geflochtenen Zopf in einem lindgrünen Sari ein Zeichen und hieß sie willkommen.

Sie betraten das Lokal, in dem es warm war und nach exotischen Gewürzen roch. Das Büfett war gut gefüllt, aber wer wusste schon, wie lange das Essen auf den Wärmeplatten herumgestanden hatte.

Die lindgrüne Sari-Frau sagte: »Ich habe noch jede Menge frisches Essen in der Küche, von allem etwas. Ich stelle Ihnen eine große Platte zusammen und berechne Ihnen dasselbe wie für das Büfett. Ich heiße übrigens Domani.«

»Vielen Dank, Domani«, sagte Marge, »das klingt sehr gut.«

»Klingt toll«, echote Oliver. »Sind Sie sicher, dass wir Sie nicht aufhalten?«

»Nein, bleiben Sie, so lange Sie wollen. Wir reinigen gerade die Küche.«

Marge bedankte sich nochmals. Beide waren erschöpft. Sie hatten einen langen Tag gehabt, und keinem von beiden war nach Reden zumute. Domani kam ein paar Minuten später mit einem Tablett voller indischer Spezialitäten zurück: Tandoori-Huhn, Tandoori-Lamm, frittierte Shrimps, Reis mit Gemüse und Huhn, Linseneintopf, Spinat mit Käse, scharf gewürzte Auberginen und ein Gericht aus Kartoffeln, Karotten und Bohnen. Es gab drei Dip-Saucen und einen Stapel indisches Fladenbrot mit Knoblauch. Sie reichte ihnen zwei leere Teller und goss Wasser ein. »Noch etwas?«

Marge lief das Wasser im Mund zusammen. Sie hatte nicht gewusst, wie hungrig sie war. »Das ist genau das Richtige.«

»Ich bringe Ihnen Chai. Und ich habe noch Reispudding, wenn Sie fertig sind. Bon appétit.«

»Danke.« Oliver bediente sich beim Fleisch. »Das sieht gut aus.«

»Und wie.« Marge nahm etwas von dem Gemüse.

»Hast du Decker irgendwann erreicht?«

»Ich rief ihn an, er rief mich an. Er hat keine Nachricht hinterlassen, und ich auch keine besonders lange. Haverts Fall ist keiner, den ich nach dem Piepton mal kurz zusammenfassen konnte. Ich habe ihm nur gesagt, dass wir hier übernachten.«

»Wo schlafen wir?«

»Irgend so ein Suite-Motel. Sieht ziemlich sauber aus und hat ein paar Spielautomaten in der Lobby.«

»Klasse.« Oliver nahm eine Gabel von dem Lammgericht und tauchte sie in eine scharfe braune Soße. »Lecker. Oder ich habe vielleicht einfach nur Hunger.« Noch ein Happen. »Wie viel glaubst du Havert?«

»Gerade wollte ich dich dasselbe fragen. Ich glaube, er könnte jemanden ermorden – wenn du jemanden zerlegen kannst, kannst du auch jemanden töten –, aber ich nehme ihm ab, dass er bei dem Mord nicht dabei war.«

»Warum?«

»Gute Frage.« Sie trank einen Schluck Wasser. »Zunächst einmal, weil ich ihn nicht in eine Lüge verstricken konnte. Er gab zu, den Anruf erhalten zu haben, in die Wohnung gefahren zu sein und eine Schaufel mitgenommen zu haben. Und, verdammt, er hat zugegeben, dass er die Leiche zerteilt und begraben hat. Es ist nicht wie sonst: das übliche Geschwätz, bis er oder sie so richtig ins Fettnäpfchen tritt und zurückrudern muss. Was glaubst du denn?«

»Ich bin noch unentschlossen. Sobald wir ihn in L. A. haben, bitten wir ihn, einen Polygrafentest zu machen, und versprechen ihm, die Anklage zurückzuschrauben, falls er durchkommt. Ich vermute, dass unser nächster Schritt sein wird, Randi Miller und Georginas Leiche zu finden.«

»Wenn es wirklich eine Leiche gibt. Vielleicht klopft ihr Herz immer noch. Vielleicht hat Georgina den alten Mann umgelegt, und es war gar keine Notwehr. Wenn wir glauben, dass sie tot ist, suchen wir nicht mehr nach ihr. Dann wäre sie frei, ganz von vorne in einem neuen Leben anzufangen.«

»Deshalb brauchen wir die Leiche«, sagte Oliver.

Marges Handy spielte Mozarts *Türkischen Marsch.* »Es ist Decker.« Sie drückte den grünen Knopf. »Hey, was gibt's?«

»Wo seid ihr?«, fragte Decker.

»Wir sind noch in Vegas.«

»Sehr praktisch«, sagte Decker, »ich nämlich auch. Wir müssen reden, und ich möchte das ungern am Telefon besprechen. Wie lautet eure Adresse?«

»In einem Restaurant, bleib kurz dran.« Marge bekam die Adresse und nannte sie ihm.

Decker besprach sich mit einem Taxifahrer. »Ich bin zwei Minuten von euch entfernt.«

»Es ist ein Inder. Hast du Hunger?«

»Ich bin am Verhungern.«

»Wir lassen dir etwas Gemüse übrig.« Marge legte auf.

Domani hatte die Wärmeplatten des Büfetts bereits weggeräumt. »Ich kann Ihnen noch mehr Gemüse bringen.«

»Das wäre toll«, sagte Marge. »Unser Boss kommt gleich.«

»Ihr Boss? Um zehn Uhr abends?«

»Das ist sogar für ihn ungewöhnlich. Es muss sehr wichtig sein.«

»Womit verdienen Sie denn Ihr Geld?«

»Polizisten«, sagte Oliver.

»Sie sind von der Polizei?« Die Frau sah verwirrt aus. »Wie kommt es, dass ich Sie noch nie gesehen habe?«

»Wir sind vom LAPD, nicht von der Las Vegas Metro«, erklärte Marge ihr.

»Aha. Sie haben einen Penner aufgegriffen und verfrachten ihn zurück nach L. A.?«

»So etwas in der Art.«

»Das passiert dauernd. Las Vegas zieht viele Verlierer an. Ich hoffe, Sie verbinden die Arbeit mit ein bisschen Vergnügen.«

»Jetzt, wo der Boss kommt, wird es wohl mehr Arbeit und weniger Vergnügen werden«, sagte Oliver.

Domani lachte. »Na ja, wenn Sie trotzdem die Gelegenheit finden, den Strip unsicher zu machen, viel Glück.«

»Macht es Ihnen auch bestimmt nichts aus, dass wir nach Feierabend noch da sind?«, fragte Marge. »Es hörte sich so an, als hätte er uns viel zu erzählen.«

»Kein Problem.« Marge gab ihr fünfzig Dollar. Domani riss die Augen auf. »Soll das ein Witz sein? Was mich betrifft, können Sie die ganze Nacht hierbleiben.«

»Ein paar Stunden, höchstens. So möchten wir uns für Ihre Unterstützung der Polizeikräfte bedanken.« Marge lächelte. »Es gehört Ihnen, solange Sie uns Nachschub von dem Saag Paneer und dem Baingan Bharta bringen.«

Mit einer Stofftasche auf Rollen im Schlepptau sah Decker sich um und ließ sich dann neben Marge gegenüber von Oliver nieder. Er trug ein Poloshirt unter einer Bomberjacke aus Leder, dazu Jeans und schwarze Cowboystiefel. Er lehnte sich zurück und starrte an die Decke. Er lächelte, aber sichtlich müde. »Will lässt dich grüßen.«

»Wie geht es ihm?«

»Er ist ein guter Mann, Marge. Ein guter Mann und ein guter Polizist.« Decker öffnete seine Tasche, holte ein Notizbuch heraus und sah sich um. »Kann man hier problemlos reden?«

Die Platten waren weggeräumt, und das Restaurant war leer. Aus der Küche drangen Reinigungsgeräusche. »Die Besitzerin meinte, wir könnten so lange bleiben, wie wir wollen«, sagte Marge.

»Prima«, sagte Decker. »Setzt mich ins Bild.«

Das taten sie. Während Marge und Oliver das Verhör abspulten, aß und nickte Decker und machte sich Notizen. Nachdem alle seine Fragen beantwortet waren, brauchte er eine halbe Stunde für seine eigene Fassung des Ganzen. Als sie fertig waren, hatte Decker monströse Kopfschmerzen. Er schmiss zwei weitere Advil auf die beiden drauf, die er vor gerade mal zwei Stunden eingenommen hatte. Er betrachtete sein Gekritzel. »Also … was den Mord betrifft … haben wir einen Bericht aus zweiter Hand und dabei keine Ahnung, ob er stimmt oder nicht.« Er rieb sich die Stirn. »Glaubt ihr beide ihm?«

»Wir haben gerade darüber gesprochen«, sagte Oliver. »Sobald wir ihn in L. A. haben, bitten wir ihn um einen Polygrafentest. Wenn er besteht, können wir den Staatsanwalt vielleicht dazu bringen, einige Anklagepunkte abzumildern.«

»Ihr habt ihn nicht wegen Mordes verhaftet, stimmt's?«

»Stimmt.«

»Also habt ihr ihn wegen Fälschung der Beweislage, Vernichtung von Beweisen und Leichenfledderei. Das sind schwerwiegende Vergehen, aber er hat niemandem etwas angetan. Ohne eine Mordanklage wird die Kaution nicht besonders hoch angesetzt werden.«

»Er hat eine Leiche zerlegt«, sagte Marge. »Der Ekelfaktor arbeitet für uns.«

»Wenn er auch nur ein bisschen Kleingeld übrig hat, zahlt er die Kaution und ist in vierundzwanzig Stunden draußen«, sagte Decker. »Was ist mit Randi Miller? Haben wir angefangen, nach ihr zu suchen?«

»Im Telefonbuch von Missoula steht sie nicht«, sagte Oliver.

»Sie wohnt seit fünfzehn Jahren nicht mehr dort«, sagte Marge. »Havert meinte ja nur, sie könnte *vielleicht* dort sein.«

»Ist Randi Miller überhaupt ihr richtiger Name?« Als Oliver mit den Achseln zuckte, sagte Decker: »Also wissen wir das auch nicht. Was ist mit den Eltern?«

»Wir kennen den Namen ihrer Mutter nicht, weder Vor- noch Nachnamen«, sagte Marge. »Wenn ihre Mutter mit Nachnamen Miller heißt, bedeutet das viele Anrufe. Warten wir doch ab, bis die County-Verwaltung morgen aufmacht, und dann suchen wir nach Randi Millers Geburtsurkunde. So kriegen wir den Namen ihrer Mutter heraus.«

»Okay«, meinte Decker. »Und wenn wir Mom finden, finden wir vielleicht auch Randi. Havert zeigt mit dem Finger auf sie. Geben wir ihr die Chance, mit dem Finger auf ihn zu zeigen.«

Domani kam aus der Küche und musterte Decker von oben bis unten. »Sie sind also der Boss?«

»Nur dem Titel nach.« Decker grinste. »Das war alles sehr lecker. Vielen Dank.«

»Bereit für den Reispudding?«

»Ich bin satt«, sagte Marge.

»Für fünfzig Dollar steht Ihnen ein Nachtisch zu.«

Als sie wieder weg war, fragte Decker: »Ihr habt ihr fünfzig Dollar Trinkgeld gegeben?«

»Inklusive Essen«, klärte Marge ihn auf. »Besser, als es in die Spielautomaten zu schmeißen.«

»Da hast du vermutlich recht. Ihr habt aber meine Frage nicht beantwortet: Glaubt ihr, dass Havert die Wahrheit sagt?«

»Ja«, erwiderte Marge.

»Größtenteils ja«, sagte Oliver.

»Ich halte seine Antworten für plausibel.« Decker fuhr sich mit beiden Händen übers Gesicht. »Mit diesem Opfer haben wir echt ein Problem. Ich behaupte ja nicht, dass irgendjemand das Recht hat, irgendwen abzuknallen, aber unser Opfer ist auf einzigartige Weise moralisch verkommen. Dieser Fall, egal wer an was die Schuld trägt, wird niemals vor Gericht gehen.«

»Du hast in Sabrinas Haus Blut entdeckt?«, fragte Marge.

»Ein Raum und ein Schrank, die beide stahlblau geleuchtet haben. Penny hat dort schreckliche Sachen durchgeführt, wahrscheinlich mit einer Vielzahl von Frauen. Will und ich sind ein paar ungelöste Fälle durchgegangen, vor allem Vermisstenfälle, die dreißig Jahre zurückliegen: eine zweiundzwanzig Jahre alte Kellnerin und eine zwanzigjährige Teilzeit-Studentin an einem Community-College. Danach waren wir auf der Polizeistelle der Uni von Santa Barbara und haben nach vermissten Studentinnen gefragt. Es dauerte ein bisschen, aber schließlich haben sie zwei ungeklärte Fälle gefunden – eine achtzehn, die andere neunzehn. Ich bin dankbar dafür, dass dieser Mist Wills Sache ist und nicht meine. Aber wir haben jetzt vielleicht ein paar Treffer zu den tiefgefrorenen Fingern. Und das Blut im Gewebe lässt sich dadurch erklären, dass sie so lange in der Tiefkühltruhe gelagert waren.«

Am Tisch wurde es still. »Hat Sabrina etwas damit zu tun?«, fragte Marge.

»Sie wusste, dass er die Mädchen mit in diesen Raum nahm, behauptet aber, nichts von dem gewusst zu haben, was darin vor sich ging.«

»Glaubst du ihr?«, fragte Oliver.

»Ja. Meiner Meinung nach war sie glücklich darüber, dass ihr Monster-Ehemann sie mal in Ruhe ließ und sich auf jemand anderes stürzte. Ich glaube nicht, dass sie etwas von den Morden wusste, aber es wurde auch sehr deutlich, dass sie keine Fragen gestellt hat.«

»Fairerweise muss man sagen, dass niemand damit rechnet, einen Serienmörder als Ehemann zu haben«, sagte Marge.

»Natürlich nicht«, sagte Decker. »Sie war deswegen verzweifelt. Aber sie hat sich auch nicht eingehend damit befasst.«

»Also …« Oliver tippte auf den Tisch. »Möchtest du, dass wir mit den laufenden Ermittlungen weitermachen? Wie du ja schon sagtest, das Ganze kommt niemals vor Gericht. Alles, was du gerade über Penny gesagt hast, untermauert Randis Behauptung, es sei Notwehr gewesen.«

»Wir sind schon so weit gekommen«, sagte Decker, »jetzt ziehen wir es bis zum Schluss durch.«

Marges Handy klingelte. »Die Nummer sagt mir nichts.« Sie nahm den Anruf an. »Hier spricht Sergeant Dunn.«

»Hi, ich bin's, Mindy.«

Marge brauchte einige Sekunden, um den Namen einzuordnen. »Oh, Mindy Martin vom Sunset Strip. Wie geht's, Mindy? Bist du anständig geblieben?«

»Hab nie was Unanständiges gemacht.«

»Gut zu hören. Was ist los?«

»Ich hab sie gesehen.« Pause. »Die Lady, nach der Sie suchen. Die mit den Handschuhen.«

»Fantastisch, Mindy, gute Arbeit.« Marge drückte auf den Lautsprecherknopf. »Danke für den Anruf und deine Hilfe. Wo hast du sie gesehen?« Es gab eine Verzögerung. »Hallo?«

»Ja, ich bin noch dran. Sie haben versprochen, mir was für meine Hilfe zu geben.«

»Das lässt sich einrichten, hängt aber von der Genauigkeit der Information ab«, sagte Marge. »Momentan bin ich nicht in der Stadt. Wie wäre es, wenn wir uns morgen Abend irgendwo treffen …«

»Ich weiß nicht, ob sie morgen Abend oder übermorgen oder überübermorgen noch da sein wird. Aber ich kann Ihnen sagen, wo ich sie gesehen hab, wenn Sie mir was bezahlen.«

»Am besten machen wir einen Treffpunkt aus. Zum Beispiel vor dem Snake Pit?«

»Ich treff doch keinen Polizisten vor dem Snake Pit.«

»Also sag mir, wo.« Eine lange Pause. »Mindy«, fuhr Marge fort, »ich muss dich persönlich treffen, um dir das Geld zu übergeben. Such dir einen Ort aus.«

»Nicht das Snake Pit. Vielleicht da, wo Sie mich aufgegabelt haben?«

»Das war ungefähr Ecke Sunset und Genesee, richtig?«, fragte Marge. »Um wie viel Uhr?«

»So gegen neun? Da habe ich sie gesehen. Aber ich sage Ihnen nicht, *wo*, bis wir den Deal durchgezogen haben. Bringen Sie Bargeld mit, klar?«

»Ich hab's kapiert, Mindy. Ich bringe Bargeld mit, Ecke Sunset und Genesee, gegen neun Uhr morgen Abend, okay?« Als die Verbindung abbrach, zuckte Marge mit den Achseln. »Wie's aussieht, fahre ich morgen nach Hause.«

»Die behandschuhte Frau ist Shady Lady?«, fragte Decker.

»Hoffentlich«, sagte Marge.

»Ich buche euch beiden für morgen Nachmittag einen Flug. Wenn Bruce Havert nach L. A. zurückgebracht werden muss – was ich bezweifle, ohne eine Mordanklage –, werde ich ihn begleiten. Machen wir für heute Abend Schluss. Seht zu, ob ihr morgen früh eine Spur zu Randi Miller auftun könnt. Missoula ist kein winziger Ort, aber klein genug, dass die Polizei Einheimische kennt. Wenn Randi Penny umgebracht hat, möchte ich es von ihr hören.«

»Verstanden«, sagte Marge. »Und wie viel soll ich Mindy Martin geben?«

»Vielleicht zwanzig Dollar.«

»Das ist bei weitem zu wenig, Decker«, widersprach Oliver. »Für zwanzig kriegt man noch nicht mal einen runtergeholt.«

»Ihr wollt ja auch keine sexuelle Dienstleistung, sondern Informationen«, entgegnete Decker. »Macht, was ihr denkt, um damit durchzukommen.«

»Ich werde mein Bestes versuchen«, sagte Marge. »Armer Willy. Er hat viel Arbeit vor sich.«

»Ungelöste Fälle der letzten dreißig Jahre«, sagte Oliver. »Das wird ihn eine Weile beschäftigten.«

»Er ist schon lange bei der Mordkommission«, sagte Decker, »er sollte daran gewöhnt sein.«

»Klar, aber er ist nach Santa Barbara gegangen, um dem Großstadtscheiß zu entkommen.«

»So ist das Leben eines Polizisten«, sagte Decker. »Man kann wegrennen, aber man kann sich nicht verstecken.«

38

Nach drei Stunden Suche hörte Marge um ein Uhr morgens auf. Shady Lady blieb unauffindbar. Da sie einen langen Tag hinter sich und einen noch längeren vor sich hatte, konnte Marge kaum mehr die Augen offenhalten. Während der Fahrt über sich hinziehende monotone Freeways blieb sie dank des restlichen Adrenalins wach. Dann sprang die Bluetooth-Verbindung an, mit Deckers Handynummer auf dem Bildschirm ihres Cockpits. »Danke, dass du mich weckst.«

»Entschuldige, liegst du schon im Bett?«

»Nein, das war nicht sarkastisch gemeint, ich bin wirklich dankbar. Ich habe den Sunset Boulevard abgeklappert, auf einer ergebnislosen Suche nach Shady Lady. Deine Stimme wirkt wie ein starker Espresso. Was gibt's denn?«

»Wollte mich nur mal melden. Also war Mindy Martins Tipp eine Niete?«

»Vielleicht ja, vielleicht nein. Als Shady Lady nirgends auftauchte, habe ich Mindy angerufen und ihr gesagt, dass sie mich anrufen soll, wenn sie sie das nächste Mal sieht. Sie hat's mir versprochen, und dabei haben wir es belassen.«

»Glaubst du ihr?«

»Ich bin und bleibe ein hoffnungsloser Optimist. Selbst nach Enttäuschungen weigere ich mich, anders zu leben. Viel mehr beschäftigt mich, warum wir Haverts Notwehr-

Geschichte untermauern, indem wir Beweise sammeln, die Penny als waffenschwenkenden Psycho darstellen.«

»Weil Penny ein Psycho ist. Und wenn es Notwehr war, lasse ich die bisherigen Anwärter gerne alle frei – was wir im Grunde bei Havert schon getan haben.«

»Will sagen?«

»Die Kaution wurde hoch angesetzt, weil Havert L. A. fluchtartig verlassen hatte. Aber als er mit dem Tragen einer Fußfessel einverstanden war, hat der Richter die Summe erheblich reduziert. Er ist zur Arbeit gegangen.«

»Wann wurde er freigelassen?«

»Vor ungefähr sechs Stunden.«

»Du bist also zurück in L. A.?«

»Nein, ich bin in Bozeman, Montana, und friere mir den Arsch ab.«

»Montana?« Marge saß schlagartig kerzengerade hinterm Steuer. »Du hast Randi Miller gefunden?«

»Jawoll. Deine Idee, sie über die County-Verwaltung zu finden, war gut. Wir haben die Geburtsurkunde einer Randela McMillan entdeckt, die jetzt ungefähr zweiunddreißig wäre, und wir haben die Sozialversicherungsnummer – alles passte zusammen. Dann haben wir mit der Frau, die als Randelas Mom geführt wird, Kontakt aufgenommen. Sie lebt immer noch in Missoula. Randi Miller befindet sich circa hundertzwanzig Kilometer südwestlich von Bozeman, näher am Yellowstone, auf der Seite von Montana.«

»Die Gelegenheit für dich, ein bisschen Urlaub zu machen«, sagte Marge. »Ich für meinen Teil wollte schon immer den Old Faithful sehen.«

»Genau wie Rina. Aber wahrscheinlich eher nicht bei diesen abgründig tiefen Temperaturen. Ich erinnere mich an einen Freund, der sagte: Yellowstone hat drei Jahreszeiten: Juli,

August und Winter. Vielleicht wartest du lieber ab, bis der Boden mit einer anderen Farbe bedeckt ist als Weiß.«

»Wann befragst du sie?«

»Ich fahre um sechs los, damit ich gegen acht bei ihr zu Hause ankomme. Es ist nur Highway, aber wegen Schnee und Eis plane ich etwas mehr Zeit ein.«

»Und sie war damit einverstanden, mit dir zu reden?«

»Ich werde nicht verschwinden, und das weiß sie. Wenn es Notwehr war, möchte sie vielleicht ihre Version der Geschichte erzählen.«

»Wenigstens die Luft ist gut da draußen.«

»Die Luft ist kalt, Margie. Sehr, sehr kalt. Aber da sich die Elche nicht beschweren, warum dann ich?«

Da die Sonne erst in einer Stunde aufging, war es stockdunkel und die Luft eisig. Atmen tat weh, sich zu bewegen, tat weh, und sogar der Schluck Kaffee bot keine Freude, da man nur ein paarmal mit den Zehen zu wackeln brauchte, und schon war er von heiß zu lauwarm übergegangen. Decker hatte L. A. ohne für Kälte geeignete Klamotten verlassen. Er trug mehrere Schichten, inklusive seiner Bomberjacke, aber er hatte weder Handschuhe noch eine Mütze. Jeder Zentimeter freiliegender Haut fühlte sich wie verbrannt an. Als er sich in den Mietwagen setzte, schaltete er den Motor und die Lichter an und drehte Heizung und Lüftung voll auf: ein großer Fehler, denn die Lüftung blies erst kalte Luft ins Innere. Nach ein paar Minuten konnte Decker wenigstens seine steifen Finger aufwärmen.

Eine halbe Stunde später wurde der Himmel langsam heller, bis er schließlich in einem überwältigenden Schauspiel aus Pink-, Violett- und Orangetönen explodierte, die über die Berggipfel wogten und ihn umschlossen wie ein Ring aus

Feuer. Bei Tageslicht sah alles positiver aus. Die leeren Straßen und die weiße Landschaft betonten nicht länger ungute Vorahnungen. Stattdessen verschaffte diese schlichte Schönheit einem Zeit zum Nachdenken.

War Haverts Behauptung von Notwehr stichhaltig, und würden die Beweise sie untermauern?

Selbst wenn es sich nicht um Notwehr gehandelt hatte, welche Strafen würden sie für Havert und Miller bekommen, falls Penny ein Serienmörder war?

Und dann noch mal die Frage: Was für ein Mensch würde ein anderes menschliches Wesen zergliedern?

Wenn Georgina in dieser Wohnung zerstückelt worden war, müsste ihre DNA nachweisbar sein. Aber alles war durcheinander und voller Blut gewesen, was es unmöglich gemacht hatte zu wissen, welche Proben man hätte nehmen sollen.

Und wo war Georginas Leichnam?

Havert hatte versprochen, den Behörden bei der Suche zu helfen, aber er war sich nicht sicher, wo genau er und Randi sie begraben hatten. War das Ganze ein Verschwindetrick?

Und warum hatte keiner der Nachbarn in den umliegenden Wohnungen Schüsse aus Pennys Apartment gehört? Sie mussten alle noch mal befragt werden.

Und die Waffe? Man hatte nichts gefunden. Außerdem gab es keinen guten Kandidaten für den Gegenstand für die stumpfe Gewalteinwirkung. Wenn Randi Miller die Waffe nicht hatte, taten sich allerlei Möglichkeiten auf. Wenn doch, und wenn ihre Geschichte zu Haverts Version passte, dann war es Notwehr, und man konnte den Fall abschließen.

Vielleicht.

Auf den Boudoir-Fotos der Netzwerk-Seiten war eine glamouröse Frau abgebildet. Aber ohne Make-up und aufwendige Frisur, in einer ausgebeulten Jeans und einem Sweatshirt sah Randi Miller unscheinbar aus, mit harten Gesichtszügen. Die blonden Haare zeigten einen dunklen Ansatz, ihre Augen waren milchig blau, und ihre blassen Lippen verzogen sich zu einem verkniffenen Lächeln. Die Ärmel hatte sie über die Ellbogen geschoben, und ihre Arme und Handgelenke waren extrem dürr. Auf Nacken und Vorderarmen war sie tätowiert. Sie bot ihm einen Kaffee an, den beide schwarz bevorzugten. Um warm zu werden, nahm sie ihren Becher in beide Hände. Drinnen war es nicht kalt, aber weit entfernt von gemütlich.

Sie wohnte in einem Fertighaus – einem Trailer ohne Räder – mit einem Wohnzimmer, in dem eine einzelne Couch stand, einem Klappbett in der Ecke und einer Küchenzeile. Das Badezimmer lag hinter einer Tür. Eine Propangas-Heizung gab ihr Bestes im Kampf gegen das Wetter da draußen.

»Ich bin nicht richtig weggelaufen.« Ihre Stimme klang nasal und nach skandinavischen Vorfahren. »Musste nur Druck ablassen. Irgendwann hätte ich die Polizei schon benachrichtigt.«

Decker nickte.

Sie schüttelte den Kopf. »Dieses Arschloch.«

»Wer ist ein Arschloch?«, fragte Decker.

»Penny. Er war fies, aber dämlich fies. Wir hätten alles gemacht, was er wollte, und er hatte immer genug Kohle. Es kam mir so vor, als *wollte* er dieses Mal jemanden erschießen.«

Decker stellte seinen Becher ab und holte einen Notizblock aus der Tasche. »Warum fangen Sie nicht von vorne an?«

»Wahrscheinlich sollte ich nicht ohne Anwalt mit Ihnen reden.«

»Dazu haben Sie eindeutig das Recht.«

»Bin ich verhaftet?«

Decker wich der Frage aus. »Bruce Havert hat mir ein paar verstörende Dinge erzählt, Randi. Ich würde gerne Ihre Seite hören über das, was passiert ist, bevor ich irgendetwas unternehme.«

»Ich sollte mir einen Anwalt besorgen.«

»Wie Sie wollen. Es ist Ihre Zeit und Ihr Geld.«

»Klar … Geld. Geht immer ums Geld. Er hat einfach …« Ihre Kiefermuskeln waren verkrampft. »Er hat sie mit einer Waffe bedroht – Georgie.«

»Wer hat das getan?«

»Penny. Ich will nicht drüber reden.«

»Okay«, sagte Decker. »Lassen wir das erst mal. Wie wär's mit ein paar Daten? Wie oft waren Sie vor dem Vorfall schon in Pennys Wohnung gewesen?«

»X-mal.«

»Und was ging dieses Mal schief?«

»Keinen Schimmer.« Sie schüttelte den Kopf. »Ich hab nichts geahnt.«

»Fangen Sie damit an, wie Sie an seiner Wohnung ankommen.«

»Alles normal: Er machte die Tür auf, wir gingen rein. Ins Schlafzimmer. Wir gingen immer ins Schlafzimmer, weil ich's nicht vor einem Tiger machen wollte.«

»War der Tiger immer da, wenn Sie und Georgie in die Wohnung kamen?«

»Ja.«

»Und wo war der Tiger dieses Mal?«

»Wie üblich im Wohnzimmer. Sie schlief … betäubt.«

»War der Tiger angekettet?«

»Sie hatte die Kette um, aber sie war damit nirgendwo angekettet. Das Arschloch mochte den Nervenkitzel. Er hatte den Tiger gerne dabei, selbst wenn sie betäubt war. Er liebte die Kontrolle über wilde Tiere. Und über giftige gruselige Tiere. Er führte uns immer Schlangen und Spinnen und Skorpione vor. Ließ sie sich über die Arme und Hände krabbeln. Zuerst bin ich deshalb total ausgerastet vor Angst. Irgendwann gewöhnt man sich dran.«

»Hat er Ihnen an jenem Tag Schlangen und Spinnen gezeigt?«

Randi schüttelte den Kopf. »Er hat wohl gemerkt, dass wir keine Angst mehr hatten, dass der Schrecken sich abgenutzt hatte.« Pause. »Vielleicht hat er deshalb beschlossen, die Waffe zu benutzen ... um uns zu erschrecken.« Tränen in den Augen. »Schätze mal, es hat funktioniert.«

»Georgie und Sie gingen also ins Schlafzimmer.«

»Ja.«

»Gut«, sagte Decker, »und was passierte dann?«

Sie knetete die Hände, als würde sie Teig verarbeiten. »Georgie ... sie klappte den Massagetisch auseinander ... so fing's immer an. Wir massierten ihn.« Pause. »So fing's *normalerweise* an.«

»Haben Sie ihn massiert?«

»Nein.« Sie schüttelte den Kopf. »Er wollte gleich loslegen. Kein Aufwärmen, gar nichts. Für uns war das in Ordnung. Je eher wir loslegen, desto schneller sind wir da wieder raus.«

»Verstehe.«

»Wir gehen also ins Bett mit ihm. Fangen mit dem an, was er mag ... wollen Sie Einzelheiten hören?«

»Vielleicht später. Jetzt will ich erst einmal wissen, was schiefgelaufen ist.«

»Bin mir nicht sicher. Wir machen es ihm also ... oral. Wir haben uns abgewechselt, damit wir nicht müde wurden. Bei einem alten Kerl kann das ewig dauern. Und genau so war's diesmal. Er kam einfach nicht in Stimmung, Lieutenant. Vielleicht haben wir nicht die richtigen Sachen gesagt oder nicht gut genug gestöhnt oder ...«

Sie wischte die Tränen weg.

»Vielleicht brauchte er noch was Zusätzliches. Oder er kriegte es einfach nicht mehr hin und war deshalb wütend. Er zog Georgie an den Haaren … brachte ihr Gesicht nah an seins. Ich dachte, gleich küsst er sie oder so. Dann seh ich, dass er ihr eine Knarre an den Kopf hält. Es war schrecklich.«

»Woher kam die Waffe?«

»Keine Ahnung. Vielleicht lag sie unterm Kopfkissen.« Sie leckte sich über die Lippen. »Ich dachte, es wäre eine Attrappe. Ich machte sogar Witze darüber. Großer Fehler. Er schob sie weg von ihrem Kopf und drückte ab. Die Kugel schlug in die Wand. Ich bin meterhoch aufgesprungen. Ab da hatte ich richtig Angst.«

»Das wäre mir genauso gegangen«, sagte Decker. »Niemand ringsherum hat einen Schuss gehört, was seltsam ist.«

»Die Knarre hatte einen Schalldämpfer. Jedenfalls flogen Fetzen aus der Wand, und ich wusste, das Ding ist echt. Meine Angst muss ihn total angetörnt haben. Er wurde hart, dann … endlich … nachdem er abgedrückt hatte.« Sie wischte sich über die Augen. »Ich war gerade da unten zugange und sah, wie er zum Leben erwachte.« Sie biss sich auf die Unterlippe. »Entschuldigung. Ich brauch mehr Kaffee.«

»Natürlich.«

Sie stand auf. »Möchten Sie auch Nachschub?«

»Nein, danke.«

Nach ein paar Minuten war sie wieder da und setzte sich. Sie redeten über belanglose Dinge, bis sie schließlich zum Thema zurückkehrte. »Nachdem er geschossen hatte … alles lief ab mit Warpgeschwindigkeit. Ich sprang auf, und Georgie umklammerte seinen Arm. Und dann kämpften Penny und sie um die Waffe. Ich schreie, und sie schreit. Dann fällt mir dieser Totschläger ein … in meiner Sporttasche. Es gibt manchmal so Kunden für das Ding, wissen Sie. Ich such nach ihm, und in dem Augenblick hör ich, wie die Waffe noch mal losgeht.« Ihre Unterlippe zitterte. »Er lächelte, als er sie erschoss. Dieses breite Grinsen … und die Waffe zeigte jetzt genau auf mein Gesicht.«

Sie weinte richtig.

»Ich hatte solche Angst … ich …« Sie hob die Hand. »Ich schlug nach ihm.« Sie senkte die Hand wieder. »Mit aller Kraft. Sein Kopf platzte auf. Es war fürchterlich. Das Blut kam rausgeschossen.«

Niemand sprach weiter.

Sie schluckte. Die Worte schienen in ihrer Kehle gefangen zu sein. »So viel *Blut*! Ich fing an zu zittern. Ich hatte das Gefühl, gleich fall ich in Ohnmacht. Ich hatte eine Scheißangst.«

Decker nickte. »Das verstehe ich.«

»Und da hab ich Bruce angerufen … und er sagte, er kommt sofort.«

»Bruce war also nicht dabei, als es passierte?«

»Wenn Bruce da gewesen wär, dann wär das doch alles gar nicht passiert. Bruce wollte nicht mehr, dass wir Penny versorgen. Aber die Kohle … er gab uns fünfhundert bis zu mehreren tausend für weniger als eine Stunde Arbeit. Das ist viel Geld für mich.«

Decker nickte wieder und sagte: »Erzählen Sie mir, was passierte, nachdem Bruce da war?«

»Alles ging so schnell. Wir mussten da weg, weil der Tiger anfing, sich zu bewegen. Ich glaube, sie roch das ganze Blut.«

»Was haben Sie und Bruce gemacht?«

»Wir sind abgehauen.«

»Sie sind abgehauen?«

»Ja.«

»Und was haben Sie mit Georgie gemacht?«

»Georgie war tot ... daran gab's keinen Zweifel.«

»Gut, aber sie blieb nicht dort.«

»Nein.«

»Was geschah dann?«

Randi wandte den Blick ab. »Wir nahmen sie mit. Wir wollten sie nicht als Tigerfutter zurücklassen.«

»Wie haben Sie sie aus der Wohnung entfernt?«

»In der Sporttasche.«

»In einer von denen, die Sie dabeihatten?«

Sie nickte, vermied aber Blickkontakt.

»Eine Tasche war zu klein für den ganzen Körper.« Als Randi nichts dazu sagte, fuhr Decker fort: »Sie sind jetzt schon so weit gegangen. Spucken Sie's aus, danach werden Sie sich besser fühlen.«

»Sie war tot, Lieutenant. Sie bewegte sich nicht mehr, sie atmete nicht mehr, gar nichts.«

»Haben Sie den Puls gesucht?«

»Brauchte ich nicht. Sie war tot. Und der Tiger fing an aufzuwachen.«

»Verstehe. Sie mussten schnell eine Entscheidung treffen.«

»Genau. Und sie war schon tot. Penny hat sie erschossen. Ich schwör's bei Gott, das ist die Wahrheit.«

»Ich glaube Ihnen.«

»Wirklich?«

»Ja. Und wenn Sie möchten, dass alle Ihnen glauben, machen Sie einen Polygrafen-, also einen Lügendetektortest.«

»Wann immer Sie wollen.«

»Gut. Das wird Ihre Umstände mildern.«

»Wann machen wir ihn dann?«

»Ich setze einen Termin fest, so schnell ich kann.«

»Hier?«

»Es wäre für alle Beteiligten besser, Sie kämen nach L. A.

zurück. Auch das würde Ihnen mildernde Umstände einbringen.«

»Ist Bruce wieder in L. A.?«

»Er steht mit uns in Verbindung. Er hat einem Polygrafentest ebenfalls zugestimmt.« Decker gab ihr einen Moment Zeit zum Nachdenken. »Erzählen Sie mir, was mit Georgina passiert ist. Sie waren ehrlich. Gehen wir den Weg zu Ende.« Noch eine Pause. »Bruce Havert und Sie befanden sich also in Pennys Wohnung …«

»Wir waren beide … total ausgeflippt.«

»Natürlich. Georgie ist tot. Der Tiger wacht auf. Was geschah als Nächstes?«

Sie seufzte, als ihre Augen wieder feucht wurden. »Ich liebte Georgie. Ich konnte sie nicht für den Tiger liegenlassen.«

»Das verstehe ich. Was haben Sie dann gemacht?«

»Wir versuchten, sie in die Sporttasche zu stopfen, aber wie Sie schon sagten, sie war zu groß …«

Beide schwiegen.

»Mit mehr Zeit wär uns bestimmt was Besseres eingefallen, aber wir mussten uns beeilen.«

»Das sehe ich.«

Sie seufzte. »Bruce brach ihre Beine an den Knien und versuchte, sie irgendwie … in die Sporttasche zu stopfen … sie war immer noch zu groß.«

Stille.

»Also …« Randi schluckte schwer. »Er holte ein Messer aus der Küche.« Sie räusperte sich. »Nachdem er es erledigt hatte, packten wir sie ein.«

»Nachdem Bruce was erledigt hatte?«

»Er musste ihre Beine abtrennen.«

»Gut, fahren Sie fort.«

Sie räusperte sich noch einmal. »Wir packten die einzelnen

Teile in ein paar Müllsäcke, damit sie auf dem Weg nach draußen nicht tropfte. Die Beine verstauten wir in der einen Sporttasche, den Rest in der anderen.«

Sie tupfte sich ihr feuchtes Gesicht mit ihrem T-Shirt ab.

»Für das Begräbnis legten wir sie wieder zusammen. Wir hätten zur Polizei gehen sollen, aber ich hatte Angst, dass mir niemand glaubt. Penny war reich und alt. Die Polizei würde denken, wir wollten ihn ausrauben.«

»Gab es denn in der Wohnung Sachen, die wertvoll genug waren?«, fragte Decker.

»Keine Gegenstände, aber er hatte immer viel Bargeld im Haus. Er bezahlte uns immer in bar.«

Und trotzdem hatten Oliver und Marge bei der Durchsuchung der Wohnung nichts Wertvolles gefunden. »Was passierte mit dem Bargeld, Randi? Und seien Sie ehrlich. Haben Sie es mitgenommen?«

»Nein«, sagte sie mit Nachdruck. »Alles war besudelt, voller Blut. Die Scheine sahen ekelhaft aus. Ich wollte nur weg.« Sie sah Decker an. »Ich hatte Angst um mein Leben, Lieutenant. Ich dachte wirklich, wenn ich ihn nicht angreife, bin ich die Nächste.«

»Deshalb schlugen Sie ihn auf den Kopf.«

»Ich schlug ihn auf den Kopf, ja.«

»Und dann haben Sie ihn erschossen.«

Sie sah ihn komisch an. »Nein, ich hab ihn nicht erschossen.«

»Sie haben Hobart Penny nicht erschossen.«

»Nein!«

»Denken Sie gut nach, bevor Sie mir antworten.«

»Da brauch ich gar nicht erst nachzudenken. Ich hab ihn nicht erschossen. Ich hätt's getan, wenn ich die Waffe gehabt hätte, aber die muss irgendwie runtergefallen sein oder so. Ich hab sie nach dem Schlag nicht mehr gesehen.«

»Nachdem er Georgie getötet und Sie ihm auf den Kopf geschlagen hatten, versuchten Sie da nicht, die Waffe zu finden?«

»Nein. Es herrschte totales Chaos. Das viele Blut. Und dann mussten wir auch noch die Beine abtrennen. Diese blöde Knarre war das Letzte, was mich interessiert hat. Ich hätte höchstens das Geld mitgenommen, aber selbst das hab ich nicht gemacht. Wir sind sofort abgehauen, nachdem Georgie eingepackt war.«

»Was ist mit der Waffe passiert?«

»Keine Ahnung.« Sie sah ihn an. »Sie haben sie nicht?« Als Decker schwieg, meinte sie: »Wie ich schon sagte, ich hab sie gar nicht berührt.«

»Das ist hochinteressant, Randi. Sie sagten, Sie hätten Penny nicht erschossen …«

»Nein.«

»Gut. Sie haben Penny nicht erschossen, aber Penny wurde erschossen. Was wissen Sie darüber?«

»*Nichts!*«

»Bruce Havert sagt, Sie hätten Penny erschossen.«

»Ich hab die Waffe *niemals* angefasst. Fragen Sie mich danach während des Lügendetektortests, und Sie werden sehen, dass ich die Wahrheit sage!«

»Bruce sagte, Sie hätten Penny in Notwehr erschossen.«

»Bruce war gar nicht *dabei.* Er bringt alles durcheinander. Ich hab den Mann mit meinem Totschläger erwischt, das geb ich zu. Aber die Waffe hab ich *niemals* angerührt.«

»Haben Sie den Totschläger noch?«

»Nein, ich hab ihn bei Georgie gelassen.«

»Also gut.« Decker wartete ein paar Sekunden ab. »Während Bruce in der Wohnung war, haben Sie ihn da jemals mit Penny allein im Schlafzimmer gelassen?«

»Da muss ich überlegen.« Pause. »Als Georgie nicht in eine

Sporttasche passte, ging Bruce das Messer holen.« Sie leckte sich wieder die Lippen. »Und dann, als er anfing zu schneiden, ging ich ins Wohnzimmer, vielleicht … eine Minute lang? Ich kam gleich wieder zurück, weil ich Angst vor dem Tiger hatte.«

»Haben Sie etwas gehört, als Sie im Wohnzimmer waren?«

»Was denn zum Beispiel?«

»So was wie einen Schuss.«

Sie schüttelte den Kopf. »Nein. Ich weiß nicht, was ich Ihnen noch über die Waffe sagen soll. Wenn der alte Mann erschossen wurde, dann ist das nach Bruce und meinem Verschwinden passiert. Ich wusste nicht, dass er erschossen wurde, bis Sie es mir gerade erzählt haben.«

»Als er Georgie erschoss, wie viele Schüsse haben Sie da gehört?«

»Einen.«

»Nur einen?«

»Ja … einen außer dem, der in die Wand ging.«

»Sie sind sich sicher.«

»Ganz sicher.«

»Und Sie wissen nicht, was mit der Waffe passiert ist?«

»Nein.«

Decker war ratlos. *Wenn* sie die Wahrheit sagte, gab es ein Problem, und zwar ein riesiges.

Wenn sie die Wahrheit sagte, lief alles darauf hinaus, dass noch eine weitere Person in die Sache verwickelt war.

39

Drei Tage später, nachdem Randi Miller und Bruce Havert ihre Aussagen niedergeschrieben und vor den Detectives bestätigt hatten, nachdem die Polygrafentests durchgeführt worden waren und nachdem Georgina Harris' halbierter Leichnam in einem dürftigen Grab gefunden worden war – die Frau hatte eine Schusswunde mitten ins Herz erlitten –, wurde der Tod Hobart Pennys offiziell als Totschlag gewertet.

Die Beweise in den Blutproben waren ausgewertet: Georginas Blut, Pennys Blut und sogar etwas von Randis Blut. Die Spurensicherung hatte eine Kugel in der Wand entdeckt. Die Beweislage schien die Aussagen zu untermauern. Randi Miller hatte geglaubt, dass es nur einen Weg gab, Penny auszuschalten und so ihre Freundin zu retten: indem sie den alten Mann auf den Kopf schlug. Und nachdem Marge Shady Lady gefunden und befragt hatte – geborene Arlette Jackson –, die ihr berichtete, wie Penny ihr den Finger abgehackt hatte, war der Richter noch stärker davon überzeugt, dass seine Entscheidung rechtschaffen war.

Es kam zu Anklagen: Fälschung der Beweislage, Leichenfledderei, aber wegen mildernder Umstände angesichts des Tigers gelang es Randi Miller und Bruce Havert, mit drei Jahren auf Bewährung davonzukommen. Das Urteil war so zu erwarten, da das Opfer keinerlei Sympathien geweckt hatte.

Doch nicht alles verlief dermaßen sauber und ordentlich. Die Detectives entdeckten zwar den Totschläger, im Grab mit Georgina, aber nicht die Waffe. Sorgfältige Durchsuchungen von Haverts Haus und Auto und Randis Auto und Trailer brachten keine Schusswaffen zum Vorschein, geschweige denn die Tatwaffe. Und in ihrer polizeilichen Aussage hatte Randi mehrmals erwähnt, dass Penny im Besitz großer Mengen Bargeld gewesen war, sie sprach sogar von den blutgetränkten Scheinen. Aber im Laufe der Durchsuchung der Wohnung hatten die Detectives keinen Stapel Geldscheine entdeckt. Im Gegenteil, es gab überhaupt nichts Wertvolles.

Als detailverliebter Polizist störte Decker sich daran. Auf seinem Schreibtisch lagen die Originalfotos des Tatorts neben dem Autopsiebericht. Gemeinsam mit Marge und Oliver ackerte er sich durch die Akten, in dem Versuch, irgendwo Geld zu finden. Schließlich ließ er die Unterlagen auf den Schreibtisch fallen und lehnte sich zurück. »Wir wissen von drei abgegebenen Schüssen.« Marge und Oliver blickten auf. »Einen in die Wand, einen durch Georginas Herz und einen in Pennys Rücken.« Decker hob ratlos die Hände. »Und niemand hat etwas gehört?«

»Die Waffe hatte einen Schalldämpfer.«

»Selbst wenn, es fand ein erbitterter Kampf statt.«

»Die Leute waren daran gewöhnt, aus Pennys Wohnung komische Geräusche zu hören«, sagte Marge. »Der Typ war ein Serienmörder. Vielleicht geschah es nicht zum ersten Mal.«

Decker gab ihr in diesem Punkt recht. Er dachte einen Moment lang nach. »Als wir den ersten Anruf bekamen, mussten wir das Gebäude wegen des Tigers evakuieren. Alle Bewohner waren ein paar Tage lang in der Stadt verstreut. Jetzt sind alle wieder da, und die Lage hat sich beruhigt. Wir haben nur ein Drittel der Leute aus dem Haus befragt.«

»Ich kann noch mal ein Team für eine Tür-zu-Tür-Befragung zusammenstellen«, bot Marge an. »Du möchtest den finden, der das Bargeld und die Waffe an sich genommen hat?«

»Ganz genau. Wenn Penny nicht von Randi oder Havert erschossen wurde, muss eine weitere Person verwickelt gewesen sein.«

»Laut Autopsiebericht wurde Penny durch stumpfe Gewalteinwirkung getötet. Ich kann mir vorstellen, wie noch jemand in die Wohnung kommt und das Geld stiehlt. Aber würde man den Toten dann in den Rücken schießen?«

»Die stumpfe Gewalt hat Penny *möglicherweise* getötet«, widersprach Decker. »Der Bericht legt sich nie genau fest, *wann* er starb. Vielleicht hielt er ein paar Stunden durch. Es könnte gut ein, dass Penny sich bewegte oder stöhnte oder irgendwas tat, um dem Eindringling zu zeigen, dass er noch am Leben war. Daraufhin geriet der Typ in Panik, schnappte sich die Waffe und schoss Penny in den Rücken, wahrscheinlich ein letzter Gnadenschuss. Dann nahm er das Geld und die Waffe mit und machte schnell einen Abgang.«

Marge und Oliver stimmten ihm beide zu, dass dieses Szenario plausibel klang.

»Diese Person«, fuhr Decker fort, »ist eventuell nicht direkt für den Mord verantwortlich, aber wenn es so abgelaufen ist, war es garantiert kein Schuss aus Notwehr. Zudem beging diese Person einen Einbruchdiebstahl.« Pause. »Irgendwelche Vorschläge?«

»George Paxton«, sagte Marge. »Jemand hörte Geräusche und rief Paxton an, um der Sache nachzugehen. Er hatte Schlüssel zu der Wohnung. Er konnte ein- und ausgehen, wann immer er wollte.«

»Ich denke auch an Paxton.«

»Andererseits erwähnten Randi und Havert uns gegenüber,

dass der Tiger anfing aufzuwachen«, gab Marge zu bedenken. »Wenn das Tier munter wurde, war Vignette Garrison die Einzige außer Penny, die an dem Tiger vorbeikam, ohne zerfetzt zu werden.«

Decker nickte. »Normalerweise würde ich auch auf Vignette tippen. Der Tiger stellt eine kapitale Abschreckung gegen Einbrecher dar. Aber *wenn* jemand im Gebäude die Schüsse gehört und Paxton angerufen hat, und *wenn* Paxton der Sache sofort nachging, dann hätte der Hausmeister genug Zeit gehabt, Penny zu erschießen, das Bargeld zu stehlen und von dort wieder zu verschwinden, bevor das Kätzchen ganz wach und auf Beute aus war.«

»Darum also willst du alle Bewohner befragen«, sagte Marge. »Mal sehen, ob ich den finden kann, der sich bei Paxton beschwert hat.«

»Das wird eine Weile dauern«, sagte Oliver. »Ich schlage vor, wir holen uns beide noch mal zu einer Befragung aufs Revier. Da der Fall im Grunde abgeschlossen ist, werden sie nicht mal ahnen, warum wir mit ihnen reden wollen.«

»Haltet mich für verrückt, aber wenn ich etwas verbockt hätte, wäre ich bei jedem Anruf der Polizei sofort misstrauisch.«

»Stimmt«, sagte Decker. »Also besuchen wir sie besser, statt sie hierherzuholen. Das ist weniger furchteinflößend, aber wir bekommen trotzdem die Gelegenheit, sie abzuklopfen.«

»Wie bringen wir das verschwundene Bargeld und die Waffe zur Sprache, ohne dass sie gleich zum Anwalt rennen?«, fragte Oliver.

Decker dachte einen Moment nach. »Beide lieben Geld. Ziehen wir doch einfach los unter dem Vorwand, wir wüssten etwas über Pennys Testament.«

»Seit wann redet die Polizei über das Testament eines Opfers?«, wunderte Oliver sich.

»Jedes Mal, wenn Vignette mich sieht, stellt sie mir eine Frage dazu. Sie wird kein Problem sein.« Decker sah auf die Uhr: zehn nach elf am Vormittag. »Ich fahre zum Tierasyl und rede mit Vignette.« Er stand auf. »Ich übergebe Mr Paxton in eure kompetenten Hände.«

Keine Unfälle auf dem Highway und eine Uhrzeit außerhalb des Berufverkehrs ließen die Fahrt zum Global Earth Tierasyl zu einem Spaziergang werden. Selbst nachdem Decker vom Freeway abgebogen und auf den Nebenstraßen unterwegs war, kam er gut voran, weil er den Weg kannte. Hinterm Steuer sitzend dachte er über seine Zukunft ohne das LAPD nach. Die ganzen letzten Wochen hatte er die Vor- und Nachteile von einem Leben in L. A. gegen eine Rückkehr in den Osten aufgelistet.

Nach der Quälerei in der Kälte von Montana war Decker nicht mehr ganz so sicher, richtige Winter könnten ihm nichts anhaben. Er hatte immer in der Sonne gelebt. Aber die Kälte fiel nicht so stark ins Gewicht wie der praktische Aspekt, in der Nähe seiner Enkel zu wohnen.

Natürlich, auf Rina musste er Rücksicht nehmen. Die Gemeinde hatte für sie eine besondere Bedeutung. Sie lebte koscher, und da bot L. A. ihr so viele Annehmlichkeiten – Bäckereien, Metzger, Märkte und Restaurants. Verglichen mit dem, was sie hatten, zogen sie aus der Sicht eines Orthodoxen in die Wüste. Rina hatte ihm gesagt, sie würde sich anpassen und dass sie begeistert davon wäre, in der Nähe der Kinder zu leben, aber er war sich nicht sicher, ob er ihr das glaubte.

Allerdings bedeutete ein weniger aufreibender Job auch weniger Arbeitszeit, sodass sie mehr Zeit für sich hätten. Aber er konnte nicht sagen, ob sie einfach nur nett sein wollte … und versuchte, seine Entscheidung mitzutragen.

Vielleicht war sie auch begeistert über den Umzug. Sie sah sich bereits auf dem Immobilienmarkt in der Gegend um.

Viel Land. Du könntest wieder Pferde halten.

Und du?

Ich habe immer Lust auf neue Abenteuer.

Er würde alles für sie tun … selbst das größte Opfer bringen.

Wenn du dir wirklich Sorgen um deine Eltern machst, Rina, dann können wir auch ein Haus mit Einliegerwohnung suchen.

Hoppla, du willst ja wirklich unbedingt weg aus der Stadt.

Rina hatte dabei gelacht. Wenn er daran dachte, musste er selbst lachen. Und er lachte immer noch, als er bei Global Earth ankam und sein Auto neben Vignettes kaputten Honda parkte. Die Luft war frisch, aber nicht kalt. Der Himmel war klar, und es fühlte sich gut an, so richtig tief durchzuatmen.

Er ging zum Trailer und klopfte.

Keine Antwort.

»Vignette?«, rief er. »Vignette, hier ist Lieutenant Decker. Ich habe Neuigkeiten für Sie!«

Immer noch keine Antwort. Sie war wohl gerade unterwegs, die Tiere versorgen. Er hatte zwei Möglichkeiten – sie zu suchen oder auf sie zu warten. Das Areal war der reinste Dschungel aus Wegen und Pfaden, die sich durch die provisorischen Gehege der Wildtiere schlängelten. Die Tiere lebten in Käfigen, aber nicht so gesichert, wie es Decker lieb gewesen wäre. Global Earth war kein Zoo, und die Tiere waren nicht an Fremde gewöhnt.

Trotzdem war er nicht den ganzen Weg hierhergefahren, um Däumchen zu drehen. Er ging bergauf los und rief beim Gehen ihren Namen. Aber immer wenn er den Mund öffnete, wurde er sofort von Gebrüll, Grunzen, Knurren und Geheul übertönt. Auf seinem Weg tiefer in die Auffangstation hinein wurden die Wege schmaler, die Büsche dichter, und es kam ihm so vor, als würden die Tiere unruhiger.

»Vignette?«, rief er noch mal.

Keine Reaktion.

Tiefer und tiefer in die Hügel hinein.

Endlich sah er sie vor dem Grizzly-Käfig knien, wieder mit der verletzten Pfote des Bären beschäftigt. Der Bär befand sich innerhalb einer behelfsmäßigen Absperrung, während Vignette draußen war und seine Tatze untersuchte. Decker wusste nichts über den derzeitigen Gemütszustand des Grizzlys, aber er gab eindeutig ziemlich viele Geräusche von sich: Er knurrte und grunzte laut, während Vignette versuchte, ihn mit sanfter Stimme zu beruhigen.

Als Decker das erste Mal nach ihr rief, hörte sie ihn nicht. Er war gezwungen, lauter zu reden. »Vignette?«

Sie machte einen Satz und ließ vor Schreck die Tatze fallen. Der Grizzly registrierte sofort ihre Furcht, holte mit einem Schlag nach der Absperrung aus und verbog dabei den Drahtzaun. Vignettes Augen flogen zwischen dem Grizzly und Decker hin und her.

Noch ein Schlag mit der Tatze, und der Zaun war ganz nach unten gedrückt. Der Grizzly ging auf Decker los, holte aus und riss seine Kleidung durch bis auf die Haut. Decker schaffte es, einen Sprung nach hinten zu machen, aber die Klauen erwischten ihn immer noch. Seine Wunden taten weh und bluteten, nichts Ernstes … aber dennoch.

»Hinlegen!«, schrie Vignette ihm zu. »Nicht bewegen, nicht bewegen, nicht bewegen!«

Nach etlichen Dienstjahren beim Militär und Paramilitär hatte Decker gelernt, dass man die Befehle, die einem jemand entgegenschrie, besser *umgehend* befolgte.

Er schmiss sich auf den Boden.

Gerade als der Bär zum zweiten Mal nach ihm ausholen wollte, stand Vignette zwischen der Tatze und Deckers hingestrecktem Körper. Die Klauen schlitzten nun ihre Jacke auf und hinterließen blutige, parallel verlaufende Spuren auf ihrer Schulter. Trotz der Angst in ihren Augen redete sie mit fester Stimme. Sie versetzte dem Bär einen Schubs gegen die Brust. »Zurück, Cody! Zurück! Zurück!«

Der Grizzly zögerte lange genug, dass sie ihn weiter zurückstoßen konnte. Er stieß Laute aus, und die Melodie klang geradezu traurig.

Vignette begann zu zittern. Sie hatte eine tiefe Fleischwunde; Blut rann über ihre Schulter. »Cody, zurück!« Noch ein Schubser. »Zurück, zurück, zurück!«

Der Bär trottete hinter die behelfsmäßige Absperrung. Irgendwie schaffte Vignette es, ihn in sein Fütterungsgehege zu führen; dort zog sie das Gitter zu und versperrte es mit einem Vorhängeschloss, wobei ihre Finger rot gefärbt waren. Der Bär war ihr den ganzen Weg wimmernd gefolgt.

Vignettes Gesicht war tränenüberströmt. »Braver Junge, Cody. Braver Junge.«

Sie wurde immer blasser. »Sind Sie verletzt?«, fragte sie Decker.

»Nein …«

»Bleiben Sie, wo Sie sind.« Sie ging zu einem Eimer voller Lachse und trug ihn mit ihrer unverletzten Seite zu dem Bären. »Braver Junge, Cody. Braver Junge.« Sie warf einen ganzen Fisch in seinen Käfig, sah ihm dabei zu, wie er ihn hinunterschlang, und gab ihm noch einen. »Braver Junge.«

Langsam kam sie zurück zu Decker. »Ich glaube, ich brauche Hilfe auf dem Weg nach unten.«

»Ich werde Sie tragen.« Mit dem vielen Adrenalin, das durch

seinen Körper schoss, hätte er wahrscheinlich einen Güterzug hochheben können. Sein Herz schlug rasend schnell.

»Nein, das würde ihn wieder aufregen«, sagte Vignette. »Ich kann laufen. Reichen Sie mir nur Ihren Arm.«

»Stützen Sie sich bei mir auf.«

»Ich mache Ihr Hemd blutig.«

Decker sah hinunter auf seine nackte Brust. »Welches Hemd?«

Sie musste tatsächlich lachen. Sie gingen langsam den Pfad abwärts. Auf halbem Weg Richtung Parkplatz stolperte sie. Decker fing sie auf und sagte: »Keine Widerrede.«

Als sie es endlich bis in den Trailer geschafft hatten, setzte Decker sie auf einen Stuhl und fragte: »Haben Sie einen Erste-Hilfe-Koffer?«

»Ja.«

»Ich muss versuchen, die Blutung zu stoppen, bevor ich Sie ins Krankenhaus bringe.«

»Ich gehe in kein Krankenhaus.«

»Sie sind zerfetzt. Sie müssen *genäht* werden.«

»Mir geht's …« Sie schluckte schwer. »Erste Hilfe ist in der Schublade des Aktenschranks.«

Sie keuchte. Decker entdeckte den Koffer und öffnete ihn. Dort fand er alles, was er kurzfristig brauchte. Er zog sich die Latex-Handschuhe über und stoppte sofort die Blutung. Keine Arterie verspritzte Blut, aber die Risse waren sehr, sehr tief. Mit den Fingern der einen Hand drückte er die Wunde zusammen; die andere Hand streckte er aus und schaffte es, eine Wasserflasche von ihrem Schreibtisch zu ergattern. »Trinken Sie.«

»Danke.«

Decker entfernte eine Lage blutige Gaze und entrollte die nächste Ladung, wobei er den Druck seiner Finger noch verstärkte. Er entdeckte eine Tube Neosporin und eine Flasche Alkohol.

Vignette hatte die Flasche Wasser hinuntergestürzt. Sie bemerkte, dass er die Desinfektionsmittel begutachtete und seine Möglichkeiten abwog. »Schütten Sie's drüber. Ich halt's aus.«

»Ich überlege nur gerade, ob es das Beste wäre, nichts zu tun. Auf keinen Fall möchte ich eine Infektion in die Wunde spülen.«

»Ich stimme für den Alkohol. Wenn Sie es nicht machen, mache ich es.«

»Gut. Halten Sie still. Das wird Sie umbringen.« Decker schraubte den Deckel ab und schüttete den Inhalt direkt auf die Risswunde.

Sie stieß einen Schrei aus. »Autsch, das tut weh!«

»Vignette, ich bringe Sie ins Krankenhaus.«

»Nein!« Sie war unnachgiebig. »Wenn die Behörden herausfinden, dass Cody mich verletzt hat, werden sie ihn einschläfern. Und wir wissen beide, dass es nicht sein Fehler war.«

»War es das nicht?« Decker verpasste ihr eine zweite Dosis Alkohol.

»Juhu!«, schrie sie. »Nein, war es nicht. Sie haben mich erschreckt, ich bin aufgesprungen, und er hat mich beschützt.« Wieder weinte sie. »Wenn er uns beide hätte töten wollen, wäre er dazu blitzschnell in der Lage gewesen. Keinesfalls Krankenhaus. Nein, nein, nein!«

Er redete sanft auf sie ein. »Meine Liebe, Sie müssen *genäht* werden. Sie haben keine Wahl.«

»Doch, die habe ich«, insistierte sie. »Ich habe schon Tiere zusammengeflickt, als der Tierarzt nicht herkommen konnte. Garantiert kann ich mich selbst auch zusammennähen.«

»Das können Sie verdammt sicher nicht!«

»Welche Wahl habe ich denn?« Sie sah ihn an. »Außer Sie wollen mich nähen. Sie scheinen mit Blut klarzukommen. Sie sollten sich übrigens um Ihre eigenen Kratzer kümmern. Wenn nicht, werden die sich entzünden.«

»Hier geht's nicht um mich. Mir geht es gut.« Decker atmete tief durch. »Haben Sie ein Nahtset?«

»Mehrere. Wissen Sie, wie das geht?«

»Ich habe es früher schon mal gemacht … vor langer Zeit. Aber damals sehr oft, also glaube ich, dass ich's kann.«

»Sie waren Arzt?«

»Sanitäter, in Vietnam.«

»Das ist ja die Antike.«

»Vielen, vielen Dank.« Decker entfernte die Gaze. »Haben Sie irgendein Betäubungsmittel?«

»Wenn ich mich um die Tiere kümmere, sind sie meistens komplett ausgeschaltet. Aber ich habe ein bisschen was für Lokalanästhesie da.« Sie stand auf und schwankte.

»Ich hole es.« Decker verband die Risswunde wieder neu. »Nicht bewegen. Sagen Sie mir einfach, wo alles ist, okay?«

»In der unteren Schublade vom Aktenschrank … nein, nicht diesem … ja, dem da.«

»Hab's.« Er untersuchte ein paar Nahtsets, bis er sich für die richtige Nadel und die richtige Fadenstärke entschieden hatte. »Ich würde gerne die Blutung unter Kontrolle bringen.«

Sie war still. »Ist es schlimm?«

»Ja, es ist sehr schlimm.«

»Geben Sie Ihr Bestes.«

»Ich bin nicht glücklich über das, was ich jetzt tun muss. Sie brauchen einen Arzt.«

»Los geht's, Lieutenant.«

Nachdem er die angeschwollene Hautoberfläche vorsichtig mit dem Lokalanästhetikum abgetupft hatte, öffnete er die vordere Klappe des Nahtsets und holte die gebogene Nadel, in die bereits ein Faden eingefädelt war, mit einer Pinzette heraus.

Der erste Stich war der schwerste. Aber manche Dinge verlernte man nie. »Ich nähe es locker zusammen, weil die Wunde noch stärker anschwellen wird«, erklärte er ihr.

»Sie klingen so, als wüssten Sie, wovon Sie reden.«

»Sie müssen zu einem Arzt.«

»Kommt nicht in Frage.« Sie war eine erfahrene Schauspielerin. Zuckte kaum zusammen, obwohl er wusste, dass es fürchterlich schmerzhaft war.

»Danke, dass Sie mir das Leben gerettet haben«, sagte er.

»Es war alles nur ein riesiges Missverständnis von Codys Seite aus.«

»Trotzdem danke«, sagte Decker noch einmal.

»Warum sind Sie hergekommen? Ich dachte, Mr Pennys Fall wäre gelöst ... dass es die Prostituierte war.«

»So erzählt man es sich.«

»Was soll das bedeuten?«

»Das bedeutet, dass wir ein paar offene Fragen haben, die wir lösen wollen.«

»Zum Beispiel?«

»Es ist kompliziert.«

»Ich gehe nirgendwo hin«, sagte Vignette. »Autsch!«

»Entschuldigung.« Deckers Herz schlug immer noch wie wild in seiner Brust. Er schwitzte, dabei war es kühl im Trailer. »Vignette, ich werde Ihnen jetzt die Wahrheit erzählen, weil ich Ihnen etwas schulde.« Er setzte einen neuen Stich. »Eine weitere Person hat die Wohnung betreten, nachdem die Huren weg waren. Ich glaube, diese Person hat Penny in den Rücken geschossen, obwohl der alte Herr es sowieso nicht mehr lange gemacht hätte. Er oder sie nahm einen Haufen Bargeld mit.

Wir suchen jemanden, der Zugang zu Pennys Wohnung hatte und am Tiger vorbeikam.«

Mit schwacher Stimme sagte Vignette: »Ich war es nicht. Ich hatte keinen Schlüssel zu seiner Wohnung, nur zu der mit den Schlangen und Insekten.«

»Jemand könnte Mr Pennys Wohnung durch diese anderen Wohnungen betreten haben.«

»Das höre ich zum ersten Mal.«

»Wenn es Ihnen wieder besser geht, muss ich Ihnen ein paar Fragen stellen.«

»Ich habe nichts vor. Fragen Sie frei von der Leber weg.«

»Das ist nicht der richtige Augenblick.«

»Lieutenant, bringen wir es hinter uns.«

»Also gut. Wann haben Sie Mr Penny zum letzten Mal gesehen?«

»Wie ich Ihnen schon gesagt habe: zwei bis drei Tage vor seiner Ermordung. Ich habe alle Schlangen und Insekten gefüttert und deren Terrarien gesäubert. Und die Aquarien der Fische. Es hat den ganzen Tag gedauert. Mr Penny tauchte zwei Minuten lang auf, um mich zu bezahlen.«

»Vielleicht habe ich Ihnen vorher nicht geglaubt. Aber jetzt tue ich das.« Sie antwortete nicht. Deckers Herz schlug immer noch zu schnell. »Wären Sie bereit, einen Lügendetektortest zu machen?«

Sie sah ihn an. »Ich hatte doch schon zugestimmt: ja. Sie haben sich nicht mehr bei mir gemeldet.«

»Wir waren abgelenkt wegen der Prostituierten. Würden Sie es jetzt machen?«

»Natürlich. Ich habe nichts mit Mr Pennys Tod zu tun, und ich habe niemals sein Geld gestohlen.«

»Ich vereinbare einen Termin … wenn Sie sich ein bisschen besser fühlen.«

»In ein paar Stunden geht es mir wieder gut. Haben Sie zufällig Codein dabei? Vielleicht können Sie ja was in der Asservatenkammer abstauben.« Als Decker lachte, sagte sie: »Ich habe Schmerzmittel für Tiere hier. Über die Dosierung bei Menschen bin ich mir nicht ganz sicher, deshalb muss ich es wohl mit Aleve aushalten.«

»Aleve wird nichts bewirken. Sind Sie nicht nervös, dass Cody Sie noch mal verletzen könnte?«

»Nö, er weiß doch gar nicht, was er getan hat. Morgen sind wir wieder die besten Freunde.«

Es dauerte noch fünfzehn Minuten, bis Decker ganz fertig und mit seiner Arbeit zufrieden war. Nach dem letzten Stich schnitt er den Faden ab und betupfte das Endergebnis mit Alkohol und Neosporin. Dann verband er ihre Schulter und verbrauchte die ganze restliche Gaze des Erste-Hilfe-Koffers. »Sie müssen das *subito* untersuchen lassen. Wenn Sie nicht ins Krankenhaus wollen, nennen Sie mir einen Arzt, zu dem ich Sie bringen kann. Sie wissen, dass Sie ein Antibiotikum benötigen.«

»Sie auch.«

»Wir reden aber gerade über Sie. Wo soll ich Sie hinbringen?«

»Ich gehe zu meinem Tierarzt. Er wird meinen Standpunkt verstehen. Seine Praxis ist in Pomona, dreißig Minuten von hier.«

»Rufen Sie ihn an. Ich fahre Sie hin.«

»Zuerst will ich sehen, wie es Cody geht. Nicht, dass er traumatisiert ist.«

Decker war unnachgiebig. »Nein, zuerst müssen Sie zum Arzt.«

»Sie wollen immer nur nehmen, nie was geben, wissen Sie das eigentlich?«

Decker atmete tief durch. »Ich hatte schlechte Nachrichten für Sie, jetzt erzähle ich Ihnen eine gute.«

Ihre Augen leuchteten. »Sie wissen etwas über das Testament.«

»Nichts Genaues«, schwindelte Decker, »nur, dass Sie darin erwähnt werden.«

Ihr Grinsen reichte von einem Ohr bis zum anderen. »Das ist fantastisch! Wann kann ich den Anwalt Mr Penny anrufen?«

»Warum warten Sie nicht seinen Anruf ab? Ich werde sehen, ob ich das ein bisschen beschleunigen kann.« Decker deutete auf das Telefon. »Rufen Sie den Tierarzt an.«

»Ich habe hier keinen Empfang.«

»Dann fahren wir jetzt einfach nach Pomona, und Sie versuchen es von meinem Handy aus.«

Als sie meckerte, blieb er unnachgiebig. Schließlich bekam er sie in sein Auto. »Sobald ich Empfang habe, rufen Sie Ihren Tierarzt an.«

»Das alles darf nicht lange dauern. Ich muss noch die anderen Tiere füttern.«

»Vignette, wenn Sie sich nicht um sich selbst kümmern, gibt es keine anderen Tiere mehr.«

Sie sagte erst mal nichts. Schließlich: »Sie haben recht. Ich bin ein bisschen hungrig.«

»Das kommt vom sinkenden Adrenalinspiegel. Ich verspreche Ihnen, ich lade Sie zum Mittagessen ein, sobald Sie untersucht worden sind.«

Sie drehte sich zu ihm hin. »Mir wäre es lieber, Sie spenden das Geld der Auffangstation.«

»Ich werde beides tun, wenn Sie sich daran erinnern, dass ich nur ein einfacher Polizist bin, der vom Staat bezahlt wird.«

»Und Sie werden sich mit einer ansehnlichen Pension zur

Ruhe setzen«, entgegnete sie. »Aber darum beneide ich Sie nicht. Ich würde für nichts meinen Platz tauschen wollen. Niemals könnte ich den ganzen Tag im Auto sitzen und durch die Gegend fahren.«

»Und ich könnte niemals mit wilden Tieren arbeiten. Ist doch toll, dass auf jeden Topf ein Deckel passt.«

40

Paxton war nicht in seinem Büro im Gebäudekomplex. Als Marge vorschlug, ihn anzurufen, damit sie nicht noch mehr Zeit verplemperten, protestierte Oliver. »Und bringen uns so um den Überraschungseffekt?«

»Welchen Überraschungseffekt? Wir verhaften ihn ja nicht. Der Typ wird kaum zugeben, Penny in den Rücken geschossen zu haben.«

»Marge, wenn der Kerl wegen irgendwas schuldig ist, wird er abhauen, sobald wir ihn anrufen.«

Marge setzte sich hinters Steuer und zog die Autotür zu. Sie redete erst weiter, als Oliver sein schwarzes Jackett abgelegt und aufgehängt hatte und auf den Beifahrersitz gerutscht war. »Was schlägst du also vor?«

»Wir fahren bei ihm vorbei, es sind nur zehn Minuten von hier. Wenn er nicht zu Hause ist, ist außer Spesen nichts gewesen.«

»Okay.« Marge startete den Motor und öffnete ein Fenster. Es herrschten angenehme Temperaturen draußen, und sie trug einen dünnen Pulli: zu dünn für die Klimaanlage, aber zu warm, um ohne Frischluft damit zu fahren. »Aber wenn er nicht da ist, rufe ich ihn an und mache etwas mit ihm aus.«

»Ja, ja«, sagte Oliver. »Hat Decker sich bei dir gemeldet?«

»Noch nicht. Der Empfang dort ist schlecht.«

»Ich versuche es trotzdem mal. Denn falls Vignette zugegeben hat, den Kerl erschossen zu haben, müssen wir uns keine Gedanken mehr um Paxton machen.«

»Klar.«

Oliver tippte Deckers Nummer ein und landete direkt auf der Mailbox. Er verstaute das Handy wieder in seiner Hülle. »Falls Paxton nicht zu Hause ist, will ich was essen gehen. Es ist schon nach eins.«

»Nach dem Anruf, klar. Wie lautet noch mal seine Adresse?«

Oliver las sie ihr vor. »Ungefähr zehn Straßen von hier. Wo möchtest du Mittag essen gehen? Hast du Lust auf Italienisch?«

»Wie wär's mit Griechisch?«

»Au ja, Grieche ist super. Los, wir gehen zu Yanni's.«

»Gute Idee. Wenn wir noch Zeit haben, würde ich gerne kurz bei Ki Park, der Hühnerlady, vorbeischauen«, sagte Marge. »Will kommt. Und ihr Huhn zum Mitnehmen ist wirklich lecker.«

»Machen wir.« Oliver glättete seine Hosenbeine. »Du hast keine Angst, dass es im Auto schlecht wird?«

»Dann holen wir das Huhn eben nach unserem Gespräch mit Paxton. Ich lege es auf dem Revier in den Kühlschrank. Decker wird bestimmt unsere Notizen vergleichen wollen.« Sie sah noch mal auf die Uhr. »Wann ist er zu Global Earth gefahren?«

»Kurz nach elf.«

»Dann wird er noch eine Weile brauchen.« Vor Paxtons Haus stand ein Auto. Marge wendete einmal und parkte den Streifenwagen direkt gegenüber auf der anderen Straßenseite. »Okay. Wird schon schiefgehen.«

»Wie immer.« Oliver öffnete die Beifahrertür.

»Möchtest du deine Anzugjacke?«

»Selbstverständlich … obwohl dieser Widerling meine elegante Erscheinung mitnichten verdient hat.«

»Dann eben der Form halber«, sagte Marge.

»Genau, warum auch nicht?« Oliver griff nach hinten und zog die Jacke an.

Sie stiegen aus und überquerten die Straße.

Als sie den Bürgersteig gerade betreten hatten, gingen die Schüsse los. Eine Kugel sauste an Marges Kopf vorbei, eine zweite traf Olivers Arm. Marge zog ihn mit sich, und sie rannten los und sprangen hinter dem vorm Haus geparkten Auto in Deckung.

»Was soll denn der Scheiß!« Oliver untersuchte seinen Arm. »Mist!«

»Bist du verletzt?«

»Nur ein Streifschuss. Diese Drecksau!«

Marge hatte schon den Notruf gewählt. »Hier spricht Sergeant Marge Dunn vom LAPD. Es sind Schüsse gefallen. Ein Beamter wurde verletzt. Wir brauchen sofort Verstärkung durch alle Einheiten. Haben Sie die Adresse …« Eine weitere Kugel ließ die Fensterscheibe auf der Fahrerseite des geparkten Autos zerbersten. *»Scheiße!«*

Der Beamte am Notruf sagte: »Einheiten und Krankenwagen sind unterwegs.«

»Beeilen Sie sich!« Marge zog ihre Waffe und linste hinter dem Auto hervor. Im Bereich des Hauses befanden sich keine Fußgänger. Einen halben Block weiter unten schob eine Mutter ihr Baby im Kinderwagen spazieren. »Oh Gott! Da drüben, Oliver. Ich muss sie aus der Gefahrenzone schaffen. Bist du fit genug, um mich zu decken?«

»Klar, mir geht's gut. Los!«

Blut tropfte auf sein Jackett. Marge war sich nicht so sicher, dass ihn die Kugel nur gestreift hatte, aber Oliver ließ sich nicht anmerken, ob es schlimmer war. Sie schoss aus der Deckung hervor, und prompt flog der nächste Schuss durch die Luft. Oliver erwiderte das Feuer, und danach blieb es ruhig.

Als Marge die Frau mit dem Kinderwagen erreicht hatte, hörte sie das wunderschöne Jaulen der Polizeisirenen. Nachdem die Frau umgedreht war und in die andere Richtung davontrippelte, winkte Marge die Streifenwagen mit beiden Armen heran. Als sie neben ihr anhielten, zeigte sie den uniformierten Beamten ihre Dienstmarke und sprang ins Auto. Sie bemerkte, dass sie völlig außer Atem war. »Wir waren unterwegs zu einer Routinebefragung, und der Dreckskerl fing an, auf uns zu schießen. Mein Partner ist hinter dem roten Ford Escort mit einer Wunde am Arm.«

Der Schwarz-Weiße preschte die Straße entlang und stellte sich quer, um den Verkehr zu blockieren. Dort warteten bereits zwei weitere Streifenwagen, die aus der entgegengesetzten Richtung hergekommen waren. »Wissen Sie, wer da auf Sie schießt?«, fragte der Fahrer Marge.

»Ein Gesicht habe ich nicht gesehen, aber das Haus gehört einem Typen namens George Paxton. Dieser *Hurensohn*!«

Jemand hatte Oliver aus seiner Lage hinter dem parkenden Auto erlöst. Marge entdeckte ihn ein paar Häuser weiter die Straße hinunter. Er hatte sein Jackett ausgezogen und die Hemdsärmel hochgerollt. Ein Polizist wickelte Gaze ab und versuchte, die Blutung am Arm zu stoppen. Marge zeigte ihre Dienstmarke und gesellte sich dazu. »Ich kümmere mich darum. Sie prüfen, ob der Krankenwagen unterwegs ist.«

»Schon erledigt. Er ist gleich da.«

»Dann gehen Sie zurück und helfen Sie Ihren Kollegen. Und Vorsicht, der Typ ist verrückt!«

»Sicher?«

»Ja, ganz sicher. Los!« Nachdem er gegangen war, säuberte

Marge die Fläche um die Wunde herum und begutachtete den Schaden. Sie seufzte. »Das ist kein Streifschuss, Partner. Du wurdest richtig angeschossen.«

»Ehrlich?«

»Deltamuskel. Kannst du den Arm bewegen?«

»Ja.« Er machte es vor. »Bewegen geht, tut aber weh.«

»Dann hör auf damit.«

»Du hast mir gesagt, ich soll ihn bewegen.«

»Tja, dann lässt du es jetzt wieder … Knochen scheinen nicht getroffen zu sein … Gott sei Dank!«

»Was hat Gott je für mich getan, dass ich ihm dafür danken sollte?«

»Du bist noch ganz, deshalb.« Sie hatte Tränen in den Augen. »Alles wird gut.«

»Das könnte von mir stammen, für dich.« Pause. »Welches Kaliber?«

»Was?«

»Die Wunde von der Kugel. Welches Kaliber?«

»Nach dem Loch zu urteilen, eine Zweiundzwanziger.«

»Die ging durch mein Jackett, stimmt's?«

»Offensichtlich.«

»Scheiße. Das war von Armani. Hab's im Ausverkauf ergattert, im Outlet.«

»Ich kaufe dir ein neues.«

»Das Department wird mir ein neues kaufen. Sicher, dass es eine Zweiundzwanziger war?«

»Nein. Wenn das hier vorbei ist, suche ich nach der Kugel.« Sie begutachtete die betroffene Fläche. »Sieht ziemlich sauber aus. Wie fühlst du dich? Blöde Frage!«

»Ich bin okay, Margie, hör auf, dir Sorgen zu machen.« Er schüttelte den Kopf. »Hat dieser Vollidiot noch alle Tassen im Schrank?«

»Ich habe nicht den Hauch einer Ahnung.«

»Ruf Decker an«, sagte Oliver. »Erzähl ihm, was passiert ist.«

»Sobald du versorgt bist.«

»Mir geht es gut.« Er riss seinen Arm los, pulte die Gaze ab und besah sich die Wunde. »Ja, ist wahrscheinlich eine Zweiundzwanziger.«

»Kannst du mich meinen Kackjob hier mal zu Ende bringen lassen?« Marge rollte mehr saubere Gaze ab. »Wo bleibt denn der verdammte Krankenwagen?«

»Lass die Gefühlsduselei! Ich bin okay. Ich nehme mir ein paar Wochen frei, dagegen habe ich rein gar nichts. Manchmal hasse ich diesen beschissenen Job!«

Der Krankenwagen bog um die Ecke. Marge stand auf und winkte ihn heran. »End-lich!« Der Wagen hielt an, und die Ärzte stiegen aus. Oliver nickte seiner Partnerin zu. »Los, sieh nach, was da los ist.«

»Zuerst rufe ich Decker an.« Wieder kam direkt die Mailbox. »Gott, wie ich das hasse!«

»Geh zurück und mach dich nützlich, Margie«, befahl Oliver ihr. »Ich bin in guten Händen. In besseren als deinen. Schnapp den Idioten, bevor noch jemand verletzt wird!« Im Flüsterton fluchte er: »Verschissenes Arschloch!«

Marge ging zurück zu Paxtons Haus. Aus der Entfernung erkannte sie einen eng zusammenstehenden Haufen schwarz uniformierter Polizisten auf der Rasenfläche vor dem Haus. Neugierig sah sie zu, was passierte, und als der Haufen sich voneinander löste, wurde ein kleiner Wicht von einem Mann auf die Füße gezogen.

George Paxton trug schon wieder grüne Kleidung. Seine Hände waren hinter dem Rücken in Handschellen gesichert, und zwei Beamte führten ihn zu einem Streifenwagen. Als einer der Uniformierten Paxtons Kopf beim Einsteigen leicht nach unten drückte, landete der Blick des Gnoms auf Marges Gesicht. Er starrte sie wütend an und rief lautstark nach einem Anwalt.

Das war sein gutes Recht.

Und er würde todsicher einen brauchen.

Jemand klopfte an den Türrahmen. Als Decker den Kopf von seinem Papierkram hob, machte Marge das Daumen-hoch-Zeichen. »Wir haben einen Stapel erst kürzlich gewaschener Geldscheine gefunden. Gott schütze die US-Notendruckerei. Unsere Scheine sind so schwer zu reinigen. An einigen klebten noch Blutreste, die wir für eine DNA-Analyse benutzen werden.«

»Super.«

»Noch wichtiger ist: Die Ballistiker meinen, dass die Waffe passt. Hurra und noch mal hurra!«

»Er hat die Waffe tatsächlich behalten?«

»Ja.« Marge zog einen Stuhl zum Schreibtisch und setzte sich. Sie war heute ganz in Schwarz gekleidet, als würde sie Trauer tragen, obwohl es Oliver gut ging. Er war wieder zu Hause und wurde von seinen drei Söhnen, Schwiegertöchtern und seiner Dauerfreundin Carmen aufgepäppelt. Er nannte sie immer seine Latina-Sexbombe, doch in Wahrheit war sie eine passionierte Junior-Highschool-Lehrerin in einem Bezirk mit hoher Kriminalitätsrate.

»Gibt es einen Grund, warum er sie nicht entsorgt hat?«

»Ich weiß es wirklich nicht«, sagte Marge. »Stolz, Sorglosigkeit, ein bleibendes Andenken an seine Tat.« Sie zuckte mit den Achseln. »Meiner Vermutung nach ist Folgendes passiert, obwohl ich noch keine Beweise dafür habe.«

»Schieß los.«

»Also, nachdem einer der Nachbarn sich über Schüsse und

Tumult aus Pennys Wohnung beschwert hatte, wollte er die Sache vor Ort überprüfen. Er sah, dass Penny tot war. Anstatt die Polizei zu informieren, stopfte er sich die Taschen mit den blutigen Geldscheinen voll. Dann muss Penny sich bewegt oder gestöhnt haben. Paxton dreht durch, greift nach der Waffe und schießt ihm in den Rücken. Dann wird ihm klar, dass seine blutigen Fingerabdrücke jetzt auf der Waffe sind, und er nimmt sie zusammen mit dem Bargeld mit. Vielleicht hätte er sie irgendwann entsorgt. Zu unserem Glück war er langsam. Langsam und dämlich. Richtig dämlich. Warum eröffnet man das Feuer auf Polizisten?«

»Manche Leute geraten in Panik und machen dann die doofsten Sachen. Andere bleiben im Angesicht der Gefahr, wie einem um sich schlagenden Grizzly, bedächtig, ruhig und gefasst.«

»Wie geht es Vignette?«

»Mit dem Geld aus Pennys Testament hat sie bereits einen Assistenten in Vollzeit angestellt.«

»Schön für sie.«

»Sie haben ihr noch mehr gegeben, weißt du … vor allem, als ich ihnen erzählt habe, was sie für mich getan hat.«

»Gehe ich richtig in der Annahme, dass du Pennys Kinder meinst?«

»Jawoll. Darius und Graciela … und Sabrina. Das Geld stammt aus ihrem Erbe. Ich glaube, sie haben annähernd zwei Millionen in eine Stiftung zugunsten der Auffangstation angelegt. Vignette hört nicht auf zu grinsen.«

»Nur schade, dass es für so Bestien wie Penny keine Gehege gibt«, sagte Marge.

»Doch, man nennt es Gefängnis«, widersprach Decker.

Marge lachte gezwungen. »Will sagte, sie haben auch einen Trust für Pennys Opfer eingerichtet, wenn sie sie finden. Und sie unterstützen die mit den ungelösten Fällen betrauten Polizisten, um die Akten wieder zu öffnen.«

»Es sind feine Menschen.«

»Sieht so aus.« Noch ein gezwungenes Lächeln. Marge versuchte etwas zu sagen, bekam aber die Worte nicht heraus. Decker betrachtete ihr Gesicht. »Was geht dir durch den Kopf?«

»Ich habe Neuigkeiten für dich, Pete. Und zur Abwechslung mal gute.«

Decker lächelte. »Lass hören.«

»Ich habe mich verlobt.«

»Echt?« Er stand auf und umarmte sie. »Ich weiß gar nicht, warum ich so überrascht bin. Ja wunderbar. Wann ist der große Tag?«

»Irgendwann. Aber ich bekomme einen Ring, es wird also ganz offiziell.«

»Margie, ich freue mich riesig für dich. Wenn Rina und ich etwas an eurer Hochzeit tun können, vielleicht ein Abendessen am Probentag …«

»Oh bitte, wir sind beide so alt. Keine Brautjungfern, keine Trauzeugen, nichts Formelles. Wann immer es so weit sein wird, wollen wir, dass es eine ruhige Feier wird, hoffentlich irgendwo, wo es schön ist. In Santa Barbara gibt es viel Strand und Weingüter und herrliche Berge. Wir müssen nur Datum und Ort auswählen. Und natürlich wird die Hochzeit an einem Samstag stattfinden. Wir wollen, dass ihr dabei seid. Deine ganze Familie wird eingeladen.«

Decker umarmte sie noch einmal. »Hast du es Oliver schon gesagt?«

»Das mache ich heute Abend. Aber ich wollte zuerst mit dir reden.« Sie deutete auf seinen Stuhl. »Setz dich hin.«

»Oha!« Decker zog eine Grimasse und setzte sich. »Schlechte Neuigkeiten?«

»Nicht wirklich.«

»Nimm kein Blatt vor den Mund, Mädchen.«

Sie befeuchtete ihre Lippen. »Du weißt ja, Vega ist jetzt in Silicon Valley. Sie macht sich super.«

Decker spürte, wie sein Herz schneller schlug. »Und deine Wohnung fühlt sich ein bisschen leer an?«

»Ich werde sie zum Verkauf anbieten. Will und ich … wir wollen es wirklich versuchen, als Paar, Pete. Und ein Paar zu sein, heißt, nach der Arbeit in dasselbe Haus oder dieselbe Wohnung zu fahren. Wenigstens sehe ich das so.«

»Du meinst es ernst.«

»Ja. Und weil wir es beide ernst meinen und als verheiratetes Paar zusammenwohnen wollen, können wir einfach nicht mehr so weit auseinander leben. Und das bedeutet, dass er entweder nach Los Angeles zieht oder ich nach Santa Barbara. Und wir wissen beide, dass das SBPD schon voll besetzt ist.«

»Will möchte hier einen Job?«

»Nein, Will hat einen Job, der ihm gut gefällt.«

»Aha … verstehe. Wo gehst du also hin?«

»Noch nirgendwohin.« Marge bekam feuchte Augen. »Aber in einem Jahr werde ich die Schwelle von fünfundzwanzig Dienstjahren beim LAPD erreicht haben. Das ist eine lange Zeit und eine gute Pension.«

»Du gehst in Rente?«

»Nicht ganz. Dafür bin ich noch ein bisschen zu jung. Ich habe mich in Camarillo, Oxnard und Ventura vorgestellt. Bei ihnen gehen nächstes Jahr ein paar Detectives in Rente … sie haben dann Plätze frei.« Sie senkte den Blick auf ihren Schoß. »Ein Wechsel tut gut … so sagt man doch.«

Decker biss sich auf die Unterlippe. »Ich sollte wütend sein, aber das bin ich nicht. Eigentlich bin ich total erleichtert.«

Marge starrte ihn an. »*Erleichtert?*«

»In sechs Monaten erreiche ich die Schwelle von dreißig Jahren. Das ist auch eine sehr lange Zeit und eine gute Pension.«

Sie starrte ihn weiterhin an. »Also gehst du in Rente.«

»Nicht ganz«, sagte Decker. »Aber es würde mir nichts ausmachen, irgendwo weniger Stress zu haben. Ich habe mich auch bei ein paar Orten vorgestellt.«

»Wo?«

»Im Osten.«

»Im *Osten?*«

»Koby beginnt in New York City ein Medizinstudium. Er und Cindy und die Jungs ziehen weg. Das heißt, dass all unsere Kinder, Gabe eingeschlossen, in der Nähe des Atlantiks leben werden. Ich halte es aus, von den Kindern getrennt zu sein. Sie leben ihre eigenen Leben. Aber ich habe mich entschieden, dass ich im Leben meiner Enkel eine Rolle spielen will. Rina ist mit ganzem Herzen meiner Meinung. Also habe ich mich mit ein paar kleineren Städten im Osten ausgetauscht, in der Nähe der fünf Colleges in Upstate New York. Ungefähr drei Stunden entfernt von den Kindern.«

»Und?«

»Und wir bieten unser Haus auch zum Kauf an.«

Marge sah ihn wütend an. »Du *verlässt* mich?«

»Entschuldigung?«, widersprach Decker. »Du hast mich *zuerst* verlassen.«

»Ich gehe ja noch nicht weg. *Ich* gebe dir ein Jahr Vorlauf. Wann haust du ab?«

»Geplant habe ich so in sechs Monaten.«

»Also *verlässt* du mich doch.«

»Ich vermute mal, rein theoretisch stimmt das wohl.«

»Es stimmt auch ganz praktisch.« Sie stand auf und stützte sich mit beiden Händen auf seinem Schreibtisch ab. »Du Penner!«

Decker stand ebenfalls auf und schlang seine Arme um sie. »Ich werde dich vermissen, Marge Dunn. Wir waren wahrhaftig eine lange Zeit zusammen … länger, als ich mit meiner Frau zusammen bin.«

»Ich werde dich auch vermissen, Rabbi.« Sie blickte zur Seite. »Aber ich habe dich jetzt genau da, wo ich dich brauche.«

»Und wo wäre das?«

Marge deutete auf ihren Kopf und ihr Herz. »Jetzt reicht's mit dem rührseligen Getue.« Sie öffnete die Tür zu seinem Büro. »Los, wir gehen aus und feiern meine anstehende Verlobung. Das Abendessen geht auf mich.«

»Nein, ich bezahle.«

»Nein, ich bezahle.« Marge grinste. »Ich bin die Einzige von uns dreien, die momentan unverletzt ist. Gib mir einen Moment Zeit, meinen Schreibtisch aufzuräumen und meine Handtasche zu holen. Und dann nichts wie raus hier.«

»Alles klar. Ich muss noch kurz ein paar Anrufe erledigen.«

»Rina ist auch eingeladen.«

»Diesmal nicht, Sarge. Nur du und ich.«

Decker brauchte zehn Minuten, um seinen Papierkram zu erledigen. Als er zu Marges Schreibtisch kam, starrte sie gerade eine pinkfarbene Ledertasche an. Auf dem Tisch befanden sich eine Schachtel und eine aufgerissene Geschenkverpackung.

»Neue Handtasche?«, fragte er.

»Sie ist von Graciela«, sagte Marge.

»Ach ja, die Berkoff Bag.«

Marge musste lachen. »Birkin.«

»Hübsch. Sie war für dich vorbestimmt.«

Marge konnte es nicht fassen. »Ich kann sie nicht behalten.«

»Warum nicht?«, widersprach Decker. »Sie ist eine entlastete, freie Staatsbürgerin. Die Gräfin kann dir schenken, was sie will.«

»Pete, das geht nicht. Mal ehrlich, ich habe keine Gelegenheit, das Ding auszuführen. Wenn ich diese Tasche an eine Stuhllehne in einem Restaurant hänge, wird sie geklaut. Na ja, vielleicht nicht in den Restaurants, in die ich mit Will gehe. Aber irgendwo, wo's vornehmer ist … Also, das Ding ist so viel wert wie die Anzahlung für meine Wohnung.«

»Dann verkaufe sie. Und kauf dir mit deinem Verlobten eine Wohnung weiter nördlich. Nenn das Haus Casa de Graciela. Und ich für meinen Teil kann mir keinen passenderen Namen vorstellen. Denn alles, was du in den letzten fünfundzwanzig Jahren angefasst hast, wurde souverän und würdevoll erledigt.«

Sofort standen ihr Tränen in den Augen.

Decker lächelte. »Hey, Dunn, hör sofort damit auf.«

Marge bedeckte mit beiden Händen ihr Gesicht. »Ich kann nicht glauben, wie weinerlich mir zumute ist. Was zum Teufel ist denn los mit mir?«

»Gib's zu, Marge. Du bist ein sentimentales altes Mädchen.«

Sie versetzte ihm einen Schubs. »Nicht alt.« Marge stand auf. »Nichts wie weg hier.«

»Wie alt bist du noch mal?«, fragte Decker.

»Find's selbst heraus, alter Mann.« Sie schlang ihre Finger um den Trageriemen der Birkin Bag und warf verliebte Blicke auf die pinkfarbene Ledertasche. Dann sah sie Decker an. »Außerdem solltest du es besser wissen, als eine Frau – sogar eine, die dich wirklich liebt – nach ihrem Alter zu fragen.«